LEE CHILD

Der Spezialist

Lee Child

Der Spezialist

Ein Jack-Reacher-Roman

Deutsch von Wulf Bergner

blanvalet

Die Originalausgabe erschien 2018 unter dem Titel
»Past Tense (Reacher 23)« bei Bantam Press, London.

Penguin Random House Verlagsgruppe FSC® N001967

4. Auflage

Dieses Werk wurde vermittelt durch die Literarische Agentur
Thomas Schlück GmbH, 30161 Hannover.

Umschlaggestaltung: www.buerosued.de
Umschlagmotiv: © Magdalena Russocka/Trevillion Images;
www.buerosued.de
HK · Herstellung: DiMo
Satz: Uhl + Massopust, Aalen
Druck und Bindung: GGP Media GmbH, Pößneck
Printed in Germany
ISBN 978-3-7341-1123-5

www.blanvalet.de

In memoriam

John Reginald Grant, 1924–2016
Norman Steven Shiren, 1925–2017
Audrey Grant, 1926–2017

1

Jack Reacher genoss die letzten Strahlen der Sommersonne in einer kleinen Küstenstadt in Maine, dann begann er wie die Zugvögel am Himmel über ihm seine lange Wanderung nach Süden. Aber nicht, dachte er, auf der Vogelfluglinie zur Küste hinunter. Nicht wie die Pirole und die Ammern und die Fliegenschnäpper und die Rotkehlchen-Kolibris. Stattdessen entschied er sich für eine diagonale Route nach Südwesten, von der oberen rechten Ecke des Landes zur unteren linken Ecke, vielleicht über Syracuse und Cincinnati und St. Louis und Oklahoma City und Albuquerque und weiter bis ganz nach San Diego hinunter. Für einen Army-Veteranen wie Reacher war die Navy dort etwas zu stark vertreten, aber ansonsten konnte man in San Diego sehr gut überwintern.

Ein epischer Roadtrip, wie er seit Jahren keinen mehr gemacht hatte.

Er freute sich darauf.

Er kam nicht weit.

Er marschierte ungefähr eine Meile weit landeinwärts, bis er eine County Road erreichte, stellte sich an den Rand und reckte einen Daumen hoch. Er war ein großer Kerl, in Stiefeln über einen Meter fünfundneunzig groß, breitschultrig, nur Muskeln und Knochen, nicht besonders gutaussehend, nie sehr gut angezogen, meist ein bisschen zerzaust. Kein überwältigend attraktiver Anblick. Wie immer wurden die meisten Fahrer etwas langsamer, sahen ihn sich kurz an und gaben dann wieder Gas. Das erste Auto, dessen Fahrer bereit war, es mit ihm zu riskieren, kam nach vierzig Minuten vorbei. Es war ein mehrere Jahre alter Subaru-Kombi, der von einem hageren Kerl in mittleren Jahren mit adrett gebügelten Chinos und einem frisch gewaschenen Khakihemd gelenkt wurde. Von seiner Frau eingekleidet, dachte Reacher. Der Mann trug einen Ehering. Aber in dem feinen Tuch steckte ein Arbeiterkörper mit Stiernacken und breiten roten Fingerknöcheln. Der irgendwie verwunderte und etwas widerwillige Boss von irgendwas, vermutete Reacher. Wie ein Typ, der zuerst Löcher für Zaunpfosten ausgehoben hatte und jetzt Inhaber einer Firma war, die Zäune aufstellte.

Was sich als zutreffende Vermutung erwies. Als sie miteinander ins Gespräch kamen, stellte sich heraus, dass der Kerl mit nicht mehr als dem alten Zimmererhammer seines Vaters angefangen hatte, aber jetzt Inhaber eines Bauunternehmens war, das vierzig Arbeiter beschäftigte und die Hoffnungen und Träume zahlreicher Kunden erfüllte. Der Mann beendete seine Geschichte mit einem kleinen Schulterzucken, das teils auf yankeehafte Bescheidenheit, teils auf echte Ratlosigkeit zurückzuführen war. Als fragte er sich selbst: Wie ist das bloß passiert? Genauigkeit in allen Dingen, dachte Reacher. Dies war ein sehr gut organisierter Kerl mit eigenen Meinungen und Patentrezepten, mit Maximen und gusseisernen Überzeugungen, zu denen die Ansicht gehörte, gegen Sommerende sei es besser, die Route One und die I-95 zu meiden. Um möglichst schnell aus Maine rauszukommen, musste man auf der Route Two genau westlich nach New Hampshire fahren. Bis zu einem Punkt knapp südlich von Berlin, wo der Mann ein paar Nebenstraßen kannte, die einen schneller nach Boston brachten als jede andere Route. Dort wollte er hin – zu einer Verkaufsveranstaltung für Arbeitsplatten aus Marmor. Reacher war das nur recht. Gegen Boston als Ausgangspunkt hatte er nichts einzuwenden. Überhaupt nichts. Von dort aus gelangte man geradewegs nach Syracuse. Dann über Rochester, Buffalo und Cleveland mühelos nach Cincinnati. Vielleicht auch über Akron, Ohio. Reacher hatte schon schlimmere Orte gesehen. Hauptsächlich in seiner Dienstzeit.

Nur kamen sie nie nach Boston.

Der Kerl erhielt einen Anruf auf seinem Handy, als sie in New Hampshire ungefähr fünfzig Minuten auf den besagten Nebenstraßen nach Süden unterwegs waren, die genau den Vorhersagen entsprachen. Reacher musste zugeben, dass der Plan des Kerls gut war. Hier gab es kaum Verkehr. Keine Staus, keine Verzögerungen. Sie konnten überall sechzig Meilen in der Stunde fahren. Bis das Telefon klingelte. Es war mit dem Radio verbunden, und auf dem Bildschirm des Navis erschienen eine Telefonnummer und als Orientierungshilfe ein kleines Foto, das in diesem Fall einen rotgesichtigen Mann mit Schutzhelm zeigte, der ein Schreibbrett in der Hand hielt. Anscheinend ein Polier auf einer Baustelle. Als der Mann am Steuer einen Knopf drückte, drang leises Handyzischen aus allen Lautsprechern der Stereoanlage.

Der Fahrer sprach mit der A-Säule, als er sagte: »Will bloß hoffen, dass du gute Nachrichten hast.«

Der Anrufer hatte schlechte. Es ging um einen städtischen Bauinspektor und eine stählerne Kaminauskleidung über dem offenen Kamin einer Eingangshalle, die genau nach Vorschrift isoliert war, was sich aber nicht nachprüfen ließ, ohne das Mauerwerk abzutragen, das bereits zwei Stockwerke hoch und fast fertig war, sodass die Maurer schon kommende Woche eine neue Baustelle beziehen sollten. Alternativ konnte man im Esszimmer auf der anderen Seite des Kamins die teure Wandtäfelung aus Nussbaumholz herausreißen – oder die aus Rosenholz im Schlafzimmer darüber, die noch teurer war.

Aber der Inspektor stellte sich stur, wollte die Isolierung unbedingt mit eigenen Augen sehen.

Der Kerl am Steuer schaute kurz zu Reacher, dann fragte er: »Welcher Inspektor ist das?«

Der Anrufer sagte: »Der neue.«

»Weiß er, dass er zu Thanksgiving einen Truthahn bekommt?«

»Ich hab ihm gesagt, dass wir hier alle an einem Strang ziehen.«

Der Fahrer sah erneut Reacher an, als bäte er um Erlaubnis oder um Entschuldigung oder beides, und fragte: »Hast du ihm Geld geboten?«

»Fünfhundert. Er wollte's nicht nehmen.«

Plötzlich verschlechterte sich der Handyempfang. Der Ton kam abgehackt an, als würde ein Roboter in einem Swimmingpool untergehen, dann setzte er ganz aus. Auf dem Display blinkte nur noch *Suche ...*

Der Wagen rollte weiter.

Reacher fragte: »Wozu will jemand einen offenen Kamin in der Eingangshalle?«

Der Mann am Steuer sagte: »Er wirkt einladend.«

»Historisch gesehen, sollte er eher abschrecken, glaube ich. Eine Defensivmaßnahme. Wie ein Lagerfeuer in einem Höhleneingang. Es sollte Raubtiere fernhalten.«

»Ich muss umkehren«, sagte der Kerl. »Sorry.«

Er bremste und hielt am Straßenrand. Allein auf einer einsamen Nebenstraße ohne Verkehr. Auf dem Display blinkte weiter *Suche ...*

»Leider muss ich Sie hier absetzen«, erklärte der Mann. »Ist das okay?«

»Kein Problem«, meinte Reacher. »Sie haben mich ein schönes Stück weit mitgenommen. Dafür danke ich Ihnen sehr.«

»Gern geschehen.«

»Wem gehört die Rosenholztäfelung?«

»Einem wichtigen Kunden.«

»Sägen Sie ein großes Loch hinein, und zeigen Sie's dem Inspektor. Danach nennen Sie dem Kunden fünf vernünftige Gründe für den Einbau eines Wandsafes. Dieser Typ möchte nämlich einen Wandsafe. Vielleicht weiß er das noch nicht, aber jemand, der in der Eingangshalle einen offenen Kamin will, möchte auch einen Safe im Schlafzimmer. Das steht verdammt fest. Menschliche Natur. Dabei können Sie sogar verdienen, wenn Sie ihm das Aussägen der Öffnung berechnen.«

»Kommen Sie aus meiner Branche?«

»Ich war Militärpolizist.«

Der Mann sagte: »Ach.«

Reacher öffnete seine Tür, stieg aus, schloss die Tür hinter sich und ging ein paar Schritte, damit der Kerl Platz hatte, mit dem Subaru zu wenden, Gas zu geben und in Gegenrichtung davonzufahren. Alles das tat er mit einer knappen Handbewegung, die Reacher als bedauernde Abschiedsgeste interpretierte. Dann wurde sein Wagen in der Ferne kleiner und kleiner. Reacher wandte sich ab und stapfte in Richtung Süden weiter. Wo immer möglich, behielt er gern eine Vorwärtsbewegung bei. Die zweispurige Straße vor ihm war ziemlich breit, in gutem Zustand, hier und da kurvig, ohne viel Auf und Ab. Kein Problem für ein modernes Auto. Der Subaru war mit sechzig unterwegs gewesen. Doch hier gab es keinen Verkehr. Gar keinen. Aus keiner Richtung. Absolute Stille bis auf das leise Seufzen des Windes in den Bäumen.

Reacher marschierte weiter.

Zwei Meilen weiter zweigte in einer leichten Linkskurve eine weitere gleich breite identische Straße rechts ab. Eigentlich keine Abzweigung, mehr eine Wahlmöglichkeit. Eine klassische Y-förmige Straßengabel. Als Autofahrer musste man sich entscheiden, ob man ein wenig nach links oder ein wenig nach rechts lenken wollte. Beide Optionen verschwanden unter Bäumen, die so gewaltig waren, dass sie an manchen Stellen Tunnels bildeten.

Hier standen Wegweiser.

Auf dem nach links zeigenden Schild stand Portsmouth, und das nach rechts weisende war mit Laconia beschriftet. Aber die Schrift der rechten Option war kleiner und stand auf einem kleineren Schild, als wäre Laconia weniger bedeutend als Portsmouth. Eine trotz gleicher Größe unwichtigere Nebenstraße.

Laconia, New Hampshire.

Ein Ortsname, den Reacher kannte. Er hatte ihn gelegentlich gehört und auf allen möglichen Dokumenten aus der Familiengeschichte gelesen. Der Geburtsort seines verstorbenen Vaters, der dort aufgewachsen war, bis er mit siebzehn abgehauen und zum Marine Corps gegangen war. So lautete die vage Familienlegende. Wovor abgehauen, darüber hatte niemand geredet. Kein einziges Mal. Reacher selbst wurde über fünfzehn Jahre später geboren, als Laconia in ferner Vergangenheit lag – fast so entlegen wie das Dakota Territory, in dem angeblich ein weiterer Vorfahr gelebt und gearbeitet hatte. Niemand aus seiner Familie war jemals an einem dieser Orte gewesen. Es gab keine Besuche. Die früh gestorbenen Großeltern wurden nur selten erwähnt. Tanten oder Onkel, Cousins oder sonstige entfernte Verwandte schien es nicht zu geben. Was statistisch unwahrscheinlich war und auf einen Familienkrach schließen ließ.

Sein Vater war der Einzige, der wirklich etwas darüber wusste, aber niemand machte sich die Mühe, irgendwas aus ihm herauszubekommen. Über bestimmte Dinge wurde in

Marine-Corps-Familien nicht gesprochen. Viel später war Reachers Bruder als Hauptmann in der Army im Norden stationiert und sprach davon, vielleicht das alte Haus der Familie zu finden, aber daraus wurde nie etwas. Reacher hatte vermutlich schon mehrmals das Gleiche gesagt, aber auch er war nie dort gewesen.

Links oder rechts. Er hatte die Wahl.

Portsmouth war besser. Dort gab es Highways und Verkehr und Fernbusse. Von dort aus ging es geradewegs nach Boston. San Diego lockte. Im Nordwesten würde es bald kalt werden.

Aber was machte ein zusätzlicher Tag aus?

Er wandte sich nach rechts, nahm die Straße nach Laconia.

Fast dreißig Meilen weit entfernt war im selben Augenblick an diesem Spätnachmittag auf einer anderen Nebenstraße ein klappriger Honda Civic mit einem Fünfundzwanzigjährigen namens Shorty Fleck am Steuer nach Süden unterwegs. Auf dem Beifahrersitz neben ihm saß die fünfundzwanzigjährige Patty Sundstrom. Sie waren ein Paar, beide geboren und aufgewachsen in Saint Leonard, einer abgelegenen Kleinstadt im kanadischen New Brunswick. Dort passierte nie viel. Das größte Ereignis seit Menschengedenken war vor zehn Jahren gewesen, als ein Lastwagen mit zwölf Millionen Bienen in einer engen Kurve umkippte. Das Lokalblatt hatte stolz gemeldet, dies sei der erste derartige Unfall in New Brunswick gewesen. Patty arbeitete in einem Sägewerk. Sie war die Enkelin eines Kerls aus Minnesota, der sich vor einem halben Jahrhundert nach Norden abgesetzt hatte, um nicht als Wehrpflichtiger in Vietnam kämpfen zu müssen. Shorty baute als Farmer Kartoffeln an. Seine Familie hatte schon immer in Kanada gelebt. Und er war nicht besonders klein. Vielleicht war er es als Kind gewesen, aber heutzutage ginge er davon aus, dass jeder

Augenzeuge ihn als durchschnittlich aussehenden Typen beschreiben würde.

Sie versuchten, von Saint Leonard nonstop nach New York City zu gelangen, was nach allen Maßstäben eine verdammt anspruchsvolle Fahrt war. Aber die beiden sahen darin einen großen Vorteil. Sie wollten etwas in der Stadt verkaufen, und eine eingesparte Hotelübernachtung würde ihren Profit erhöhen. Sie hatten ihre Route genau geplant, wollten nach Westen ausholen, um den Urlaubern auszuweichen, die von den Stränden heimfuhren, und würden vor allem Nebenstraßen benutzen. Pattys dicker Zeigefinger fuhr über die Landkarte, und ihr nach vorn gerichteter Blick achtete auf Wegweiser und Abzweigungen. Sie hatten die Strecke nach der Karte berechnet und waren sich darüber einig, dass sie zu schaffen sein müsste.

Allerdings waren sie etwas später weggekommen, als ihnen lieb war, was zu einem kleinen Teil auf allgemeine Desorganisation, aber vor allem darauf zurückzuführen war, dass die altersschwache Batterie des Hondas die von Prince Edward Island herüberwehenden frischen Herbstwinde nicht mochte. Wegen dieser Verzögerung hatten sie an der US-Grenze in einer langen Schlange warten müssen, und dann war der Honda zu heiß geworden und konnte längere Zeit nur ganz vorsichtig und nicht schneller als fünfzig Meilen in der Stunde gefahren werden.

Sie waren müde.

Und hungrig und durstig und brauchten eine Toilette, waren zu spät dran und hinkten ihrem Plan hinterher. Und waren frustriert. Der Honda wurde schon wieder zu heiß. Die Nadel stand kurz vor dem roten Bereich. Unter der Motorhaube hörte man ein mahlendes Geräusch. Vielleicht war der Ölstand zu niedrig. Das ließ sich nicht ohne Weiteres feststellen. Alle Warnleuchten blinkten seit nunmehr zweieinhalb Jahren permanent.

Shorty fragte: »Was liegt vor uns?«

Patty sagte: »Nichts.«

Ihre Fingerspitze folgte einer roten Schlangenlinie, die mit einer dreistelligen Ziffer versehen war und durch ein unregelmäßig geformtes blassgrünes Gebiet nach Süden führte. Ein Waldgebiet, was ein Blick aus dem Fenster bestätigte. Auf beiden Seiten der Straße erhoben sich Bäume, die Äste noch schwer von Sommerlaub. Auf der Landkarte war ein Spinnennetz aus feinen roten Linien zu sehen: unbefestigte Straßen, die irgendwohin, aber zu keiner größeren Ansiedlung führten. Bestimmt zu keiner, in der es eine Autowerkstatt mit Motoröl und Kühlwasser gab. Hoffnung weckte nur ein Ort ungefähr eine halbe Stunde südöstlich, eine Kleinstadt, deren Name halbfett und nicht zu klein gedruckt war, was bedeutete, dass dort zumindest eine Tankstelle existierte. Sie hieß Laconia.

Patty fragte: »Schaffen wir noch zwanzig Meilen?«

»Vielleicht«, antwortete Shorty, »wenn wir die letzten neunzehn zu Fuß gehen.«

Er drückte etwas weniger aufs Gaspedal und fuhr auf dem niedrigen Gras des Banketts, das nicht so heiß wie der Asphalt war, weiter. Andererseits verringerte das den Luftdurchsatz des Kühlers, sodass die Nadel der Temperaturanzeige noch weiter ausschlug. Pattys Zeigefinger verfolgte ihre langsame Fahrt auf der Karte. Bald würden sie einen der Spinnenfäden erreichen: einen dünnen roten Strich, der einen Fingerbreit vor ihnen ins Blassgrün abzweigte. Ohne das Rauschen des Windes an ihrem schlecht schließenden Fenster konnte sie die Geräusche aus dem Motorraum hören – ein Klappern, Klopfen und Mahlen. Schlimmer werdend.

Dann tauchte vor ihnen die Einmündung einer schmalen

Zufahrt auf. Der rote Spinnenfaden, gerade rechtzeitig. Aber mehr ein dunkler Tunnel als eine Straße. Die Äste der Bäume verschränkten sich ineinander. An der Einfahrt stand ein von Bodenfrost schiefer Pfahl mit einem Brett, auf das verschnörkelte Kunststoffbuchstaben und ein in den Tunnel weisender Pfeil geschraubt waren. Die Buchstaben bildeten das Wort *Motel.*

»Sollen wir?«, fragte sie.

Die Antwort erteilte der Wagen. Die Temperaturnadel stand jetzt am Anschlag. Shorty konnte die Hitze an den Schienbeinen spüren. Der Motorraum strahlte Hitze wie ein Backofen ab. Er fragte sich eine Sekunde lang, was passieren würde, wenn sie weiterfuhren. Die Leute sprachen davon, dass Automotoren explodierten und zusammenschmolzen. Was natürlich nur Gerede war. Es würde kein geschmolzenes Metall geben. Und auch keine Explosion. Der Motor würde nur friedlich den Geist aufgeben, und der Honda würde sanft ausrollen.

Aber am Ende der Welt, wo es keinen Verkehr und keinen Handyempfang gab.

»Müssen wohl«, sagte er, bremste und bog in den Tunnel ab. Aus der Nähe war zu erkennen, dass man die Kunststoffbuchstaben auf dem Brett mit einem schmalen Pinsel vergoldet hatte, als wäre dies ein Versprechen, als wäre das Motel ein erstklassiges Haus. Für Fahrer aus der Gegenrichtung gab es ein zweites identisches Schild.

»Okay?«, fragte Shorty.

In dem Tunnel war es merklich kühler, bestimmt zwei bis drei Grad, als auf der Hauptstraße. Auf beiden Seiten der Zufahrt lag noch Laub vom letzten Herbst und Matsch vom letzten Winter.

»Okay?«, fragte Shorty noch mal.

Sie fuhren über ein quer auf der Straße liegendes Kabel. Ein dickes, mit Gummi ummanteltes Ding, nicht viel kleiner als ein Gartenschlauch. Wie man's an Tankstellen sah, wo es im Kassenhäuschen ein Klingelzeichen ertönen ließ, damit der Tankwart rauskam, um einem zu helfen.

Patty gab keine Antwort.

Shorty fragte: »Wie schlimm kann's schon sein? Es ist auf der Karte eingezeichnet.«

»Die Zufahrt ist eingezeichnet.«

»Das Schild war hübsch.«

»Hast recht«, sagte Patty. »Es war hübsch.«

Sie fuhren weiter.

2

Die Bäume kühlten die Luft, sodass Reacher keine Mühe hatte, vier Meilen in der Stunde zurückzulegen, die bei seiner Beinlänge exakt achtundachtzig Schritte in der Minute erforderten, was genau das Tempo vieler großartiger Musikstücke war, mit denen er sich die Zeit vertreiben konnte. Während er in dreißig Minuten zwei Meilen marschierte, liefen in seinem Kopf sieben Klassiktracks ab. Als er dann reale Geräusche hörte, sah er sich um und stellte fest, dass sie von einem uralten Pick-up stammten, dessen Räder so stark eierten, als würden sie in verschiedene Richtungen auseinanderstreben.

Reacher reckte den Daumen hoch.

Der Truck hielt neben ihm. Ein alter Mann mit langem weißem Bart lehnte sich zur Seite und kurbelte das rechte Fenster herunter.

Er sagte: »Ich bin nach Laconia unterwegs.«

»Ich auch«, sagte Reacher.

»Also, okay.«

Reacher stieg ein und kurbelte das Fenster wieder hoch. Der alte Mann gab Gas und nahm eiernd wieder Fahrt auf.

Er sagte: »Jetzt kommt der Teil, schätz ich, wo Sie mir sagen, dass ich neue Reifen brauche.«

»Wäre vielleicht nicht schlecht«, entgegnete Reacher.

»Aber in meinem Alter versuche ich, hohe Ausgaben zu vermeiden. Wozu in die Zukunft investieren? Habe ich überhaupt eine?«

»Dieser Zirkelschluss ist runder als Ihre Reifen.«

»Tatsächlich ist der Rahmen verzogen. Ich hatte mal ’nen Unfall.«

»Wann?«

»Vor fast dreiundzwanzig Jahren.«

»Für Sie ist das Eiern jetzt also normal.«

»Hält mich wach.«

»Wie wissen Sie, wohin Sie lenken müssen?«

»Daran gewöhnt man sich. Als ob man ein Boot segelt. Warum wollen Sie nach Laconia?«

»Ich bin auf der Durchreise«, sagte Reacher. »Mein Vater ist dort geboren. Ich wollte’s mal sehen.«

»Wie heißen Sie mit Nachnamen?«

»Reacher.«

Der alte Mann schüttelte den Kopf.

Er sagte: »Ich hab in Laconia nie jemand gekannt, der Reacher heißt.«

Der Grund für die Y-förmige Straßengabelung erwies sich als ein See, der so breit war, dass Fahrer in Nord-Süd-Richtung sich entscheiden mussten, ob sie die linke oder rechte Uferstraße nehmen wollten. Reacher und der alte Kerl holperten und schepperten das rechte Ufer entlang: mechanisch stressreich, aber mit schöner Aussicht in der Abendsonne, die in einer Stunde untergehen würde. Dann tauchte die Stadt Laconia vor ihnen auf. Sie war größer, als Reacher erwartet hatte. Fünfzehn- bis zwanzigtausend Einwohner. Mittelpunkt eines Countys. Wohlhabend und solide. Ansehnliche Gebäude, saubere altmodische Straßen. In der rötlichen Abendsonne erinnerten die Häuser an Kulissen eines Westernfilms.

Der eiernde Pick-up kam wackelnd an einer Straßenecke in der Stadtmitte zum Stehen. Der alte Mann sagte: »Dies ist Laconia.«

Reacher fragte: »Wie sehr hat es sich verändert?«

»Hier draußen nicht besonders.«

»Als Kind hab ich's mir kleiner vorgestellt.«

»Die meisten Leute sehen erinnerte Dinge größer.«

Reacher bedankte sich bei dem Mann fürs Mitnehmen, stieg aus und beobachtete, wie der Truck davoneierte, wobei jeder Reifen darauf bestand, dass die drei anderen unrecht hatten. Dann wandte er sich ab und lief kreuz und quer durch die Innenstadt, um ein Gefühl dafür zu bekommen, wo was liegen mochte. Speziell interessierten ihn zwei Orte, an denen er morgens mit seinen Nachforschungen beginnen wollte, und zwei weitere, die er an diesem Abend zum Essen und Schlafen brauchte.

Beide waren mit historischem Altstadtflair verfügbar. Gesundes Essen, kein Restaurant breiter als zwei Tische. Motels fand er hier keine, aber viele Hotels und Pensionen und eine Menge Häuser, die Bed & Breakfast anboten. Er aß in einem schmalen Bistro, weil die Bedienung ihm durchs Fenster zugelächelt hatte. Allerdings gab es einen peinlichen Augenblick, als sie ihm sein Essen servierte. Reacher hatte eine Art Salat mit Roastbeef bestellt, weil er glaubte, das sei das nahrhafteste Gericht auf der Karte. Doch als es kam, war es winzig.

Er bestellte den Salat noch mal – und einen größeren Teller. Anfangs verstand ihn die Bedienung falsch: Sie glaubte, mit dem Essen sei etwas nicht in Ordnung. Oder mit der Tellergröße. Oder mit beidem. Dann begriff sie, dass er hungrig war und zwei Portionen wollte. Sie fragte, ob er sonst noch etwas brauche. Er bat um einen größeren Becher für seinen Kaffee.

Anschließend ging er zu einem kleinen Hotel, das er in einer Seitenstraße in der Nähe des Rathauses entdeckt hatte. Die Urlaubszeit war vorbei und somit genug Platz in der Herberge. Er zahlte einen hohen Preis für etwas, das der Typ am Empfang eine Suite nannte, obwohl es sich in Wirklichkeit nur um ein Zimmer mit einem Sofa und viel zu vielen floralen Mustern und Federkissen handelte. Er fegte ein Dutzend vom Bett und legte seine Hose zum Bügeln unter die Matratze. Dann duschte er lange, schlüpfte unter die Decke und schlief ein.

Der Tunnel durch den Wald erwies sich als über zwei Meilen lang. Patty Sundstrom verfolgte eine Kurve mit ihrem Finger auf der Karte. Unter den Rädern des Hondas lag grauer, löchriger Asphalt, der an manchen Stellen durch abfließendes Regenwasser weggeschwemmt worden war, sodass tischgroße flache Schlaglöcher, teils mit geripptem Beton, teils mit Kies aufgefüllt, entstanden. Viele bedeckte auch eine feuchte Laubschicht, weil das Blätterdach über ihnen geschlossen war – abgesehen von einer Stelle, wo zwanzig Meter lang keine Bäume standen, sodass sich kurz der hellrosa Abendhimmel zeigte. Vielleicht bestand der Untergrund hier aus massivem Fels, oder es gab zu viel oder zu wenig Wasser. Dann verschwand der schmale Himmelsstreifen. Sie befanden sich wieder im Tunnel. Shorty Fleck fuhr langsam, weil der Wagen dann weniger holperte und um den Motor zu schonen. Er überlegte, ob er mit Licht fahren sollte.

Dann lichtete sich erneut das Blätterdach, schien allgemein lückenhaft zu werden, als läge vor ihnen eine große Lichtung, als wären sie kurz vor einem Ziel. Vor ihnen verlief die Straße geradeaus über einige Hektar Grasland, von dem ihr schmales graues Band sich im letzten Tageslicht nackt und bloß abhob. Sie lief auf eine Gruppe aus drei großen Holzhäusern zu, die auf einer Strecke von fünfzig Metern hintereinander an einer weiten Rechtskurve standen. Alle drei waren dunkelrot gestrichen und hatten leuchtend weiße Tür- und Fensterrahmen. Vor dem grasgrünen Hintergrund wirkten sie wie Klassiker im New-England-Stil.

Beim ersten Gebäude handelte es sich um ein Motel. Wie aus einem Bilderbuch. Wie aus einem ABC-Buch, in dem *Motel* für M stand. Es war lang und niedrig, mit dunkelroten Brettern verkleidet, und hatte ein graues Schindeldach. Im ersten Fenster stand in roter Neonschrift *Office*, dann kam die Lamellentür eines Lagerraums, und dahinter folgte ein sich wiederholendes Muster: ein breites Fenster mit einem Klimagerät, davor zwei Plastikstühle und eine nummerierte Tür. Das ging so noch elfmal, sodass es zwölf identische Zimmer in einer Reihe gab. Aber vor keinem parkte ein Auto. Sah nach null Belegung aus.

»Okay?«, fragte Shorty.

Patty schwieg. Er hielt an. Das zweite Gebäude rechts voraus war kürzer als das Motel, aber viel höher und tiefer. Eine Art Scheune. Aber nicht für Tiere. Die Betonrampe vor dem Tor wirkte auffällig sauber. Ohne Mist, um es deutlich zu sagen. Vor dem Gebäude parkten neun Quads mit breiten Stollenreifen. Sie waren in drei präzisen Reihen zu je drei Quads aufgestellt.

»Vielleicht sind das Hondas«, sagte Patty. »Vielleicht wissen diese Kerle, wie man einen Motor repariert.«

Das dritte Gebäude am Ende der Reihe war ein normales Wohnhaus: schlicht, aber sehr geräumig, mit einer umlaufenden Veranda, auf der Schaukelstühle standen.

Shorty fuhr ein Stück weiter und hielt erneut. Der Asphalt endete zehn Meter vor dem Parkplatz des leeren Motels. Er war kurz davor, auf die verunkrautete unbefestigte Fläche zu rollen, auf der er mit dem erfahrenen Blick eines Kartoffelfarmers mindestens fünf Pflanzen erkannte, die er auf seinem eigenen Land nicht hätte haben wollen.

Das Ende der asphaltierten Zufahrt kam ihm wie eine Schwelle vor. Als stünde er vor einer Entscheidung.

»Okay?«, fragte er noch mal.

»Die Bude ist leer«, meinte Patty. »Kein einziger Gast. Wie verrückt ist das denn?«

»Die Saison ist vorbei.«

»Als ob man einen Schalter umlegt?«

»Darüber klagen sie immer.«

»Hier sind wir am Ende der Welt.«

»Ein idealer Rückzugsort. Kein Trubel, kein Stress.«

Patty schwieg eine Weile.

Dann sagte sie: »Es sieht okay aus, find ich.«

Shorty sagte: »Was anderes gibt's hier nicht, denk ich.«

Sie suchte die Struktur des Motels von einer Seite zur anderen ab: die schlichten Proportionen, das solide Dach, die starken Bretter, den kürzlichen Anstrich. Alle notwendigen Wartungsarbeiten waren ausgeführt, aber ohne Luxus. Dies war ein ehrliches Gebäude. Es hätte in Kanada stehen können.

Sie sagte: »Sehen wir's uns mal an.«

Sie holperten von dem Asphalt über die unebene Fläche und parkten vor dem Büro. Shorty überlegte kurz, dann stellte er den Motor ab. Das war sicherer, als ihn laufen zu lassen. Für den Fall, dass Explosionen und Metallschmelzen drohten. Sprang er nicht wieder an, war das eben Pech. Sie befanden sich schon fast am Ziel. Notfalls konnten sie Zimmer eins verlangen. Sie hatten einen Riesenkoffer voller Zeug, das sie verkaufen wollten. Der konnte im Auto bleiben. Davon abgesehen reisten sie mit leichtem Gepäck.

Sie stiegen aus und betraten das Büro. Hinter der Empfangstheke saß ein Mann, ungefähr in Pattys und Shortys Alter, Mitte zwanzig, vielleicht ein, zwei Jahre älter. Er war sonnengebrannt, hatte kurzes blondes, ordentlich gekämmtes Haar, blaue Augen, weiße Zähne und ein freundliches Lächeln. Aber er passte nicht so recht hierher. Shorty hielt ihn anfangs für einen Sommerjobber, wie er sie aus Kanada kannte, wo Kids aus guten Familien zu stumpfsinnigen Arbeiten aufs Land geschickt wurden, um Erfahrungen zu sammeln, ihren Horizont zu erweitern oder zu sich selbst zu finden oder irgendwas in der Art. Doch dafür war dieser Kerl fünf Jahre zu alt. Und seine Begrüßung hörte sich an, als wäre er der Besitzer. Er sagte willkommen, gewiss – aber in meinem Haus. Als gehörte ihm der Laden.

Vielleicht stimmte das sogar.

Patty erklärte ihm, sie bräuchten ein Zimmer und fragten sich, ob jemand, der für die Quads zuständig sei, sich ihren Wagen ansehen könne. Sonst seien sie für die Telefonnummer eines guten Automechanikers dankbar. Hoffentlich kein Abschleppdienst.

Der Kerl fragte lächelnd: »Was ist mit Ihrem Wagen?«

Er klang wie ein junger Filmheld, der an der Wall Street arbeitete und einen Anzug mit Krawatte trug. Gelassen und selbstbewusst. Vermutlich trank er Champagner. Geldgier ist geil. Nicht der Lieblingstyp eines Kartoffelfarmers.

Patty antwortete: »Er wird zu heiß und macht scheppernde Geräusche unter der Motorhaube.«

Der Typ setzte ein anderes Lächeln auf, dieses Mal ein bescheidenes, aber selbstsicheres Junior-Master-of-the Universe-Grinsen, und sagte: »Dann sollten wir ihn uns mal ansehen, denke ich. Ich tippe auf wenig Öl und wenig Kühlmittel. Beides ist leicht zu beheben, wenn's nicht irgendwo ein Leck gibt. Davon würde abhängen, welche Teile wir brauchen. Aber vielleicht könnten wir irgendwas anpassen. Klappt das nicht, kennen wir auch ein paar gute Mechaniker. Aber in beiden Fällen lässt sich nichts tun, bevor der Motor ganz abgekühlt ist. Parken Sie den Wagen über Nacht vor Ihrem Zimmer, dann sehen wir ihn uns morgen früh als Erstes an.«

»Um welche Zeit genau?«, fragte Patty, die daran dachte, wie viel Verspätung sie schon hatten – aber auch an geschenkte Gäule und ihre Mäuler.

Der Mann sagte: »Hier stehen wir alle mit der Sonne auf.«

Sie fragte: »Was kostet das Zimmer?«

»Nach dem Labor Day, vor den Herbstlaubfans … sagen wir fünfzig Bucks.«

»Okay«, sagte sie, obwohl das nicht ganz stimmte, aber sie dachte wieder an geschenkte Gäule. Und auch daran, was Shorty vorhin gesagt hatte: *Was anderes gibt's hier nicht, denk ich.*

»Wir geben Ihnen Zimmer zehn«, erklärte der Mann. »Das erste, das wir bisher renoviert haben. Tatsächlich sind wir gerade damit fertig. Sie wären die allerersten Gäste. Wir hoffen, dass Sie uns die Ehre erweisen werden.«

3

Reacher wachte eine Minute nach drei Uhr morgens auf. Regelrecht klischeehaft: sofort hellwach, als hätte jemand einen Schalter umgelegt. Er bewegte sich nicht. Spannte nicht einmal Arme und Beine an. Er lag einfach da, starrte ins Dunkel, horchte angestrengt, konzentrierte sich zu hundert Prozent. Keine angelernte Reaktion. Ein primitiver Instinkt, von der Evolution tief in sein Gehirn eingebrannt. In Südkalifornien hatte er einmal in einer stillen Nacht bei offenem Fenster geschlafen und war hellwach hochgeschreckt, weil er im Schlaf leichten Rauchgeruch wahrnahm. Keinen Zigarettenrauch oder den Rauch eines brennenden Gebäudes, sondern einen vierzig Meilen weit entfernten Buschbrand. Ein urzeitlicher Geruch. Wie ein Lauffeuer, das sich in grauer Vorzeit durch eine Savanne fraß. Wessen Vorfahren ihm entkamen, hing davon ab, wer am schnellsten aufwachte und sofort losrannte. Löschen, wieder und wieder, Hunderte von Generationen lang.

Aber es gab keinen Rauch. Nicht um eine Minute nach drei Uhr an diesem speziellen Morgen. Nicht in diesem speziellen Hotelzimmer. Was hatte ihn also geweckt? Er hatte nichts gesehen oder gefühlt oder geschmeckt, sondern fest geschlafen. Also musste es ein Geräusch gewesen sein. Er musste etwas gehört haben.

Er wartete auf eine Wiederholung, was er als evolutionäre Schwäche ansah. Das Produkt war noch nicht perfekt. Der Prozess lief nach wie vor in zwei Stufen ab. Stufe eins, damit man aufwachte, und Stufe zwei, damit man wusste, worum es sich handelte. Viel besser wäre es gewesen, wenn beides gleichzeitig abgelaufen wäre.

Er hörte nichts. Heutzutage gab es nicht mehr viele Geräusche, auf die sein Echsengehirn ansprach. Das Anschleichen oder Fauchen eines Raubtiers war kaum mehr zu vernehmen und das nächste Unterholz, in dem es bedrohlich knackte, meilenweit von hier entfernt. Sonst gab es kaum etwas, das den primitiven Kortex erschrecken konnte. Nicht im Audiobereich. Für neuere Geräusche waren die Frontallappen zuständig, die sehr wachsam auf moderne Gefahrensignale achteten, aber nicht die Kompetenz besaßen, einen Menschen aus ruhigem Tiefschlaf zu wecken.

Was hatte ihn also geweckt? Der einzig wirkliche andere uralte Klang war ein Hilferuf. Ein Schrei oder ein Flehen. Kein modernes Juchzen, kein Kreischen oder gackerndes Gelächter. Etwas zutiefst Primitives. Der Stamm wurde angegriffen. Vom äußersten Rand her. Eine Frühwarnung aus der Ferne.

Aber er hörte nichts mehr. Es gab keine Wiederholung. Er stand auf und horchte an der Tür. Nichts. Er nahm ein Kissen und drückte es auf den in die Tür eingelassenen Spion. Keine Reaktion. Kein Schuss, der Holz zersplittern ließ. Er schaute nach draußen. Nichts zu erkennen außer dem leeren, schwach beleuchteten Flur.

Er zog den Vorhang etwas auf und kontrollierte das Fenster. Nichts zu sehen. Auch auf der schlecht beleuchteten Straße nichts. Pechschwarz. Totenstill. Er ging zum Bett zurück, schüttelte das Kopfkissen auf und schlief weiter.

Auch Patty Sundstrom wachte eine Minute nach drei Uhr auf. Sie hatte vier Stunden geschlafen, aber dann hatte irgendeine unterschwellige Erregung sie geweckt. Sie fühlte sich nicht gut. Nicht im Innersten, wie es richtig gewesen wäre. Das lag wohl auch daran, dass die Verzögerung ihr Sorgen machte. Bestenfalls würden sie die City morgen Nachmittag erreichen. Nicht gerade die beste Verkaufszeit. Dazu kamen die fünfzig Bucks fürs Zimmer. Und der Wagen, der eine unbekannte Größe war. Es konnte ein Vermögen kosten, wenn Teile gebraucht wurden. Wenn etwas angepasst werden musste. Autos sind klasse, bis sie's nicht mehr sind. Immerhin war der Motor gleich angesprungen, als sie aus dem Büro gekommen waren. Der Kerl vom Motel hatte nicht allzu besorgt gewirkt und ein zuversichtliches Gesicht gemacht. Er war nicht mit ihnen ins Zimmer gegangen. Auch das war gut gewesen. Sie hasste es, wenn Leute sich mit hereindrängten, um ihr zu zeigen, wo sich der Lichtschalter im Bad befand, während sie ihr Gepäck begutachteten, übertrieben höflich taten und ein Trinkgeld wollten. Dieser Kerl hatte nichts dergleichen getan.

Und trotzdem fühlte sie sich nicht gut. Sie wusste nicht, warum. Das Zimmer war angenehm und wie angekündigt komplett renoviert. Die Wandtäfelung sah so neu aus wie die Holzdecke, der Anstrich und der Teppichboden. Nichts Gewagtes, erst recht nichts Verrücktes, sondern eine grundsolide Sanierung nach altem Vorbild. Die Klimaanlage arbeitete gut und geräuschlos. An der Wand hing ein Flachbildfernseher. Das teure Fenster bestand aus einer Isolierverglasung, in deren Zwischenraum eine elektrische Jalousie montiert war. Man zog an keiner Kette, um sie zu schließen, sondern drückte auf einen Knopf. Alles teuer und gediegen. Das einzige Problem war, dass sich das Fenster nicht öffnen ließ. Darüber konnte sie sich Sorgen machen, wenn es brannte. Und sie hatte gern frische Luft im Schlafzimmer. Aber insgesamt war dies ein anständiges Zimmer. Besser als die meisten, in denen sie jemals genächtigt hatte. Vielleicht sogar die fünfzig Bucks wert.

Aber sie fühlte sich nicht gut. Im Zimmer gab es kein Telefon, aber auch keinen Handyempfang, sodass sie nach einer halben Stunde ins Büro gegangen waren, um zu fragen, ob sie das Festnetztelefon benutzen dürften, um sich Essen zu bestellen. Vielleicht eine Pizza. Der Mann am Empfang hatte ihnen bedauernd lächelnd erklärt, das Motel liege leider viel zu einsam. Hierher komme kein Lieferservice. Er sagte, die meisten Gäste führen zum Abendessen in einen Diner oder ein Restaurant. Shorty hatte ausgesehen, als würde er gleich wütend. Als hätte der Kerl gesagt, die meisten Gäste hätten Autos, die funktionierten. Vielleicht hing das mit dem bedauernden Lächeln zusammen. Aber dann erklärte der Mann, hey, drüben im Haus haben wir Pizzen in der Tiefkühltruhe. Wollen Sie nicht mit uns essen?

Das war eine seltsame Mahlzeit gewesen: in einem dunklen alten Haus, mit Shorty und dem Mann und drei anderen genau wie er. Gleiches Alter, gleiches Aussehen, mit stummer Kommunikation auf gleicher Wellenlänge zwischen ihnen. Als verbände sie ein gemeinsames Vorhaben. Irgendwie wirkten sie nervös. Im Verlauf des Abends gelangte Patty zu dem Schluss, sie seien Investoren, die ihr ganzes Geld in ein gemeinsames Projekt gesteckt hatten. In das Motel, vermutete sie. Anscheinend hatten sie's gekauft und versuchten nun, es zum Erfolg zu führen. Jedenfalls waren sie alle ausnehmend höflich, freundlich und gesprächig. Der Kerl von der Rezeption stellte sich als Mark vor. Die anderen waren Robert, Steven und Peter. Alle stellten intelligente Fragen über das Leben in Saint Leonard. Sie erkundigten sich nach ihrer anstrengenden Fahrt gen Süden. Shorty sah wieder aus, als wollte er wütend werden. Er glaubte, sie hielten ihn für blöd, weil er mit einem unzuverlässigen Auto losgefahren war. Aber der Typ, der sich um die Quads kümmerte – Peter –, versicherte ihm, er hätte es auch getan. Rein statistisch gesehen. Der Honda war jahrelang gut gelaufen. Was hätte sich plötzlich daran ändern sollen? Alles hatte dafür gesprochen, dass er noch eine Weile durchhalten würde.

Sie hatten gute Nacht gesagt und waren zu Zimmer zehn zurück und ins Bett gegangen, nur war Patty vier Stunden später unruhig aufgewacht. Sie fühlte sich nicht gut, aber sie wusste nicht, warum. Oder vielleicht wusste sie es doch. Vielleicht wollte sie es sich nur nicht eingestehen. Vielleicht war das ihr Problem. Vermutlich war sie tief in ihrem Innern wütend auf Shorty. Dieser lange Trip stellte den wichtigsten Teil ihres Geheimplans dar, und er war mit einem defekten Auto losgefahren. Er war dumm. Dümmer als seine eigenen Kartoffeln. Zu geizig, um ein bisschen im Voraus zu investieren. Was hätte ein Ölwechsel im Sonderangebot gekostet? Garantiert weniger als die fünfzig Bucks für das Motel, von dem Shorty ihr einreden wollte, es sei ein unheimlicher Laden, der von unheimlichen Leuten geführt wurde – was sie in Konflikte stürzte, weil sie das Gefühl hatte, von einer Gruppe höflicher junger Männer wie von Rittern in schimmernder Rüstung aus einer Notlage befreit zu werden. An der allein ein Kartoffelbauer Schuld hatte, der zu doof gewesen war, sein Auto durchzuchecken, bevor er eine Tausendmeilentour in Angriff nahm – noch dazu in ein fremdes Land und mit etwas sehr Wertvollem im Gepäck.

Doof. Sie brauchte frische Luft, schlüpfte aus dem Bett und tappte barfuß zur Tür. Dann drehte sie den Knopf und stützte sich mit der anderen Hand vom Rahmen ab, um die Tür geräuschlos öffnen zu können, damit Shorty nicht aufwachte, denn sie wollte jetzt nichts mit ihm zu tun haben, weil sie wütend auf ihn war.

Aber die Tür klemmte. Sie bewegte sich überhaupt nicht.

Patty überzeugte sich davon, dass sie von innen aufgesperrt war, und drehte den Knopf nach beiden Richtungen, ohne dass etwas passierte. Die Tür ließ sich nicht öffnen. Vielleicht hatte sie sich nach dem Einbau in der Sommerhitze verzogen.

Doof. Echt doof. In dieser Situation hätte sie Shorty brauchen können. Weil er ständig Hundertpfundsäcke mit Kartoffeln herumwuchtete, war er ein bärenstarker kleiner Kerl. Aber würde sie ihn wecken, damit er ihr die Tür öffnete? Im Leben nicht. Sie kehrte zum Bett zurück, streckte sich neben ihm aus und starrte an die glatte und solide Zimmerdecke.

Reacher wachte um acht Uhr morgens erneut auf. An den Vorhangrändern fiel helles Sonnenlicht in den Raum. Sonnenstäubchen trieben träge durch die Luft. Von der Straße kamen gedämpfte Geräusche. Autos hielten, fuhren wieder an. Vermutlich an einer Ampel am Ende des Blocks. Gelegentlich wurde gehupt, als wäre ein Autofahrer unaufmerksam gewesen und bei Grün nicht gleich angefahren.

Reacher duschte und zog seine Hose unter der Matratze heraus, zog sich an und machte sich auf die Suche nach einem Frühstück. Ganz in der Nähe gab es Kaffee und Muffins, sodass er für einen längeren Streifzug gestärkt war, der ihn in ein Lokal führte, in dem es vielleicht gutes Essen geben würde, wenn man über das kitschige Retrodekor hinwegsah. Die Einrichtung schien jemandes heutige Idee wiederzugeben, wie Holzfäller in früheren Zeiten gegessen hatten, was nach derzeitigem Verständnis vor allem Gebratenes gewesen sein musste. Nach Reachers Erfahrung aßen Holzfäller wie andere Schwerarbeiter alle möglichen Dinge. Aber er hatte keine Einwände gegen Gebratenes, wenn es reichlich davon gab. Also spielte er mit, ging hinein und setzte sich geschäftig hin, als hätte er nur eine halbe Stunde Zeit, bevor er den nächsten Baum fällen musste.

Das Essen war klasse, und guter Kaffee wurde reichlich nachgeschenkt, sodass er länger als eine halbe Stunde blieb, das Treiben auf der Straße vor dem Fenster beobachtete und abwartete, bis die Leute in Anzügen und Kostümen in ihren Büros verschwanden. Dann stand er auf, ließ ein Trinkgeld liegen, zahlte seine Rechnung und ging zwei Blocks weit zu dem Ort, den er am Abend zuvor ausgekundschaftet hatte, um dort seine Recherchen zu beginnen. Er wollte ins Archiv der Stadtverwaltung, das mit vielen anderen städtischen Dienststellen in einem Mehrzweckklinkerbau untergebracht war. Aufgrund seiner Größe und seines Alters tippte Reacher darauf, dass sich früher einmal ein Gerichtssaal darin befunden hatte. Sich vielleicht noch heute darin befand.

Die Bürosuite, die er suchte, lag auf einem Flur, der von einer großen Halle im Zwischengeschoss abzweigte. Wie ein Korridor in einem teuren Hotel. Nur hatten die Türen hier altmodische Milchglaseinsätze, auf denen in goldener Schrift der Name der jeweiligen Dienststelle stand. In diesem speziellen Fall zweizeilig: *Records Department.* Hinter der Tür lag ein leerer Raum mit vier Plastikstühlen und einer hüfthohen Theke, auf der ein Klingelknopf montiert war, von dem eine dünne Litze zur Bodenleiste hinunterführte. Auf einem dachförmigen Pappschild stand *Falls nicht besetzt, bitte läuten.* Der Text war sauber mit der Hand geschrieben und durch viele Streifen eines durchsichtigen Klebebands geschützt. An den Kanten sah er schmuddelig aus und begann sich abzulösen, als hätten schon viele gelangweilte oder nervöse Finger mit dem Schild gespielt.

Reacher klingelte also. Nach etwa einer Minute tauchte eine Frau durch die Tür in der Rückwand auf und wandte sich dabei bedauernd um, wie Reacher fand, als verließe sie einen dramatisch größeren und aufregenderen Raum. Sie war ungefähr dreißig, schlank und adrett, in grauem Rock und grauem Pullover. Sie trat an die Theke, blickte sich aber erneut nach der Tür um. Entweder wartete dort ihr Freund, oder sie hasste ihren Job. Vielleicht beides. Aber sie tat ihr Bestes, setzte ein freundliches Begrüßungslächeln auf. Nicht so wie in einem Geschäft, in dem der Kunde König war, sondern eher als Gleichgestellte.

Er sagte: »Ich brauche eine Auskunft wegen eines alten Grundbucheintrags.«

»Geht's um Besitzansprüche?«, fragte die Frau. »Dann sollten Sie den Auszug von Ihrem Anwalt anfordern lassen. Das geht viel schneller.«

»Keine Ansprüche«, antwortete er. »Mein Vater ist hier geboren. Das ist alles. Vor vielen Jahren. Er ist schon tot. Ich bin nur auf der Durchreise. Ich dachte, ich sollte mir mal das Haus ansehen, in dem er aufgewachsen ist.«

»Sagen Sie mir die Adresse?«

»Die weiß ich nicht.«

»Können Sie sich ungefähr erinnern, wo es steht?«

»Ich war niemals dort.«

»Sie haben es nicht besucht?«

»Nein.«

»Vielleicht ist Ihr Vater schon sehr jung weggezogen.«

»Erst als er mit siebzehn zu den Marines gegangen ist.«

»Dann sind Ihre Großeltern vielleicht weggezogen, bevor Ihr Vater selbst eine Familie hatte. Bevor Besuche üblich wurden.«

»Ich hatte den Eindruck, meine Großeltern lebten bis an ihr Lebensende hier.«

»Aber Sie haben sie nicht persönlich gekannt.«

»Wir waren eine Marine-Corps-Familie und meist irgendwo anders auf der Welt.«

»Das tut mir leid.«

»Nicht Ihre Schuld.«

»Aber danke für Ihren Dienst.«

»War nicht mein Dienst. Mein Dad war der Marine, nicht ich. Ich hatte gehofft, wir könnten seinen Namen im Geburtsregister finden, um die genaue Anschrift seiner Eltern rauszubekommen. Vielleicht auch in einem Grundsteuerverzeichnis oder dergleichen, damit ich mir das Haus ansehen könnte.«

»Sie wissen nicht, wie Ihre Großeltern geheißen haben?«

»James und Elizabeth Reacher, denke ich.«

»Das ist mein Name.«

»Sie heißen Reacher?«

»Nein, Elizabeth. Elizabeth Castle.«

»Freut mich, Sie kennenzulernen«, sagte Reacher.

»Ebenfalls«, erwiderte sie.

»Ich bin Jack Reacher. Mein Vater war Stan Reacher.«

»Vor wie vielen Jahren ist Stan zu den Marines gegangen?«

»Er wäre jetzt fast neunzig, also war das vor über siebzig Jahren.«

»Dann sollten wir sicherheitshalber vor achtzig Jahren beginnen«, sagte die Frau. »Damals war Stan Reacher ungefähr zehn Jahre alt und hat irgendwo in Laconia bei seinen Eltern James und Elizabeth Reacher gelebt. Ist das eine korrekte Zusammenfassung?«

»Das könnte Kapitel eins meiner Biografie sein.«

»Ich weiß bestimmt, dass viele unserer Unterlagen bis 1900 digitalisiert sind«, erklärte sie. »Aber so alte Grundsteuerakten bestehen wahrscheinlich nur aus Namenslisten, fürchte ich.«

Sie sperrte ein Thekenfach auf und klappte den Deckel hoch. Darunter kamen ein Bildschirm und eine Tastatur zum Vorschein. Bei Nichtbenutzung diebstahlsicher weggesperrt. Sie schaltete den Computer per Knopfdruck ein und wartete.

»Er muss erst hochfahren«, sagte sie.

Diesen Ausdruck hatte Reacher in technischem Zusammenhang schon mehrmals gehört.

Sie klickte und scrollte, scrollte und klickte.

»Ja«, sagte sie. »Für die Zeit vor achtzig Jahren gibt's nur ein Register mit Grundstücksnummern. Wenn Sie Details wollen, müssen Sie die Akte aus dem Archiv anfordern. Aber das dauert meistens ziemlich lange.«

»Wie lange?«

»Bis zu drei Monaten.«

»Enthält das Register die Namen und Adressen?«

»Ja.«

»Mehr brauche ich eigentlich nicht.«

»Das stimmt wohl, wenn Sie sich wirklich nur das Haus ansehen wollen.«

»Mehr hab ich nicht vor.«

»Sind Sie nicht neugierig?«

»Worauf?«

»Ihr Leben. Wer sie waren und was sie gemacht haben.«

»Nicht neugierig genug für drei Monate Wartezeit.«

»Okay, dann brauchen wir den Namen und die Adresse.«

»Wenn das Haus noch steht«, wandte er ein. »Vielleicht ist es inzwischen abgerissen worden. Achtzig Jahre kommen mir auf einmal wie eine sehr lange Zeit vor.«

»Bei uns ändern sich die Dinge langsam«, meinte sie.

Sie klickte und scrollte wieder, erst schnell, als ginge sie durchs Alphabet nach unten, dann langsam und aufmerksam, als wäre sie bei dem Buchstaben R angelangt, und anschließend ebenso langsam und aufmerksam wieder nach oben. Danach erneut schnell nach oben und unten, als versuchte sie, etwas loszuschütteln.

Dann sagte sie: »In Laconia hat es vor achtzig Jahren keinen Grundbesitzer namens Reacher gegeben.«

4

Auch Patty Sundstrom wachte um acht Uhr morgens zum zweiten Mal auf, später, als ihr lieb war, aber sie hatte sich zuletzt ihrer Müdigkeit ergeben und fast weitere fünf Stunden fest geschlafen. Sie spürte, dass der Platz im Bett neben ihr leer war, wälzte sich zur Seite und sah, dass die Tür offen stand. Shorty befand sich draußen im Freien und redete mit einem der Motelleute. Vielleicht mit Peter, dachte sie. Mit dem Kerl, der sich um die Quads kümmerte. Die beiden standen neben dem Honda, dessen Motorhaube geöffnet war. Die Sonne schien strahlend vom Himmel.

Sie stand auf und huschte gebückt ins Bad, damit Peter – oder wer sonst bei dem Honda stand – sie nicht sehen konnte. Sie duschte und zog die Sachen vom Tag zuvor an, weil sie nichts zum Wechseln mitgenommen hatte. Sie kam aus dem Bad. Sie war hungrig. Die Tür stand weiter offen. Die Sonne schien noch immer. Shorty war jetzt allein. Der andere Mann war weggegangen.

Sie trat ins Freie und sagte: »Guten Morgen.«

»Der Motor springt nicht an«, sagte Shorty. »Der Kerl hat dran rumgefummelt, und jetzt ist er tot. Gestern Abend war er noch okay.«

»Na ja, richtig okay eigentlich nicht.«

»Gestern Abend ist er angesprungen. Jetzt nicht mehr. Der Kerl muss was kaputtgemacht haben.«

»Was hat er getan?«

»Mit einem Schraubenschlüssel und einer Kombizange rumgefummelt. Ich glaube, dass alles schlimmer geworden ist.«

»War das Peter? Der Typ, der sich um die Quads kümmert?«

»Angeblich ja. Wenn das stimmt, wünsche ich ihnen alles Gute. Wahrscheinlich brauchen sie nur deshalb neun Quads, damit sichergestellt ist, dass immer zumindest eins funktioniert.«

»Der Motor ist gestern Abend angesprungen, weil er warm war. Jetzt ist er kalt. Das macht einen Unterschied.«

»Verstehst du jetzt was von Autos?«

»Du vielleicht??«

»Ich glaube, dass der Kerl was kaputtgemacht hat.«

»Und ich glaube, dass er uns zu helfen versucht, so gut er kann. Wir sollten ihm dankbar sein.«

»Dafür, dass er unser Auto kaputtgemacht hat?«

»Es war schon kaputt.«

»Gestern Abend ist der Motor angesprungen. Sofort.«

Sie fragte: »Hast du ein Problem mit der Zimmertür gehabt?«

Er fragte: »Wann?«

»Als du heute Morgen ins Freie gegangen bist.«

»Was für ein Problem?«

»Ich wollte nachts ein bisschen frische Luft schnappen, aber ich konnte sie nicht aufkriegen. Sie hat geklemmt.«

»Ich hatte kein Problem«, sagte Shorty. »Sie ist gleich aufgegangen.«

Fünfzig Meter entfernt sahen sie Peter mit einer braunen Segeltuchtasche in der Hand aus der Scheune treten. Die Tasche sah schwer aus. Werkzeug, dachte Patty. Um unseren Wagen zu reparieren.

Sie sagte: »Shorty Fleck, hör mir jetzt zu. Diese Gentlemen versuchen uns zu helfen, und ich möchte, dass du dich so benimmst, als würdest du das anerkennen. Als absolutes Minimum verlange ich, dass du ihnen keinen Grund gibst, ihre

Hilfe einzustellen, bevor sie fertig sind. Habe ich mich klar genug ausgedrückt?«

»Jesus«, schimpfte er. »Du führst dich auf, als wär das meine Schuld oder was.«

»Yeah, irgendwas«, gab sie zurück. Dann hielt sie den Mund und wartete auf Peter mit seiner Werkzeugtasche. Der fröhlich lächelnd herangeklappert kam, als könnte er es kaum erwarten, sich in die Arbeit zu stürzen.

Sie sagte: »Vielen Dank für Ihre Hilfe.«

Er sagte: »Überhaupt kein Problem.«

»Hoffentlich ist's nicht zu kompliziert.«

»Im Augenblick ist er mausetot. Was meist auf ein elektrisches Problem schließen lässt. Vielleicht ist irgendwo ein Kabel durchgeschmort.«

»Kriegen Sie das hin?«

»Wir könnten ein neues Stück einspleißen, um die defekte Stelle zu überbrücken. Aber das müssten Sie früher oder später fachmännisch reparieren lassen. Sonst kann die Verbindung sich wieder losrütteln.«

»Wie lange dauert so ein Spleiß?«

»Erst müssen wir die durchgeschmorte Stelle finden.«

»Gestern Abend ist der Motor gleich angesprungen«, entgegnete Shorty. »Dann ist er zwei Minuten gelaufen und wieder abgestellt worden. Die ganze Nacht über ist er mehr und mehr abgekühlt. Wie kann da was durchschmoren?«

Peter schwieg.

»Er hat bloß gefragt«, sagte Patty. »Für den Fall, dass das Durchschmoren die falsche Fährte ist. Wir möchten Ihre Zeit nicht übermäßig beanspruchen. Dass Sie uns helfen, ist sehr nett von Ihnen.«

»Schon okay«, sagte Peter. »Das war eine berechtigte Frage. Stellt man den Motor ab, arbeiten Kühlerventilator und Wasserpumpe nicht mehr. Dann steigt das heißeste Wasser von allein nach oben. In der ersten Stunde kann die Temperatur an der Oberfläche sogar höher sein. Vielleicht hat ein Kabel den Motorblock berührt.«

Er streckte den Kopf unter die Motorhaube und sah sich die Kabel an. Fuhr Kabelstränge mit dem Finger nach, zog prüfend daran, klopfte auf andere. Er begutachtete die Batterie. Er benutzte einen Schraubenschlüssel, um sicherzustellen, dass die Polschuhe Kontakt hatten.

Dann richtete er sich wieder auf und sagte: »Versuchen Sie's noch mal.«

Shorty hockte sich halb hinein, ließ die Füße draußen. Er schaute, mit einer Hand am Zündschlüssel, nach vorn. Peter nickte. Shorty drehte den Schlüssel nach rechts.

Nichts passierte. Überhaupt nichts. Nicht mal ein Klicken oder ein Surren oder ein Husten. Als hätte Shorty den Zündschlüssel gar nicht angefasst. Inert. Mausetot. Toter als das toteste Ding, das jemals verendet war.

Elizabeth Castle sah von ihrem Bildschirm auf und starrte ein bisschen ins Leere, als ginge sie in Gedanken mehrere Möglichkeiten durch und überlegte, welche Schritte sie jeweils erforderten. Reacher vermutete, dass sie mit der Annahme beginnen würde, er sei ein Idiot, der sich in der Stadt geirrt habe, worauf der nächste Schritt darin bestand, dass sie ihn abwimmelte – zweifellos höflich, aber bestimmt.

Sie sagte: »Wahrscheinlich wohnten sie zur Miete. Das taten viele Leute. Die Grundsteuer zahlten die Hausbesitzer. Also müssen wir sie woanders finden. Waren sie Farmer?«

»Das glaube ich nicht«, sagte Reacher. »Ich kann mich an keine Storys erinnern, in denen er im Winter bei Tagesanbruch rausmusste, um die Hühner zu füttern, bevor er zwanzig Meilen weit durch den Schnee zur Schule gestapft ist – in beiden Richtungen bergauf. Solches Zeug erzählen einem doch Farmer, stimmt's? Aber so was habe ich nie gehört.«

»Dann weiß ich nicht recht, wo wir anfangen sollten.«

»Der Anfang ist meist gut. Das Geburtenregister.«

»Das wird beim County geführt, nicht von der Stadt. In einem ganz anderen Gebäude, ziemlich weit von hier. Vielleicht sollten Sie lieber mit den Unterlagen von Volkszählungen beginnen. Ihr Vater müsste zweimal erfasst worden sein: mit ungefähr zwei und dann mit zwölf Jahren.«

»Wo liegen die?«

»Ebenfalls beim County, aber in einer anderen Dienststelle, die etwas näher liegt.«

»Wie viele Dienststellen hat das County?«

»Ziemlich viele.«

Sie gab ihm die Adresse und beschrieb ihm den Weg dorthin sehr detailliert. Er verabschiedete sich und marschierte los. Er kam an dem kleinen Hotel vorbei, in dem er die Nacht verbracht hatte. Er kam an einem Lokal vorbei, das er mittags vermutlich aufsuchen würde. Er bewegte sich in südöstlicher Richtung durch die Innenstadt, manchmal auf abgetretenen, bestimmt achtzig oder sogar hundert Jahre alten Klinkergehsteigen. Oder sogar hundert. Die Geschäfte wirkten aufgeräumt und sauber, viele auf Haushaltswaren und Geschirr, Tischwäsche und allen möglichen anderen Küchenbedarf spezialisiert. Andere waren Schuhgeschäfte oder verkauften Koffer.

Das Gebäude, das er suchte, erwies sich als moderner niedriger Flachbau, der sich über zwei Grundstücke erstreckte. Er hätte besser von Computerlabors umgeben auf einen Technologiecampus gepasst. Was er in Wirklichkeit auch war. Reacher hatte lange Regale mit modrigen Akten erwartet, die mit verblassender Tinte beschriftet und mit Bindfäden verschnürt waren. Die gab es bestimmt noch, aber nicht hier. Solche Dinge lagerten im Archiv, drei Monate entfernt, nachdem es von einem Computer kopiert, katalogisiert und registriert worden war. Hervorholen ließ es sich nicht mit einer kleinen Staubwolke und einem Wägelchen, sondern mit einem Mausklick und dem Surren eines Druckers.

Die moderne Welt.

Er ging hinein und stand vor einem Empfangstresen, der in ein hippes Museum oder eine teure Zahnarztpraxis gepasst hätte. Dahinter saß ein Mann, der den Eindruck machte, hierher strafversetzt zu sein. Reacher sagte Hallo. Der Mann sah auf, ohne zu antworten. Reacher erklärte ihm, er wolle die Unterlagen zweier Volkszählungen einsehen.

»Für welchen Ort?«, fragte der Typ, als wäre ihm das völlig egal.

»Hier«, sagte Reacher.

Der Mann sah ihn verständnislos an.

»Laconia«, sagte Reacher. »New Hampshire, USA, Nordamerika, Welt, Sonnensystem, Galaxie, Universum.«

»Warum zwei?«

»Warum nicht?

»Welche Jahre?«

Reacher sagte es ihm: erst das Jahr, in dem sein Vater zwei gewesen war, dann genau ein Jahrzehnt später, als er zwölf war.

Der Kerl fragte: »Wohnen Sie im County?«

»Wozu müssen Sie das wissen?«

»Wegen der Kosten. Dieses Zeug ist nicht umsonst. Aber für Einheimische kostenlos.«

»Ich bin schon ziemlich lange hier«, erwiderte Reacher. »Mindestens so lange, wie ich in letzter Zeit anderswo gelebt habe.«

»Welchen Grund haben Sie für Ihre Suche?«

»Ist der wichtig?«

»Wir müssen Kästchen abhaken.«

»Familiengeschichte«, sagte Reacher.

»Jetzt brauche ich Ihren Namen«, fuhr der Kerl fort.

»Wozu?«

»Wir müssen Listen führen. Wir benötigen die Namen, sonst denken sie, dass wir die Zahlen aufblasen.«

»Ich könnte den ganzen Tag lang Namen erfinden.«

»Wir müssen einen Ausweis verlangen.«

»Warum? Sind diese Sachen nicht allgemein zugänglich?«

»Willkommen in der realen Welt«, sagte der Kerl.

Reacher zeigte ihm seinen Reisepass.

Der Mann sagte: »Sie sind in Berlin geboren.«

»Korrekt«, sagte Reacher.

»Aber nicht in Berlin, New Hampshire.«

»Ist das ein Problem? Halten Sie mich für einen ausländischen Spion, der hier Ereignisse beeinflussen soll, die vor neunzig Jahren stattgefunden haben?«

Der Kerl schrieb *Reacher* in ein Kästchen auf einem Vordruck.

»Kabine zwei, Mr. Reacher«, erklärte er und deutete auf eine Tür in der Wand gegenüber.

Reacher betrat einen stillen, indirekt beleuchteten Raum mit langen Arbeitstischen aus Ahorn, die durch senkrechte Trennwände in Arbeitsplätze unterteilt waren. In jeder Kabine gab es einen mit Tweed in gedämpften Farben bezogenen Stuhl, einen Flachbildschirm mit Tastatur, einen frisch gespitzten Bleistift und einen dünnen Schreibblock mit dem wie auf Hotelbriefpapier geprägten Namen des Countys. Auf dem Fußboden lag ein hochfloriger Teppichboden. Die Trennwände waren mit grobem Leinen bespannt. Alles Holz war qualitätsvoll verarbeitet. Reacher schätzte, dass der ganze Raum eine Million Dollar gekostet haben musste.

Als er in Kabine zwei Platz nahm, leuchtete der Bildschirm vor ihm gleichmäßig blau auf. In der oberen rechten Ecke waren zwei briefmarkengroße Icons zu sehen. Reacher war kein erfahrener Computernutzer, aber er hatte sich einige Male selbst an PCs versucht und oft zugeschaut, wie andere daran arbeiteten. Heutzutage verfügten selbst billige Hotels über Computer am Empfang, und er konnte häufig beobachten, wie eine Rezeptionistin klickte, scrollte und tippte. Vorbei war die Zeit, in der man ein paar Scheine auf die Empfangstheke klatschte und dafür sofort einen großen Messingschlüssel erhielt.

Er bewegte die Maus und schickte den Zeiger zu den Icons hinauf. Er wusste, dass das Ordner oder Dateien waren. Man musste sie anklicken, damit sie sich öffneten. Aber er wusste nie, ob das ein einfaches Klicken oder ein Doppelklicken erforderte. Er kannte beide Methoden vom Sehen und klickte selbst lieber zweimal. Das funktionierte immer und schien nie zu schaden. Als würde man jemanden in den Kopf schießen. Zwei Schüsse nacheinander hatten sich bewährt.

Als er mit dem Mauszeiger auf die Mitte des linken Icons zielte und zweimal klickte, wurde der Bildschirm schlachtschiffgrau. In seiner Mitte tauchte wie eine brillante Fotokopie das schwarz-weiße Deckblatt einer amtlichen Veröffentlichung in altmodischer Druckschrift auf. Ganz oben stand: *U.S. Handelsministerium, R. P. Lamont, Minister; Amt für Volkszählung, W. M. Steuart, Direktor.* In der Mitte hieß es: *Fünfzehnte Volkszählung der Vereinigten Staaten, Ergebnisse (Auszug) für die Stadtgemeinde Laconia, New Hampshire.* Ganz unten stand: *Verkauf durch Bundesdruckerei, Washington, D. C. Preis: ein Dollar.*

Unter dem Deckblatt war bereits ein Streifen von Seite zwei sichtbar. Dorthin gelangte man durch Scrollen. Das war klar. Wohl am besten, stellte er sich vor, mit dem Rädchen auf der Oberseite der Maus. Unter seinem Zeigefinger. Bequem. Intuitiv. Er überflog die Einführung, die hauptsächlich von den vielen methodischen Verbesserungen seit der vierzehnten Volkszählung handelte. Nicht direkt angeberhaft, sondern schon damals mehr von Fachmann zu Fachmann. Zeug, das einen interessierte, wenn man es liebte, das Volk zu zählen.

Dann folgten die Listen mit schlichten Namen und alten Berufen, sodass die Welt vor neunzig Jahren für Reacher aufzuerstehen schien. Es gab Knopf- und Hutmacher, Handschuhmacher und Terpentinfarmer, Landarbeiter und Tagelöhner, Stallknechte und Lokführer, Seidenspinner und Zinngießer. Es gab einen eigenen Abschnitt mit der Überschrift *Ungewöhnliche Tätigkeiten für Kinder.* Die meisten wurden euphemistisch als Lehrlinge bezeichnet. Oder als Helfer. Es gab Schmiede und Maurer, Rangierer sowie Berg- und Hüttenarbeiter.

Aber es gab keine Reachers. Nicht in Laconia, New Hampshire, in dem Jahr, in dem Stan zwei gewesen war.

Er scrollte wieder nach oben und begann erneut, wobei er diesmal besonders auf die Spalte *Kinder in Familien* achtete. Vielleicht war ein schrecklicher Unfall passiert und der kleine Stan als Vollwaise von gütigen, aber nicht mit ihm verwandten Nachbarn aufgenommen worden. Vielleicht hatten sie bei der damaligen Volkszählung seinen Geburtsnamen angegeben.

Es existierte kein in einer Familie lebendes Kind, das individuell als Stan Reacher identifiziert wurde. Nicht in Laconia, New Hampshire, in dem Jahr, in dem er zwei gewesen war.

Reacher zielte auf ein kleines Symbol in der linken oberen Bildschirmecke, das mit drei Schaltflächen in Rot, Gelb und Grün einer auf der Seite liegenden Verkehrsampel glich. Ein

Doppelklick auf Rot ließ das Dokument verschwinden. Er öffnete das rechte Icon und fand die Sechzehnte Volkszählung mit anderem Minister und anderem Direktor, aber mit ebenso wichtigen Verbesserungen im Vergleich zur vorigen. Dann folgten die Listen, jetzt nicht mehr neunzig, sondern achtzig Jahre alt, was sich andeutungsweise auch darin widerspiegelte, dass es jetzt mehr Jobs in Fabriken und weniger in der Landwirtschaft gab.

Aber weiterhin keine Reachers.

Nicht in Laconia, New Hampshire, in dem Jahr, in dem Stan zwölf gewesen war.

Er klickte zweimal auf die kleine rote Schaltfläche, und das Dokument verschwand.

5

Shorty versuchte es erneut mit dem Zündschlüssel, aber auch diesmal passierte nichts. Zu hören war nur ein leises mechanisches Klicken, das vom Schlüssel selbst kam, der im Zündschloss in der Steuersäule gedreht wurde. Ein leises kleines Klicken, das man sonst nie hörte, weil das Geräusch des anspringenden Motors es sofort übertönte. Nicht anders als das Klicken eines Abzugs, bevor der Schuss fällt.

Aber nicht an diesem Morgen. Der Honda fühlte sich tot an. Wie ein kranker alter Hund, der nachts verendet war. Jetzt in einem ganz anderen Zustand. Keine Reaktion mehr. Als wäre ein Lebensfunke erloschen.

Patty sagte: »Ich denke, wir sollten lieber einen Mechaniker holen.«

Peter schaute über ihre Schulter. Als sie sich umdrehte, sah sie die drei anderen Männer auf sie zukommen. Aus dem Haus oder aus der Scheune. Der Macker wie immer voraus. Mark, der sie am Abend zuvor eingecheckt und zum Abendessen eingeladen hatte. Der Kerl mit dem Lächeln. Hinter ihm kam Steven, an dritter Stelle Robert. Als sie haltmachten, erkundigte sich Mark: »Na, wie geht's uns heute Morgen?«

Peter antwortete: »Nicht so toll.«

»Was ist los mit dem Motor?«

»Weiß ich nicht. Er ist mausetot. Ist vermutlich irgendwas durchgeschmort.«

»Wir sollten einen Mechaniker holen«, meinte Patty. »Wir wollen nicht noch mehr von Ihrer Zeit beanspruchen.«

»Gestern Abend ist er angesprungen«, sagte Shorty. »Gleich beim ersten Versuch.«

Mark nickte lächelnd. »Ja, das stimmt.«

»Jetzt ist er tot. Ich meine ja nur. Ich kenne diesen Wagen. Ich hab ihn seit vielen Jahren. Er hat gute und schlechte Tage, aber er ist nie tot.«

Mark schwieg lange nachdenklich.

Dann lächelte er wieder und sagte: »Ich weiß nicht, ob ich verstehe, was Sie andeuten wollen.«

»Vielleicht wurde durch das Gefummel am Motor alles noch schlimmer.«

»Glauben Sie, dass Peter ihn kaputtgemacht hat?«

»Irgendwie hat er zwischen gestern Abend und jetzt den Geist aufgegeben. Mehr behaupte ich nicht. Vielleicht durch Peters Schuld, vielleicht auch nicht. Das spielt überhaupt keine Rolle mehr. Weil ihr Jungs dran rumgepfuscht habt, liegt jetzt praktisch die Verantwortung bei euch. Denn ihr seid ein Motel. Ich bin sicher, dass es für Beherbergungsbetriebe entsprechende Vorschriften gibt. Zum Schutz des Eigentums von Gästen, wenn Sie wissen, was ich meine.«

Mark schwieg wieder.

»Er meint's nicht so«, sagte Patty. »Er ist nur verärgert, das ist alles.«

Mark schüttelte den Kopf, aber nur ganz leicht. Er sah Shorty an und sagte: »Stress ist schwer zu bewältigen, das gebe ich zu. Ich denke, dass wir das alle wissen. Aber genauso wissen wir alle, dass es clever ist, im zwischenmenschlichen Umgang auf ein Mindestmaß an Höflichkeit zu achten. Finden Sie das nicht auch? Auf ein bisschen Respekt. Vielleicht auch auf ein bisschen Bescheidenheit. Auf ein bisschen Eigenverantwortung. Der Pflegezustand Ihres Wagens ist nicht besonders gut, nicht wahr?«

Shorty gab keine Antwort.

»Die Uhr tickt«, sagte Mark. »Die Mittagsstunde naht. Dann wird letzte Nacht im Motelgewerbe zu heute Nacht, sodass ihr uns weitere fünfzig Dollar schuldet, die ihr nicht zahlen könnt oder wollt, wie ich aus Pattys Miene schließe. Deshalb würde Ihnen eine rasche Antwort mehr nützen als mir. Aber rasch oder langsam, die Wahl liegt bei Ihnen.«

Patty sagte: »Okay, unser Honda ist in keinem besonders guten Zustand.«

»Hey!«, sagte Shorty.

»Das stimmt aber!«, fuhr sie fort. »Ich wette, dass die Motorhaube zum ersten Mal offen ist, seit du ihn gekauft hast.«

»Ich hab ihn nicht gekauft, sondern geschenkt gekriegt.«

»Von wem?«

»Meinem Onkel.«

»Dann wette ich, dass sie zum ersten Mal offen ist, seit er die Fabrik verlassen hat.«

Shorty schwieg.

Mark sah ihn an und sagte: »Patty sieht die Dinge aus der Perspektive einer Dritten. Das lässt eine gewisse Objektivität erwarten. Deshalb bin ich mir sicher, dass sie absolut recht hat. Bestimmt ist die Sache so einfach: Sie sind ein viel beschäftigter Mann. Wer hat schon Zeit für alles? Manche Dinge werden eben vernachlässigt.«

»So ist es«, stimmte Shorty ihm zu.

»Aber das müssen Sie laut sagen. Wir müssen es in Ihren eigenen Worten hören.«

»Was?«

»Damit wir alle einen guten Start hinlegen können.«

»Einen guten Start wozu?«

»Wir müssen eine freundschaftliche Beziehung aufbauen, Mr. Fleck.«

»Wieso?«

»Nun, zum Beispiel haben wir Sie gestern zum Abendessen eingeladen. Und, ebenfalls zum Bespiel, werden Sie in ungefähr einer Stunde um ein Frühstück bitten. Was bleibt Ihnen schließlich anderes übrig? Als Gegenleistung verlangen wir lediglich, dass Sie auch geben, statt nur zu nehmen.«

»Was geben?«

»Eine ehrliche Schilderung Ihrer eigenen Beteiligung an Ihrer Zwangslage.«

»Wozu?«

»Das wäre so, als würden Sie Ihren Einsatz auf den Spieltisch legen. Bevor das Spiel beginnt. Das wäre gewissermaßen ein emotionaler Einsatz für unsere freundschaftliche Beziehung. Wir haben uns Ihnen geöffnet, als wir Sie an unseren Tisch gebeten haben, und nun möchten wir, dass Sie diese Gefälligkeit erwidern.«

»Wir wollen kein Frühstück.«

»Nicht mal Kaffee?«

»Wir können Wasser aus dem Hahn am Waschbecken trinken. Wenn Ihnen das recht ist.«

»Später werden Sie um ein Mittagessen bitten. Aus Stolz verschmäht man vielleicht eine Mahlzeit, aber nicht zwei.«

»Fahren Sie uns bloß in die nächste Stadt. Den Honda lassen wir dann abschleppen.«

»Eine Fahrt in die Stadt ist nicht im Angebot.«

»Dann rufen Sie einen Mechaniker für uns an.«

»Das tun wir«, sagte Mark. »Sobald Sie gesprochen haben.«

»Sie wollen ein öffentliches Geständnis?«

»Haben Sie etwas zu gestehen?«

»Ich schätze, ich hätte mehr tun können«, antwortete Shorty. »Irgendein Kerl hat mir erzählt, dass japanische Autos eine Menge aushalten. Dass man ohne Weiteres mal ein Jahr überspringen kann. In manchen Jahren hab ich nicht so genau gewusst, wie viel Zeit vergangen war. Also sind vermutlich ab und zu ein paar Jahre ausgelassen worden.«

»Nur ein paar?«

»Vielleicht alle. Wie Sie gesagt haben, hatte ich keine Zeit dafür.«

»Auf kurze Sicht eine gute Methode.«

»Sie war am einfachsten.«

»Aber nicht auf lange Sicht.«

»Wahrscheinlich nicht«, sagte Shorty.

»Tatsächlich war das ein Fehler.«

»Wahrscheinlich.«

»Das ist der Teil, den Sie laut sagen müssen, Mr. Fleck. Wir wollen hören, dass Sie einen dämlichen Fehler gemacht haben, der allen möglichen Leuten alle möglichen Unannehmlichkeiten bereitet. Und wir wollen hören, wie Sie sagen, dass Ihnen das leidtut – vor allem zu Patty, die unserer Meinung nach rührend loyal ist. Mit ihr haben Sie ein Glückslos gezogen, Mr. Fleck.«

»Das stimmt wohl.«

»Wir müssen hören, wie Sie das laut sagen.«

»Das mit Patty?«

»Was Ihren Fehler betrifft.«

Keine Antwort.

Mark sagte: »Erst vorhin haben Sie uns aufgefordert, Verantwortung zu übernehmen. Aber tatsächlich ist das Ihre Aufgabe. Wir haben Ihren Honda nicht vernachlässigt. Wir haben keine Präzisionsmaschine vernachlässigt und sind dann zu einer langen Fahrt aufgebrochen, ohne auch nur an die Reifen zu treten. Das alles ist Ihre Schuld, Mr. Fleck. Nicht unsere. Wir versuchen nur, das klarzustellen.«

Keine Antwort.

Die Sonne brannte. Sie schien heiß auf Pattys Scheitel.

Sie sagte: »Sag's einfach, Shorty. Davon geht die Welt nicht unter.«

»Okay, ich hab einen dämlichen Fehler gemacht«, erklärte Shorty, »der allen möglichen Leuten alle möglichen Unannehmlichkeiten bereitet hat. Ich entschuldige mich bei allen Betroffenen.«

»Danke«, sagte Mark. »Jetzt gehen wir und rufen einen Mechaniker an.«

Reacher ging denselben Weg zurück, den er gekommen war: vorbei an Geschäften, die Koffer, Schuhe und Haushaltswaren verkauften, vorbei an dem Lokal, in dem er zu Mittag essen wollte, dem Inn, in dem er die Nacht verbracht hatte, und wieder zurück zum Records Department der Stadtverwaltung. Die Empfangstheke war wie zuvor unbesetzt. Er klingelte erneut. Nachdem er kurz gewartet hatte, erschien Elizabeth Castle.

»Oh«, sagte sie. »Noch mal hallo.«

»Hallo«, sagte er.

»Erfolg gehabt?«

»Bisher nicht«, erwiderte er. »Sie waren in keiner der beiden Volkszählungen.«

»Wissen Sie bestimmt, dass es die richtige Stadt ist? Oder sogar der richtige Staat? Vielleicht gibt es anderswo ein weiteres Laconia. In New Mexico, New York oder New Jersey. Es gibt viele N-Staaten.«

»Acht«, sagte Reacher. »Mit New und North und Nevada und Nebraska.«

»Dann haben Sie vielleicht nicht wirklich N-H gesehen. Vielleicht war's N-Irgendwas. Alte Handschriften können irreführend sein.«

»Ich hab's getippt gesehen«, sagte Reacher. »Hauptsächlich von Schreibern beim Marine Corps. Die im Allgemeinen keine Fehler machen. Und ich hab's Dutzende Male von ihm selbst gehört. Wenn meine Mutter ihn im Scherz ausgeschimpft hat, weil er ihr zu wenig romantisch war, hat er immer geantwortet: Zum Teufel damit, ich bin eben ein Yankee aus New Hampshire.«

Elizabeth Castle sagte: »Hmmm.«

Dann meinte sie: »Bei jeder Volkszählung werden Leute nicht erfasst, denke ich. Aus allen möglichen verrückten Gründen. Deshalb wird immer versucht, die Methode zu verbessern. Es gibt einen Mann, mit dem Sie reden sollten. Er ist ein Volkszählungsenthusiast.«

»Ist das etwas Neues?«

»Vermutlich nicht«, sagte sie ziemlich spitz. »Das ist bestimmt eine ernsthafte Beschäftigung mit langer, ehrbarer Geschichte.«

»Tut mir leid.«

»Was denn?«

»Ich fürchte, ich habe Sie gekränkt.«

»Wie denn? Ich bin keine Volkszählungsenthusiastin.«

»Zum Beispiel, wenn der Volkszählungsenthusiast Ihr Freund wäre.«

»Das ist er nicht!«, sagte sie fast empört, als wäre diese Vorstellung absurd.

»Wie heißt er?«

»Carter.«

»Wo finde ich ihn?«

»Wie spät ist es?«, fragte sie und sah sich nach ihrem Handy um, das nicht auf der Theke lag. Reacher war aufgefallen, dass immer weniger Leute Armbanduhren trugen. Smartphones erledigten alles.

»Fast elf Uhr«, antwortete er. »Vier Minuten und ein paar Sekunden davor.«

»Echt jetzt?«

»Warum nicht? Ich dachte, die Frage sei ernst gemeint.«

»Und ein paar Sekunden?«

»Ist Ihnen das zu genau?«

»Die meisten Leute würden fünf vor sagen. Oder ungefähr elf Uhr.«

»Das hätte ich auch getan, wenn Sie die ungefähre Zeit verlangt hätten. Aber Sie wollten wissen, wie spät es ist.«

»Sie sehen nicht auf Ihre Uhr.«

»Ich trage keine«, entgegnete er. »Genau wie Sie. Jetzt sind's drei Minuten und ein paar Zerquetschte.«

»Woher wissen Sie dann, wie spät es ist?«

»Keine Ahnung.«

»Im Ernst?«

»Jetzt sind's zwei Minuten und etwa fünfzig Sekunden vor elf Uhr vormittags.«

»Augenblick!«, sagte sie und verschwand durch die Tür hinter der Empfangstheke. Nach ungefähr anderthalb Minuten kam sie mit ihrem Smartphone zurück. Sie legte es auf die Theke. Das Display war dunkel.

Sie fragte: »Wie spät ist's jetzt?«

»Moment noch«, antwortete er.

Dann sagte er: »Drei, zwo, eins, die volle Stunde. Exakt elf Uhr.«

Sie drückte eine Taste ihres Handys.

Das Display wurde beleuchtet.

Es zeigte 10.59 Uhr an.

»Beinahe«, sagte sie.

Die Digitaluhr sprang auf 11.00 Uhr um.

»Wie machen Sie das?«, erkundigte sie sich.

»Keine Ahnung«, sagte er wieder. »Wo finde ich Ihren Freund Carter, den Volkszählungsenthusiasten?«

»Ich habe nicht gesagt, dass er mein Freund ist.«

»Arbeitskollege?«

»In einer völlig anderen Abteilung. In einem Hinterzimmer. Kein Teil der mit Publikumsverkehr betrauten Ökologie, wie man sagt.«

»Wie kann ich ihn dann treffen?«

»Deshalb habe ich nach der Zeit gefragt. Um Viertel nach elf macht er eine Kaffeepause. Jeden Tag, regelmäßig wie ein Uhrwerk.«

»Klingt nach einem charakterfesten Mann.«

»Er bleibt exakt eine halbe Stunde. In dem Coffeeshop gegenüber der Ampel. Im Garten, wenn die Sonne mal scheint. Hier drinnen lässt sich das nicht beurteilen.«

»Wie heißt Carter mit Vornamen?«, fragte Reacher, der daran dachte, wie Baristas Gäste ausriefen. Er stellte sich vor, dass der Coffeeshop voller Büroangestellter sein würde, die eine halbstündige Kaffeepause machten und alle ziemlich gleich aussahen.

»Carter ist sein Vorname«, erklärte Elizabeth Castle.

»Und sein Nachname?«

»Carrington«, sagte sie. »Kommen Sie wieder und erzählen Sie mir, wie's gelaufen ist. Geben Sie nicht auf! Familie ist wichtig. Es gibt noch andere Mittel, an Informationen zu gelangen.«

6

Patty und Shorty waren in Zimmer zehn allein, saßen nebeneinander auf dem ungemachten Bett. Mark hatte sie schließlich doch zum Frühstück eingeladen. Er war bereits am Weggehen, als er sich doch noch mit einem verzeihenden Wir-sind-alle-Freunde- und Seien-wir-doch-vernünftig-Grinsen auf dem Gesicht umwandte. Patty hatte Ja sagen wollen, Shorty sagte Nein. Sie waren hineingegangen und hatten am Waschbecken stehend lauwarmes Wasser aus Zahnputzgläsern getrunken.

Patty sagte: »Du fühlst dich nur noch schlechter, wenn du ihn um ein Mittagessen bitten musst. Du hättest es gleich hinter dich bringen sollen. Jetzt setzt dir der Gedanke daran immer mehr zu.«

Shorty sagte: »Du musst zugeben, dass das verrückt war.«

»Was denn?«

»Alles, was vorhin passiert ist.«

»Und das wäre?«

»Du hast's erlebt. Du warst dabei.«

»Erzähl's mir in eigenen Worten.«

»Was soll der Scheiß? Du redest genau wie er. Du hast erlebt, was passiert ist. Er hat mit einer verrückten Vendetta gegen mich angefangen.«

»Was ich gesehen habe, war, dass Peter seine Zeit geopfert hat, um uns zu helfen. Er hat sich sofort an die Arbeit gemacht, als ich noch nicht mal wach war. Und dann hab ich gehört, wie du ihm vorgeworfen hast, dass er alles nur schlimmer gemacht hat.«

»Ich gebe zu, dass der Wagen in keinem guten Zustand war, aber jetzt ist er total im Eimer. Was soll sonst passiert sein? Logischerweise hat er irgendwas kaputtgemacht.«

»Mit diesem Auto war schon vorher vieles nicht in Ordnung. Vielleicht hat das nochmalige Anlassen gestern Abend ihm den Rest gegeben.«

»Es war verrückt, wozu er mich gezwungen hat.«

»Er hat dich dazu gebracht, die Wahrheit zu sagen, Shorty. Wir könnten längst in New York sein. Der Verkauf wäre inzwischen abgeschlossen. Wir könnten zu einem dieser Händler fahren, die jedes Auto in Zahlung nehmen. Wir könnten uns einen besseren Wagen besorgen und die restliche Strecke stilvoll zurücklegen.«

»Tut mir leid«, meinte Shorty. »Wirklich.«

»Vielleicht kann der Mechaniker ihn richten.«

»Vielleicht sollten wir ihn einfach stehen lassen und weggehen, bevor wir noch mal fünfzig Bucks für das Zimmer hinlegen müssen.«

»Was meinst du mit ›weggehen‹?«

»Auf unseren zwei Beinen. Wir könnten zur Straße gehen und per Anhalter weiterfahren. Du hast gesagt, dass es bis zur nächsten Kleinstadt zwanzig Meilen sind. Vielleicht gibt's dort einen Bus.«

»Die Zufahrt durch den Wald betrug über zwei Meilen. Du müsstest den Koffer tragen, der größer ist als du. Wir können ihn nicht hierlassen. Und dann wären wir nur an einer Nebenstraße ohne Verkehr. Die haben wir absichtlich rausgesucht, stimmt's? Wir könnten den ganzen Tag auf eine Mitfahrgelegenheit warten. Vor allem mit einem Riesenkoffer. So was schreckt die Leute ab. Sie halten nicht an. Vielleicht ist ihr Kofferraum schon voll.«

»Okay, möglicherweise kann der Mechaniker ihn richten. Oder uns wenigstens in die Stadt mitnehmen. In seinem Truck. Mit dem großen Koffer. Von dort aus kommen wir schon irgendwie weiter.«

»Noch mal fünfzig Bucks können wir nur schwer verschmerzen.«

»Die Sache ist noch schlimmer«, erklärte Shorty. »Fünfzig Bucks sind Peanuts. Im Vergleich zu dem, was der Mechaniker kosten wird, könnten wir die ganze Woche hierbleiben. Diese Leute kriegen eine Anfahrtspauschale, wusstest du das? Im Prinzip eine Prämie dafür, dass sie noch leben. Fürs Anbauen von Kartoffeln gibt's keine, das kann ich dir sagen. Die Mechaniker übrigens sehr gern essen. Sie lieben sie! Pommes frites, Bratkartoffeln, doppelt mit Käse und Schinken gebraten. Wie wär's, wenn ich Geld dafür verlangen würde, dass ich bloß daran denke, Kartoffeln für sie anzubauen?«

Patty stand so ruckartig auf, dass das Bett schaukelte, und sagte: »Ich brauche ein bisschen frische Luft.«

Sie ging zur Tür, drehte den Türknopf nach links und zog daran. Die Tür blieb zu. Sie klemmte wieder. Patty begutachtete das Schloss.

Sie sagte: »So war's heute Nacht auch.«

Shorty erhob sich und trat neben sie.

Er drehte den Türknopf nach links.

Die Tür ging auf.

Er sagte: »Vielleicht hast du den Knopf falsch gedreht.«

Sie fragte: »In wie viele Richtungen kann man einen Türknopf drehen?«

Er schloss die Tür und trat zur Seite.

Sie stellte sich erneut davor und wiederholte den Vorgang. Mit dem gleichen Griff, der gleichen Drehung, der gleichen Zugkraft.

Die Tür schwang auf.

»Verrückt«, sagte Patty.

Im Zentrum von Laconia schien die Sonne – nicht besonders hoch über dem Horizont stehend, was die ersten Herbsttage ankündigte, aber noch so warm wie im Sommer. Reacher erreichte den Coffeeshop gegenüber der Ampel um 11.10 Uhr, fünf Minuten vor der Zeit, und sicherte sich einen Platz an einem kleinen Eisentisch in einer Ecke des Gartens, von der aus er den Gehsteig in Richtung Stadtverwaltung beobachten konnte. Was für ein Typ Carter Carrington war, wusste er nicht genau. Allerdings gab es mehrere Hinweise. Erstens: Elizabeth Castle hatte die Idee, der Mann könnte ihr Boyfriend sein, absurd gefunden. Zweitens: Sie hatte ausdrücklich betont, er sei nicht mal ein gewöhnlicher Freund. Drittens: Der Mann war in ein Hinterzimmer verbannt worden. Viertens: Er war für Publikumsverkehr ungeeignet. Fünftens: Er beschäftigte sich aus Liebhaberei mit Volkszählungsmethoden.

Keine günstigen Voraussetzungen.

In den Garten führte ein weiteres Tor vom Parkplatz aus. Gäste kamen und gingen. Reacher bestellte schwarzen Kaffee in einem To-go-Becher. Nicht weil er überstürzt aufbrechen wollte, sondern weil ihm die hier servierten Tassen, die groß und schwer wie Nachttöpfe aussahen, nicht gefielen. Seiner Meinung nach für Kaffee ungeeignet, aber andere mussten damit zufrieden sein, denn der Garten füllte sich rasch. Sehr bald waren nur noch drei Plätze frei. Einer davon unweigerlich gegenüber Reacher. So war das Leben eben. Die meisten Leute fanden ihn unnahbar.

Aus Richtung Stadtverwaltung tauchte als Erste eine Frau von ungefähr vierzig Jahren auf: lebhaft, kompetent, vermutlich eine Abteilungsleiterin. Sie sagte »hey« und »hi« zu einigen anderen Gästen, rein aus Höflichkeit unter Kollegen, warf ihre Umhängetasche auf einen freien Stuhl – nicht Reacher gegenüber – und ging an die Theke, um sich zu holen, was sie wollte. Reacher behielt den Gehsteig im Auge. In der Ferne entdeckte er einen Mann, der das Verwaltungsgebäude verließ und auf ihn zukam. Selbst von Weitem erkannte man, dass er groß und gut angezogen war. Sein Anzug saß perfekt, und auf seinem schneeweißen Hemd prangte eine korrekt gebundene Krawatte. Er hatte volles blondes, etwas widerspenstiges Haar, war braun gebrannt und wirkte fit und kräftig, voller Elan und Energie. Vor dem alten Klinkergebäude sah er aus wie ein Filmstar am Set.

Allerdings hinkte er. Ganz leicht mit dem linken Bein.

Die Frau, die an der Theke gewesen war, kam mit einem Teller und einer Tasse zurück und setzte sich auf den zuvor belegten Stuhl. So blieben nur zwei Plätze unbesetzt, von denen einer sofort von einer weiteren Frau in Anspruch genommen wurde, vermutlich auch eine Abteilungsleiterin, weil sie zu ganz anderen Leuten »hey« und »hi« sagte. Somit war im Garten nur noch der Platz direkt gegenüber Reacher frei.

Dann betrat der Filmstartyp den Garten. Aus der Nähe und in Person war er alles, was Reacher schon aus der Entfernung registriert hatte. Und er sah auf markante Weise gut aus – wie ein Cowboy, der ein College besuchte. Groß, breitschultrig, kräftig. Ungefähr Mitte dreißig. Reacher schloss eine kleine Wette mit sich selbst ab, dass der Mann beim Militär gedient hatte. Darauf wies alles hin. Sekundenschnell erstellte er einen imaginären Lebenslauf für ihn. Von der Ausbildung zum Reserveoffizier an einer kalifornischen Uni bis zu seiner Verwundung im Iran oder in Afghanistan und einem Aufenthalt im Walter Reed Hospital; danach Scheidung und ein neuer Job in New Hampshire, bestimmt eine Führungsposition, in der er sich vielleicht mit der Stadtspitze auseinandersetzen musste. Er hielt einen To-go-Becher Kaffee und eine Tüte in der Hand, die an einer Stelle einen Butterfleck aufwies. Er suchte den Garten ab, entdeckte den letzten freien Platz und hielt darauf zu.

Beide Abteilungsleiterinnen riefen: »Hey, Carter!«

Der Mann sagte ebenfalls »hey«, aber mit kühlem Lächeln, und ging weiter. Er setzte sich Reacher gegenüber.

Der fragte ihn: »Sie heißen Carter?«

Der Mann sagte: »Ja, das stimmt.«

»Carter Carrington?«

»Freut mich, Sie kennenzulernen. Und Sie sind?«

Das klang eher neugierig als irritiert. Er sprach wie ein gebildeter Mann.

Reacher antwortete: »Elizabeth Castle aus dem Records Department hat mir geraten, mit Ihnen zu reden. Mein Name ist Jack Reacher. Ich habe eine Frage wegen einer alten Volkszählung.«

»Geht's um eine juristische Frage?«

»Nein, um eine persönliche Angelegenheit.«

»Sind Sie sicher?«

»Die einzige Frage ist, ob ich heute oder morgen mit dem Bus weiterfahre.«

»Ich bin der Rechtsreferent der Stadt«, erklärte Carrington. »Und ein Volkszählungsfreak. Aus ethischen Gründen muss ich genau wissen, mit wem Sie zu reden glauben.«

»Mit dem Freak«, entgegnete Reacher. »Ich will nur Hintergrundinformationen.«

»Für welchen Zeitraum?«

Reacher nannte ihm die beiden Jahre, in denen sein Vater zwei und zwölf gewesen war.

Carrington sagte: »Wie lautet die Frage?«

Also erzählte Reacher ihm die Story von Unterlagen aus der Familiengeschichte, dem Bildschirm in Kabine zwei, der auffälligen Nichtexistenz von Reachers.

»Interessant«, sagte Carrington.

»In welcher Beziehung?«

Carrington machte eine kleine Pause.

Er fragte: »Waren Sie auch im Marine Corps?«

»Army«, antwortete Reacher.

»Das ist ungewöhnlich, stimmt's? Dass der Sohn eines Marines zur Army geht, meine ich.«

»In unserer Familie nicht. Mein Bruder war auch in der Army.«

»Die Antwort ist dreiteilig«, sagte Carter. »Teil eins besagt, dass alle möglichen unabsichtlichen Fehler vorgekommen sind. Aber zweimal nacheinander ist statistisch äußerst unwahrscheinlich. Also gehen wir weiter. Und weder Teil zwei noch Teil drei werfen ein vorteilhaftes Licht auf die theoretischen Vorfahren des theoretischen Fragestellers. Daher müssen Sie akzeptieren, dass ich theoretisch spreche. Allgemein, was auf die meisten Leute zutrifft, auf die große Mehrheit, nichts Persönliches, massenhaft Ausnahmen, weitere Beschwichtigungsformeln dieser Art, okay? Seien Sie also nicht beleidigt.«

»Okay«, sagte Reacher. »Versprochen.«

»Konzentrieren Sie sich auf die Volkszählung, als Ihr Vater zwölf war. Ignorieren Sie die vorige. Die neuere ist besser. Damals hatten wir sieben Jahre Wirtschaftskrise und den New Deal hinter uns. Genau zu zählen war sehr wichtig, weil mehr

Einwohner mehr staatliche Zuschüsse bedeuteten. Sie können sicher sein, dass die Bundesstaaten und Gemeinden alles drangesetzt haben, um niemanden zu übersehen. Aber in Einzelfällen ist das trotzdem geschehen. Der zweite Teil der Antwort besagt, dass die höchste Fehlerquote bei ganz bestimmten Personen aufgetreten ist: bei Mietern in Mehrfamilienhäusern oder übervollen Mietskasernen, bei Arbeitslosen, bei wenig Qualifizierten in prekären Arbeitsverhältnissen, bei Sozialhilfeempfängern. Mit anderen Worten bei Menschen am Rand der Gesellschaft.«

»Wollen Leute das Ihrer Erfahrung nach nicht von ihren Großeltern hören?«

»Es gefällt ihnen besser als Teil drei der Antwort.«

»Wie lautet der?«

»Ihre Großeltern haben sich vor der Justiz versteckt.«

»Interessant«, sagte Reacher.

»Das ist vorgekommen«, fuhr Carrington fort. »Wer mit Haftbefehl gesucht wurde, hat natürlich keinen Zählbogen ausgefüllt. Andere Leute dachten, ihr Abtauchen könnte ihnen in Zukunft nützen.«

Reacher äußerte sich nicht dazu.

Carrington fragte: »Bei welcher Einheit waren Sie in der Army?«

»Militärpolizei«, antwortete Reacher. »Sie?«

»Wie kommen Sie darauf, dass ich in der Army war?«

»Ihr Alter, Ihr Aussehen, Ihr Auftreten, Ihre befehlsgewohnt wirkende Kompetenz und Ihr Hinken.«

»Das ist Ihnen aufgefallen.«

»Dafür bin ich ausgebildet worden. Ich war ein Cop. Ich vermute, dass Sie eine Unterschenkelprothese tragen. Kaum erkennbar, also wirklich gut. Und die Army hat heutzutage die besten.«

»Ich habe nicht gedient«, sagte Carrington. »Ich konnte nicht.«

»Warum nicht?«

»Ich bin mit einer seltenen Krankheit zur Welt gekommen. Sie hat einen langen komplizierten Namen und bedeutet, dass mir ein Schienbein fehlte. Alles andere war vorhanden.«

»Also haben Sie Ihr Leben lang üben können.«

»Ich bin nicht auf Mitgefühl aus.«

»Sie kriegen auch keines. Trotzdem kommen Sie gut zurecht. Ihr Gang ist beinahe perfekt.«

»Danke«, sagte Carrington. »Erzählen Sie mir, wie's ist, ein Cop zu sein.«

»Das war ein guter Job, solange er gedauert hat.«

»Sie haben gesehen, wie Verbrechen sich auf Familien auswirken.«

»Manchmal.«

»Ihr Dad ist mit siebzehn zu den Marines gegangen«, sagte Carrington. «Dafür muss er einen Grund gehabt haben.«

Patty Sanderson und Shorty Fleck saßen auf den Gartenstühlen aus Kunststoff unter dem Fenster vor ihrem Zimmer. Sie beobachteten die Stelle, an der die Zufahrt unter den Bäumen hervorkam, und warteten darauf, dass der Mechaniker auftauchte. Das tat er nicht. Shorty stand auf und versuchte es noch mal mit dem Honda. Manchmal wurden Sachen von selbst wieder heil, wenn man sie eine Weile in Ruhe ließ. Das kannte er von seinem Fernseher, bei dem ungefähr jedes dritte Mal der Ton wegblieb. Dann musste man ihn ausschalten und es erneut versuchen.

Er drehte den Zündschlüssel. Wieder nichts. Ein, aus, ein, aus, lautlos, kein Unterschied. Er ging zu seinem Gartenstuhl zurück. Patty stand auf und holte alle ihre Landkarten aus dem

Ablagefach, nahm sie mit zu ihrem Stuhl und breitete sie auf ihren Knien aus. Sie fand ihren gegenwärtigen Standort am Ende eines gut zwei Zentimeter langen roten Spinnenfadens in einer blassgrünen Fläche, die einen Wald darstellte, der etwa fünf mal sieben Meilen groß war. Der rote Faden endete ziemlich genau in der Mitte. Die grüne Fläche war schwach umrandet, als wäre dies alles ein einziger Besitz. Vielleicht gehörte der Wald dem Motel. Entlang seiner Grenze verlief die Nebenstraße, von der sie abgebogen waren, in südöstlicher Richtung zu einer halbfett gedruckten Kleinstadt. Laconia, New Hampshire. Eher dreißig Meilen entfernt als zwanzig. Ihre gestrige Schätzung war zu optimistisch gewesen.

Sie sagte: »Vielleicht machen wir am besten, was du gesagt hast. Wir sollten den Honda vergessen und im Abschleppwagen mitfahren. Laconia liegt in der Nähe der I-93. Wir könnten per Anhalter zum Kleeblatt fahren oder sogar ein Taxi nehmen. Vermutlich für weniger Geld, als eine weitere Übernachtung kosten würde. Schaffen wir's bis Nashua oder Manchester, erreichen wir auch Boston. Von dort aus gibt's einen billigen Bus nach New York.«

»Die Sache mit dem Wagen tut mir leid«, sagte Shorty. »Ganz im Ernst.«

»Daran ist nichts mehr zu ändern.«

»Vielleicht kann der Mechaniker ihn richten. Vielleicht ist das ganz einfach. Ich verstehe nicht, wie er so mausetot sein kann. Vielleicht ist nur irgendein Kabel locker, mehr nicht. Ich hatte mal ein Radio, das keinen Ton mehr von sich gab. Ich hab darauf rumgehämmert, bis ich merkte, dass der Stecker aus der Dose gerutscht war. Es hat sich genauso mausetot angefühlt.«

Sie hörten Schritte im Kies knirschen. Steven bog um die Ecke und kam auf sie zu. An den Zimmern zwölf und elf vorbei, dann blieb er stehen.

»Kommt zum Mittagessen«, sagte er. »Nehmt nicht zu ernst, was Mark gesagt hat. Er ist aufgebracht, das ist alles. Er will euch wirklich helfen, aber das kann er nicht. Er dachte, Peter würde den Fehler in zwei Minuten finden. Das hat ihn frustriert. Er will immer, dass alles für alle klappt.«

Shorty fragte: »Wann kommt der Mechaniker?«

»Sorry, den haben wir noch nicht erreicht«, antwortete Steven. »Das Telefon funktioniert schon den ganzen Vormittag nicht.«

7

Reacher ließ Carrington an dem Tisch im Garten sitzen und machte sich wieder auf den Weg ins Records Department der Stadtverwaltung. Als er den Klingelknopf auf der Theke drückte, tauchte eine Minute später Elizabeth Castle auf.

Er sagte: »Ich sollte zurückkommen und Ihnen berichten, wie's gelaufen ist.«

Sie fragte: »Haben Sie Carter gefunden?«

»Er scheint ein netter Kerl zu sein. Ich verstehe nicht, warum Sie nicht mit ihm ausgehen würden.«

»Wie bitte?«

»Als ich gefragt habe, ob er Ihr Freund ist, haben Sie ungläubig reagiert.«

»Dass *er* mit mir ausgehen wollen würde. Er ist Laconias begehrtester Junggeselle. Er könnte jede Frau haben, die er will. Ich wette, dass er nicht mal weiß, wer ich bin. Was hat er Ihnen erzählt?«

»Dass meine Großeltern arm oder Diebe oder arme Diebe waren.«

»Das waren sie bestimmt nicht.«

Reacher schwieg.

Sie sagte: »Obwohl ich natürlich weiß, dass beides häufige Gründe waren.«

»Beides ist möglich«, sagte er. »Wir brauchen nicht um den heißen Brei herumzureden.«

»Wahrscheinlich haben sie sich dann auch nicht als Wähler registrieren lassen. Hätten sie Führerscheine gehabt?«

»Nicht wenn sie arm oder Diebe waren. Jedenfalls nicht unter ihrem richtigen Namen.«

»Ihr Dad muss über eine Geburtsurkunde verfügt haben. Irgendwo muss es ihn auf Papier geben.«

Die Publikumstür zum Flur öffnete sich, und Carter Carrington kam lächelnd herein. Er nickte Reacher zu, als wäre er nicht überrascht, ihn hier zu sehen. Dann trat er an die Theke, streckte die Hand aus und sagte: »Sie müssen Miss Castle sein.«

»Elizabeth«, sagte sie.

»Carter Carrington. Sehr erfreut, Sie kennenzulernen. Danke, dass Sie diesen Gentleman zu mir geschickt haben. Er befindet sich in einer interessanten Situation.«

»Weil sein Dad in zwei Volkszählungen nacheinander nicht auftaucht.«

»Genau.«

»Was wie Absicht aussieht.«

»Solange feststeht, dass wir in der richtigen Stadt suchen.«

»Todsicher«, erwiderte Reacher. »Ihren Namen habe ich oft genug gelesen. Laconia, New Hampshire.«

»Interessant«, meinte Carrington. Dann schaute er Elizabeth Castle in die Augen und sagte: »Wir sollten mal zusammen zum Lunch gehen. Mir gefällt, wie Sie den Aspekt mit den zwei Zählungen erkannt haben. Darüber würde ich mich gern weiter mit Ihnen unterhalten.«

Sie gab keine Antwort.

»Halten Sie mich bitte auf dem Laufenden.«

Sie sagte: »Wir haben gerade davon gesprochen, dass es eine Geburtsurkunde geben muss.«

»Ganz bestimmt«, sagte er. »Wann ist er geboren?«

Reacher antwortete nicht gleich. Dann erklärte er: »Das klingt jetzt vielleicht ein bisschen verrückt. In diesem Zusammenhang, meine ich.«

»Wieso?«

»Er war sich manchmal selbst nicht sicher.«

»Was soll das heißen?«

»Manchmal hat er Juni gesagt, manchmal Juli.«

»Gibt es dafür eine Erklärung?«

»Er hat gesagt, das könne er sich nicht merken, weil Geburtstage für ihn nicht wichtig seien. Er wollte keine Glückwünsche dafür, dass er dem Tod wieder ein Jahr näher gekommen war.«

»Das ist pessimistisch.«

»Er war ein Marine.«

»Was hat in seinen Papieren gestanden?«

»Juli.«

Carrington äußerte sich nicht dazu.

Reacher fragte: »Was?«

»Nichts.

»Miss Castle habe ich schon erklärt, dass wir nicht um den heißen Brei herumreden müssen.«

»Ein Kind, das sein Geburtsdatum nicht genau weiß, ist ein klassisches Symptom für zerrüttete Familienverhältnisse.«

»Theoretisch«, sagte Reacher.

»Geburtenregister sind chronologisch geordnet. Wenn Sie sich nicht sicher sind, könnte die Suche lange dauern. Da wär's besser, einen anderen Weg zu finden.«

»Zum Beispiel?«

»Die Dienstbücher der Polizei. Ich möchte nicht unsensibel sein, aber das wäre nur eine von mehreren Möglichkeiten. Es wäre gut, sie ausschließen zu können. Ich würde mir wie Sie wünschen, dass sie sich nicht vor der Polizei versteckt haben. Und bei der Polizei würde die Suche nicht lange dauern. Unser Police Department hat ungefähr tausend Jahre seiner Geschichte digitalisiert. Dafür hat es ein Vermögen ausgegeben. Geld der Heimatschutzbehörde, nicht unseres, aber trotzdem … Außerdem hat es ein Denkmal für unseren ersten Polizeichef errichtet.«

»An wen sollte ich mich wenden?«

»Ich rufe vorher an. Dann holt jemand Sie am Empfang ab.«

»Wie kooperativ sind sie voraussichtlich?«

»Ich bin der Mann, der entscheidet, ob die Stadt ihnen Rechtsschutz gewährt. Wenn wieder mal eine Anzeige gegen sie vorliegt, meine ich. Also werden sie höchst kooperativ sein. Aber warten Sie bis nach dem Mittagessen. Dann nimmt man sich mehr Zeit für Sie.«

Patty Sundstrom und Shorty Fleck gingen zum Lunch ins große Haus hinüber. Das war ein unbehagliches Mahl. Shorty wirkte abwechselnd verspannt und kleinlaut. Peter war schweigsam. Gekränkt oder enttäuscht, genau konnte Patty das nicht beurteilen. Robert und Steven sprachen nicht viel. Eigentlich redete nur Mark. Er war gut gelaunt, heiter und redselig. Sehr freundlich. Als hätte es die Ereignisse am Morgen nie gegeben. Er schien entschlossen zu sein, eine Lösung für ihre Probleme zu finden, und entschuldigte sich wieder und wieder wegen des defekten Telefons. Wie um eine Last zu teilen, mussten sie den stummen Hörer ans Ohr halten. Mark sagte, ihm mache Sorgen, dass sich vielleicht Leute daheim oder an ihrem Zielort fragten, wo sie blieben. Versäumten sie irgendwelche Termine? Oder gab es Personen, die sie anrufen mussten?

Patty sagte: »Niemand weiß, dass wir weg sind.«

»Tatsächlich?«

»Sie hätten versucht, unseren Plan zu durchkreuzen.«

»Welchen Plan?«

»Dort droben ist's langweilig. Shorty und ich wollen was anderes machen.«

»Wohin wollt ihr?«

»Florida«, sagte sie. »Wir möchten dort ein eigenes Geschäft aufziehen.«

»Welche Art Geschäft?«

»Irgendwas am Meer. Vielleicht mit Wassersport. Zum Beispiel ein Surfbrettverleih.«

»Dafür bräuchtet ihr Kapital«, meinte Mark. »Um Surfbretter zu kaufen.«

Patty sah weg und dachte an ihren Koffer.

Shorty fragte: »Wann funktioniert das Telefon wieder?«

Mark fragte seinerseits: »Was bin ich, ein Hellseher?«

»Normalerweise, meine ich. Im Durchschnitt.«

»Im Allgemeinen dauert die Reparatur einen halben Tag. Und der Mechaniker ist ein guter Freund von uns. Wir bitten ihn, als Erstes zu uns zu kommen. Dann seid ihr vielleicht vor dem Abendessen wieder unterwegs.«

»Und wenn die Instandsetzung länger als einen halben Tag dauert?«

»Dann tut sie's eben, denke ich. Darauf habe ich keinen Einfluss.«

»Mal ehrlich, am besten würdet ihr uns einfach in die Stadt fahren. Für uns am besten, für euch am besten. Dann wärt ihr uns los.«

»Aber der Honda stünde noch hier.«

»Wir könnten einen Abschleppwagen schicken.«

»Würden Sie das tun?«

»Bei erstbester Gelegenheit.«

»Könnten wir Ihnen trauen?«

»Ich verspreche, dass ich mich darum kümmern würde.«

»Okay, aber Sie müssen zugeben, dass Sie in Bezug auf Dinge, um die man sich kümmern muss, bisher nicht hundertprozentig zuverlässig waren.«

»Ich verspreche, dass wir einen Abschleppwagen organisieren würden.«

»Aber wenn Sie's nicht täten? Wir führen hier ein Geschäft. Wir müssten uns damit rumschlagen, Ihren Wagen zu entsorgen. Was schwierig sein könnte, weil er natürlich nicht uns gehört. Ohne Papiere könnten wir nicht viel mit ihm anfangen, ihn nicht spenden oder auch nur als Schrott verkaufen. Alternativen würden uns Zeit und Geld kosten. Aber uns bliebe nichts anderes übrig. Wir könnten Ihre Rostlaube nicht ewig stehen lassen. War nicht persönlich gemeint. In unserem Geschäft geht's um Image und Außenwirkung auf den ersten Blick. Sie muss anlocken, darf nicht abstoßen. Ein rostiges Autowrack mitten im Bild würde die falsche Botschaft senden. Nichts für ungut. Das können Sie sicher verstehen.«

»Sie könnten uns zum Abschleppdienst begleiten«, schlug Shorty vor. »Der wäre dann unsere erste Station. Sie könnten zusehen, wie wir den Auftrag erteilen. Wie ein Zeuge.«

Mark nickte mit gesenktem Blick, wirkte jetzt selbst ein wenig verlegen.

»Guter Vorschlag«, sagte er. »Bloß sind wir im Augenblick leider selbst ein bisschen gehandicapt, was Fahrten in die Stadt betrifft. Für das Motel haben wir sehr viel Geld aufbringen müssen. Drei von uns mussten ihre Autos verkaufen. Peters Auto haben wir zur gemeinsamen Nutzung behalten, weil es das älteste und deshalb am wenigsten wert war. Heute Morgen ist es nicht angesprungen. Genau wie Ihres. Vielleicht liegt hier etwas in der Luft. Aber praktisch gesehen sitzen wir vorläufig alle im selben Boot, fürchte ich.«

Reacher aß in dem zuvor gewählten Lokal, das in einem behaglichen Raum auf weißen Tischdecken nicht gerade billige, aber bekannte Speisen servierte. Er verspeiste einen Burger mit hoch aufgetürmten Extras und ein Stück Aprikosenkuchen, beides mit schwarzem Kaffee. Danach machte er sich auf den Weg zur Polizei, den Carrington ihm genau beschrieben hatte. Das Foyer des Dienstgebäudes war hoch, gefliest und nüchtern. Hinter einer Mahagonitheke saß eine Mitarbeiterin in Zivil. Reacher nannte seinen Namen und erklärte ihr, Carter Carrington habe versprochen, dafür zu sorgen, dass er hier einen Gesprächspartner finde. Die Frau griff schon nach dem Telefonhörer, bevor er ausgesprochen hatte. Offenbar war sie vorgewarnt.

Sie bat ihn, Platz zu nehmen, aber er blieb lieber stehen und wartete. Das dauerte nicht lange. Zwei Kriminalbeamte traten durch eine zweiflüglige Tür. Ein Mann und eine Frau. Reacher war nicht sofort klar, dass sie seinetwegen kamen. Er hatte eine Büroangestellte erwartet. Aber sie hielten geradewegs auf ihn zu. Als sie vor ihm standen, sagte der Mann: »Mr. Reacher? Ich bin Jim Shaw, der Kripochef. Sehr erfreut, Sie kennenzulernen.«

Der Kripochef. Sehr erfreut. Sie würden höchst kooperativ sein, hatte Carrington gesagt. Er hatte nicht übertrieben. Shaw war ein stämmiger Mann Anfang fünfzig, ungefähr einen Meter fünfundsiebzig groß, mit zerfurchtem irischem Gesicht und einem roten Haarschopf. In hundert Meilen Umkreis um Boston hätte jeder ihn als Cop erkannt. Er war geradezu ein Bilderbuchcop.

»Freut mich ebenfalls sehr, Sie kennenzulernen«, erwiderte Reacher.

»Ich bin Detective Amos«, sagte die Frau. »Ich helfe Ihnen gern weiter. Mit allem, was Sie brauchen.«

Sie sprach mit Südstaatenakzent. Leicht schleppend, aber nicht mehr weich. In New Hampshire rauer geworden. Sie war zehn Jahre jünger als Shaw, ungefähr einen Meter fünfundsechzig groß und schlank, hatte blondes Haar, markante Wangenknochen und verschlafene grüne Augen, die jeden davor warnten, sich mit ihr anzulegen.

»Danke, Ma'am«, sagte er. »Aber die Sache ist wirklich nicht besonders wichtig. Ich weiß nicht, was Mr. Carrington Ihnen erzählt hat, aber ich brauche nur Einblick in historische Unterlagen. Die vielleicht gar nicht hier archiviert sind. Aus einer Zeit vor achtzig Jahren. Dabei geht's nicht mal um einen kalten Fall.«

Shaw sagte: »Mr. Carrington hat erwähnt, dass Sie bei der Militärpolizei waren.«

»Vor vielen Jahren.«

»Dafür bekommen Sie zehn Minuten am Computer. Länger dürfte es nicht dauern.«

Die beiden gingen mit ihm in ein Großraumbüro voller Kriminalbeamter, die an paarweise zusammengestellten Schreibtischen arbeiteten. Die Schreibtische waren mit Telefonen und Flachbildschirmen, Tastaturen und Drahtkörben für Akten überladen. Nicht anders als in den meisten Büros, aber hier herrschte ein fast greifbarer Pessimismus vor, der es eindeutig zu einem Cop-Shop machte. Sie bogen auf einen Korridor mit Einzelbüros auf beiden Seiten ab und blieben vor dem dritten links stehen, das Amos gehörte. Hier verabschiedete Shaw sich und ging weiter, als wäre sein Job mit der freundlichen Begrüßung erledigt. Amos folgte Reacher in den

Raum und schloss die Tür hinter ihnen. Das Dienstgebäude hatte bestimmt hundert Jahre auf dem Buckel, aber hier drinnen war alles modern und funktional: Schreibtisch, Stühle, Aktenschränke, Computer.

Amos fragte: »Was kann ich für Sie tun?«

Er antwortete: »Ich suche den Familiennamen Reacher in Polizeiberichten aus den zwanziger, dreißiger und vierziger Jahren des vorigen Jahrhunderts.«

»Verwandte von Ihnen?«

»Meine Großeltern und mein Vater. Carrington vermutet, dass sie an der Volkszählung nicht teilgenommen haben, weil das FBI sie mit Haftbefehl gesucht hat.«

»Wir sind eine städtische Polizei. Zu FBI-Unterlagen haben wir keinen Zugang.«

»Vielleicht haben sie klein angefangen. Das tun die meisten Leute.«

Amos zog ihre Tastatur zu sich heran und begann zu tippen. »Gibt es alternative Schreibweisen?«, fragte sie.

Er sagte: »Nicht dass ich wüsste.«

»Vornamen?«

»James, Elizabeth und Stan.«

»Jim, Jimmy, Jamie, Lizzie, Beth?«

»Keine Ahnung, wie sie sich untereinander nannten. Ich kannte sie nicht persönlich.«

»War Stan die Kurzform von Stanley?«

»Anscheinend nicht. Er war immer nur Stan.«

»Irgendwelche Pseudonyme?«

»Ich wüsste keines.«

Sie tippte wieder und klickte und wartete.

Ohne dabei zu sprechen.

Er sagte: »Ich glaube, dass Sie auch bei den MPs waren.«

»Was hat mich verraten?«

»Als Erstes Ihr Akzent. Er ist der Sound der U.S. Army. Ein ziemlich abgeschliffener Südstaatenakzent. Und die meisten zivilen Cops fragen, was wir gemacht und wie wir's gemacht haben. Weil sie professionell neugierig sind. Aber Sie nicht. Vermutlich weil Sie's bereits wissen.«

»Schuldig im Sinne der Anklage.«

»Wie lange sind Sie schon draußen?«

»Sechs Jahre«, sagte sie. »Sie?«

»Viel länger.«

»Bei welcher Einheit?«

»Die meiste Zeit bei der 110th MP.«

»Nett«, meinte sie. »Wer war damals der Kommandeur?«

»Der war ich«, sagte er.

»Und jetzt sind Sie im Ruhestand und interessieren sich für Genealogie.«

»Ich habe einen Wegweiser nach Laconia entdeckt«, erklärte er. »Das ist alles. Inzwischen wünsche ich mir fast, ich hätte ihn nie gesehen.«

Sie sah wieder auf den Bildschirm.

»Wir haben einen Treffer«, sagte sie. »Vor fünfundsiebzig Jahren.«

8

Nach einem Doppelklick gab Brenda Amos ein Passwort ein. Dann klickte sie noch mal, beugte sich nach vorn und las, was auf dem Bildschirm stand. Sie sagte: »Spät an einem Septemberabend des Jahres 1943 wurde mitten in Laconia ein junger Mann bewusstlos auf einem Gehsteig aufgefunden. Er war zusammengeschlagen worden. Identifiziert wurde er als ein Zwanzigjähriger, den die Polizei als Angeber und Rowdy kannte, der aber als Sohn eines reichen Mannes unantastbar war. Deshalb vermute ich, dass die Kollegen privat gefeiert haben – aber um den Schein zu wahren, mussten sie Ermittlungen einleiten. Hier steht, dass sie am Tag danach von Haus zu Haus gegangen sind, ohne sich viel davon zu erwarten. Aber sie haben eine Menge erfahren. Eine alte Dame hat alles durch ihr Fernglas beobachtet. Das spätere Opfer war zwei Jugendliche aggressiv angegangen, weil es sich anscheinend überlegen fühlte. Doch zuletzt hat der Zwanzigjährige den Kürzeren gezogen.«

Reacher fragte: »Wieso hat die alte Dame spätabends ein Fernglas benutzt?«

»Hier steht, dass sie eine Vogelbeobachterin war und sich für nachts fliegende Zugvögel interessierte. Sie konnte ihre Umrisse vor dem Nachthimmel ausmachen.«

Reacher schwieg.

Amos sagte: »Sie hat einen der beiden Jugendlichen als Mitglied ihres Birdwatching Clubs identifiziert.«

Reacher sagte: »Mein Dad war ein Vogelfreund.«

Amos nickte. »Die alte Dame hat ihn als den ihr persönlich bekannten Jugendlichen Stan Reacher erkannt, damals gerade sechzehn Jahre alt.«

»War sie sich ihrer Sache sicher? Ich glaube, dass mein Dad im September 1943 erst fünfzehn war.«

»Den Namen scheint sie gewusst zu haben, aber vielleicht schätzte sie sein Alter falsch ein. Sie hat am Fenster ihrer Wohnung über einem Lebensmittelgeschäft gestanden. Von dem aus sie ein gutes Stück Straße und den Nachthimmel im Osten beobachten konnte. Stan Reacher war mit einem nicht identifizierten Freund stadtauswärts unterwegs, ist auf sie zugekommen. Die beiden sind durch den Lichtkreis einer Straßenlampe gegangen, sodass die alte Dame Stan gut sehen konnte.

Der Zwanzigjährige ist ihnen entgegengekommen, und die drei haben haltgemacht. Der Ältere schien etwas zu verlangen, hat eine drohende Haltung eingenommen. Einer der Jungen ist eingeschüchtert oder ängstlich weggelaufen. Der andere hat die Stellung gehalten und dem jungen Mann plötzlich ins Gesicht geboxt.«

Reacher nickte. Er selbst bezeichnete das als »vorgezogene Vergeltung«. Überraschung war immer gut. Ein kluger Mann schlug niemals erst bei drei zu.

Amos fuhr fort: »Nach Aussage der alten Dame hat der kleinere Junge den großen Kerl mit Boxhieben eingedeckt, bis er zu Boden ging, worauf der Junge ihn mit Fußtritten an den Kopf und in die Rippen außer Gefecht setzte. Dann hörte er ebenso plötzlich auf, wie er angefangen hatte, rief seinen ängstlichen Freund zu sich und ging mit ihm weiter, als wäre nichts gewesen. Die alte Dame hat sich gleich danach Notizen gemacht und sogar eine Tatortskizze angefertigt, die sie am nächsten Tag der Polizei übergeben hat.«

»Gute Zeugin«, sagte Reacher. »Der Staatsanwalt war sicher begeistert. Was ist als Nächstes passiert?«

Amos scrollte und las.

»Nichts«, sagte sie dann. »Zu einer Anklage ist es nie gekommen.«

»Warum nicht?«

»Personalmangel. Nach Pearl Harbor wurden in großem Stil Wehrpflichtige eingezogen. Im Police Department hat nur noch eine Notbesetzung gearbeitet.«

»Wieso ist der Zwanzigjährige nicht eingezogen worden?«

»Reicher Daddy.«

»Das verstehe ich nicht«, sagt Reacher. »Wie viele Leute hätten sie dafür gebraucht? Sie hatten eine Augenzeugin. Einen Fünfzehnjährigen zu verhaften ist nicht schwierig.

Dafür braucht man kein SWAT-Team.«

»Die Identität des Angreifers war unbekannt, und für gründliche Ermittlungen fehlten die Leute.«

»Aber Sie haben gesagt, die alte Dame habe ihn aus dem Birdwatching Club gekannt.«

»Der Angreifer war der unbekannte andere Junge. Stan Reacher ist weggelaufen.«

Sie gaben Patty und Shorty noch einen Becher Kaffee, dann schickten sie die beiden in Zimmer zehn zurück. Mark beobachtete sie, bis sie auf halbem Weg zu der Scheune waren und wie Leute aussahen, die nicht zurückkommen würden. Worauf er sich umdrehte und sagte: »Okay, stöpselt das Telefon wieder ein.«

Als Steven das erledigt hatte, sagte Mark: »Nun zeigt mir das Problem mit der Tür.«

»Das Problem liegt nicht an der Tür«, sagte Robert, »sondern an unserer Reaktionszeit.«

Sie gingen über den Flur und betraten ein relativ kleines, aber noch immer geräumiges Zimmer auf der Rückseite des Hauses. Wände und Decke waren mattschwarz gestrichen, das Fenster mit Brettern verschalt. Alle Wände verschwanden hinter Flachbildschirmen. In der Mitte des Raums stand ein fahrbarer Bürostuhl, der auf vier Seiten von niedrigen Werkbänken mit Tastaturen und Joysticks umgeben war. Wie in einer Kommandozentrale. Patty und Shorty waren live auf den Bildschirmen zu sehen, wie sie an der Scheune vorbeigingen, sich von einer Gruppe versteckter Kameras entfernten und in den Erfassungsbereich der nächsten gelangten, von denen manche sie detailliert zeigten, während Weitwinkelkameras das Paar winzig klein in weiter Ferne abbildeten.

Robert stieg über eine Werkbank und setzte sich auf den

Stuhl. Mit einem Mausklick rief er auf allen Bildschirmen eine Nachtaufnahme auf.

Er sagte: »Das ist eine Aufzeichnung von heute Morgen drei Uhr.«

Das Bild war grünlich und verschwommen, aber es zeigte eindeutig das Queensizebett in Zimmer zehn, in dem zwei Personen schliefen. Die in dem Rauchmelder versteckte Kamera hatte ein Fisheye-Objektiv.

»Nur hat sie nicht geschlafen«, sagte Robert. »Später hab ich mir ausgerechnet, dass sie ungefähr vier Stunden lang geschlafen hat und dann aufgewacht ist. Aber sie hat sich nicht bewegt. Keinen Muskel. Ihr war absolut nichts anzumerken. Zu diesem Zeitpunkt war ich ehrlich gesagt nicht sehr aufmerksam, weil die vergangenen Stunden ziemlich langweilig gewesen waren. Außerdem dachte ich, sie würde fest schlafen. In Wirklichkeit hat sie dagelegen und nachgedacht. Über etwas, das sie wütend gemacht haben muss. Seht euch an, was dann passiert ist …«

Die Szene auf den Bildschirmen änderte sich ohne die geringste Vorwarnung, als Patty plötzlich die Bettdecke zurückschlug und aufstand: beherrscht, entschlossen, ärgerlich.

Robert sagte: »Bis ich mich aufgesetzt hatte und den Entriegelungsknopf erreichen konnte, hatte sie bereits einmal versucht, die Tür zu öffnen. Ich vermute, dass sie an die frische Luft wollte. Ich musste eine Entscheidung treffen. Ich habe die Tür verriegelt gelassen, weil mir das logischer erschienen ist. Sie war verriegelt, bis Peter aufgekreuzt ist, um sich den Honda anzusehen. Dann habe ich sie entriegelt, weil ich dachte, einer von ihnen würde rauskommen wollen, um mit ihm zu reden.«

»Okay«, sagte Mark.

Mit dem nächsten Mausklick holte Robert eine Tageslichtaufnahme aus anderer Perspektive auf die Bildschirme. Patty und Shorty saßen in Zimmer zehn nebeneinander auf dem ungemachten Bett.

»Das war, als wir gefrühstückt haben«, erklärte Robert.

»Da hatte ich Wache«, sagte Steven. »Seht euch an, was dann passiert.«

Robert drückte auf PLAY. Aus den Lautsprechern drang eine Stimme. Shorty versuchte von seinen eigenen Defiziten abzulenken, indem er über Mechaniker schimpfte, die eine Anfahrtspauschale berechneten. Eben sagte er: »Im Prinzip eine Prämie dafür, dass sie noch leben. Fürs Anbauen von Kartoffeln gibt's keine, das kann ich dir sagen.«

Robert drückte auf PAUSE.

Steven fragte: »Was passiert als Nächstes?«

Mark antwortete: »Ich hoffe aufrichtig, dass Patty ihm begreiflich macht, dass diese beiden Berufe wirtschaftlich gesehen sehr unterschiedlich sind.«

Peter sagte: »Ich hoffe aufrichtig, dass Patty ihm eine knallt und ihn auffordert, das Maul zu halten.«

»Weder noch«, entgegnete Steven. »Sie ist wieder ärgerlich.«

Robert drückte erneut auf PLAY. Patty stand so ruckartig auf, dass die Matratze ins Schaukeln geriet, und sagte: »Ich brauche ein bisschen frische Luft.«

Steven kommentierte: »Sie ist wirklich impulsiv und nervös. Hier war sie in eins Komma drei Sekunden von null auf hundert. Ich konnte den Entriegelungsknopf nicht rechtzeitig erreichen. Als klar war, dass Shorty sich an der Tür versuchen würde, habe ich sie rasch entriegelt. Ich dachte, sie würde die Schuld eher bei sich als bei der Tür suchen, wenn Shorty sie aufbekäme.«

»Lässt sich das irgendwie vermeiden?«, fragte Mark.

»In Zukunft wissen wir Bescheid. Wir müssen uns einfach besser konzentrieren.«

»Das werden wir wohl müssen. Wir dürfen sie nicht vorzeitig verschrecken.«

»Wie lange wollen wir warten, bis wir die endgültige Entscheidung treffen?«

Mark zögerte einen Moment.

Dann sagte er: »Wenn ihr wollt, können wir sie gleich jetzt treffen.«

»Wirklich?«

»Wozu noch warten? Ich denke, wir haben genug gesehen. Die beiden sind ideal. Sie kommen von nirgendwo, und niemand weiß, wohin sie wollen. Ich denke, wir sind bereit.«

»Ich stimme mit Ja«, sagte Steven.

»Ich auch«, sagte Robert.

»Ebenso«, sagte Peter. »Sie sind perfekt.«

Robert klickte wieder die Liveaufnahmen an, und sie sahen Patty und Shorty, wie sie auf den Gartenstühlen unter dem Fenster ihre Gesichter in die blasse Nachmittagssonne hielten.

»Einstimmig«, erklärte Mark. »Alle für einen und einer für alle. Schick die E-Mail.«

Auf den Bildschirmen erschien eine Webmailseite mit Übersetzungen in fremde Sprachen. Robert tippte vier Wörter.

»Okay?«, fragte er.

»Senden.«

Das tat er.

Die Nachricht lautete: *Zimmer zehn ist besetzt.*

9

Reacher sagte: »Das verstehe ich trotzdem nicht. Die alte Vogelbeobachterin hat Stan eindeutig identifiziert, und von ihm hätte man den Namen seines unbekannten Freundes erfahren können. Das wäre nur ein zusätzlicher Schritt gewesen. Ein kurzer Besuch bei ihm. Höchstens fünf Minuten. Dafür braucht man nicht viele Leute. Das hätte eine einzelne Person auf dem Weg zum Doughnut Shop erledigen können.«

»Stan Reacher war als außerhalb ihres Zuständigkeitsbereichs registriert«, erklärte Amos. »Sie müssen angenommen haben, dass er auf jeden Fall dichthalten würde, egal wie sehr sie ihn bearbeiteten, was sie ohnehin nicht so hart gemacht hätten, weil sie in einem fremden Revier unterwegs gewesen wären. Außerdem sind sie wohl davon ausgegangen, dass der geheimnisvolle Freund geflüchtet sei und sich längst außerhalb des Staats befinde. Und keiner hat Tränen des Opfers wegen vergossen. Deshalb war es leicht, sich für eine Einstellung des Verfahrens zu entscheiden.«

»Stan Reacher hat außerhalb welches Zuständigkeitsbereichs gelebt?«

»Laconia PD.«

»Meines Wissens ist er hier geboren und aufgewachsen.«

»Vielleicht ist er im hiesigen Krankenhaus zur Welt gekommen, aber außerhalb aufgewachsen – auf einer Farm oder dergleichen.«

»Diesen Eindruck hatte ich nie.«

»Gut, dann in einer benachbarten Ortschaft. Nahe genug, um in demselben Birdwatching Club wie die alte Dame über dem Lebensmittelgeschäft in der Innenstadt zu sein. Er hat Laconia als seinen Geburtsort angegeben, weil dort das Krankenhaus war, und vermutlich erzählt, er sei in Laconia aufgewachsen. Als Synonym für die gesamte Umgebung. Wie Leute Chicago sagen, obwohl viele Vororte gar nicht dazugehören. Mit Boston ist's genauso.«

»Die Metropolregion Laconia«, sagte Reacher.

»Damals lag alles noch viel weiter verstreut. Überall hat's kleine Sägewerke und Fabriken gegeben. Ein paar Dutzend Arbeiter in Vierspännern. Vielleicht eine Zwergschule mit nur einem Klassenzimmer. Möglicherweise auch eine Kirche. Alles zu Laconia zählend, auch wenn die Post anderer Ansicht war.«

»Versuchen Sie's doch mit Reacher allein«, bat er. »Ohne Vornamen. Vielleicht habe ich in der Umgebung Verwandte. Vielleicht gibt's eine Adresse.«

Amos zog ihre Tastatur wieder zu sich heran, tippte sieben Buchstaben und klickte. In ihren Augen sah Reacher, wie die Darstellung auf dem Bildschirm wechselte.

»Nur ein Treffer«, sagte sie. »Über siebzig Jahre nach dem ersten. Ihre Familie scheint relativ gesetzestreu gewesen zu sein.« Sie klickte weiter, dann fasste sie zusammen: »Vor ungefähr eineinhalb Jahren wurde von den County Offices ein Streifenwagen angefordert, weil ein Besucher ausfallend geworden war. Er hat geschimpft und herumgebrüllt und sich drohend benommen. Die Beamten haben ihn beruhigt, und er entschuldigte sich, und damit war der Fall erledigt. Er gab seinen Namen als Mark Reacher an. Wohnhaft außerhalb unseres Zuständigkeitsbereichs.«

»Alter?«

»Damals sechsundzwanzig.«

»Er könnte mein Neffe x-ten Grades sein. Worüber hat er sich so aufgeregt?«

»Er hat sich beschwert, weil er angeblich endlos lange auf eine Baugenehmigung warten musste. Er wollte gerade ein Motel außerhalb der Stadt renovieren.«

Nach einer halben Stunde in der Sonne ging Patty hinein, um das Bad aufzusuchen. Auf dem Rückweg blieb sie an dem Toilettentisch gegenüber dem Fußende des Betts stehen. Sie sah in den Spiegel und putzte sich die Nase. Dann knüllte sie das Papiertaschentuch zusammen und wollte es in den Abfallkorb werfen. Sie verfehlte ihn und bückte sich, um das Taschentuch aufzuheben. Schließlich war sie Kanadierin.

In dem Spalt zwischen Teppichboden und Wand entdeckte sie ein gebrauchtes Wattestäbchen. Nicht von ihr. Sie benutzte keine. Es steckte tief im Schatten hinter den Hocker- und Tischbeinen. Schlechter Zimmerservice, keine Frage, aber verständlich. Wahrscheinlich sogar unvermeidlich. Vielleicht hatte der Staubsauger es noch tiefer in den Spalt gedrückt.

Andererseits …

Sie rief: »Shorty, komm mal und sieh dir das an!«

Shorty erhob sich von seinem Stuhl und kam herein.

Er ließ die Tür weit offen.

Patty zeigte auf das Wattestäbchen.

Shorty sagte: »Damit säubert man sich die Ohren. Oder trocknet sie. Vielleicht beides. Sie haben zwei Enden. Man kriegt sie im Drugstore.«

»Wieso ist's dort?«

»Jemand hat den Abfallkorb verfehlt. Vielleicht ist es vom Rand abgeprallt und weggerollt. Das passiert eben. Den Zimmermädchen ist das egal.«

Sie sagte: »Geh wieder nach draußen, Shorty.«

Das tat er.

Nach ein, zwei Minuten gesellte sie sich zu ihm.

Er fragte: »Was hab ich jetzt wieder gemacht?«

Sie sagte: »Es geht darum, was du nicht gemacht hast.«

»Was habe ich nicht gemacht?«

»Du hast nicht nachgedacht«, sagte sie. »Mark hat uns erzählt, dass dies das erste Zimmer ist, das sie bisher renoviert haben, dass es gerade erst fertig geworden ist. Wir sollten ihnen die Ehre geben, die allerersten Gäste zu sein. Wie kommt dann ein gebrauchtes Wattestäbchen hier rein?«

Shorty nickte. Langsam, aber überzeugt. Er sagte: »Die Geschichte mit ihrem Wagen war auch komisch. Peter muss eine Art Saboteur sein. Wann werden sie das merken?«

»Wieso sollten sie wegen des Zimmers lügen?«

»Vielleicht haben sie auch nicht gelogen, und ein Maler hat das Wattestäbchen benutzt. Um in letzter Minute noch irgendeinen kleinen Fleck auszubessern. Auch das kann vorkommen. Möglicherweise beim Aufstellen der Möbel. Schwer zu vermeiden.«

»Du glaubst also, dass sie in Ordnung sind?«

»Nicht in Bezug auf den Wagen, nein. Wieso hatten sie nicht längst den Mechaniker angerufen, wenn ihr Auto heute Morgen auch nicht angesprungen ist?«

»Das Telefon war gestört.«

»Vielleicht noch nicht in aller Frühe. Wir hätten uns anschließen und die Anfahrtspauschale teilen können. Damit wäre allen geholfen gewesen.«

»Shorty, vergiss die verdammte Pauschale, okay? Dies ist wichtiger. Ich finde ihr Benehmen unheimlich.«

»Das hab ich von Anfang an gesagt.«

»Ich dachte, du könntest sie nur nicht leiden.«

»Aus gutem Grund.«

Shorty schaute sich um. Erst zu der Stelle, an der die Zufahrt unter den Bäumen hervorkam, dann zum Kofferraum des defekten Hondas, in dem ihr schwerer Koffer das Wagenheck nach unten drückte.

»Ich weiß nicht«, sinnierte er, »vielleicht könnten wir unseren Wagen mit einem Quad abschleppen. Vielleicht stecken die Schlüssel oder hängen an Haken innen neben dem Scheunentor.«

»Wir können kein Quad stehlen!«

»Das wäre kein Diebstahl. Wir würden es nur ausleihen. Wir könnten den Wagen die zwei Meilen bis zur Straße schleppen und anschließend das Quad zurückbringen.«

»Was dann? Dann würden wir mit einem defekten Wagen an einer wenig befahrenen Nebenstraße stehen.«

»Vielleicht kommt zufällig ein Abschleppwagen vorbei. Oder jemand nimmt uns mit, und wir vergessen einfach den Honda. Das County würde ihn früher oder später verschrotten lassen.«

»Haben wir ein Abschleppseil?«

»Vielleicht finden wir eins in der Scheune.«

»Ich glaube nicht, dass ein Quad stark genug wäre.«

»Dann nehmen wir zwei. Wie Schlepper, die ein Kreuzfahrtschiff aus dem Hafen ziehen.«

»Das ist verrückt«, wandte Patty ein.

»Okay, vielleicht könnten wir ein Quad nur dazu benutzen, den Koffer zu transportieren.«

»Du willst ihn hinterherziehen?«

»Ich glaube, dass sie hinten eine Plattform haben.«

»Zu klein.«

»Dann balancieren wir ihn auf dem Tank und dem Lenker.«

»Sie werden es nicht mögen, wenn wir den Wagen hierlassen.«

»Pech für sie.«

»Kannst du überhaupt ein Quad fahren?«

»Das kann nicht allzu schwer sein. Wir würden sowieso langsam fahren. Und wir könnten nicht runterfallen. Nicht wie bei einem normalen Motorrad.«

»Das wäre eine Möglichkeit«, meinte Patty. »Vielleicht.«

»Ich denke, wir warten bis nach dem Abendessen«, sagte Shorty. »Vielleicht funktioniert das Telefon dann wieder, der Mechaniker kommt, und alles ist in Butter. Falls nicht, sehen wir uns in der Scheune um, sobald es dunkel ist, okay?«

Patty gab keine Antwort. Sie blieben, wo sie waren: auf den Plastikstühlen zusammengesunken, ihre Gesichter in die Nachmittagssonne haltend. Die Zimmertür stand wie immer weit offen.

Hundert Meter entfernt fragte Mark in der Kommandozentrale im Hinterzimmer: »Wer hat das Wattestäbchen übersehen?«

»Wir alle«, antwortete Peter. »Jeder von uns hat das Zimmer inspiziert und dann abgenommen. Und dafür unterschrieben.«

»Das war ein gravierender Fehler. Jetzt sind sie aufgescheucht. Viel zu früh. Wir müssen den Ablauf besser takten.«

»Er denkt, dass der Maler ihn vergessen hat. Sie wird ihm irgendwann glauben. Sie will sich keine Sorgen machen, will happy sein. Die beiden beruhigen sich wieder.«

»Glaubst du?«

»Wieso sollten wir wegen des Zimmers lügen? Dafür gibt es keinen vernünftigen Grund.«

Mark sagte: »Bringt mir ein Quad.«

10

Reacher ging zu dem modernen County Office mit den Volkszählungsunterlagen und den sündteuren Arbeitskabinen zurück. Am Empfang tat noch immer der mürrische Kerl Dienst. Reacher verlangte noch mal die Volkszählungen aus den Jahren, in denen Stan zwei und zwölf gewesen war – diesmal jedoch nur aus dem County außerhalb der Stadtgrenzen von Laconia.

Der Kerl sagte: »Das geht nicht.«

»Warum nicht?«

»Sie wollen etwas, das wie ein Doughnut aussieht. Mit einem Loch in der Mitte, das Laconia darstellt, das Sie schon gesehen haben. Hab ich recht?«

»Unbedingt.«

»Aber so werden die Ergebnisse nicht aufbereitet. Es gibt keine Doughnut-Formen. Man kann ein Gebiet, ein größeres Gebiet oder ein noch größeres Gebiet bekommen. Beispielsweise die Stadt, das County und den Bundesstaat. Aber das größere Gebiet schließt immer das kleinere ein, und das noch größere Gebiet schließt die beiden kleineren ein. Was nur logisch ist, wenn man darüber nachdenkt. Es gibt kein Loch in der Mitte. Die Stadt liegt im County, und das County liegt im Bundesstaat.«

»Verstanden«, sagte Reacher. »Danke für die Erklärung. Ich nehme das ganze County.«

»Sind Sie weiterhin Einheimischer?«

»Darüber waren wir uns heute Morgen einig. Und jetzt bin ich wieder hier und nicht mit Sack und Pack weggezogen. Ich würde sagen, dass mein Status als Einheimischer gefestigter ist denn je.«

»Kabine vier«, sagte der Kerl.

Patty und Shorty hörten in der Ferne einen Motor anspringen, ohrenbetäubend laut. Sie standen auf und gingen zur Ecke, um nachzusehen. Sie entdeckten Peter, wie er mit einem Quad zum Haus fuhr. Nun parkten nur noch acht ordentlich aufgereiht.

»Aufs Erste angesprungen«, stellte Shorty fest. »Hoffentlich ist das bei allen so.«

»Viel zu laut«, meinte Patty enttäuscht. »Damit geht's nicht. Sie wüssten sofort Bescheid.«

Peter parkte das Quad vor dem entfernten Haus. Als er den Motor abstellte, herrschte wieder Stille. Er stieg ab und ging hinein. Patty und Shorty kehrten zu ihren Gartenstühlen zurück.

Shorty sagte: »Das Land ist hier ziemlich flach.«

»Nützt uns das was?«

»Wir könnten das Quad schieben. Ohne den Motor anzulassen. Mit unserem Koffer auf Tank und Lenker. Wir könnten es wie einen Möbelroller benutzen.«

»Glaubst du?«

»So schwer kann es nicht sein. Man sieht oft Leute, die ihr Motorrad schieben. Wir bräuchten nicht mal das Gleichgewicht zu halten und wären zu zweit. Das würden wir ohne Weiteres schaffen.«

»Zwei Meilen hin und zwei zurück. Dann müssten wir den Koffer an der Straße abstellen und wären wieder hier. Und hätten noch mal zwei Meilen vor uns. Insgesamt sechs Meilen, davon vier ein Quad schiebend. Das würde verdammt lange dauern.«

»Ich rechne mit ungefähr drei Stunden«, erklärte Shorty. »Kommt darauf an, wie schnell wir schieben können. Das wissen wir noch nicht.«

»Okay, sagen wir vier Stunden. Wir sollten bei Tagesanbruch fertig sein. Vielleicht kommt dann ein Farmer auf der Fahrt zum Markt vorbei. Gelegentlich muss auf der Straße Verkehr herrschen. Also müssten wir um Mitternacht aufbrechen. Das ist ein guter Zeitpunkt, weil sie dann schlafen.«

»Das wäre eine Möglichkeit«, sagte Patty. »Vielleicht.«

Sie hörten den Motor in hundert Meter Entfernung erneut aufheulen, dann kam das Quad näher. Es klang, als führe es an der Scheune vorbei geradewegs auf sie zu.

Sie standen auf.

Der Motor wurde noch lauter, und das Quad, dessen Stollenreifen Erdklumpen hochschleuderten, kam mit Mark am Lenker um die Ecke geröhrt. Auf dem Gepäckträger hinter ihm war ein Karton festgeschnallt. Mark bremste ab, drückte den Ganghebel auf N und stellte den Motor ab. Er setzte sein Herr-des-Universums-Lächeln auf.

»Gute Nachrichten«, verkündete er. »Das Telefon funktioniert wieder. Der Mechaniker kommt gleich morgen früh raus. Für heute war's schon zu spät. Aber er weiß, wo das Problem liegt. Er kennt die Schwachstelle. Hinter den Instrumenten führen die Heizungsschläuche anscheinend zu dicht an einem Chip vorbei. Der Chip überhitzt, wenn das Wasser in den Schläuchen zu heiß wird. Er bringt einen Ersatzchip von der Autoverwertung mit. Dafür will er fünf Dollar. Plus fünfzig Dollar Arbeitslohn.«

»Wunderbar«, sagte Shorty.

Patty schwieg.

Mark sagte: »Und ich fürchte, dass ich weitere fünfzig für das Zimmer verlangen muss.«

Danach herrschte sekundenlang Schweigen.

Mark fuhr fort: »Leute, ich würde liebend gern ›vergesst es‹ sagen, aber unsere Bank würde mich in den Hintern treten. Schließlich ist dies ein Geschäft, das wir ernst nehmen müssen. Und aus eurer Sicht ist das Ganze auch nicht so schrecklich. Hundert für's Motel und etwas über fünfzig für die Reparatur, dann kommt ihr mit weit unter zweihundert davon. Hätte alles viel schlimmer sein können.«

»Kommen Sie, ich möchte Ihnen etwas zeigen«, sagte Patty.

Mark stieg ab, und Patty führte ihn ins Zimmer. Sie deutete auf den Leerraum unter dem Toilettentisch.

Mark fragte: »Worauf soll ich achten?«

»Das sehen Sie schon.«

Er schaute genauer hin.

Er entdeckte etwas.

Er sagte: »Du meine Güte.«

Er bückte sich und kam mit dem Wattestäbchen in der Hand wieder hoch.

»Ich bitte aufrichtig um Entschuldigung«, sagte er. »Das ist unverzeihlich.«

»Wieso haben Sie uns erzählt, dass wir die ersten Gäste in diesem Zimmer sind?«

»Sie *sind* die ersten Gäste in diesem Zimmer. Ganz entschieden. Dies ist etwas völlig anderes.«

»Der Maler?«, fragte Shorty.

»Nein.«

»Wer sonst?«, wollte Patty wissen.

»Die Bank hat uns geraten, unsere Werbung zu verbessern. Wir haben einen Fotografen engagiert, um Fotos für einen neuen Prospekt machen zu lassen. Er hat ein Model aus Boston mitgebracht. Wir haben ihr erlaubt, sich hier zurechtzumachen, weil dies das schönste Zimmer ist. Wahrscheinlich wollten wir ihr imponieren. Sie hat wirklich blendend ausgesehen. Ich dachte, wir hätten danach gründlich geputzt. Aber das war offenbar nicht der Fall. Dafür bitte ich noch mal ausdrücklich um Entschuldigung.«

»Ich wohl auch«, entgegnete Patty. »Weil ich voreilig Schlüsse gezogen habe. Wie sind die Aufnahmen geworden?«

»Sie hat als Wanderin posiert. Sehr große Stiefel und sehr knappe Shorts. Offenbar an einem heißen Tag, denn ihr Top saß auch ziemlich knapp. Hinter ihr war das Motel. Das hat klasse ausgesehen.«

Patty gab ihm fünfzig ihrer hartverdienten Bucks.

Sie fragte: »Was sind wir für die Mahlzeiten schuldig?«

»Nichts«, sagte Mark. »Das ist das Mindeste, was wir tun können.«

»Sicher?«

»Absolut. Das ist nur Haushaltsgeld. Von diesen Einnahmen erfährt die Bank nichts.« Er steckte die fünfzig Dollar und das Wattestäbchen ein und sagte: »Und in diesem Zusammenhang habe ich etwas für euch.«

Mark führte sie wieder ins Freie und zu seinem Quad mit dem Karton auf dem Gepäckträger.

Er sagte: »Natürlich seid ihr heute wieder zum Abendessen und morgen zum Frühstück eingeladen, aber wir alle hätten Verständnis dafür, wenn ihr lieber hier zu zweit essen wolltet. Jeder weiß, wie stressig es sein kann, Konversation machen zu müssen. Wir haben ein paar Zutaten für euch zusammengestellt. Kommt als Gäste ins Haus rüber oder bedient euch aus dem Karton. Uns ist beides recht.«

Er löste die Spanngurte, hob den Karton hoch, drehte sich halb um und ließ ihn in Shortys wartende Hände gleiten.

»Danke«, sagte Patty.

Mark lächelte nur, bestieg das Quad und ließ den röhrenden Motor an. Dann wendete er in einer weiten Kurve im Kies, verschwand um die Ecke und fuhr wieder zum Haus zurück.

Kabine vier sah genau wie Kabine zwei aus, nur dass sie sich woanders befand. Auch hier gab es einen mit Tweed in gedämpften Farben bezogenen Stuhl, einen Flachbildschirm mit Tastatur, einen frisch gespitzten Bleistift und einen dünnen Schreibblock mit dem wie auf Hotelbriefpapier eingedruckten Namen des Countys. Auf dem schon blau leuchtenden Flachbildschirm standen wieder zwei briefmarkengroße Icons in der rechten oberen Ecke. Reacher klickte das erste zweimal an und sah erneut den schlachtschiffgrauen Hintergrund und ein Titelblatt mit denselben Angaben wie zuvor – nur dass diesmal in der Mitte stand, dies seien die Ergebnisse fürs gesamte County.

Er scrollte mit der Maus nach unten. Die Einleitung mit der langen Aufzählung methodischer Verbesserungen war identisch, also übersprang er sie und ging gleich zur Namensliste. Sein Zeigefinger auf dem Rädchen verfiel von selbst in einen schnellen Rhythmus, ließ die Abschnitte A, B und C vorbeifliegen, beschleunigte bis zur Unleserlichkeit und wurde erst bei dem kurzen Abschnitt Q wieder langsamer. Hier gab es eine Familie Quaid und einen Qail und einen Quattlebaum und zwei Queens.

Weiter zum Abschnitt R.

Und da waren sie. Fast ganz oben. James Reacher, männlich, weiß, sechsundzwanzig, Vorarbeiter in einem Zinnwalzwerk, und seine Frau Elizabeth Reacher, weiblich, weiß, vierundzwanzig, Weißnäherin, und ihr bis dahin einziges Kind Stan Reacher, männlich, weiß, zwei Jahre alt.

Zum Zeitpunkt der Zählung im April zwei Jahre alt. Also

im Herbst drei Jahre und an einem Septemberabend des Jahres 1943 sechzehn Jahre alt. Nicht fünfzehn. Die alte Vogelspäherin hatte recht gehabt.

Reacher sagte: »Ach.«

Er las weiter. Ihre Adresse war mit Hausnummer und Straße in einem Ort namens Ryantown angegeben. Ihr Haus kostete dreiundvierzig Dollar Miete im Monat. Sie besaßen kein Radio. Sie arbeiteten auf keiner Farm. Bei ihrer Heirat war James zweiundzwanzig und Elizabeth zwanzig Jahre alt gewesen. Beide konnten lesen und schreiben. Keiner von ihnen hatte indianische Vorfahren.

Reacher klickte zweimal auf die kleine rote Verkehrsampel am oberen Rand des Dokuments. Der Bildschirm wurde wieder blau mit zwei kleinen Icons rechts oben. Als er das andere zweimal anklickte, öffnete sich die zehn Jahre jüngere Volkszählung. Er scrollte wieder nach unten und machte erst beim Abschnitt Q halt. Die Quaids waren noch da, ebenso die Quils und die beiden Familien Queen, aber die Quattlebaums gab es nicht mehr.

Auch die Reachers existierten noch: James, Elizabeth und Stan, in jenem April sechsunddreißig, vierunddreißig und zwölf Jahre alt. Offenbar war es bei nur einem Kind geblieben. Keine Geschwister für Stan. James hatte den Beruf gewechselt und arbeitete jetzt beim Straßenbau, Elizabeth war arbeitslos gemeldet. Ihre Adresse war unverändert, aber die Miete betrug nur noch sechsunddreißig Bucks. Sieben Jahre Wirtschaftskrise hatten ihren Tribut sowohl von Arbeitern als auch von Hausbesitzern gefordert. James und Elizabeth wurden weiter als lese- und schreibkundig geführt, und Stan ging regelmäßig in die Schule. Die Familie besaß jetzt ein Radio.

Reacher schrieb die Adresse mit dem spitzen Bleistift aufs

oberste Blatt des bedruckten Notizblocks, riss es ab, faltete es zusammen und steckte es in seine Hüfttasche.

Mark stellte das Quad wieder vor der Scheune ab und ging zum Haus weiter. Er hatte es kaum betreten, als das Telefon klingelte. Als er den Hörer abnahm und sich meldete, sagte eine Stimme: »Ein Kerl namens Reacher war hier, hat sich für die Familiengeschichte interessiert. Ein großer Kerl, ziemlich taff. Lässt sich nicht leicht abwimmeln. Bisher hat er sich vier verschiedene Volkszählungen angesehen. Ich glaube, dass er eine alte Adresse sucht. Vielleicht ist er ein Verwandter. Ich dachte, das solltest du erfahren.«

Mark legte auf, ohne zu antworten.

11

Reacher suchte erneut die Stadtverwaltung auf, die er eine halbe Stunde vor Dienstschluss erreichte. Im Records Department betätigte er wieder die Klingel auf der Theke. Eine Minute später erschien Elizabeth Castle.

»Ich hab sie gefunden«, verkündete er. »Sie haben außerhalb der Stadtgrenze gewohnt, deshalb waren sie beim ersten Versuch nicht aufzuspüren.«

»Also keine Haftbefehle gegen sie?«

»Sie scheinen ziemlich gesetzestreu gewesen zu sein.«

»Wo haben sie gelebt?«

»In einem Nest namens Ryantown.«

»Keine Ahnung, wo das liegt.«

»Schade, denn ich bin eigens hergekommen, um Sie danach zu fragen.«

»Ich weiß nicht, ob ich den Namen überhaupt schon mal gehört habe.«

»Kann nicht allzu weit entfernt sein, denn sein Birdwatching Club befand sich hier in der Stadt.«

Sie legte ihr Smartphone auf die Theke, gab etwas ein und vergrößerte die Darstellung mit gespreizten Fingern. Dann zeigte sie ihm das Bild, eine Landkarte. Mit nochmals gespreizten Fingern erreichte sie, dass auch kleinere Orte angezeigt wurden. Anschließend bewegte sie den vergrößerten Bereich kreisförmig um Laconia, um die Umgebung abzusuchen.

Kein Ryantown.

»Versuchen Sie's weiter draußen«, schlug er vor.

»Wie weit würde ein Junge für einen Birdwatching Club gehen?«

»Vielleicht besaß er ein Fahrrad. Vielleicht hat er sich in Ryantown gelangweilt. Die Cops haben erzählt, dass es überall verteilt kleine Siedlungen mit ein paar Dutzend Familien gab. Möglicherweise war Ryantown eine davon.«

»Dort hätte man erst recht Vögel finden können. Vermutlich mehr als hier in der Stadt.«

»Die Cops haben berichtet, dass dort alle möglichen kleinen Fabriken existierten. Vielleicht war die Luft schmutzig und rauchgeschwängert.«

»Okay, Augenblick«, sagte sie.

Sie zog ihr Smartphone zu sich heran. Diesmal tippte sie jedoch etwas ein. Vielleicht befragte sie eine Suchmaschine oder eine Webseite zur Lokalgeschichte.

»Ja«, sagte sie dann. »Es war ein Zinnwalzwerk. Gehörte einem gewissen Marcus Ryan. Er hat Arbeiterwohnungen gebaut und den Ort Ryantown genannt. In den fünfziger Jahren hat das Walzwerk den Betrieb eingestellt, und der nie sehr blühende Ort ist verfallen. Alle sind weggezogen, und Ryantown ist von der Landkarte verschwunden.«

»Wo hat es gelegen?«

»Anscheinend nordwestlich von hier«, antwortete Castle. Sie rief wieder die Landkarte auf, verschob die Darstellung und vergrößerte sie mit zwei Fingern.

»Möglicherweise hier«, sagte sie.

Auf der Karte stand kein Ortsname. Nur eine leere graue Fläche und eine Straße.

»Bitte verkleinern«, sagte er.

Das tat sie, und die graue Fläche schrumpfte zu einem Stecknadelkopf zusammen. Nordwestlich von Laconia, geschätzt acht Meilen entfernt. Zwischen zehn und elf Uhr auf einem Zifferblatt. Einer von vielen Stecknadelköpfen. Wie kleine Planeten eines Sonnensystems, die durch Schwerkraft oder Magnetismus oder eine sonstige starke Anziehungskraft an ihrem Platz gehalten wurden. Wie Detective Brenda Amos vermutet hatte, war Ryantown praktisch ein Teil von Laconia gewesen, auch wenn die Post das anders sah. Die an dem ehemaligen Ort vorbeiführende Straße schien kein bestimmtes Ziel zu haben. Sie mäanderte nur gute zehn Meilen weit nach Nordwesten, dann anschließend weitere zehn Meilen durch Wald und dann nach Norden. Eine Nebenstraße wie die, auf der er mit dem Kerl in dem Subaru unterwegs gewesen war. Reacher konnte sie sich gut vorstellen.

Er sagte: »Vermutlich fährt dorthin kein Bus.«

»Sie könnten ein Auto mieten«, sagte sie. »In der Stadt gibt es zwei Autoverleihfirmen.«

»Ich habe keinen Führerschein.«

»Ich glaube nicht, dass ein Taxi Sie dort hinbringen würde.«

Acht Meilen, dachte er.

»Ich gehe zu Fuß«, erklärte er. »Aber nicht sofort. Sonst

käme ich bei Dunkelheit an. Vielleicht morgen. Möchten Sie heute ein Abendessen?«

»Was?«

»Abendessen«, sagte er. »Die dritte Mahlzeit des Tages, im Allgemeinen abends eingenommen. Kann funktionell oder gesellig sein, manchmal auch beides.«

»Ich kann nicht«, sagte sie. »Ich gehe heute Abend mit Carter Carrington essen.«

Shorty trug den Karton ins Zimmer und stellte ihn auf die Kommode vor den Fernseher. Dann setzte er sich draußen wieder zu Patty und genoss mit ihr den letzten Abendsonnenschein. Sie blieb schweigsam. Sie dachte nach. Das tat sie oft. Er kannte die Anzeichen dafür. Bestimmt verarbeitete sie die erhaltenen Informationen, nahm sie unter die Lupe, drehte und wendete sie, bis sie zufrieden war. Was nicht mehr lange dauern würde, dachte er. Garantiert nicht. Er sah eigentlich kein wirkliches Problem mehr. Für die Sache mit dem Wattestäbchen hatte es eine einfache Erklärung gegeben. Und das Telefon funktionierte auch wieder. Der Mechaniker würde morgen früh als Erstes kommen. Der Gesamtschaden lag bei unter zweihundert Dollar. Unschön, aber keine Katastrophe.

Patty sagte: »Ich bin dafür, dass wir nicht zum Abendessen rübergehen. Er hat irgendwie angedeutet, denke ich, dass sie uns nicht haben wollen.«

»Er hat gesagt, dass wir eingeladen sind.«

»Er war nur höflich.«

»Ich glaube, dass er's ernst meinte. Aber er hat den Fall auch aus unserer Sicht betrachtet.«

»Ist er jetzt für immer dein bester Freund?«

»Ach, ich weiß nicht«, sagte Shorty. »Die meiste Zeit kommt er mir wie ein richtiges Arschloch vor, dem man einen Kinnhaken verpassen sollte. Aber ich muss zugeben, dass er das mit dem Mechaniker gut hingekriegt hat. Vielleicht hatten wir ganz zu Anfang beide recht. Sie sind seltsam, aber tun auch ihr Bestes für uns. Wahrscheinlich ist beides gleichzeitig möglich.«

»Jedenfalls bin ich dafür, dass wir zu zweit essen.«

»Mir nur recht. Ich hab's satt, ihre Fragen zu beantworten. Das kommt mir wie ein Verhör vor.«

»Ich hab's dir erklärt«, sagte Patty. »Sie sind höflich. Es gilt als höflich, sich für andere zu interessieren.«

Sie standen auf und gingen ins Zimmer. Die Tür ließen sie weit offen und stellten den Karton zwischen sich aufs Bett. Patty schlitzte das Klebeband mit einem Daumennagel auf. Shorty klappte die Deckelhälften auf. In dem Karton befanden sich alle möglichen Dinge, die sorgfältig verpackt waren. Es gab Müsli- und Powerriegel, Energieriegel und Wasserflaschen, Tüten mit getrockneten Aprikosen und kleine rote Dosen mit Rosinen. Alles war nach einem bestimmten Muster angeordnet, das sich zwölfmal wiederholte. Wie zwölf exakt verpackte identische Mahlzeiten. Jede bestand aus einer Flasche Wasser und genau einem Zwölftel der übrigen Sachen.

Der Karton enthielt auch zwei Stablampen, die senkrecht zwischen den verpackten Snacks eingezwängt waren.

»Merkwürdig«, sagte Patty.

»Ich glaube, dass die meisten Gäste Wanderer sind«, erklärte Shorty. »Wie auf den Werbefotos. Wozu hätten sie das Girl sonst als Wanderin fotografiert? Ich wette, dass sie dieses Zeug als Lunchboxen austeilen. Oder den Gästen verkaufen. Alles Sachen, die Wanderer bevorzugen.«

»Tatsächlich?«

»Sie sind kompakt und energiereich. Leicht zu transportieren. Und Wasser gibt's dazu.«

»Wozu sind die Stablampen gut?«

»Wenn sie mal spät unterwegs sind und bei Dunkelheit essen müssen, vermute ich.«

»Eine Laterne wäre besser.«

»Vielleicht ziehen Wanderer Stablampen vor. Bestimmt gibt es Feedback von Nutzern. Ich vermute, dass sie dieses Zeug auf Lager haben.«

»Er hat Zutaten gesagt.«

»Wahrscheinlich ist das eine ausgewogene Kost. Bestimmt ziemlich gesund. Ich wette, dass viele Wanderer darauf achten.«

»Er hat gesagt, sie hätten ein paar Zutaten für uns zusammengestellt. Dieses Zeug ist nicht zusammengestellt, sondern bereits fertig verpackt. Aus ihrem Lagerregal, wie du gesagt hast.«

»Wir könnten trotzdem noch im Haus essen.«

»Ich hab dir gesagt, dass ich das nicht möchte. Sie wollen uns dort nicht haben.«

»Dann müssen wir diese Sachen essen.«

»Wieso macht er so großspurige Ankündigungen? Er hätte sagen können, dass er uns ein paar eiserne Rationen bringt, die er sonst Wanderern als Marschverpflegung verkauft. Damit wäre ich ganz zufrieden gewesen. Schließlich zahlen wir nicht mal dafür.«

»Genau«, sagte Shorty. »Sie sind komisch. Aber irgendwie auch hilfsbereit. Oder andersrum.«

In Laconia aß Reacher allein zu Abend – in einem schäbigen kleinen Lokal ohne Tischdecken. Für den Fall, dass Carter Carrington und Elizabeth Castle dort aufkreuzten, wollte er kein besseres Restaurant riskieren. Sie hätten sich verpflichtet gefühlt, Hallo zu sagen, und er wollte ihren Abend nicht stören. Anschließend verbrachte er eine Stunde damit, kreuz und quer durch die Innenstadt zu laufen und Ausschau nach einem Lebensmittelgeschäft zu halten, über dem das Fenster einer Wohnung mit Blick auf die Straße nach Osten ging. Er entdeckte eine mögliche Konstellation. Sie lag direkt vor ihm, als er in Richtung Stadtrand schlenderte. Das Apartment war jetzt eine Anwaltskanzlei. Der Laden verkaufte Jeans und Pullover. Er blieb mit dem Rücken zum Schaufenster stehen und schaute die Straße entlang. Im Osten war ein großes Stück Nachthimmel zu erkennen; darunter lag die leicht gewölbte Fahrbahn – in weiten Abständen schwach von Straßenlampen beleuchtet – zwischen zwei Randsteinen und zwei Gehsteigen.

Er ging in die Richtung, aus der der Zwanzigjährige gekommen war. Dreißig Meter entfernt machte er halt. Auf geringere Entfernung hätte die alte Dame kein Fernglas benutzt, vermutete er, sondern sich auf ihre Augen verlassen. Er drehte sich um und sah zu ihrem Fenster empor. Jetzt verkörperte er die kleineren Jungen. Er stellte sich den großen Kerl vor, erst fordernd, dann bedrohlich. Technisch keine große Sache. Zumindest nicht für Reacher. Mit sechzehn war er größer gewesen als die meisten Zwanzigjährigen. Sogar schon mit dreizehn. Die Natur hatte es gut mit ihm gemeint. Er war schnell und gemein. Er kannte alle Tricks. Ein paar hatte er selbst erfunden. Er war im Marine Corps aufgewachsen, nicht in Ryantown, New Hampshire. Und Stan war im Gegensatz zu ihm eher durchschnittlich groß gewesen: in Schuhen knapp über einen Meter achtzig, nach einem viergängigen Dinner neunzig Kilo schwer.

Reacher betrachtete das Klinkerpflaster des Gehsteigs und stellte sich die Fußspuren seines Vaters vor, als er zurückwich, bevor er kehrtmachte und davonrannte.

Patty und Shorty aßen im Freien, unter ihrem Fenster, auf ihren Gartenstühlen. Sie verzehrten die Rationen eins und zwei, sodass zehn Mahlzeiten in dem Karton verblieben, und tranken pflichtbewusst ihr Wasser aus. Als es kühl wurde, gingen sie hinein. Aber Patty sagte: »Lass die Tür offen.«

Shorty fragte: »Wozu?«

»Ich brauche frische Luft. Letzte Nacht hatte ich das Gefühl, ersticken zu müssen.«

»Mach das Fenster auf.«

»Es lässt sich nicht öffnen.«

»Die Tür könnte zuknallen.«

»Klemm deinen Schuh dazwischen.«

»Jemand könnte reinkommen.«

»Wer schon?«, fragte Patty.

»Ein Passant.«

»Hier draußen?«

»Oder einer von ihnen.«

»Ich würde aufwachen und dich dann wecken.«

»Versprochen?«

»Verlass dich drauf!«

Shorty streifte seine Schuhe ab und klemmte einen zwischen die Außenseite der Tür und die Schwelle. Dann bog er den anderen U-förmig zusammen und steckte ihn zwischen die Innenseite der Tür und die Wand, damit sie in der nächtlichen Brise nicht klappern konnte. Die technische Lösung eines Kartoffelfarmers, das wusste er, aber sie sah aus, als könnte sie funktionieren.

12

Steven rief nach Robert, der nach Peter rief, der nach Mark rief. Sie hielten sich alle in verschiedenen Räumen auf. Sie versammelten sich in der Kommandozentrale und starrten auf die Bildschirme.

»Das ist ein Paar Schuhe«, erklärte Steven. »Vielleicht nicht gleich zu erkennen.«

»Warum haben sie das gemacht?«, fragte Mark. »Haben sie was gesagt?«

»Sie will frische Luft. Sie hat schon mal davon gesprochen. Ich glaube nicht, dass das ein Problem ist.«

Mark nickte. »Ich habe ihr von einem Model erzählt, das sich in Zimmer zehn für Werbeaufnahmen geschminkt hat – daher das Wattestäbchen. Ich denke, dass sie's geschluckt hat. Und ich habe ihr gesagt, dass morgen früh ein Mechaniker zu ihrer Rettung kommt, und sogar eine technische Erklärung mit Heizungsschläuchen erfunden. Ich bin davon überzeugt, dass sie alles geglaubt hat und wieder beruhigt ist. Das mit der Tür spielt keine Rolle.«

»Wir müssen sie ziemlich bald verriegeln.«

»Aber nicht heute Nacht. Schlafende Hunde soll man nicht wecken. Sie sind jetzt entspannt. Sie haben nichts zu befürchten.«

Reacher bemühte sich, immer in Bewegung zu bleiben, weshalb er sich ein neues Nachtquartier in einer Parallelstraße zu dem von letzter Nacht suchte. Diesmal war es ein hübsches Bed & Breakfast in einem alten Klinkerhaus, dessen Tür und Fenster in geschmackvollen Pastellfarben neu gestrichen waren. Er bekam ein Zimmer im obersten Stock, in das man durch eine niedrige Tür am Ende einer steilen Wendeltreppe gelangte. Er duschte heiß und lange und schlief angenehm erwärmt ein.

Bis er eine Minute nach drei Uhr morgens aufwachte.

Auch diesmal war er augenblicklich hellwach, als wäre ein Schalter umgelegt worden. Wieder dieselbe Erfahrung. Er hatte nichts gesehen, gefühlt oder geschmeckt, sondern fest geschlafen. Also musste er etwas gehört haben. Diesmal stand er sofort auf, holte seine Hose unter der Matratze hervor, zog sich rasch an und knotete seine Schuhbänder zu. Dann hastete er durch die niedrige Tür und die Wendeltreppe hinunter auf die Straße.

Die Nachtluft war kühl, und die Stille fühlte sich hart und spröde an. Überall Ziegel und Glas, beengte Räume und Elektrizität, die in Leitungen summte. Er verharrte unbeweglich. Eine Minute später hörte er ein kurzes Scharren von Füßen auf dem Gehsteig. Irgendwo halb links voraus. Ungefähr dreißig Meter entfernt. Aber nicht in Bewegung. Nur auf der Stelle tretend. Vielleicht zwei Personen. Nichts zu erkennen.

Er wartete.

Nach einer weiteren Minute hörte er einen gedämpften kleinen Schrei. Eine Frauenstimme. Vielleicht aus Freude. Oder in Ekstase. Oder vielleicht nicht. Vielleicht aus Zorn oder Empörung. Das war schwer einzuschätzen. Aber er hatte eindeutig gedämpft geklungen. Auf spezielle Weise unterdrückt. Durch eine Hand, die ihr den Mund zuhielt.

Nichts zu erkennen.

Er trat nach links und entdeckte eine Lücke zwischen einer Buchhandlung und einem Schuhgeschäft: ein Durchgang, an den sich eine schmale Passage zwischen den Gebäuden anschloss. Haustüren auf beiden Seiten der Passage führten zu Apartments über den Geschäften. Vor einer dieser Türen standen zwei Personen. Ein Mann und eine Frau im Clinch. Wie ein Ringkampf im Stehen. Eine nackte Glühbirne über der Tür tauchte sie in gedämpftes Licht. Der Kerl war jung, fast noch ein Jugendlicher, aber groß und muskulös. Die Frau sah wie Mitte zwanzig aus. Sie war blond und trug High Heels und schwarze Nylons unter einem schwarzen Kurzmantel, der sich bei dem Ringkampf nach oben geschoben hatte.

Gut oder schlecht?

Schwer zu beurteilen.

Er wollte niemandem den Abend verderben.

Er beobachtete weiter.

Dann drehte die Frau das Gesicht zur Seite und sagte plötzlich mit gepresster Stimme: »Nein!« Halblaut und nachdrücklich, als spräche sie mit einem Hund. Aber Reacher hörte auch Beschämung, Verlegenheit und Abscheu heraus. Sie stemmte sich gegen die Brust des Kerls, wollte sich aus seiner Umklammerung befreien, aber er ließ sie nicht los.

Reacher sagte: »Hey!«

Beide wandten sich ihm zu.

Er sagte: »Nimm die Pfoten von ihr, Kid.«

Der Junge sagte: »Das geht dich nichts an.«

»Jetzt schon. Ihr habt mich geweckt.«

»Verpiss dich.«

»Ich hab gehört, wie sie Nein gesagt hat. Also lass sie los.«

Der Junge drehte sich halb zu ihm um. Er trug ein Sweatshirt mit dem eingestickten Namen einer berühmten Universität. Er war ein großer, muskulöser Typ. Schätzungsweise einen Meter neunzig groß und hundert Kilo schwer. Er strahlte jugendlichen Schwung und Enthusiasmus aus. Sein Blick zeigte, dass er sich für einen Teufelskerl hielt.

Reacher wandte sich an die Frau und sagte: »Miss, alles in Ordnung mit Ihnen?«

Sie fragte: »Sind Sie ein Cop?«

»Ich war mal einer, in der Army. Jetzt bin ich nur ein Mann auf der Durchreise.«

Sie schwieg. Sie ist eher Ende zwanzig, dachte Reacher. Sie sah nett aus. Aber traurig.

»Alles in Ordnung mit Ihnen?«, fragte er noch mal.

Sie befreite sich aus der Umarmung des Jungen und trat einen Schritt zurück. Sagte kein Wort. Aber Reacher hatte den Eindruck, dass sie nicht wollte, dass er wegging.

Er fragte: »Ist das letzte Nacht auch passiert?«

Sie nickte.

»Auch hier?«

Sie nickte erneut.

»Genau zur selben Zeit?«

»Da komme ich von der Arbeit nach Hause.«

»Sie wohnen hier?«

»Bis ich wieder auf die Beine komme.«

Reacher musterte ihre High Heels, die schwarzen Nylons und das blondierte Haar und sagte: »Sie arbeiten in einer Cocktailbar.«

»In Manchester.«

»Und dieser Mann ist Ihnen nachgefahren.«

Sie nickte. »Zwei Nächte hintereinander?«, wollte Reacher wissen.

Sie nickte wieder.

Der Junge sagte: »Sie hat mich eingeladen, Mann. Hau ab und lass der Natur ihren Lauf.«

»Das stimmt nicht«, sagte die Frau. »Ich hab dich nicht eingeladen.«

»Du hast dauernd mit mir geflirtet.«

»Ich war nur freundlich. Das muss man sein, wenn man in einer Cocktailbar arbeitet.«

Reacher wandte sich an den Jungen.

»Klingt nach einem klassischen Missverständnis. Aber das ist leicht aus der Welt zu schaffen. Du brauchst dich nur zu entschuldigen und zu verschwinden und nie mehr zurückzukommen.«

»*Sie* kommt nicht zurück. Jedenfalls nicht in die Bar. Die gehört zur Hälfte meinem Vater. Ihren Job ist sie los.«

Reacher sah wieder die Frau an und fragte: »Was ist letzte Nacht passiert?

»Ich hab ihn mitgenommen«, antwortete sie. »Er hat versprochen, dass es bei einem Mal bleibt. Also hab ich's hinter mich gebracht. Aber jetzt ist er wieder da und will mehr.«

»Wenn Sie es möchten, kann ich das mit ihm diskutieren«, sagte Reacher. »Ich schlage vor, dass Sie hineingehen. Und denken Sie nicht mehr an diese Sache.«

»Trau dich bloß nicht reinzugehen«, sagte der Junge drohend. »Nicht ohne mich!«

Die Frau blickte erst Reacher, dann wieder ihn an. Und noch mal, als müsste sie eine Wahl treffen. Als wäre sie auf der Rennbahn bei ihrem letzten Zwanziger angelangt. Sie traf eine Entscheidung, holte einen Schlüssel aus ihrer Umhängetasche, sperrte die Tür auf, trat ins Treppenhaus und schloss die Haustür hinter sich.

Der Junge in dem Sweatshirt starrte erst die Tür, dann Reacher an. Der nickte zu dem Durchgang hinüber und sagte: »Los, verpiss dich, Kid.«

Der Junge starrte ihn noch eine Minute lang an, als würde er angestrengt nachdenken. Dann ging er. Außerhalb des Durchgangs verschwand er nach rechts. Folglich war er ein Rechtshänder. Er würde seinen Hinterhalt so planen, dass Reacher in einen gewaltigen rechten Haken laufen musste. Womit seine Position ziemlich genau bestimmt war. Ungefähr eineinhalb Schritte hinter der Ecke, dachte Reacher. Am Rand des Schaufensters der Buchhandlung. Weil er ausholen können musste, um den rechten Haken zu schlagen. Grundlegende Geometrie. Räumlich fixiert.

Aber nicht zeitlich fixiert. Das Tempo konnte Reacher bestimmen. Der Junge würde eine mehr oder weniger normale Annäherung erwarten. Vielleicht ein bisschen rascher und nervöser. Vielleicht ein bisschen vorsichtig und zurückhaltend. Aber im Prinzip eher durchschnittlich. Er würde zum Schlag ansetzen, sobald Reacher um die Ecke bog. Bei normalem Gehtempo musste sein Haken genau treffen. Der Junge war nicht dumm. Wahrscheinlich ein Sportler. Vermutlich mit guter Auge-Hand-Koordination.

Deshalb würde nichts in normalem oder durchschnittlichem Tempo ablaufen.

Sechs Schritte vor der Ecke verharrte Reacher und wartete eine Weile, dann machte er einen weiteren langsamen, schleifenden Schritt, stoppte und wartete erneut, bevor er den nächsten Schritt tat: langsam, schleifend, bedrohlich. Danach folgte eine weitere lange Warteperiode und ein weiterer langsamer Schritt. Er stellte sich den Jungen hinter der Ecke vor: aufs Äußerste angespannt, die Faust geballt, zum Zuschlagen bereit. Viel zu lange bereit. Zu sehr angespannt. Schon ganz verkrampft und zittrig.

Reacher machte einen weiteren Schritt, lang und langsam. Nun war er eineinhalb Meter von der Ecke entfernt. Er wartete. Und wartete. Dann spurtete er plötzlich mit erhobener linker Hand los, deren Finger in Form eines Baseballhandschuhs gespreizt waren. Als er um die Ecke stürmte, sah er den Jungen stockend zum Leben erwachen, durch den jähen

Tempowechsel verwirrt und in seiner Zeitlupenwartephase gefangen. Sein triumphierender rechter Haken wurde zu hastig und ungenau geschlagen, sodass Reacher ihn wie einen Softball zur zweiten Base mühelos mit der Linken abfangen konnte. Die Faust des Jungen war groß, aber Reachers offene Hand war größer. Er umklammerte die Faust und drückte zu, nicht fest genug, um Knochen zu brechen, aber doch so stark, dass der Junge sich darauf konzentrieren musste, den Mund geschlossen zu halten, damit sich ihm kein Stöhnen oder Winseln entrang, das er sich natürlich nicht leisten konnte, weil er ein Teufelskerl war.

Dann drückte Reacher fester zu. Vor allem als IQ-Test. Den der Junge nicht bestand. Er benutzte seine freie Hand, um Reachers Handgelenk zu packen. Die falsche Reaktion. Unproduktiv. Es war immer besser, das Übel an der Wurzel zu packen und seine freie Hand dafür einzusetzen, dem anderen Kerl ins Gesicht zu boxen. Oder ihm ein Auge herauszudrücken. Oder ihn sonst wie abzulenken. Aber das machte der Junge nicht. Eine verpasste Gelegenheit. Dann drehte Reacher die Faust in seiner Hand wie einen Türknopf. Der Ellbogen des Jungen wurde überdehnt, und um das zu kompensieren, ließ er eine Schulter hängen. Doch Reacher drehte weiter, bis er so schief dastand, dass er die Linke von seinem Handgelenk nehmen musste, um wild mit dem Arm rudernd das Gleichgewicht zu halten.

Reacher fragte: »Soll ich zuschlagen?«

Keine Antwort.

»Das ist keine schwierige Frage«, sagte Reacher. »Ein Ja oder Nein genügt.«

Unterdessen trat der Junge von einem Bein aufs andere, versuchte stöhnend und schnaufend eine erträgliche Haltung zu finden. Aber er winselte nicht. Noch nicht. Er sagte: »Okay, klar, ich hab sie bedrängt. Tut mir leid, Mann. Ich lass sie in Zukunft in Ruhe.«

»Was ist mit ihrem Job?«

»Das war nur ein Scherz, Mann.«

»Was ist mit der nächsten Bedienung, die gerade eine Pechsträhne hat und einen sicheren Job braucht?«

Der Junge gab keine Antwort. Reacher drückte noch fester zu und fragte: »Soll ich zuschlagen?«

Der Junge sagte: »Nein.«

»Nein heißt nein, stimmt's? Ich denke, dass sie euch das auf deiner teuren Uni lehren. Aber aus deiner Sicht war das wohl eher theoretisch. Bis heute.«

»Lass gut sein, Mann.«

»Soll ich zuschlagen?«

»Nein.«

Reachers ansatzlos geschlagene rechte Gerade krachte mit voller Kraft in sein Gesicht. Wie ein Güterzug. Der Junge ging sofort k.o. Als er schlaff wurde, setzte die Schwerkraft ein. Reachers linke Hand blieb unbeweglich. Das gesamte Gewicht des Jungen hing jetzt an seinem überdehnten Ellbogen. Reacher wartete. Nun gab es zwei Möglichkeiten: Stärke und Elastizität seiner Sehnen würden ihn wieder nach vorn ziehen – oder eben nicht.

Sie taten es nicht. Der Ellbogen des Jungen brach, und sein Arm drehte sich nach außen. Reacher ließ ihn fallen. Mit einem Arm in richtiger und dem anderen in verkehrter Haltung, was wie ein Hakenkreuz aussah, landete er auf dem Ziegelpflaster vor der Buchhandlung. Er keuchte. Seine Nase war gebrochen. Die Wangenknochen vielleicht auch. Und ihm fehlten oben einige Schneidezähne. Damit würde sein Zahnarzt sich eine goldene Nase verdienen.

Reacher machte kehrt, ging in sein Bed & Breakfast zurück,

stieg die Wendeltreppe hinauf und trat durch die niedrige Tür in sein Zimmer, in dem er zum zweiten Mal duschte, bevor er sich ins Bett legte. Er schüttelte sein Kopfkissen zurecht und schlief wieder ein.

In diesem Augenblick wachte Patty Sundstrom auf. Um Viertel nach drei Uhr morgens. Weil sich erneut ein Impuls aus unterschwelliger Unruhe den Weg an die Oberfläche gebahnt hatte. Wofür waren die Stablampen? Wieso waren es zwei? Warum nicht eine? Oder zwölf?

In Zimmer zehn war es herrlich kühl. Sie konnte die Nachtluft riechen: samtweich und schwer. Wozu zwei Stablampen zu zwölf Mahlzeiten packen? Wozu überhaupt Stablampen? Was hatten die mit Essen zu tun? Niemand fragte jemals: Möchten Sie eine Stablampe dazu? Und Shortys Erklärungsversuch war Unsinn. Niemand aß seinen Lunch bei Dunkelheit. Das waren diese Rationen tatsächlich. Lunch für reiche Leute aus Boston, die mal eine Woche lang primitiv in der Wildnis leben wollten. Wer sich dieses Motel leisten konnte, würde keine Müsliriegel als Abendessen akzeptieren. Oder als Frühstück. Bestimmt nur als Lunch, weil das zu dem großen Outdoor-Abenteuer gehörte. Wozu also die Stablampen? Lunch gab es mittags, wenn die Sonne am höchsten stand. Außer die reichen Kerle waren Höhlenforscher. Aber dann brachten sie bestimmt ihre eigenen Lampen mit. Teure Spezialanfertigungen, die wahrscheinlich als Stirnlampen getragen wurden.

Wieso sollten Stablampen in einem Karton verpackt sein, als gehörten sie irgendwie dazu, nicht anders als Besteck oder Servietten?

Befanden sie sich von Anfang an im Karton?

Vielleicht waren sie erst nachträglich hineingesteckt worden. Sie schloss die Augen und stellte sich die Szene beim Öffnen des Kartons vor. Sie hatte das Klebeband mit einem Daumennagel aufgeschlitzt, Shorty den Deckel aufgeklappt. Was war ihr erster Eindruck gewesen?

Der Karton enthielt auch zwei Stablampen, die senkrecht zwischen den verpackten Snacks eingezwängt waren.

Eingezwängt.

Also nicht als integraler Bestandteil mitverpackt. Später hinzugefügt.

Warum?

Zwei Stablampen für zwei Leute.

Jeder von ihnen hatte eine Stablampe und sechs eiserne Rationen bekommen.

Warum?

Wir haben ein paar Zutaten für euch zusammengestellt. Kommt als Gäste ins Haus rüber oder bedient euch aus dem Karton. Uns ist beides recht. Was irgendwie falsch klang. Was sie nicht so meinten.

Was meinten sie dann?

Sie schlüpfte aus dem Bett, ging barfuß zu der Kommode mit dem Karton, klappte den Deckel auf und griff hinein. Die erste Stablampe war in den Leerraum gefallen, in dem die beiden eisernen Rationen gelegen hatten. Patty nahm sie heraus. Sie fühlte sich kalt und schwer an. Sie drückte die Streuscheibe gegen ihre Handfläche und schaltete die Lampe ein. Als sie sie leicht bewegte, fiel etwas Licht durch ihre Finger, deren Ränder es rosig färbte. Die Lampe stammte von einem sehr bekannten Hersteller. Sie fühlte sich an, als wäre sie aus einem massiven Aluminiumblock in Luftfahrtqualität gefräst. Ihr Licht kam aus zahlreichen winzigen LEDs, die wie ein Insektenauge aussahen.

Sie schaute wieder in den Karton. Die zweite Stablampe steckte noch an ihrem ursprünglichen Platz zwischen den Rationen neun, zehn, elf und zwölf. Ein paar Müsliriegel waren leicht beschädigt. Eine der Rosinenboxen war zerdrückt. Also hatte man die Lampe später hineingesteckt. Sie inspizierte das von ihr aufgeschlitzte Klebeband. Zwei Lagen. Eine von dem Lieferanten, die zweite von den Kerlen, nachdem sie die Stablampen hineingesteckt hatten.

Was bedeutete das sonst noch?

Sie tappte barfuß zur Tür weiter, schob Shortys zusammengebogenen Schuh mit dem Zeh weg und öffnete die Tür so weit, dass sie hinausschlüpfen konnte. Im Freien nahm sie die Hand von der Streuscheibe. Die Stablampe spendete helles weißes Licht. Patty ging vorsichtig auftretend barfuß zu dem Honda hinüber. Sie öffnete die Beifahrertür. Der Entriegelungsgriff für die Motorhaube befand sich auf Höhe ihres Schienbeins. Sie hatte ihn schon unzählige Male gesehen. Ein breiter schwarzer Hebel. Als sie daran zog, sprang die Motorhaube mit einem Knall auf, der in der nächtlichen Stille wie der Zusammenstoß zweier Autos klang.

Patty schaltete die Stablampe aus und wartete. Niemand kam. Drüben im Haus flammten keine Lichter auf. Sie schaltete die Lampe wieder ein, lief um den Wagen herum nach vorn, drückte die Sicherungsklinke nach innen und hob die Motorhaube hoch. Sie stützte sie mit dem dafür vorgesehenen, aber verbogenen Metallstab ab. Sie arbeitete in einem Sägewerk und kannte sich mit Maschinen aus. Sie machte einen langen Hals, bis sie sah, was sie sehen wollte.

Der Lackmustest.

Er weiß, wo das Problem liegt. Er kennt die Schwachstelle. Hinter den Instrumenten führen die Heizungsschläuche anscheinend zu dicht an einem Chip vorbei.

Patty beugte sich nach vorn. Sie hielt die Stablampe wie eine Sonde zwischen Daumen und Zeigefinger und richtete den Lichtstrahl mal hierhin, mal dorthin.

13

Patty Sundstrom hatte keine Mühe, die Rückseite der Instrumentenkonsole zu identifizieren. Sie war ein schlichtes Blechteil, ausgestanzt und durch Sicken verstärkt, grau und schmutzig, zum Teil mit einer dünnen Schicht Dämmmaterial bedeckt, die sich an den Rändern ablöste. Alle möglichen Leitungen, Röhren und Schläuche führten daran vorbei oder auch hindurch. Hauptsächlich elektrische Leitungen, dachte sie. Der Heizungsschlauch würde ziemlich dick sein. Wahrscheinlich ein Zoll Durchmesser, druckfest, mit Gewebe verstärkt. Traditionell schwarz, vermutete sie, und irgendwo an den Kühler angeschlossen, aus dem das heiße Wasser kam. Und es musste natürlich einen identischen schwarzen Schlauch für das zurückfließende Wasser geben. Damit ein Kreislauf entstehen konnte. Wegen der Wasserpumpe. Die zu arbeiten aufhörte, wenn der Motor stand, hatte Peter gesagt.

Sie reckte den Hals vor und bewegte den Lichtstrahl durch den Motorraum.

Tatsächlich entdeckte sie zwei mit dem Kühler verbundene schwarze Schläuche. Weitere Kandidaten waren nicht vorhanden. Sie verfolgte beide mit dem Lichtstrahl. Die Schläuche blieben ganz unten. Sie traten sehr tief unten ins Wageninnere ein. Direkt vor der Mittelkonsole mit dem Schalthebel. Gleich darüber befand sich die Heizung.

Hinter den Instrumenten führen die Heizungsschläuche anscheinend zu dicht an einem Chip vorbei. Der Chip überhitzt, wenn das Wasser in den Schläuchen zu heiß wird.

Nein, das tun sie nicht, dachte Patty. Sie überzeugte sich

nochmals. Die Schläuche kamen nicht mal in die Nähe der Instrumententafel. Sie wurden ganz tief unten in den Fahrgastraum geführt. Und in ihrer Nähe gab es ohnehin nichts. Nur stabile Metallteile, fast alle mit einer Schmutzschicht überzogen. Keine Leitungen. Keine empfindlichen Bauteile. Nichts, was bei hohen Temperaturen ausfallen konnte. Ganz bestimmt keine schwarzen Boxen, in denen Chips verbaut sein konnten.

Sie trat einen Schritt zurück, richtete sich auf. Sie blickte zu dem Haus hinüber. Alles still. Im Mondschein wirkte die Scheune geisterhaft. Die neun Quads waren ordentlich nebeneinander geparkt. Sie schaltete die Stablampe aus und schlich vorsichtig auftretend barfuß ins Zimmer zurück. Sie blieb neben dem Bett stehen und stieß Shorty an, damit er aufwachte. Er schrak hoch und sah sich wild nach Eindringlingen um.

Er erkannte niemanden.

Er fragte: »Was?«

Sie antwortete: »Die Heizungsschläuche kommen nicht mal in die Nähe der Instrumententafel.«

Er fragte noch mal: »Was?«

»Im Auto«, sagte Patty. »Sie führen ganz weit unten ins Wageninnere, noch unterhalb des Schaltknüppels.«

»Woher weißt du das?«

»Ich hab nachgesehen«, sagte sie. »Mit einer der Stablampen, die wir von ihnen gekriegt haben.«

»Wann?«

»Gerade eben.«

»Warum?«

»Ich bin aufgewacht. Irgendwas stimmt hier nicht.«

»Also hast du die Konsole rausgerissen?«

»Nein, ich hab unter der Motorhaube nachgesehen. Von der

anderen Seite. Die Schläuche waren gut zu erkennen. Und in der Nähe gibt's keine Chips.«

»Okay, vielleicht hat der Mechaniker sich geirrt«, sagte Shorty. »Oder er hat an ein anderes Auto gedacht. Unseres ist ein ziemlich frühes Modell. Möglicherweise werden Hondas für Kanada anders gebaut.«

»Oder vielleicht gibt es diesen Mechaniker gar nicht. Vielleicht haben sie nie einen angerufen.«

»Warum sollten sie das tun?«

»Vielleicht wollen sie uns hierbehalten.«

»Was?«

»Weißt du eine andere Erklärung?«

»Wozu sollten sie das tun wollen? Jetzt mal im Ernst. Du meinst, dass sie uns als Gäste brauchen? Wegen der Bank? Weil sie unsere fünfzig Bucks wollen?«

»Ich weiß nicht, weshalb.«

»Verdammt komische Geschäftsmethoden. Wir könnten uns auf TripAdvisor beschweren.«

»Bloß können wir das nicht – Hier gibt's kein WLAN und keinen Handyempfang und kein Telefon im Zimmer.«

»Sie können Leute nicht einfach gegen ihren Willen festhalten. Früher oder später würde sie irgendjemand als vermisst melden.«

»Wir haben ihnen praktisch erzählt, dass niemand weiß, dass wir weg sind.«

»Aber wir haben ihnen praktisch auch erzählt, dass wir pleite sind«, meinte Shorty. »Wie lange, denken die, zahlen wir fünfzig Bucks?«

»Zwei Tage«, sagte Patty. »Frühstück, Lunch, Abendessen. Sechs Mahlzeiten für jeden von uns.«

»Das ist verrückt. Was passiert dann? Rufen sie anschließend den Mechaniker an?«

»Wir müssen von hier fort. Wir müssen's mit dem Quad versuchen, wie du vorgeschlagen hast. Also zieh dich an. Wir müssen los.«

»Jetzt?«

»In dieser Minute.«

»Mitten in der Nacht?«

»Das hast du selbst gesagt. Jetzt schlafen sie. Also müssen wir jetzt los.«

»Weil ein Automechaniker sich am Telefon geirrt hat?«

»Falls es überhaupt einen Mechaniker gegeben hat. Und wegen allem anderen.«

Shorty fragte: »Wozu haben sie uns Stablampen gegeben?«

Patty antwortete: »Das weiß ich auch nicht.«

»Als hätten sie gewusst, dass wir nachts abhauen wollen.«

»Wie können sie das gewusst haben?«

Shorty stand auf. Er sagte: »Wir sollten etwas Essen mitnehmen. Vor Mittag bekommen wir sicher nichts. Das Frühstück fällt jedenfalls aus.«

Sie zogen sich an, hüpften im Halbdunkel von einem Fuß auf den anderen, weil das einzige Licht der durch die Tür einfallende Mondschein war. Sie packten ihre Sachen nach Gefühl und stellten das Gepäck draußen neben den Honda.

»Willst du das echt durchziehen?«, fragte Shorty.

»Ich möchte weg«, sagte Patty. »Hier stimmt was nicht.«

Sie gingen zur Scheune– nicht auf dem Weg, sondern im Gras, weil sie das Gefühl hatten, das sei leiser. Besonders vorsichtig waren sie auf den letzten Metern im Kies bis zur nächsten Ecke des fast perfekten Quadrats aus Quads – zu dem, das Peter weggefahren hatte, damit Mark es benutzen konnte. Sein Motor war noch ein bisschen warm. Shorty wollte genau dieses, weil er gesehen hatte, wie man den Leerlauf einlegte, und weil er wusste, dass es ziemlich gut lief, aber vor allem auch, weil es am nächsten stand. Wer wollte weiter gehen als unbedingt nötig? Er jedenfalls nicht. Er legte also den Leerlauf ein und zog an dem Lenker – erst irgendwie halbherzig und schräg, aber das Quad rollte gehorsam an und wurde rasch schneller, sobald Shorty sich mehr ins Zeug legte.

»Gar nicht schlecht«, meinte er.

Er brachte das Quad zum Stehen, nahm eine neue Position ein und schob es mit ganz eingeschlagenem Lenker nach vorn: ein perfektes Manöver, als stieße er rückwärts aus einer Parklücke, schlüge die Räder ein und führe davon. Nun gesellte Patty sich auf der anderen Seite zu ihm. Gemeinsam brachten sie das Fahrzeug auf ziemlich gute Geschwindigkeit und lenkten es mitten auf dem befestigten Weg zu dem Motelgebäude zurück – fast lautlos, wenn man vom Scharren ihrer Schuhe auf losen Steinen und dem Abrollgeräusch der grobstolligen Quadreifen absah. Sie schoben es schwer atmend weiter, um die Ecke von Zimmer zwölf und weiter zu dem Honda auf dem übernächsten Platz, bis das Quad direkt hinter dem Wagen stand. Shorty öffnete den Kofferraum.

»Warte«, sagte Patty.

Sie ging zur Ecke zurück und beobachtete das Haus. Keine Lichter, keine Bewegung. Sie kam zum Auto zurück und sagte: »Okay.«

Shorty drehte sich zu dem offenen Kofferraum um, beugte sich mit weit ausgebreiteten Armen nach vorn, schob seine Finger unter die Schmalseiten des Koffers und hob ihn vorn an, bis er schräg auf dem unteren Rand des Kofferraums lag. Dann packte er den Griff und zog daran, um den Koffer auf dem Rand zu balancieren, damit er Zeit hatte, seine Position zu verändern, fester zuzupacken und den Koffer mit einem Schwung auf das Quad zu wuchten.

Dabei riss der Koffergriff ab.

Shorty stolperte einen Schritt zurück.

Er schimpfte: »Verdammt!«

»Beweist nur, dass wir ihn nicht hätten tragen können«, flüsterte Patty. »Das wäre früher oder später passiert.«

»Wie kriegen wir ihn so in den Bus?«

»Wir müssen einen Spanngurt besorgen. Den wickeln wir mehrmals rum, dann haben wir eine Art Griff. Also brauchen wir eine Tankstelle oder ein Eisenwarengeschäft. Um den Gurt zu kaufen.«

Shorty trat wieder vor, beugte sich erneut nach vorn und schob seine Finger unter den Koffer. Er grunzte und hievte, ächzte, machte kehrt und legte ihn so auf dem Quad ab, dass eine Schmalseite auf dem Lenker ruhte und die andere sich in den gepolsterten Sitz grub. Er rückte den Koffer etwas zurecht, bis er ausbalanciert war. Nun lag er ziemlich stabil. Sogar besser als erhofft. Insgesamt war er recht zufrieden.

Er schloss den Kofferraumdeckel, und sie schnallten ihr übriges Gepäck auf den Lastenträger des Quads. Dann nahmen sie ihre Positionen ein: Shorty auf der linken und Patty auf der rechten Seite, beide mit einer Hand den Lenkerstummel umklammernd, der unter dem Koffer herausragte, während sie mit der anderen Hand teils schoben, teils mit den Stablampen jonglierten. So hatten sie zwei provisorische Scheinwerferstrahlen, die das Lenken erleichterten, und konnten den Koffer zwischen sich stabilisieren: mit Shortys rechtem und Pattys linkem Unterarm am oberen Ende und mit seiner rechten und ihrer linken Hüfte am unteren Teil, wenn sie leicht nach vorn gebeugt gingen, was sie würden tun müssen, weil das Gewicht des Koffers das Schieben weit schwieriger machte als zuvor. Das Anschieben erforderte einen riesigen Kraftaufwand, sodass sie sich mächtig reinhängen mussten. Und das Weiterschieben war kaum weniger anstrengend, obwohl es etwas besser wurde, als sie das unbefestigte Gelände verließen und den Asphalt erreichten, wo die Zufahrt unter den Bäumen auftauchte.

Noch über zwei Meilen. Sie nahmen den Tunnel unter den Bäumen in Angriff. Die kühle Nachtluft roch nach feuchter Erde und verrottendem Laub. Sie keuchten und schwitzten. Die Praxis erwies, dass es am besten war, möglichst schnell zu schieben, damit der Schwung sie durch lange flache Schlaglöcher trug. Das bedeutete ständig hohen Kraftaufwand, aber es war besser, als neu anschieben zu müssen, nachdem die Vorderräder in ein Schlagloch gesackt waren. Sie trabten weiter, rannten beinahe, um nicht an Schwung zu verlieren, hatten aber keinen Spaß dabei, sondern versuchten nur, Strecke zu machen.

»Ich muss eine Pause einlegen«, sagte Patty.

Sie ließen das Quad ausrollen und rückten den Koffer zurecht, damit er genau ausbalanciert war. Dann traten sie zur Seite, streckten den Rücken und fassten sich mit beiden Händen ans Kreuz. Schwer atmend massierten sie ihre verkrampften Nackenmuskeln.

Shorty fragte: »Wie weit noch?«

Patty schaute sich um, sah wieder nach vorn.

»Ungefähr anderthalb Meilen«, entgegnete sie.

»Wie lange haben wir bisher gebraucht?«

»Vielleicht zwanzig Minuten.«

»Verdammt, das ist langsam!«

»Du hast vier Stunden gesagt. Wir sind ungefähr in der Zeit.«

Sie nahmen wieder ihre Positionen ein und zwangen das Biest dazu weiterzurollen. Wie eine Bobmannschaft, die oben am Start mit jedem Schritt schneller wird. Sie brachten die Karre in Schwung, hielten die erreichte Geschwindigkeit, stabilisierten den schwankenden Koffer mit Hüften und Unterarmen, hielten die Köpfe gesenkt, atmeten keuchend und blickten wieder auf, um ihre Richtung zu kontrollieren. So schafften sie eine weitere halbe Meile, dann rasteten sie wieder. Und noch eine halbe. Inzwischen war eine Stunde vergangen.

»Der Rückweg wird leichter«, sagte Patty. »Ohne das zusätzliche Gewicht.«

Sie passierten den kurzen baumlosen Abschnitt. Der schmale Himmelsstreifen über ihnen war übersät mit Sternen.

»Bald sind wir da«, meinte Patty.

Dann sagte sie: »Warte!« Sie hörte plötzlich zu schieben auf und stemmte sich mit eingegrabenen Absätzen gegen das Quad wie ein kleines Mädchen, das einen schwer beladenen Leiterwagen aufhalten will.

Shorty fragte: »Was?«

»Auf der Fahrbahn hat ein Kabel gelegen. Wie bei einer Tankstelle. Damit es im Kassenhäuschen klingelt. Hier klingelt es wahrscheinlich im Haus.«

Shorty brachte das Quad ganz zum Stehen. Er erinnerte sich daran. Dick und gummiartig wie ein Gartenschlauch. Er leuchtete die Straße vor ihnen mit seiner Stablampe ab. Als sie nichts entdeckten, rollten sie mit halber Geschwindigkeit weiter, was wegen der Schlaglöcher doppelt so anstrengend war, während ein Lichtstrahl weit vorausleuchtete und der andere die nähere Umgebung absuchte.

Hundert Meter weiter sahen sie das Kabel.

Dick und gummiartig und quer über der Straße liegend.

Eineinhalb Meter davor machten sie halt.

Patty fragte: »Wie funktioniert das?«

»Ich vermute, dass drinnen zwei Metallstreifen liegen. Irgendwie voneinander getrennt. Aber wenn ein Rad drüberrollt, werden sie zusammengedrückt und lassen es klingeln. Wie ein Druckschalter.«

»Also dürfen wir kein Rad drüberrollen lassen.«

»Richtig.«

Was ein Problem darstellte. Shorty konnte das Quad nicht hochheben. Weder vorne noch hinten. Vielleicht eine Sekunde lang ein kleines Stück, aber niemals genug, um es über den Draht zu heben und wieder abzusetzen.

»Wie weit noch?«, fragte er.

»Ungefähr dreihundert Meter.«

»Dann trage ich den Koffer.«

»Warte!«, sagte sie wieder.

Sie ging in die Hocke, schob eine Hand unter das dick mit Gummi ummantelte Kabel und hob es hoch. Man konnte es mühelos anheben: eine Handbreit, einen halben Meter, so hoch, wie sie wollte. Sie ließ es locker durch die Hände gleiten, um sich davon zu überzeugen, dass es nirgends festhing.

»Halt dich bereit«, sagte sie.

Patty stand mit erhobenem Kopf und ausgebreiteten Armen da und hielt das Kabel auf ihren offenen Handflächen liegend hoch. Shorty duckte sich tief und schob das Quad darunter hindurch. Sie hielt das Kabel so lange oben, bis er hindurch war.

»Okay«, sagte Shorty.

Sie legte das Kabel behutsam ab, als machte sie eine tiefe Verbeugung. Dann schoben sie mit neuer Energie das Gefährt weiter. Zuversichtlich. Auf der Zielgeraden. Das Ende in Sicht. Die Lichtstrahlen ihrer Stablampen hüpften und schwankten, zeigten anfangs nichts als die Zufahrt unter Bäumen, aber dann wurde vor ihnen eine andere Art Leere sichtbar: die zweispurige Straße. Von der sie – gefühlt vor tausend Jahren – abgebogen waren. Shorty hatte gefragt: Okay?, und Patty hatte nichts geantwortet.

Nun sagte sie: »Wir müssen ein Versteck für den Koffer finden. Aber nicht zu weit von der Straße entfernt. Damit wir ihn leicht einladen können, wenn uns jemand mitnimmt.«

Sie ließen das Quad an der Stelle ausrollen, an der die Zufahrt sich etwas verbreiterte, wo sie auf die Straße traf. Verstecke schien es hier reichlich zu geben. Auf beiden Seiten drängten Bäume heran. Die letzten Meter vor dem Bankett waren dicht mit Unterholz bewachsen. Allerdings schien es etwas lichter zu sein, wo die von Frost angehobenen Pfosten eingeschlagen waren. Vielleicht war der Boden dort vor vielen Jahren umgegraben worden, weshalb das Unterholz langsamer zurückkam. Vielleicht gab es irgendwo dahinter eine koffergroße Vertiefung.

Patty machte sich auf die Suche. Letztlich rechnete sie sich aus, die rechte Mulde sei besser als die linke. Vor Anstrengung keuchend schoben sie das Quad so nahe wie möglich an das vorgesehene Versteck heran. Shorty hob den Koffer von Sitz und Lenker. Dann grunzte und ächzte er, drehte sich um und ließ ihn ins Gebüsch fallen, wo er einige der unteren Zweige abknickte und ziemlich gut verborgen liegen blieb. Patty ging ein Stück die Straße entlang, benutzte ihre Stablampe wie einen Autoscheinwerfer und verkündete, sie sehe nicht viel. Bestimmt nichts, weswegen ein Autofahrer angehalten hätte. Nur ein dunkles Etwas, ganz tief unten, halb hinter dem Pfosten verborgen. Das hätte verendetes Wild sein können. Sie war zufrieden.

Aber dann veränderte ihre Stimme sich, als sie rief: »Shorty, komm mal her!«

Er ging zu ihr. Sie standen nebeneinander auf der County Road und blickten in die Richtung, aus der er gekommen war, entlang des Lichtstrahls ihrer Stablampe, der leicht zitternd den von Bodenfrost leicht schrägen Pfosten beleuchtete, hinter dem ein niedriges dunkles Etwas lag. Das konnte man eigentlich nur sehen, wenn man wusste, dass es sich da befand. Auch er war zufrieden.

Er fragte: »Worauf soll ich achten?«

»Denk mal nach, Shorty«, antwortete sie. »Was haben wir gesehen, als wir hier abgebogen sind?«

Er überlegte. Er stellte sich die Szene vor. Er machte zwei Schritte nach links in Richtung Mittellinie, wo er am Steuer des Hondas gesessen hatte. Er ging sogar leicht in die Hocke, um seine Sitzposition zu imitieren. Was hatte er gesehen? Er hatte einen von Bodenfrost leicht schiefen Pfahl gesehen, an den ein Brett genagelt war, auf das dekorative Kunststoffbuchstaben und ein in den Wald zeigender Pfeil geschraubt waren. Die Buchstaben hatten das Wort *Motel* ergeben.

Er verglich seine Erinnerung mit dem Bild vor ihm.

Irgendwas war jetzt anders.

Er kniff die Augen zusammen. Dann wurde ihm bewusst, dass das Brett verschwunden war. Keine Buchstaben, kein Wort, kein Pfeil. Dort stand nur ein nackter Pfosten. Genau wie auf der anderen Seite der Zufahrt.

»Verrückt«, meinte er.

»Findest du?«

»Ist das nun ein Motel oder nicht? Ich denke schon. Schließlich nehmen sie unser Geld.«

»Wir müssen von hier weg!«

»Wir sind schon dabei. Mit dem ersten Auto, das anhält.«

»Nachdem wir das Quad zurückgebracht haben.«

»Das sind wir ihnen nicht schuldig«, widersprach Shorty. »Wir schulden ihnen einen Dreck. Nicht, wenn sie uns jetzt mit den Motelschildern verarschen. Wir sollten das Quad hier lassen. Sollen sie's sich doch selbst holen!«

»Sie stehen mit der Sonne auf«, sagte Patty. »Fehlt eines der Quads, wissen sie sofort Bescheid. Aber steht es wieder an seinem Platz, denken sie vielleicht stundenlang nicht an uns. Sie werden annehmen, dass wir allein in unserem Zimmer frühstücken. Sie haben keinen Grund, vor acht oder neun Uhr bei uns aufzukreuzen.«

»Das wäre riskant.«

»Das kann uns später viel Zeit verschaffen. Sie machen sich auf die Suche, sobald sie merken, dass wir fort sind. Diesen Augenblick müssen wir möglichst lange hinauszögern. Bis dahin müssen wir zehn Meilen weit weg sein. Wir können es uns nicht leisten, mit hochgereckten Daumen am Straßenrand stehend eingeholt zu werden. Ich denke, wir sollten versuchen, möglichst viel Zeit zu gewinnen.«

Shorty sagte nichts. Er sah die dunkle, stille Straße entlang, erst in einer Richtung, dann in der anderen.

»Ich weiß, dass es sich blöd anfühlt zurückzugehen«, sagte Patty. »Weil wir gerade erst angekommen sind. Aber hier kommen sowieso keine Autos vorbei. Noch nicht. Bei Tagesanbruch haben wir bessere Chancen.«

Shorty schwieg noch einige Sekunden lang.

Dann sagte er: »Okay, wir bringen das Quad zur Scheune zurück.«

»So schnell wir können«, sagte Patty. »Jetzt ist Tempo die Hauptsache.«

Sie schnallten ihr Gepäck vom Lastenträger los, versteckten es in der Nähe des Koffers und beschrieben mit dem Quad einen weiten Kreis auf dem Asphalt. Im Freien roch die Nachtluft weniger modrig. Sie stellten das Quad in Gegenrichtung auf, nahmen ihre vorigen Positionen ein und marschierten los. Vor ihnen lagen wieder mehr als zwei Meilen. Aber Patty hatte recht. Ohne das Gewicht des Koffers ließ das Quad sich viel leichter schieben. Es schien förmlich zu schweben. Sie zelebrierten wieder den Hippietanz unter dem Kabel hindurch, machten dann Tempo und marschierten fast ohne sich anzustrengen und ohne Rast flott weiter.

14

Sie brauchten nur wenig mehr als eine halbe Stunde, um die gut zwei Meilen schiebend zurückzulegen. Wo die Zufahrt unter den Bäumen hervorkam, ließen sie das Quad ausrollen. Vor ihnen führte das im Mondschein geisterhaft graue Asphaltband über die freie Fläche bis zu den bogenförmig angeordneten Häusern in der Ferne. Das Motel, dunkel und still. Die Scheune, dunkel und still. Das Haus, dunkel und still. Vier Uhr dreißig auf Pattys Armbanduhr. Noch mindestens eine Stunde bis Tagesanbruch.

Alles gut.

Sie schoben so leise wie möglich das Quad weiter. Die einzigen Geräusche waren das Zischen der Reifen und das Klatschen ihrer Sohlen auf dem letzten asphaltierten Wegstück. Sobald sie auf die nur gewalzte Parkfläche hinunterholperten, wurden ihre knirschenden Schritte und das Abrollgeräusch der Reifen lauter. So ging es am Büro vorbei, dann an einem Zimmer nach dem anderen, bis zu dem defekten Honda und darüber hinaus, vorbei an der Ecke bei Zimmer zwölf, gerade auf die Scheune zu. Sie konnten die geisterhaften Umrisse von acht ordentlich geparkten Quads sehen – und den leeren neunten Platz, der wie ein ausgeschlagener Zahn in einem lächelnden Mund gähnte. Shorty deutete darauf und reckte einen Daumen hoch. Patty hatte recht gehabt. Bei Tagesanbruch hätte ein Blick aus einem Fenster genügt, um Alarm auszulösen.

Sie kürzten die letzte Wegstrecke übers Gras ab und rollten

ganz langsam über den Kies der Parkfläche. Das Quad an seinen ursprünglichen Platz zurückzustellen war nicht schwierig. Es ging nur darum, das Fahrzeug mit den Vorderrädern voraus in die Lücke zu schieben, es exakt an den anderen auszurichten und von dem Karree zurückzutreten. Auftrag ausgeführt. Perfekt. Nicht zu entdecken. Sie schlichen auf Zehenspitzen über den Kies zurück, traten im Gras fester auf und erreichten wieder die Zufahrt, auf der sie kurz stehen blieben, um Atem zu schöpfen. Vor ihnen lagen wieder etwas über zwei Meilen. Zum dritten Mal. Aber diesmal brauchten sie kein Quad zu schieben. Diesmal würden sie einfach nur gehen, sonst nichts. Für immer fortgehen.

Hinter ihnen wurde eine Tür geöffnet. Drüben im Haus. Relativ weit entfernt rief eine Stimme: »Hey, Leute, seid ihr das?«

Mark.

Sie standen still.

»Leute?«

Der Lichtstrahl einer Stablampe tastete sich heran, warf ihre Schatten voraus, was bedeutete, dass sie von hinten angestrahlt wurden.

»Leute?«, rief Mark noch mal.

Sie drehten sich um.

Mark kam in der Dunkelheit auf sie zu. Er war vollständig angezogen. Sein Tag hatte schon begonnen. Seine Stablampe blieb wie die von Shorty und Patty höflich zu Boden gerichtet, um zu beleuchten, ohne zu blenden.

Sie warteten.

Mark erreichte sie und blieb stehen.

Er sagte: »Ein höchst bemerkenswerter Zufall!«

Außer der Stablampe hielt er einen leeren Zettel und einen Bleistift in der Hand.

Patty fragte: »Wirklich?«

»Entschuldigt, ich hätte fragen sollen, ist alles in Ordnung?«

»Uns geht's gut.«

»Ihr macht nur einen kleinen Spaziergang?«

»Was ist ein Zufall?«

»Dass ich genau in diesem Augenblick den Mechaniker am Telefon habe. Er fängt um fünf Uhr zu arbeiten an, um die Rushhour zu vermeiden. Heute Morgen ist er mit einem plötzlichen Gedanken aufgewacht. Ihm ist eingefallen, dass wir erwähnt haben, dass ihr aus Kanada kommt. Dabei hat er automatisch angenommen, dass ihr heimkehrende Amerikaner seid. Erst heute Morgen ist ihm klar geworden, dass ihr auch Kanadier auf Besuch in den USA sein könntet. In diesem Fall würdet ihr ein nach kanadischen Vorschriften hergestelltes Auto fahren. Und da hättet ihr automatisch das Winterpaket mit verstärkter Heizung und ohne Klimaanlage, und seine Ferndiagnose wäre falsch gewesen. Der Chip ist ein typisch amerikanisches Problem. In Kanada macht das Anlasserrelais durch Überhitzung schlapp. Jetzt muss er wissen, welches Teil er von der Autoverwertung mitbringen soll. Er ist dorthin unterwegs und hat mich gerade losgeschickt, damit ich mir die Seriennummer von eurer Frontscheibe notiere.«

Er hielt Papier und Bleistift wie Beweise hoch.

Dann fuhr er fort: »Aber natürlich geht's für alle Beteiligten viel schneller, wenn ihr mitkommt und seine Fragen selbst beantwortet.«

Er deutete die jeweiligen Entfernungen mit senkrecht gehaltenen Handflächen an: die lange Strecke bis zu dem Honda und den noch längeren Rückweg zum Haus gegen einen kurzen Einwegtrip von der Stelle, an der sie standen, bis zum Telefon im Haus. Ein dramatischer Unterschied. Unwiderlegbare

Logik. Shorty sah Patty an. Sie sah ihn an. Beide hatten alle möglichen Fragen.

Mark sagte: »Wir könnten Kaffee kochen. Wir könnten den Kerl auffordern, uns zurückzurufen, wenn er das benötigte Teil tatsächlich in Händen hält. Und noch mal, wenn er wirklich in seinem Truck sitzt und hierher unterwegs ist. Ich möchte, dass ihr's von ihm selbst hört, dass ihr euch selbst vergewissern solltet. Das ist das Mindeste, was wir tun können. Nach all den Enttäuschungen, die ihr habt einstecken müssen, Leute.«

Er machte eine kleine Handbewegung, eine höfliche Nach-euch-Geste.

Patty und Shorty setzten sich in Bewegung, marschierten in Richtung Haus, Mark an ihrer Seite. Ihre drei Lichtstrahlen bildeten gemeinsam einen vor ihnen herwandernden Lichtfleck. Zuletzt ging Mark etwas schneller und wartete dann an der Haustür, um sie hereinzubitten. Er machte drinnen Licht und ließ sie in die Diele eintreten, in der ihnen beim Mittagessen am Vortag das nicht funktionierende Telefon gezeigt worden war. Jetzt lag der Hörer durch sein Spiralkabel gehalten auf der Sitzfläche eines Stuhls. Auf altmodische Weise in einer Warteschleife.

Mark sagte: »Er heißt Carol. Vermutlich anders buchstabiert. Er stammt aus Nordmazedonien.«

Seine Hand deutete mit einer höflichen Bitte-bedient-euch-Geste aufs Telefon.

Patty griff nach dem Hörer. Sie hielt ihn ans Ohr. Sie vernahm ein leicht hallendes Summen. Eine Mobilfunkverbindung, die ihr Bestes tat.

Sie sagte: »Carol?«

Eine Stimme fragte: »Mark?«

»Nein, mein Name ist Patty Sundstrom. Meinem Freund und mir gehört der Honda.«

»O Mann, ich wollte nicht, dass Mark euch gleich weckt. Das war nicht höflich.«

Die Stimme sprach mit einem Akzent, der nach einem wenig bekannten Staat klang, der Nordmazedonien hieß. Osteuropa, dachte sie. Oder Südost. Irgendwo zwischen Griechenland und Russland. Die Art Kerl, die sich zweimal täglich rasieren müsste, es aber nicht tut. Wie ein Filmbösewicht. Nur dass seine Stimme freundlich klang. Im Tonfall leicht. Hilfsbereit und ernstlich bemüht. Auch in dieser frühen Morgenstunde voller Energie.

Sie sagte: »Wir waren ohnehin wach.«

»Echt jetzt?«

»Tatsächlich haben wir einen Spaziergang unternommen.«

»Wieso?«

»Irgendwas hat uns geweckt, glaub ich.«

»Ihrer Stimme nach tippe ich darauf, dass Sie aus Kanada stammen.«

»Unser Wagen auch.«

»Yeah«, sagte die Stimme. »Ich hab einfach etwas vermutet und dadurch fast einen Fehler gemacht. Meinen Beruf hab ich in der alten jugoslawischen Armee gelernt. Wie in jeder Armee haben sie uns beigebracht: Wer etwas vermutet, macht einen Esel aus sich und anderen. Diesmal bin leider ich der Esel. Ich muss mich bei Ihnen entschuldigen. Aber wir wollen auf Nummer sicher gehen. Haben Sie die Heizungsschläuche schon mal auswechseln müssen?«

»Nein, aber ich weiß, dass sie ganz tief unten verlaufen«, entgegnete Patty.

»Okay, das ist garantiert die kanadische Ausführung. Gut zu wissen. Also muss ich ein Anlasserrelais besorgen. Ich weiß ein paar Autoverwerter, die über Hondateile verfügen. Vielleicht hab ich Glück mit einem Unfallwagen. Wenn nicht, bin ich mit einem Neuteil umso eher bei Ihnen. Sagen wir mindestens zwei, höchstens vier Stunden.«

»Bestimmt?«

»Ehrenwort, Ma'am«, sagte die Stimme mit ihrem Akzent. »Ich bin zu Ihnen unterwegs, versprochen!«

Damit war das Gespräch beendet, und Patty legte den Hörer auf.

Mark sagte: »Der Kaffee ist fertig.«

Patty sagte: »Er meint, dass er in zwei bis vier Stunden hier ist.«

»Perfekt.«

Shorty fragte: »Im Ernst?«

»Er hat's versprochen«, antwortete sie.

Sie hörten ein Fahrzeug aufs Haus zukommen. Das Knirschen von Steinen, das Röhren eines Motors. Ein Blick aus dem Fenster zeigte ihnen Peter in einem klapprigen alten Pick-up. Er kam näher. Er wurde langsamer und hielt. Er parkte vor der Haustür.

Shorty fragte: »Wessen Truck ist das?«

»Seiner«, sagte Mark. »Gestern spätabends hat er's noch mal damit versucht. Vielleicht ist der warme Tag gut für die Batterie gewesen. Er hat ihn in Gang gebracht. Jetzt war er unten an der Straße, um die Batterie zu laden und die Spinnweben wegzupusten. Vielleicht seid ihr davon aufgewacht. Wenn ihr wollt, kann er euch zu eurem Zimmer mitnehmen. Besser als zu Fuß zu gehen. Das ist das Mindeste, was wir tun können. Ihr seid sicher müde.«

Sie sagten, sie wollten niemandem Mühe machen, aber Peter ließ nicht locker. Sein Pick-up hatte eine Doppelkabine, also saß Shorty vorn, und Patty hatte die Rückbank für sich. Peter hielt neben dem Honda. Die Tür von Zimmer zehn war geschlossen, was Patty seltsam fand. Sie wusste ziemlich sicher, dass sie sie offen gelassen hatten. Vielleicht war sie von einem Windstoß zugeschlagen worden. Schließlich hatte Shorty seine Schuhe wieder an den Füßen. Allerdings konnte sie sich an keine Windstöße erinnern. Dabei hatte sie fast die ganze Nacht im Freien zugebracht. Sie erinnerte sich, die Luft als bedrückend still empfunden zu haben.

Sie stiegen aus. Peter schaute ihnen nach, als sie zu ihrer Tür gingen. Patty drehte den Knopf und öffnete sie. Sie ging als Erste hinein. Dann kam sie sofort wieder herausgeschossen. Sie zeigte auf Peter in seinem Truck und schrie: »Hey, hiergeblieben!«

Sie trat beiseite. Shorty spähte hinein. Mitten im Zimmer stand ihr Gepäck. Alles wieder da. Der Koffer und die beiden Reisetaschen. Sauber aufgestellt, exakt angeordnet, als hätte ein Hotelpage sie zurückgelassen. Ihr Koffer war jetzt mit einem Seil verschnürt. Ein doppeltes Stück Seil zwischen zwei komplizierten Knoten diente als behelfsmäßiger Griff.

Patty fragte: »Was, zum Teufel, hat das zu bedeuten?«

Peter stieg aus seinem Truck.

»Wir bitten aufrichtig um Entschuldigung«, sagte er. »Dies tut uns sehr, sehr leid, und es ist uns sehr peinlich, dass ihr in diese Sache reingeraten seid.«

»In welche?«

»Das liegt an der Jahreszeit, fürchte ich. Das neue Studienjahr beginnt. Überall wimmelt es von Erstsemestern. Ihre Studentenverbindungen stellen ihnen Aufgaben. Sie klauen uns ständig unsere Motelschilder. Dann haben sie sich was Neues ausgedacht. Eine Art Aufnahmeritual. Sie mussten ein Motelzimmer völlig ausräumen, während die Gäste abwesend waren. Dämlich, aber leider eine Tatsache. Wir dachten, damit sei seit einigen Jahren Schluss, aber jetzt scheinen sie wieder damit anzufangen. Ich habe eure Sachen unten an der

Straße hinter einer Hecke gefunden. Das ist die einzig mögliche Erklärung. Sie müssen sie rausgeholt haben, als ihr euren Spaziergang gemacht habt. Wir entschuldigen uns für diese Unannehmlichkeit. Lasst uns bitte wissen, ob irgendetwas beschädigt ist. Wir werden Anzeige bei der Polizei erstatten. Ich meine, okay, jeder hat Verständnis für ein bisschen Spaß, aber solche Streiche sind lächerlich.«

Patty sagte nichts.

Shorty äußerte sich nicht dazu.

Peter stieg in seinen Truck und fuhr davon. Patty und Shorty blieben noch einen Augenblick unbeweglich stehen. Dann gingen sie ins Zimmer. Sie machten einen Bogen um ihr Gepäck und setzten sich nebeneinander aufs Bett. Die Tür ließen sie offen.

Das Frühstück von Reachers Bed & Breakfast-Deal gab es in einem hübsch eingerichteten Raum, der im Souterrain des Hauses, aber auf einer Ebene mit einem kleinen Garten lag, der so hübsch wie der Frühstücksraum aussah. Als Reacher um Viertel vor acht seinen Platz an einem der Tische einnahm, freute er sich auf Kaffee. Am Ende der Saison war er der einzige Gast. Er war frisch geduscht, fühlte sich gut und sah anständig aus – bis auf einen aufgeschürften Knöchel an der rechten Hand. Von der nächtlichen Auseinandersetzung mit dem Jungen. Bestimmt von seinen Zähnen. Keine ernsthafte Verletzung. Nur eine blutig verschorfte kleine Schlängelspur. Aber mit charakteristischer Form.

Reacher war dreizehn Jahre lang ein Cop und noch länger keiner gewesen, deshalb sah er die Dinge aus beiden Perspektiven. Das führte dazu, dass er versuchte, Eindeutigkeiten zu vermeiden. Nachdem er sein Frühstück bestellt hatte, trat er in den Garten hinaus. Er ging in die Hocke, machte eine Faust und scharrte mit den Fingerknöcheln über die Ziegel, mit denen ein Beet eingefasst war. Eben fest genug, um die Zahnspur zwischen mehreren anderen Kratzern verschwinden zu lassen. Als er wieder auf seinem Platz saß, tauchte er eine Ecke seiner Papierserviette ins Wasserglas und wischte damit die Erde von seinen Knöcheln.

Eine Viertelstunde später betrat Detective Brenda Amos den Frühstücksraum. Sie schrieb etwas in ihr Notizbuch. Begleitet wurde sie von einem Mann im Anzug. Seine Haltung und sein Auftreten ließen erkennen, dass er die Kriminalbeamtin herumführte. Also war er der Manager. Oder der Besitzer. Halb erriet, halb hörte Reacher, dass er sagte: »Im Augenblick ist dieser Gentleman unser einziger Gast.«

Amos blickte routinemäßig von ihrem Notizbuch auf, sah weg und dann wieder hin. Ein erstauntes zweites Hinschauen in Zeitlupe wie aus einer alten Fernsehshow. Sie starrte ihn an, blinzelte.

Zu dem Mann im Anzug sagte sie: »Ich möchte mit ihm reden.«

»Darf ich Ihnen einen Kaffee bringen?«

»Ja, bitte«, sagte Reacher laut. »Eine Kanne für zwei.«

Nach kaum merklichem Zögern nickte der Mann. Einer Kriminalbeamtin Kaffee anzubieten war eine Sache. Einem Gast welchen zu servieren war etwas ganz anderes. Unter seiner Würde. Andererseits hatte der Gast immer recht. Er verließ rückwärtsgehend den Raum, und Amos kam ganz herein. Sie setzte sich Reacher gegenüber an seinen Tisch und sagte: »Übrigens habe ich heute Morgen schon Kaffee getrunken.«

»Das braucht keine einmalige Sache zu sein«, meinte er. »Niemand kann einem verbieten, mehrmals am Tag Kaffee zu trinken.«

»Außerdem glaube ich, dass Dunkin' Donuts heute seinen Kaffee mit LSD versetzt.«

»Wie das?«

»Oder sonst ist dies das größte Déjà-vu der Geschichte.«

»Okay, also wie das?«

»Sie wissen, was *déjà vu* buchstäblich bedeutet?«

»Buchstäblich bedeutet es ›schon gesehen‹. Das ist Französisch. Meine Mutter war Französin. Ihr hat es gefallen, wenn Amerikaner französische Ausdrücke verwendeten. Das hat ihr Zugehörigkeitsgefühl gestärkt.«

»Wieso erzählen Sie mir von Ihrer Mutter?«

»Warum erzählen Sie mir von LSD?«

»Was haben wir gestern gemacht?«

»Gemacht?«, fragte er.

»Wir haben einen alten Fall vor fünfundsiebzig Jahren ausgegraben, in dem ein Jugendlicher bewusstlos auf einem Gehsteig in Laconia aufgefunden wurde. Identifiziert wurde er als ein einheimischer Zwanzigjähriger, den die Polizei bereits als Angeber und Rowdy kannte, ohne ihm etwas anhaben zu können, weil sein Vater reich war. Sie erinnern sich?«

»Klar«, sagte Reacher.

»Was ist passiert, als ich heute Morgen zum Dienst gekommen bin?«

»Keine Ahnung.«

»Ich habe erfahren, dass am frühem Morgen ein junger Mann bewusstlos auf einem Gehsteig in Laconia aufgefunden wurde. Identifiziert wurde er als ein einheimischer Zwanzigjähriger, den wir bereits als Angeber und Rowdy kennen, ohne ihm etwas anhaben zu können, weil sein Vater reich ist.«

»Tatsächlich?«

»Und ich betrete ein Hotel direkt gegenüber und treffe dort Sie an.«

»Das könnte man allerdings für einen Zufall halten.«

»Finden Sie?«

»Eigentlich nicht. Solche Straftaten passieren ständig.«

»Fünfundsiebzig Jahre Abstand nennen Sie ständig?«

»Ich möchte wetten, dass zwischendurch viele ähnliche Sachen passiert sind. Alle reichen Rowdys kriegen irgendwann eine Abreibung. Der Vergleich mit jedem anderen alten Fall hätte das gleiche Ergebnis geliefert. Und ich bin hier, weil ich mich bei Ihnen nach einem speziellen alten Fall erkundigt habe. Das Ganze ist also kein Zufall, sondern eine mathematische Gewissheit, weil Ihnen bekannt ist, dass ich nicht hier lebe – wo sollte ich sonst sein außer in einem Hotel?«

»Direkt gegenüber vom Tatort.«

»Sie gehen von Haus zu Haus, um Zeugen zu finden?«

»Das ist die übliche Vorgehensweise.«

»Hat irgendwer was gesehen?«

»Sie vielleicht?«

»Ich bin kein Vogelbeobachter«, sagte Reacher. »Leider nicht. Der Vogelzug hat begonnen. Mein Dad wäre begeistert gewesen.«

»Haben Sie etwas gehört?«

»Um welche Zeit?«

»Der Junge war noch um fünf Uhr kaum ansprechbar. Ist er von einem Mann k.o. geschlagen worden, statt unter einen Sattelschlepper geraten zu sein, tippe ich auf nicht später als vier Uhr.«

»Um vier Uhr hab ich geschlafen«, entgegnete Reacher. »Hab nicht das Geringste gehört.«

»Überhaupt nichts?«

»In der Nacht davor hat mich etwas geweckt. Aber das war um drei Uhr und in einem anderen Hotel.«

»Was denn?«

»Es hat mich geweckt, sich aber nicht wiederholt. Ich konnte es nicht genau definieren.«

»Außerdem hat der Junge einen Armbruch«, erklärte Amos.

»Kann passieren«, sagte Reacher.

Eine Bedienung brachte ihnen zwei Kännchen Kaffee und zwei frische Tassen. Reacher goss Kaffee ein, doch Amos ließ ihren stehen. Sie klappte ihr Notizbuch zu. Er fragte sie: »Wie schätzt man die Ermittlungen im Laconia PD ein?«

Sie antwortete: »Wir erwarten nicht viel davon.«

»Werden denn keine Tränen vergossen?«

»Die Sache ist kompliziert.«

»Wer ist der Junge?«

»Der Junge ist ein Lümmel und ein Rowdy und ein Raubtier. Von der Art, die immer das Beste bekommt – auch wenn's um Opfer oder Anwälte geht.«

»Klingt nicht besonders kompliziert, finde ich.«

»Uns macht Sorgen, was als Nächstes passieren dürfte.«

»Sie glauben, dass er eine Gang organisiert?«

»Das Problem ist, dass sein Vater bereits eine hat.«

»Der hiesige reiche Kerl? Wer ist er?«

»Ich habe etwas vereinfacht. Eigentlich stammt er aus Boston. Aber jetzt lebt er in Manchester.«

»Und was für eine Art Gang hat er?«

»Er übernimmt finanzielle Transaktionen für Leute, die keine Papierspuren hinterlassen wollen. Mit anderen Worten wäscht er Geld für Leute, die Geld zu waschen haben. Ich denke, dass er jede beliebige Truppe zusammentrommeln kann. Und wir glauben, dass er's tun wird. Solche Menschen haben einen Ehrenkodex. Jemand hat seine Familie angegriffen. Also muss ein Exempel statuiert werden. Dieser Kerl darf nicht schwach erscheinen. Also rechnen wir damit, dass früher oder später Leute in der Stadt aufkreuzen und Fragen stellen werden. Aber wir wollen hier keinen Ärger. Deshalb ist die Sache kompliziert.«

Reacher schenkte sich Kaffee nach.

Amos beobachtete ihn dabei.

Sie fragte: »Wie haben Sie sich an der Hand verletzt?«

»Ich habe an eine Gartenmauer geboxt.«

»Das ist merkwürdig ausgedrückt.«

»Die Mauer konnte eigentlich nichts dafür.«

»Das klingt nach Absicht.«

Reacher grinste. »Sehe ich wie ein Kerl aus, der freiwillig an eine Mauer boxt?

»Wann war das?«

»Vor ungefähr zwanzig Minuten.«

»Haben Sie sich gebückt, um die Blumen zu bewundern?«

»Ich mag Blumen wie so ziemlich jeder.«

Ihr Smartphone klingelte. Sie las eine Nachricht.

Sie sagte: »Der Junge konnte befragt werden, aber er erinnert sich nicht an den Angreifer.«

»Kann passieren«, wiederholte Reacher.

»Er lügt. Er weiß etwas, aber er sagt uns nichts. Er will es lieber seinem Vater erzählen.«

»Weil sie einen Ehrenkodex haben.«

»Hoffentlich weiß der unbekannte Täter, was ihm droht.«

»Ich bin davon überzeugt, dass der Unbekannte die Stadt verlassen wird. Genau wie vor fünfundsiebzig Jahren. Ein regelrechts Déjà-vu-Erlebnis.«

»Was haben Sie heute vor?«

»Praktisch gesehen verlasse ich wohl die Stadt.«

»Wohin wollen Sie?«

»Nach Ryantown«, entgegnete Reacher. »Wenn ich's finden kann.«

In einer alten Tankstelle am Stadtrand besorgte er sich eine Straßenkarte. Sie zeigte die gleiche vage Unbestimmtheit wie die kleine Umgebungskarte auf Elizabeth Castles Smartphone. Bestimmte Straßen führten in bestimmte Richtungen, als hätten sie ein bestimmtes Ziel, und bestimmte Gebiete waren grau schattiert, als wären sie einst bewohnt gewesen, hatten aber keinen Namen, sodass es keine Möglichkeit gab, sie auseinanderzuhalten. Reacher war nicht ganz klar, welche geologischen Voraussetzungen ein Zinnwalzwerk brauchte. Gewann es das Metall aus Erzen? Oder verarbeitete es Zinn zu Blechen für unterschiedliche Verwendungszwecke? Beide Prozesse erforderten hohe Wärmezufuhr, vermutete er. Alle möglichen Feuer und Hochöfen. Vielleicht eine Dampfmaschine, um Treibriemen und Werkzeugmaschinen anzutreiben. Was bedeutete, dass Heizmaterial – Holz oder Kohle – herangeschafft werden musste. Außerdem war Wasser für die Dampfmaschine nötig. Er studierte die Karte noch mal, suchte Straßen, Bäche und Flüsse, die alle in einem grau schattierten Gebiet zusammentrafen. Nordwestlich von Laconia, wie Elizabeth Castles historische Recherche ergeben hatte.

Es gab zwei Möglichkeiten. Eine war acht Meilen entfernt, die andere zehn. Zu beiden führten Stichstraßen, die dort endeten, ohne dass erkennbar war, wozu sie heutzutage notwendig sein sollten. In beiden gab es reichlich Wasser in Form von Nebenflüssen eines größeren Flusses. Mit den Straßen bildeten diese Flüsse winzige Dreiecke, deren feine Linien gerade noch erkennbar waren, beide in grau schattierten Punkten. Kleine Betriebe und Fabriken, ein paar Dutzend Arbeiter in Vierfamilienhäusern, vielleicht eine Zwergschule mit einem Klassenzimmer, vielleicht eine Kirche, hatte Amos gesagt. Beide Orte erfüllten diese Vorgaben. Allerdings schlängelte die Zugangsstraße zu dem zehn Meilen weit entfernten Punkt sich sanft nach Norden davon. Von Laconia weg. Während die Zufahrt zu dem acht Meilen entfernten Ort in leichter Kurve nach Süden führte. Auf Laconia zu. Als gehörte die Siedlung zur Stadt. Reacher stellte sich einen Jungen auf seinem Fahrrad vor, der mit umgehängtem Fernglas eifrig von daheim wegstrampelte. Von dem zehn Meilen entfernten Ort würde er zunächst einige Meilen in die falsche Richtung fahren müssen, bevor er rechts abbog und schräg zurückfuhr. Von der acht Meilen entfernten Siedlung würde er dagegen von Anfang an auf dem richtigen Kurs sein, der ihn geradewegs in die Stadtmitte führte. Welcher Junge würde schon zugeben, er lebe in Laconia?

Was nur gut war. Acht statt zehn Meilen bedeutete eine Zeitersparnis von einer Stunde auf dem Hin- und Rückweg. Und dazu ein Viertel des Gesamtaufwands. Reacher faltete die Straßenkarte wieder zusammen und steckte sie ein. Er marschierte los.

Er kam nicht weit.

15

Mark und Peter und Steven und Robert waren im Hinterzimmer versammelt, beobachteten die Bildschirme. Alle zeigten Patty und Shorty weiter auf ihrem Bett sitzend. Unterschiedliche Blickwinkel, unterschiedliche Zoomeinstellungen. Weitwinkel- mit Nahaufnahmen gemischt.

Die Tür stand weiterhin offen.

»Aber diesmal ohne Schuhe«, sagte Steven. »Er hat sie noch an.«

»Wir hätten einen Türschließer einbauen sollen«, meinte Robert.

»Wie hätten wir das ahnen können?«, fragte Peter. »Normale Leute machen ihre Türen zu.«

»Entspannt euch«, sagte Mark. »Sie gehen nirgends hin. Jetzt nicht mehr. Der zurückgebrachte Koffer hat ihnen das Herz gebrochen. Außerdem glauben sie jetzt wieder an den Mechaniker.«

»Wir müssen dafür sorgen, dass diese Tür bald geschlossen bleibt, und damit beginnen, sie aufzuwärmen. Ihre emotionale Verfassung ist wichtig. Ab jetzt muss alles im richtigen Tempo ablaufen.«

»Dann lass dir was einfallen.«

Peter wandte sich wieder den Bildschirmen zu.

Die alte Tankstelle am Stadtrand lag eine Meile weit hinter Reacher, der nun durch einen dichten Märchenwald fuhr. Dann hörte er Reifen auf dem Asphalt. Hörte, wie sie langsamer wurden, sich seinem Tempo anpassten. Hörte, wie sie zehn Meter hinter ihm mit ihm Schritt hielten.

Er blieb stehen und drehte sich um.

Er sah eine schwarze Limousine. Mittelgroß und äußerlich gepflegt. Aber ein absolutes Basismodell. Mit Farbe, wo Chrom hingehört hätte, und Stahlfelgen mit Radkappen und Mäusepelz als Polsterstoff. Mit einer Funkantenne auf dem Kofferraumdeckel. Ein neutraler Streifenwagen. Mit Jim Shaw, dem Chef der Kriminalpolizei im Laconia Police Department, am Steuer. Der Mann, den Reacher am Tag zuvor im Foyer des Dienstgebäudes als Brenda Amos' Vorgesetzten kennengelernt hatte. Der rothaarige Ire. Im Einsatz wirkte er energisch und selbstbewusst. Er saß allein im Wagen und fuhr sein Fenster herunter. Reacher kam näher, hielt aber zwei Meter Abstand.

Er fragte: »Was kann ich für Sie tun?«

Shaw antwortete: »Brenda hat mir erzählt, dass Sie hier unterwegs sind.«

»Wollen Sie mir anbieten, mich mitzunehmen?«

»Höchstens in die Stadt zurück.«

»Wie das?«

»Bei unserer Haus-zu-Haus-Befragung sind wir auf eine Frau gestoßen, die in der Gasse gegenüber dem Hotel wohnt. Sie arbeitet in einer Cocktailbar in Manchester. Die gehört zur Hälfte der Familie des Jungen, der heute Nacht zusammengeschlagen wurde. Nach eingehender Befragung hat sie uns genau erzählt, was letzte Nacht passiert ist. Von Anfang bis Ende. Alles bis auf die Personenbeschreibung ihres Retters. Sie behauptet, so im Stress gewesen zu sein, dass sie sich an nichts mehr erinnern kann.«

»Kann passieren«, sagte Reacher.

»Sie lügt. Warum auch nicht? Sie schützt jemanden, der ihr einen großen Gefallen getan hat. Aber wir haben andere Beweise. Glauben Sie mir, sie ist sehr nachdrücklich gerettet worden. Der Junge sieht aus, als wäre er unter einen Güterzug geraten. Deshalb fahnden wir nach keinem kleinen, sondern einem großen Kerl. Wahrscheinlich Rechtshänder. Vermutlich ist er heute Morgen mit aufgeschürften Knöcheln aufgewacht. Fast unvermeidlich. Ein solcher Schlag hinterlässt Spuren, das können Sie mir glauben.«

»Ich habe mir die Hand an einer Gartenmauer aufgeschürft«, sagte Reacher.

»Das hat Brenda mir berichtet.«

»Wie's der Zufall will.«

»Ein klügerer Kopf als ich könnte anfangen, Dinge zu kombinieren. Die Frau aus der Cocktailbar kommt mitten in der Nacht heim – immer zur gleichen Zeit, weil die Straßen nachts leer sind –, und der Junge lauert ihr auf. Also ruft sie um Hilfe, was einen Kerl weckt, dessen Hotelzimmer zufällig in der Nähe liegt, sodass er aufsteht, um nach dem Rechten zu sehen, was damit endet, dass er den Jungen wegschleift und zusammenschlägt.«

»Sie haben mir schon erzählt, dass sie das alles ausgesagt hat. Von Anfang bis Ende. Sie brauchen es mir nicht zu erläutern.«

»Der interessante Teil ist die räumliche Nähe. Wie nahe muss der Kerl gewesen sein, um den Hilferuf hören und so schnell reagieren zu können? Unserer Überzeugung nach ziemlich nahe. Die Frau hat nach eigener Aussage nicht sehr laut gerufen. Und der Junge hat sogar versucht, ihr den Mund zuzuhalten. Jedenfalls hat sie nicht geschrien. Also muss der Typ ganz nahe gewesen sein. Er war mehr oder weniger sofort am Tatort. Also tippen wir auf maximal einen halben Block.«

»Bestimmt spielen alle möglichen Variablen eine Rolle«, erklärte Reacher. »Vielleicht kommt's darauf an, wie gut Leute hören und wie schnell sie's schaffen, sich anzuziehen. Vielleicht gibt's da einen Zusammenhang. Sie könnten systematische Versuche anstellen. Sie könnten eine Universität dafür interessieren. Sie könnten einen Artikel für eine Fachzeitschrift schreiben.«

Shaw sagte: »Der gesunde Menschenverstand lässt vermuten, dass ein nicht sehr lauter Hilferuf höchstens auf der gegenüberliegenden Straßenseite zu hören gewesen wäre. Die Haus-zu-Haus-Befragung hat ergeben, dass letzte Nacht in diesem Bereich nur sechs Zimmer bewohnt waren. Viele Wohnungen werden heutzutage als Büros genutzt und stehen nachts leer. Aber trotzdem mussten wir sechs Personen überprüfen. Und was haben wir festgestellt?«

»Keine Ahnung.«

»Fünf sind sofort ausgeschieden, zwei Frauen und drei

Männer, weil sie alt, krank oder sonst wie gebrechlich sind. Einer von ihnen ist über neunzig, die beiden anderen sind über sechzig. Keiner von denen hat den Jungen zusammengeschlagen. Das hätten sie nicht gekonnt.«

»Um fünf Uhr habe ich geschlafen«, sagte Reacher.

»Das weiß ich von Brenda. Und weil Sie früher mal ein Kollege waren, glauben wir Ihnen. Und weil der Junge ein Dreckskerl ist, kümmert uns das nicht weiter. Wir verzichten sogar auf den Hinweis, dass fünf Uhr keine Rolle mehr spielt. Die Frau aus der Cocktailbar ist um drei Uhr heimgekommen. Brenda hat sie erzählt, dass der Junge ihr schon in der Nacht davor zur gleichen Zeit aufgelauert hat. Sie haben Brenda gesagt, dass Sie in der Nacht davor aufgewacht sind. Um drei Uhr. Aber das ist uns egal. Doch von Brenda weiß ich auch, dass sie Sie gewarnt hat, dass der Vater des Dreckskerls auf diese Provokation reagieren muss.«

»Ja, das hat sie getan.«

»Darauf will ich hinaus. Sie sollten sorgfältig überlegen. Okay, vielleicht ist der Junge wirklich nicht ganz klar im Kopf. Vielleicht kann er sich wirklich nicht an den Angreifer erinnern. Aber darauf dürfen Sie sich nicht verlassen. Wenn wir ohne Augenzeugen auf Sie kommen, können das diese Leute auch. Sie werden einen großen Mann mit Schürfwunden an der rechten Hand suchen. Ihre Spurensicherer können Sie nicht täuschen, indem Sie sich die Knöchel an einer Gartenmauer aufschlagen, weil sie über keine Spurensicherer verfügen. Sie haben andere Methoden und werden so viele Leute schicken, wie für diesen Job nötig sind. Aber wir wollen hier keinen Ärger.«

»Hat der Junge schon seinen Vater angerufen?«

»Als Erstes hat er seinen Anwalt angerufen, der bestimmt den Vater verständigt hat. Bescheid wissen sie seit gut einer halben Stunde. Inzwischen ist die Mobilmachung angelaufen. Glauben Sie mir, alles wird mit Wegwerfhandys und in mehr als einem Staat organisiert. Vermutlich ist noch nichts entschieden. Aber das dauert nicht mehr lange. Sie tauchen bestimmt bald auf. Besser wär's, wenn sie Sie nicht mehr antreffen würden. Besser wär's, wenn Sie sich die alte Heimstätte ansehen und dann weitermarschieren würden. Besser wär's, wenn Sie nicht zurückkämen.«

»Weil Sie keinen Ärger wollen?«

»Sie vielleicht?«

»Nein«, sagte Reacher. »Im Allgemeinen finde ich, dass man Ärger möglichst vermeiden sollte. Das könnte man fast als Lebensregel bezeichnen.«

»Dann sind wir uns also einig?«

»Im Grunde genommen ja. Aber vielleicht mit unterschiedlichen Schwerpunkten.«

»Das ist mein Ernst«, sagte Shaw. »Ich will keinen Ärger.«

»Schon gut«, meinte Reacher. »Ich marschiere weiter. Das wollte ich sowieso. Vorausgesetzt, dass ich erst Ryantown finde.«

»Fangen Sie nicht an, mir Bedingungen zu stellen und mir zu erzählen, was Sie zuerst tun müssen. Ich will keinen Ärger in meiner Stadt.«

»Ryantown ist nicht Ihre Stadt. Wenn Sie mir nicht glauben, können Sie den jungen Mann im Zensusarchiv fragen. Der gibt Ihnen Bescheid.«

»Für Kerle aus Boston ist das alles Laconia. Sie sind spätestens morgen da, fragen überall herum. Hat jemand einen großen Typen mit einer aufgeschürften Hand gesehen?«

Reacher fragte: »Morgen?

»Diese Kerle lassen bestimmt nicht locker.«

»Aber bis morgen ist's noch ziemlich legal, auf County Roads unterwegs zu sein?«

»Das ist das Problem mit Ihren Bedingungen. Morgen wären Sie auch noch unterwegs. Sie könnten endlos lange unterwegs sein. Die anderen könnten zehn Kerle in der Stadt haben, bevor Sie auch nur rausbekommen, ob Sie Ryantown jemals finden werden oder nicht. Von diesen alten Siedlungen sind heute nur noch flache Bodenmulden übrig. Wer in Gottes Namen kann wissen, was dort vor hundert Jahren gestanden hat? Tun Sie mir also einen großen Gefallen, okay? Suchen Sie sich irgendeine Mulde, nennen Sie sie Ryantown, scheren Sie sich dann zum Teufel und marschieren Sie zügig geradeaus weiter, am liebsten nach Osten, Norden oder Westen.«

Reacher nickte, wandte sich ab und ging davon. Er winkte noch einmal, drehte sich jedoch auch dann nicht um, als er hörte, wie der neutrale Streifenwagen mit leise zischender Servolenkung hinter ihm kehrtmachte und in Richtung Stadt fuhr. Er behielt sein gleichmäßiges Tempo bei: vier Meilen in der Stunde, an einem kühlen Morgen leicht durchzuhalten: Die Straße verlief überall im Schatten. Er warf einen Blick auf seine Straßenkarte, als er an eine nach links führende Abzweigung in ein grau schraffiertes Gebiet ohne Wasser kam. Die Abzweigung lag genau an der erwarteten Stelle. Er war planmäßig unterwegs. Die Karte erfüllte ihren Zweck. Vor ihm lagen noch ungefähr sechs Meilen.

Auch lange nach Tagesanbruch saßen Patty und Shorty noch auf ihrem Bett. Sie hatten stundenlang wie hypnotisiert ihr Gepäck angestarrt. Die plötzliche, scheinbar willkürliche Umkehrung seiner fast schon epischen, mühsam erkämpften Reise war schwierig zu verarbeiten. Als hätte es die gut zwei Meilen, die sie das Quad mit seiner schweren Last geschoben hatten, nie gegeben. Aber die Arbeit steckte ihnen in den Knochen! Stunden um Stunden vergeudet. Äußerste Anstrengung, seitlich nach vorn gebeugt schiebend. Ohne ein greifbares Ergebnis. Null Meter Fortschritt. Eine bittere Pille.

Patty fragte: »Glaubst du, dass die Geschichte mit den Erstsemestern stimmt?«

»Tickst du noch richtig?«, sagte Shorty. »Du weißt, dass wir unser Zeug selbst an die Straße geschafft haben.«

»Ich meine nicht dieses Mal, sondern ob Erstsemester das jemals getan haben.«

»Weiß ich nicht«, entgegnete Shorty. »Damit hab ich keine Erfahrung. Aber es könnte stimmen, schätze ich. Das wäre irgendwie logisch, weil Peter nicht gewusst hat, dass wir unsere Sachen selbst an die Straße geschafft haben. Wie hätte er sich das erklären sollen? Es muss ihn an einen früher verübten Streich erinnert haben, der sich anscheinend wiederholt hat. Seine Vermutung war falsch, aber sie beweist, dass so was passiert sein muss, denn sonst hätte er sich nicht daran erinnert.«

»Das ist ein Zirkelschluss.«

»Meinst du?«

»Aber es spielt sowieso keine Rolle. Was er gesagt hat, ist wichtiger, und es war komisch.«

»Echt?«

»Er hat gesagt, dass Studenten dauernd ihre Motelschilder stehlen.«

»Vielleicht tun sie's. Vielleicht sind sie deshalb weg.«

»Aber wer ›dauernd‹ sagt, meint immer wieder, Jahr für Jahr.«

»Das stimmt wohl.«

»Als würdest du sagen, dass dein tiefer gelegener Acker ›dauernd‹ überflutet ist.«

»Na, das stimmt ja auch. Immer wieder, wie du gesagt hast, Jahr für Jahr.«

»Genau. Wenn jemand ›dauernd‹ sagt, bedeutet das, dass er aus jahrelanger Erfahrung spricht. Und dann hat er erklärt, sie hätten vor ein paar Jahren geglaubt, mit der Gepäckstehlerei sei Schluss. Und wenn etwas beendet zu sein scheint, muss man's erst mal erduldet haben. Sagen wir mindestens ein Jahr lang – über zwei Semester hinweg. Bestimmt lassen Studenten sich immer wieder neue verrückte Streiche einfallen.«

»Okay«, sagte Shorty. »Rechnen wir mit mindestens drei Jahren. Ein Jahr, in dem geklaut wird, und zwei Jahre, in denen Ruhe herrscht.«

»Aber alles andere, was sie gesagt haben, hat geklungen, als wäre dies ein nagelneues Start-up. Als wäre dies ihre allererste Saison. Ihre Storys passen überhaupt nicht zusammen.«

Shorty machte eine nachdenkliche Pause.

Dann sagte er: »Aber du hast mit dem Mechaniker gesprochen.«

»Ja«, meinte Patty, »das hab ich.«

»Und der Kerl war echt.«

»Ja«, sagte Patty, »das war er.«

»Erzähl's mir noch mal.«

»Er hat clever, hellwach und kompetent geklungen. Er war freundlich, höflich und fachkundig, ohne mich zu belehren. Er war ein Einwanderer. Vielleicht einer dieser Menschen, die untergeordnete Arbeit annehmen, nur um überhaupt eine zu haben. Im Vergleich zur alten Heimat, meine ich. Er hat die jugoslawische Armee erwähnt. Vielleicht war er mal Master Sergeant in einer Panzerdivision – und jetzt fährt er einen Abschleppwagen. Irgendwas in dieser Art. Aber er ist entschlossen, das Beste daraus zu machen. Ich wette, er hat den gepflegtesten Abschleppwagen, den du je gesehen hast. Er ist dabei, sich wieder nach oben zu arbeiten. Sein Fall wird die klassische Erfolgsstory.«

»Das alles hast du aus seiner Stimme rausgehört?«

»Das war mein Gefühl. Er hat Mechanikerfragen gestellt. Er wusste, was er über uns wissen musste. Er hat sich Sorgen gemacht, weil er dachte, Mark hätte uns geweckt. Er hat sich sogar entschuldigt.«

»Im absolut schlimmsten Fall?«, fragte Shorty, als wäre das ein Ritual zwischen ihnen.

»Dann wäre er einer dieser geschwätzigen, viel beschäftigten Kerle, die einem nicht zuhören, bevor tatsächlich ein Auftrag winkt. Ich glaube, er wollte sich eigentlich dafür entschuldigen, dass er nicht gleich gestern gekommen ist.«

»Klingt plausibel«, sagte Shorty.

»Das erfahren wir früh genug«, meinte Patty. »Er hat versprochen, in maximal vier Stunden da zu sein.«

Nach einer weiteren Meile hörte der Wald auf, und vor Reacher lag ein Fleckenteppich aus Pferdekoppeln und Rinderweiden. Er marschierte weiter, war sich der Entfernung bewusst, dachte an einen Jungen auf dem Fahrrad. Die Strecke erschien ihm lang. Aber vielleicht war sie das nicht wirklich. Die Zeiten hatten sich geändert. Damals waren fünf Meilen zu Fuß oder zwanzig mit dem Rad eine Routinesache gewesen. Für einen Jungen mit einem Hobby waren acht Meilen nichts. Oder genauer gesagt neun, wenn man das letzte Teilstück in der Stadt mitrechnete. Und dort war er spät an einem Septemberabend des Jahres 1943 gesehen worden. Als er was getan hatte? Die Vogelbeobachterin hatte nichts von einem Fernglas, das um seinem Hals hing, gesagt. Reacher glaubte, dass sie das hätte bemerken müssen. Also war er aus einem anderen Grund in der Stadt gewesen. Für einen Sechzehnjährigen konnte es theoretisch viele Gründe gegeben haben. Nur war 1943 ein ernstes Jahr gewesen. Amerika befand sich seit fast zwei Jahren im Krieg. Alles war rationiert oder Mangelware. Jedermann machte sich Sorgen und absolvierte Überstunden. Schwierig, sich irgendeinen vergnüglichen Zeitvertreib vorzustellen, der einen Sechzehnjährigen in solchen Zeiten an einem Herbstabend neun Meilen weit in eine nüchterne Kleinstadt in New Hampshire locken konnte.

Auch von einem Fahrrad war nicht die Rede gewesen. Vielleicht hatte er es irgendwo abgestellt und war auf dem Weg dorthin. Mit seinem Freund. Vielleicht hatte dort auch dessen Fahrrad gestanden. Dann waren sie dem großen Jungen über den Weg gelaufen.

Reacher marschierte weiter. Links voraus sah er jetzt sein Zielgebiet. Er begutachtete es aus mittlerer Entfernung bis zum fernen Horizont. Irgendwo dort vorn lag Ryantown. Möglicherweise. Er sah auf seine Karte. Der Straßenabschnitt, der ihn interessierte, machte in ungefähr einer Meile eine leichte Linkskurve. Kurz davor war eine schräg wegführende Straße eingezeichnet. Allerdings kürzer und schmaler, kaum mehr als ein ausgebauter Feldweg. Der nützlich sein konnte – oder auch nicht. Bestenfalls würde er zu einem schlichten alten Farmhaus führen, das seit über zweihundert Jahren von einer Familie bewohnt wurde, idealerweise mit einem hochbetagten Farmer, der mit einer Decke über den Knien im Rollstuhl am Küchenherd saß und bereitwillig stundenlang von seinen ehemaligen Nachbarn eine Meile nördlicher erzählte.

Aufs Beste hoffen, fürs Schlimmste planen, war Reachers Motto.

Er marschierte weiter, bog auf die asphaltierte kleine Straße ab und erkannte sehr bald, dass sie zu keinem schlichten alten Farmhaus führte, sondern zu einem hübschen Split-Level-Haus, das ungefähr so alt war wie er selbst. Folglich lange nach dem Verschwinden von Ryantown erbaut. Folglich für seine Zwecke wertlos. Kein alter Knacker, der dort mit seinen Erinnerungen hockte. Außer das Haus war als Ersatz gebaut worden. Vielleicht hatte man das schlichte alte Farmhaus abgerissen, weil es modernen Komfortansprüchen nicht mehr genügte. Oder es war abgebrannt, weil die Elektroinstallation defekt gewesen war. Aber alle hatten sich retten können und ein neues Haus gebaut, was bedeutete, dass der hochbetagte Farmer mit der Decke über den Knien nicht mehr am Küchenherd im Rollstuhl, sondern im Wohnzimmer in einem Fernsehsessel mit Kunstlederbezug saß. Aber es würde derselbe Kerl sein. Mit denselben Storys. Und weiterhin redselig.

Aufs Beste hoffen.

Er marschierte weiter. Das Haus war harmonisch entworfen und liebevoll gepflegt, indem es jeweils ein Jahr vorzeitig einen neuen Anstrich erhielt. Es verfügte über einen hübsch angelegten, sehr gepflegten Garten und einen Carport, der einen frisch gewaschenen amerikanischen Pick-up vor der blassen Vormittagssonne schützte. Außerdem umgab das ganze Grundstück ein weißer Staketenzaun, sodass es wie ein großer Garten in Suburbia wirkte.

Hinter dem Zaun wartete ein Rudel Hunde.

Es waren sechs. Sie bellten noch nicht. Lauter Köter, alle struppig. Keiner riesig, keiner winzig. Bestimmt ein Dutzend Rassen miteinander vermischt. Sie kamen näher, versammelten sich am Gartentor. Er würde durch sie hindurchwaten müssen. Er hatte keine Angst vor Hunden. Er fand, gewisses gegenseitiges Vertrauen löse die meisten Probleme.

Er öffnete das Gartentor. Die Hunde beschnüffelten ihn, folgten ihm den Plattenweg entlang. Er machte vor der Haustür halt, drückte den Klingelknopf, trat zwei Schritte zurück und wartete in der Sonne. Die Hunde versammelten sich um seine Knie. Nach einer langen Minute öffnete sich die Haustür, und ein Mann erschien hinter der Fliegengittertür. Er war hager, hatte einen vernünftigen Gesichtsausdruck und ziemlich kurzes graues Haar. Er trug Jeans aus einem Farm Store und ein einfaches graues T-Shirt ohne Aufdruck. Er war alt genug, um an der Kinokasse ermäßigten Eintritt zu erhalten, aber noch weit davon entfernt, einen Gehstock zu benötigen. Auch um seine Knie war ein Rudel Hunde versammelt. Sechs weitere Tiere. Vielleicht die vorige Generation. Einige wiesen graue Schnauzen auf.

Reacher verfolgte, wie der Mann in Gedanken einige Begrüßungsformeln ausprobierte, als versuchte er eine zu finden, die zu dieser speziellen Situation passte, in der plötzlich ein Fußgänger vor seiner Tür stand. Aber er fand offenbar keine, denn letztlich fragte er nur: »Ja?«

Reacher antwortete: »Sir, tut mir leid, Sie zu stören. Ich bin zufällig vorbeigekommen und wollte Sie fragen, ob Sie mir helfen könnten, eine Wissenslücke bezüglich eines Stücks Land nördlich von hier zu schließen.«

Der Mann fragte: »Wollen Sie etwas verkaufen?«

»Nein, Sir, das will ich nicht.«

»Versicherungen?«

»Nein, Sir.«

»Irgendeine Art Anwalt?«

»Nicht schuldig.«

»Kommen Sie von einer Behörde?«

»Nein, Sir, auch das nicht.«

»Ich denke, Sie wären verpflichtet, mir das zu sagen.«

»Verstanden, aber es trifft nicht zu.«

»Okay«, sagte der Kerl.

Er öffnete die Fliegengittertür, um Reacher die Hand zu schütteln.

»Bruce Jones«, sagte er.

»Jack Reacher.«

Jones schloss die Fliegengittertür wieder.

Vielleicht damit die alten Hunde drinnen und die jungen draußen blieben.

Er fragte: »Welches Stück Land?«

»Wo die nächste Straße links den Bach überquert«, antwortete Reacher. Er zeigte ungefähr nach Nordwesten. »Ein bis zwei Meilen von hier. Die verlassenen Überreste einer winzigen Industriesiedlung. Wahrscheinlich ist oberirdisch nichts mehr davon zu sehen, und es sind nur noch verfallene Grundmauern da.«

»Auf meinem Besitz gibt's so was nicht.«

»Wie lange leben Sie schon hier?«

»Ihre Fragen kommen ziemlich rasch, Mister. Sie sollten erst mal erklären, was Sie hergeführt hat.«

»Mein Vater ist dort aufgewachsen. Ich wollte es mir mal ansehen. Das ist alles.«

»Dann kann ich Ihnen leider nicht helfen. Das klingt nach etwas, das man höchstens zufällig entdecken würde. Davon hab ich nie etwas gehört. Wie lange soll sie denn schon verlassen sein?«

»Mindestens sechzig Jahre«, sagte Reacher. »Vielleicht länger.«

»Ich weiß nicht, wem das Land drüben am Bach jetzt gehört. Vielleicht wissen sie, dass es Ruinen gibt, vielleicht auch nicht. Ist das Gelände vor sechzig Jahren als Weideland eingezäunt worden, würde es jetzt völlig überwachsen sein. Wie groß wäre es denn?«

»Ein paar Morgen, nehme ich an.«

»Dann könnten sie unter jedem x-beliebigen Gestrüpp liegen, auf das Sie treffen.«

»Okay«, sagte Reacher. »Gut zu wissen. Ich werde mir das mal ansehen. Danke für Ihre Zeit.«

Jones nickte mit dem gleichen vernünftigen Gesichtsausdruck wie zuvor. Reacher wandte sich ab, um zu gehen, und kam, von den sechs geduldigen Hunden gefolgt, nur einige Schritte weit, bevor er hörte, dass hinter ihm die Haustür erneut geöffnet wurde. Dieses Mal ging auch die Fliegengittertür knarrend auf. Als er sich umdrehte, sah er Jones, der sich halb aus der Tür lehnte, um ihn besser zu sehen, während er den Hunden mit einem Knie den Weg ins Freie blockierte.

Er rief: »Haben Sie Industriesiedlung gesagt?«

»Kleinindustrie«, sagte Reacher.

»Kann sie etwas mit Umweltverschmutzung zu tun haben?«

»Schon möglich. Der Betrieb war ein Zinnwalzwerk. Da sind bestimmt alle möglichen Giftstoffe ausgetreten.«

»Kommen Sie lieber rein«, sagte Jones.

Die knarrende Fliegengittertür wurde vor Reacher ganz geöffnet und knallte hinter ihm wieder zu – zwei Geräusche, die seiner beschränkten Erfahrung nach typisch für den Sommer in New England waren. Hundepfoten waren auf dem Hartholzboden zu hören. Alle sechs Tiere drängten mit ihm hinein. Das Haus wirkte innen so sauber und gepflegt wie außen. Jones führte ihn in einen Erker zwischen der offenen Barküche und dem Essbereich. Zwölf Hunde wuselten um sie herum. Es gab kein richtiges Wohnzimmer. Keinen Fernsehsessel, keinen alten Knacker mit einer Decke über den Knien. Der Erker diente als Homeoffice. Er sah ziemlich geräumig aus, doch das Haus war inzwischen zwei Generationen alt, und jeder Bewohner schien jedes Stück Papier aufgehoben zu haben, das ihm jemals in die Hände gefallen war. Als Erstes zog Jones eine Hängeregistratur auf und blätterte einen der an durchgebogenen Stahlbügeln hängenden dicken Ordner durch. Als er allem Anschein nach nicht fündig wurde, wandte er sich ab und schob einen Stapel Umzugskartons herum, bis er den richtigen gefunden hatte, der ebenso prall gefüllte Aktenordner enthielt. Er blätterte den ersten und einen Teil des zweiten Ordners durch.

Dann hörte er damit auf.

Er sagte: »Hier.«

Er zog ein leicht verblasstes Stück Papier heraus. Reacher nahm es entgegen. Das Blatt war ein fotokopierter Newsletter, der ein acht Jahre zurückliegendes Datum trug. Offenbar einer aus einer ganzen Serie, die ein Thema eingehend behandelte und entsprechende Vorkenntnisse erforderte. Aber es war leicht zu verstehen, denn das Thema war Ryantown.

Die Vorgeschichte mit der ersten urkundlichen Erwähnung des Walzwerks wurde gestreift, dann folgte eine Schilderung der Zeit, in der es in vollem Betrieb gewesen war – nach allgemeiner Überzeugung offenbar eine grauenvolle Szenerie aus Rauchschwaden, lodernden Flammen und kochendem Metall – wie eine Miniaturhölle, auf die der alte Dichter Dante stolz gewesen wäre. Nur war der nächste Satz, in Klammern, eine widerstrebende Entschuldigung dafür, dass die Abbildung in einer der früheren Ausgaben nicht wirklich Ryantown gezeigt hatte, sondern ein Beispielbild von einem zehn Jahre älteren Walzwerk in Massachusetts. Trotzdem sei es ohne die geringste Täuschungsabsicht, sondern rein als Stimmungsbild gewählt worden, was ein so tragisches Thema sicherlich erfordere.

Nach dieser Entschuldigung wandte sich der Text dem damals aktuellen Thema zu, das zu gleichen Teilen politisch, juristisch und konfus zu sein schien. Offenbar war noch nicht endgültig bewiesen, dass die langsame Zersetzung der Metallschlacke aus dem alten Walzwerk Ryantown irgendjemandes Grundwasser vergiftet hatte. Aber das würde garantiert bald der Fall sein. Einige der weltbesten Wissenschaftler arbeiteten daran. Deshalb war es wichtig, vorbereitet zu sein. Im Zusammenhang damit gab es wundervolle Nachrichten. Die lange Reihe der Erben und Rechtsnachfolger des alten Marcus Ryan war endlich entwirrt worden, sodass jetzt unzweifelhaft feststand, dass die verbliebenen Anteile seiner Firma mit anderen wertlosen Aktien gebündelt und von einem sechzig Jahre langen Tornado aus Großer-Fisch-frisst-kleinen-Fisch-Deals mitgerissen worden waren und sich jetzt theoretisch im Besitz einer riesigen Bergbaugesellschaft in Colorado befanden. Das war ein ungeheuer bedeutsamer Durchbruch, weil es damit endlich einen Verantwortlichen für das tragische ökologische Desaster in Ryantown gab. Die Schadenersatzklage war vorbereitet und konnte jederzeit verschickt werden.

Der Newsletter schloss mit einer Einladung zu einer Versammlung aller Betroffenen. Darunter standen ein offenkundiges Pseudonym als Verfassername und eine E-Mail-Adresse.

Reacher gab Jones das Blatt zurück.

Er fragte: »Was haben Sie damals davon gehalten?«

»Unser Wasser ist in Ordnung«, antwortete Jones. »Das war's schon immer. Ich weiß noch, dass ich diesen Kerl anfangs für einen Rechtsanwalt gehalten habe, der als Trittbrettfahrer aufspringen wollte. Ich dachte, er hätte sich einen Konzern für eine Schadenersatzklage ausgesucht, um sich eine goldene Nase zu verdienen. Vielleicht würde die Gesellschaft einen Vergleich schließen, damit er die Klage zurückzog. Vergiftetes Grundwasser ist immer schlechte PR. Als Klägeranwalt würde er ein Drittel kassieren. Aber ich hab nie wieder etwas davon gehört. Ich glaube, die Sache hat sich totgelaufen. Vermutlich gab es keine Beweise. Nur logisch, weil unser Wasser in Ordnung ist.«

»Sie haben den Mann für einen Anwalt gehalten?«

»Später hat mir jemand erzählt, dass er bloß ein verrückter alter Krauter ist, der ungefähr fünf Meilen nördlich von hier lebt. Dann hab ich ihn selbst kennengelernt, und er kam mir ziemlich harmlos vor. Er hat's nicht aufs Geld abgesehen, wollte nur, dass der Konzern seine Missetat eingesteht. Durch eine öffentliche Beichte. Das scheint ihm viel zu bedeuten.«

»Sie sind damals nicht zu der Versammlung gegangen?«

»Versammlungen sind nicht mein Ding.«

»Schade«, sagte Reacher.

»Warum?«

»In dem Newsletter fehlt eine sehr wichtige Information über Ryantown.«

»Welche?«

»Wo es liegt.«

»Ich dachte, das wüssten Sie. Sie haben von einer Straße und einem Bach gesprochen.«

»Das war nur eine Vermutung. Und Sie haben mir erzählt, dass Ryantown inzwischen bewaldet sein dürfte, was auf den ersten Blick auf zwei Drittel dieses Staats zuzutreffen scheint. Ich will keinen ganzen Tag vergeuden.«

»Um zu sehen, wo Ihr Vater aufgewachsen ist? Dafür würden manche Leute mehr als einen Tag opfern.«

»Wo ist *Ihr* Vater groß geworden?«

»Hier. In diesem Haus.«

»Das sehr hübsch ist, wie ich finde. Aber wir waren uns darüber einig, dass Ryantown nur eine bewaldete Senke ist. Da besteht ein Unterschied.«

»Vielleicht hätte der Ort Erinnerungswert. Die Leute wissen gern, wo sie herkommen.«

»Im Augenblick wüsste ich lieber, was ein Kerl für ein Walzwerk benötigen würde. Eine Straße und Wasser sind klar. Aber was bräuchte er sonst noch?«

»Keine Ahnung.«

»Sie wissen, wie das Land genutzt wird.«

»Vermutlich wäre die Stelle gut, wo die Straße den Fluss überquert. Und halten Sie Ausschau nach einem Waldstück mit geraden Rändern. Die Nachbarn hätten sicheres Weideland gewollt und die verfallenden Anlagen eingezäunt, lange bevor dort wieder Bäume gewachsen sind. Der jüngere Wald hat die Form des eingezäunten Grundstücks. Meist ist es genau andersrum.«

»Danke«, sagte Reacher.

»Alles Gute«, sagte Jones.

Die Fliegengittertür öffnete sich knarrend vor ihm und fiel dann krachend hinter ihm zu.

Er setzte sich in Bewegung. Alle zwölf Hunde begleiteten ihn bis zum Gartentor.

16

Patty und Shorty saßen wieder draußen auf ihren Gartenstühlen. Patty starrte die Aussicht an, die aus dem defekten Honda auf dem Parkplatz, den ebenen zwei Morgen Land und dem dunkelgrünen Waldgürtel dahinter bestand, der wie ein undurchdringlicher Wall aufragte.

Sie sah auf ihre Uhr.

Sie fragte: »Wie kommt's, dass ein Zeitrahmen von zwei bis vier Stunden, von dem jemand redet, immer näher bei vier als bei zwei Stunden liegt?«

»Parkinson-Syndrom«, entgegnete Shorty. »Arbeit dehnt sich in genau dem Maß aus, wie Zeit für ihre Erledigung zur Verfügung steht.«

»Gesetz«, sagte Patty. »Nicht Syndrom. Wenn man das große Zittern kriegt.«

»Ich dachte, das bekäme man, wenn man mit dem Trinken aufhört.«

»Das kann viele Ursachen haben.«

»Wie lange hat er noch?«

Patty schaute erneut auf ihre Uhr, rechnete im Kopf nach.

»Dreiunddreißig Minuten«, sagte sie.

»Vielleicht war seine Zeitangabe nur ungefähr gemeint.«

»Er hat von mindestens zwei und höchstens vier Stunden gesprochen. Das war ziemlich präzise, finde ich. Zuletzt hat er gesagt: Ich bin zu Ihnen unterwegs, versprochen! Mit seinem Akzent.«

Shorty nahm die Stelle in Augenschein, wo die Zufahrt aus dem Wald auftauchte.

Er sagte: »Erzähl mir noch mal, was er über den technischen Teil gesagt hat.«

»Er hat gleich gewusst, dass unser Honda die kanadische Ausführung ist. Er hat gesagt, dass er ein paar Autoverwerter kennt und vielleicht Glück mit einem Unfallwagen hat. Das klang echt professionell. Ein für einen Mechaniker typischer Ausdruck. Wer sonst würde von ›Glück mit einem Unfallwagen‹ reden?«

»Klingt echt«, bestätigte Shorty.

»Ich denke, er ist echt«, sagte Patty. »Ich denke, dass er kommt.«

Sie behielten die Zufahrt im Blick. Die Sonne stand nun höher, sodass die erste Baumreihe am Waldrand hell angestrahlt wurde. Dicht stehende massive Stämme, hinter denen weitere aufragten, darunter Unterholz, Brombeeren und abgebrochene Äste, die in verrückten Winkeln aufragten.

Shorty fragte: »Wie lange hat er jetzt noch?«

Patty sah auf ihre Uhr.

»Vierundzwanzig Minuten«, antwortete sie.

Shorty sagte nichts.

»Er hat's versprochen«, meinte sie.

Sie beobachteten die Zufahrt.

Und er kam.

Das spürten sie, bevor etwas zu erkennen war. Es begann mit einem tiefen Brummen in weiter Ferne, als stünde in einem Film ein spannender Augenblick bevor, als würden immense Luftmassen verdrängt. Dann verwandelte sich das Geräusch in das hämmernde Nageln eines riesigen Dieselmotors und das dumpfe Dröhnen breiter Reifen und gewaltiger Massen. Im nächsten Augenblick tauchte er unter den Bäumen auf. Ein Koloss von einem Abschleppwagen für schwerste Einsätze. Die Art Fahrzeug, die einen Sattelschlepper aus dem Graben ziehen konnte. Es war feuerrot lackiert. Sein Motor röhrte, weil es im ersten oder zweiten Gang fuhr.

Patty stand auf und winkte.

Der Truck holperte vom Asphalt und auf den Parkplatz. Allein wegen der Stimme des Kerls hatte sie gesagt, er habe bestimmt den gepflegtesten Abschleppwagen, den man sich vorstellen könne, und richtig vermutet. Er sah bunt wie ein Wagen bei einem Karnevalsumzug aus. Der rote Lack war mit Wachs auf Hochglanz poliert. Er hatte schmale und breite goldene Zierlinien. Es gab verchromte Hebel und Abdeckungen, die in der Sonne blitzten. Der Name des Kerls prangte in dreißig Zentimeter hoher Schablonenschrift auf den Türen. Er hieß Karel, nicht Carol.

»Wow!«, sagte Shorty. »Das ist großartig.«

»Sieht echt so aus«, sagte Patty.

»Jetzt kommen wir endlich weg von hier.«

»Wenn er den Honda reparieren kann.«

»Wir verschwinden auf jeden Fall von hier. Ohne uns fährt er nicht wieder weg, okay? Er repariert das Auto oder nimmt uns mit. Ganz gleich, was die Arschlöcher sagen. Abgemacht?«

»Abgemacht«, bestätigte Patty.

Der Truck kam hinter dem Honda zum Stehen. Sein Motor brummte im Leerlauf weiter. Hoch oben wurde die Fahrertür aufgestoßen. Ein Kerl benutzte nur eine Stufe der Leiter, bevor er absprang. Er war mittelgroß und drahtig, kräftig und energiegeladen. Mit seinem rasierten Schädel wirkte er wie ein Kandidat für einen Kriegsverbrecherprozess. Wie ein Leutnant mit schwarzem Barett und steinerner Miene hinter einem verbrecherischen Oberst. Aber er grinste breit, hatte ein Zwinkern im Auge.

»Miss Sundstrom?«, fragte er. »Mr. Fleck?«

Patty antwortete: »Nennen Sie uns Patty und Shorty.«

Er sagte: »Ich bin Karel.«

Sie sagte: »Vielen Dank, dass Sie gekommen sind.«

Er zog einen Gegenstand aus der Tasche: einen schmuddeligen schwarzen Plastikkasten von der Größe eines Kartenspiels, aus dem ein paar abgeknipste Drähte heraushingen. Er sagte: »Wir haben Glück mit einem Unfallwagen gehabt. Ganz in der hintersten Ecke des Schrottplatzes. Das gleiche Modell wie eures. Sogar die gleiche Farbe. Wurde vor einem halben Jahr von einem Kieslaster gerammt. Aber der vordere Teil war noch in Ordnung.«

Dann lächelte er aufmunternd und scheuchte sie mit beiden Händen in Richtung Zimmertür.

»Geht rein und packt eure Sachen«, erklärte er. »Dieser Job ist in zwei Minuten erledigt.«

»Wir haben schon gepackt«, entgegnete Patty. »Wir sind reisefertig.«

»Echt?«

»Wir haben schon in aller Frühe gepackt. Oder spät nachts. Wir wollten bereit sein.«

»Hat's euch hier nicht gefallen?«

»Wir haben es eilig weiterzukommen. Sollten längst woanders sein. Das ist alles. Davon abgesehen finden wir dieses Motel großartig. Ihre Freunde waren sehr nett zu uns.«

»Nein, ich bin hier neu. Sie sind noch nicht meine Freunde. Ich glaube, dass der frühere Abschlepper ihr Freund war. Aber dann hat's Streit gegeben, denke ich. Also haben sie angefangen, mich anzurufen. Was großartig war. Ich will ihre Aufträge, bin ein ehrgeiziger Kerl.«

Shorty sagte: »Ich würde nicht für sie arbeiten wollen.«

»Warum nicht?«

»Ich finde sie unheimlich.«

Karel grinste nur.

»Sie sind Kunden auf einer Liste«, sagte er. »Je länger die Liste, desto besser komme ich durch die schlechten Monate.«

»Ich tät's trotzdem nicht«, erwiderte Shorty.

»Das sind neun Quads und fünf Autos. Garantierte Arbeit. Dafür kann ich ein bisschen Unheimlichkeit aushalten.«

»Fünf Autos?«

»Nach heutigem Stand. Und ein Aufsitzrasenmäher.«

»Uns haben sie erzählt, dass sie nur ein Auto besitzen«, sagte Shorty. »Wir haben's gesehen.«

»Welches?«

»Einen alten Pick-up.«

»Das ist die Klapperkiste, mit der sie hier auf dem Gelände rumfahren. Außerdem hat jeder einen SUV, einen Mercedes G-Klasse.«

»Soll das ein Witz sein?«

»Mit allen Extras.«

»Wo stehen die?«

»In der Scheune.«

Shorty schwieg.

Patty sagte: »Ich hab eine Frage.«

Karel sagte: »Bitte sehr.«

»Wie lange sind sie schon hier?«

»Dies war ihre erste Saison.«

Sie sagte: »Bitte reparieren Sie jetzt unseren Wagen.«

»Dazu bin ich hier«, sagte Karel.

Er öffnete die Motorhaube mit knappen Bewegungen, die einen Fachmann verrieten. Er beugte sich tief in den Motorraum und hielt den mitgebrachten schwarzen Kasten hinein, als wollte er die Größe vergleichen. Dann trat er etwas zurück und kniff die Augen zusammen, wie um besser sehen zu können. Zuletzt kam er unter der Motorhaube hervor und richtete sich auf.

Er sagte: »Tatsächlich fehlt eurem Relais nichts.«

Patty fragte: »Warum springt er dann nicht an?«

»Muss ein anderes Problem sein.«

Karel steckte den schwarzen Kasten mit den heraushängenden Drähten wieder ein. Er trat einen Schritt zur Seite, näherte sich dem Motor aus einem anderen Winkel.

»Versuchen Sie's noch mal mit dem Schlüssel«, sagte er. »Ich möchte hören, wie tot er ist.«

Shorty setzte sich ans Steuer und drehte den Zündschlüssel: ein, aus, ein, aus, klick, klick, klick, klick. Karel erklärte: »Okay, ich weiß Bescheid.«

Er schlurfte vorn um die Motorhaube herum zum anderen Kotflügel und beugte sich in den Motorraum, wo die Batterie in ihrer Halterung saß. Er streckte den Kopf tief hinein und verrenkte sich den Hals auf der Suche nach irgendetwas. Dann griff er unter die Halterung, tastete ihre Unterseite mit den Fingerspitzen ab. Gleich danach richtete er sich auf und blieb sekundenlang unbeweglich stehen. Er sah zum Wald, dann in die Gegenrichtung zur Ecke von Zimmer zwölf, trat vor, bis er um die Ecke spähen konnte. Zur Scheune, zum Haus hinüber. Anschließend scheuchte er Patty und Shorty zu ihrem Zimmer zurück, während er sich immer wieder umschaute, wie um sich davon zu überzeugen, dass sie alle aus einer bestimmten Richtung nicht zu sehen waren.

Halblaut fragte er: »Hat sich einer dieser Kerle an eurem Wagen zu schaffen gemacht?«

»Ja, Peter«, antwortete Shorty.

»Wieso?«

»Er hat gesagt, dass er die Quads wartet, also haben wir ihn gebeten, den Honda zu inspizieren.«

»Er wartet die Quads nicht.«

»Hat er Murks gemacht?«

Karel blickte nach links und rechts.

»Er hat das schwarze Kabel zum Minuspol durchtrennt.«

»Wie? Aus Versehen?«

»Das geht nicht aus Versehen«, meinte Karel. »Dieses Kupferkabel ist bleistiftdick. Man würde eine Kneifzange oder einen scharfen Seitenschneider brauchen. Und ziemlich viel Kraft. Man würde genau wissen, was man tut. Das wäre ein bewusster Sabotageakt.«

»Peter hatte eine Kneifzange. Gestern Morgen. Ich hab sie gesehen.«

»Damit ist die Batterie völlig abgeklemmt. Nirgends fließt mehr Strom. Das Fahrzeug ist lahmgelegt. Exakt Ihre Symptome.«

»Das will ich mir ansehen«, sagte Shorty.

»Ich auch!«, sagte Patty.

Karel sagte: »Schaut unter die Batteriehalterung.«

Die beiden lösten sich ab, beugten sich nacheinander tief in den Motorraum, verrenkten sich den Hals. Sie entdeckten ein offenbar durchtrenntes schwarzes Kabel, dessen Schnittstellen wie prägefrische Kupfermünzen glänzten. Sie richteten sich beide auf und gingen zu Karel. Er sagte: »Sorry, aber ich weiß nicht, was ich dazu sagen soll. Ich kenne diese Leute nicht wirklich gut und nehme an, dass sie euch einen Streich spielen wollten. Aber der war echt dämlich. Die Reparatur wird nämlich teuer. Diese Art Kabel ist total steif, fast wie ein dünnes Rohr. Man muss einen Haufen anderer Teile ausbauen, nur um dranzukommen.«

»Nein, nichts reparieren«, sagte Patty. »Denken Sie nicht mal daran! Bringen Sie uns nur von hier fort. Nehmen Sie uns sofort mit.«

»Warum?«

»Das war kein Streich. Sie halten uns hier fest. Sie lassen uns nicht gehen. Wir sind ihre Gefangenen.«

»Das klingt ziemlich verrückt.«

»Es stimmt aber! Sie halten uns immer wieder hin und erzählen uns lauter Lügen.«

»Zum Beispiel?«

»Sie sagen, dass wir die ersten Gäste in diesem Zimmer sind, aber das glaube ich nicht.«

»Das ist noch verrückter.«

»Wieso?«

»Vor vier Wochen haben in diesem Zimmer Gäste gewohnt. Das weiß ich bestimmt, weil ich einem Mann in Zimmer neun einen Reifen bringen musste.«

»Sie behaupten, dass Sie ein guter Freund sind.«

»Damals bin ich ihnen zum zweiten Mal begegnet.«

»Sie haben angedeutet, dass sie seit mindestens drei Jahren hier sind.«

»Das stimmt nicht. Sie sind vor anderthalb Jahren hier aufgekreuzt. Vorher hat's einen langen Streit wegen einer Baugenehmigung gegeben.«

»Gestern haben sie behauptet, dass ihr Telefon defekt ist. Aber ich wette, dass das gelogen war. Sie wollten uns nur dabehalten.«

»Aber wozu? Geld?«

»Daran haben wir auch schon gedacht«, entgegnete Shorty. »Wir hätten bald keins mehr gehabt. Das wäre bei jedem so. Was würden sie dann machen?«

»Alles sehr merkwürdig«, meinte Karel.

Er stand unschlüssig da.

»Bitte nehmen Sie uns mit«, bat Patty. »Wir müssen von hier fort. Wir zahlen Ihnen fünfzig Bucks.«

»Was wird aus Ihrem Auto?«

»Das lassen wir hier. Wir wollten es sowieso verkaufen.«

»Viel wert ist's nicht mehr.«

»Genau. Uns ist egal, was aus ihm wird. Aber wir müssen weg. Sofort, in dieser Minute. Sie sind unsere einzige Hoffnung. Wir sind hier Gefangene.«

Sie starrte ihn an. Er nickte langsam. Dann noch mal, als übernähme er das Kommando. Anschließend trat er einen Schritt zurück und schaute sich über beide Schultern in beide Richtungen um. Er sah zu seinem riesigen Truck hinauf, schätzte die Abmessungen des Parkplatzes ab und warf einen Blick in ihr Zimmer mit den sauber aufgereihten Gepäckstücken.

»Okay«, sagte er. »Wird Zeit, einen Gefängnisausbruch zu arrangieren.«

»Danke«, sagte Patty.

»Aber zuvor muss ich euch eine peinliche Frage stellen.«

»Welche?«

»Habt ihr euer Zimmer bezahlt? Ich könnte Ärger bekommen, wenn ich euch helfe, heimlich abzuhauen. Das wäre Beihilfe zu Betrug.«

»Wir haben gestern Abend gezahlt«, informierte ihn Shorty. »Das gilt bis Mittag.«

»Okay«, sagte Karel. »Denken wir also kurz nach. Wir sollten lieber besonders vorsichtig sein und den schlimmsten Fall annehmen. Wir wissen nicht, wie sie auf diese Sache reagieren werden. Daher ist's vermutlich besser, wenn sie nichts davon mitkriegen. Einverstanden?«

»Sehr gut«, sagte Patty.

»Also bleibt ihr außer Sicht, Leute, während ich mit dem Truck wende, damit er abfahrbereit steht. Dann schnappt ihr euch euer Gepäck und steigt ein, und wir brausen los. Ab dann kann uns niemand mehr aufhalten. Sogar ein Mercedes würde von uns abprallen. Okay?«

»Wir sind bereit«, sagte Shorty.

Karel deutete durch die offene Tür auf den Koffer.

»Der ist ziemlich groß«, sagte er. »Können Sie den allein bewältigen? Oder soll ich aussteigen und helfen?«

»Ich schaff das schon.«

»Zeigen Sie's mir. Jede Verzögerung könnte gefährlich sein.«

Patty ging als Erste hinein. Sie griff sich die Reisetaschen, mit jeder Hand eine, und trat beiseite, damit Shorty an die Hauptattraktion herankam. Er packte den neuen Seilgriff mit beiden Händen, ruckte daran und hob die Last ungefähr fünfzehn Zentimeter hoch. Karel beobachtete ihn von der Tür aus kritisch.

Er fragte: »Wie schnell können Sie damit laufen?«

»Keine Sorge«, sagte Shorty. »Ich krieg das hin.«

Karel musterte erst ihn, dann Patty, sie mit einer kleinen Reisetasche in jeder Hand, er mit dem großen Koffer in zwei Händen, beide zwischen dem Bett und dem Klimagerät stehend. Er sagte: »Okay, wartet hier und geht nicht raus, bevor ich zurückkomme. Dann verlässt Patty als Erste das Zimmer. Sie wirft die Taschen in die Fahrerkabine und klettert hinterher. Danach kommt Shorty raus und stemmt den Koffer hoch, und sie beugt sich runter und zieht ihn rein, bevor Shorty hochklettert. Na, klingt das vernünftig?«

»Klingt gut«, antwortete Shorty.

»Okay«, sagte Karel. »Haltet euch bereit.«

Er packte den Türgriff und schloss die Zimmertür. Durchs Fenster verfolgten sie, wie er über die unbefestigte Parkfläche hastete und die Leiter zur Fahrerkabine hinaufstieg. Sie hörten den Motor röhren und sahen, wie der Abschleppwagen ruckelnd im ersten Gang anfuhr, langsam von links nach rechts rollte, außer Sicht kam.

Sie warteten.

Er kam nicht zurück.

Sie warteten.

Nichts.

Kein Laut, keine Bewegung. Der Blick aus dem Fenster unverändert. Der Honda, die Parkfläche, das Gras, der Wall aus Bäumen.

»Er ist länger weg als eine Minute«, sagte Patty. Sie stellte ihre Taschen ab, trat näher ans Fenster und spähte hinaus.

»Kann nichts erkennen«, sagte sie.

Shorty ließ den Koffergriff los. Er stellte sich neben sie ans Fenster und sagte: »Ich könnte von der Ecke aus nachsehen.«

»Dann entdecken sie dich vielleicht. Bestimmt stehen sie alle zusammen und quatschen. Was sollten sie sonst tun? Wie lange kann es dauern, mit einem Truck zu wenden?«

»Ich bin ganz vorsichtig«, meinte Shorty.

Er trat an die Tür, drehte den Türknopf und zog daran. Aber die Tür klemmte. Er konnte sie überhaupt nicht bewegen. Er überzeugte sich davon, dass sie nicht von innen verriegelt war, und drehte den Knopf nach beiden Richtungen. Ohne Erfolg. Patty starrte ihn an. Er zog kräftiger. Er drückte eine fleischige Handfläche an die Wand neben der Tür und ruckte noch kräftiger.

Nichts.

»Sie haben uns eingesperrt«, sagte Patty.

»Wie?«

»Sie müssen im Haus eine Vorrichtung dafür haben. Wie eine Fernbedienung. Ich glaube, dass sie schon die ganze Zeit damit rumgespielt haben.«

»Das ist total verrückt!«

»Was ist hier nicht verrückt?«

Sie starrten aus dem Fenster. Der Honda, die Parkfläche, das Gras, die Wand aus Bäumen. Sonst nichts.

Dann wurde die Jalousie vor ihnen elektrisch heruntergefahren, und im Zimmer wurde es dunkel.

17

Karel trat ins Hinterzimmer. Die anderen drängten sich um ihn, jubelten, johlten und klopften ihm auf die Schulter. Steven löste sich aus der Gruppe und setzte sich an eine Tastatur. Das Video auf den Bildschirmen lief schnell rückwärts, sodass drei sich ruckartig bewegende Gestalten umherrannten und alles rasend schnell rückwärts taten. Mit der Stimme eines Fernsehmoderators sagte er: »Leute, wir wollen uns die Action noch mal ansehen und den Mann der Stunde fragen, wie es sich angefühlt hat, diesen klasse Grand Slam zu spielen.«

Er schaltete auf PLAY bei normaler Geschwindigkeit um.

Auf den Bildschirmen war Karel zu sehen, der aufmunternd lächelte und Patty und Shorty mit einer Handbewegung in ihr Zimmer scheuchte. Gleichzeitig war zu hören, wie er sagte: »Geht rein und packt eure Sachen. Dieser Job ist in zwei Minuten erledigt.«

»Aber das war ein Schlag daneben«, sagte Karel – ebenfalls mit einer Fernsehstimme, die wie ein aus dem Balkan kommendes kratziges Tonsignal klang. »Gleich der erste Ball war ein Strikeout.«

Auf den Bildschirmen sagte Patty: »Wir haben schon gepackt.«

Im Hinterzimmer erklärte Karel: »Und von diesem Augenblick an musste ich einfach improvisieren. Früher oder später würde sich etwas ergeben, hab ich mir gedacht. Ich wusste, dass ich sie nur ins Zimmer bugsieren und die Tür schließen musste. Zuletzt hatte ich eben Glück.«

Die anderen jubelten und johlten wieder, und Mark sagte: »Mit Glück hatte das nichts zu tun. Das war eine virtuose Vorstellung. Dieses Video sollten wir für immer speichern. Mir ist's vorgekommen, als hörte ich einen Maestro Violine spielen. Du hast Erfahrung mit solchen Rollen, stimmt's, Karel?«

Im Hinterzimmer wurde es still.

Auf den Bildschirmen lief das Video weiter. Die drei Protagonisten standen jetzt zwischen dem Honda und Zimmer zehn und sprachen unhörbar leise miteinander.

Mark sagte: »Du hast dich von uns distanziert, indem du vorgegeben hast, nicht unser Freund zu sein, was im Gegenzug automatisch eine engere Bindung an die beiden geschaffen hat. Darauf sind sie sofort reingefallen. Das haben sie sich selbst zuzuschreiben. Sie haben Vertrauen zu dir gefasst. Diese Bindung hast du verstärkt, indem du ihre schlimmsten Befürchtungen in Bezug auf gewisse Ungereimtheiten, die ihnen aufgefallen waren, bestätigt hast. Dann hast du sie noch mehr für dich eingenommen, als du zögernd zugestimmt hast, ihnen zur Flucht zu verhelfen. Das war ein Meisterstück an emotionaler Manipulation. Wie eine perfekt konstruierte Achterbahn. Sie hatten sich den ganzen Morgen lang Sorgen gemacht, dann waren sie plötzlich mit intensiver Hoffnung erfüllt, die sich zu regelrechter Euphorie gesteigert hat, als sie mit ihrem Gepäck in der Hand zum Aufbruch bereit dastanden – und nun ist ihnen plötzlich übel vor abgrundtiefer Enttäuschung.«

Steve wechselte zu einer Liveaufnahme über. Patty und Shorty saßen wie erstarrt im Dunkeln auf ihrem Bett.

»So funktioniert es besser«, meinte Karel. »Ich versprech's euch. Es ist besser, wenn sie in Verbindung mit ihren Gefühlen bleiben. Das mariniert ihre Gehirne. So macht es später mehr Spaß mit ihnen, Ehrenwort.«

Dann sagte er: »Bis bald!«, und ging zur Tür.

Reacher näherte sich der nach links abzweigenden Straße. Sie war noch etwa hundert Meter entfernt, ging schräg von der Hauptstraße ab und schlängelte sich leicht kurvig weiter. Dann führte sie durch Obstplantagen mit Apfelbäumen weiter. Er ging darauf zu. Auf halber Strecke musste er aufs Bankett ausweichen, um einen gigantischen Abschleppwagen vorbeizulassen. Der Truck war riesig und feuerrot und auf Hochglanz poliert. Chrom und goldene Zierlinien glänzten. Als er vorbeiröhrte, bebte der Boden unter Reachers Füßen. Er blickte ihm nach, dann marschierte er weiter und nahm die Abzweigung.

Die Nebenstraße war schmaler als die Hauptstraße, aber breit und hart genug, um den primitiven Lastwagen zu genügen, mit denen damals vielleicht Holz, Kohle oder Zinn transportiert wurden. Auf beiden Seiten der Straße trugen die Apfelbäume eine reiche Ernte. Er konnte den Duft der Früchte riechen. Er konnte sonnenwarmes Gras riechen. Er konnte Insekten summen hören. Am Himmel hoch über ihm segelte ein Bussard in der Thermik.

Etwa eine halbe Meile nach ihrer widerstrebenden Abkehr von Laconia änderte die Straße ihre Richtung genau nach Westen. Danach verlief sie schnurgerade durch weitere Obstplantagen auf einen kleinen glänzenden Punkt zu, den Reacher für ein geparktes Auto hielt. Dahinter schienen die Bäume einen anderen Grünton anzunehmen. Er marschierte weiter. Als er näher kam, erkannte er, dass der Punkt tatsächlich ein Auto war. Glänzend wegen des Lichts der Sonne, nicht wegen seiner Lackierung. Es sah wie eine klapprige Rostlaube aus. Wenig später stellte er fest, dass dort ein Subaru stand, der gewisse Ähnlichkeit mit dem Wagen hatte, in dem der Bauunternehmer ihn mitgenommen hatte: genetisch verwandt, aber zwanzig Jahre älter. Er parkte an dem Holzzaun, der die Straße begrenzte, wo der Asphalt aufhörte. Hinter dem Zaun erstreckte sich ein weiterer Obstgarten, ungefähr einen Morgen groß, dann kam der nächste Zaun, hinter dem gewöhnliche Laubbäume mit größeren Blättern wuchsen.

In dem Subaru hockte ein Mann.

Er saß am Steuer, sodass Reacher nur den Kragen einer Jeansjacke und einen langen grauen Pferdeschwanz sehen konnte. Der Mann bewegte sich nicht. Er saß einfach da und starrte durch die Frontscheibe nach vorn.

Reacher ging auf der Beifahrerseite an dem Auto vorbei und hielt so an den Zaun gelehnt inne, dass er dem Mann den Rücken zukehrte. Der nächste Zaun lag gut hundert Meter entfernt. Die Bäume dahinter standen für New England typisch dicht, aber willkürlich verteilt, kreuz und quer, miteinander konkurrierend, als wären sie aus angeflogenen Samen entstanden.

Und der Zaun verlief gerade.
Vielversprechend.
Hinter ihm wurde eine Autotür geöffnet, dann sagte eine Stimme: »Sie sind der Mann, der mit Bruce Jones gesprochen hat.«
Reacher drehte sich um und fragte: »Bin ich das?«
Der Kerl aus dem Subaru war ein leicht verwahrlost wirkender Mann Anfang siebzig. Groß, aber ausgemergelt. Die Schultern unter seiner Jacke standen hervor wie Kleiderbügel.
Er sagte: »Jones hat Ihnen den Newsletter gezeigt, den ich geschrieben habe.«
»Das waren Sie?«
»In Person. Er hat mich angerufen, weil er dachte, mich würde interessieren, dass Sie sich interessieren. Das war der Fall, also bin ich hergekommen, um Sie zu treffen.«
»Woher wussten Sie, wo?«
»Sie sind auf der Suche nach Ryantown«, erwiderte der Kerl.
»Hab ich's gefunden?«
»Direkt vor Ihnen.«
»Unter den Bäumen?«
»Der Wald wird zur Mitte hin lichter. Dort sieht man recht gut.«
»Werde ich auch nicht vergiftet?«
»Zinn ist potenziell gefährlich. Über hundert Milligramm pro Kubikmeter Luft gefährden sofort Leben und Gesundheit. Noch schlimmer ist's, wenn Zinn mit bestimmten Kohlenwasserstoffen zinnorganische Verbindungen eingeht. Einige von denen sind tödlicher als Zyankali. Die haben mir damals Sorgen gemacht.«
»Was ist aus Ihrer Initiative geworden?«
»Die Chemie hat nicht gesagt, was sie hätte sagen müssen.«

»Obwohl hochkarätige Wissenschaftler daran gearbeitet haben?«

»Letzten Endes hat der Bergbaukonzern in Colorado mir vor Jahren das Betreten seines Grundbesitzes untersagen lassen. Er hat eine richterliche Anordnung erwirkt. Für mich ist dieser Zaun die Grenze.«

»Schade«, sagte Reacher. »Sie hätten mich herumführen können.«

»Wie heißen Sie?«

»Reacher.«

Der Kerl nannte eine Adresse. Eine Hausnummer und einen Straßennamen. Dieselbe Nummer und denselben Namen, die Reacher auf dem Bildschirm in Kabine vier gesehen hatte – aus der Volkszählung, als sein Vater zwei Jahre alt gewesen war.

»Die Wohnung befand sich im Erdgeschoss«, erklärte der Mann. »Ein paar Fliesen gibt es noch. In der Küche. Vor acht Jahren waren sie jedenfalls noch da.«

»Sie waren seither nicht mehr dort?«

»Gegen das Establishment kommt man nicht an.«

»Wer würde es schon erfahren?«, fragte Reacher. »Nur dieses eine Mal.«

Der Mann gab keine Antwort.

Reacher sagte: »Augenblick.«

Er blickte wieder nach vorn, über die hundert Meter Obstgarten zu dem zweiten Zaun und dem angrenzenden Wald.

Er fragte: »Wieso hört die Straße hier auf, wenn das dort drüben Ryantown ist?«

»Früher hat sie natürlich hingeführt«, sagte der Kerl. »Der Apfelfarmer ist praktisch ein Landbesetzer. Vor ungefähr vierzig Jahren ist der Asphalt während eines harten Winters aufgebrochen, und der nächste Winter hat den Unterbau gesprengt.

Also hat der Farmer sich im Frühjahr eine Planierraupe geliehen, das Land planiert und weitere Apfelbäume gepflanzt. Im Sommer hat das County dann Arbeiter geschickt, welche die offensichtlichsten Schäden beseitigt haben. Im Herbst hat der Farmer diesen Zaun gebaut, und damit war die Sache endgültig. Schwierig wird's erst, wenn dieses Stück Land mal verkauft werden soll. Die Grundbuchauskunft dürfte eine schlimme Überraschung werden.«

»Okay«, sagte Reacher. »Vielleicht bis später.«

Er zog sich an dem Zaun hoch, schwang die Beine darüber und landete im Obstgarten.

»Warten Sie«, sagte der Mann. »Ich komme mit.«

»Sicher?«

»Wer erfährt schon davon?«

»›Frei leben oder sterben‹«, sagte Reacher. »Das steht auf Ihrer Kennzeichenhalterung.«

Der Kerl stieg auf die untere Planke des Zauns und schwang wie Reacher die Beine hinüber. Sie gingen nebeneinander zwischen den in Augenhöhe wachsenden glänzend grünen Äpfeln weiter, alle größer als Baseballs, manche sogar größer als Softbälle, und stolperten manchmal über Unebenheiten, wo das heimliche Planieren nach dem strengen Winter vor ungefähr vierzig Jahren etwas überhastet gewesen war. Nach hundert Metern erreichten sie den zweiten Zaun, wo Bäume anderer Art standen: nicht in ordentlichen Reihen, auch nicht süß nach Äpfeln duftend, sondern im Prinzip chaotischer Wildwuchs. Sie sahen dünner und spärlicher aus, weil sie auf dem verdichteten Boden der ehemaligen Straße wuchsen und nicht gepflanzt worden waren. Deshalb führte der beste Weg geradeaus weiter. Dort brauchte man keine Machete. Oder musste sich zumindest durch weniger Unterholz kämpfen. Der Kerl mit dem Pferdeschwanz war der gleichen Meinung. Er betrat das Gebiet erstmals seit acht Jahren wieder, aber dies war weiterhin die beste Option.

»Wie lange noch, bis wir etwas sehen?«, fragte Reacher.

»Gleich jetzt«, antwortete der Kerl. »Sie brauchen nur nach unten zu schauen. Wir gehen auf der alten Straße. An der ist nichts verändert, außer was Natur und Wetter bewirkt haben.«

Was ziemlich viel war. Sie stiegen über den Zaun und bahnten sich ihren Weg zwischen dünnen Baumstämmen und spärlichem Unterholz hindurch, über Gelände, das sechzig Jahre Regen und Baumwurzeln uneben gemacht hatten. Bald erreichten sie einen inneren Ring mit kargem Baumbestand. Die Straße selbst ließ sich weiterverfolgen, machte eine Kurve und führte dorthin, wo Reacher jetzt Wasser hörte. Der Fluss. Vielleicht hatte hier das Walzwerk gestanden. An den Fluss oder sogar darüber gebaut.

Der Kerl mit dem Pferdeschwanz begann auf Einzelheiten hinzuweisen. Links kam als Erstes ein rechteckiges Fundament von der Größe einer Doppelgarage. Die Kirche, erklärte der Mann. Vom Rest der Siedlung abgewandt, als würde sie sich von Bosheit und Versuchung abgrenzen. Das nächste Fundament rechts sah ganz ähnlich aus. Die Überreste von Grundmauern, nur eine Handbreit hoch, bemoost und teilweise überwachsen, die eine früher und dichter bewachsene Fläche umschlossen, weil sich dort ein nicht mit Steinen versiegelter Kriechraum befunden hatte. Nur festgestampfte Erde, nach ein paar Regengüssen aufnahmebereit. Dies sei die Schule gewesen, erklärte der Mann. Besser als man hätte erwarten können. Alle Kinder konnten lesen und schreiben, einige sogar denken. Damals waren Lehrer noch Respektspersonen.

»Waren Sie Lehrer?«, fragte Reacher.

»Eine Zeit lang«, entgegnete der Kerl. »In einem früheren Leben.«

Das Walzwerk stand noch dort, wo die Straße den Fluss überquerte, halb im Wasser erbaut. Übrig war nur ein kompliziertes Muster aus massiven bemoosten Steinen, die von am Bachufer üppig wachsenden Pflanzen überwuchert wurden. Eines der besser erhaltenen Fundamente wies eine runde Form auf und schien einen Fabrikschornstein getragen zu haben. Ein anderes war solide und hatte die Abmessungen eines großen Raums. Vielleicht um schwere Dinge zu tragen: Kessel, Schmelztiegel und Gießpfannen. Der Kerl zeigte Reacher eine Abflussöffnung im Boden über dem Wasser.

Die Arbeiterwohnungen lagen auf der anderen Straßenseite in zwei hintereinander aufgereihten Gebäuden. Auch hier waren nur mehr die Fundamente übrig. Beide schienen einen Mitteleingang gehabt zu haben, von dem links und rechts Treppen nach oben geführt hatten. Jeweils vier Wohnungen in zwei Geschossen. Insgesamt acht Wohnungen. Ryantown, New Hampshire. Vermutlich keine dreißig Einwohner.

Der Kerl sagte: »Die Reachers dürften im Erdgeschoss rechts außen gewohnt haben. Der Fabrik am nächsten. Traditionellerweise wohnte dort der Vorarbeiter. Vielleicht Ihr Großvater.«

»Ein paar Jahre lang hat er als Straßenbauer beim County einen Grader gefahren. Aber seine Adresse hat sich nicht geändert.«

»Gegen Ende der Weltwirtschaftskrise hat das Werk für ein paar Jahre den Betrieb eingestellt. Es wäre sinnlos gewesen, ihn auf die Straße zu setzen. Schließlich wurde seine Wohnung nicht anderweitig gebraucht. Erst nach Ausbruch des Zweiten Weltkriegs ist es wieder in Betrieb genommen worden.«

Reacher sah zum Himmel auf. Er fragte sich, wie es damals im Herbst 1943 gewesen sein mochte, als das Walzwerk Tag und Nacht gelaufen und der Himmel von Rauch geschwärzt war.

Der Kerl sagte: »Ich verschwinde lieber. Ich sollte überhaupt nicht hier sein. Sie können noch bleiben. Ich warte im Auto und nehme Sie dann mit, wenn Sie möchten.«

»Danke«, sagte Reacher. »Aber warten Sie nicht länger, als Sie wollen. Ich gehe gern zu Fuß.«

Der Kerl nickte, machte sich auf den Rückweg und war bald zwischen den Bäumen verschwunden. Reacher strebte auf das rechte Vierfamilienhaus zu. Von dem gemeinsamen Eingang war nur mehr eine steinerne Türschwelle zu erkennen. Die breite und tiefe Steinplatte überbrückte zugleich den Rinnstein am Straßenrand. Die Rinne bestand aus U-förmig verlegten Pflastersteinen, jetzt durch Wurzeln größtenteils aus ihrer Lage gebracht. Er trat über die Schwelle in den ehemaligen Eingangsbereich. Der im Lauf der Zeit rissig gewordene Zementestrich war in unterschiedlich große Platten zerfallen, die an Eisschollen auf einem winterlichen Fluss erinnerten. Aus jedem noch so kleinen Riss wuchs irgendeine Pflanze.

Von der rechten Wand dieses Bereichs war nichts mehr übrig als zerbröselnde Ziegelsteine in Bodennähe. Sie erinnerten an eine Reihe abgebrochener Zähne. In ihrer Mitte befand sich eine Granitschwelle, die intakt war. Der Eingang der rechten Erdgeschosswohnung. In der ehemaligen Diele wuchsen drei Bäume. Ihre Stämme waren kaum dicker als sein Handgelenk, aber auf der Suche nach Licht sechs bis sieben Meter hochgeschossen. Hinter ihnen und auf beiden Seiten gab es wieder niedrige Mauerreste, die erkennen ließen, wo die Zimmer lagen. Zwei Schlafzimmer, dachte er, dazu ein Wohnzimmer und eine Küche mit Essplatz. Alles klein. Nach heutigen Maßstäben ärmlich und beengt. Keine Toilette. Vielleicht ein Außenabort hinter dem Haus.

Die einzige noch vorhandene Fliese klebte auf einem hochgedrückten Stück Estrich in der ehemaligen Küche. Sie sah wie ein Standardprodukt aus, und obwohl der Beton darunter bröselig war, hatte sie wie mit einem Wunderkleber befestigt darauf gehalten. Nach sechzig Jahren im Freien wirkte das Muster verblasst, aber es schien ein farbenprächtiges Stück aus der Zeit um die Jahrhundertwende gewesen zu sein: mit verschlungenen Akanthusranken, Ringelblumen und Artischockenblüten. Reacher stellte es sich aus der Perspektive eines Kleinkinds vor, das über den Küchenboden krabbelte, wobei die Farben ihm mal scharf, mal unscharf erschienen. Seiner Erinnerung nach hatte Stan sich nur etwas aus Olivgrün gemacht. Vielleicht aus diesem Grund.

Er verließ das Haus, indem er sich wieder durch die Bäume in der Diele zwängte und durch den Eingangsbereich hinausging. Was unsinnig war, weil er dem Gebäude in jeder beliebigen Richtung den Rücken hätte kehren können. Keine Mauer war höher als eine Handbreit. Aber er wollte das Gefühl haben, auf demselben Weg zurückzugehen. Er trat durch die nicht mehr existierende Haustür ins Freie und setzte sich auf die noch vorhandene Granitschwelle, wie es vielleicht ein Junge nach einem Platzregen getan hätte, der den Rinnstein in einen rauschenden Bach verwandelt hatte.

Dann hörte er weit rechts voraus einen Laut.

Einen Schrei. Die Stimme eines Mannes. Eindeutig kein Freudenschrei. Auch kein wütender oder zorniger Schrei. Ein Schmerzenslaut. Ziemlich weit entfernt. Ungefähr dort, wo sich auf dem Weg zum Auto der Obstgarten erstreckte. Reacher stand auf, hastete, so schnell er konnte, über die verstreuten Trümmer, zwängte sich zwischen Bäumen hindurch und folgte der alten Straße an der Zwergschule und der Kirche vorbei bis zum Zaun.

Dort entdeckte er fünfzig Meter vor sich genau in der Mitte des Obstgartens den alten Mann mit dem Pferdeschwanz. Ein anderer Mann – halb so alt, ungefähr doppelt so schwer – stand hinter ihm und drehte ihm einen Arm auf den Rücken.

Reacher stieg über den Zaun und hielt auf die beiden zu.

18

Ein Spitzensportler hätte für fünfzig Meter fünf bis sechs Sekunden gebraucht, aber Reacher legte es eher auf dreißig an. Er bewegte sich langsam, aber zielstrebig. Das sollte etwas kommunizieren. Er machte lange Schritte, blieb in den Schultern locker und hielt die Finger gestreckt, den Kopf hoch erhoben und fixierte den großen Kerl durchdringend. Ein primitives Signal, das er seit Langem anwandte. Der Typ blickte kurz nach Süden. Vielleicht suchte er Hilfe. Vielleicht war er nicht allein.

Reacher kam näher.

Der große Kerl wandte sich ihm wieder zu. Er zog den alten Mann vor seinen Körper, um ihn als menschlichen Schutzschild zu benutzen.

Reacher machte zwei Meter von ihm entfernt halt.

Er sagte: »Lassen Sie ihn los.«

Nur vier kurze Wörter, aber in einem Tonfall, den er seit Langem beherrschte, in dem die unvermeidlichen und katastrophalen Folgen versuchten Widerstands anklangen. Der große Kerl ließ den alten Mann los. Aber er gab nicht klein bei. Nein, das tat er nicht, und Reacher sollte es kapieren. Der Kerl tat so, als wollte er die Hände für Wichtigeres frei haben. Er stieß den alten Mann weg und baute sich dicht vor Reacher auf. Kaum eineinviertel Meter entfernt. Er war Anfang zwanzig, schwarzhaarig und unrasiert, über eins achtzig groß und neunzig Kilo schwer, von Landarbeit gebräunt und muskulös.

Er sagte: »Dies geht Sie nichts an.«

Reacher dachte: Was, ständig dieselbe Leier?

Laut entgegnete er jedoch: »Sie verüben auf öffentlichem Grund eine Straftat. Als Bürger bin ich verpflichtet, Sie darauf hinzuweisen. So funktioniert die Zivilisation.«

Der Kerl sah wieder kurz nach Süden.

Er sagte: »Dies ist kein öffentlicher Grund, sondern die Apfelplantage meines Großvaters. Und weder Sie noch er haben hier was zu suchen. Er nicht, weil er nicht hier sein darf, und Sie nicht, weil Sie keine Erlaubnis haben.«

»Wir stehen hier auf der Straße«, sagte Reacher. »Vor vierzig Jahren hat Ihr Granddaddy sie dem County gestohlen. Damals, als er ein beherzter junger Mann war. Genau wie Sie heute.«

Der Kerl schaute erneut nach Süden, aber dieses Mal drehte er sich nicht wieder um. Über seine Schulter hinweg entdeckte Reacher zwischen zwei Baumreihen, die von einem kleinen Hügel herabliefen, einen weiteren Kerl, der sich ihnen näherte. Er sah genauso aus wie der andere, nur eine Generation älter. Vielleicht der Daddy. Nicht der Granddaddy. Bessere Jeans als der Sohn. Saubereres T-Shirt. Dunkler gebräunt, grauhaarig. Gleicher Körperbau, aber Mitte fünfzig.

Er kam heran und fragte: »Was geht hier vor?«

Reacher antwortete: »Das möchte ich von Ihnen wissen.«

»Wer sind Sie?«

»Nur ein Typ, der auf einer öffentlichen Straße steht und Sie etwas fragt.«

»Dies ist keine öffentliche Straße.«

»Das ist das Problem bei Realitätsverlust. Die Wirklichkeit

schert sich nicht darum, was man denkt. Sie existiert einfach weiter. Dies ist die Straße. Das war sie schon immer. Und sie bleibt es auch.«

»Was wollten Sie fragen?«

»Ich habe gesehen, wie Ihr Junge diesen viel älteren Gentleman tätlich angegriffen hat. Deshalb stellt sich für mich die Frage, was das über Ihre erzieherischen Fähigkeiten aussagt.«

»In diesem Fall nur verdammt Gutes«, meinte der Neuankömmling. »Was sind unsere Äpfel wert, wenn die Leute glauben, dass unser Wasser verseucht ist?«

»Das ist acht Jahre her«, erklärte Reacher. »Außerdem ist dabei nichts rausgekommen. Die besten Wissenschaftler der Welt haben festgestellt, dass Ihr Wasser in Ordnung ist. Haken Sie die Sache also ab. Mit etwas Demut. Wahrscheinlich haben Sie damals ein paar dumme Sachen geäußert. Soll ich Ihnen heute dafür den Arm umdrehen?«

Der alte Mann mit dem Pferdeschwanz sagte: »Tatsächlich haben sie einen Vertrag mit der Bergbaugesellschaft in Colorado. Das Betretungsverbot, mit dem ich belegt wurde, enthält die Zusatzklausel, dass sie eine Prämie erhalten, wenn sie beweisen können, dass ich hier war. Ich hatte gehofft, das hätten sie vergessen. Aber das war anscheinend nicht der Fall. Sie haben mein Auto erkannt.«

»Wie wollen die das beweisen?«

»Sie haben ein Foto geteilt. Deshalb war er unterwegs. Handyempfang gibt's nur auf der kleinen Anhöhe.«

»Recht und Ordnung«, sagte der Daddy. »Das ist's, was dieses Land braucht.«

»Außer wenn's darum geht, sich staatliches Land anzueignen, um noch mehr Apfelbäume zu pflanzen.«

»Ich hab's satt, immer wieder die alte Leier zu hören.«

»Das ist der Sound der unaufhaltsamen Realität.«

»Was suchen Sie überhaupt hier im Wald?«

»Das geht Sie nichts an«, sagte Reacher.

»Vielleicht doch. Wir haben einen Vertrag mit dem Grundbesitzer.«

»Von mir können Sie ihm kein Foto schicken.«

»Warum nicht?«

»Dazu müssten Sie Ihr Handy aus der Tasche ziehen. Daraufhin würde ich's Ihnen wegnehmen und zertrampeln. Deshalb können Sie's nicht, denke ich.«

»Wir sind zu zweit. Mit zwei Handys.«

»Die genügen nicht. Sie sollten Verstärkung anfordern. Aber das können Sie leider nicht. Handyempfang gibt's nur auf der Anhöhe.«

»Sie sind ganz schön eingebildet, was?«

»Ich ziehe realistisch vor«, sagte Reacher.

»Wollen Sie's ausprobieren?«

»Dann stünde ich vor einem ethischen Dilemma. Für Ihren Jungen könnte es ein lebenslänglicher Schock sein, seinen Daddy ausgeknockt da liegen zu sehen. Oder es könnte hart für Sie sein, Ihren Jungen ausgeknockt da liegen zu sehen. Nachdem Sie ihn nicht verteidigen konnten, meine ich. Dann haben Sie vielleicht ein schlechtes Gewissen. Weil Sie als Vater versagt haben. Ich bin selbst kein Vater, aber ich kann's mir vorstellen.«

Der Kerl gab keine Antwort.

»Augenblick!«, sagte Reacher.

Er sah zwischen den Baumreihen nach Süden, wo der Obstgarten zu der Anhöhe hinaufführte.

»Sie befanden sich auf dem Rückweg«, fuhr er fort. »Das Bild wurde bereits von dort oben gesendet. Das Foto muss einige Minuten zuvor aufgenommen worden sein. Wieso ist unser gemeinsamer Freund dann noch mit einem Arm auf dem Rücken festgehalten worden?«

Keine Antwort.

Reacher trat näher an den Jungen heran. Es war besser, dicht dran zu sein. War der Kerl dumm genug, zu einem Schlag auszuholen, konnte er ihn, noch bevor er Schwung und Richtung bekam, abfangen. Falls der Junge dumm genug war. Reacher wog zwölf Kilo mehr, war fast zehn Zentimeter größer und besaß eine größere Reichweite. Das alles war deutlich zu sehen.

Der Junge war dumm genug.

Als seine Schulter zurückzuckte, wusste Reacher, dass er sein Gesicht mit einer kurzen Geraden treffen wollte. Also hatte er jetzt die Wahl. Er konnte augenblicklich reagieren, indem er den linken Arm hochriss, um die ankommende Rechte abzublocken, während er selbst eine kurze rechte Gerade schlug. Realistisch gesehen wäre das seine beste Verteidigung gewesen: schnell, hart und auf elegante Weise abrupt. Aber sie wäre nicht von forensischem Nutzen gewesen. Reacher kam es vor, als stünde er vor einer Geschworenenbank. Als hätte er eine Aussage zu machen. Oder wäre als Sachverständiger hinzugezogen worden. Um effektiv zu sein, fühlte er sich verpflichtet, das Ganze sich etwas länger als nur wenige Augenblicke entwickeln zu lassen. Eine Straftat erforderte Vorsatz und Action, und er hatte das Gefühl, er müsse beide deutlich sichtbar werden lassen, bis sie ohne jeden Zweifel beweisbar waren.

Also wich er mit dem Kopf seitlich aus und ließ die kurze Gerade an seinem linken Ohr vorbeizischen: eine prachtvolle Rechte, die in ihrer Absicht unverkennbar war. Dann wartete er ab, bis der Junge seine Faust zurückgezogen hatte, wartete noch etwas länger, nur damit die Geschworenen sich beraten konnten, und schlug dann einen soliden rechten Uppercut. Der Junge wurde unter dem Kinn getroffen, schien einen Augenblick gewichtslos zu sein und krachte dann auf den

Rücken, wobei er Pollen und allen möglichen Staub aufwirbelte. Seine Glieder erschlafften, und sein Kopf fiel zur Seite.

Reacher nickte dem Kerl mit dem Pferdeschwanz aufmunternd zu, sich zu verziehen.

Dann sah er den Daddy des Jungen an.

»Noch ein Tipp«, sagte er. »Lassen Sie ihn nicht auf der Straße liegen. Er könnte überfahren werden.«

»Das vergesse ich nie!«

»Das ist der Unterschied zwischen uns«, erklärte Reacher. »Ich hab's schon vergessen.«

Er holte den alten Mann ein, und sie legten die zweiten fünfzig Meter bis zu dem klapprigen Subaru gemeinsam zurück.

Irgendwann stand Patty vom Bett auf. Sie ging zur Tür, neben der sich der Lichtschalter befand. Drei Schritte. Beim ersten war sie sich sicher, dass es noch Strom gab. Beim zweiten war sie sich sicher, dass es keinen mehr gab. Wenn sie fernbedient die Tür verriegeln und die Jalousie herunterlassen konnten, waren sie bestimmt auch in der Lage, den Strom abzuschalten. Doch dann änderte sie ihre Meinung erneut. Wozu sollten sie das tun? Beim dritten Schritt war sie sich wieder sicher, dass der Strom eingeschaltet sein würde. Wegen der Mahlzeiten. Wieso sollten sie ihnen Essen geben, das sie dann im Dunkeln verzehren mussten? Im nächsten Augenblick fielen ihr die Stablampen ein. Wofür waren die? Sie erinnerte sich an Shortys Kommentar: *Wenn man bei Dunkelheit essen muss.* Vielleicht gar nicht so dumm.

Sie probierte den Schalter aus.

Er funktionierte. Das Licht flammte auf. Grell und gelblich. Sie konnte elektrisches Licht tagsüber nicht ausstehen. Sie versuchte die Tür zu öffnen. Noch immer verriegelt. Sie drückte die Pfeiltaste, mit der die Jalousie hochgefahren wurde. Nichts.

Shorty hockte in dem hellen Licht auf der Bettkante und beobachtete sie. Patty drehte sich um sich selbst und nahm alles in Augenschein. Sie begutachtete die Möbel. Ihr Gepäck, das noch dort stand, wo sie es abgesetzt hatten, als der Truck nicht zurückgekommen war. Die Wände mit der schmalen Zierleiste, wo sie in die Decke übergingen. Und die Zimmerdecke selbst, eine schneeweiße, völlig ebene Fläche in altmodischem New-England-Weiß, die nur durch einen Rauchmelder und die Deckenlampe, beide über dem Bett, unterbrochen wurde.

Shorty fragte: »Was?«

Patty musterte wieder ihr Gepäck.

Sie fragte: »Wie gut war es versteckt?«

»Wo?«

»Im Unterholz, Shorty.«

»Ziemlich gut«, antwortete er. »Der Koffer ist schwer. Der hat sich richtig reingedrückt. Das hast du selbst gesehen.«

»Und dann hat Peter Glück gehabt und seinen Pick-up in Gang gebracht und eine Probefahrt gemacht. Bis zur Straße und gleich wieder zurück. Aber trotzdem hatte er Zeit, unser Gepäck zu entdecken.«

»Vielleicht hat er's im Scheinwerferlicht gesehen, als er wendete. Vielleicht war es von hinten deutlicher zu sehen. Scheinwerfer sind heller als eine Stablampe. Und du hast von der Straße aus ins Unterholz geleuchtet.«

»Er hatte Zeit, den Seilgriff anzubringen.«

Shorty schwieg.

»Aus einem Stück Seil, das er zufällig bei sich hatte«, sagte sie.

»Was denkst du?«

»Es gibt noch andere Dinge«, fuhr sie fort. »Wir haben darüber gelacht, dass Karel gesagt hat: ›Vielleicht hab ich Glück mit einem Unfallwagen.‹ Und dann hat er es gleich noch einmal zu uns gesagt. Das waren praktisch seine ersten Worte.«

»Vielleicht sagt er das oft.«

»Wozu haben sie den Seilgriff gemacht?«

»Ich dachte, sie wollten uns vielleicht helfen.«

»Soll das ein Witz sein?«

»Eigentlich nicht. Ich versteh's nicht.«

»Sie haben uns verspottet.«

»Meinst du?«

»Wir haben von einem Seil gesprochen, aus dem sich ein Griff machen ließe – also haben sie einen gemacht. Sie haben einen Seilgriff angefertigt. Um ihre Macht zu demonstrieren. Um uns zu zeigen, dass sie uns heimlich auslachen.«

»Woher wissen sie, was wir reden?«

»Sie hören uns ab«, sagte Patty. »In diesem Zimmer ist ein Mikrofon versteckt.«

»Das ist verrückt!«

»Weißt du eine andere Erklärung?«

»Wo ist es?«

»Vielleicht in der Lampe.«

Beide sahen mit zusammengekniffenen Augen an die Decke.

Shorty sagte: »Aber wir haben meist draußen miteinander gesprochen. Auf den Stühlen.«

»Dann muss es auch draußen ein Mikrofon geben. So hat Peter unser Gepäck gefunden. Sie haben mitgehört, wie wir darüber gesprochen haben, wo wir's verstecken können. Sie haben unseren ganzen Plan mitbekommen. Hin und zurück mit dem verdammten Quad. Deshalb hat Mark gesagt, dass wir müde sein müssen. Eine komische Bemerkung. Aber er wusste, was wir gemacht hatten.«

»Was haben wir sonst noch gesagt?«

»Oh, alles Mögliche. Du hast gemeint, dass kanadische

Autos vielleicht anders sind, und als Nächstes haben wir gehört, hey, kanadische Autos sind anders. Sie haben uns die ganze Zeit belauscht.«

»Was noch?«

»Unwichtig! Es kommt nicht darauf an, was wir noch gesagt haben. Wichtig ist, was wir als Nächstes sagen.«

»Und das wäre?«

»Nichts«, entgegnete Patty. »Wir können nicht mal planen, was wir tun wollen. Weil sie alles mithören können.«

19

Reacher und der Kerl mit dem Pferdeschwanz stiegen über den Zaun und gingen zu dem Subaru. Der Mann sagte: »Sie haben ihn ziemlich hart angefasst.«

»Eigentlich nicht«, meinte Reacher. »Ich habe nur einmal zugeschlagen. Das absolute Minimum. Fast gütig. Hoffentlich hat er einen guten Zahnarzt.«

»Was sein Vater gesagt hat, war ernst gemeint. Er wird das nie vergessen. Die Familie hat einen Ruf zu wahren. Er wird irgendwas unternehmen müssen.«

Reacher starrte ihn an.

Schon wieder ein Déjà-vu-Erlebnis.

Der Kerl erklärte: »Sie glauben, dass sie hier das Sagen haben. Ihnen macht bestimmt Sorgen, dass das rauskommen könnte. Sie wollen nicht, dass die Leute hinter ihrem Rücken über sie lachen. Also müssen sie jemanden auf Sie ansetzen.«

»Wen?«, fragte Reacher. »Den Großvater?«

»Sie beschäftigen viele Saisonarbeiter. Dafür haben sie Anspruch auf Loyalität.«

»Was wissen Sie sonst noch über Ryantown?«

Der Kerl überlegte kurz.

Er sagte: »Es gibt einen alten Mann, mit dem Sie reden könnten. Ich war im Zweifel, ob ich ihn überhaupt erwähnen soll. Weil ich ehrlich glaube, dass Sie lieber verschwinden sollten.«

»Von einer Horde feindseliger Obstpflücker verfolgt?«

»Das sind keine netten Leute.«

»Wie schlimm können sie schon sein?«

»Sie sollten wirklich verschwinden.«

»Wo ist der alte Mann, mit dem ich reden könnte?

»Das ginge erst morgen, weil es arrangiert werden müsste.«

»Wie alt ist er?«

»Jetzt schon über neunzig, denke ich.«

»Ursprünglich aus Ryantown?«

»Jedenfalls seine Cousins. Er selbst hat einige Zeit dort gelebt.«

»Kann er sich an Leute erinnern?«

»Angeblich ja. Ich habe ihn nach dem Zinnwalzwerk gefragt. Nach Kindern, die damals krank geworden sind. Er hat eine ganze Liste von Namen aufgezählt. Aber die hatten alle nur gewöhnliche Kinderkrankheiten. Nichts, was meine Theorie untermauert hätte.«

»Das war vor acht Jahren. Vielleicht ist sein Gedächtnis schlechter geworden.«

»Möglich.«

»Warum erst morgen?«

»Er lebt in einem Heim. Weit draußen auf dem Land. Die Besuchszeiten sind begrenzt.«

»Ich würde für heute Nacht ein Motel brauchen.«

»Sie sollten in Laconia übernachten. Das ist sicherer. Dort leben mehr Leute. Sie wären schwerer zu finden.«

»Vielleicht gefällt mir eine ländliche Umgebung besser.«

»Zwanzig Meilen nördlich von hier gibt es ein Motel. Es soll recht gut sein. Aber vielleicht nicht für Sie. Es liegt tief im Wald. Kein Bus. Nichts in fußläufiger Entfernung. In Laconia wären Sie weit besser aufgehoben.«

Reacher schwieg.

Der Kerl sagte: »Noch besser wär's, wenn Sie überhaupt weiterziehen würden. Ich könnte Sie irgendwohin fahren, wenn Sie möchten. Als Dank dafür, dass Sie mich vorhin gerettet haben.«

»Das war ohnehin meine Schuld«, sagte Reacher. »Ich habe Sie zum Mitkommen überredet, und deshalb bekamen Sie Ärger.«

»Ich würde Sie trotzdem irgendwohin fahren.«

»Nehmen Sie mich nach Laconia mit«, erwiderte Reacher. »Und vereinbaren Sie einen Besuch bei dem alten Mann.«

Reacher stieg an einer Straßenecke in der Stadtmitte aus, und der Kerl mit dem Pferdeschwanz fuhr davon. Um sich zu orientieren, ließ Reacher seinen Blick nach links und rechts schweifen. Er lächelte, weil er genau zwischen den beiden Punkten, an denen im Abstand von fünfundsiebzig Jahren zwei Einundzwanzigjährige bewusstlos aufgefunden worden waren, stand. Als Nächstes begutachtete er interessiert die Passanten. Ein paar Personen sahen aus, als kämen sie vielleicht aus Boston, aber keiner von ihnen wirkte verdächtig. Überwiegend handelte es sich um Paare. Viele schon grauhaarig. Vermutlich Leute, die im Schlussverkauf zum Saisonende auf Schnäppchen hofften, falls Laconia welche zu bieten hatte. Nirgends etwas Verdächtiges. Noch nicht. Morgen, hatte Shaw gesagt. Der Leiter der Kriminalpolizei. Der musste es ja wissen.

Reacher nahm eine Seitenstraße, in der er ein kleines Hotel

gesehen hatte. Es war ein weiteres schmales zweistöckiges Gebäude, das in kunstvoll verblassten Farben gestrichen war. Er zahlte im Voraus und ging hinauf, um sich sein Zimmer anzusehen. Das Fenster führte nach hinten hinaus, was ihm nur recht war. Hier würde er vielleicht ungestört schlafen können. Höchstens, dass ein Waschbär oder Kojote nachts Mülltonnen durchwühlte. Oder dass der Hund eines Nachbarn den Mond anheulte. Aber nichts Schlimmeres.

Dann zog er wieder los, weil es noch heller Tag war. Er verspürte Hunger. Das Mittagessen war ausgefallen. Er hätte es zu sich nehmen sollen, als er das Bruchstück einer alten Küchenfliese betrachtet hatte. Den einzigen Überrest. Die Küche war nicht groß gewesen. Vermutlich nicht gut eingerichtet. Daher ein schlichtes Mittagessen. Vielleicht Sandwiches mit Erdnussbutter oder gegrilltem Käse. Oder etwas aus einer Konservendose.

Einen Block entfernt fand er einen Coffeeshop, der ganztägig Frühstück anbot, was seiner Erfahrung nach bedeutete, dass man den ganzen Tag lang alles bekam. Er ging hinein. Drinnen gab es fünf Nischen, von denen vier besetzt waren. An den ersten drei Tischen saßen Leute, die auswärtige Shopper zu sein schienen, die sich von anstrengenden Einkaufstouren erholten, und am vierten entdeckte er eine Frau, die er kannte.

Detective Brenda Amos.

Ihre ganze Konzentration richtete sich auf den vor ihr stehenden Salat. Sicher eine lange hinausgeschobene Mahlzeit, die durch ständiges Chaos verzögert worden war. Reacher, einst selbst Cop, wusste, wie der Dienstalltag aussah. Hier unterwegs, dort unterwegs, ständiges Telefonklingeln, essen, wenn man kann, schlafen, wenn man kann.

Sie schaute auf.

Im ersten Augenblick wirkte sie überrascht, nur eine Sekunde lang, dann aber betroffen. Er zuckte mit den Schultern und nahm auf der Bank ihr gegenüber Platz.

Er sagte: »Shaw hat mir erklärt, dass ich bis morgen nicht in Gefahr bin.«

Sie erwiderte: »Mir hat er gesagt, dass Sie zugestimmt haben weiterzuziehen.«

»Wenn ich Ryantown finde.«

»Haben Sie's nicht gefunden?«

»Offenbar gibt es einen Mann, mit dem ich reden sollte. Einen uralten Mann. So alt wie mein Vater jetzt wäre. Ein Zeitzeuge von damals.«

»Sie wollen noch heute mit ihm reden?«

»Morgen.«

»Genau das haben wir befürchtet. Wenn Sie Pech haben, bleiben Sie für immer hier.«

»Sie sind zu pessimistisch. Vielleicht taucht niemand auf. Der Junge ist ein Arschloch. Vielleicht finden die anderen, dass er's verdient hat. Vielleicht sind sie froh, dass jemand ihm eine Lektion erteilt hat.«

»Ausgeschlossen!«

»Der uralte Mann, mit dem ich reden soll, hatte Cousins in Ryantown, die er regelmäßig besuchte. Vielleicht haben sie miteinander auf der Straße gespielt. Alle Kinder aus der Nachbarschaft. Stickball oder sonst was. Oder sie haben quer über den Bach Fangen gespielt.«

»Mit Verlaub, Major, machen Sie sich wirklich etwas aus diesen Dingen?«

»Ein bisschen schon, denke ich«, sagte Reacher. »Jedenfalls genug, um eine weitere Nacht dranzuhängen.«

»Wir wollen hier keinen Ärger.«

»Den vermeidet man am besten immer.«

»Sie haben den Rest des Tages für ihre Planung. Sie machen

vor Mitternacht mobil. Dann sind sie morgens hier. Die Entfernungen sind nicht allzu groß. Alle kennen Ihre Personenbeschreibung. Also wird Shaw vor Tagesanbruch höchste Alarmbereitschaft anordnen und die Stadt praktisch unter Kriegsrecht stellen. Wo lebt dieser uralte Mann übrigens?«

»In einem Seniorenheim irgendwo außerhalb der Stadt. Ein Kerl, den ich kennengelernt habe, will mich hinfahren.«

»Welcher Kerl?«

»Vor acht Jahren hat er geglaubt, das Wasser dort draußen sei verunreinigt.«

»Hatte er recht?«

»Anscheinend nicht. Das nagt noch heute an ihm.«

»Wo holt er Sie ab?«

»Wo er mich abgesetzt hat.«

»Zu einer bestimmten Zeit?«

»Punkt halb zehn. Das hängt mit den Besuchszeiten zusammen.«

Amos schwieg einen Moment.

»Okay«, sagte sie. »Das können Sie machen. Aber Sie halten sich an meine Anweisungen. Sie bleiben in Ihrem Hotelzimmer, niemand darf Sie sehen, und morgen um halb zehn laufen Sie mit gesenktem Kopf zum Treffpunkt und fahren sofort weg. Und kommen nicht wieder zurück. Das ist der Deal, den ich Ihnen anbiete. Oder wir schieben Sie sofort ab.«

»Ich habe mein Zimmer schon bezahlt«, erklärte Reacher. »Mich jetzt abzuschieben wäre ungerecht.«

»Das ist mein Ernst«, sagte sie. »Wir spielen hier nicht ›O.K. Corral‹. Hier kann's jederzeit zu Kollateralschäden kommen. Verfehlen die Kerle Sie, nehmen sie sich zwei andere Leute vor. Das können Sie mir glauben. Aber wir dulden keine Drive-in-Schießereien in unserer Stadt. Niemals! Dies ist Laconia, nicht Los Angeles. Und ich finde, Sie sollten unsere Position unterstützen, Major. Sie sollten alles vermeiden, was Unbeteiligte in Gefahr bringen kann.«

»Schon gut«, sagte Reacher. »Ich unterstütze Ihre Position und tue alles, was Sie verlangen, Ehrenwort. Ab morgen früh. Heute Abend bin ich noch legal hier.«

»Fangen Sie damit an, wenn's dunkel wird«, sagte Amos. »Gehen Sie auf Nummer sicher. Um meinetwillen.«

Sie zog eine Geschäftskarte aus ihrer Umhängetasche und reichte sie ihm.

Sie sagte: »Rufen Sie mich an, wenn Sie mich brauchen.«

20

Patty streifte ihre Schuhe ab, weil sie Kanadierin war, stieg aufs Bett und balancierte stehend auf der weichen Matratze. Sie machte einen Schritt zur Seite und sagte laut in Richtung Deckenleuchte: »Bitte fahren Sie die Jalousie hoch. Um mir einen persönlichen Gefallen zu tun. Ich brauche Tageslicht. Wem sollte das schaden? Hier kommt niemand vorbei.«

Dann stieg sie herunter und setzte sich auf die Bettkante, um ihre Schuhe wieder anzuziehen. Shorty beobachtete das Fenster, als verfolgte er eine Sportsendung im Fernsehen, mit der gleichen gespannten Aufmerksamkeit.

Die Jalousie blieb unten.

Er zuckte mit den Schultern.

»Netter Versuch«, sagte er mit lautlosen Lippenbewegungen.

»Sie reden darüber«, erklärte sie ebenso lautlos.

Sie warteten weiter.

Und dann öffnete sich die Jalousie. Der Motor surrte, und

ein blauer Streifen helles Nachmittagslicht fiel ins Zimmer: erst nur schmal, aber ständig breiter werdend, bis der Raum sich mit Sonnenschein füllte.

Patty schaute zur Zimmerdecke empor.

»Danke«, sagte sie.

Sie ging zur Tür, um das grelle gelbliche Licht auszuschalten. Drei Schritte. Der erste fühlte sich gut an, weil sie das Tageslicht mochte. Der zweite war noch besser, weil sie es geschafft hatte, dass sie etwas für sie taten. Sie hatte ihnen begreiflich gemacht, dass sie ein Mensch mit Rechten war. Doch der dritte fühlte sich wieder schlechter an, weil sie erkannte, dass sie ihnen ein Mittel an die Hand gegeben hatte, als sie ihnen erzählte, was sie zu verlieren fürchtete.

Patty stützte die Ellbogen aufs Fensterbrett, legte ihre Stirn an die Scheibe und betrachtete die Aussicht. Sie war unverändert. Der Honda, der Parkplatz, das Gras, die Wand aus Bäumen. Sonst nichts.

Im Hinterzimmer drüben im Haus beendete Mark ein Telefongespräch und legte den Hörer auf. Er kontrollierte die Bildschirme. Patty wirkte zufrieden. Er wandte sich den anderen zu.

»Alle mal herhören«, sagte er. »Der Anrufer war ein Nachbar. Irgendein alter Apfelfarmer zwanzig Meilen südlich von hier. Dort war heute ein Typ, der Ärger gemacht hat. Sie wollen, dass wir die Augen offen halten, für den Fall, dass er auf der Suche nach einem Zimmer hier auftaucht. Dann schicken sie Leute, um ihn abholen zu lassen. Anscheinend müssen sie ihm eine Lektion erteilen.«

»Er taucht nicht hier auf«, sagte Peter. »Wir haben die Schilder abmontiert.«

»Der Apfelfarmer sagt, dass das ein großer ruppiger Kerl

war. Genau das hat unser Freund im County Office berichtet. Ein großer ruppiger Kerl namens Reacher, der wegen seiner Familiengeschichte recherchiert und sich die Ergebnisse von vier Volkszählungen angesehen hat. Von denen mindestens zwei auch für Ryantown gegolten haben müssen. Also für den Ort, an dem ich theoretisch entfernte Verwandte hatte. Und der zufällig in der äußersten Ecke der bewussten Apfelfarm liegt. Dieser Kerl interessiert sich für den ehemaligen Grundbesitz der Reachers. Er arbeitet eine Parzelle nach der anderen ab. Vielleicht ist er irgendein Verrückter, der Familienforschung als Hobby betreibt.«

»Glaubst du, dass er hier aufkreuzt?«

»Im Grundbuch steht weiter der Name meines Großvaters. Aber das war nach Ryantown. Bevor er reich geworden ist.«

»Das können wir jetzt nicht brauchen», erklärte Robert. »Wir haben Wichtigeres zu tun. Die erste Ankunft steht in weniger als zwölf Stunden bevor.«

»Er taucht nicht auf«, sagte Mark. »Er muss aus einer anderen Linie der Familie stammen. Ich habe nie etwas von jemandem wie ihm gehört. Er beschränkt sich bestimmt nur auf seine eigene Linie. Garantiert. Das tut jeder. Er hat keinen Grund herzukommen.«

»Wir haben gerade ihre Jalousie hochgefahren.«

»Lasst sie oben«, sagte Mark. »Er kommt nicht her.«

»Sie könnten signalisieren, dass sie Hilfe brauchen.«

»Beobachtet die Zufahrt und horcht auf das Klingelzeichen.«

»Wozu soll das gut sein, wenn er nicht erscheint?«

»Weil jemand anders auftauchen könnte. Irgendjemand. Ab sofort ist höchste Wachsamkeit angesagt. Weil wir damit unser Geld verdienen, Jungs. Konzentration auf Details bringt morgen Dividenden.«

Steven wechselte die Darstellung auf den beiden äußeren Bildschirmen, sodass sie verschiedene Ansichten der Stelle zeigten, wo die Zufahrt aus dem Wald kam – eine Nahaufnahme, eine Weitwinkelaufnahme.

Nirgends eine Bewegung.

Reacher hielt sich strikt an Amos' Anweisungen. Er ging in sein Zimmer und igelte sich für den Rest des Nachmittags ein. Dort sah ihn niemand. Was gut war. Nur würde das Abendessen ein Problem werden. Sein kleines Hotel verfügte über kein Restaurant. Zimmerservice gab es auch keinen. Vermutlich gab es überhaupt kein Essen bis auf ein paar Muffins, die fürs Frühstücksbüfett angeliefert wurden. Aber das würde mindestens noch zwölf Stunden dauern. Vielleicht auch vierzehn. Bis dahin konnte man glatt verhungern.

Er blickte aus dem Fenster, was Zeitverschwendung war, weil es nur auf eine Gasse hinausführte. Aber er wusste, dass der Coffeeshop, in dem den ganzen Tag lang Frühstück angeboten wurde, nur einen Block weit entfernt lag. Wem würde er begegnen, wenn er rasch hinüberging? Gegen Sonnenuntergang in einer Stadt wie Laconia auf dieser kurzen Strecke höchstens zwei bis drei Passanten. Dazu den Gästen im Coffeeshop. Und natürlich dem dortigen Personal, das ihn mittags schon einmal gesehen hatte. Was nicht gut war. Ja, konnte die Bedienung sagen, er speist oft hier, ist praktisch ein Stammgast. Worauf die Suche sich auf die nächste Umgebung konzentrieren würde. Das kleine Hotel mit dem verblassten Anstrich wäre Ziel Nummer eins. Unvermeidlich. Vielleicht einen sofortigen Besuch wert. Am besten vor Tagesanbruch, wenn zivilisierte Menschen noch schliefen.

Nicht gut.

Da war es besser, weiter auszuholen. Er wandte sich vom

Fenster ab und stellte sich einen Stadtplan mit allem vor, was er bisher gesehen hatte. Sein erstes Hotel, die Stadtverwaltung, das County Office, die Polizeistation, sein zweites Hotel und alle Lokale und Geschäfte, in denen er gegessen oder in deren Schaufenstern er Schuhe und Bücher, Koffer und Haushaltswaren gesehen hatte. Zu Abend essen wollte er in einem Restaurant, in dem er noch nicht gewesen war. Es war zehnmal schlimmer, zweimal gesehen zu werden als nur einmal. Jetzt erinnerte er sich daran, in einem ehemaligen Laden ein Bistro mit halb verhängtem Fenster gesehen zu haben, hinter dem altmodische Lichterketten brannten. Vermutlich nur wenig Personal und eine kleine, diskrete Klientel. Er war daran vorbeigekommen, aber nicht hineingegangen. Sechs Straßenblocks entfernt, schätzte er. Oder sieben. Eigentlich ideal, aber er nahm sich vor, nur Seitenstraßen zu benutzen, auf denen weniger Menschen unterwegs sein würden.

Reacher ging nach unten, trat in die Abenddämmerung hinaus und machte sich auf den Weg. Der Stadtplan in seinem Kopf erwies sich als zuverlässig. An einer Stelle zögerte er, aber letztlich vermutete er doch richtig. Das Bistro tauchte geradeaus vor ihm auf. Acht Blocks entfernt, nicht nur sechs oder sieben. Weiter, als er gedacht hatte. So war er lange exponiert gewesen. Unterwegs hatte er achtzehn Passanten gezählt. Nicht allen war er aufgefallen, aber einige hatten ihn gesehen. Keine verdächtigen Gestalten. Alles normale Leute.

Auf dem Gehsteig vor dem Bistro stellte Reacher sich auf die Zehenspitzen, um einen Blick über den halben Vorhang werfen zu können. Nur zur Orientierung. Was es hier zu essen gab, war ihm eigentlich egal. Doch er wollte einen Ecktisch, an dem er mit dem Rücken zur Wand sitzen konnte, und ein wenig Betrieb, aber nicht zu viel, und andere Gäste, aber nicht zu viele. Was auch immer gut war, damit man rasch bedient und gleich wieder vergessen wurde. Das Bistro schien allen Anforderungen zu genügen. In der hintersten Ecke gab es einen freien Zweiertisch. Die Bedienung schien flott zu sein. Das Lokal war ungefähr zu einem Viertel voll. Er zählte sechs Gäste, die zu Abend aßen. Alles bestens. In jeder Beziehung ideal. Bis auf die Tatsache, dass es sich bei zweien der Gäste um Elizabeth Castle und Carter Carrington handelte.

Ihr zweites Date. Vielleicht delikat. Er wollte ihnen nicht den Abend verderben. Sie würden sich verpflichtet fühlen, ihn an ihren Tisch zu bitten. Dankend abzulehnen würde nicht viel nützen. Wenn doch, würde er zwei Tische weit entfernt essen, und die beiden würden verlegen sein und sich beobachtet fühlen. Die ganze Atmosphäre wäre dann gezwungen und künstlich.

Doch er war Amos verpflichtet, hatte ihre klaren Anweisungen im Ohr. *Sie bleiben in Ihrem Hotelzimmer, niemand darf Sie sehen.* Wie lange konnte er also noch herumlaufen?

Letzten Endes wurde ihm die Entscheidung abgenommen. Elizabeth Castle schaute aus irgendeinem Grund auf und entdeckte ihn am Fenster. Ihre Lippen öffneten sich zu einem überraschten kleinen *O*, das sofort zu einem Lächeln wurde, das echt wirkte. Und dann winkte sie ihm zu – erst nur aufgeregt zur Begrüßung, dann offensichtlich als Einladung, er solle hereinkommen und ihnen Gesellschaft leisten.

Reacher ging hinein. Damit wählte er den Weg des geringsten Widerstands. Er durchquerte den Raum. Carrington stand auf, um ihm die Hand zu schütteln: höflich, ein bisschen altmodisch. Elizabeth Castle beugte sich zur Seite und zog einen dritten Stuhl heraus. Carrington deutete wie ein Maître d'hôtel mit einer eleganten Handbewegung darauf und sagte: »Bitte.«

Reacher setzte sich – mit dem Rücken zur Tür und dem Gesicht zur Wand.

Der Weg des geringsten Widerstands.

Er sagte: »Ich möchte Ihnen nicht den Abend verderben.«

Elizabeth Castle entgegnete: »Unsinn!«

»Dann gratuliere ich Ihnen«, sagte er. »Beiden.«

»Wozu?«

»Zu Ihrem zweiten Date.«

»Vierten«, korrigierte sie ihn.

»Wirklich?«

»Abendessen gestern, Kaffeepause heute Morgen, Mittagessen, wieder Abendessen. Ihre Nachforschungen haben uns zusammengebracht. Deshalb ist es schön, dass Sie zufällig vorbeigekommen sind. Das ist wie ein Omen.«

»Klingt eher schlecht.«

»Nein, ich meine die gute Version.«

»Ein gutes Omen«, sagte Carrington.

»Ich habe Ryantown gefunden«, berichtete Reacher. »Alles hat mit der Volkszählung übereingestimmt. Als Beruf war Vorarbeiter im Walzwerk angegeben, und er hat direkt gegenüber dem Werk gewohnt. Das eine Zeit lang stillgelegt war, was erklärt, warum er später im Straßenbau gearbeitet hat. Ich nehme an, dass er als Vorarbeiter zurückgekommen ist, als das Werk wieder in Betrieb ging. Die nächste Volkszählung habe ich mir nicht mehr angesehen. Da war mein Vater schon nicht mehr in Ryantown.«

Carrington nickte, ohne etwas zu sagen. Reacher fand seine Art zögerlich und widerstrebend, als hätte er in Wirklichkeit sehr viel zu sagen, wolle aber wegen irgendwelcher obskuren Anstands- oder Höflichkeitsregeln darauf verzichten.

Reacher fragte: »Was?«

»Nichts.«

»Das glaube ich Ihnen nicht.«

»Okay, etwas.«

»Was denn?«

»Darüber haben wir gerade diskutiert.«

»Bei einem Date?«

»Wir sind Ihretwegen verabredet. Da liegt's auf der Hand, dass wir über Sie sprechen. Über Ihren Fall reden wir bestimmt noch oft. Er hat sentimentalen Wert.«

»Worüber haben Sie diskutiert?«

»Das wissen wir selbst nicht so genau«, antwortete Carrington. »Wir sind in gewisser Verlegenheit, ohne genau zu wissen, weshalb. Wir haben uns die Originaldokumente angesehen. Beide Volkszählungen waren vorbildlich. Dafür entwickelt man ein Gefühl. Man erkennt bestimmte Muster. Man erkennt die fleißigen Zähler und die faulen. Man entdeckt Fehler. Man entdeckt falsche Angaben. Die häufigsten Lügen betreffen die Alphabetisierung von Männern und das Alter von Frauen.«

»Sie haben ein Problem in den amtlichen Veröffentlichungen entdeckt?«

»Nein«, sagte Carrington. »Die scheinen in Ordnung zu sein. Sie sind mustergültig durchgeführt worden. Mit die besten, die ich je gesehen habe. Speziell die Volkszählung von 1940 war vorbildlich. Wir glauben ihr jedes Wort.«

»Dann scheint doch alles in Ordnung zu sein.«

»Man entwickelt wie gesagt ein Gefühl. Man lebt in ihrer Welt, arbeitet gewissermaßen an ihrer Seite. Durch die Dokumente wird man eins mit ihnen. Nur mit dem Unterschied, dass man – anders als sie – weiß, was als Nächstes kommt. Man weiß, wie der Film endet. Also denkt man wie sie, aber man weiß auch, wer von ihnen durch zukünftige Ereignisse klug oder dumm dastehen wird.«

»Und?«

»Mit der Geschichte, die Sie mir erzählt haben, stimmt irgendwas nicht.«

»Aber nicht mit den Dokumenten.«

»Woanders.«

»Aber Sie wissen nicht, wo.«

»Ich komme einfach nicht darauf.«

Dann erschien die Bedienung, um seine Bestellung aufzunehmen, und das Gespräch wandte sich anderen Themen zu. Reacher schnitt das vorherige nicht wieder an. Er ließ sie reden, worüber sie wollten, und brachte sich ein, wo er konnte.

Reacher aß nur ein Hauptgericht und stand dann auf, um zu gehen. Er wollte sie bei der Nachspeise allein lassen. Die beiden erhoben keine Einwände. Er nötigte ihnen einen Zwanziger auf. Sie protestierten, das sei zu viel. Er bat sie, den Rest der Bedienung als Trinkgeld zu geben.

Wieder im Freien, wandte er sich nach rechts, um zu seinem Hotel zurückzukehren. Inzwischen war es merklich dunkler geworden und auf den Straßen deutlich ruhiger. Der Verkehr war gering und niemand zu Fuß unterwegs. Alle Geschäfte hatten geschlossen. Von hinten näherte sich ein Auto und überholte ihn, vielleicht etwas langsamer als am Tag. Kein Grund zur Sorge, versicherte der hintere Teil seines Gehirns ihm, nachdem er instinktiv tausend Informationen über Geschwindigkeit und Richtung, Absicht und Kontinuität ausgewertet und zu einem Ergebnis gelangt war, das im grünen Bereich lag.

Dann nahm er etwas Verdächtiges wahr.

Scheinwerfer, die auf ihn zukamen. Noch hundert Meter entfernt. Groß und gleißend hell und in weitem Abstand hoch angebracht. Ein großes Fahrzeug. Anscheinend in der Straßenmitte unterwegs, als folgte es dem Mittelstreifen. Und es fuhr auffällig langsam. Das ließ bei Reacher die Alarmglocken schrillen. Dieses Tempo passte nicht zum Kontext. Langsamer als das Kriechtempo zur Stoßzeit, als wäre der Fahrer mit etwas anderem beschäftigt. Ein moderner Mensch hätte auf ein Handy getippt, aber Reacher vermutete, dass der Kerl etwas suchte. Visuell. Deshalb die zentrale Position. Deshalb die aufgeblendeten Scheinwerfer. Er suchte beide Gehsteige gleichzeitig ab.

Was suchte er?

Oder *wen* suchte er?

Das Fahrzeug war groß, vielleicht ein Cop Car. Cops durften in der Straßenmitte fahren. Sie durften suchen, was oder wen auch immer sie wollten.

Reacher war in dem grellen Licht gefangen. Es glitt über ihn hinweg, blendend hell und bläulich weiß, dann war es an ihm vorbei, und er fand sich in einer Art Halbdunkel wieder, das nur durch den Widerschein des von leichtem Nebel zurückgeworfenen Scheinwerferlichts erhellt wurde. Er sah einen Pickup, hoch, glänzend und wuchtig, mit Doppelkabine, sehr langer Ladefläche und großen Chromfelgen, die sich langsam drehten, als der Wagen an ihm vorbeirollte.

Die Action fand innen statt.

Auf den ersten Blick erinnerte sie an einen Freudenausbruch, als hätte eine verrückte Wette sich bezahlt gemacht. Das Unmögliche war eingetreten. Fünf Männergesichter wandten sich ihm zu. Fünf Augenpaare durchbohrten ihn. Fünf Münder standen offen. Einer von ihnen bewegte sich.

Er sagte: »Das ist er!«

Der Kerl, der das sagte, war der Daddy von der Apfelfarm.

21

Der Kerl von der Apfelfarm saß in der zweiten Sitzreihe hinter dem Fahrer. Nicht die natürliche Position eines Anführers. Kein Autoritätsthron wie der Beifahrersitz. Vielleicht sah der Kerl sich mehr als einfachen Soldaten. Ermutigend. Es war immer gut zu wissen, dass man einen der Kerle bestimmt ausschalten konnte.

Die anderen vier waren eine Generation jünger, wie etwa der Junge im Obstgarten. Gleiche Statur, genauso muskulös, ebenso braun gebrannt. Vom gleichen Schrot und Korn. Aber ärmer, weil sie keinen reichen Großvater hatten. Niemand sagte, das Leben sei fair. Aber sie machten den Eindruck, gern auszuhelfen. Die Apfelernte stand bevor. Vielleicht brauchte das Baby Schuhe.

Der Truck kam mit quietschenden Reifen zum Stehen, und alle vier Türen wurden in unregelmäßigen Abständen aufgestoßen. Fünf Männer sprangen aus dem Wagen. Stiefel polterten über den Asphalt. Zwei Männer kamen vorn um den Pick-up herum und bildeten mit den anderen eine Kette, in der der ältere Mann in der Mitte stand. Im reflektierten Dämmerlicht wirkten sie alle grau und geisterhaft. Sie erinnerten an ein verblasstes Plakat für einen alten Schwarz-Weiß-Film. Irgendeine sentimentale Story. Vielleicht war ihre Mutter früh gestorben, und der alte Kerl hatte sie allein aufgezogen. Jetzt waren sie ihm dankbar. Oder eine zerstrittene Familie hielt wegen einer schrecklichen Gefahr von außen erstmals wieder zusammen. Irgendein dramatischer Mumpitz, den die Kerle breit auswalzten.

Reacher dachte an Brenda Amos.

Wir wollen hier keinen Ärger.

Aber sie hatte von Kollateralschäden gesprochen, die in diesem Fall vermutlich minimal sein würden. Sogar nicht existent. Die Straße war menschenleer. Niemand schien bewaffnet zu sein. Vorerst passierte nichts. Die beiden Parteien starrten sich nur an. Und posierten. Reacher vermutete, dass auch er das tat. Er stand scheinbar entspannt und unbesorgt da, wirkte locker und lächelte beinahe, als hätte er soeben bemerkt, dass noch eine lästige Kleinigkeit zu erledigen war, bevor ein ansonsten wunderbarer Tag zu Ende ging. Ihm gegenüber demonstrierten die anderen weiter ihren Zusammenhalt durch Schulterschluss, vor der Brust verschränkte Arme und finstere Blicke, bis Reacher allmählich begriff, dass ihr Auftreten doch nicht als narratives Tableau gedacht war – mit einer ergreifenden Hintergrundstory, die ihre plötzliche neue Solidarität erklärte. Es sollte eine weit weniger subtile Botschaft vermitteln. Es demonstrierte zahlenmäßige Überlegenheit, sonst nichts. Hier standen fünf gegen einen.

Der Kerl von der Apfelfarm sagte: »Du musst mitkommen.«

Reacher fragte: »Muss ich das?«

»Am besten kommst du unauffällig mit.«

Reacher schwieg.

Der Kerl fragte: »Na?«

»Ich versuche gerade herauszufinden, wo das auf einer Wahrscheinlichkeitsskala stehen würde. Auf der zehn eine extrem hohe Wahrscheinlichkeit und eins eine verschwindend geringe bedeutet. Ich muss euch leider mitteilen, dass mir im Augenblick nur sehr kleine Zahlen einfallen.«

»Wie du willst«, sagte der Kerl. »Du könntest dir ein paar blaue Flecken ersparen. Aber mitkommen tust du auf jeden Fall. Du hast dich an meinem Sohn vergriffen.«

»Bloß mit einer Hand«, erklärte Reacher. »Und nur kurz. Nicht viel mehr als ein Klaps. Der Junge hat ein gläsernes Kinn. Sie sollten besser auf ihn aufpassen. Sie sollten ihm erklären, warum er nicht bei den Erwachsenen mitspielen kann. Es ist grausam, das nicht zu tun. Damit erweisen Sie ihm keinen Gefallen.«

Der Kerl gab keine Antwort.

Reacher fuhr fort: »Sind diese neuen Jungs besser? Das hoffe ich sehr. Oder Sie sollten's ihnen auch erklären. Dies ist jetzt die Oberliga.«

Ein kleiner Schauder lief durch die Reihe. Verschränkte Arme hoben sich, als tief Luft geholt wurde. Augen blitzten, als Köpfe ruckartig hochgingen.

Wir wollen hier keinen Ärger.

Reacher sagte: »Wir brauchen das nicht zu machen.«

Der Kerl von der Farm sagte: »Doch, das müssen wir.«

»Dies ist eine nette Stadt. Wir sollten hier keine Unordnung machen.«

»Dann komm mit.«

»Wohin?«

»Das siehst du dann schon.«

»Darüber haben wir schon geredet. Im Augenblick liegt die Wahrscheinlichkeit noch nahe null. Aber hey, ich bin offen für Angebote. Ihr könntet den Deal attraktiver machen.«

»Was?«

»Ihr könntet mir etwas zahlen. Oder mir irgendwas anbieten.«

»Wir bieten dir die Chance, dir ein paar zusätzliche blaue Flecken zu ersparen.«

Reacher nickte.

»Das ist schon mal angesprochen worden«, sagte er. »Es hat einige Fragen aufgeworfen.«

Er blickte nach links, dann nach rechts, musterte die vier jüngeren Männer.

Er fragte: »Wo seid ihr geboren?«

Keiner antwortete.

»Das solltet ihr mir sagen«, erklärte er. »Das ist wichtig für eure Zukunft.«

»Hier in der Gegend«, sagte einer von ihnen.

»Und dann bist du hier aufgewachsen?«

»Ja.«

»Nicht in Southie oder der Bronx oder South-Central LA?«

»Nein.«

»Nicht in den Favelas von Rio de Janeiro? Oder in Baltimore oder Detroit?«

»Nein.«

»Erfahrung im Polizeidienst?«

»Nein.«

»Warst du schon mal im Gefängnis?«

»Nein.«

»Beim Militär gewesen?«

»Nein.«

»Geheimausbildung beim Mossad? Oder bei dem britischen SAS? Oder in der französischen Fremdenlegion?«

»Nein.«

»Du weißt hoffentlich, dass dies etwas anderes ist als Apfelpflücken.«

Der Junge gab keine Antwort.

Reacher wandte sich wieder an den Mann von der Apfelfarm.

»Sehen Sie das Problem?«, fragte er. »Diese Sache mit Ihren Schlägern funktioniert einfach nicht. Ihr fehlt die innere Logik. Sie ist eine optische Täuschung. Sie bieten den Verzicht auf etwas an, das Sie ohnehin nicht liefern können. Jedenfalls nicht mit dieser Crew. Sie müssen sich mehr anstrengen. Setzen Sie Ihre Fantasie ein. Hier ist ein Anreiz nötig. Vielleicht ein hoher Geldbetrag. Oder die Schlüssel zu Ihrem Truck. Oder einer Ihrer Jungs könnte mich mit seiner Schwester bekannt machen. Bloß für eine Nacht. Falls er sie entbehren kann.«

Er wusste, dass sie alle reagieren würden, worauf er's anlegte, aber er konnte nicht voraussagen, wer zuerst. Also blieb er locker und abwehrbereit, ohne sich schon auf einen einzelnen Gegner zu konzentrieren, der sich hoffentlich offenbaren würde, bevor er sich für eine bestimmte Richtung entscheiden musste. Das musste er, als der Junge links der Mitte, durch seinen Spott gereizt, losstürmte. Reacher nahm ihn ins Visier und schlug zu. Die schnellsten Boxerfäuste waren angeblich bis zu dreißig Meilen in der Stunde schnell, viel schneller als Reacher, der mit zwanzig zufrieden war. Aber auch so brauchte seine Faust für den Meter vor ihm nur eine Zehntelsekunde. Kaum messbar. Sie traf den Jungen mitten ins Gesicht, und Reacher zog sie ebenso rasch wieder zurück und blieb locker aufrecht stehen, als wäre nichts passiert, als hätte man geblinzelt und dabei etwas übersehen.

Nur der dramatischen Wirkung wegen.

Der Junge klappte zusammen.

Hundert Meter entfernt verließen Elizabeth Castle und Carter Carrington das Bistro. Er sagte etwas, über das sie lachte. Auf der leeren Straße klang ihr Lachen laut. Die Kerle aus dem Truck blickten sich danach um. Der Kerl auf dem Boden allerdings nicht. Er machte gar nichts.

Hundert Meter entfernt nahm Carrington Elizabeth Castles Hand. Dann setzten sie sich in Bewegung, kamen geradewegs auf die Männergruppe zu. Die Scheinwerfer des großen Pickups strahlten sie so grell an wie zuvor Reacher. Er starrte sie eine Sekunde lang an, dann wandte er sich an den Farmer und sagte: »Jetzt müssen Sie sich entscheiden. Da kommt der Stadtjurist. Zumindest ein erstklassiger Zeuge. Ich bin bereit zu bleiben und die Sache mit den Fäusten auszutragen. Ihr auch?«

Der Mann von der Farm blickte die Straße entlang. Beobachtete das näher kommende Paar. Strahlend hell beleuchtet. Jetzt nur noch achtzig Meter entfernt. Die Schritte der beiden hallten laut. Elizabeth Castle lachte wieder.

Der Kerl von der Farm schwieg.

Reacher nickte.

»Ich verstehe«, sagte er. »Sie mögen es nicht, Dinge unerledigt zu lassen. Weil Sie der große Boss sind. Das kann ich verstehen. Also will ich's Ihnen leicht machen. Ich sorge dafür, dass wir uns wiedersehen. Morgen oder übermorgen. Jedenfalls komme ich bald nach Ryantown zurück. Das will ich ganz sicher. Halten Sie Ausschau nach mir.«

Er ging davon. Sah sich nicht noch mal um. Hinter sich hörte er zunächst nichts, dann waren halblaute Befehle zu vernehmen, und der Truck stieß zurück, bevor der angezählte Kerl ächzend und schnaufend vom Asphalt gehoben und in die Doppelkabine gestopft wurde. Er hörte, wie eine Tür zuknallte. Dann bog er in eine Seitenstraße ab und hörte nichts mehr, bis er sein Hotel erreichte. In dem er für den Rest der Nacht blieb. Er schaute sich den größten Teil eines gegen Saisonschluss bedeutungslosen Heimspiels der Bostoner Red Sox und die Spätnachrichten an, ging dann ins Bett und schlief fest.

Bis eine Minute nach drei Uhr morgens.

22

Eine Minute nach drei Uhr morgens war Patty noch immer wach. Shorty hatte ihr lange Gesellschaft geleistet, aber dann waren ihm doch die Augen zugefallen. Nur ein Nickerchen, hatte er gemeint. Das war vor einer Stunde. Er schnarchte leise. Sie hatten die vierte ihrer sechs Mahlzeiten verspeist. Sie hatten die vierte ihrer sechs Wasserflaschen geleert. Zwei von allem waren noch übrig. Frühstück und Mittagessen morgen. Was dann? Das wusste sie nicht. Deshalb konnte sie eine Minute nach drei Uhr noch immer nicht schlafen. Weil sie ihre Situation nicht verstand.

Sie befand sich in einem warmen, komfortablen Zimmer mit Elektrizität und fließend heißem und kaltem Wasser. Es gab eine Dusche und eine Toilette. Es gab Kleenex und Seife und Handtücher. Sie waren nicht angegriffen oder beleidigt, bedroht oder angeglotzt, berührt oder irgendwie unhöflich behandelt worden. Außer dass man sie gegen ihren Willen eingesperrt hatte. Weshalb? Aus welchem Grund? Mit welcher Absicht? Welche Rolle spielte sie, welche spielte Shorty global gesehen? Was nützten sie irgendwem?

Mit dieser Frage befasste sie sich ernsthaft. Sie waren arm und kannten nur arme Leute. Ein Erpresserbrief wäre ein Witz gewesen. Sie verfügten über keine Geschäftsgeheimnisse. Sie besaßen keine Spezialkenntnisse. In Nordamerika sägte man seit Jahrhunderten Holz und baute Kartoffeln an. Beide Prozesse waren ausgereift und kaum mehr verbesserungsfähig.

Warum also? Sie waren beide Mitte zwanzig und gesund. Patty dachte eine Weile über Organhandel nach. Vielleicht würden ihre Nieren bald im Internet versteigert werden. Oder ihre Herzen, ihre Lungen oder Hornhäute. Und was sonst noch von ihnen brauchbar war. Vielleicht das Knochenmark. Die ganze lange Liste, die auf ihren Führerscheinen stand. Aber dann kam sie doch wieder von dieser Idee ab. Bisher hatte niemand versucht, ihre Blutgruppen festzustellen. Keine beiläufigen Fragen, keine versehentlichen Schnittverletzungen. Keine Erste Hilfe. Keine blutdurchtränkten Mullbinden. Ohne Blutgruppe konnte man keine Organe verkaufen. Die gehörte zu den Dingen, die bekannt sein mussten.

Sie entspannte sich für einen Augenblick. Aber nicht lange. Sie verstand ihre Situation nicht. Wer war sie, und wer war Shorty? Wozu waren sie gut?

Reacher wachte eine Minute nach drei Uhr morgens auf. Genau wie zuvor. Er war augenblicklich hellwach, als hätte jemand einen Schalter umgelegt.

Aus dem gleichen Grund.

Ein Geräusch.

Das sich nicht wiederholte.

Nichts.

Er stand auf, trat nackt ans Fenster und blickte auf die Gasse hinunter. Nichts. Kein scheuer Waschbär, kein geisterhafter Kojote, kein neugieriger Hund. Eine ruhige Nacht. Nur eben doch nicht – und wieder um eine Minute nach drei Uhr morgens. Er bezweifelte, dass die Bedienung aus der Cocktailbar in dieser Nacht arbeiten gegangen war. Vermutlich hatte man sie entlassen, oder sie fürchtete Repressalien. Und von einem neuen Job anderswo wäre sie nicht zur genau gleichen Zeit nach Hause gekommen. Außerdem konnte der Junge ihr nicht wieder auflauern, weil er im Krankenhaus lag. Und die kleine Straße mit ihrem Apartment war jetzt über vier Blocks weit entfernt. Auf einer Diagonalen mit reichlich Bausubstanz dazwischen. Außer Hörweite. Er war nicht nahe genug, um einen Schrei vernehmen zu können.

Deshalb war der Zeitpunkt ein Zufall. Er hatte Amos' Stimme im Ohr: *Sie machen vor Mitternacht mobil. Dann sind sie morgens hier. Die Entfernungen sind nicht allzu groß.*

War es schon Morgen? Theoretisch ja. Er stellte sich Mitternacht in Boston vor, wo ein Wagen betankt wurde und im Dunkeln verschwand. Konnte er nach drei Stunden und einer Minute in Laconia sein? Spielend. Wahrscheinlich in der halben Zeit. Er stellte sich vor, wie der Kerl sich Zeit ließ und erst einen Rundgang machte, um sich zu orientieren, bevor er die Hotels abklapperte und nach einem großen Mann mit verletzter Hand fragte. Wie er sich entschuldigte, wenn die Antwort Nein lautete, seinem Gegenüber einen Fünfziger in die Hemdtasche steckte und zu seinem Wagen zurückging, um weiterzusuchen. Bis er früher oder später einen Nachtportier fand, der sagte: »Klar, oberster Stock, das Zimmer nach hinten hinaus.«

Reacher zog seine Hose unter der Matratze hervor und schlüpfte hinein. Er knöpfte sein Hemd zu, band sich die Schnürsenkel, holte seine Klappzahnbürste aus dem Bad und steckte sie ein. Nun war er marschbereit.

Er ging in die kleine Hotelhalle hinunter. Noch drei Stunden bis zum Frühstück. Er wartete hinter der Eingangstür und horchte. Draußen war nichts zu vernehmen. Er trat ins Freie. Er hörte ein Auto fahren, ohne es jedoch zu sehen. Er ging zur Ecke. Auch dort war nichts zu sehen. Nur das Auto war wieder zu hören. Derselbe Klang, aber weiter entfernt. Dann dichter bei ihm. Als wäre es einen Straßenblock näher abgebogen. Ohne bestimmtes Ziel. Nur auf einer engeren Kreislinie unterwegs.

Um nichts zu versäumen, ging Reacher diagonal vier Blocks

weit zu der Passage zwischen Koffer- und Schuhgeschäft. Wo die Bedienung wohnte. Dort war alles ruhig. Kein Mensch auf der Straße. Nirgends Unruhe. Nur leere schwarze Fenster, leichter Nebel und Stille.

Er hörte erneut den Wagen. In der Ferne hinter sich. Das schwache Abrollgeräusch der Reifen, das Brummen des Motors, ein kurzer Schlag, als er über eine Rille im Asphalt fuhr. Drei Blocks entfernt, vermutete er. Keine direkte Sichtverbindung, weil die Straße abknickte.

Er machte sich auf den Rückweg zum Hotel. Ging durch die gelblichen Lichtkegel von Straßenlampen. Einmal blieb er im Schatten stehen und horchte. Das Auto war weiter weg zu hören. Es fuhr auffällig langsam. Noch immer drei Straßenblocks entfernt. Ständig rechts abbiegend, um auf seinem Rundkurs zu bleiben.

Reacher ging weiter. Der Wagen verkürzte den Abstand, indem er eine Straße früher rechts abbog. Jetzt war er nur noch zwei Blocks entfernt. Auf einem endlosen Rundkurs. Eine Spirale auf dem Stadtplan. Eine systematische Suche. Aber ohne viel Druck. Und ohne große Aussicht auf Erfolg. Auf den Straßen konnte ein ganzes Footballteam aus großen Männern mit Handverletzungen herumlaufen, ohne dass sie durch eine langsame Suchspirale aufgespürt wurden. Jede Entdeckung wäre ein Zufall gewesen.

Also war dies wahrscheinlich doch keine systematische Suche. Noch nicht. Vielleicht wollte jemand sich erst einen allgemeinen Überblick verschaffen. Es war noch sehr früh. Gründliche Vorbereitungen waren immer ratsam. Ein gewisser Professionalismus konnte vorausgesetzt werden. Fluchtwege musste man im Voraus erkunden. Unübersichtliche Ecken konnten registriert werden. Gassen konnten inspiziert werden, um ihre Breite und Richtung zu erkunden.

Zwei Blocks hinter ihm bog der Wagen rechts ab.

Reacher ging weiter. Vor ihm lagen noch zwei Straßenblocks. Das warf ein vierdimensionales Problem auf. Wo würde er sein, wenn das Auto das nächste Mal am Hotel vorbeifuhr? Und wo würde es sein, wenn er das Hotel erreichte? In beiden Fällen ging es um Zeit, Richtung und Entfernung. Wie im Schießstand beim Schuss auf den laufenden Keiler. Wo würde er sein, wenn das Geschoss ihn erreichte?

Er blieb stehen. In dieser Form war der Zeitablauf falsch. Es war besser, eine Viertelrunde abzuwarten und nach dem Kerl anzukommen, statt das Hotel kurz vor ihm zu erreichen. Das sagte ihm der gesunde Menschenverstand. Er schlenderte zur Ecke und wartete. Die Straße vor ihm lag menschenleer da. Alles gut.

Nur entschloss der Fahrer sich im nächsten Augenblick, noch einen Block näher zu kommen. Im Vergleich zu seinem bisherigen Suchmuster viel zu früh. Nicht im Geringsten vorhersehbar. Das Auto kam die Straße von links entlang, sodass seine aufgeblendeten Scheinwerfer beide Gehsteige beleuchteten. Reacher war angestrahlt wie ein Filmstar. Der Wagen hielt fünf Meter hinter ihm. Motor im Leerlauf, gleißend helle Scheinwerfer. Im nächsten Moment wurde eine Tür geöffnet.

Eine Stimme hinter den Scheinwerfern sagte: »Laconia Police Department.«

Dann sagte sie: »Hände hoch!«

»Ich kann Sie nicht sehen«, erwiderte Reacher. »Machen Sie das Licht aus.«

Das war eine Art Test. Ein echter Cop würde es vielleicht tun, ein falscher niemals. Blieben die Scheinwerfer eingeschaltet, würde er sich nach vorn links werfen. Dann musste jeder Kontakt mit der Fahrertür ausreichen, um den Kerl um seinen anfänglichen Vorteil zu bringen. Sie würde gegen ihn knallen, und danach würde Waffengleichheit herrschen.

Das Licht ging aus.

Reacher blinzelte mehrmals. Der gelbliche Lichtschein der Straßenlampen kam zurück: durch die neblige Nachtluft gedämpft, an manchen Stellen von feuchtem Asphalt zurückgeworfen. Das Auto war ein schwarz-weißer Streifenwagen der hiesigen Polizei, glänzend poliert und neu, innen von modernster Elektronik orangerot leuchtend. Der Mann hinter der offenen Fahrertür war ein uniformierter Streifenpolizist. Auf seinem Namensschild stand Davison. Er war schätzungsweise Mitte zwanzig. Vielleicht etwas hagerer, als ihm selbst gefiel. Aber clever, hellwach und energisch. Seine Uniform war frisch gebügelt, sein Haar ordentlich gescheitelt. An seinem Koppel hing alles, was er brauchte. Er war auf alles vorbereitet. Ausnahmsweise versprach eine nächtliche Streifenfahrt, interessant zu werden.

»Hände hoch!«, befahl er noch mal.

»Nicht wirklich nötig«, sagte Reacher.

»Dann drehen Sie sich um, damit ich Sie fesseln kann.«

»Auch nicht wirklich nötig.«

»Zu Ihrer wie zu meiner Sicherheit«, sagte Davison.

Dieser Satz musste aus irgendeinem Rollenspiel stammen. Womöglich mit einem Psychologen als Spielleiter. Vielleicht war es Aufgabe der Teilnehmer gewesen, einen Satz zu finden, der weiteren Widerstand verhinderte, indem er die Großhirnrinde durch seine eklatante Undurchsichtigkeit lähmte. Wie konnte das Anlegen von Handschellen seine Sicherheit erhöhen?

Laut sagte er jedoch: »Officer, ich sehe hier nicht viel hinreichenden Verdacht.«

Davison entgegnete: »Der ist nicht nötig.«

»Hat es eine Verfassungskrise gegeben, die ich nicht mitbekommen habe?«

»Sie sind uns bereits bekannt. Ihr Name ist bei der heutigen Dienstbesprechung genannt und eine Porträtskizze von Ihnen verteilt worden. Sie sollten sich nicht in der Öffentlichkeit zeigen.«

»Wer hat Sie über mich informiert?«

»Detective Amos.«

»Was hat sie sonst noch gesagt?«

»Wir sollen sofort Meldung machen, wenn wir ein Kennzeichen aus Massachusetts sehen.«

»Haben Sie eines gesehen?«

»Noch nicht.«

»Sie nimmt diese Sache sehr ernst«, erklärte Reacher.

»Das muss sie. Wir wollen hier keinen Ärger. Man würde uns kreuzigen.«

»Ich bin gerade auf dem Rückweg in mein Hotel.«

»Nein, Sir, Sie müssen mitkommen.«

»Bin ich verhaftet?«

»Sir, Detective Amos hat uns darüber informiert, dass Sie bei der Militärpolizei waren. Deshalb sind wir gern bereit, Sie bevorzugt zu behandeln.«

»Ja oder nein?«

»Sie sind kurz davor«, sagte der Junge clever, hellwach und energisch. Und selbstsicher. Er glaubte an seine Befehle, das Gesetz und seine Vorgesetzten. Herrliche Zeiten.

Reacher dachte an Kaffee. Erst in ein paar Stunden im Frühstücksraum des Hotels. In einer Polizeistation bestimmt Tag und Nacht erhältlich.

»Sie brauchen mich nicht zu verhaften«, sagte er. »Ich komme freiwillig mit. Aber vorn auf dem Beifahrersitz. Aus alter Gewohnheit.«

Sie stiegen ein und fuhren in dem Tempo weiter, das Reacher in der Ferne gehört hatte: langsam und bedächtig, vor allem um Straßenecken, der für nächtliche Streifenfahrten vorgeschriebenen Route folgend. Reacher saß beengt, weil sich auf der Mittelkonsole alle möglichen Geräte befanden. Zur Ausrüstung gehörte ein Laptop an einer biegsamen Schwanenhalshalterung. Es gab Köcher und Halterungen für kleine Spezialgeräte. Der Kunststoff des Armaturenbretts glänzte noch wie neu. Auch die Luft im Wageninneren roch nach neuem Kunststoff. Das Fahrzeug schien höchstens einige Wochen alt zu sein.

Dann war die letzte Runde beendet, und Davison bog in der Nähe der Stadtverwaltung auf eine breitere Straße ab, die Reacher sofort wiedererkannte. Sie führte geradeaus zur Polizeistation. Ungefähr eine halbe Meile. Davison fuhr jetzt etwas schneller. Mit viel Elan. Ein bisschen großspurig. Der Herr des nächtlichen Universums. Er hielt vor dem Eingang des Dienstgebäudes und stieg aus. Reacher stieg aus. Sie gingen gemeinsam hinein. Davison erklärte dem Wachhabenden die Situation. Seinem Kollegen war nur ein Punkt unklar.

Er fragte: »Muss ich ihn bis halb zehn einlochen?«

Davison sah Reacher an.

Er fragte: »Muss er das?«

»Eigentlich nicht.«

»Todsicher?«

»Ich will auch nicht, dass irgendwas Schlimmes passiert. Ich hätte nur gern einen Kaffee.«

Davison wandte sich an den Wachhabenden.

Er sagte: »Setz ihn in irgendein leeres Büro und bring ihm einen Becher Kaffee.«

Dann wurde die zweiflüglige Tür vor ihnen aufgestoßen, und Brenda Amos betrat den Raum.

»Wir gehen in mein Büro«, sagte sie.

23

Die erste Ankunft ereignete sich lange vor Tagesanbruch. Ein Gast, der nicht zum ersten Mal kam. Er lebte im Norden von Maine in einem Blockhaus mitten in zwanzig Quadratmeilen Wald, der ihm gehörte. Wie immer fuhr er nur nachts in seinem klapprigen alten Volvo-Kombi, den niemand eines zweiten Blickes würdigte. Für alle Fälle hatte er ihn mit gefälschtem Kennzeichen – mit einer nicht vergebenen Nummer – aus Vermont ausgestattet. Sein Handy sagte ihm, wo er abbiegen musste, aber daran erinnerte er sich ohnehin noch. Wie hätte er das vergessen können? Er erinnerte sich an die Einmündung, den brüchigen Asphalt und das dick ummantelte Kabel. Das es irgendwo klingeln ließ, um seine Ankunft anzukündigen.

Empfangen wurde er dieses Mal im Büro des Motels. Nur von Mark. Die anderen waren nirgends zu sehen. Sie kontrollierten die Bilder der Überwachungskameras, vermutete der Neuankömmling. Hoffentlich. Mark bot ihm Zimmer drei an, das er akzeptierte. Mark beobachtete, wie er den Volvo abstellte. Beobachtete, wie er sein Gepäck hineintrug. Bestimmt fragte er sich, welcher Koffer das Geld enthielt, vermutete der neue Gast. Er stellte sein Gepäck im Zimmer ab und trat wieder ins Freie, in die Dunkelheit vor Tagesanbruch. In die leicht neblige milde Luft. Er konnte nicht anders und schlich an Zimmer vier und fünf vorbei auf den Honda Civic zu, der im Mondschein schwarz schimmerte, dann holte er weit aus, um Zimmer zehn aus der Ferne betrachten zu können. Der erste Blick. Es war besetzt, das hatte in der E-Mail gestanden, aber unbeleuchtet und still. Kein Lebenszeichen drang nach draußen.

Der neue Gast blieb noch eine Minute stehen und ging dann zu Zimmer drei zurück.

Reacher nahm sich einen Kaffee aus dem Aufenthaltsraum mit, bevor er Amos nach hinten zu ihrem Büro folgte. Wieder ein Altbau mit modernster Einrichtung. Schreibtisch, Stühle, Aktenschränke, Computer – alles neuwertig.

Sie sagte: »Ich hatte Sie gebeten, um meinetwillen vorsichtig zu sein.«

Er sagte: »Irgendwas hat mich geweckt.«

»Und dann müssen Sie zwanghaft aufstehen?«

»Manchmal.«

»Die Männer hätten in diesem Augenblick eintreffen können.«

»Genau. Ich dachte, ich sollte wenigstens meine Hose anhaben. Dann bin ich rausgegangen, um mich umzuschaun. Viel war nicht los, außer dass Patrolman Davison sich ausgezeichnet verhalten hat. Damit hatte ich kein Problem. Ich warte gern hier. Mir tut nur leid, dass Sie so früh aufstehen mussten.«

»Yeah, mir auch«, sagte Amos. »Außerdem waren Sie zum Abendessen in der Stadt.«

»Woher wissen Sie das?«, fragte er.

»Dreimal dürfen Sie raten.«

»Keine Ahnung.«

»Von Carter Carrington«, antwortete Amos. »Sie sind acht Blocks weit zu dem Bistro gegangen, in dem er gegessen hat. Und acht Blocks zurück. Das nenne ich nicht vorsichtig.«

»Ich dachte, das sei in Ordnung, wenn ich Seitenstraßen benutze.«

»Sie hätten mich anrufen sollen. Ich habe Ihnen meine Karte gegeben. Ich hätte Ihnen eine Pizza aufs Zimmer gebracht.«

»Wieso haben Sie Carrington nach mir gefragt?«

»Das haben wir nicht getan. Wir brauchten eine juristische Auskunft. Ihr gemeinsames Abendessen ist am Rande unseres Gesprächs erwähnt worden.«

»Welche juristische Auskunft?«

»Wen wir festnehmen können, noch bevor er etwas Strafbares getan hat.«

»Und wie lautete die Antwort?«

»Heutzutage praktisch jeden.«

»Vielleicht taucht niemand auf«, sagte Reacher. »Der Junge ist ein Arschloch.«

»Ausgeschlossen!«

»Okay, aber vielleicht haben sie's nicht besonders eilig damit. Ab halb zehn bin ich verschwunden. Dann können sie nur noch feststellen, dass ich fort bin.«

»Ich hoffe wirklich, dass alles, was Sie sagen, wahr ist.«

»Hoffen wir, dass einiges davon eintrifft.«

»Wir haben neue Informationen«, fuhr sie fort. »Für uns leicht ermutigend. Für Sie nicht so sehr.«

»Welche?«

»Nach neuestem Stand halten wir Schüsse aus einem fahrenden Auto für unwahrscheinlich. Chief Shaw hat mit der Bostoner Polizei telefoniert. Sie glaubt nicht, dass der Überfall hier stattfinden soll. Sie glaubt, dass die Kerle versuchen werden, Sie in ein Auto zu zerren, um Sie nach Boston bringen und von einem Hochhaus stoßen zu können. Das ist ihre bevorzugte Methode. Wie ein Markenzeichen. Wie eine Pressemitteilung. Damit erregen sie Aufsehen. Mir wär's lieber, wenn Ihnen das nicht zustoßen würde.«

»Machen Sie sich Sorgen um mich?«

»Ich fühle mich rein beruflich für Sie verantwortlich.«

»Ich steige zu keinem Unbekannten ins Auto«, sagte Reacher. »Das garantiere ich Ihnen.«

Amos äußerte sich nicht dazu.

Die Tür wurde einen Spalt weit geöffnet, und ein Mann streckte den Kopf herein und teilte mit: »Ma'am, über Funk wird gemeldet, dass ein in Massachusetts zugelassener Wagen aus Südwesten in die Stadt einfährt. Es handelt sich um einen viertürigen schwarzen Chrysler 300, der auf eine Spedition am Logan Airport in Boston zugelassen ist.«

»Wer besitzt einen schwarzen Chrysler 300?«

»Fahrdienste mit Chauffeur, ein paar Autovermietungen, aber vor allem Gangster.«

»Wo ist er jetzt?«

»Noch südlich der Innenstadt. Hat einen Streifenwagen hinter sich.«

»Kann der Fahrer reinsehen?«

»Die Scheiben sind getönt.«

»Dunkel genug, um ihn anzuhalten?«

»Ma'am, wir können vorgehen, wie Sie wünschen.«

Amos sagte: »Noch nicht. Aber bleibt dran. Versteckt euch nicht. Zeigt Flagge.«

Der Kopf wurde zurückgezogen, die Tür schloss sich wieder.

»Jetzt geht's los«, verkündete Amos.

»Noch nicht«, sagte Reacher. »Nicht mit diesem Kerl.«

»Wie viele Hinweise brauchen Sie noch?«

»Genau darauf will ich hinaus«, antwortete Reacher. »Hier geht's um eine große schwarze Limousine mit getönten Scheiben. Ein auffälliges Objekt. Der Wagen lässt sich sofort nach Boston zurückverfolgen. Gehört einer internationalen Spedition am Flughafen. Er ist ein Köder, den Sie verfolgen sollen.

Er wird den ganzen Tag mit genau neunundzwanzig Meilen in der Stunde herumfahren. Er wird bei jedem Abbiegen blinken, und Sie können darauf wetten, dass seine Beleuchtung in Ordnung ist. Inzwischen sitzt der richtige Mann im Lieferwagen eines Elektrikers. Oder eines Installateurs. Oder eines Floristen. Wir müssen davon ausgehen, dass diese Leute gesunden Menschenverstand besitzen. Der wirkliche Kerl kommt irgendwann tagsüber in die Stadt, ohne bemerkt zu werden. Hoffentlich nach halb zehn Uhr. Was ohnehin sinnvoll wäre, weil Sie dann über sechs Stunden in Alarmbereitschaft wären. Sie würden allmählich müde. Das wüsste er. Er würde abwarten. Aber ich wäre längst über alle Berge.«

»Vieles von alledem basiert auf der Annahme, dass Ihr Freund von gestern heute wieder aufkreuzt.«

»Das stimmt wohl.«

»Tut er das?«

»Vielleicht, vielleicht auch nicht. Er ist leider ziemlich unberechenbar.«

»Pünktlich?«

»Schwer zu sagen.«

»Was ist, wenn er nicht kommt? Dann sind Sie den ganzen Tag hier. Und ich habe Shaw versprochen, dass ich genau das nicht zulassen würde.«

Reacher nickte.

»Ich will Sie nicht in Schwierigkeiten bringen«, sagte er.

»Bitte entschuldigen Sie, falls ich es bereits getan habe. Ich lasse dem Alten eine halbe Stunde Zeit. Ist er bis zehn Uhr nicht da, können Sie mich selbst zur Stadtgrenze fahren. Einverstanden?«

»Und was dann?«

»Dann ist Shaw happy. Weil ich seinen Zuständigkeitsbereich verlassen habe.«

»Die Stadtgrenze ist nur ein Strich auf der Landkarte. Sie könnten verfolgt werden. Elektriker fahren von Job zu Job. Installateure und Floristen auch.«

»Aber dann ist wenigstens das County für den Papierkram zuständig, nicht die Stadt.«

»Und das Risiko liegt bei Ihnen.«

»Nein, bei dem Elektriker. Der Papierkram betrifft dann ihn, nicht mich. Was bleibt mir anderes übrig? Ich kann ihn nicht mit einem Schokoriegel und einem Schulterklopfen nach Boston zurückschicken. Nicht unter diesen Umständen. Das würde einen völlig falschen Eindruck erwecken.«

»Die anderen schicken einen Ersatzmann. Sie schicken zwei Leute.«

»Auch dafür ist das County zuständig, nicht Sie.«

»Sie sollten Laconia verlassen.«

»Das würde ich gern«, sagte Reacher, »denn ich bin gern unterwegs. Andererseits mag ich nicht fortgejagt werden. Vor allem nicht von Leuten, die mich von einem Hochhaus stürzen wollen. Was mir ehrgeizig vorkommt. Sie scheinen sehr von sich selbst überzeugt zu sein. Als wäre ich nebensächlich.«

»Lassen Sie nicht zu, dass Ihr Ego einer klugen Entscheidung im Weg steht.«

»Damit haben Sie gerade jeden General in der US-Geschichte abserviert.«

»Sie waren kein General. Machen Sie nicht den gleichen Fehler.«

»Das tue ich nicht«, sagte Reacher. »Ich bezweifle, dass ich Gelegenheit dazu bekomme. Ich bezweifle, dass wir uns jemals über den Weg laufen werden. Ich bin morgen weg. Spätestens übermorgen. Der Junge erholt sich wieder. Bis zu den Feiertagen ist alles vergessen. Das Leben geht weiter. Für mich hoffentlich an einem warmen Ort.«

Amos äußerte sich nicht dazu.

Ihre Tür wurde erneut einen Spalt weit geöffnet. Der Mann von vorhin streckte wieder den Kopf herein und sagte: »Der schwarze Chrysler fährt jetzt scheinbar ziellos durch die Innenstadt, hält sich genau an die Verkehrsregeln, hat den Streifenwagen weiter hinter sich.«

Der Kopf wurde zurückgezogen. Die Tür schloss sich.

»Köder«, sagte Reacher.

»Wann kreuzt der richtige Kerl auf?«

Er gab keine Antwort.

Die zweite Ankunft erforderte weit mehr Aufwand als die erste. Sie war eine eigene große Produktion. Peter fuhr mit seinem Mercedes G-Klasse zu einem kleinen Flugplatz bei Manchester. Zu einem Landeplatz ohne Asphaltbahn, ohne Tower, ohne Startbuch, ohne Meldepflicht. Er parkte innerhalb des Zauns in einiger Entfernung vom Ende der Grasbahn und wartete mit heruntergefahrenem Fenster.

Fünf Minuten später hörte er das Motorengeräusch eines anfliegenden Sportflugzeugs. In der Ferne war ein wiederholtes Aufblitzen am fahlen Morgenhimmel zu erkennen. Die zweimotorige Cessna ging tiefer, setzte auf und verwandelte sich von einem zierlichen Fluginsekt sofort in einen nervös lärmenden Käfer, der die Landebahn entlangkroch. Als Peter kurz aufblendete, rollte die Cessna auf ihn zu.

Die Maschine war ein Lufttaxi aus Syracuse, New York. Gebucht hatte es eine Holding, die zehn weiteren Firmen gehörte, für einen Passagier, auf dessen Führerschein aus Illinois der Name Hogan stand. In Syracuse war er kurz zuvor mit einer gecharterten Gulfstream aus Houston, Texas, angekommen. Gebucht hatte sie eine Holding, die zehn weiteren Firmen gehörte, für einen Fluggast, auf dessen Führerschein aus Kalifornien der

Name Hourihane stand. Beide Führerscheine waren gefälscht, und niemand wusste, von wo der Passagier wirklich stammte.

Er stieg aus der Cessna. Peter half ihm, sein Gepäck in den Mercedes zu laden. Zwei Hartschalenkoffer und drei Reisetaschen. Das Geld befand sich in einer der Reisetaschen, vermutete Peter. Die Spende, wie sie euphemistisch bezeichnet wurde. Gewichtig, selbst in Hundertern.

Die Maschine wendete fast auf der Stelle, beschrieb mit aufheulenden Motoren einen engen Halbkreis, röhrte dann die Startbahn entlang und stieg sofort steil in die Luft. Peter fuhr in Gegenrichtung davon, zum Tor hinaus, dann auf kurvenreichen Nebenstraßen mal links, mal rechts abbiegend. Der Neuankömmling saß neben ihm auf dem Beifahrersitz. Er wirkte aufgeregt, schwitzte sogar ein wenig. Er wollte etwas sagen, ließ es dann aber bleiben. Er sprach überhaupt nicht. Er starrte durch die Frontscheibe nach vorn und wiegte sich mit kleinen Bewegungen auf seinem Sitz manchmal vor und zurück, manchmal von einer Seite zur anderen.

Irgendwann musste er es jedoch erfahren.

Er musste einfach fragen.

Er sagte: »Wie sind die beiden?«

»Sie sind perfekt«, antwortete Peter.

24

Der Morgen zog hell und klar herauf, und ein Patrolman kam vorbei, um Bestellungen fürs Frühstück aufzunehmen, die er aus einem zwei Blocks entfernten Diner holen würde. Reacher entschied sich für ein Sandwich mit Spiegelei. Es war noch heiß, als es zehn Minuten später in Alufolie verpackt kam, und schmeckte ziemlich gut. Vielleicht ein bisschen gummiartig. Jedenfalls nahrhaft. Proteine, Kohlenhydrate, Fette. Alles, was der Mensch brauchte. Er holte sich noch einen Kaffee aus der Thermoskanne im Aufenthaltsraum, der um diese Zeit leer war. Schichtwechsel würde in einer Stunde sein.

Aus einem Deckenlautsprecher drang gedämpft der aktuelle Polizeifunk. Reacher blieb darunter stehen und hörte zu. In atmosphärisches Rauschen mischten sich Rufzeichen, Codewörter und Adressen, die ihm nichts bedeuteten, aber er verstand, worum es sich handelte. Der Dispatcher, der sich irgendwo hier im Gebäude befand, sprach mit zwei Streifenwagen. Die Fahrzeuge schienen in der Stadt unterwegs zu sein. Während einer dicht hinter dem Chrysler blieb, überwachte der andere sie aus einiger Entfernung. Reacher vermutete, dass nachts sonst nur ein Wagen unterwegs war. Das Laconia PD gab Geld für Überstunden aus.

Eine Stimme, die Davison gehören konnte, meldete: »Jetzt ist er am Drive-in-Schalter und holt sich einen Kaffee.«

»Gut, gut«, sagte der Dispatcher. »Dann muss er früher oder später aufs Klo. Vielleicht bekommst du ihn dabei besser zu sehen.«

Nicht nötig, dachte Reacher. Er würde mittelgroß und stämmig sein und unter einem schwarzen Kaschmirmantel ein rosa Hemd mit Button-down-Kragen tragen. Gegeltes schwarzes Haar, eine Pilotenbrille und eine protzige Goldkette würden das Ensemble vervollständigen. Wie aus dem Besetzungsbüro. Lauter auffällige Attribute.

Dann sagte eine neue Stimme: »Die Kameras an der Interstate-Ausfahrt zeigen ein Fahrzeug aus Massachusetts. Den dunkelblauen Kastenwagen einer Orientteppich-Reinigung in Boston. Biegt er nicht vorher ab, müsste er in ungefähr zehn Minuten bei euch sein.«

»Unwichtig«, meinte der Dispatcher. »Von der Sorte kommen noch viele. Dazu FedEx und UPS und alle möglichen anderen Lieferwagen.«

Die atmosphärischen Störungen hielten weiter an. Reacher hatte schon viele Orientteppiche gesehen. Meist in alten oder reichen Häusern oder in alten reichen Häusern. Er wusste, dass sie teuer und manche kostbare Erbstücke waren. Deshalb war ihre Reinigung Vertrauenssache. Wirkliche Fachleute gab es wenige. Also konnte man nachvollziehen, dass jemand aus Laconia einen Fachmann aus Boston kommen ließ. Abholung, Zustellung und sorgfältige Behandlung waren bestimmt im Preis inbegriffen.

Alles gut.

Abgesehen davon, dass …

Er schenkte sich Kaffee nach und machte sich auf den Weg zu Amos' Büro. Sie saß mit dem Telefonhörer in der Hand an ihrem Schreibtisch, als hätte sie gerade telefoniert oder vergessen, wen sie anrufen wollte.

Er sagte: »Ich habe den Funkverkehr mitgehört.«

Sie nickte.

»Ich habe ein Update erhalten«, sagte sie. »Der Fahrer ist dabei, sich einen Drive-in-Kaffee zu kaufen.«

»Und von der Interstate ist ein blauer Kastenwagen aus Boston hierher unterwegs.«

»Das auch.«

»Was halten Sie davon?«

»Das Fahrzeug ist ein Van«, sagte Amos. »Mir fallen hundert Gründe ein, weshalb er vermutlich harmlos ist.«

»Neunundneunzig«, sagte Reacher.

»Was ist an ihm verdächtig?«

»Wie viele Orientteppiche haben Sie schon zu Gesicht bekommen?«

»Ein paar.«

»Wo?«

»Bei einer alten Dame, die wir früher besucht haben. In einem großen alten Haus. Wir sollten sie Tante nennen. Im Haus durften wir auf gar keinen Fall etwas anfassen.«

»Genau. Eine alte Schachtel. Eine reiche alte Umstandskrämerin, deren Haushalt bestens organisiert ist. Wahrscheinlich lässt sie ihr Parkett bohnern, während der Teppich außer Haus gereinigt wird. Wobei sie zugleich das Porzellan ihrer Urgroßmutter abwaschen lässt. Um welche Zeit würde eine reiche alte Dame aus New Hampshire einen Gewerbetreibenden frühestens empfangen?«

Amos gab keine Antwort.

»Der Van kommt viel zu früh«, erklärte Reacher. »Das ist an ihm verdächtig. Wir haben kurz nach Tagesanbruch. Der Fahrer besucht keinen Kunden in Laconia.«

»Soll ich ihn anhalten lassen?«

»Mir egal«, sagte Reacher. »Ich überlebe so oder so. Aber wenn er der Kerl ist, könnten Sie einen guten Fang machen. Er ist zweifellos bewaffnet. Vermutlich mit einer großkalibrigen Schrotflinte, wenn er's ernstlich darauf anlegt, mich zum Einsteigen zu zwingen.«

»Sie haben ungefähr die Größe eines zusammengerollten Teppichs«, sagte sie. »Aus einem großen Zimmer. Vielleicht werden Leute heutzutage so transportiert. Seit die neuen Autos kleinere Kofferräume haben.«

Reacher wusste nicht, ob sie das ernst meinte.

»Ihre Entscheidung«, sagte er. »Aber eine Kontrolle würde Ihnen Gewissheit verschaffen.«

»Dafür bräuchte ich ein SWAT-Team, wenn Sie mit der Schrotflinte recht haben.«

Reacher äußerte sich nicht dazu. Amos überlegte kurz,

dann griff sie wieder zum Telefonhörer. Als jemand sich meldete, sagte sie: »Behaltet den blauen Van der Teppichreinigung im Auge. Ich will wissen, wohin er fährt.«

Eine Stunde später war der Werktag in vollem Gang. Die neue Schicht hatte die Arbeit übernommen. Auf der Station herrschte reger Betrieb. Reacher hielt sich aus allem raus, um niemandem lästig zu werden. Trotzdem bekam er das Nötigste aus dem Funkverkehr mit, der weiter aus dem Deckenlautsprecher im Aufenthaltsraum zu hören war, aus Zurufen von Schreibtisch zu Schreibtisch in überfüllten Büros und indem er hastige Gespräche auf Fluren belauschte. Der Fahrer des als Köder dienenden schwarzen Chryslers fuhr weiter umher, achtete an jeder Kreuzung darauf, niemandem die Vorfahrt zu nehmen, und nahm übertrieben Rücksicht auf Fußgänger, wo immer er konnte. Bisher hatte er noch nicht gehalten, um zu tanken. Oder um auf die Toilette zu gehen. Die Meinungen waren geteilt, was die eindrucksvollere Leistung war.

Aber sie hatten den blauen Van aus den Augen verloren. Unterdessen waren drei Streifenwagen im Einsatz, von denen einer hinter dem Chrysler herfuhr, während die beiden anderen die Zufahrtsstraßen aus Süden kontrollierten. Und der Van war einmal gesichtet worden, aber seither von der Bildfläche verschwunden. Dafür gab es zwei mögliche Erklärungen, die beide ihre Anhänger hatten. Denkbar war, dass der Wagen jetzt in einem zuvor ausgekundschafteten Versteck – in einer Gasse oder auf einem Hinterhof – stand, was ihn automatisch verdächtig machte, oder die Stadt durchquert hatte und nach Nordwesten zu einem Kunden in einem anderen Ort weiterfuhr, was ihn automatisch unverdächtig machte.

Reacher fragte sich, ob der Apfelfarmer in seinem Haus einen Orientteppich liegen hatte.

Amos sagte: »Sie müssen bald los.«

Er sagte: »Vielleicht mache ich vorher einen kleinen Spaziergang durch Gassen und Hinterhöfe.«

»Wir wollen nicht, dass Sie irgendwo herumlaufen. Ich fahre Sie selbst. In einem Dienstwagen. Niemand ist so dämlich, einen Streifenwagen anzugreifen.«

»Sie machen sich Sorgen um mich?«

»Rein aus operativer Sicht. Ich will Sie von hier weghaben. Definitiv. Ein für alle Mal. Ohne weitere Verzögerungen. Weil mein Problem dann gelöst ist. Und damit kein Zweifel besteht, will ich alles mit eigenen Augen sehen.«

»Vielleicht sollten Sie danach den Chryslerfahrer anhalten und ihm erklären, dass alles vorbei ist. Er wäre Ihnen sicher dankbar. Inzwischen muss er bestimmt dringend auf die Toilette.«

»Vielleicht tue ich das.«

»Sie könnten ihm erzählen, wohin ich unterwegs bin. Sagen Sie ihm, dass ich ihn kennenlernen möchte. Und seinen Kumpel in dem Van.«

»Lassen Sie's gut sein«, sagte Amos. »Wir sind nicht mehr bei den MPs.«

»Ist das Ihre Einstellung?«

»Überwiegend«, antwortete sie.

Amos telefonierte, um einige Anweisungen zu erteilen, dann schnappte sie sich ihre Umhängetasche und ging mit Reacher auf den Parkplatz hinaus, wo ein frisch gewaschener Streifenwagen für sie bereitstand. Der Schlüssel steckte. Reacher saß vorn, wo ihn der Laptop und die Gerätehalterungen einengten. Er dirigierte sie zu der Straßenecke vor der Seitenstraße mit dem kleinen Hotel. An der er am Vortag ausgestiegen war. Unterwegs beobachtete er den Verkehr, ohne den blauen Van zu entdecken. Den schwarzen Chrysler allerdings auch nicht. An einer Ampel vor ihnen hatte sich ein kleiner Stau gebildet. Amos schaute auf ihre Uhr. Fast so weit. Sie schaltete Blinklicht und Sirene ein und benutzte die Gegenfahrbahn.

Und dann stand direkt vor ihnen der alte Subaru. Am Randstein wartend. Am vereinbarten Ort. Zur vereinbarten Zeit. Am Steuer saß die vertraute hagere Gestalt. Jeansjacke, magerer Hals, langer grauer Pferdeschwanz.

»Ist er das?«, fragte Amos.

»Klar«, sagte Reacher.

»Vielleicht habe ich in einem früheren Leben mal etwas Gutes getan.«

Sie hielt hinter dem Subaru. Die Gestalt zuckte zusammen. Als hätte sie gerade erst in den Rückspiegel gesehen. Dann raste der Subaru los. Schoss vom Randstein weg, röhrte die Straße entlang davon.

Mit maximaler Beschleunigung.

Amos fragte: »Was?«

»Hinterher!«, rief Reacher. »Los, los!«

Sie blickte in den Außenspiegel, gab Gas und nahm die Verfolgung auf.

Sie fragte: »Was ist passiert?«

»Sie haben ihm Angst eingejagt«, erklärte Reacher. »Ihr Blinklicht war noch eingeschaltet. Als wollten Sie ihn anhalten und kontrollieren.«

»Er stand bereits.«

»Vielleicht hat er geglaubt, Sie wollten ihn festnehmen.«

»Weshalb denn? Hat er vor einem Hydranten geparkt?«

»Vielleicht hat er Cannabis im Auto. Oder Geheimdokumente. Oder sonst was. Vielleicht hält er Sie für eine Agentin des oppressiven kapitalistischen Systems. Wir haben's hier mit einem alten Mann mit Pferdeschwanz zu tun.«

Sie folgten ihm mit hundert Metern Abstand, dann mit achtzig, dann mit fünfzig, dann mit zwanzig. Der Subaru tat tapfer sein Bestes, aber er konnte einen modernen Streifenwagen nicht abschütteln. Noch dazu mit Blinklicht und Sirene. Dann bog der Subaru ab und war bange Sekunden lang unsichtbar, bis sie ebenfalls abbogen und ihn vor sich erneut abbiegen sahen.

»Er will nach Hause«, erklärte Reacher. »Irgendwo nordöstlich von hier.«

Amos benutzte eine Abkürzung, die sie besser kannte, und kam dicht hinter dem Subaru heraus. In einer Einbahnstraße. Vor ihnen eine rote Ampel, an der mehrere Autos warteten. Zwei Spuren, eine mit fünf, die andere mit sechs Autos. Die Ampel zeigte Grün, aber niemand fuhr an. Irgendein Wagen blockierte die Einmündung. Aber kein blauer Van. Auch kein schwarzer Chrysler. Der Subaru bremste scharf und kam hinter den fünf Wagen zum Stehen. Nun war er mit einer Handbreit Abstand die Nummer sechs. Amos hielt wiederum eine Handbreit hinter ihm. Links von ihm lag der Gehsteig, rechts von ihm stand die Nummer sechs der anderen Spur.

Amos sagte: »Theoretisch hat er ein halbes Dutzend Verstöße begangen.«

»Lassen Sie's gut sein«, sagte Reacher. »Und vielen Dank für alles.«

Er stieg aus, ging nach vorn und klopfte an die vordere rechte Seitenscheibe des Subarus. Der alte Kerl starrte grimmig entschlossen nach vorn, weigerte sich aus Prinzip, den Kopf zur Seite zu drehen. Aber seine Neugier gewann die Oberhand: Er sah zögernd nach rechts und wirkte höchst überrascht. Sein nächster Blick galt wieder den Blinkleuchten. Er war sichtlich verwirrt, verstand nichts.

Reacher öffnete die Tür und stieg ein.

»Sie hat mich mitgenommen«, sagte er. »Das war alles. Sie wollte Sie nicht erschrecken.«

Die Ampel vor ihnen zeigte wieder Grün, und diesmal fuhren die Autos an. Der alte Kerl behielt dabei seinen Rückspiegel im Auge. Hinter ihnen bog Amos – jetzt ohne Blinklicht und Sirene – links ab, um zu ihrer Dienststelle zurückzukehren. Reacher blickte ihr nach, als sie davonfuhr.

Der alte Kerl fragte: »Warum sollte ein Cop Sie mitnehmen?«

»Schutzhaft«, antwortete Reacher. »Leute von der Apfelfarm sind letzte Nacht in der Stadt aufgekreuzt.«

Die Erklärung schien den Mann zu beruhigen. Er nickte.

»Ich hab Sie gewarnt«, sagte er. »Die Familie lässt nicht so einfach locker.«

Reacher sagte: »Ihr Fluchtversuch von vorhin war keine clevere Taktik. Die Cops erwischen Sie letztlich immer.«

»Waren Sie ein Cop?«

»In der Army«, entgegnete Reacher. »Lange her.«

»Ich weiß, dass ich nicht hätte abhauen sollen«, meinte der alte Mann. »Aber das ist ein alter Reflex.«

Mehr sagte er nicht. Er fuhr einfach weiter. Reacher beobachtete den Verkehr. Nirgends ein blauer Van. Sie bogen einmal links und einmal rechts ab. Ihre Fahrt schien nach Nordwesten zu gehen. In Richtung Apfelfarm. Und Ryantown. Generell gesehen.

Reacher fragte: »Haben Sie uns angemeldet?«

»Wir werden erwartet.«

»Danke.«

»Die Besuchszeit beginnt um zehn.«

»Klasse.«

»Der Alte heißt Mr. Mortimer.«

»Gut zu wissen.«

Sie erreichten die aus der Stadt führende Hauptstraße und

bogen nach zwei Meilen auf eine County Road ab, die Reacher vom Vortag kannte. Die Straße, die zu einem Ort ohne Wasser führte. Sie folgten ihr durch Wälder und über Felder nach Westen. Reacher starrte schweigend aus dem Fenster. Weit rechts voraus stand Bruce Jones' Haus, das er sich mit zwölf Hunden teilte, dann kamen die Apfelplantagen und zuletzt Ryantown, überwuchert und geisterhaft.

Er fragte: »Wie weit noch?«

»Fast da«, sagte der alte Mann.

Anderthalb Meilen weiter sah Reacher in der Ferne Gebäude auftauchen. Irgendeine Neubausiedlung. Lange niedrige Gebäude in einem neu erschlossenen Baugebiet. Zwischen ihnen ein Spinnennetz aus schwarzen Asphaltstraßen mit blendend weißen Markierungen. Frisch gepflanzte Bäume ragten anämisch schlank zwischen knorrigen älteren Nachbarn auf. Die Gebäude waren weiß verputzt und hatten Fensterrahmen aus Metall und Dachrinnen aus Aluminium mit unten offenen Fallrohren, die das Regenwasser über den Rasen sprühten. Auf einer Tafel an der Einfahrt stand irgendetwas von betreutem Wohnen.

»Wir sind da«, verkündete der alte Kerl.

Die Uhr in Reachers Kopf zeigte exakt zehn Uhr an.

Der dritte Ankommende reiste ebenso heimlich und selbständig wie der erste an. Der besagte Gentleman kam aus seiner großen Villa in einer kleinen Gemeinde in einem ländlichen Gebiet Pennsylvanias. Die erste Etappe legte er in einem Auto zurück, das angeblich vor vier Monaten im Westen des Bundesstaats verschrottet worden war. Er hatte alles weit im Voraus geplant. Seiner Überzeugung nach war Planung alles. So hatte er die gesamte Reise in Gedanken immer wieder durchexerziert. Hatte Ausschau nach Hindernissen und Problemen gehalten. Er wollte bereit sein. Er hatte zwei Hauptziele: Er wollte nicht geschnappt werden, und er wollte nicht zu spät kommen.

Sein Plan betraf Anonymität und Verbindungsleute und das Verwischen von Spuren. Es ging nicht anders. Die erste Etappe bestand aus einer Non-stop-Fahrt mit dem nicht mehr nachweisbaren Wagen zum Betriebsgelände eines Freundes hinter einer Tankstelle an der Massachusetts Pike westlich von Boston. Diesen Mann kannte er aus einer anderen Gemeinschaft. Mit anderen gemeinsamen Interessen. Eine straff organisierte Gruppe von Kerlen. Geheim und gefährdet. Loyal und hilfsbereit. Darauf legten sie größten Wert. Das war eine Art Fetisch. Was ein Mitglied wollte, bekam es auch. Ohne Wenn und Aber.

Der Freund handelte mit gebrauchten Firmenwagen. Er kaufte sie auf Versteigerungen, wenn ihr Leasingvertrag abgelaufen war. Zum Wiederverkauf. Sie kamen und gingen, sauber und schmutzig, gebraucht und missbraucht, beschädigt und ohne einen Kratzer. An jedem beliebigen Tag hatte er ein paar Dutzend Fahrzeuge herumstehen. An diesem speziellen Tag verfügte er über drei eindeutige Favoriten. Drei Lieferwagen, alle gewöhnlich, alle unsichtbar. Auf einen Kastenwagen achtete niemand. Ein Lieferwagen war ein Loch in der Luft.

Das beste Fahrzeug war ein dunkelblauer, sehr gepflegter Van. Mit dezenter Beschriftung in Gold. Ein Leasing-Rückläufer von einer bankrotten Teppichreinigung in der Stadt. Anscheinend auf teure Orientteppiche spezialisiert. Daher die goldene Schrift und der gute Pflegezustand. Der Mann aus Pennsylvania lud sein Zeug ein und setzte sich ans Steuer. Er richtete sein Smartphone als Navi ein. Dann fuhr er nach Norden weiter. Seine Route führte zunächst über die Autobahn, die er bei Manchester, New Hampshire, verließ, um auf Nebenstraßen in die Kleinstadt Laconia zu gelangen.

Wo ihn die Angst packte. Wo er beinahe aufgegeben hätte.

Er sah zwei Cop Cars, deren Fahrer offenbar jeden begutachteten, der von Süden kam. Sie starrten ihn an, als suchten sie jemanden. Als wüssten sie schon im Voraus alles über ihn. Als hätten sie einen Tipp erhalten. Er geriet in Panik, bog auf eine Gasse ab und hielt in der Ladebucht hinter einem Geschäft. Dort checkte er seine E-Mails. Seinen Geheimaccount auf seinem Geheimhandy. Die Webmail-Seite mit den Übersetzungen in fremde Sprachen.

Es gab keine schriftliche Absage.

Keine Warnung, keinen Alarm.

Er atmete tief durch. Er kannte die Szene. Jede Gemeinschaft dieser Art besaß einen Krisenmechanismus. Einen Automatismus für Notfälle, der durch Knopfdruck aktiviert eine Nachricht sendete. Scheinbar ganz harmlos, um niemanden zu verraten, aber als Code verständlich. Die Kinder sind leicht erkältet. Irgendwas in dieser Art.

Es gab keine derartige Nachricht.

Er kontrollierte den Posteingang nochmals.

Keine Nachricht.

Er stieß rückwärts aus der Ladebucht und fuhr weiter. Schon bald war die Stadtgrenze erreicht. Die Streifenwagen sah er nicht wieder. Er entspannte sich. Gleich darauf fühlte er sich besser. Er fühlte sich sogar gut. Er glaubte, sich eine Belohnung verdient zu haben. Er trotzte allen Gefahren. Er fuhr durch Wälder und vorbei an Pferdekoppeln und Rinderweiden. Links voraus führte eine Abzweigung in leichter Kurve durch Obstgärten, aber sein Smartphone riet ihm davon ab, sie zu nehmen. Er fuhr zehn Meilen durch Felder weiter, dann noch mal zehn durch Wald, dessen Bäume ein Dach über der Straße bildeten. Ihre Äste streiften den Van beinahe, eine geheimnisvolle grüne Welt.

Dann sagte sein Smartphone ihm, dass die letzte Abzweigung rasch näher kam. Nach einer halben Meile zweigte links eine Zufahrt ab, die sich auf dem Handy als dünne Linie durch den Wald schlängelte. Er nahm sie und holperte über Asphalt mit Schlaglöchern. Nach wenigen Wagenlängen rollte er über einen Draht, der irgendwo ein Klingelzeichen auslöste.

Zwei Meilen weiter erreichte er eine Lichtung. Das Motel lag direkt vor ihm. Vor einem Zimmer, das die Nummer drei haben musste, stand ein Volvo-Kombi. So anonym wie ein Kastenwagen. Auf einem Gartenstuhl vor Zimmer fünf saß ein Mann, der anscheinend kein Auto besaß. Vor Zimmer zehn stand ein blauer Honda Civic. Merkwürdig aussehende Kennzeichen. Vielleicht ausländisch.

Mark lernte er im Büro kennen. Erstmals von Angesicht zu Angesicht. Sie hatten natürlich schon korrespondiert. Er bekam Zimmer sieben. Der Mann auf dem Gartenstuhl verfolgte, wie er den Van parkte. Er brachte sein Gepäck ins Zimmer und trat dann wieder ins Freie. Er nickte dem Kerl auf dem Gartenstuhl zu, marschierte aber in Gegenrichtung davon – über den Parkplatz, zu Zimmer zehn. Das war wichtig. Wie eine Zeremonie. Sein erster Blick. Viel zu sehen war allerdings nicht. Die Jalousie von Zimmer zehn war heruntergelassen. Hinter ihr herrschte Stille. Drinnen passierte nichts.

25

Reacher hielt das Seniorenheim für einen preiswerten, aber aufrichtigen Versuch, anständiges Wohnen im Alter zu ermöglichen. Es gefiel ihm. Nicht für ihn selbst. Er rechnete nicht damit, alt genug zu werden. Aber anderen Leuten würde es vielleicht zusagen. Die Einrichtung war in freundlichen hellen Farben gehalten, die Atmosphäre fröhlich. Vielleicht etwas aufgesetzt. An der Rezeption wurden sie von einer gut gelaunten Frau empfangen, die mit ihnen wie mit trauernden Hinterbliebenen sprach – nur etwas lebhafter. Ein merkwürdiger Tonfall. Vielleicht Bestandteil ihrer Ausbildung. Vielleicht in Rollenspielen eingeübt. Als bildeten Besucher von Seniorenheimen eine eigene demoskopische Gruppe. Nicht seit Kurzem Trauernde, sondern bald Trauernde. Prätrauernde.

Die Frau deutete nach rechts und sagte: »Mr. Mortimer erwartet Sie im Aufenthaltsraum.«

Reacher folgte dem Kerl mit dem Pferdeschwanz einen hellen Korridor entlang zu einer zweiflügligen Automatiktür. In dem Raum dahinter bildeten blitzblanke Rollstühle einen engen Kreis. In einem davon saß ein uralter Mann. Mr. Mortimer, vermutete Reacher. Er hatte spärliches weißes Haar, und seine Haut wirkte blass und durchsichtig. Alle Blutgefäße und Altersflecken traten deutlich hervor. Er war abgemagert und hatte kaum noch die Kraft, aufrecht im Rollstuhl zu sitzen. In seinen großen Altmännerohren steckten klobige Hörgeräte. Seine Handgelenke wirkten zerbrechlich.

Außer ihm war niemand anwesend. Keine Krankenschwester, kein Pfleger, kein Betreuer, kein Besucher. Kein Arzt. Auch keine anderen Alten.

Der Mann mit dem Pferdeschwanz ging hinüber und bückte sich, bis er auf Augenhöhe mit dem Alten war, streckte ihm die Hand entgegen und sagte: »Mr. Mortimer, ich freue mich, Sie wiederzusehen. Ob Sie sich wohl an mich erinnern?«

Der Alte ergriff seine Hand.

»Natürlich erinnere ich mich an Sie«, antwortete er. »Ich würde Sie richtig begrüßen, aber Sie haben mich davor gewarnt, jemals Ihren Namen zu nennen. Die Wände haben Ohren, wissen Sie. Feinde sitzen überall.«

»Das war lange her.«

»Wie ist's damals ausgegangen?«

»Unentschieden.«

»Brauchen Sie wieder meine Hilfe?«

»Mein Freund Reacher möchte Sie nach Ryantown fragen.«

Mortimer nickte nachdenklich. Er hob leicht den Kopf und richtete seinen wässrigen Blick auf Reacher.

Konzentrierte sich auf ihn.

Dann sagte er: »In Ryantown hat's eine Familie Reacher gegeben.«

»Der Junge war mein Vater«, sagte Reacher. »Stan Reacher.«

»Setzen Sie sich«, forderte Mortimer ihn auf. »Sonst kriege ich einen schiefen Hals.«

Reacher nahm im Rollstuhl gegenüber Platz. Auch aus dieser Perspektive sah Mortimer nicht jünger aus. Aber er wirkte lebhafter. Gebrechlich war er nur körperlich, nicht geistig. Jetzt hob er wie warnend eine verkrümmte knochige Hand.

»Ich hatte dort Cousins«, erzählte er. Seine leise Stimme klang heiser. »Wir haben in der Nähe gewohnt und uns oft besucht und sind manchmal zur jeweils anderen Familie abgeschoben worden, wenn die Zeiten schlecht waren. Aber insgesamt sind meine Erinnerungen an Ryantown bruchstückhaft. Im Vergleich zu dem, was Sie vermutlich interessiert, meine ich: Informationen über Ihren Vater als Jungen und vielleicht über Ihre Großeltern. Ich war immer nur ein gelegentlicher Besucher.«

»Sie wussten noch, welche Kinder krank waren?«

»Aber nur weil darüber ständig geredet wurde. Darüber hat das ganze County jeden Morgen gesprochen. Jemand hat dieses, jemand hat jenes. Die Eltern waren besorgt. Man konnte Kinderlähmung bekommen. An solchen Krankheiten ist man früher gestorben. Also musste man wissen, wer zu meiden war. Oder andersherum: Hatte man die Masern, ist man ausgeliehen worden, um mit allen kleinen Mädchen zu spielen. Wurde irgendwo eine Straße geteert, ist man hingeschickt worden, um Teer zu schnüffeln, weil man dann vor Tuberkulose sicher sein konnte. Daher weiß ich noch, wer krank war. In dieser Beziehung spielten die Leute damals verrückt.«

»War Stan Reacher krank?«

Wieder wurde die verkrümmte knochige Hand gehoben. Die gleiche Warnung wie zuvor.

»Sein Name ist nie erwähnt worden«, erklärte er. »Nicht meiner Erinnerung nach. Aber das heißt nicht wirklich, dass ich wusste, wer er war. Jeder hatte Cousins, die ständig zu Besuch kamen. Jeder wurde anderswo untergebracht, wenn in seiner Familie Not herrschte. Da ist's zugegangen wie am Times Square. Damit meine ich, dass die Personen der Handlung – vor allem die Kids – ständig gewechselt haben. Ich weiß noch, dass Mr. Reacher Vorarbeiter im Walzwerk und allseits bekannt war. Eine feste Größe. Aber ich könnte nicht beschwören, welcher der Jungen seiner war. Wir haben alle gleich ausgesehen. Man wusste nie genau, wo die anderen wohnten. Alle sind aus demselben Vierfamilienhaus gekommen. In Mr. Reachers Haus waren es neun, denke ich. Oder mindestens acht. Einer von ihnen hat ziemlich gut Baseball gespielt. Er war später Halbprofi in Kalifornien. Könnte das Ihr Vater sein?«

»Der war ein Vogelbeobachter.«

Mortimer schwieg eine Weile. Seine wässrigen Augen schienen Jahrzehnte weit zurückzublicken. Dann lächelte er nachdenklich betrübt. Wie über die Rätsel des Lebens. Er sagte: »Wissen Sie, die Vogelbeobachter hatte ich ganz vergessen. Eigentlich verrückt, dass Sie sich daran erinnern, obwohl ich's vergessen hatte. Sie müssen ein phänomenales Gedächtnis haben.«

»Keine Erinnerung«, erklärte Reacher. »Nicht aus der damaligen Zeit. Das weiß ich nur aus Erzählungen, die ich in die Vergangenheit projiziert habe. Ich vermute, dass er jung angefangen hat, denn er war mit sechzehn Mitglied eines Vereins. Aber Sie haben von Vogelbeobachtern gesprochen. Hat es mehr als nur einen gegeben?«

»Ja, es waren zwei«, sagte Mortimer.

»Wer waren sie?«

»Ich glaube, dass einer ein Cousin war und nicht immer dort gelebt hat, während der andere aus Ryantown stammte. Aber die beiden hingen ständig zusammen. Wie beste Freunde. Nach allem, was ich von Ihnen weiß, muss einer wohl Stan Reacher gewesen sein. Ich sehe die beiden noch deutlich vor mir. Sie haben ihr Hobby als ziemlich aufregend verkauft. Und ehrlich gesagt, muss ich zugeben, dass ich sie vor dem Kennenlernen am liebsten als Waschlappen verspottet hätte. Aber dafür wäre erstens eine Armee nötig gewesen, weil sie die besten Kämpfer waren, die man sich vorstellen konnte, und zweitens haben sie alle Jungs ziemlich bald dazu gebracht, sich ihnen anzuschließen und abwechselnd durch ihr Fernglas zu schauen. Wir haben Raubvögel beobachtet. Und einmal sogar gesehen, wie ein Adler ein Kaninchen geschlagen hat.«

»Stan besaß ein Fernglas?«

»Einer von ihnen hatte eines. Kann nicht sicher sagen, welcher Stan war.«

»Ich tippe auf den, der ständig dort gelebt hat.«

»Weiß nicht genau, welcher das war. Ich hielt mich mehr oder weniger zufällig dort auf. Bei manchen Besuchen war einer von ihnen abwesend. Oder beide gleichzeitig. Jeder war zwischendurch mal verschwunden. Man wurde fortgeschickt, um besser zu essen, eine Epidemie zu meiden oder Ferien zu machen. So war's damals. Die Leute kamen und gingen.«

»Ich frage mich, wie er sich ein Fernglas leisten konnte. In schlechten Zeiten wie damals.«

»Ich hab immer gedacht, es wäre gestohlen.«

»Aus einem bestimmten Grund?«

»Nichts für ungut«, sagte Mortimer.

»Kein Problem.«

»Wir waren alle ganz nette Kids. Wir hätten nirgends eingebrochen. Aber wir haben auch nicht zu viele Fragen gestellt. Nicht wenn sich eine günstige Gelegenheit bot. Nette Kids wären sonst immer leer ausgegangen. Ich glaube, dass es an seinem Vater gelegen hat, dass sich uns solche Überlegungen aufgedrängt haben. Wir alle fanden Mr. Reacher, den Vorarbeiter, ein bisschen zweifelhaft. Daraus ist irgendwie ›Der Apfel fällt nicht weit vom Stamm‹ geworden. Obwohl ich nicht genau wusste, welcher Stan war. Das beweist die Macht von Gerüchten. Für einen Besucher wie mich war das einheimisches Wissen.«

»Auf welche Weise zweifelhaft?«

»Alle hatten Angst vor ihm. Er hat ständig gebrüllt und geschimpft, gedroht und zugeschlagen. Im Nachhinein vermute ich, dass er getrunken hat. Er dachte, er wäre unbeliebt, weil er Vorarbeiter in der Fabrik war. Damit hatte er teilweise recht. Nur in Bezug auf den Grund irrte er sich. Ich denke, dass wir anderen Kids ihm alle möglichen schlechten Eigenschaften angedichtet haben. Wie in einem Märchenbuch. Wie Blackbeard oder sonst jemand. Nichts für ungut. Sie haben danach gefragt.«

»Trug er einen Bart?«

»Niemand trug einen Bart. Der hätte im Walzwerk Feuer fangen können.«

»Wissen Sie noch, wann Stan Ryantown verlassen hat, um zu den Marines zu gehen?«

Mortimer schüttelte den Kopf.

»Davon hab ich nie was gehört«, sagte er. »Ich bin wohl ein, zwei Jahre älter und war damals schon eingezogen.«

»Wo haben Sie gedient?«

»In New Jersey. Mich haben sie nicht mehr gebraucht. Der Krieg war praktisch zu Ende. Sie hatten schon zu viele Leute. Wenig später ist die Wehrpflicht ausgesetzt worden. Ich war nie richtig Soldat. Bei jeder Parade am Unabhängigkeitstag bin ich mir wie ein Hochstapler vorgekommen.«

Er schüttelte wieder den Kopf und sah weg.

Reacher fragte: »Was sonst ist Ihnen von Ryantown in Erinnerung geblieben?«

»Nichts sehr Aufregendes. Das Leben dort war hart. Die Leute haben tagsüber gearbeitet und nachts geschlafen.«

»Was ist mit Elizabeth Reacher? James Reachers Frau?«

»Die wäre Ihre Großmutter.«

»Ja.«

»Sie hat Sachen genäht«, sagte Mortimer. »Daran erinnere ich mich.«

»Wissen Sie noch, wie sie war?«

Mortimer überlegte einen Augenblick.

Dann sagte er: »Das ist eine Frage, die schwierig zu beantworten ist.«

»Warum?«

»Ich möchte nicht unhöflich sein.«

»Würden Sie das denn sein müssen?«

»Vielleicht sollte ich sagen, dass sie eine Einzelgängerin war, und es dabei bewenden lassen.«

»Ich habe sie nie kennengelernt«, sagte Reacher. »Sie ist lange vor meiner Geburt gestorben. Was Sie erzählen, berührt mich nicht mehr. Sie brauchen nicht um den heißen Brei herumzureden.«

»Über Ihren Großvater zu sprechen ist eine Sache. Er war eine Persönlichkeit des öffentlichen Lebens. Sich über Ihre Großmutter zu äußern ist etwas anderes.«

»Wie schlimm war sie?«

»Sie war eine harte Frau. Kalt. Ich hab sie niemals lächeln sehen. Oder etwas Freundliches sagen hören. Sie war immer säuerlich. Missmutig. Die beiden hatten einander verdient.«

Reacher nickte.

Er fragte: »Was können Sie mir sonst noch erzählen?«

Mortimer schwieg so lange, dass Reacher schon glaubte, er sei in ein geriatrisches Koma gefallen. Oder gestorben. Aber dann bewegte er sich und hob erneut eine verkrümmte knochige Hand. Diesmal jedoch nicht warnend, sondern Aufmerksamkeit heischend. Wie ein Komiker, der vor der großen Pointe Ruhe im Publikum fordert.

»Eine Sache kann ich Ihnen noch berichten«, sagte er. »Weil Sie meinem Gedächtnis auf die Sprünge geholfen haben. Und weil Ihr Dad vielleicht daran beteiligt war. Ich erinnere mich an eine Gelegenheit, als ein seltener Vogel großes Aufsehen erregt hat. Erstmals in New Hampshire gesichtet. Oder so ähnlich. Die Jungen haben einen Bericht darüber geschrieben. Fürs Vereinsblättchen. Einer von ihnen war damals Schriftführer des Vereins. Weiß aber nicht, welcher. In dem Bericht wurde auch darüber spekuliert, was den Vogel zu uns geführt haben könnte. Sehr eindrucksvoll. Er war so gut, dass eine Fachzeitschrift ihn nachgedruckt hat. Laut Associated Press war dies das erste Mal, dass Ryantown außerhalb des Countys erwähnt wurde.«

»Welcher Vogel?«

»Weiß ich nicht mehr.«

»Schade«, sagte Reacher. »Das scheint eine echte Sensation gewesen zu sein.«

Mortimer hob erneut die Hand.

Aufgeregt.

»Das ließe sich feststellen«, erklärte er. »Aus den Jahresberichten des Vereins, die in der Bibliothek stehen. Die Bücherei sammelt alles über alte Clubs und Vereinigungen. Teil der Stadtgeschichte, Teil unserer Zivilisation. Mir persönlich hat das Fernsehen bei seiner Einführung besser gefallen.«

»In welcher Bibliothek?«, fragte Reacher.

»Laconia«, antwortete Mortimer. »Dort saßen diese Vereine.«

Reacher nickte.

»Wahrscheinlich würde die Suche ein Vierteljahr dauern«, fügte er hinzu.

»Nein, das Material ist sauber geordnet«, sagte Mortimer. »Im Untergeschoss gibt's einen großen Raum mit radial angeordneten Regalen. Aus diesem Archiv holt man Ihnen alles, was Sie wollen. Sie sollten hingehen. Vielleicht erfahren Sie etwas über den Vogel. Vielleicht hat Ihr Vater damals den Bericht geschrieben. Schließlich stehen die Chancen dafür fifty-fifty. Er oder der andere Junge.«

»Die Bibliothek in der Stadtmitte?«

»Es gibt nur diese eine.«

Sie ließen den alten Mr. Mortimer in seinem blitzsauberen Rollstuhl sitzen, gingen auf dem langen hellen Korridor zurück zum Empfang und meldeten sich ab. Die fröhliche Frau akzeptierte ihre Abfahrt gleichmütig. Draußen stiegen sie in den alten Subaru.

Reacher fragte: »Kennen Sie die Bibliothek in Laconia?«

Der Mann mit dem Pferdeschwanz nickte.

»Klar«, antwortete er.

»Können Sie gleich am Eingang parken?«

»Wozu?«

»Damit ich ganz schnell rein- und rauskann.«

»Es regnet nicht.«

»Aus anderen Gründen.«

»Nein«, sagte der Kerl. »Sie ist ein großes Gebäude, das einen eigenen Komplex bildet. Sieht aus wie eine Festung. Sie müssen durch einen Park gehen.«

»Wie weit?«

»Ein paar Minuten.«

»Wie vielen Leuten begegne ich im Park?«

»An einem schönen Tag wie heute könnten es ein paar sein. Die Leute mögen die Sonne. Ihnen steht ein langer Winter bevor.«

»Wie weit ist die Bibliothek von der Polizeistation entfernt?«

»Sie scheinen ein Problem zu haben, Mr. Reacher.«

Reacher zögerte kurz.

»Wie heißen Sie?«, fragte er dann. »Sie kennen meinen Namen, aber ich den Ihren nicht.«

Der Kerl mit dem Pferdeschwanz sagte: »Theoretisch Reverend Patrick G. Burke.«

»Sie sind Geistlicher?«

»Im Augenblick ohne Gemeinde.«

»Seit wann?«

»Seit ungefähr vierzig Jahren.«

»Ire?«

»Meine Familie stammt aus dem County Kilkenny.«

»Waren Sie jemals wieder dort?«

»Nein«, sagte Burke. »Erzählen Sie mir jetzt von Ihrem Problem.«

»Es gibt noch andere als die Apfelfarmer, die sauer auf mich sind. Anscheinend habe ich auch jemanden in Boston gegen mich aufgebracht. Eine ganz andere Familie, die ganz anders reagieren dürfte. Die Polizei in Laconia will kein Massaker auf ihren Straßen. Sie hat mich aufgefordert, aus der Stadt zu verschwinden.«

»Was haben Sie den Leuten in Boston getan?«

»Keine Ahnung«, entgegnete Reacher. »Ich war seit Jahren nicht mehr dort.«

»Wer sind Sie genau?«

»Ich bin ein Mann, der einem Wegweiser gefolgt ist. Jetzt möchte ich weiterziehen. Aber erst will ich noch wissen, was für ein Vogel das war.«

»Warum?«

»Keine Ahnung. Warum nicht?«

»Machen die Leute aus Boston Ihnen keine Sorgen?«

»Eigentlich nicht«, sagte Reacher. »Es ist äußerst unwahrscheinlich, dass sie in der Bücherei herumhängen und ein Buch lesen. Sorgen machen mir nur die Cops. Ich habe gewissermaßen versprochen, nicht zurückzukommen, und möchte sie nicht enttäuschen. Vor allem Detective Amos nicht. Sie war auch bei der Militärpolizei.«

»Aber Sie wollen unbedingt erfahren, was es mit dem Vogel auf sich hatte.«

»Wenn ich schon mal hier bin.«

Burke schaute zur Seite.

»Was?«, fragte Reacher.

»Im Bibliothekspark habe ich noch keinen Polizeibeamten gesehen«, sagte Burke. »Niemals. Vermutlich würden sie nie herausfinden, dass Sie dort waren.«

»Jetzt bringe ich Sie in Schwierigkeiten.«

»Frei leben oder sterben.«

Reacher sagte: »Versuchen Sie nur, möglichst dicht heranzukommen.«

Zwanzig Meilen nördlich streifte Patty Sundstrom erneut ihre Schuhe ab, stieg aufs Bett und balancierte unsicher auf der weichen Matratze. Sie trat wieder einen Schritt zur Seite, sah nach oben und sprach mit der Deckenlampe.

Sie sagte: »»Bitte fahren Sie die Jalousie hoch. Um mir einen persönlichen Gefallen zu tun. Und weil es der Anstand erfordert.«

Dann stieg sie von der Matratze und setzte sich auf die Bettkante, um ihre Schuhe wieder anzuziehen. Shorty hielt den Blick auf das Fenster gerichtet.

Sie warteten.

»Diesmal dauert's länger«, sagte Shorty mit lautlosen Lippenbewegungen.

Patty zuckte mit den Schultern.

Sie warteten.

Vergebens. Die Jalousie blieb unten. Sie saßen im Dunkeln. Ohne elektrisches Licht. Es funktionierte, aber Patty wollte es nicht.

Dann ging der Fernseher an.

Von ganz allein.

Zu hören war nur ein leises Knacken und Knistern, als das Gerät zum Leben erwachte. Auf dem leuchtend blauen Bildschirm erschien wie auf einem Computerdisplay eine Codezeile, die man nicht sehen sollte.

Im nächsten Augenblick verschwand sie seitlich, wurde durch ein Bild ersetzt.

Ein Mann.

Mark.

Auf dem Fernsehschirm erschien er im Brustbild, auf seinen Einsatz wartend, wie ein Reporter vor Ort. Er stand vor einer schwarzen Wand und starrte in die Kamera.

Starrte die beiden an.

Dann sagte er: »Leute, wir müssen über Pattys vorhin geäußerten Wunsch diskutieren.«

Seine Stimme kam wie bei einer normalen Sendung aus den TV-Lautsprechern.

Patty schwieg.

Shorty war wie gelähmt.

Mark sagte: »Ich bin gern bereit, die Jalousie hochzufahren, wenn ihr wirklich wollt. Aber ich fürchte, dass ihr das beim zweiten Mal weniger genießen werdet. Mir wäre ethisch geholfen, wenn ich dafür noch mal eure gemeinsame Zustimmung einholen könnte.«

Patty stand auf. Machte Anstalten, erneut ihre Schuhe abzustreifen.

Mark sagte: »Sie brauchen nicht aufs Bett zu steigen. Ich kann Sie überall hören. Das Mikrofon ist nicht in der Lampe versteckt.«

»Wieso haltet ihr uns hier fest?«

»Darüber diskutieren wir sehr bald. Jedenfalls vor Tagesende.«

»Was wollen Sie von uns?«

»Im Augenblick brauche ich nur Ihre Einwilligung dazu, dass ich die Jalousie hochfahre.«

»Wieso sollen wir das nicht wollen?«

»Ist das ein Ja?«

»Was passiert mit uns?«

»Das besprechen wir sehr bald. Jedenfalls vor Tagesende. Im Augenblick brauchen wir nur eine Entscheidung in der Jalousiefrage. Rauf oder runter?«

»Rauf!«, rief Patty.

Der Fernseher schaltete sich aus. Der Bildschirm wurde dunkel, die Elektronik knisterte, und ein winziges rotes Standby-Licht leuchtete rot auf.

Dann surrte der auf der Innenseite des Fensters montierte Antrieb, und die Jalousie ging langsam und gleichmäßig nach oben, sodass unter ihr warmes Sonnenlicht ins Zimmer fiel. Die Aussicht war unverändert. Der Honda, der Parkplatz, das Gras, die Wand aus Bäumen. Aber sie war wegen der Beleuchtung wunderschön. Patty stützte die Ellbogen auf die Fensterbank und legte ihre Stirn ans Glas.

Sie sagte: »Das Mikrofon ist nicht in der Lampe.«

Shorty sagte: »Patty, wir sollten lieber nicht reden.«

»Er hat gesagt, dass ich nicht aufs Bett steigen muss. Woher wusste er, dass ich aufs Bett gestiegen bin? Woher wusste er, dass ich das gleich wieder tun wollte?«

»Patty, über solche Sachen darfst du nicht laut reden.«

»Sie haben hier nicht nur ein Mikrofon. Es gibt auch eine Kamera. Sie überwachen uns. Sie haben uns die ganze Zeit beobachtet.«

Shorty fragte: »Eine Kamera?«

»Woher konnte er sonst wissen, dass ich gerade wieder aufs Bett steigen wollte? Er hat mich dabei beobachtet.«

Shorty sah sich um.

»Wo ist sie?«

»Weiß ich nicht«, sagte Patty.

»Wie würde sie aussehen?«

»Keine Ahnung.«

»Ein unheimliches Gefühl.«

»Findest du?«

»Haben sie uns auch im Schlaf beobachtet?«

»Ich glaube, sie können uns beobachten, wann immer sie wollen.«

»Vielleicht befindet sie sich in der Lampe«, sagte er. »Vielleicht hat er das gemeint. Vielleicht hat er gesagt, dass die Kamera in der Lampe ist, nicht das Mikrofon.«

Patty gab keine Antwort. Sie stieß sich vom Fensterbrett ab und kam zum Bett zurück. Setzte sich neben Shorty, legte ihre Hände auf die Knie und starrte aus dem Fenster. Der Honda, der Parkplatz, das Gras. Die Wand aus Bäumen. Sie wollte sich nicht bewegen. Keinen Muskel. Nicht mal die Augen. Sie wurde beobachtet.

Plötzlich spähte direkt vor ihr ein Mann durchs Fenster herein.

Er stand auf dem Weg, der an den Zimmern vorbeiführte, und machte einen langen Hals. Riskierte vorerst nur ein Auge. Dann trat er ganz ins Blickfeld. Ein großer Kerl, grauhaarig und mit der Sonnenbräune eines reichen Mannes. Er baute sich vor dem Fenster auf und starrte hinein. Ein ungenierter, offener Blick. Er musterte sie. Dann Shorty. Wieder sie. Dann drehte er sich um und winkte. Und rief etwas. Patty konnte nicht hören, was er rief. Das Fenster war schalldicht. Aber er schien zu rufen: Ihre Jalousie ist oben!

Seine Stimme klang froh triumphierend.

Ein weiterer Mann kam in Sicht.

Und noch einer.

Alle drei Männer sahen durchs Fenster herein.

Sie standen Schulter an Schulter, berührten mit ihren Nasen fast die Scheibe.

Sie starrten und begutachteten und bewerteten. Ihre Augen waren nachdenklich zusammengekniffen. Ihre Lippen bildeten schmale Linien.

Auf den Gesichtern erschien langsam ein befriedigtes kleines Lächeln.

Ihnen gefiel, was sie sahen.

Patty sagte: »Mark, ich weiß, dass Sie mich hören können.«

Keine Antwort.

Sie fragte: »Mark, wer sind diese Leute?«

Seine Stimme kam von der Decke.

»Das diskutieren wir sehr bald«, sagte er. »Jedenfalls vor Tagesende.«

26

Die Stadtbibliothek war ein ansprechendes Gebäude aus rotem und weißem Naturstein im neoklassischen Stil, das ebenso gut auf einen Campus oder in einen Themenpark gepasst hätte. Wie angekündigt lag sie mitten in einem Park mit Büschen und Bäumen, Rasenflächen und Blumenbeeten. Reacher nahm den gepflasterten Weg vom Haupteingang, an dem Reverend Burke seinen Subaru geparkt hatte. Drinnen gab es Leute, die spazieren gingen, auf Bänken saßen oder im Gras lagen. Niemand wirkte verdächtig. Niemand stach heraus. Polizei war keine zu sehen.

Auf der Straße jenseits des Gebäudes stand ein weißer Kastenwagen. Am Randstein geparkt. Gegenüber dem alten Subaru. Auf der anderen Seite des Parks. Seine Flanke war blau beschriftet. Jeder Buchstabe trug ein kleines Schneehäufchen. Ein Wartungstechniker für Klimaanlagen. Reacher setzte seinen Weg fort. Zwei Minuten, hatte Burke gesagt. Viel zu hoch geschätzt. In Wirklichkeit eher fünfzig Sekunden. Bisher waren ihm auf dem gewundenen schmalen Pfad vier Personen begegnet, und vier hatten ihm von Bänken oder vom Rasen aus Blicke zugeworfen. Drei weitere hatten ihn nicht beachtet, mit geschlossenen Augen dasitzend oder träumend.

Er ging die wenigen Stufen hinauf und trat ein. Auch die neoklassische Eingangshalle war in rot-weißem Naturstein gehalten. Granit, vermutete Reacher. Er fand die Treppe zum

Untergeschoss. Dort erwartete ihn ein großer runder Raum mit radial angeordneten Regalen. Das Archiv. Genau wie der alte Mr. Mortimer versprochen hatte. Aus diesem Archiv holt man Ihnen alles, hatte er gesagt.

An einem Schreibtisch saß halb hinter einem Bildschirm verborgen eine Frau. Ungefähr Mitte dreißig. Langes schwarzes Haar in einer Kaskade aus winzigen Locken. Sie sah auf und fragte: »Was kann ich für Sie tun?«

»Mich interessiert der Verein für Vogelfreunde«, antwortete Reacher. »Jemand hat mir erzählt, dass Sie die alten Protokolle aufbewahren.«

Die Finger der Frau ließen die Tastatur klappern.

»Ja«, sagte sie. »Die haben wir. Welche Jahre?«

Reacher hatte Stan immer nur als Vogelliebhaber gekannt. Es gab kein Vorher und Nachher. Auch Stans Erzählungen ließen darauf schließen, dass er schon immer Vögel beobachtet hatte. Was plausibel war. Viele Leute begannen ein lebenslanges Hobby in früher Jugend. Er konnte als Zehnjähriger in den Club eingetreten sein. Aber in diesem Alter hätte er kein Protokoll führen dürfen. Keine Fachzeitschrift hätte ihn ernst genommen. Er wäre erst viel später zum Schriftführer gewählt worden. Also nannte Reacher der Frau die vier Jahre von Stans vierzehntem Lebensjahr an bis zu dem Jahr, in dem er zu den Marines gegangen war.

»Nehmen Sie Platz«, sagte sie. »Ich bringe sie Ihnen.«

Er setzte sich an einen der fünf oder sechs locker gruppierten Arbeitstische. Drei Minuten später brachte die Frau ihm die Protokolle. Ungefähr drei Monate schneller, als Elizabeth Castle ihm einen Grundbuchauszug hätte vorlegen können. Reacher beschloss, sie darauf anzusprechen, falls sie sich noch mal begegneten.

Die Protokolle waren in vier großen braun marmorierten

Halbleinenbänden, im Lauf der Zeit fleckig geworden und ausgebleicht, gebunden. Jeder Band hatte eine Dicke von etwa vier Zentimetern, und auch der Schnitt war in zarten Wellenmustern marmoriert. Die paginierten Seiten waren liniert und verblasst, brüchig und mit sauberer, im Lauf der Jahre ausgebleichter Tintenschrift bedeckt.

Reacher fragte: »Sollte ich nicht weiße Baumwollhandschuhe tragen?«

»Nein«, entgegnete die Frau. »Das ist ein Mythos. Oft schaden sie mehr, als sie nützen.«

Sie ging an ihren Platz zurück. Er schlug den ersten Folioband auf, der die Fortsetzung des vorigen Jahrgangs enthielt. Damals, als Stan dreizehn gewesen war. Gleich die ersten Seiten enthielten das Protokoll einer Versammlung. Stattgefunden hatte sie im Nebenzimmer eines Restaurants. Stan Reacher war nicht als anwesend aufgeführt.

Zu den Hauptthemen hatte ein Antrag auf Umbenennung des Vereins gehört, der damals Society of Laconia Birdwatchers hieß. Eine kleine Gruppe von Mitgliedern plädierte für Laconia Audubon Society. Hochwertiger und wissenschaftlicher. Professioneller, weniger amateurhaft. Auch nach langer Diskussion fiel jedoch keine Entscheidung.

Stan Reacher fehlte auch bei der nächsten Versammlung. Sie schien größtenteils Zeitverschwendung gewesen zu sein, weil ein Mitglied darauf bestanden hatte, zu den Aufgaben der Vereinigung müsse es gehören, geeignete Optiker für die Reparatur von Ferngläsern nachzuweisen. Seiner Überzeugung nach, die er umständlich vertrat, würden davon alle Mitglieder profitieren. Reacher war froh, dass Stan nicht dabei gewesen war. Sonst hätte er als Jugendlicher weit mehr Geduld beweisen müssen, als er sie jemals als Erwachsener aufgebracht hatte.

Er legte den ersten Band zur Seite und schlug den zweiten auf, aufs Geratewohl in der Mitte, wo er einen handgeschriebenen Bericht über Kolibriwanderungen fand. Er war als Sitzungsbericht deklariert und mit A. B. Smith unterzeichnet. Eine wissenschaftliche Arbeit, die bisherige Forschungsergebnisse zusammenfasste, bevor sie zu neuen Schlussfolgerungen gelangte. Im Kern ging es um Kolibris, die in Nordamerika schlüpfen konnten und dann allein zweitausend Meilen weit flogen, um auf einer Fläche von der Größe eines Taschentuchs zu landen. Mr. oder Miss Smith vermutete, der Vogel folge einem Instinkt, der durch einen ungeklärte Mechanismus auf Zellebene vererbt werde. DNA, dachte Reacher. Zwanzig Jahre in der Zukunft. Das Ende dieses Films kannte er.

Er versuchte es mit dem dritten Band, schlug ihn im ersten Drittel auf, blätterte weiter und fand eine Minute später die Sitzung, in der sein Vater zum Schriftführer gewählt worden war. Stan Reacher, *nem.con.*, die Abkürzung für das lateinische *nemine contradicente*: einstimmig, weil kein anderer den Job wollte. Was damals nicht verwunderte. Aber Stan setzte sich allmählich durch. Die Versammlungen verliefen merklich kürzer. Dabei wurde mehr über Vögel als über Namen oder Optiker gesprochen. Die Tintenschrift war sauber, aber nicht Stans Handschrift. Nicht mal in einer jugendlichen Version. Er musste die Schreibarbeit delegiert haben. Wie später im Leben. Dafür hat das Corps Schreiber erfunden, hatte er oft gesagt. Aber der Inhalt klang nach ihm. *Der Schriftführer entscheidet auf Nichtbefassung mit diesem sachfremden Thema. Der Schriftführer begrenzt die Redezeit für Diskussionsbeiträge auf zwei Minuten.* Mit anderen Worten: nicht schwatzen, sondern zügig weiterarbeiten. Wie später im Leben. Dafür hatte das Corps Hauptleute erfunden.

Reacher blätterte weiter. Wieder eine Sitzung und noch

eine. Und ein weiterer Sitzungsbericht. Mit Karten, Illustrationen und Diagrammen in Buntstift. Dazu Textspalten in Tintenschrift. Der Titel in Schönschrift lautete: *Eine historische Sichtung über Ryantown, New Hampshire. Hochachtungsvoll vorgelegt von S. Reacher und W. Reacher.*

Die Birdwatching Boys. Beide mit dem Familiennamen Reacher. Vermutlich Cousins, wie der alte Mr. Mortimer vermutet hatte. Jeder besaß Cousins, mit denen er ständig umging. Vielleicht waren ihre Väter Brüder, die nicht weit voneinander entfernt lebten. Oder Cousins zweiten Grades oder noch entfernter verwandt. Stan und … wer? William, Walter, Warren, Wesley, Winston. Oder Winthrop, Wilbert, Waylon.

Der Vogel war ein Raufußbussard.

Er hatte als verschwunden gegolten, war aber zurückgekehrt. Das stand außer Zweifel. Die Identifizierung wurde nie angezweifelt. Allein der Name war Hinweis genug. Diesen Vogel konnte man nicht verwechseln. Die Frage war nur: Weshalb kam er zurück?

Wegen Schädlingen, behaupteten S. und W. Reacher. Siedlungen wie Ryantown zogen Mäuse und Ratten magnetisch an, worauf sie vergiftet wurden, sodass die Bussarde keine Nahrung mehr fanden oder an vergiftetem Fleisch verendeten. Die wenigen Überlebenden suchten sich natürlich andere Jagdgründe, aus denen sie Jahre später zurückkehrten, als der Staat begann, alle möglichen Materialien für den Kriegseinsatz zu beschlagnahmen: in erster Linie Stahl, Gummi, Aluminium und Benzin, aber auch Unmengen anderer Produkte. Zum Beispiel Rattengift. Das Militär brauchte alles. Aus nicht weiter erläuterten Gründen. So verschwand es vom zivilen Markt. Wie so viele andere Erzeugnisse. Als Ergebnis florierte die Mäuse- und Rattenpopulation von Ryantown wieder prächtig. Also kamen die Bussarde aus anderen Gegenden zurück, in denen sie den Chemiesturm überstanden hatten, und machten sich an die Arbeit. Hochachtungsvoll vorgelegt.

W. Reacher war bei der folgenden Sitzung nicht anwesend. Oder bei der vorigen. Reacher blätterte vorwärts und rückwärts, ohne auf seinen Namen zu stoßen. Kein einziges Mal. Nicht in Ausschüssen, nicht im Mitgliedsverzeichnis, nicht bei Veranstaltungen, nicht bei Exkursionen.

Cousin W. mochte keine Vereine.

Reacher klappte den Band zu.

Die Frau am Empfang fragte: »Haben Sie gefunden, was Sie suchen?«

»Es war ein Raufußbussard«, erklärte Reacher. »In Ryantown, New Hampshire.«

»Tatsächlich?«

Das klang überrascht.

»Weil es kein Rattengift mehr gab«, sagte er. »Auf einmal wieder reichlich Beute. Ich finde das plausibel. Als integrierte Theorie.«

»Nein, das ist erstaunlich, meine ich, weil sich jemand vor ungefähr einem Jahr genau dafür interessiert hat. Daran erinnere ich mich noch gut. Es geht um zwei Jungen, richtig? Um eine lange zurückliegende Geschichte. Sie haben den Bussard beobachtet und einen Artikel darüber geschrieben. Ungefähr einen Monat später hat eine Fachzeitschrift ihn übernommen.«

Ihre Finger ließen die Tastatur klappern.

Sie sagte: »Tatsächlich war das vor über einem Jahr. Der Besucher war ein Ornithologe der Universität. Er kannte einen Reprint des Artikels, wollte aber das Original sehen. Um Übertragungsfehler auszuschließen. Wir haben uns ein bisschen unterhalten. Er hat mir erzählt, er kenne einen der Akteure.«

»Einen der Jungen?«

»Ich glaube, er hat gesagt, er sei mit beiden verwandt.«

»Wie alt war dieser Mann?«

»Nicht alt. Die Jungs haben natürlich der vorigen Generation angehört. Onkel oder Großonkel, irgendwas in dieser Art. Die Storys wurden in der Familie weitergegeben.«

»Er kannte Storys?«

»Sogar recht interessante.«

»Welche Universität?«

»New Hampshire«, gab sie zur Antwort. »Drunten in Durham.«

»Können Sie mir seinen Namen und seine Telefonnummer geben?«

»Nicht ohne guten Grund.«

»Wir sind vielleicht auch verwandt. Einer der Jungen war mein Vater.«

Die Frau schrieb ihm Namen und Telefonnummer auf. Reacher faltete den Zettel zusammen und steckte ihn in seine Hüfttasche zu Brenda Amos' Geschäftskarte. Er fragte: »Kann ich die Bücher für Sie zurückstellen?«

»Mein Job«, sagte sie.

Er bedankte sich und machte sich wieder auf den Weg in die Eingangshalle. Dort blieb er kurz stehen. Mit Laconia war er fertig. Hier gab es nichts mehr zu sehen. Aus einer Laune heraus ging er zur Treppe hinüber, die wie in einem Schloss in einem Rundturm nach oben führte. Für einen letzten Blick stieg er zu den Fenstern im ersten Stock hinauf. Ein guter Aussichtspunkt. In der Ferne machte er den Subaru aus, klein und staubig, in sechzig Metern Entfernung geduldig wartend. Er überquerte den Treppenabsatz und erkannte in entgegengesetzter Richtung das Kundendienstfahrzeug für Klimaanlagen. Noch immer an derselben Stelle parkend.

Und drei Kerle, die vor der Motorhaube standen. Sechzig

Meter entfernt. In der Ferne winzig. Aus der Nähe vielleicht nicht so sehr. Jeder Passant war kleiner. Alle drei trugen eine Art Overall. Schwer zu erkennen. Er hätte ein Fernglas gebraucht. Die Overalls wirkten eng. An den Armen zu kurz. Mussten Techniker, die Klimaanlagen warteten, groß sein? Vermutlich nicht. Für Dachböden und Kriechräume vielleicht lieber klein.

Sie wirkten ungeduldig.

Reacher trat ans linke Fenster.

Bäume, Büsche, dahinter eine ruhige Straße.

Mit einem Cop dicht vor der Kreuzung auf dem Gehsteig.

Der Cop war allein und zu Fuß. Er stand eigenartig gebückt da. In der unverkennbaren Haltung eines bewaffneten Mannes, der hinter einer Straßenecke lauert. Bis der Befehl zum Vorrücken kommt. Der gewisse Koordination voraussetzte. Aber mit wem?

Er ging zum rechten Fenster.

Ein Spiegelbild. Bäume, Büsche, eine ruhige Straße… und an der Straßenecke ein Cop, der sich bereithielt, auf Befehl vorzurücken.

Reacher kehrte zu dem mittleren Fenster mit Blick auf den Firmenwagen zurück. Nach links und rechts zweigten Straßen ab, die ziemlich zugeparkt waren. Manche Wagen waren Basismodelle. Sparsame Käufer oder neutrale Cop Cars. Die drei Kerle waren vermutlich umzingelt. Aber von keiner Übermacht. Einzelne Cops an den Flanken ließen auf nicht mehr als zwei Männer vorn und hinten schließen. Maximal vier Personen. Eine sehr leichte Truppe.

Er ging wieder zum linken Fenster. Der Cop bewegte sich langsam auf die Kreuzung zu. Bestimmt erhielt er Anweisungen über seinen Ohrhörer. Reacher wechselte auf die andere Seite hinüber. Noch immer ein Spiegelbild. Synchronisiert.

Sekunden vor der Ausführung. Ein sehr schlechter Plan. Amos konnte unmöglich daran beteiligt sein. Auch Shaw nicht. Er hatte ziemlich clever gewirkt. Dieser Fehler war einem Captain der Uniformierten zuzuschreiben.

Rechts bog der Cop um die Straßenecke.

Reacher hastete ans Fenster gegenüber.

Links das gleiche Bild.

Ein sehr schlechter Plan.

Er kam eben rechtzeitig ans mittlere Fenster zurück, um zu verfolgen, wie die Klimatechniker das Einzige taten, was sie tun mussten: Sie durchquerten ein Blumenbeet und befanden sich so im Büchereipark. Damit stellten sie die physische Situation auf den Kopf. Nun waren alle anderen hinter ihnen. Vor ihnen und um sie herum drohten so viele Kollateralschäden, dass praktisch kein Handeln möglich war.

Sie gingen weiter. Langsam. Immer unter Beachtung der Geometrie um sie herum. Nicht ihr erstes Rodeo. Hinter ihnen reagierte die Polizei halbwegs kompetent. Die Cops zu Fuß trabten auf den Seitenstraßen zurück, um wieder die Flanken zu besetzen. Von vorn und hinten kamen zwei weitere Cops angerannt, ohne den Park zu betreten. Sie bildeten einen Kordon. Auf jeder Seite des Quadrats ein Cop. Weil der gesunde Menschenverstand ihnen sagte, dass die Kerle irgendwann herauskommen mussten.

Im Augenblick liefen die drei noch geradeaus. Inzwischen hatten sie die halbe Strecke zur Bibliothek zurückgelegt. Sie schlenderten gemächlich dahin. Was vernünftig war. Weil ihr nächster Schachzug daraus bestehen musste, schnellstens umzukehren und die Situation erneut auf den Kopf zu stellen. Taten sie das bald, konnten sie ihren Kastenwagen praktisch ohne Gegenwehr erreichen. Die Cops waren noch nicht bereit. Dann würden sie in rasender Fahrt aus der Stadt verschwinden. Konnten drei Streifenwagen sie aufhalten? Vermutlich nicht.

Nur kehrten sie nicht um. Sie kamen immer näher, schlenderten weiter. Jetzt hatten sie drei Viertel der Strecke zur Bibliothek zurückgelegt. Reacher hastete von einem Fenster zum anderen. Die Cops befanden sich jetzt in Position, einer pro Seite, Revolver schussbereit, an jedem Parktor einer. Aber ihnen war natürlich bewusst, dass die drei Kerle kein Tor benutzt hatten, um in den Park zu gelangen. Jedes niedrige Blumenbeet würde ausreichen. Das wussten sie. Also hielten sie die Augen offen. Nicht das schlechteste Verhalten, das Reacher je gesehen hatte.

Die drei Kerle schlenderten weiter. Hatten sie in Gegenrichtung ein zweites Fahrzeug stehen? Drei Männer hätten in drei Fahrzeugen nach Laconia kommen und sie an strategisch günstige Punkte stellen können. Oder war der schwarze Chrysler ihr Fluchtfahrzeug? Schließlich hatte er drei freie Sitze. Aber er war nirgends zu sehen. Nicht aus dem ersten, zweiten, dritten oder vierten Fenster.

Das Trio spazierte weiter. Nun waren die drei Kerle dicht vor der Bibliothek. Vielleicht interessierten sie sich für Architektur. Oder die romanische Farbgebung. Rötlicher Granit aus New Hampshire, hellgrauer Granit aus Maine, zu komplizierten Mustern verarbeitet. Wie ein Gebäude in Rom oder Florenz.

Reacher machte einen langen Hals und sah zu, wie sie direkt unter ihm die wenigen Stufen zum Eingang heraufkamen. Er ging zur Treppe, um sie beim Hereinkommen zu beobachten. Sie waren offensichtlich nicht echt. Ihre Overalls saßen viel zu eng. Für diesen Anlass ausgeliehen. Mitsamt dem Lieferwagen. Bestimmt von einem Kerl, der jemandem einen Gefallen schuldete.

Sie gingen nicht weiter, blieben mitten im Eingangsbereich stehen.

Vielleicht wollten sie ein Buch ausleihen. Vielleicht hatten sie eine Rezension gelesen. Vielleicht war der schwarze Chrysler endlich angehalten worden. Wegen eines Verkehrsvergehens. Oder wegen eines alten Haftbefehls aus Massachusetts. Während sich Reacher im Untergeschoss über den Raufußbussard kundig machte. Wahrscheinlich hatte Chief Shaw wieder die Telefonleitungen glühen lassen. Er war bereits gut vernetzt.

Erfahrung besagte, dass der Köder in dem Chrysler Zeit gehabt hatte, vor seiner bevorstehenden Festnahme zu warnen. In diesem Fall mussten die drei Kerle davon ausgehen, dass er sie verpfeifen würde. Das war die vernünftige operative Annahme. Aufs Beste hoffen, fürs Schlimmste planen. Nicht nur Reachers Strategie. Jetzt würden sie eigene Maßnahmen ergreifen. Ein belebtes öffentliches Gebäude war ein guter erster Schritt. Es könnte etwas Druck von ihnen nehmen, weil die Cops vorsichtig sein würden.

Schlimmstenfalls war es aber auch ein guter zweiter Schritt. Und ein dritter und vierter. Es konnte einer Belagerung widerstehen, weil es reichlich viele Geiseln enthielt. Vielleicht würden sie sich auf die städtischen Angestellten konzentrieren. Wegen der größeren Hebelwirkung. Eine lange, aufreibende Pattsituation. TV-Kameras auf den Straßen. Verhandler am Telefon. Pizza reingeschickt, die älteste Bibliothekarin im Gegenzug freilassen.

Wie wahrscheinlich war das?

Nicht sehr.

Aber fürs Schlimmste planen.

Wir wollen hier keinen Ärger.

Lieber im Keim ersticken.

Reacher ging fünf Stufen hinunter. Laut auf Granit. In gewissem Tempo. Die drei Kerle sahen auf. Erst instinktiv und aus Gewohnheit, dann überrascht, zuletzt in wachsamem Wiedererkennen.

Reacher hob seine rechte Hand. Mit den Knöcheln nach vorn, was ihnen nichts zu sagen schien. Vielleicht waren sie nicht zu dem gleichen Schluss gelangt wie Amos und Shaw. Vielleicht hatten sie die Sache nicht ganz durchdacht. Anscheinend vertrauten sie lieber auf grundlegende biometrische Daten wie Größe und Gewicht, Augen und Haar, bevorzugte Kleidung. Was in Reachers Fall eine Kombination war, die in der Natur sehr selten vorkam.

Daher das Wiedererkennen. Wachsam, weil sie exponiert waren. Mit ihrem Auftrag hatten sie bereits Schiffbruch erlitten. Alles konnte nur noch schlimmer werden. Aber sie waren dafür ausgebildet, niemals aufzugeben. Daraus sprach irgendein uralter Wettbewerbsinstinkt. Schon deshalb blieb Reacher auf der Treppe. Sie mussten zu ihm aufschauen. Und er war ohnehin größer als sie. Das hatte ihr Wettbewerbsinstinkt erst mal zu verkraften.

Überall um sie herum verflüchtigten sich die Leute wie Öl auf Wasser. Ein weiterer uralter Instinkt. Reacher hatte ihn schon hundertmal erlebt. Auf Gehsteigen vor Bars. Auf Tanzflächen. Sobald irgendwo Aggressionen in der Luft lagen, entstand jäh ein schwarzes Loch. Plötzlich herrschte gähnende Leere. Genau das passierte auch hier. Die Eingangshalle leerte sich von einer Sekunde zur anderen. Übrig blieben nur die vier Beteiligten. Drei unten, einer auf halber Höhe der Treppe.

Ihre Waffen sind im Fahrzeug geblieben, dachte Reacher. Als sie das Schiff verlassen haben. Ihre Overalls waren eng. Für viel kleinere Männer gedacht. Der Stoff spannte sich. Schwere Metallgegenstände hätten sich in den Taschen abgezeichnet. Wie auf einer Röntgenaufnahme. Sie hatten nichts. Aus der Nähe war das unübersehbar.

Sie machten einen weiteren Schritt auf ihn zu. Reacher sah eine plötzliche Inspiration in ihrem Blick. Schlagartig aufkommender Jubel. Er wusste, weshalb. Für sie bedeutete er zwei Fliegen mit einer Klappe. Er war eine zivile Geisel, die ihnen freien Abzug garantierte, und zugleich der Kerl, den sie ihren Bossen bringen sollten. Er verkörperte zwei gute Nachrichten auf einmal.

Aber dann zögerten sie. Reacher wusste genau, warum. Weil sie ihre Waffen in dem Van gelassen hatten, mussten sie ihn unbewaffnet überwältigen. Seine überhöhte Position hatte Vorteile, aber sie waren dreifach überlegen. Taktisch nicht besonders schwierig. Das Problem war die voraussichtliche Verlustrate, die bei rund dreiunddreißig Prozent liegen würde. Eine Zahl, die man in der Planungsphase leicht hinschreiben konnte: gelassen, leidenschaftslos, bürokratisch nüchtern. Die jedoch aus der Nähe und persönlich nicht so leicht zu verkraften war. Wenn man selbst an der Front stand. Der vorderste Kerl würde einen Tritt ins Gesicht bekommen. Garantiert. Das wussten sie. Nicht ihr erstes Rodeo. Ausgeschlagene Zähne, ein gebrochener Unterkiefer. Wer wollte unter diesen Umständen der Vordermann sein?

Sie warteten.

Reacher war ihnen behilflich. Er kam eine weitere Stufe herunter. Ein subtiler Unterschied. Noch immer höher, noch immer größer, aber näher. Vielleicht nahe genug, um sich auf ihn zu stürzen. Zu dritt, gemeinsam. In geschlossener Formation, sodass es eigentlich keinen Vordermann brauchte. Auch keinen Hintermann und keinen in der Mitte. Sie würden ein einziges neues Wesen bilden: riesig, über dreihundert Kilo schwer, mit sechs Händen und Füßen.

Was hätte funktionieren können, wenn Reacher stehen geblieben wäre. Aber er blieb nicht auf seinem Platz. Als sie sich auf ihn stürzten, stand er bereits eine Stufe höher und trat dem nächsten Kerl ins Gesicht. Dann drehte er sich nach rechts und rammte dem linken Typen den Ellbogen ins Gesicht, bevor er sich nach links warf und den rechten Mann mit dem zurückschwingenden Ellbogen traf. Die Schwerkraft und Granit aus New Hampshire erledigten den Rest. Alle drei Männer stürzten in einem schlaffen Durcheinander zu Boden, holten sich blaue Flecken und schlugen sich die Köpfe an. Der letzte schien am besten davongekommen zu sein. Er bewegte sich noch. Also stieg Reacher die Treppe hinunter und trat ihm gegen den Kopf. Nur einmal. Die nicht reduzierbare Zahl. Aber kräftig. Um ihn zu entmutigen, sich weiter einzubringen.

Dann ging die Eingangstür auf, und Brenda Amos kam herein.

27

Als Kriminalbeamtin trug Amos natürlich Zivil, aber darüber hinaus spielte sie eine Rolle. Sie war kein Cop, kam nicht gewarnt und bewaffnet vorsichtig hereingeschlichen. Sie war irgendeine Bibliotheksbesucherin, die sorglos und flott hereingeschneit kam. Sie trat nicht als verdeckte Ermittlerin auf. Bestimmt hatte sie sich freiwillig gemeldet. Oder sogar darauf bestanden. Warum auch nicht? Irgendwer musste die von anderen gemachten Fehler ausbügeln. Sie war bei der Militärpolizei gewesen und dafür qualifiziert. Sie trug eine Umhängetasche, die teuer aussah. Vielleicht ein Sonderangebot. Die Tasche würde ihre Plakette und ihre Pistole enthalten.

Vielleicht ein zweites Magazin. Äußerlich war davon nichts zu erkennen. Sie war lediglich eine Frau, die in der Mittagspause vorbeischaute, um ein Buch auszuleihen. Sie wirkte heiter und gut gelaunt.

Dann plötzlich nicht mehr.

Sie blieb abrupt stehen.

Reacher sagte: »Das kommt Ihnen jetzt bestimmt wie ein Zufall vor.«

Sie betrachtete die Kerle auf dem Boden.

Dann wieder ihn.

Amos sagte kein Wort. Er wusste, weshalb. Sie konnte sich nicht zwischen zwei Gefühlen entscheiden. War sie wütend oder froh? Natürlich beides. Sie war logischerweise wütend auf ihn, hundertprozentig, aber zugleich waren ihre Probleme jetzt gelöst, weil ihre schwache Viermanntruppe unter den gegebenen Umständen plötzlich praktisch eine Panzerdivision darstellte. Ihre Leute mussten diesen drei stöhnenden, halb bewusstlosen Männern nur noch Handschellen anlegen. Was sie froh machte. Ebenso hundertprozentig. Was sie erneut wütend machte, diesmal auf sich selbst, weil sie über eine so schreckliche Sache froh war.

»Bitte um Entschuldigung«, sagte Reacher. »Ich musste mich nach einem Vogel erkundigen. Jetzt verschwinde ich.«

»Das rate ich Ihnen auch.«

»Um Entschuldigung bitten?«

»Sofort verschwinden«, sagte sie. »Das war nett, aber gefährlich. Darauf reagieren sie.«

»Weil sie einem Ehrenkodex folgen?«

»Nächstes Mal schicken sie bessere Leute.«

»Hoffentlich!«

»Das ist mein Ernst«, erklärte sie. »Nicht gut für Sie, nicht gut für mich.«

»Ich habe, was ich wollte«, sagte er. »Ich haue ab.«

»Wie?«

»Mit dem Subaru. Er wartet auf mich. Zumindest bis vor fünf Minuten. Vielleicht haben Sie ihn vergrault. Wie letztes Mal.«

Amos zog ein Funkgerät aus ihrer Umhängetasche und fragte nach. Im nächsten Augenblick meldete sich eine Stimme, die vielleicht Davison gehörte, und sagte Ja, der Subaru stehe weiter mit abgestelltem Motor und dem Fahrer am Steuer geparkt. Sie bedankte sich, ließ die Sprechtaste los und betrachtete erneut die Männer auf dem Boden.

Sie fragte: »Wozu sind die hier reingekommen?«

»Hoffentlich nur auf der Suche nach einer Toilette, in der sie ihre Overalls ausziehen könnten. Dann hätten sie sich in unauffälligem Zivil in drei verschiedene Richtungen zerstreut und damit Verwirrung gestiftet. Das war eine Frage der Abwägung. Aber für den Fall, dass sie Schlimmeres planten, wollte ich mir meine Vergeltung lieber als Erster sichern.«

Amos sagte nichts. Reacher wusste, warum. Wütend oder froh, sich selbst noch nicht sicher. Dann sprach sie wieder in ihr Funkgerät und beorderte die vier uniformierten Cops von der Straße in die Bibliothek. So schnell wie möglich. Wiederhole: Jetzige Stellungen räumen, auf dem kürzesten Weg im Gebäude erscheinen.

Dann wandte sie sich an Reacher: »Und Sie gehen augenblicklich los und steigen in den Subaru.«

»Und verschwinde aus der Stadt?«

»Schnellstmöglich.«

»Und komme nie zurück?«

Sie zögerte.

»Nicht so bald«, sagte sie.

Er stieg über einen Arm und ein Bein hinweg und verließ

das Gebäude durch die Tür, durch die er hereingekommen war. Er ging auf demselben Weg zurück, vorbei an Menschen, die spazieren gingen, auf Bänken saßen oder auf dem Rasen lagen. Er passierte das Tor und überquerte den Gehsteig. Beim Subaru angekommen, klopfte er höflich an die Scheibe, öffnete dann die Tür und stieg ein.

Burke fragte: »Haben Sie gefunden, was Sie suchten?«

»Es war ein Raufußbussard«, antwortete Reacher.

»Freut mich, dass Sie das jetzt wissen.«

»Danke.«

»Ich habe Cops im Park gesehen. Gerade eben. Zum ersten Mal. Die Männer sind von allen Seiten angerannt gekommen. Nachdem ich Ihnen erzählt hatte, dass das nie passiert.«

»Vielleicht hat's einen Notfall gegeben. Vielleicht wollte ein Falschparker nicht zahlen.«

»Wenn Sie wollen, fahre ich Sie zum Highway.«

»Nein«, sagte Reacher. »Ich will zurück nach Ryantown. Um mich ein letztes Mal umzusehen. Aber Sie sollten nicht mitkommen. Sie können mich am Ende der Straße absetzen. Sie sollten sich raushalten.«

»Sie aber auch! Was wollen Sie dort? Die Kerle warten nur auf Sie.«

»Hoffentlich«, sagte Reacher. »Ich habe ihnen mehr oder weniger versprochen zurückzukommen. Ich möchte als jemand dastehen, der Wort hält.«

»Der Highway wäre besser.«

»Ich vermute, dass Sie nicht immer so gedacht haben. Zumindest einige Male in Ihrem Leben. Vielleicht auch öfter. Zu verschiedenen Zeiten. Und das seit etwa vierzig Jahren.«

Burke gab keine Antwort. Er ließ den Motor an, ordnete sich in den Verkehrsfluss ein und bog in Richtung Ryantown ab. Reacher machte es sich auf seinem Sitz bequem. In seiner

Hüfttasche raschelte etwas. Das Blatt Papier der Bibliothekarin. Der Ornithologe. Sein Name, seine Telefonnummer. An der Universität, drunten in Durham.

Er angelte es heraus und faltete es auseinander.

Er fragte: »Haben Sie ein Mobiltelefon?«

»Nur ein altes«, sagte Burke.

»Funktioniert es?«

»Meistens.«

»Kann ich's mir mal ausleihen?«

Burke griff in eine Tasche, zog sein Handy heraus und gab es ihm, ohne den Blick von der Straße zu wenden. Das Handy war wirklich sehr alt. Kein Flachbildfernseher *en miniature*. Es hatte richtige Tasten, besaß eine irgendwie sargähnliche Form und sah dick wie ein Schokoriegel aus. Reacher schaltete es ein. Die Signalstärke war gut, weil sie sich noch am Stadtrand befanden. Er wählte die Nummer des Ornithologen. Das Telefon klingelte und klingelte, dann meldete sich ein Assistent. Der Mann hielt sich in einer Besprechung auf, durfte nicht gestört werden. Reacher hinterließ eine Nachricht. Ryantown, der Bussard, die Rattengifttheorie und dass der S. von S. und W. Reacher sein Vater gewesen war. Er sagte, er sei noch etwa eine Stunde lang unter dieser Nummer zu erreichen. Sonst würde er es vielleicht später noch mal versuchen.

Er beendete das Gespräch, gab Burke das Handy zurück.

Der sagte: »Zinn könnte das Problem verursacht haben, wissen Sie, nicht Rattengift.«

»Die Vögel sind auf dem Höhepunkt der Produktion zurückgekommen. Während des Krieges. Als das Walzwerk Tag und Nacht auf Hochtouren lief.«

»Genau. Als der Staat Kunde war, ist die Qualität sorgfältig überwacht worden. Unreinheiten duldete man nicht. Der ganze Herstellungsprozess wurde optimiert und Effizienz großgeschrieben. Es gab plötzlich viel weniger Abfälle.«

»Ich glaube, dass es das Rattengift war.«

»Weil Ihr Dad darüber geschrieben hat.«

»Weil die Erklärung vernünftig ist.«

»Wieso hat der Staat überhaupt alles Rattengift beschlagnahmt?«

»Ich weiß, wie der Film ausgeht«, antwortete Reacher. »Das Militär hat vorausgesehen, dass es früher oder später riesige Nachschublager, buchstäblich Hunderte von Quadratmeilen in hundert Ländern, brauchen würde, um Lebensmittel, Bekleidung und andere Dinge zu lagern, auf das Nagetiere scharf sind. Also hat jemand im Voraus Rattengift bestellt – mit hunderttausend weiteren Artikeln, die vielleicht eines Tages gebraucht würden. Das macht das Militär. Darauf versteht es sich. Reste dieser Lieferungen lagern noch heute auf verschiedenen Kontinenten.«

Sie fuhren weiter, ließen den Wald hinter sich, hatten nun zu beiden Seiten Pferdekoppeln.

Die vierte Ankunft lief so komplex ab wie die zweite. Auch sie erfolgte mit Charterflugzeugen. Die auf einer bestimmten Ebene weiter so anonym waren, als hielte man ein Taxi auf der Straße an. Durch eine Ironie des Schicksals nicht ganz oben, nicht bei den glänzenden Gulfstreams, Learjets und Privatflugplätzen, sondern auf der schmuddeligen untersten Stufe mit Grasplätzen und klapprigen Kurzstreckenflugzeugen, verbeult wie Großstadttaxis und ebenso oft neu lackiert, die aber buchstäblich unter dem Radar flogen, wo es keine Bordbücher oder Kladden, Flugpläne oder Ladungslisten gab. Alles im Sichtflug. Kein Grund, mit einem Tower zu reden. Nicht mal ein Funkgerät an Bord war vorgeschrieben.

Zwei, drei oder vier solcher Flüge ließen sich aneinanderhängen, um erstaunliche Entfernungen unter strikter Geheimhaltung zurückzulegen. Genau diese Strategie hatte der vierte Ankömmling angewandt. Zum letzten Mal landete er auf dem Platz eines Fliegerclubs in Plymouth, New Hampshire. Wo er herkam, wusste niemand. Steve hatte versucht, seinen heimischen Provider aufzuspüren, aber das war ihm nicht gelungen. Einmal schien er bei der NASA in Houston, Texas, zu stehen, im nächsten Augenblick im Moskauer Kreml, im übernächsten im Londoner Buckingham-Palast. Geniale Software für einen Mann, der sein Privatleben schätzte und sich das Allerbeste leisten konnte. Was bei diesem Kerl offenbar der Fall war. Steve fuhr hinaus, um ihn abzuholen, und sah als Erstes die Reisetasche mit dem Geld.

Die Tasche bestand aus weichem Leder, etwas abgeschabt, vielleicht nicht die beste Qualität. Vor allem ohne Monogramm. Sie war anonym und deshalb entbehrlich. Steven rechnete sich aus, dass es zwei Möglichkeiten gab. Manche Kerle würden das Geld hinzählen wollen, ein Bündel Scheine nach dem anderen übergeben, weil das irgendwie realer war. Andere würden einfach eine Tasche abstellen und stehen lassen. Ein dumpfes Plumpsen, dann würden sie gehen. Ohne ein Wort zu sagen. Ohne sich noch mal umzusehen. Unheimlich cool. Daher die entbehrlichen Reisetaschen.

Außerdem führte der Mann einen Zweierset Ledertaschen in besserer Qualität und zwei Hartschalenkoffer mit sich. Steve half ihm mit dem Gepäck. Der Mann bestand darauf, die Koffer selbst umzuladen. Er war groß und breitschultrig, ungefähr sechzig, mit schneeweißem Haar und ziegelrotem Gesicht. Er trug Jeans und abgewetzte Cowboystiefel. Irgendwo aus dem Westen, dachte Steve. Montana, Wyoming, Colorado. Todsicher. Nicht aus Houston, Moskau oder London.

Sie packten das Zeug in den Mercedes, und Steve fuhr auf einer Straße, die hauptsächlich im Wald verlief, nach Süden. Der Mann hockte schweigend neben ihm. Nach gut einer halben Stunde bogen sie zwischen den von Bodenfrost schiefen Pfosten ohne die Motelschilder auf die Zufahrt ab. Sie fuhren über den Draht, dann durch den grünen Tunnel. Zwei Meilen weiter und zehn Minuten später schaffte der Mann sein Gepäck in sein Zimmer. Danach trat er wieder ins Freie, um eine kleine Gruppe Männer zu begutachten, die sich wie ein Begrüßungskomitee in der Nähe eingefunden hatten und jetzt zwanglos näher kamen, um ihn zu begrüßen. Die zuerst Angekommenen. Die Early Birds.

Bisher waren es drei. Als Erstes nickten sie sich zu, was eine Vorstellung ersetzen musste. Dann begannen sie zu reden. Anfangs über ihre jeweilige Anreise. Ein neutrales Thema. Sie tauschten einige Details aus. Sie waren teils geheimnistuerisch, teils freundlich. Einer sagte, er sei mit seinem Volvo-Kombi heruntergefahren. Er drehte sich um und zeigte auf den vor seinem Zimmer geparkten Wagen. Er deutete an, er lebe die meiste Zeit in einem einsamen Blockhaus im Wald. Er war ein blasser, drahtiger Mann in einem rot karierten Hemd. Seinem Aussehen nach eher schweigsam, aber jetzt von unterdrückter Erregung befeuert. Er wirkte leicht fiebrig.

Er ist aus Maine, dachte der vierte Ankömmling. Er hat gesagt, er sei heruntergefahren, also nach Süden, folglich lebt er im Norden. Das Kennzeichen ist aus Vermont, aber bestimmt gefälscht. Der andere große Staat dort oben. Ein Blockhaus im Wald.

Der zweite Kerl teilte nicht mit, woher er stammte, aber er erzählte eine lange Geschichte über Charterflüge und falsche Papiere. Seine Story war lang genug, um zu beweisen, dass der Mann seit Langem im Süden von Texas lebte, obwohl er nicht von dort kam. Er war ungefähr fünfzig. Ein stämmiger Kerl, von Natur aus zurückhaltend, höflich wie ein Verkäufer. Aber ebenfalls aufgeregt. Von dem gleichen Fieber gepackt, das ihn kaum merklich zittern ließ.

Der dritte Mann sah aus wie ein Filmstar und hatte den Körperbau eines Leistungssportlers. Möglicherweise wie ein Tennisspieler, schlank und sehnig. Einer dieser Kerle, die im College großartig sind und sich noch zwanzig Jahre so halten. Er strahlte Selbstbewusstsein aus, schien Bewunderung gewöhnt zu sein. Er berichtete, er sei mit einem Auto heraufgefahren, das nicht existiere, und habe die letzte Etappe mit einem Lieferwagen zurückgelegt. Er deutete darauf. Orientteppiche. Aus dem Westen New Yorks oder Pennsylvania, dachte der vierte Mann. Dafür sprachen seine Art zu reden und sein Auftreten, die angedeutete Fahrtroute und die Tatsache, dass er heraufgefahren gesagt hatte.

Der vierte Mann fragte: »Habt ihr sie schon gesehen?«

Der zweite Kerl sagte: »Ihre Jalousie ist oben. Aber im Augenblick halten sie sich im Bad versteckt.«

»Wie sind sie?«

»Sie sehen großartig aus.«

»Ich würde gern ein paar Details erfahren.«

»Sie dürften echt interessant sein, denke ich.«

Der Mann aus Maine ergänzte: »Sie sind beide Mitte zwanzig. Gesund und kräftig und scheinen eine enge emotionale Beziehung zu haben. Wir konnten uns ein paar Videos ansehen: Sie ist manchmal ungeduldig mit ihm. Aber er schließt letztlich doch zu ihr auf. Probleme lösen sie gemeinsam.«

Der zweite Mann sagte: »Sie hat mehr Verstand als er, keine Frage.«

»Sehen sie gut aus?«

»Schlicht«, antwortete der gut aussehende Typ. »Nicht hässlich. Beide haben Muskeln. Er ist Farmer, sie arbeitet in einem Sägewerk. Als Kanadier sind sie gesund und wohlgenährt aufgewachsen. Sie könnte man stramm nennen. Das beschreibt sie ziemlich gut. Ihn nicht so sehr. Er heißt aus gutem Grund Shorty. Er ist kompakt, aber in jeder Beziehung hochwertig. Ich muss sagen, dass ich höchst angenehm überrascht war, als ich sie gesehen habe.«

»Ich auch«, bestätigte der Mann aus Maine.

»Ebenso«, sagte der zweite Mann. »Sie sehen großartig aus.«

»Wie viele Mitspieler werden noch erwartet?«

»Zwei weitere«, erwiderte der Kerl. »Dann wären wir zu sechst. Wenn sie's schaffen.«

Der vierte Mann nickte. Regeln waren Regeln. Wer verspätet kam, schied automatisch aus. *Zimmer zehn ist besetzt.* Sobald diese Nachricht hinausging, begann die Uhr zu ticken. Es gab ein Zeitlimit. Keine Ausreden. Keine Ausnahmen. Daher die Kette aus Lufttaxis, eines nach dem anderen. Erstaunliche Entfernungen.

Er fragte: »Warum hat ihr Bad kein Fenster?«

»Nicht nötig«, sagte der zweite Mann. »Auch im Bad sind Kameras. Du kannst zum Haus rübergehen und sie dir ansehen.«

28

Der Reverend Patrick G. Burke bestand darauf, so weit zu fahren, wie es die richterliche Verfügung zuließ, was bis zu dem vierzig Jahre alten Zaun war, nach dem es ohnehin keine Straße mehr gab. Er sagte, er werde dort warten. Reacher sagte, das sei nicht nötig. Burke bestand jedoch darauf. Reacher seinerseits bestand darauf, dass er wendete, um sofort abfahren zu können. Falls es nötig war. Im schlimmsten Fall. Das Wenden auf dem beengten Raum erforderte ein mehrmaliges Vor- und Zurückstoßen. Aber irgendwann war's geschafft, und der Subaru stand wie ein Dragster am Anfang der Bahn.

Reacher bestand auch darauf, dass Burke den Motor laufen ließ. Ja, Umweltverschmutzung. Ja, Geldverschwendung. Aber besser, als den Zündschlüssel fallen zu lassen. Besser, als wenn der Motor nicht ansprang. Falls es nötig war. Im schlimmsten Fall. Burke war einverstanden. Reacher nötigte ihm noch das Versprechen ab, sich jederzeit berechtigt zu fühlen, ohne ihn loszufahren. Sofort, ohne Vorwarnung, jederzeit, mit oder ohne Grund, ganz wie sein Instinkt oder Bauchgefühl ihm riet.

»Zweifeln Sie Ihre Entscheidung nicht an«, sagte Reacher. »Denken Sie nicht noch mal darüber nach. Verschwenden Sie nicht auch nur eine halbe Sekunde.«

Burke gab keine Antwort.

»Das ist mein Ernst«, sagte Reacher. »Kreuzen sie hier auf, sind sie an mir vorbeigekommen. Dann wollen Sie ihnen erst recht nicht begegnen.«

Burke stimmte zu.

Reacher stieg aus, schloss die Beifahrertür. Er schwang seine Beine über den Zaun und marschierte los. Das Wetter war unverändert. Die Gerüche waren es auch. Die schweren reifen Früchte, das heiße trockene Gras. Er hörte das Summen derselben Insekten. Über ihm schwebte ein Bussard in der Thermik. In der Ferne segelten zwei weitere, die großen Abstand zueinander hielten. Stan hätte gesagt, das sei für Raubvögel typisch. Jeder hatte sein eigenes Revier. Meine Straßenecke, deine Straßenecke. Betreten verboten. Wie taffe Kerle überall.

Reacher ging weiter, schaute stur geradeaus. Weigerte sich, nach links zu sehen, wo die anderen vielleicht auf der kleinen Anhöhe warteten, ihn beobachteten. Weigerte sich, ihnen diese Befriedigung zu gönnen. Sie sollten zu ihm kommen. Er erreichte die Stelle mitten im Obstgarten, wo er den Jungen niedergeschlagen hatte. Daran erinnerte hier praktisch nichts. Vielleicht eine kleine Fläche mit von Füßen niedergetretenem Gras. In einem Fernsehkrimi wäre vielleicht etwas daraus gemacht worden. Aber nicht in der realen Welt. Er marschierte weiter.

Er schaffte es bis zum zweiten Zaun, ohne aufgehalten zu werden. Um ihn herum herrschte Stille. Nirgends eine Bewegung. Geradeaus vor ihm war das Laub dunkler, der Modergeruch intensiver. Die schattigen Stellen wirkten kühler. Reacher blickte sich um. Auch hinter ihm passierte nichts.

Er stieg über den Zaun.

Ryantown, New Hampshire.

Wie am Vortag ging er die Hauptstraße entlang, schlängelte sich zwischen in die Höhe geschossenen dünnen Bäumen hindurch, stolperte mehrmals über aus dem Boden ragende Steine und passierte die Grundmauern von Kirche und Schule. Er lief zum Fundament des Vierfamilienhauses weiter. Betrat die rechte Hälfte mit der Küche in der hintersten Ecke. Mit dem Bruchstück einer Fliese. Er stellte sich seinen Großvater als Blackbeard ohne Bart vor, der Leute anschrie und sogar niederschlug. Der vermutlich ein Trinker gewesen war. Er stellte sich seine Großmutter vor: hart, kalt und übellaunig. Niemals ein Lächeln. Niemals ein freundliches Wort. Immer missmutig dreinschauend. Zornig Bettwäsche nähend, die sie sich selbst nie würde leisten können.

Ihr Dad ist mit siebzehn zu den Marines gegangen, hatte Carter Carrington gesagt. *Dafür muss er einen Grund gehabt haben.*

Er blieb noch einen Augenblick länger stehen, dann nahm

er in Gedanken Abschied von diesem Ort. Er machte kehrt und marschierte auf dem Weg zurück, auf dem er gekommen war. Aus der Küche, durch den Flur, durch den Eingangsbereich, auf die Straße hinaus.

Nirgends ein Mensch. Nichts als Stille. Reacher wanderte die Main Street entlang. Bei der Schule blieb er kurz stehen. Vor ihm verlief die Straße in leichter Kurve, um an der Kirche vorbeizuführen. Ohne den sechzigjährigen Wald hätte hier freie Sicht geherrscht. Man hätte ein großes Stück Himmel gesehen. Vielleicht hatten sie hier Vögel beobachtet. Als sie den Raufußbussard sichteten. Vielleicht hatte das Fernglas der Schule gehört. Gemeindeeigentum, das eigentlich nicht privat genutzt werden durfte. Oder ein freundlicher Lehrer hatte es für ein paar Dollar bei einem Trödler gekauft.

Er passierte die Kirche, kam wieder an den Zaun, die Gemeindegrenze von Ryantown. Vor ihm lag die Apfelplantage, da, wo früher die Straße gewesen war. Noch hundert Meter geradeaus zu dem geparkten Subaru. Bis dahin gab es nur zwei interessante Punkte. Der weiter entfernte war Burke selbst, der aufgeregt am Zaun herumhüpfte und dabei die Arme schwenkte.

Der zweite interessante Punkt befand sich fünfzig Meter näher. Auf halber Strecke zum Zaun stand quer zu dem gestohlenen Straßenstück eine Reihe aus fünf Männern.

Über ihnen kreiste träge ein Bussard.

Reacher stieg über den Zaun. Er ließ den wild wuchernden Wald hinter sich und ging unter identisch gestutzten Apfelbäumen weiter. Die fünf Männer vor ihm bewegten sich nicht, standen Schulter an Schulter, ohne sich zu berühren. Sie sahen wie eine Gesangsgruppe aus, die gleich ein Lied anstimmen würde. Wie ein Barbershop-Quartett samt Gast. Vielleicht zwei Tenöre, zwei Baritone und ein Bass. Der Bass würde der

Kerl in der Mitte sein. Er schien größer als die anderen zu sein. Reacher war sich ziemlich sicher, ihn noch nie gesehen zu haben. Und er war sich sicher, dass der ältere Kerl rechts neben ihm stand. Die mittlere Generation. Bessere Jeans, saubereres Hemd, graueres Haar. Bei den drei anderen handelte es sich um dieselben Kerle wie am Vorabend. Nur ohne den, der k.o. gegangen war. Große, kräftige Männer, aber ohne Militärausbildung, Knasterfahrung oder Geheimtraining beim Mossad.

Er ging weiter.

Sie warteten.

Hinter ihnen in der Ferne hüpfte Burke weiter auf und ab und schwenkte die Arme. Reacher wusste nicht, wozu. Als Warnung wäre es zu spät. Reacher würde das Problem erkennen, bevor er die Warnung sah. Das ergab keinen Sinn. Vielleicht wollte Burke ihm taktische Hinweise geben. Mach dieses, dann jenes. Aber Reacher verstand seine Winksignale nicht. Und er hielt sie ohnehin für überflüssig. Burke war bestimmt ein Mann mit vielen Talenten, aber Schlägereien gehörten nicht dazu. Bisher jedenfalls nicht.

Vielleicht war er einfach nur aufgeregt.

Reacher ging weiter.

Der Kerl in der Mitte der Fünferreihe war groß und massig und wie eine Granate gebaut. Er hatte einen kleinen Kopf, der auf einem säulenförmigen, breiten Hals saß. Darunter fielen die Schultern rasch ab wie bei einem Meeressäuger. Er besaß einen fassartigen Brustkorb, der Arme und Beine kurz erscheinen ließ, wirkte jung, fit und stark.

Ein Ringer, schätzte Reacher. Vielleicht ein Highschool-Star. Dann ein Collegestar. Jetzt ein Apfelpflücker. Gab es eine Oberliga für Collegeringer? Dann hatte dieser Kerl sie nicht geschafft.

Trotzdem war er groß und stark.

Noch zwanzig Meter.

Sie warteten.

Der Ringer starrte geradeaus. Er hatte winzige schwarze Augen, die tief in seinem kleinen Kopf saßen. Ohne viel Ausdruck. Ziemlich passiv. Daher vermutlich sein Mangel an Erfolg in der Welt nach dem College. Vielleicht war er zu antriebslos oder nicht intelligent genug, um die Welt um ihn herum richtig zu interpretieren. Aber dann hatte er eben Pech. Er hätte gewarnt sein müssen. Schließlich war er als Ersatz angeworben worden. Er wusste, worauf er sich einließ. Er hätte ablehnen können.

Noch fünfzehn Meter.

Der ältere Kerl blickte erst nach links, dann nach rechts, musterte seine Truppe. Er wirkte aufgeregt, als freute er sich schon auf den bevorstehenden Spaß. Aber er war auch ein wenig besorgt, was er nicht sein musste. Wie konnten sie verlieren? Fünf gegen einen? Aber er wurde dieses Gefühl nicht los. Das sah Reacher ihm an. Und er bemühte sich, es zu verstärken. Der langsame Gang. Die langen Schritte, die lockeren Schultern. Die vom Körper abgespreizten Hände. Der erhobene Kopf, der stählerne Blick. Primitive Signale, deren Wirkung er seit Langem kannte.

Noch zehn Meter.

Der ältere Mann konnte seine Besorgnis nicht abschütteln. Sie stand ihm ins Gesicht geschrieben. Er machte plötzlich den Eindruck, als arbeitete er an einem Notfallplan. An einem potenziellen Taktikwechsel. Für alle Fälle. Er schien kurz davor zu sein, neue Befehle zu erteilen. Was ihn zu einem legitimen Ziel machte. Obwohl er über fünfzig und etwas verweichlicht war. Aber er führte hier das Kommando. Also galten die Einsatzregeln. Pech für ihn.

Reacher rechnete sich aus, dass die drei anderen weglaufen würden. Oder wenigstens zurückweichen, abwehrend die Hände heben und stotternd um Schonung bitten, weil dies nicht ihre Idee gewesen sei. Loyalität hatte ihre Grenzen. Vor allem in Bezug auf schlecht bezahlte Arbeit von Leuten, die ohnehin ziemliche Arschlöcher waren.

Sie würden weglaufen.

Noch fünf Meter.

Reacher hielt viel davon, flexibel zu bleiben, aber er verfügte immer auch über einen Plan, und seiner Erfahrung nach standen die Chancen für beide Lösungen etwa fifty-fifty. In diesem Fall bestand der Plan daraus, zuletzt schneller zu werden, in vollem Tempo anzukommen und den Ringer mit einem Kopfstoß außer Gefecht zu setzen. Das würde alle Anforderungen erfüllen. Überraschung, unwiderstehliche Angriffswucht, allgemein Schock und Entsetzen. Mit einer praktischen ethischen Wendung. Buchstäblich. Der ältere Typ würde genau richtig stehen, um einen linken Haken verpasst zu bekommen – also mit Reachers schwächerer Hand, in diesem Fall die humanste Lösung.

Wie sich jedoch zeigte, war Flexibilität besser. Wegen des Ringers, der eine Art Kampfhaltung einnahm. Eine theatralische Pose. Als forderte ein Fotograf ihn dazu auf. Vielleicht für die Titelseite des Lokalblatts. *Highschool-Star gewinnt Pokal.* Irgendwas in dieser Art. Der Kerl tat sein Bestes, aber das nützte nicht viel. Er wirkte wie ein Fettsack, der einen Grizzly spielt. Stummelförmige Arme wie Tatzen. Zum Zupacken bereit. Mit gebeugten Knien und weit auseinanderstehenden Füßen fast in einer Art Hocke.

Also modifizierte Reacher seinen Plan. Intuitiv, ohne lange nachzudenken. West Point wäre stolz auf ihn gewesen. Er behielt die Kernpunkte, änderte nur die Details ab. Wurde nicht langsamer. Kam mit vollem Tempo an. Aber statt dem Kerl einen Kopfstoß zu verpassen, trat er ihn zwischen die Beine. Ein plötzliches Gelegenheitsziel. Wegen der auseinanderstehenden Füße. Er traf ihn mit Schwung und Tempo und einem weit ausholenden Tritt, der hundertprozentig saß.

Ein Football wäre auf die Tribüne geflogen.

Das Resultat war gut und schlecht zugleich.

Gut war, dass er genau dort stand, wo er sein wollte. Bereit für den linken Haken. Den er sofort anbrachte. Nach klassischen Begriffen kurz und eckig. Keineswegs elegant. Fast ansatzlos geschlagen. Aber er war effektiv. Peng! Daddy kippte seitlich weg. Er würde keine Befehle mehr erteilen.

Schlecht war, dass der Ringer einen Genitalschutz trug. Kluger Junge. Er hatte die Welt richtig interpretiert, sich vorbereitet. Trotzdem musste er einen gewaltigen, sehr schmerzhaften Tritt einstecken. Aber er war nicht kampfunfähig, sondern weiter auf den Beinen, stapfte schnaubend und schwer atmend umher. Schock, ja. Entsetzen, nicht so sehr. Was wiederum bedeutete, dass die drei anderen Kerle nicht davonrannten. Sie wichen nicht zurück, hoben nicht abwehrend die Hände, baten nicht um Schonung. Stattdessen kamen sie einen Schritt näher und blockten Reacher ab, damit ihr Quarterback sich hinter ihnen erholen konnte.

Verdammt, dachte Reacher. Wie's der Zufall will. Er hätte bei seinem ursprünglichen Plan bleiben sollen. Schließlich trug der Kerl keinen Footballhelm. Er wollte einen Schritt zurücktreten, um in bessere Position zu gelangen, aber das gestattete er sich nicht. Das hätte die falsche Botschaft vermittelt. Stattdessen nahm er sich den ihm am nächsten stehenden Kerl vor. Ein solider Magenhaken ließ den Mann zusammenklappen und auf die Knie sinken. Als er mit dem Gesicht auf den Knien keuchte und würgte, traf ein Ellbogenstoß seinen Hinterkopf und warf ihn bäuchlings ins Gras. Game over, deshalb trat Reacher nach links und konzentrierte sich auf den nächsten Typen. Ohne Verzögerung. Herumzustehen und zu schwatzen brachte nichts. Da war's besser, sich einen nach dem anderen vorzunehmen und auszuschalten.

Aber der nächste Kerl wurde zur Seite gerammt. Von dem Ringer, der durch die Dreierkette brach. Seine Hände hielt er ausgestreckt, sein Körper schien vor Wut angeschwollen zu sein. Er stieß den letzten Mann beiseite und kam wie eine Planierraupe angewalzt. Dann stellte er sich breitbeinig hin. Kampfbereit geduckt. Von Angesicht zu Angesicht. Seine Augen funkelten. Er knurrte heiser.

Okay, dachte Reacher, dann eben …

Vom Ringen hatte er keine Ahnung, hatte es nie versucht. Zu verschwitzt. Zu viele Regeln. Zu sehr ein letztes Mittel. Er fand, ein Kampf müsse längst gewonnen oder verloren sein, bevor man anfing, sich auf dem Boden zu wälzen.

In der Ferne hüpfte Burke weiter auf und ab und schwenkte dabei die Arme.

Der Körper des Ringers bewegte sich wie eine einzige starre Masse, und er stampfte mit dem rechten Fuß exakt eine Fußlänge weiter auf. Dann wiederholte er dieses Manöver ebenso starr mit dem linken Fuß. Wie ein Sumoringer. Nun befand er sich einen halben Schritt näher an Reacher. Er war ungefähr eine Handbreit kleiner als der, aber vermutlich zehn Kilo schwerer. Er war ein großer, massiver Mann mit harten, glatten Muskeln, die Luft oder Wasser in Stromlinienform gebracht hatten. Wie ein Seehundbulle. Oder eine Granate.

Ein Ersatzmann? Eigentlich nicht, dachte Reacher. Der Kerl war eine Verstärkung, ein besonderes Talent, das man für diesen Zweck engagiert hatte. Nach der Lektion des Vorabends. Vielleicht würde er vom Freund eines Freundes ausgeliehen. Oder er war Türsteher in einem Nachtclub. In Manchester oder sogar in Boston. Vielleicht war das die Oberliga für Collegestars.

Reacher beschloss, außer Reichweite seiner Arme zu bleiben. Beim Ringen kam es aufs Zupacken, Festhalten und Niederdrücken an. Darauf verstand der Kerl sich wahrscheinlich gut. Zumindest hatte er Erfahrung darin und kannte jede Menge Nachfolgetricks. Er würde ein Dutzend Methoden wissen, einen Gegner auf die Matte zu zwingen. Das musste möglichst vermieden werden. Ein horizontaler Kampf wäre problematisch gewesen. Zu viel Masse. Zum Glück besaß der Kerl keine langen Arme. Die Gefahrenzone war nicht sonderlich tief, die Angelegenheit somit nicht aussichtslos. Also gab es Chancen.

Aber welche genau? Erstmals im Leben fühlte Reacher sich seiner Sache nicht sicher. Der Kopfstoß war nach wie vor möglich, aber riskant, weil er voraussetzte, dass man sich in Reichweite dieser kräftigen Arme begab. Und möglicherweise war der Kerl clever genug, um den Kopf wegzudrehen, sodass der Kopfstoß nur seinen Hals traf, der aus der Nähe so empfindlich wie ein Autoreifen aussah. Zugleich ließen sich mit einer raschen Links-rechts-links-Kombination Körpertreffer erzielen, aber der Mann war so mit Muskeln bepackt, dass sich das anfühlen würde, als träfe man eine Kevlarweste. Mit ungefähr derselben Wirkung.

Der Ringer bewegte sich erneut. Das gleiche dramatische Manöver. Wie ein Sumoringer. Reacher kannte sie aus dem Fernsehen. Von Nachmittagen in Motelzimmern. Körnige Bilder mit Orangestich. Riesige Männer im traditionellen Lendenschurz, halb nackt, eingeölt und unerbittlich.

Nun befand sich der Kerl einen ganzen Schritt näher.

Über ihnen segelte träge der Bussard.

Zu spät erkannte Reacher, was der Mann vorhatte. Er wollte

mit vorgerecktem Bauch auf ihn losstürmen – wieder wie die Sumoringer im Fernsehen, nur dass bei denen der andere Kerl das Gleiche tat, sodass sie sich mit lautem Klatschen in der Mitte trafen. Doch Reacher bewegte sich überhaupt nicht, was bedeutete, dass der andere Kerl die gesamte Bewegungsenergie für sich hatte, was wiederum hieß, dass Reacher gleich mit voller Wucht getroffen werden würde. Wie von einem Traktorreifen überfahren.

Reacher verdrehte den Oberkörper, duckte sich weg und schlug aufs Geratewohl einen rechten Haken, der den Kerl in die Seite traf und nach Isaac Newtons drittem Gesetz – Aktion ist gleich Reaktion – einen Teil der Angriffswucht abfing. Aber die herandonnernde Masse des Mannes war eigentlich nicht zu stoppen, und Reacher wurde durch den Aufprall herumgeworfen, kreiselte weg und musste sich verrenken, um einer nach ihm schlagenden Bärentatze auszuweichen. Er stolperte rückwärts, ruderte mit den Armen und bemühte sich, auf den Beinen zu bleiben.

Der Ringer griff erneut an. Für einen Kerl, der wie ein Walross gebaut war, bewegte er sich erstaunlich flink auf den Beinen. Reacher duckte sich weg und brachte einen wirkungslos schwachen Nierentreffer an, als der Typ an ihm vorbeiwalzte. Der Mann änderte mit geschickter Fußarbeit seine Richtung und kam wieder zurück: heiß und zornig, links und rechts Schläge andeutend, während er versuchte, den Gegner zu fassen zu bekommen. Reacher machte zwei Schritte rückwärts und traf das Gesicht des Kerls mit einer Geraden, die sich anfühlte, als boxte man gegen die Wand einer Gummizelle. Dann duckte er sich unter einer wild zuschlagenden Bärentatze weg, schoss wieder hoch und traf den Rücken des Kerls mit einem soliden Haken, bevor er zurückwich.

Nun atmete der Ringer schwer. Er war ziemlich herumgerannt und hatte zweieinhalb anständige Körpertreffer einstecken müssen. Davon würde er bald steif werden. Reacher wich nochmals zurück. Der Boden unter seinen Füßen war uneben. Links von ihm lag ein vom Baum gefallener Apfel, der im vertrockneten Gras wie ein Edelstein leuchtete. Die beiden Überlebenden vom Vorabend schlichen näher heran, weil sie Blut witterten.

Über ihnen kreiste weiter der Bussard.

Die beiden Überlebenden formierten sich, verharrten rechts und links einen Schritt vor dem Ringer. Flankenschutz. Oder um ihn zu verfolgen. Vielleicht rechneten sie damit, dass er flüchten würde.

Der Ringer nahm wieder seine geduckte Angriffshaltung ein. Reacher wartete. Der Koloss griff an. Genau wie zuvor. Er rannte auf gebeugten kräftigen Beinen los, kam überraschend schnell heran und reckte wieder den Bauch vor, um ihn als Rammbock einzusetzen. Reacher wich nach links aus, blieb aber mit dem Fuß in einem Erdloch hängen, sodass der Kerl ihn bei seinem Sturmangriff mit einer Schulter rammte, was sich anfühlte, als hätte ihn ein Lastwagen angefahren. Sogar zweimal: erst der originale Aufprall, dann sofort eine Art Echo, als Reacher zu Boden ging, erst mit der rechten Schulter, danach mit dem Kopf, dann mit dem ganzen Körper.

Der Kerl war flink auf den Beinen und kehrte umgehend wieder zurück. Reacher wälzte sich zur Seite, war aber nicht schnell genug. Sein Gegner brachte einen Tritt an, der seinen Rücken traf und ihn noch schneller rollen ließ. Reacher befand sich in ungewohnter, aber nicht ganz unbekannter Lage. Regel Nummer eins lautete: *Sofort* wieder auf die Beine kommen. Das Gleiche besagten die Regeln Nummer zwei und drei. Wer am Boden blieb, stand mit einem Bein im Grab. Also wartete er, bis er wieder in Bauchlage war, und sprang dann wie von einer Sprungfeder hochgeschnellt auf. Nun atmete *er* schwer. Und kochte vor Wut. Er wusste ziemlich sicher, dass Tritte beim Ringen verboten waren. Das Spiel hatte sich verändert.

Er dachte: Okay, wenn du nicht anders willst!

Der Ringer nahm wieder seine Angriffshaltung ein. Und Reacher sah etwas, das er viel früher hätte sehen sollen. Oder früher gesehen hätte, wenn das Spiel sich früher geändert hätte.

Er wartete.

Der Kerl stürmte erneut auf gebeugten Beinen überraschend schnell auf ihn zu. Als er dicht genug heran war, trat Reacher ihn so wuchtig ans Knie, wie er ihn zuvor in den Schritt getreten hatte – mit dem gleichen weit ausholenden Sichelschwung und perfekter Treffsicherheit. Der Ringer lief in diesen Tritt hinein, brachte seine eigene Bewegungsenergie mit ein. Ein Football hätte das Stadion verlassen. Das Resultat war spektakulär. Die Knie stellten die Schwachpunkte jedes schweren Kerls dar. Ein Knie war ein Knie. Ein bescheidenes Gelenk. Es wurde nicht größer und stärker, nur weil der Mann ein Semester lang Krafttraining machte. Es wurde nur immer stärker belastet.

In diesem Fall explodierte es mehr oder weniger. Die Kniescheibe zersplitterte. Die Sehnen und Bänder dahinter rissen, und der Kerl sank wie vom Blitz getroffen zu Boden. Doch dann ließ die Regel Nummer eins ihn instinktiv sofort wieder aufspringen, sodass er vor Schmerzen schreiend auf einem Bein balancierte und mit den Bärentatzen wedelte, um das Gleichgewicht zu halten. Die beiden überlebenden Kerle traten einen Schritt zurück. In der Ferne hinter ihnen klebte Burke am Zaun und verfolgte die Szene sorgenvoll.

Ab diesem Augenblick entschied Reacher sich für brutale Effizienz. Haltungsnoten waren jetzt unwichtig. Der Kerl versuchte, mit einer Bärentatze nach ihm zu schlagen, aber Reacher fing den Schlag ab und brachte ihn mit einem Ruck aus dem Gleichgewicht, sodass er unbeholfen schwerfällig zu Boden krachte, worauf Reacher ihn zweimal an den Kopf trat, bis er sich nicht mehr bewegte.

Reacher richtete sich auf, atmete tief ein und aus, ein und aus.

Die beiden Überlebenden machten noch einen Schritt zurück. Sie traten auf der Stelle und versuchten, harmlos verlegen zu grinsen. Hoben die Hände mit abwehrend nach außen gekehrten Handflächen. Sie ergaben sich. Aber sie distanzierten sich auch. Das bedeutete diese Geste: *Nicht unsere Idee.*

Reacher fragte: »Wo habt ihr diesen Fettsack gefunden?«

Er trat den Ringer in die Rippen, aber nur leicht, als wollte er lediglich zeigen, welchen Fettsack er meinte.

Keiner antwortete.

»Antwortet lieber«, sagte Reacher. »Das ist wichtig für eure Zukunft.«

Der rechte Junge sagte: »Er ist heute Morgen raufgekommen.«

»Woher?«

»Aus Boston. Dort lebt er jetzt, aber ist hier aufgewachsen. Wir kennen ihn von der Highschool her.«

»Hat er Pokale gewonnen?«

»Jede Menge.«

»Verpisst euch«, forderte Reacher sie auf.

Das taten sie. Sie rannten nach Süden, sprinteten mit pumpenden Knien und Ellbogen die kleine Anhöhe hinauf. Reacher sah ihnen noch kurz nach. Dann schritt er zwischen den Besiegten hindurch und ging durch die Apfelplantage weiter. Burke erwartete ihn am Zaun stehend. Er hob einen der Arme, die er geschwenkt hatte. In der Hand hielt er sein Mobiltelefon.

»Es hat zu klingeln versucht«, erklärte er. »Aber es gibt wirklich keinen Empfang hier. Also bin ich bis zu einer Stelle außerhalb des Funklochs gegangen. Angerufen hat der Ornithologe von der Universität. Er hat gesagt, er habe nur jetzt Zeit für ein Gespräch, weil der Rest seines Tages verplant sei. Deshalb bin ich zurückgerannt und habe versucht, Ihre Aufmerksamkeit zu erregen.«

»Das hab ich gesehen«, sagte Reacher.

»Er hat eine Nachricht hinterlassen.«

»Auf dem Handy?«

»Bei mir.«

Reacher nickte.

Er sagte: »Als Erstes muss ich Amos im Laconia PD anrufen.«

29

Die fünfte Ankunft lief so unauffällig ab wie die erste und dritte. Im Hinterzimmer hörten Mark, Steven und Robert das Klingelzeichen, als jemand über den Draht auf dem Asphalt fuhr. Sie beobachteten die Bildschirme. Robert rief die Bilder von drei Überwachungskameras auf. Sie warteten. Bei dreißig Meilen in der Stunde brauchte man für zwei Meilen vier Minuten; bei zwanzig waren es sechs Minuten. Im Durchschnitt etwa fünf Minuten, je nachdem, wie schnell jemand zu fahren bereit war und über welche Art Fahrzeug er verfügte. Die Zufahrt war nicht sonderlich gut in Schuss.

Wie die Digitaluhren in den unteren rechten Ecken der

Bildschirme anzeigten, verstrichen genau fünf Minuten und neunzehn Sekunden. Dann sahen sie einen Pick-up unter den Bäumen hervor auf die Lichtung fahren. Robert benutzte seinen Joystick, um mit der Kamera den Truck heranzuzoomen. Das Auto war ein Ford F150 ohne Doppelkabine, aber mit langer Ladefläche. Schmutziger weißer Lack. Weitgehend das Basismodell, drei bis vier Jahre alt. Der Firmenwagen eines Handwerkers.

Robert zoomte weiter, um das Kennzeichen lesen zu können. Es stammte aus Illinois, aber sie wussten alle, dass das Bullshit war. Der Kerl kam aus New York City. Sein Büro-ISP war nicht zu knacken, aber sein privates WLAN war schlecht gesichert gewesen. Als Verwalter eines Fonds in der Wall Street gehörte er zu den neuen gesichtslosen Superreichen, von denen nie jemand gehört hatte. Mark lag viel daran, ihm zu imponieren, denn er glaubte, die Wall Street könne ein wichtiger Markt werden. Die richtigen Leute mit den richtigen Bedürfnissen und in den richtigen finanziellen Verhältnissen.

Sie verfolgten, wie er über die Wiese fuhr, auf den Parkplatz holperte und dann vor dem Büro hielt. Sie sahen, wie Peter herauskam, um ihn zu begrüßen. Sie schüttelten sich die Hände, wechselten ein paar freundliche Worte. Peter gab ihm den Schlüssel und deutete dorthin, wo sein Zimmer lag. Zimmer elf, das absolut beste Zimmer. Bedeutsam in jeder Beziehung. Ihr Bett und das eigene berührten einander fast. Kopf an Kopf. Symmetrisch. Nur durch die Mauerbreite getrennt. Nur durch wenige Zentimeter. Zimmer elf war zweifellos die VIP-Loge. Eine Ehre, die nicht jedem zuteilwurde. Aber Mark hatte darauf bestanden. Demografie sei wichtig, meinte er.

Robert klickte mit Mäusen, gab Tastenbefehle ein und arrangierte die Bildschirme neu, sodass sie an den Wänden um sie herum fast alles gleichzeitig im Blick behalten konnten, wobei die Bilder sich überlappten und einige Aufnahmewinkel wie bei einem unbeholfenen Versuch, Virtual Reality zu zeigen, unterschiedlich ausfielen. Sie sahen, wie der Mann aus der Wall Street seinen Pick-up hinter dem defekten Honda parkte. Sie sahen, wie er einen Umweg machte, um durchs Fenster von Zimmer zehn zu blicken. Allerdings vergeblich. Er schaute wie jemand von der Wall Street aus. Modischer Haarschnitt, im Fitnessstudio gestählt, Bräune von der Sonnenbank und den Wochenenden im Ferienhaus seiner Frau auf den Hamptons. Er war gut angezogen, obwohl er bestimmt versucht hatte, diesen Eindruck zu vermeiden. Um besser zu dem Alltagsauto zu passen. Aber sein Kleiderschrank hatte nichts Passendes hergegeben. Sein Gepäck bestand aus einer großen Reisetasche aus schwarzem Nylon und zwei Hartschalenkoffern, alle staubig von langer Fahrt auf offener Ladefläche.

Dazu auf dem Beifahrersitz eine Stofftasche mit dem Aufdruck eines New Yorker Delis, die mit Kartoffeln oder Banknoten in Rollen vollgestopft war.

Unterdessen tauchten die ersten vier Ankömmlinge hinter ihren Wandschirmen auf, versammelten sich in der Nähe, bemühten sich, ein Gespräch zu beginnen, oder traten zumindest von einem Fuß auf den anderen, bis jemand etwas sagte. Männerfreundschaften. Manchmal ein langwieriger Prozess. Robert drehte die Lautstärke auf. Entlang der Außenfront des Motels befanden sich überall versteckte Mikrofone. Dazu kam ein als Satellitenschüssel getarntes superempfindliches Richtmikrofon, das auf die Stelle im Kies vor dem Fenster von Zimmer zehn zielte. Wo sich die Leute am ehesten versammeln würden. Ein elektronischer Overkill, auf dem Mark jedoch bestanden hatte. Das Feedback von Kunden sei wichtig, sagte er. Je impulsiver und ungefilterter, desto besser. Am besten waren die Ergebnisse, wenn sie nicht ahnten, dass sie belauscht wurden.

Sie horchten. Die Stimmen klangen blechern und leicht verzerrt. Zu Anfang gab es wie zuvor nur zurückhaltende Begrüßungen und die gleichen Erlebnisberichte von unterwegs, als es darum gegangen war, unerkannt und rechtzeitig hier einzutreffen, und die gleichen Beschreibungen von Patty und Shorty als Menschenmaterial in Bezug auf ihre Gesundheit und Kraft und allgemeine Eignung.

Dann glitt das Kunden-Feedback leicht ins Negative ab. Mark schaute enttäuscht weg. Auf den Bildschirmen wurde eine kleine Aufspaltung sichtbar. Es gab zwei oppositionelle Fraktionen, zwischen denen ein wesentlicher Unterschied bestand. Die Ankömmlinge eins, zwei und drei hatten Patty und Shorty durch ihr Fenster gesehen. Live und in Person. Vor ihrer Nase. Nachdem die Jalousie hochgegangen war. Auf die Ankömmlinge vier und fünf traf das nicht zu, weil Patty und Shorty bereits ins Bad geflüchtet waren. Das kein verdammtes Fenster hatte. Deshalb beschwerten sie sich über zwei Punkte. Damit die Startvoraussetzungen für alle gleich waren, wie es in einem freien Land mit Chancengleichheit üblich sein sollte, hätten die Veranstalter warten sollen, bis alle eingetroffen waren, um dann die verdammte Jalousie mit einer gewissen Feierlichkeit hochzuziehen. Ein spezieller Anlass, bei dem alle aufgereiht dastanden, um ihn mitzuerleben. Oder sie hätten das verdammte Bad mit wenigstens einem Fenster ausstatten müssen. Eins von beiden.

Im Hinterzimmer sagte Mark zu den anderen: »Ich weiß nicht, wie wir ein Badezimmerfenster hätten einsetzen können. Jedenfalls nicht mit einfachem Glas. Zu ausgefallen. Aber nichts anderes würde funktionieren. Man könnte nicht hineinsehen.«

Steven sagte: »Wir könnten es außen mit einer Plastikfolie

bekleben. Mit irgendeinem Muster, damit sie von innen wie Milchglas aussieht. Dann könnten wir sie von außen abziehen, wenn's so weit ist.«

»Darum geht's hier nicht«, warf Robert ein. »Mit der Jalousie haben wir echt Scheiße gebaut. So einfach ist das. Der Kerl hat recht. Wir hätten sie unten lassen müssen, bis alle eingetroffen sind.«

Mark sagte: »Patty wollte Sonnenschein.«

»Was sind wir jetzt, Sozialarbeiter?«

»Ihre Stimmung kann sich als entscheidend erweisen.«

»In welcher Stimmung ist sie jetzt?«

»Nicht aufregen«, sagte Mark. »Versucht, über den Tellerrand zu blicken. Was passiert ist, lässt sich nicht mehr ändern. Und wie's der Zufall will, haben wir genau den Halbzeitpunkt erwischt. Drei konnten sie sehen, die anderen drei nicht. Wir könnten das eine Belohnung für Pünktlichkeit nennen. Einen zeitlich limitierten Bonus, Marketing.«

»Pünktlichkeit bedeutet, rechtzeitig da zu sein, nicht vorzeitig. Wir sollten alle gleich behandeln.«

»Zu spät.«

»Nie zu spät, einen Fehler zu korrigieren.«

»Wie?«

»Du sprichst übers Mikrofon mit Patty und Shorty, erinnerst sie daran, dass du sie schon früher vor etwas in dieser Art gewarnt hast, und sagst, dass wir beschlossen haben, ihre Jalousie wieder zu schließen, weil ihnen vielleicht nicht ganz klar ist, in was sie da hineingeraten sind. Und dann lassen wir sie sofort herunter. Das hören sie natürlich und kommen wieder aus dem Bad. Unterdessen bitten wir die Nummern fünf und sechs um Entschuldigung und kündigen für später eine kleine Zeremonie an. Nachdem Patty und Shorty sich wieder beruhigt haben. Wenn wir uns alle versammelt haben. Vielleicht nach Einbruch der Dunkelheit. Wir könnten die Jalousie plötzlich hochziehen und gleichzeitig den Raum mit Licht fluten. Ich wette, dass wir sie auf der Bettkante sitzend überraschen würden. Das sähe aus wie Saks Fifth Avenue am ersten Weihnachtsfeiertag. Die Leute würden aus der ganzen Umgebung zusammenströmen.«

»Damit ist das Problem nicht gelöst«, erklärte Mark. »Das bedeutet nur, dass drei Leute sie einmal gesehen haben, drei Leute dagegen zweimal. Das ist nicht gerecht.«

»Mehr können wir nicht tun«, sagte Robert. »Aber diese Geste kann wichtig sein. Wir dürfen nicht zulassen, dass es darüber Streit gibt. Ihr wisst, wie die Leute in Chatrooms reden. Mundpropaganda kann über Erfolg oder Misserfolg entscheiden. Wir sollten demonstrieren, dass wir uns zusätzlich anstrengen, um diese Sache auszubügeln.«

Mark schwieg lange nachdenklich.

Dann schaute er zu Steven hinüber.

Der sagte: »Stimmt wohl.«

Mark nickte.

Er sagte: »Okay.«

Robert legte einen Schalter um, der mit *Zimmer 10, Jalousie, schließen* beschriftet war.

Seine Stimme kam von der Decke. Wie zuvor. Im Bad war sie ebenso laut wie im Hauptraum. Er sagte: »Leute, ich bitte um Entschuldigung. Ehrlich und aufrichtig. Das war alles meine Schuld. Ich habe mich nicht deutlich genug ausgedrückt, als wir zuletzt miteinander gesprochen haben. Über die Nachteile der Aussicht, meine ich. Aber das haben wir korrigiert. Die Jalousie ist wieder unten und bleibt so lange unten, wie ihr wollt. Für euch ist das bestimmt komfortabler. Entschuldigt nochmals. Das war Gedankenlosigkeit.«

Patty fragte: »Was haben Sie mit uns vor? Worauf müssen wir uns gefasst machen?«

»Was wir wollen, diskutieren wir vor Tagesende mit euch.«

»Sie können uns hier nicht auf ewig festhalten.«

»Das tun wir nicht«, entgegnete Mark. »Versprochen. Ihr werdet schon sehen. Nicht auf ewig.«

Die Deckenlautsprecher verstummten mit einem elektronischen Knacken.

In die Stille hinein sagte Shorty: »Glaubst du ihm?«

»Was?«, fragte Patty.

»Dass die Jalousie wieder unten ist.«

Sie nickte.

»Ich hab's gehört«, sagte sie.

Shorty rappelte sich steif von seinem Platz auf dem Boden auf und öffnete die Tür einen Spalt weit. Ein Blick genügte, um ihm zu zeigen, dass das Zimmer im Dunkeln lag.

»Ich geh wieder raus«, sagte er. »Hier drinnen ist's zu unbequem.«

»Sie fahren sie wieder hoch.«

»Wann?«

»Bestimmt, wenn wir's am wenigsten erwarten.«

»Warum?«

»Weil sie uns schikanieren wollen.«

»Bald?«

»Vermutlich nicht. Sie werden eine Zeit lang warten. Wir sollen uns wieder sicher fühlen.«

»Also sind wir vorerst sicher. Im Augenblick. Später könnten wir ein Bettlaken annageln.«

»Könnten wir das?«

»Warum nicht?«, fragte Shorty.

Früher hätte sie allein wegen guter Manieren widersprochen. Weil sie Kanadierin war. Das Laken und die Wand würden dabei beschädigt werden. Aber jetzt fragte sie nur: »Hast du Nägel und einen Hammer?«

»Nein«, antwortete Shorty.

»Dann halt die Klappe. Spar dir deinen Atem, um auf dein Porridge zu blasen.«

»Sorry«, sagte er. Er blieb noch einen Augenblick an der Tür stehen. Dann ging er ins Zimmer. Er war steif, weil er mit dem Hintern auf kalten Fliesen gesessen und mit dem Rücken an kalten Kacheln gelehnt hatte. Er streckte sich auf dem Bett aus und blickte zu der dunklen Zimmerdecke empor. Irgendwo dort oben befand sich eine Kamera. Er konnte sie nicht ausmachen. Der Verputz bildete eine ebene Fläche. Also war sie in der Deckenlampe oder dem Rauchmelder angebracht. Unbedingt. Vermutlich nicht in der Lampe. Bestimmt zu heiß. Winzige Spionagekameras waren sicher empfindlich. Platinen und winzige Sender.

Also im Rauchmelder. Er starrte ihn an. Hatte das Gefühl, seinerseits angestarrt zu werden. Er stellte sich vor, wie er ihn mit einem Hammer zertrümmerte. Er stellte sich vor, wie Bruchstücke herabregneten. Er stellte sich vor, er hielte den Hammer weiter in der Hand. Was würde er als Nächstes zertrümmern?

Er stand wieder vom Bett auf und ging ins Bad zurück. Er schloss die Tür hinter sich. Er drehte den Wasserhahn des Waschbeckens auf. Patty beobachtete ihn von ihrem Platz auf dem Fußboden. Er beugte sich tief zu ihr hinunter, flüsterte ihr ins Ohr: »Ich hab nachgedacht. Stell dir vor, ich hätte einen Hammer, was täte ich damit?«

»Ein Bettlaken annageln«, gab sie ebenfalls flüsternd zur Antwort.

»Danach, mein ich«, sagte er.

»Was danach?«

»Ich käme hier rein. Dies ist die Rückseite des Gebäudes.

Die ganze Action findet vorn statt. Der Scheiß mit der Jalousie und dass Kerle in unser Zimmer starren. Diese Wand besteht nur aus einer Lage Kacheln und einer nicht sehr starken Holzschalung, dann kommen fünfzehn Zentimeter Hohlraum zwischen den Stehbalken, vielleicht mit Dämmstoff ausgefüllt, vermutlich eine Dampfsperre und außen die Schalung: Zedernschindeln auf Längslatten.«

»Und?«

»Mit einem Hammer könnte ich das alles durchbrechen. Wir könnten zu Fuß abhauen.«

»Durch die Wand?«

»Ein richtiges Abbruchteam wäre in einer Minute durch. Reine Routine.«

»Dann ist's schade, dass du keinen Hammer hast.«

»Ich denke, wir könnten den Koffer gegen die Kacheln einsetzen. Wie einen Rammbock. Wir könnten ihn an dem neuen Seilgriff schwingen. Eins, zwo, drei! Ich wette, dass sie im Stück abplatzen würden. Die restliche Wand könnte ich eintreten.«

»Zedernschindeln kannst du nicht eintreten.«

»Auch nicht nötig«, sagte Shorty. »Ich brauche nur von hinten dagegenzutreten, wo sie angenagelt sind. Dann springen sie von selbst nach vorn ab. Eintreten müsste ich nur die innere Holzschalung. Was auch nicht schwierig wäre. Dieses Zeug ist nicht stark.«

»Wie breit, meinst du, wäre die Lücke?«

»Vierzig Zentimeter, schätze ich. Wir könnten uns seitlich durchquetschen.«

»Mit dem Koffer?«

»Manches müssten wir akzeptieren«, erklärte Shorty. »Wir müssen realistisch denken. Unser Koffer bleibt hier, bis wir ein Fahrzeug erbeutet haben.«

Patty äußerte sich nicht gleich dazu.

Dann flüsterte sie: »Ein Fahrzeug erbeuten?«

»Ein paar dieser Kerle, die vor dem Fenster gestanden haben, müssen mit dem Auto gekommen sein. Das bedeutet, dass auf dem Parkplatz Wagen stehen. Oder vielleicht sind sie alle mit einem Mercedes-SUV abgeholt worden. Der ist dann irgendwo dort draußen abgestellt – mit noch warmem Motor, sofort fahrbereit. Finden wir ihn nicht, spielt das keine Rolle, denn in der Scheune stehen weitere Wagen. Auch nicht weit entfernt. Und ich wette, dass die Schlüssel alle ordentlich an einem Schlüsselbrett hängen.«

»Wir brechen erst durch die Wand und stehlen dann ihren Mercedes?«

»Darauf kannst du deinen Arsch verwetten!«

»Das klingt so verrückt wie die Sache mit dem Quad.«

»Die war *nicht* verrückt, sondern hat tadellos geklappt. Das weißt du. Es hat alles von Anfang bis Ende funktioniert. Aber etwas anderes hat nicht einwandfrei funktioniert. Wir wussten nicht, dass sie Kameras und Mikrofone hatten. Wir wussten nicht, dass unfair gespielt wurde.«

»Jetzt mal theoretisch«, sagte Patty. »Wie lange würde es dauern, ein Loch in die Wand zu treten?«

»Nicht lange, wenn uns ein relativ kleines Loch genügt. Wenn es dicht über dem Boden wäre. Wenn wir bereit sind, auf allen vieren ins Freie zu kriechen.«

»Wie viele Minuten?«

Shorty schloss die Augen. Er stellte sich den Ablauf vor. Acht Tritte, sechs mit der Zehenkappe, um die Wand an strategischen Punkten zu durchlöchern, dann zwei gewaltige Tritte mit der Stiefelsohle, um alles rausfliegen zu lassen. Insgesamt vielleicht acht Sekunden. Dann etwas Zeit, um das Dämmmaterial rauszureißen, hastig eine Handvoll nach der anderen, wie ein Hund, der nach einem Knochen gräbt. Noch mal acht Sekunden. Oder zehn. Lieber zwölf, um auf der sicheren Seite zu sein. Bisher also zwanzig. Aber dann kamen die Zedernschindeln, die haltbarer befestigt waren. Ihre langen Nägel wurden mit einem Drucklufttacker ins Holz geschossen. Sie würden kräftige Tritte erfordern. Das Problem war der Angriffswinkel. Er würde kleine Karatetritte durch ein schmales Loch anbringen müssen. Irgendwie seitlich und nach unten. Unpraktisch. Schwierig, genug Kraft zu entwickeln. Am besten legte er sich auf den Rücken, zog die Beine an und trat mit aller Kraft zu. Wieder und wieder. Mindestens achtmal.

Er sagte: »Ungefähr eine Minute.«

Sie sagte: »Das wäre ziemlich gut.«

»Wenn die Kacheln in einem Stück abplatzen.«

»Und wenn sie's nicht tun?«

»Dann müssten wir jede Kachel einzeln abschlagen. Nur um an die Holzwand ranzukommen. Ab diesem Punkt würden wir mindestens eine Minute brauchen. Eher zwei, weil wir vom Abschlagen der Kacheln schon müde wären.«

»Wie lange insgesamt?«

Shorty sagte: »Wir wollen hoffen, dass alles in einem Stück abplatzt.«

Sie fragte: »Willst du das wirklich versuchen?«

»Ich stimme mit Ja.«

»Wann?«

»Am besten sofort. Wir könnten geradewegs zu einem Quad rennen. Vielleicht besser als ein Auto. Wenn wir durch den Wald flüchten, können sie nicht hinterher.«

»Außer mit einem anderen Quad. Sie besitzen noch acht davon.«

»Wir hätten einen Vorsprung.«

»Kannst du überhaupt ein Quad fahren?«

»Wie schwierig kann das sein?«

Patty legte eine weitere Denkpause ein.

»Ein Schritt nach dem anderen«, sagte sie schließlich. »Als Erstes testen wir den Koffer gegen die Kacheln. Um zu sehen, ob sie in einem Stück abfallen. Tun sie das, können wir uns endgültig entscheiden. Tun sie's nicht, vergessen wir das Ganze.«

Shorty öffnete die Badezimmertür und schaute quer durchs Zimmer zu ihrem Koffer. Er stand noch dort, wo er ihn vor vielen Stunden abgesetzt hatte. Nachdem sie beobachtet hatten, wie Karel mit dem Abschleppwagen verschwunden war.

Er flüsterte: »Sie sehen aber, wie ich ihn hole. Wegen der Kameras.«

»Sie wissen nicht, was drin ist«, antwortete Patty ebenso leise. »Wir dürfen sicher unser eigenes Zeug ins Bad holen, oder? Vielleicht brauchen wir's. Vielleicht wollen wir hier drinnen schlafen, weil dauernd Leute durchs Fenster starren. Das wäre ganz natürlich.«

Shorty überlegte kurz. Dann nickte er und ging hinaus, um den Koffer zu holen. Kalt wie eine Hundeschnauze. Völlig entspannt. Er schlenderte hin, packte ihn am Griff, kam damit zurückgeschlendert, stellte ihn ab und schloss die Tür. Dann atmete er aus und wedelte mit der Hand, weil seine Handfläche wie Feuer brannte.

Sie suchten eine Stelle aus. Links neben dem Waschbecken. Ein glattes Wandstück. Keine Steckdose. Folglich keine versteckten elektrischen Leitungen, die sie aufhalten konnten. Auch keine Wasserleitungen. Alles, was mit Wasser zu tun hatte, war in der gegenüberliegenden Ecke konzentriert. Perfekt. Keine sichtbaren Hindernisse.

Sie zerrten und schoben, bis der Koffer richtig in Position stand. Dann beugten sie sich darüber, packten den Seilgriff mit allen vier Händen, hoben den Koffer eine Handbreit hoch, höher als die Fußbodenleiste an der Wand, traten einen Schritt zurück und versetzten den Koffer in langsame Schwingungen, vor und zurück, vor und zurück. Er war ein großes, haltbares Stück, sehr alt. Aus Sperrholz, das mit Leder überzogen war und verstärkte Ecken besaß. Sie perfektionierten ihren Rhythmus und ließen die Schwerkraft die Arbeit tun. Bei jedem Schwung machten sie einen Arm kurz und den anderen lang, damit der Koffer genau waagrecht blieb und die Wand vollflächig traf.

»Bist du so weit?«, fragte Shorty.

»Ja.«

»Auf drei.«

Sie holten einmal, zweimal aus, verstärkten den Schwung und traten bei drei einen Schritt vor, um die Masse des Koffers noch mehr zu beschleunigen.

Seine Schmalseite schepperte gegen die Kacheln.

Das Ergebnis fiel nicht wie von Shorty erwartet aus.

Er hatte instinktiv angenommen, in der Wand würde eine flache Einbuchtung entstehen und daraufhin der Verputz abplatzen. Die Kacheln wären auf den Putz geklebt. Sprang dieser, würden die Kacheln in großen Feldern abfallen. Dafür würde die Schwerkraft sorgen.

Aber das passierte nicht.

Stattdessen zersprangen ein halbes Dutzend Kacheln. Einige Bruchstücke fielen zu Boden, die übrigen hafteten weiter an der Wand. Als willkürlich verteilte Fragmente in Geldstückgröße, die einzeln angeklebt waren. Billige Arbeit. Der Fliesenleger hatte auf der Rückseite drei oder vier Batzen Kleber angebracht und eine Kachel nach der anderen angedrückt. Die flachen Hohlräume dahinter hatten sie beim Aufprall des Koffers zersplittern lassen. Aber die Holzwand selbst gab überhaupt nicht nach.

Sie stellten den Koffer ab. Shorty drückte einen Daumennagel zwischen zwei Fragmenten an die Wand. Der Verputz war deutlich spürbar: trocken und glatt. Als er daran kratzte, löste sich etwas pulverförmiger Staub ab. Er drückte fester dagegen, erst mit dem Daumenballen, dann mit den Fingerknöcheln und zuletzt mit der Faust. Die Holzwand gab nicht im Geringsten nach. Sie fühlte sich solide an.

»Komisch«, sagte er.

»Sollen wir's noch mal versuchen?«, fragte Patty.

»Aber sicher«, antwortete er. »Diesmal richtig fest.«

Sie wichen so weit zurück, wie der kleine Raum es zuließ, holten gewaltig aus, stolperten bei drei seitlich nach vorn und knallten den Koffer mit aller Kraft gegen die Wand.

Mit dem gleichen Ergebnis. Ein paar weitere Fliesenfragmente fielen einzeln von der Wand. Das war alles. Als hätten sie den Koffer an eine Betonwand geknallt. Sie spürten den Aufprall in ihren Handgelenken.

Sie zerrten den Koffer zur Seite. Shorty klopfte die Wand versuchsweise hier und dort ab. Der Klang war eigenartig. Nicht richtig massiv, aber auch nicht richtig hohl. Irgendwas dazwischen. Er trat fest dagegen. Und noch fester. Die gesamte Wand schien in einem Stück zu beben.

»Komisch«, wiederholte er.

Er hob ein spitzes Fliesenfragment auf, kratzte damit in den Verputz, zog eine lange Furche und vertiefte sie, indem er hackte und kratzte. Dann zog er eine weitere Furche und noch eine, die ein großes Dreieck bildeten, das einen Teil der Fragmente einschloss. Anschließend trat er zurück, zielte sorgfältig und trat mit aller Kraft zu. Das durch Furchen gebildete Dreieck platzte ab und fiel zu Boden. Darunter kam die tapezierte glatte Fläche einer ganz neuen Holzwand zum Vorschein. Er machte sich mit dem spitzen Fragment darüber her, hackte und kratzte wütend, bis körniger Staub und Papier flogen. Dann ging er noch mal einen Schritt zurück und trat und trat in hektischer Frustration zu. Er zertrat die Holzwand in Staub und Splitter. Er pulverisierte sie.

Doch trotz der vielen Tritte entstand kein Loch. Er kam nicht durch, sondern scheiterte an einem starken Stahlgeflecht, das abschnittsweise zu sehen war, als die Holzwand davor zerstört wurde. Es ragte aus der Wolke aus Staub und Splittern: gespenstisch weiß und straff gewebt. Ein engmaschiges Netz aus stählernen Fäden so stark wie sein kleiner Finger. Seine Öffnungen waren quadratisch und kaum groß genug, um einen Daumen hineinzustecken.

Er benutzte das spitze Fliesenfragment, um das Loch zu vergrößern. So fand er eine Stelle, wo ein hellgrünes Erdungskabel an die Rückseite des Netzes gelötet war. Eine leitende Verbindung. Saubere Arbeit. Einen Viertelmeter weiter entdeckte er das nächste an die Rückseite des Netzes gelötete Erdungskabel.

Dann fand Shorty eine Stelle, wo das Stahlnetz an einen Gitterstab geschweißt war.

Diese Art Stab war unverwechselbar. Er kannte Größe, Durchmesser und Abstände aus praktisch jedem Krimi, den er in seinem Leben gesehen hatte. In dieser Wand verbargen sich wandhohe Gitterstäbe, die eine Gefängniszelle bildeten. Das hier und dort außen angeschweißte Stahlnetz glich einer vor ein Fenster genagelten Decke. Wegen der Erdungskabel wusste er, wozu es diente. Weil er sich an einen Elektrobaukasten erinnerte, den er vor vielen Jahren zu Weihnachten bekommen hatte. Von seinem Onkel. Tatsächlich von dem Onkel, der ihm auch den Honda Civic geschenkt hatte. Das Stahlnetz diente nicht als Verstärkung, sondern verwandelte den Raum in einen Faraday'schen Käfig. Zimmer zehn war ein elektronisches schwarzes Loch. Jedes Funksignal, das einzudringen versuchte, würde von dem Netz aufgespalten und von den Erdungskabeln abgeleitet werden. Das galt auch für abgehende Signale. Die Art des Signals spielte dabei keine Rolle. Mobiltelefon, Satellitentelefon, Piepser, Sprechfunkgerät, Polizeifunk… nichts konnte diese Abschirmung durchdringen. Naturgesetze ließen sich nicht überlisten.

Wegen des Netzes konnte kein Signal hinaus.

Wegen der Gitterstäbe konnte kein Mensch hinaus.

Patty warf einen Blick über seine Schulter und fragte: »Was ist dieses ganze Zeug?«

Shorty versuchte angestrengt, etwas Heiteres zu sagen, aber das gelang ihm nicht, deshalb ließ er die Frage unbeantwortet.

30

Burke und Reacher fuhren zur Abzweigung zurück und weiter nach Süden in Richtung Laconia. Aber nicht ganz. Nur ein paar Meilen. Weit genug, um wieder mit Burkes altem Handy telefonieren zu können. In einer weiten Linkskurve hielten sie auf dem Bankett. Vor ihnen breiteten sich Felder und Waldstücke aus, die sich vermutlich bis zur im Dunst unsichtbaren Stadt erstreckten. Reacher zog Amos' Geschäftskarte aus der Tasche und wählte ihre Nummer. Nach dem zweiten Klingeln meldete sich ihr Anrufbeantworter. Sie saß nicht an ihrem Platz. Er legte auf, ohne etwas zu sagen, und versuchte es mit ihrer Handynummer. Diesmal meldete sie sich nach dem fünften Klingeln.

Sie sagte: »Interessant.«

Er fragte: »Was denn?«

»Sie rufen mit Reverend Burkes Handy an, sind weiter mit ihm zusammen. Hier irgendwo in der Nähe.«

»Woher wissen Sie, dass dieses Handy ihm gehört?«

»Ich habe heute Morgen sein Kennzeichen gesehen und mich beim County sachkundig gemacht. Jetzt weiß ich alles über ihn. Er ist ein Unruhestifter.«

»Zu mir ist er sehr nett gewesen.«

»Was kann ich für Sie tun?«

»Irgendwas hat mich an Leute denken lassen, die aus Boston angeworben werden. Scheint hier Usus zu sein. Hab mich gefragt, wie Sie damit umgehen.«

»Wieso?«

»Ist schon jemand aufgekreuzt?«

Amos gab keine Antwort.

Reacher fragte: »Was?«

»Chief Shaw redet wieder mit dem Boston PD. Die Kollegen haben auf der Straße erfahren, dass fünf Kerle heute auswärts arbeiten. Ihre Abwesenheit ist auffällig. Es ist anzunehmen, dass sie zu uns geschickt worden sind. So wissen wir alles über die ersten vier. Sie waren der Kerl in dem Chrysler und die drei in der Bibliothek. Aber der fünfte Mann macht uns Sorgen. Er hat Boston lange nach den anderen verlassen. Wahrscheinlich nach einem Panikanruf von hier. Wir vermuten, dass er ihr Mann fürs Grobe ist. Ihr letztes Mittel.«

»Ist er schon angekommen?«

»Das weiß ich nicht. Wir tun, was wir können, aber wir übersehen bestimmt etwas.«

»Wann hat er Boston verlassen?«

»Er müsste längst hier sein.«

»Mit meiner Personenbeschreibung«, sagte Reacher.

»Das spielt keine Rolle mehr«, entgegnete Amos. »Oder doch?«

Sie machte eine Pause.

Dann sagte sie: »Erzählen Sie mir bloß nicht, dass Sie in die Stadt zurückkommen. Sie bleiben gefälligst weg!«

»Ganz ruhig, Soldat«, sagte Reacher. »Rührt euch. Ich bleibe weg. Ich kehre nicht in die Stadt zurück.«

»Dann machen Sie sich keine Sorgen wegen Ihrer Personalbeschreibung.«

»Ich habe mich gefragt, was sie wohl besagt. Ich überlege, was der Junge von mir gesehen haben kann. Die Beleuchtung war nicht besonders gut. Wir befanden uns in einer Gasse. Über der Tür brannte eine Lampe trüb unter einem Schirm. Aber gehen wir trotzdem davon aus, er hätte mich ziemlich gut gesehen. Obwohl es mitten in der Nacht und er verdammt wütend auf eine Schlägerei aus war, bis er dann mehr oder minder bewusstlos am Boden lag. Deshalb dürfte seine Erinnerung an Details bescheiden gewesen sein. Was würde ein Junge in seiner Lage nachträglich sagen? Das Reden fiel ihm bestimmt schwer. Er hatte ein paar ausgeschlagene Zähne. Bestimmt auch Blutergüsse im Gesicht. Vielleicht einen gebrochenen Unterkiefer. Was würde er also murmeln? Bestimmt nur das Nötigste. ›Ein großer Kerl, volles blondes Haar.‹ Das dürfte er gesagt haben.«

»Okay.«

»Aber ich habe zuvor mit dem Mädchen, der Bedienung, gesprochen. Sie hat gefragt, ob ich ein Cop sei. Ich habe geantwortet, das sei ich früher in der Army gewesen. Daran kann der Junge sich erinnert haben. Solche Details sollen eine Beschreibung unterfüttern. Sie suggerieren einen bestimmten Typ, nicht nur eine Erscheinung. Was für den Jungen wichtig gewesen sein dürfte. Er wollte das Gesicht wahren und behaupten können, er habe nur verloren, weil er es mit einem Killer aus den Special Forces zu tun hatte. Eine Ausrede, fast eine Auszeichnung. Also hat er wahrscheinlich gesagt: ›Ein großer Kerl, volles blondes Haar, war in der Army.‹ Genau das haben die drei Männer in der Bibliothek gesehen. Eine einfache Checkliste mit drei Punkten. Größe, Haar. Army. Mehr hatten sie nicht. Nicht sehr detailliert oder exakt.«

Amos fragte: »Wieso ist irgendwas davon wichtig?«

»Ich glaube, dass diese Beschreibung auch auf Carter Carrington passt.«

Amos äußerte sich nicht dazu.

»Ich finde, dass sie gefährlich gut zutrifft«, fuhr Reacher fort. »Jedenfalls ist er größer als der Durchschnitt. Körperlich imposant. Er hat volles, widerspenstiges blondes Haar und etwas Soldatisches an sich. Ich dachte, er sei in der Army gewesen. Das war er nicht, aber ich hätte darauf gewettet. Ich hab mir überlegt, an welcher Uni er die Ausbildung zum Reserveoffizier gemacht haben könnte.«

»Sie meinen, dass wir ihn warnen sollten?«

»Ich denke, dass Sie einen Streifenwagen vor seinem Haus postieren sollten.«

»Im Ernst?«

»Vielleicht ein Job für Officer Davison. Der scheint ein fähiger junger Mann zu sein. Ich möchte nicht, dass etwas passiert. Meinetwegen. Ich will Carrington nicht auf dem Gewissen haben. Er scheint ein netter Mensch zu sein und hat gerade eine neue Freundin.«

»Personenschutz für ihn wäre eine gewaltige Umleitung unserer Ressourcen.«

»Er ist ein unbeteiligter Dritter und der Mann, der sich notfalls für Sie einsetzt.«

»Ich glaube, er würde sich aus Prinzip weigern. Genau aus diesen Gründen. Er wird sagen, er könne keine Sonderbehandlung akzeptieren. Der äußere Eindruck wäre verheerend.

Die Gefahr droht schließlich einem anderen, dem er vielleicht ähnlich sieht. Er würde als eitel, korrupt und feige dastehen. Also tut er's nicht.«

»Dann fordern Sie ihn auf, die Stadt zu verlassen.«

»Ihm kann ich nichts befehlen. So funktioniert das nicht.«

»Mich haben Sie weggeschickt.«

»Das war was anderes.«

»Sagen Sie ihm, dass etwas mit der Story nicht stimmt.«

»Was soll das heißen?«

Reacher hielt einen Moment inne, um einen Truck auf der Straße vorbeiröhren zu lassen. Einen Abschleppwagen, der nach Norden rollte. Er war riesig. Von der Art, die einen umgestürzten Sattelschlepper bergen konnte. Er fuhr laut und langsam in einem niedrigen Gang an ihnen vorbei. Reacher erkannte, dass er ihn schon mal gesehen hatte. Das Fahrzeug war leuchtend rot und fleckenlos sauber. Es hatte überall goldene Zierlinien. Im Vorbeifahren ließ es den alten Subaru schwanken. Sein Motorengeräusch verhallte in der Ferne hinter ihnen.

Reacher hielt das Handy wieder ans Ohr.

Er sagte: »Carrington wird die Botschaft verstehen und wissen, was ich meine. Fordern Sie ihn auf, eine Chance zu sehen, wo andere vielleicht eine Krise vermuten. Er sollte einen Kurzurlaub machen. An irgendeinem romantischen Ort. Nach dem Labor Day gehen die Zimmerpreise runter.«

»Er hat einen Job«, entgegnete Amos. »Vielleicht kann er nicht einfach so weg.«

»Sagen Sie ihm, dass ich ihm gern zugehört habe, als es um Volkszählungsmethoden ging, und dass er mir zuhören soll, wenn es um Überlebensmethoden geht.«

Amos sagte: »Ich hab mich ziemlich gut gefühlt, bis Sie mir das hier aufgehalst haben. Es gibt hier einen bösen Kerl in der

Stadt, okay, aber das macht nichts, weil der böse Kerl keine Zielperson hat. Jetzt erzählen Sie mir, dass er doch eine hat, sozusagen, irgendwie, vielleicht.«

»Rufen Sie mich an, wenn Sie mich brauchen«, sagte Reacher. »Unter dieser Nummer bin ich voraussichtlich noch ein, zwei Stunden zu erreichen. Ich komme gern in die Stadt zurück, um auszuhelfen. Wenn Sie möchten, könnten Sie Chief Shaw einen Gruß von mir bestellen und ihm mein Angebot übermitteln.«

»Kommen Sie ja nicht zurück!«, drohte Amos. »Unter keinen Umständen.«

»Niemals?«

»Nicht bald«, sagte sie.

Reacher beendete das Gespräch.

Die Mittagszeit war längst vorbei, und Burke sagte, er sei hungrig und wolle irgendwo eine Kleinigkeit essen. Reacher erbot sich, ihn als Dankeschön für die Herumfahrerei einzuladen. Also fuhren sie nach Osten zu einem See, an dem Burke einen Laden für Anglerbedarf kannte, der auch Getränke und Sandwiches verkaufte. Die Fahrt war landschaftlich schön, und der kleine Laden sah genau wie beschrieben aus. Er war ein Schuppen mit einem Eiswürfelbehälter davor und laut summenden Kühlschränken im Inneren, die Essen für Menschen und Köder für Fische enthielten. An einer kleinen Theke gab es Hühnersalat oder Thunfisch auf Weißbrot oder einem Hot-dog-Brötchen, dazu eine Tüte Kartoffelchips und eine Flasche kaltes Wasser, alles für einen Cent weniger als drei Dollar. Limonaden kosteten extra.

Reacher erklärte: »Ich habe gesagt, dass ich Sie einlade. Sie hätten ein teures Lokal aussuchen sollen.«

Burke sagte: »Das hab ich getan.«

Er nahm Thunfisch, Reacher bestellte Huhn. Beide tranken

Wasser. Sie aßen im Freien, an einem dunkelbraunen Picknicktisch an dem zum Wasser hinunterführenden Weg.

»Jetzt möchte ich die Nachricht hören«, sagte Reacher. »Von dem Ornithologen.«

Burke antwortete nicht gleich.

Irgendetwas beschäftigte ihn.

Dann sagte er: »Er will anscheinend dringend mit Ihnen sprechen. Er hat sehr aufgeregt gewirkt und gemeint, er habe nie gewusst, dass Stan Kinder hatte.«

»Wer ist er genau? Hat er Ihnen das erzählt?«

»Sie wissen, wer er ist. Sie haben ihn angerufen. Er ist Universitätsprofessor.«

»Ich meine, wie sind wir verwandt?«

Burke trank einen großen Schluck Wasser.

»Das hat er detailliert erläutert«, sagte er. »Die Kurzfassung lautet, dass man auf der Seite Ihres Vaters vier Generationen weit zurückgehen muss. Bis zu Ihrem Ururgroßvater, der einer von sieben Brüdern war. Die alle zahlreiche Kinder, Enkel, Urenkel und Ururenkel hatten. Der Professor und Sie stecken irgendwo dort drin.«

»Mit ungefähr weiteren zehntausend Leuten.«

»Er hat gesagt, dass er mit Ihnen über Stan reden möchte. Anscheinend fühlt er sich ihm als Vogelfreund verbunden. Er will Sie unbedingt persönlich kennenlernen. Und er hat eine Idee, die er mit Ihnen diskutieren möchte.«

»Fünf Minuten vorher wusste er nicht mal, dass ich existiere.«

»Er hat nicht lockergelassen.«

»Mochten Sie ihn?«

»Ich habe mich von ihm unter Druck gesetzt gefühlt. Zuletzt gestattete ich mir den Hinweis, dass Sie nach meiner Ansicht sehr bald weiterziehen werden, weil Sie nicht der Typ sind, der irgendwo Wurzeln schlägt, sodass es allein aus diesem Grund sehr schwierig werden könnte, ein persönliches Gespräch zu vereinbaren.«

»Aber?«

»Er hat gesagt: ›Ich muss ihn einfach sprechen.‹«

»Und?«

»Er kommt morgen.«

»Wohin?«

»Ich konnte keinen genauen Treffpunkt nennen. Ich war nicht befugt, für Sie zu sprechen. Ich kannte Ihre Präferenzen nicht. Zuletzt hat er einen Vorschlag gemacht, und ich habe mir erlaubt, ihn in Ihrem Namen anzunehmen. Er hat mich bedrängt. Ich konnte nur noch zustimmen.«

»Was hat er vorgeschlagen?«

»Ryantown.«

»Tatsächlich?«

»Er weiß angeblich, wo es liegt. Er hat dort Nachforschungen angestellt. Ich habe ihn nach ein paar Details gefragt, und er kennt sich wirklich aus.«

»Morgen um welche Zeit?«

»Er will um acht Uhr dort sein.«

»Ryantown besteht aus ein paar Ruinen im Wald.«

»Er hat gesagt, das sei angemessen.«

»Vielleicht für ein Duell.«

»Angemessen war sein Ausdruck, nicht meiner. Und Ryantown war sein Vorschlag, nicht meiner.«

»Mochten Sie ihn?«. fragte Reacher erneut.

»Ist das wichtig?«

»Mich interessiert Ihre persönliche Meinung.«

»Wieso sollte ich eine haben?«

»Sie haben ihn reden gehört. Sie müssen einen Eindruck von dem Mann haben.«

»Ich richte Ihnen seine Nachricht aus«, erklärte Burke. »Das habe ich zugesagt. Verlangen Sie nicht auch noch einen Kommentar. Diese Sache geht mich nichts an.«

»Mich interessiert, wie Sie ihn einschätzen.«

»Das steht mir nicht zu. Ich möchte Sie nicht so oder so beeinflussen.«

»Wenn Leute das sagen, täten sie's in Wirklichkeit gern.«

»Er hat sehr eifrig geklungen.«

»Ist das gut oder schlecht?«

»Könnte beides sein.«

»Wie?«

»Sehen Sie, er ist Professor an einer Universität. Ein Akademiker. Davor habe ich höchsten Respekt. Ich war selbst mal Lehrer, das dürfen Sie nicht vergessen. Aber heutzutage ist das anders. Diese Leute müssen ständig für sich selbst werben. Das geht weit über ›Publizier oder krepier‹ hinaus. Sie müssen in den sozialen Medien unterwegs sein. Sie müssen jeden Tag etwas Neues bringen. Ich hätte die Sorge, dass er unterschwellig ein Foto von Ihnen in Ryantown will, um es für einen Blog Post oder einen Onlineartikel zu verwenden. Oder für eine Neuauflage seiner damaligen Nachforschungen. Oder für eine Kombination von allem. Das kann ich ihm nicht mal verübeln. Er muss Neues bieten, sonst bewerten seine Studenten ihn schlecht. Auch der visuelle Aspekt ist wichtig. Daher das frühe Treffen. Das Morgenlicht sorgt für Atmosphäre. Sie könnten auf der Suche nach dem verschwundenen Vogel melancholisch in den Himmel starren.«

»Sie sind ein großer Zyniker, Reverend Burke.«

»Heutzutage ist alles anders.«

»Aber jeder macht Handyfotos. Jeder stellt Bilder online. Das ist keine große Sache. Bestimmt kein Grund, sich nicht mit jemandem zu treffen. Sie übertreiben diesen Aspekt. Sie versuchen mich abzulenken. Sie sollten mir sagen, was Sie wirklich auf dem Herzen haben.«

Burke machte eine lange Pause.

Dann sagte er: »Wenn Sie sich mit ihm treffen, erzählt er Ihnen etwas Verstörendes.«

»Sie brauchen nicht um den heißen Brei herumzureden«, sagte Reacher.

»Diesmal geht's um etwas anderes.«

»Worum also?«

»Ich habe ihm zugehört. Ich hatte das Gefühl, er rede teilweise wirres Zeug. Anfangs war ich mir nicht sicher, ob er das ernst meinte. Dann hatte ich den Eindruck, das sei eine Marotte von ihm.«

»Was denn?«

»Er hat von Stan immer im Präsens gesprochen. Er hat gesagt: Stan ist dies, Stan ist jenes, Stan ist hier, Stan ist dort. Anfangs habe ich geglaubt, Ahnenforscher sprächen so. Weil das lebendiger wirkt. Aber als er so weitermachte, habe ich ihn gefragt.«

»Was gefragt?«

»Warum er so redet.«

»Und, was hat er geantwortet?«

»Er glaubt, dass Stan noch lebt.«

Reacher schüttelte den Kopf.

»Das ist verrückt«, sagte er. »Er ist seit Langem tot. Er war mein Vater. Ich war bei seiner Beerdigung.«

Burke nickte.

»Daher habe ich befürchtet, dass es Sie verstören würde«, erklärte er. »Der Professor irrt sich offenbar oder ist verwirrt. Oder irgendein Spinner, bei dem eine Schraube locker ist. Alles das kann nach einem Trauerfall in der Familie sehr schmerzlich sein. Schließlich geht's hier um Empfindlichkeiten.«

»Das alles liegt dreißig Jahre zurück«, sagte Reacher. »Darüber bin ich hinweg.«

»Dreißig Jahre?«

»Plus oder minus«, sagte Reacher. »Ich war damals Kompaniechef beim CID in Westdeutschland, und ich weiß noch, wie ich zurückgeflogen bin. Er liegt auf dem Arlington Cemetery begraben. Das wollte meine Mutter, weil er in Korea und Vietnam gekämpft hatte. Sie fand, er habe es verdient.«

Burke äußerte sich nicht dazu.

Reacher fragte: »Was?«

»Bestimmt nur ein Zufall«, antwortete Burke.

»Was denn?«

»Der Professor hat mir erzählt, Stan Reacher habe sehr lange im Ausland gearbeitet, ohne den geringsten Kontakt zu seiner Verwandtschaft zu haben, bis er schließlich in den Ruhestand gegangen und nach New Hampshire zurückgekehrt sei.«

»Wann?«

»Vor dreißig Jahren«, sagte Burke. »Plus oder minus. Das waren exakt seine Worte.«

»Das ist verrückt«, wiederholte Reacher. »Ich war bei der Beerdigung. Der Mann irrt sich. Ich sollte ihn anrufen.«

»Das geht nicht. Er ist für den Rest des Tages verplant.«

»Wo soll dieser alte Kerl, der nach New Hampshire zurückgekehrt ist, heutzutage leben?«

»Bei der Enkelin eines Verwandten.«

»Wo genau?«

»Das können Sie sich morgen früh als Erstes von dem Professor selbst erzählen lassen.«

»Ich bin unterwegs nach San Diego und muss schleunigst weiter.«

»Hat Sie mitgenommen, was er gesagt hat?«

»Überhaupt nicht. Ich weiß nur nicht, was ich tun soll. Ich will keine Zeit damit vergeuden, mit einem Idioten zu reden.«

Burke schwieg einen Augenblick.

»Ich glaube, ich sollte Ihnen nicht weiter abraten«, meinte er. »Meine einzige Sorge war emotionaler Stress. Gibt es keinen, finde ich, dass Sie dem Professor Gutwilligkeit unterstellen könnten. Vielleicht handelt es sich um einen harmlosen Irrtum. Eine einfache Verwechslung zweier ähnlicher Namen, irgendwas in der Art. Vielleicht würde es Ihnen auch Spaß machen, sich mit ihm zu unterhalten. Wenigstens über Ryantown. Er weiß viel darüber, hat dort Nachforschungen angestellt.«

»Ich bräuchte ein Motel«, sagte Reacher. »Nach Laconia kann ich nicht zurück.«

»Nördlich von Ryantown gibt es eines. Ungefähr zwanzig Meilen. Ich habe Ihnen davon erzählt. Es soll gut sein.«

»Mitten im Wald.«

»Genau das meine ich.«

»Klingt unter den Umständen ideal. Fahren Sie mich hin, wenn ich Ihnen fünfzig Bucks für Benzin gebe?«

»Fünfzig Bucks sind zu viel.«

»Wir sind schon eine Menge Meilen gefahren. Und Sie müssen an die Reifen denken, an allgemeine Abnutzung und einen Anteil an den Gesamtkosten. Zum Beispiel für Versicherungen, Kundendienste und Reparaturen.«

»Zwanzig würde ich nehmen.«

»Abgemacht«, sagte Reacher.

Sie standen von dem Picknicktisch auf und gingen zu dem Subaru zurück.

Karel war der sechste und letzte Ankömmling. Er arbeitete an diesem Morgen ganz normal, fing früh auf dem Highway an, wo er fast augenblicklich Glück mit einem nicht zu schweren Auffahrunfall hatte, der sich als doppelter Glücksfall erwies, weil beide Versicherungen ihn mit dem Abschleppen beauftragten. Womit Essen und Miete für diesen Tag bezahlt waren. Der Rest war Zuckerguss auf der Torte. Unfälle gab es keine mehr, aber dafür drei Pannendienste, was für diese Jahreszeit verdammt gut war. Und dann einen vierten, nahm er voreilig an, als er einen alten Subaru defekt am Straßenrand stehen sah. Aber daraus wurde nichts. In dem Wagen saßen zwei Männer, von denen einer die Aussicht bewunderte, während der andere telefonierte. Aus dem Auspuff kamen kleine Dampfwölkchen. Der Motor des alten Subarus lief tadellos.

Zwanzig Meilen weiter verringerte er sein Tempo auf Kriechgeschwindigkeit und bog scharf links auf die schmale Zufahrt ab. In den Tunnel unter den Bäumen, der kaum breiter als sein Truck war. Laub und Zweige streiften und schlugen gegen beide Flanken. Schlaglöcher ließen die Riesenreifen springen und wieder klatschend aufkommen. Er legte den ersten Gang ein und fuhr noch langsamer. Vor ihm lag das Kabel auf dem Asphalt. Das ein warnendes Klingeln auslöste. Er wollte, dass alle drei Achsen einzeln klingelten. Das war der Code. *Bing, bing-bing.* Deshalb die niedrige Geschwindigkeit.

Er rollte langsam über das Kabel. Und hielt. Er brachte den Wählhebel in Stellung P, zog die Handbremse an und stellte den Motor ab. Er öffnete die Fahrertür gegen den Druck belaubter Zweige und ließ sein Gepäck nach unten gleiten. Dann zwängte er sich seitlich hinaus, sperrte die Tür von unten ab, sammelte sein Gepäck ein, trug es zehn Meter weiter und stellte es dort ordentlich zusammen. Er drehte sich um und sah zurück. Sein Truck versperrte die gesamte Zufahrt, füllte sie lückenlos aus. Hier kam kein Auto mehr durch. Nicht mal ein Quad. Vielleicht ein Fußgänger, wenn er sich mit einer

Schulter voraus vorbeizwängte, ohne auf die Zweige zu achten, die ihm ins Gesicht peitschten.

Eine perfekte Straßensperre.

Er wandte sich ab, schaute in den Tunnel hinein und wartete. Vier Minuten später kreuzte Steven mit seinem schwarzen SUV auf. Mit dem Mercedes G-Klasse. Er stieg aus, um den Truck zu begutachten. Die linke Seite, die rechte Seite, oben und unten. Als beurteilte er seine Position. Als gäbe es jede Menge Möglichkeiten, ihn genau richtig abzustellen. Karel lud inzwischen sein Gepäck ein. Steven setzte sich wieder ans Steuer, stieß rückwärts in eine Lücke zwischen den Bäumen und wendete. Sie fuhren davon.

Karel fragte: »Bisher zufrieden?«

Steven antwortete: »Shorty hat das Bad demoliert.«

»Ein geringer Preis.«

»Mark lässt dich um einen Gefallen bitten. Mit ihrer Jalousie haben wir Scheiße gebaut. Jetzt gibt's Spannungen zwischen den Kerlen, die sie schon gesehen haben, und denen, die sie noch nicht zu Gesicht bekommen haben. Alle würden ausflippen, wenn rauskäme, dass du tatsächlich schon mit ihnen geredet hast. Oder mit in ihrem Zimmer warst. Oder sie angefasst hast oder sonst was.«

»Ich hab sie nicht angefasst«, entgegnete Karel. »Und ich war nicht in ihrem Zimmer. Ich bin draußen geblieben. Ich hab mit ihnen geredet, klar.«

»Mark will, dass du so tust, als wäre nie was gewesen. Er will, dass du die Bilanz auf drei zu drei ausgleichst. Er hofft, dass das mithilft, die Situation unter Kontrolle zu halten.«

»Verstanden«, sagte Karel.

Sie fuhren über die Wiese weiter. Peter saß im Büro. Karel bekam Zimmer zwei. Dagegen hatte er nichts einzuwenden. Die Zimmernummer war unwichtig. Er stellte sein Gepäck in den Raum. Er begrüßte die anderen Kerle. Sie standen zusammen und erzählten sich Storys. Karel erzählte, noch nie hier gewesen zu sein. Nur so als Spaß gab er sich als Russe aus. Mit großen Augen stellte er alle richtigen Fragen zu Patty und Shorty, als hätte er sie noch nie gesehen. Er stellte fest, dass er mit einigen Antworten insgeheim einverstanden war. Dann wurden die beiden Männer, die sie noch nicht gesehen hatten, wieder etwas missmutig, was Karel einfach dadurch abmilderte, dass er ihre Partei ergriff. Das so entstehende natürliche Drei-zu-drei-Gleichgewicht wirkte beruhigend. Vielleicht hatte Mark tatsächlich recht.

Dann streckte Peter den Kopf aus der Bürotür und rief die Zimmerreihe entlang, alle seien eingeladen, ins Haus hinüberzugehen, wo eine Tasse Kaffee, einführende Informationen und die Videohighlights der letzten drei Tage auf sie warteten. Also schlenderten alle hinüber, ließen sich Zeit, fühlten sich gut. Begannen zu glauben. Die Gruppe war komplett. Alle sechs Teilnehmer waren anwesend und von der Welt abgeschnitten. Dies war real. Es passierte wirklich. Es war kein Schwindel. Tief in ihrem Innersten hatte das jeder von ihnen befürchtet. Aber das stimmte nicht. Dies war real – und nur noch wenige Stunden entfernt. Erst stieg Erleichterung in ihnen auf, durchflutete sie wie eine heiße Woge, um von vibrierender Aufregung abgelöst zu werden, ein wenig atemlos, ein wenig hektisch, der man widerstehen, die man beherrschen musste, weil noch nichts gewiss, weil eine Enttäuschung niemals auszuschließen war, weil man den Tag nicht vor dem Abend loben sollte.

Aber sie begannen zu glauben.

31

Burke und Reacher fuhren auf derselben Straße zurück, nach Westen in Richtung Ryantown. Reacher beobachtete die Anzeige auf Burkes altem Handy. Als das Signal für Empfangsstärke von drei auf zwei Balken zurückging, bat er Burke, auf dem Bankett zu halten, damit er Amos noch einmal anrufen konnte, bevor sie ins Funkloch gerieten. Sie meldete sich nach dem dritten Klingeln.

Sie fragte: »Wo sind Sie?«

»Keine Sorge«, antwortete Reacher. »Ich bin weiter außerhalb der Stadt.«

»Wir können Carrington nicht finden.«

»Wo haben Sie nachgesehen?«

»In seinem Haus, seinem Büro, dem Coffeeshop, den er mag, und den Lokalen, in denen er mittags isst.«

»Hat er im Büro gesagt, dass er weggeht?«

»Kein Wort.«

»Besitzt er ein Handy?«

»Er meldet sich nicht.«

»Versuchen Sie's mit dem Stadtarchiv«, schlug Reacher vor. »Verlangen Sie Elizabeth Castle.«

»Wieso?«

»Sie ist seine neue Freundin. Vielleicht treibt er sich bei ihr herum.«

Er hörte, wie sie durch den Raum rief: »Elizabeth Castle, Stadtarchiv!«

Er fragte: »Hat der Kerl aus Boston sich schon blicken lassen?«

Sie erwiderte: »Wir haben sämtliche Kennzeichen von außerhalb überprüft. Das erledigt eine neue Software automatisch. Bisher ohne Erfolg.«

»Soll ich zurückkommen und Sie unterstützen?«

»Nein«, sagte sie.

»Ich könnte herumlaufen und den Kerl ködern.«

»Nein«, wiederholte sie.

Im Hintergrund rief jemand etwas.

Sie sagte: »Elizabeth Castle ist auch nicht im Büro.«

»Ich muss in die Stadt zurückkommen.«

»Nein«, sagte sie zum dritten Mal.

»Letzte Chance«, meinte er. »Ich bin auf der Fahrt nach Norden zu einem Motel. Bald habe ich keinen Handyempfang mehr.«

»Ich will Sie nicht hier haben.«

»Okay«, sagte er. »Aber als Gegenleistung müssen Sie etwas für mich tun.«

»Was denn?«

»Sie müssen auf Ihrem Computer noch mal etwas Historisches für mich nachsehen.«

»Ich habe heute schon mehr als genug zu tun.«

»Das dauert nur eine Minute. Ihr System ist wirklich gut.«

»Wollen Sie mir schmeicheln?«

»Haben Sie das System entworfen?«

»Nein.«

»Dann lautet die Antwort Nein. Ich sage nur, dass die Suche nicht lange dauern würde. Sonst hätte ich nicht gefragt. Ich weiß, dass Sie extrem beschäftigt sind.«

»Jetzt schmeicheln Sie mir aber. Wonach würde ich suchen?«

»Sehen Sie sich die Eintragungen nach der Sache mit meinem Vater vor fünfundsiebzig Jahren an. Die folgenden zwei Jahre bis zum September 1945.«

»Was ist dann passiert?«

»Er ist zu den Marines gegangen.«

»Wonach würde ich Ausschau halten?«

»Nach etwas, das ungelöst geblieben ist.«

»Bis wann brauchen Sie die Auskunft?«

»Ich rufe Sie wieder an, sobald ich kann. Auch wegen der Sache mit Carrington.«

Sie passierten die Abzweigung, die durch Apfelplantagen in Richtung Ryantown führte. Sie blieben auf der Nebenstraße nach Norden. Reacher behielt das Handy im Blick. Die Balken verschwanden nacheinander. Ein paar Augenblicke lang stand noch *Suche …* auf dem Display, dann gab das Gerät auf und meldete: *Kein Empfang*. Vor ihnen lagen meilenweit nur Felder, aber in der Ferne ragte wieder Wald auf. Ein grüner Wall, der sich von links nach rechts zog. Burke fuhr darauf zu. Seiner Schätzung nach waren es noch etwa fünf Meilen bis zur Zufahrt des Motels. Auf der linken Straßenseite. Er erinnerte sich an die Schilder, eines für jede Richtung. Mit dem Wort *Motel* in golden angemalten Kunststoffbuchstaben. An knorrige alte Pfosten genagelt.

Fünf Minuten später erreichten sie den Wald. Die Luft schien hier kühler zu sein. Sonnenlicht fiel durchs Laub auf den Asphalt. Reacher schaute auf den Tacho. Burke fuhr vierzig. Ungefähr fünf Meilen würden sieben bis acht Minuten dauern. Er verfolgte die Minuten im Kopf. Der Wald wurde dichter. Wie ein Tunnel. Keine Sonnenstrahlen mehr. Das Licht hatte eine sanfte grünliche Farbe.

Auf der Uhr in Reachers Kopf nahm Burke nach genau fünf Minuten den Fuß vom Gas. Er sagte, die Abzweigung müsse bald kommen. Links voraus. Ziemlich bald. Er erinnerte sich an sie. Aber sie sahen keine Schilder. Keine Plastikbuchstaben, kein goldener Anstrich. Nur zwei leicht schiefe Pfosten und die Einmündung einer asphaltierten Zufahrt. Weit und breit war dies die einzige Lücke in der geschlossenen grünen Wand auf beiden Straßenseiten.

»Ich weiß ziemlich sicher, dass es hier war«, erklärte Burke.

Reacher zog seine Landkarte aus der Tasche. Die Karte, die er in der alten Tankstelle am Stadtrand gekauft hatte. Er faltete sie auseinander und fand ihre Nebenstraße. Nach einem Blick auf den Maßstab fuhr er mit einem Finger die Straße entlang. Er zeigte Burke die Karte und sagte: »Dies ist meilenweit die einzige Abzweigung.«

Burke sagte: »Vielleicht hat jemand die Schilder geklaut.«

»Oder sie haben den Betrieb eingestellt.«

»Das glaube ich nicht. Sie waren sehr engagiert. Sie hatten einen realistischen Geschäftsplan. Allerdings habe ich etwas über sie gehört. Sie waren extrem ehrgeizig, hatten aber einen schlechten Start. Haben sich wegen der Baugenehmigung mit dem County angelegt.«

»Wer?«

»Die jungen Leute, die das Grundstück erschlossen haben. Sie sagten, jeder Motelbesitzer sei darauf angewiesen, zu Saisonbeginn öffnen zu können. Sie behaupteten, das County lasse sich mit der Baugenehmigung unzumutbar viel Zeit. Das County konterte, die Bauträger hätten ohne Genehmigung mit den Arbeiten begonnen. Darüber ist's zu einem richtigen Streit gekommen.«

»Wann war das?«

»Vor ungefähr eineinhalb Jahren. Sie machten sich deshalb wegen des Termins Sorgen, weil sie zeitig im Frühjahr eröffnen wollten. Und aus diesem Grund können sie nicht schon wieder geschlossen haben. Laut Geschäftsplan reichten ihre Reserven zwei Jahre lang.«

Vor etwa eineinhalb Jahren wurde von den County Offices ein Streifenwagen angefordert, weil ein Besucher ausfallend geworden war. Er hat sich beschwert, weil er angeblich endlos lange auf eine Baugenehmigung warten musste. Er hat behauptet, er renoviere gerade ein Motel außerhalb der Stadt.

Seinen Namen hat er als Mark Reacher angegeben.

Reacher sagte: »Ich muss mir dieses Motel wirklich mal ansehen.«

Burke bog auf die asphaltierte Zufahrt ab, von deren brüchiger Asphaltdecke teilweise tischgroße Stücke fehlten. Das Licht wurde noch grünlicher. Von beiden Seiten drängten Bäume heran, deren Zweige an manchen Stellen frisch abgeknickt waren, als wäre hier vor nicht allzu langer Zeit ein großes Fahrzeug durchgefahren.

Das große Fahrzeug entdeckten sie fünfzig Meter weiter. Es stand mitten auf dem Weg, berührte auf beiden Seiten fast die Bäume und blockierte die Zufahrt komplett.

Es war ein Abschleppwagen. Riesig. Feuerroter Lack, goldene Zierlinien.

»Den haben wir doch erst vorhin gesehen«, sagte Reacher. »Und ich habe ihn auch schon gestern gesehen.«

Einen Meter hinter den riesigen Hinterreifen lag ein Kabel quer über die Straße. Es war dick und mit Gummi ummantelt. Ein Kabel, wie es oft an Tankstellen zu finden war.

Reacher fuhr sein Fenster herunter. Der Motor des Trucks war nicht zu hören. Aus dem Auspuff kamen keine Dampfwölkchen. Burke hielt mit dem Subaru zwei Meter vor dem Kabel. Reacher stieg aus und ging auf den Truck zu. Er stieg über das Kabel hinweg. Burke folgte ihm. Reacher vergewisserte sich, dass auch er das Kabel nicht berührte. Er mochte keine Kabel, die über Straßen lagen. Sie bedeuteten nie etwas Gutes. Im besten Fall Überwachung, im schlimmsten Detonation.

Der Truck verfügte über eine lange, leicht schräge Ladefläche mit einem niedrigen massiven Kran und einem riesigen Abschlepphaken. Die Staukästen hinter dem Fahrerhaus besaßen chromblitzende Deckel. Reacher zwängte sich auf der Fahrerseite nach vorn, schob die linke Schulter vor und hielt den linken Arm schützend gegen Zweige hoch. Er quetschte sich am Namen des Besitzers vorbei: Karel, wie in dreißig Zentimeter hoher Goldschrift auf der Tür stand. Er trat auf die unterste Sprosse, um am Griff der Fahrertür zu rütteln. Sie war abgesperrt. Er stieg wieder hinunter und zwängte sich weiter an dem Truck vorbei, bis er vor der Motorhaube stand.

Vor ihm führte die Zufahrt durch den Wald weiter. Ihre Oberfläche blieb gleich: rissiger Asphalt, stellenweise fehlend, willkürlich mit Schlamm, Kies, Moos und altem Laub bedeckt. Hier und dort waren Reifenspuren zu erkennen, manche alt und undeutlich, andere jünger. Zwanzig Meter weiter tat sich eine Lücke zwischen den Bäumen auf. Wie eine natürliche Nische. Dort gab es frische Reifenspuren. In doppelter V-Form, als hätte ein Fahrzeug gewendet. Was irgendwie logisch erschien, weil der Fahrer des Abschleppwagens nicht mehr da zu sein schien. Vermutlich war der Wagen gekommen, um ihn abzuholen. Sein Fahrer würde Kühler an Kühler vor dem Truck gehalten haben, bevor er in die Lücke zurückgestoßen war, um zu wenden und auf dem Weg zurückzufahren, auf dem er gekommen war.

Reacher blickte die Zufahrt entlang.

Er sagte: »Ich will mir ansehen, was sie dort vorn haben.«

»Wie?«, fragte Burke.

»Ich gehe zu Fuß.«

»Auf Ihrer Karte ist dieser Weg über zwei Meilen lang.«

»Ich muss irgendwo übernachten. Außerdem bin ich neugierig.«

»In welcher Beziehung?«

»Ich glaube, dass der Kerl, der sich wegen der Baugenehmigung beschwert hat, ein junger Mann namens Reacher war.«

»Woher wissen Sie das?«

»Aus dem Polizeicomputer. Ein Streifenwagen musste hinfahren, um die Gemüter zu beruhigen. Das war vor eineinhalb Jahren.«

»Sind Sie mit ihm verwandt?«

»Keine Ahnung. Vielleicht so weitläufig wie mit dem Professor.«

»Möchten Sie Gesellschaft?«

»Wenn wir Pech haben, müssen wir die zwei Meilen wieder zurücklaufen.«

»Das ist in Ordnung«, sagte Burke. »Ich bin auch neugierig, denke ich.«

Sie marschierten los. Nach kartografischen Begriffen war das Gelände völlig eben, was ihr Vorwärtskommen erleichterte, aber aus der Nähe betrachtet stellte sich die Zufahrt als uneben und rissig dar, was es erschwerte. Jeder Schritt kam etwas höher oder tiefer auf als der vorige, sodass man leicht ins Stolpern geriet. Nach kurzer Zeit erreichten sie einen ungefähr zwanzig Meter breiten baumlosen Streifen, auf dem nur Gras wuchs. Er schien sich nach beiden Seiten kreisförmig fortzusetzen, als definierte er einen inneren Teil des Waldes. Einen Wald im Wald. Wie ein riesiger Erntestreifen, der aber nicht aus Maisstängeln, sondern aus zwanzig Meter hohen Ahornbäumen herausgeschnitten war. Als sie ihn überquerten, spürten sie deutlich die Sonnenwärme. Dann nahm der kühle grüne Schatten sie wieder auf. Sie hatten die Grenze überquert. Jetzt waren sie im inneren Wald. Zu seinem Mittelpunkt unterwegs.

Für zwei Meilen hätte Reacher eine halbe Stunde gebraucht,

aber Burke benötigte dafür eine Dreiviertelstunde. Als sie unter den Bäumen hervortraten, führte der Weg über Grasland zu dem unbefestigten Parkplatz eines Gebäudes, das unverkennbar ein Motel war. Am linken Ende gab es ein Büro, und vor vier Zimmern standen ein Kombi, ein Lieferwagen, ein Kompaktwagen und ein Pick-up.

Sie marschierten weiter darauf zu.

Sie wurden augenblicklich entdeckt. Auf zwei verschiedene Arten. Robert hatte einen Gesichtserkennungsalgorithmus von einem Fotochip kopiert und in die Kamera für Nahaufnahmen integriert. Sobald der Algorithmus unter den Bäumen ein Gesicht entdeckte, ertönte ein schrilles Klingelzeichen, während eine Warnleuchte blinkte. Wie ein Frühwarnradar. Personen näherten sich. Durch Zufall blickte Steven jedoch ohnehin auf den richtigen Bildschirm, weil er sich angewöhnt hatte, sie regelmäßig nacheinander zu kontrollieren. Die Bewegung fiel ihm sofort ins Auge. Er sah zwei Männer aus den Schatten in die Sonne treten.

Er rief: »Mark, sieh dir das an!«

Mark schaute auf den Bildschirm.

Und fragte: »Wer zum Teufel sind die?«

Robert zoomte sie ganz heran. Das Bild zitterte wegen der Entfernung und waberte wegen des Dunstes. Zwei Männer kamen genau auf das Objektiv zu. Wegen des starken Teleobjektivs scheinbar im Schneckentempo. Ein Kerl war klein und alt. Leicht gebückt und langsam. Jeansjacke, graues Haar. Der andere Kerl war riesig. Extrabreit. Volles, widerspenstiges Haar. Ein Gesicht wie aus Stein gemeißelt.

Ein Raubein.

Mark sagte: »Scheiße.«

Steven sagte: »Du hast uns versichert, er würde nicht herkommen. Du hast erklärt, er stamme aus einem anderen Zweig eurer Familie. Du hast behauptet, er würde sich nicht für uns interessieren.«

Mark gab keine Antwort.

Dann meldete Peter sich aus dem Büro. Seine Stimme kam aus der Gegensprechanlage. Er sagte: »Aber wie sich zeigt, war der Kerl tatsächlich interessiert genug, um die zwei Meilen Fußmarsch von der Straßensperre hierher auf sich zu nehmen. Klasse gemacht, Bro!«

Mark gab wieder keine Antwort.

Er schwieg noch eine ganze Weile, bevor er erklärte: »Haltet alle im Haus fest. Gebt ihnen noch eine Tasse Kaffee. Zeigt ihnen weitere Videos. Sorgt dafür, dass die Türen geschlossen bleiben und keiner das Haus verlässt.«

32

Burke und Reacher legten die letzten Meter auf Asphalt zurück und betraten den unbefestigten Parkplatz des Motels. Unterdessen konnten sie ziemlich gut erkennen, was sie hier erwartete. Reacher glaubte, Amos' Stimme zu hören, die von LSD in ihrem Kaffee sprach. Jetzt wusste er, was sie gemeint hatte. Aus der Nähe betrachtet erwies sich der Lieferwagen auf dem übernächsten Platz vom Büro aus als blau. Ein gediegenes Dunkelblau mit dezenter goldener Beschriftung. Orientteppiche. Fachmännische Reinigung. Eine Adresse in Boston. Ein Kennzeichen aus Massachusetts.

Das größte Déjà-vu der Geschichte.

Allerdings nicht exakt, weil er den Lieferwagen nicht mit eigenen Augen gesehen, sondern nur über Funk von ihm gehört hatte. Das Fahrzeug war von den Kameras erfasst worden, als es den Highway zu früh für einen Kundenbesuch verließ. Im Gegensatz dazu hatte er den Abschleppwagen selbst gesehen. Das stand verdammt fest. Sogar zweimal. Dies war wirklich ein zweites Déjà-vu. Er hatte sich an einem Abschleppwagen vorbeigezwängt, der ihm schon zweimal begegnet war. Und gleich das nächste Fahrzeug, das ihm unter die Augen kam, war ein Wagen, von dem er im Polizeifunk gehört hatte. Er wurde automatisch langsamer, blieb nachdenklich einen halben Schritt zurück. Burke hingegen ging weiter: langsam, aber stetig.

Hinter ihm entdeckte Reacher, dass es sich bei dem an erster Stelle geparkten Kombi um einen in Vermont zugelassenen Volvo handelte. Der blaue Kompaktwagen, vermutlich ein Import, wies ein Kennzeichen auf, das er nicht kannte. Der schmutzig weiße Pick-up war ein Arbeitspferd. Gut vorstellbar, dass ein Zimmerer ihn benutzte, um Balken und Bretter zu transportieren. Er schien in Illinois zugelassen zu sein. Das war aus der Ferne schwierig zu beurteilen. Als Letztes der abgestellten Fahrzeuge parkte er offenbar vor Zimmer elf. Der Volvo stand vor drei, der Lieferwagen vor sieben. Der blaue Kompaktwagen vor zehn. Die Jalousie von Zimmer zehn war geschlossen, und ein Gartenstuhl von Nummer fünf war benutzt und ein Stück weit zur Seite geschoben.

Sie gingen zu dem Büro mit der roten Neonschrift Office im Fenster weiter und traten ein. Hinter der Theke saß ein Mann. Schätzungsweise Ende zwanzig, mit schwarzem Haar, blasser Haut und leicht unstetem Blick. Er wirkte intelligent und zurückhaltend. Er war gebildet, fit und gesund. Vermutlich ein guter Sportler. Aber ein Läufer, kein Gewichtheber. Mittelstrecken. Vielleicht mit einem Master in einer technischen Disziplin. Er wirkte drahtig und energiegeladen und schien innerlich unter Hochspannung zu stehen.

Reacher sagte: »Ich brauche ein Zimmer für heute Nacht.«

Der Mann sagte: »Tut mir echt leid, aber das Motel ist geschlossen.«

»Wirklich?«

»Ich habe die Schilder an der Einfahrt abmontiert und gehofft, dass das Leuten eine vergebliche Fahrt ersparen würde.«

»Hier stehen aber reichlich Autos.«

»Handwerker. Ich habe einen riesigen Wartungsstau. Muss eine Menge Zeug instand setzen lassen, bis der Indian Summer die Touristen zurückbringt. Wie sich gezeigt hat, ist das nur zu schaffen, wenn ich zwei Wochen schließe. Sorry, aber so ist's nun mal.«

»Lassen Sie alle Zimmer gleichzeitig renovieren?«

»Der Installateur hat das Wasser abgedreht. Der Elektriker fummelt an den Leitungen herum. Heizung und Klimaanlage sind abgestellt. Im Augenblick bin ich weit unterhalb der Mindeststandards. Ich dürfte Ihnen kein Zimmer geben, auch wenn ich wollte.«

»Sie haben Orientteppiche?«

»Tatsächlich sind sie aus biodynamischer Jute. Ich versuche, nachhaltig zu wirtschaften. Sie sollen zehn Jahre halten – aber nur bei regelmäßiger Reinigung. Keine Profis zu engagieren wäre falsche Sparsamkeit. Glauben Sie mir, diese Kerle verlangen Bostoner Preise, aber auf die Dauer rechnet sich das doch.«

Reacher fragte: »Wie heißen Sie?«

»Wie ich heiße?«

»Jeder von uns hat einen Namen.«

»Tony.«

»Tony was?«

»Kelly.«

»Ich heiße Reacher.«

Der Mann wirkte einen Augenblick lang verwirrt, aber dann konzentrierte er sich, als wäre ihm ein seltsamer Zufall bewusst geworden.

Er sagte: »Ich habe das Motel von einer Familie Reacher gekauft. Sind Sie ein Verwandter?«

»Weiß ich nicht«, antwortete Reacher. »Geht man weit genug zurück, ist jeder mit jedem verwandt, denke ich. Wann haben Sie's gekauft?«

»Vor fast einem Jahr. Es war halb renoviert. Ich hab's geschafft, zum Saisonstart öffnen zu können. Aber ich muss noch einiges abarbeiten.«

»Wieso hat die Familie verkauft?«

»Ein Enkel hat sich hier versucht, aber ich glaube ehrlich gesagt nicht, dass er dafür geeignet war. Er schien mehr ein Kerl für hochfliegende Pläne zu sein. Dabei geht's hier vor allem um Details. Er bekam sogar Schwierigkeiten wegen der Baugenehmigung und ist bald zu dem Schluss gekommen, dass sich die Mühe nicht lohnt. Aber ich hab die Sache durchgerechnet und war anderer Meinung. Also hab ich ihm den Laden abgekauft. Ich mag Details.«

»Kommt der Elektriker aus Vermont oder der Installateur?«

»Der Installateur. Dort haben sie die besten Leute für Terminarbeiten. Kostet mich mehr, sie nach Süden zu holen, aber am Ende zahlt sich der Aufpreis wieder aus.«

»Das gilt wohl auch für den Elektriker aus Illinois?«

»Tatsächlich liegt sein Fall etwas anders. Dort draußen sind viele arbeitslos, deshalb arbeiten sie für weniger, was die Anreisekosten wettmacht. So wird ein Nullsummenspiel daraus. Doch die Qualität ihrer Arbeit ist weit besser. Für diese Kerle ist das so wie Probearbeiten. Dies ist ein ganz neuer Markt. Zu ihren Stundensätzen gibt es hier unendlich viel Arbeit. Sie wollen weiterempfohlen werden. Deshalb arbeiten sie ausgezeichnet. Und sie kennen sich bereits mit Motels wie diesem aus. Im Mittleren Westen gibt es mehr von denen als hier.«

»Okay«, sagte Reacher.

»Tut mir wirklich leid, dass Sie vergebens hergekommen sind«, meinte der Mann.

Dann machte er eine Pause, runzelte die Stirn und sagte: »Augenblick!«

Sie warteten.

Der Mann sah aus dem Fenster.

Dann fragte er so hastig, dass er sich beinahe verhaspelte: »Wie sind Sie hergekommen? Daran hab ich überhaupt nicht gedacht. Erzählen Sie mir nicht, dass Sie zu Fuß unterwegs sind. Aber Sie können nicht gefahren sein. Das ist mir eben erst eingefallen. Der Abschleppwagen steckt fest.«

»Wir sind marschiert«, antwortete Reacher.

»Oh, das tut mir schrecklich leid. Heute ist wirklich ein Unglückstag! Der letzte Gast, den ich vor der Schließung hatte, musste sein defektes Auto hierlassen. Als der Motor nicht mehr ansprang, rief er ein Taxi und verschwand. Natürlich wollte ich den Wagen abschleppen lassen, und das sollte heute passieren. Doch dann hat sich rausgestellt, dass der Abschlepper so riesig ist, dass er nun zwischen den Bäumen feststeckt.«

Der Mann sah erneut aus dem Fenster, nach links und rechts, als suchte er etwas.

Ruhiger fuhr er fort: »Oder er hatte bloß keine Lust, sich den Lack zu zerkratzen. Ich bin damit sehr unzufrieden. Die Bäume auf beiden Seiten der Zufahrt sind exakt nach Vorschrift zurückgeschnitten. Ich bin ein Mensch, der auf Details achtet. Um solche Sachen kümmere ich mich, das können Sie mir glauben. Jedes für den Straßenverkehr zugelassene Fahrzeug müsste locker durchpassen.«

Dann hielt er erneut inne, als wäre ihm ein neuer Gedanke

gekommen, und sagte: »Ich werde Sie zurückfahren. Wenigstens bis zum Truck. Ich nehme an, dass Ihr Wagen dahinter steht. Das ist das Mindeste, was ich tun kann.«

Reacher fragte: »Was ist an dem zurückgelassenen Wagen kaputt?«

»Keine Ahnung«, entgegnete der Mann. »Er ist ziemlich alt.«

»Was für ein Kennzeichen hat er?«

»Kanadisch«, antwortete der Kerl. »Vielleicht ist der Flug nach Hause billiger, als es die Entsorgungsgebühren sind, die da oben verlangt werden. Ich wette, dass sie dort strenge Umweltschutzauflagen erfüllen müssen. Vielleicht hat der Kerl ihn bloß hergefahren, um ihn hier abzustellen. Das wäre eine einfache Gewinn- und Verlustrechnung.«

»Okay«, sagte Reacher. »Sie können uns jetzt zurückbringen.«

»Danke«, sagte Burke.

Der Mann geleitete sie aus dem Büro ins Freie, sperrte die Tür hinter ihnen ab und bat sie, auf dem Parkplatz zu warten. Dann joggte er zu der ungefähr dreißig Meter entfernten Scheune. Sie war ein klobiger Holzbau, vor dem neun Quads in einer ordentlichen Drei-mal-drei-Formation abgestellt waren. Jenseits der Scheune stand ein geräumiges Haus mit schweren Möbeln auf breiten Veranden.

Eine Minute später tauchte der Mann mit einem schwarzen SUV aus der Scheune auf. Der Wagen war mittelgroß und keilförmig. Vermutlich eine deutsche Marke. Vielleicht ein Porsche oder Mercedes. Oder ein BMW. Oder ein Audi. Er hielt dicht neben ihnen. Reacher erkannte den Schriftzug Mercedes und ein V8-Symbol. Der Mann am Steuer nickte ihnen aufmunternd zu. Also stieg Burke vorn ein, und Reacher machte es sich auf dem Rücksitz bequem. Der Wagen überquerte den Parkplatz, holperte auf den Asphalt und rollte in flottem Tempo übers Grasland weiter.

Der Mann sagte: »Sie sollten nach Osten zu den Seen fahren. Dort haben Sie bestimmt jede Menge Optionen.«

Sie fuhren durch den natürlichen Bogen, durch den sie den Wald verlassen hatten, wieder in den Tunnel ein. Der Mann fuhr schnell. Er wusste, dass er nicht mit Gegenverkehr rechnen musste. Die zwei Meilen, für die Burke fünfundvierzig Minuten gebraucht hatte, schaffte der Mercedes in nur drei Minuten. Der Mann hielt Kühler an Kühler mit dem Abschleppwagen.

In dem grünlichen Licht leuchtete sein Lack blutrot. Mit zurückgebogenen Zweigen und wie Finger gespreiztem Laub drängten Bäume von beiden Seiten dicht heran. Das Laubdach war so niedrig, dass es den oberen Rand der Frontscheibe berührte. Das Fahrzeug hatte engen Kontakt mit der Vegetation, aber es saß nicht wirklich fest. Nicht mit dem Drehmoment seines riesigen Motors, das auf gigantische Reifen wirkte. Der Kerl steckte nicht fest, sondern war wegen seiner Lackierung besorgt. Verständlich. Sie musste ein paar Bucks gekostet haben. Mehrere rote Lackschichten; meilenlange goldene Zierlinien, alle handgemalt. Dazu sein Name, Karel, zum Glück kurz, in teurer goldener Schablonenschrift nach altem Muster.

Der Mann am Steuer des Mercedes entschuldigte sich nochmals für ihren vergeblichen Weg und wünschte ihnen alles Gute. Burke bedankte sich fürs Mitnehmen und stieg aus. Reacher folgte ihm. Burke zwängte sich an dem Truck vorbei, und Reacher folgte ihm mit schützend erhobenem Arm. Aber er blieb stehen, wo das Fahrerhaus über ihm aufragte, drehte sich um und nahm den Mercedes in den Blick. Der stieß zurück, und der Fahrer nutzte die Lücke zwischen den Bäumen, um zu wenden: flott und geschickt, als hätte er das schon zuvor getan. Und das hatte er auch, als er den Fahrer des Trucks abholte.

Reacher blieb noch einen Moment stehen, dann machte er wieder kehrt und bahnte sich seinen Weg bis zu der Stelle, an der Burke jenseits des dicken Gummikabels vor dem Subaru stehend auf ihn wartete. Sie stiegen ein, und Burke, der sich fast den Hals verrenkte, fuhr langsam rückwärts bis zur Einmündung der Zufahrt auf die Straße, wo er Platz zum Wenden hatte und in beide Richtungen weiterfahren konnte.

»Nach Osten zu den Seen?«, fragte er.

»Nein«, antwortete Reacher. »Nach Süden, bis Ihr Handy wieder funktioniert. Ich will Amos anrufen.«

»Irgendwas nicht in Ordnung?«

»Ich möchte ein Update in Bezug auf Carrington.«

»Im Motel haben Sie eine Menge Fragen gestellt.«

»Finden Sie?«

»Als wären Sie misstrauisch.«

»Misstrauisch bin ich immer.«

»Waren Sie mit den Antworten zufrieden?«

»Die vordere Hälfte meines Gehirns war mit ihnen einverstanden. Alle waren vernünftig. Alle waren glaubhaft. Alle haben wahr geklungen.«

»Aber?«

»Der hinteren Hälfte meines Gehirns hat der Laden nicht sehr gefallen.«

»Warum nicht?«

»Weiß ich nicht. Auf jede Frage hat's eine Antwort gegeben.«

»Also ist es nur ein Gefühl.«

»Eine Sinneswahrnehmung. Wie von Rauch. Als würde man von einem Buschbrand aufwachen.«

»Aber Sie können keinen genauen Grund angeben.«

»Nein.«

Sie fuhren nach Süden. Reacher beobachtete das Handy. Noch immer kein Empfang.

Vor Nervenanspannung wäre Peter danach fast zusammengebrochen. Er ließ die beiden Männer aussteigen, stieß zurück, wendete und raste zurück, so schnell er sich traute. Er fuhr geradewegs zum Haus, stürmte hinein, lehnte sich im Wohnbereich an die Wand und rutschte dann an ihr herab, bis er auf dem Boden saß. Die anderen drängten sich um ihn und starrten ihn voll Bewunderung schweigend an, bis sie plötzlich mit hochgereckten Fäusten zu jubeln begannen, als wäre im Fernsehen ein Touchdown zum Sieg erzielt worden.

Peter fragte: »Haben die Kunden irgendwas mitbekommen?«

»Nichts, gar nichts«, sagte Mark. »Wir hatten Glück mit dem Timing. Die Kunden waren alle hier im Haus. Eine halbe Stunde früher hätten wir ein Problem gehabt. Da standen sie noch rum und quatschten miteinander.«

»Wann wollen wir Patty und Shorty ihre Situation erklären?«

»Hast du eine bestimmte Zeit im Auge?«

»Ich denke, wir sollten's jetzt tun. Der Zeitpunkt wäre richtig. Dann hätten sie genug Zeit, verschiedene Entscheidungen zu treffen – und sie anschließend wieder anzuzweifeln. Ihre emotionale Verfassung ist wichtig.«

»Ich stimme mit Ja«, sagte Steven.

»Ich auch«, sagte Robert.

»Und ich als Dritter«, sagte Mark. »Einer für alle, alle für einen. Wir machen's jetzt. Wir sollten Peter die Ehre lassen. Als Dankeschön für seine Leistung. Als Belohnung.«

»Ich stimme wieder mit Ja«, sagte Steven.
»Dito«, sagte Robert.
Peter sagte: »Lasst mich erst wieder zu Atem kommen.«

33

Patty und Shorty waren aus dem Bad ins Zimmer zurückgekehrt und saßen auf der Bettkante. Die Jalousie war weiter unten. Ihren Lunch hatten sie ausfallen lassen. Jetzt waren sie hungrig. Aber nun zu essen wäre ein Willensakt gewesen. Die beiden letzten Mahlzeiten aus dem Karton. Die beiden letzten Flaschen Wasser.

Sie sahen weg.

Der Fernseher ging an.

Ganz von allein.

Genau wie zuvor. Das gleiche leise Knistern und Knacken, mit dem das Gerät zum Leben erwachte. Derselbe leuchtend blaue Bildschirm mit derselben Codezeile, als wäre dies ein Bild, das sie nicht sehen sollten.

Auf dem Bildschirm erschien das Gesicht eines Mannes.

Peter.

Das Schwein, das ihren Honda ruiniert hatte.

Er sagte: »Leute, ihr fragt euch natürlich, wie's weitergehen soll, und wir glauben, dass es Zeit wird, euch auf den neuesten Stand zu bringen. Wir werden euch so viele Informationen geben wie möglich, und dann lassen wir euch darüber nachdenken, und später melden wir uns noch mal, um Fragen zu beantworten, falls irgendwas unklar geblieben sein sollte. Könnt ihr mir bisher folgen? Hört ihr mir auch zu?«

Keiner der beiden antwortete.

Peter sagte: »Leute, ich brauche eure Aufmerksamkeit. Dies ist wichtig.«

»Wie die Reparatur unseres Wagens?«, fragte Shorty.

»Sie sind drauf reingefallen, Kumpel. Deshalb sind Sie hier. Ihr eigener Fehler. Seither habt ihr geklagt und gejammert, weil ihr nicht wusstet, was wir mit euch vorhaben. Das will ich euch jetzt erklären, deshalb müsst ihr aufpassen und gut zuhören.«

»Ich höre«, sagte Patty.

»Setzt euch nebeneinander ans Fußende des Betts. Zeigt mir, dass ihr aufmerksam seid. Beobachtet mein Gesicht auf dem Bildschirm.«

Patty blieb noch eine Sekunde sitzen. Dann rutschte sie ans Fußende. Shorty folgte ihr. Eigentlich wollte er nicht, aber er tat es trotzdem. Sie saßen Schulter an Schulter wie in der ersten Reihe im Kino.

»Gut«, sagte Peter. »Kluge Entscheidung. Seid ihr bereit zu hören, wie's weitergeht?«

»Ja«, sagte Patty.

Shorty sagte: »Von mir aus.«

»Später heute Abend wird eure Tür entriegelt. Ab diesem Zeitpunkt könnt ihr fortgehen. Aber das meine ich wörtlich. Euch steht kein Fahrzeug irgendwelcher Art zur Verfügung. Garantiert keines. Alle Zündschlüssel werden so versteckt, dass ihr sie nicht findet – bis auf euren eigenen, versteht sich, aber euer Honda ist ohnehin defekt, wie ihr schon erwähnt habt. Alle übrigen Fahrzeuge sind zu neu, um sich einfach kurzschließen zu lassen. Findet euch also damit ab. Ihr werdet tatsächlich gehen, auf euren eigenen Füßen unterwegs sein. Vergeudet keine Zeit, indem ihr versucht, das zu ändern. Habt ihr bisher alles verstanden?«

»Wieso macht ihr das?«, fragte Patty. »Wieso haltet ihr uns hier fest und lasst uns dann einfach laufen?«

»Ich habe versprochen, euch möglichst viele Informationen zu geben. Ich habe euch aufgefordert, darüber nachzudenken. Ich habe gesagt, dass ihr euch eure Fragen für später aufheben sollt. Könnt ihr mir bisher folgen?«

»Ja«, sagte Patty.

Shorty sagte: »Ich denke schon.«

»Der Wald, in dessen Mitte wir uns befinden, ist von etwas umgeben, das wie eine Feuerschneise aussieht. Ein baumloser Kreis von ungefähr zwanzig Meter Breite. Ist er euch auf der Herfahrt aufgefallen?«

Sodass der hellrosa Abendhimmel kurz sichtbar wurde.

»Ich hab ihn gesehen«, erwiderte Patty.

»Tatsächlich ist er keine Feuerschneise. Marks Großvater hat ihn für einen anderen Zweck anlegen lassen. Um den inneren Wald als Urwald zu erhalten. In Wirklichkeit ist der Kreis eine Samenschneise, keine für Feuer. Er umschließt den ganzen Wald. Der Wind kann wehen, woher er will, invasive Arten gelangen nicht hinüber.«

»Und wenn schon«, sagte Shorty.

»Ihr durchquert den Wald von hier aus in beliebiger Richtung, und wenn ihr irgendwo den Kreis erreicht, habt ihr das Spiel gewonnen.«

»Welches Spiel?«

»War das eine Frage?«

»Bullshit, Mann! Ihr könnt uns nicht erzählen, dass wir in einem Spiel sind, und dann nicht sagen, in welchem.«

»Stellt euch vor, ihr würdet Fangen spielen. Ihr müsst es durch den Wald schaffen, ohne abgeklatscht zu werden. So einfach ist das. Ihr könnt gehen, rennen, kriechen, was immer ihr wollt.«

»Wie abgeklatscht?«, fragte Patty. »Von wem?«

Der Fernseher schaltete sich aus.

Ganz von selbst. Das gleiche ersterbende Knistern der Elektronik, derselbe graue Bildschirm, dasselbe kleine rote Standby-Licht.

Auf dem Display von Burkes altem Mobiltelefon erschien ein Balken, aber Reacher wollte auf zwei warten. Er rechnete sich aus, dass die Signalstärke schwanken konnte, plus oder minus. Begann er mit nur einem Balken, konnte es im Minusbereich Probleme geben. Seine Erfahrung basierte auf militärischen Kommunikationsmitteln, die immer zuerst und am schnellsten ausfielen. Vermutlich verfügten die Zivilisten wie immer über bessere Geräte, die aber vermutlich auch ihre Tücken hatten.

Burke ignorierte ihn, fuhr nach Süden weiter und fragte nach fünfminütigem Schweigen: »Was macht Ihre hintere Gehirnhälfte jetzt?«

Reacher sah auf das Handy.

Noch immer nur ein Balken.

Er sagte: »Meine hintere Gehirnhälfte macht sich Sorgen wegen der biodynamischen Juteteppiche.«

»Warum?«

»Er hat gesagt, er versuche nachhaltig zu wirtschaften. Das hat teils stolz, teils entschuldigend und teils trotzig geklungen. Ein sehr typischer Tonfall für Leute mit einer Leidenschaft für Dinge, die andere Leute seltsam finden. Aber er meinte es offenbar aufrichtig, denn er hat nicht nur geredet, sondern auch Geld in die Hand genommen, indem er Bostoner Preise für eine Spezialreinigung zahlt. Als ob ihm wirklich daran läge, dieses Experiment zum Erfolg zu führen. An diesem Punkt hat er ein stimmiges Bild präsentiert.«

»Aber?«

»Später hat er gesagt, der Kanadier habe seinen Wagen hier

stehen lassen, um sich zu Hause die Entsorgungsgebühren zu sparen. Oder irgendwas in der Art. Er hat gesagt: ›Ich wette, dass strenge Umweltschutzauflagen zu erfüllen sind.‹ Das hat er mit einem selbstzufrieden verächtlichen Unterton geäußert. Kaum wahrnehmbar. Andererseits hat er wie ein normaler Mensch gewirkt. Kein Typ, der biodynamische Juteteppiche kaufen würde. Oder auch nur wüsste, dass es sie gibt. Dann hat ihm ein großer SUV mit Achtzylindermotor gehört. Und er ist auf jungenhafte Weise rasant gefahren. Als hätte er Spaß daran, durch Schlaglöcher zu brettern. Nicht wie ein Kerl, der biodynamische Jute verwendet. Der würde ein Hybrid- oder Elektroauto fahren. Plötzlich ist mir das Bild nicht mehr einheitlich, sondern irgendwie unscharf erschienen.«

»Was sagt Ihre vordere Gehirnhälfte dazu?«

»Sie plädiert dafür, Tatsachen sprechen zu lassen. Der Mann bezahlt eine Spezialreinigung dafür, dass sie seine Teppiche reinigt. Lässt sie eigens aus Boston kommen. Das kostet bares Geld. Das ist ein solider Beweis. Was kann ich dagegensetzen? Ein Gefühl? Eine spöttische Bemerkung, die ich vielleicht missverstanden habe? Den SUV braucht er vielleicht zum Schneeräumen. Geschworene eines Gerichts würden zu dem Schluss kommen, dass mehr Beweise für ihn als gegen ihn sprechen. Er ist ein guter Kerl. Er will den Planeten retten. Oder wenigstens ein bisschen dazu beitragen.«

»Ich stimme mit den Geschworenen«, sagte Burke. »Vertrauen Sie lieber auf die vordere Hälfte Ihres Gehirns als auf die hintere.«

Reacher schwieg.

Er sah auf das Handy.

Zwei Balken.

Er sagte: »Ich rufe jetzt Amos an.«

»Soll ich halten?«

»Nützt das dem Handy?«

»Ich glaube schon. Ich denke, die Verbindung ist stabiler.«

Burke ließ den Wagen ausrollen und stoppte an einer Stelle, wo das Bankett breiter war.

Reacher wählte die Nummer.

»Rufen Sie in zehn Minuten noch mal an«, sagte Amos. »Ich hab echt zu tun.«

»Haben Sie Carrington gefunden?«

»Negativ. Rufen Sie noch mal an.«

Der Zahlungsvorgang wurde zu einem gedämpft prachtvollen Ritual. Er begann locker und wurde exquisit formell. Seine Ursprünge schienen auf uralte Zeiten zurückzugehen, waren griechisch oder römisch. Basierend vielleicht auf Stammessitten. Steven blieb im Hinterzimmer, um die Bildschirme zu überwachen. Alle anderen hasteten zum Motel zurück: sechs Kunden, aufgeregt, aber beherrscht, plus Mark, Peter und Robert hinter ihnen. Die Kunden suchten ihre Zimmer auf. Mark, Peter und Robert gingen ins Büro. Dort entwickelte der Prozess sich aus dem Nichts. Sie verfügten über keinen Plan. Sie hatten nicht darüber nachgedacht. Die Sache konnte auch schiefgehen, aber zuletzt entschied der gesunde Menschenverstand binnen fünf Sekunden. Dieser Ablauf war nur logisch.

Aber in seiner dramatischen Wirkung episch. In seiner psychologischen Gewichtung. Mark saß hinter der Theke, Peter stand seitlich an ihrem Ende. Auf halber Strecke. Wie ein unabhängiger Zeuge.

Robert war der Führer. Er ging sie einzeln holen. Auch das trug zur Legendenbildung bei. Er klopfte an ihre Tür, sie kamen heraus und folgten ihm. Er war ein Prätorianer, und sie waren die großen Herren, die Senatoren. Sie gingen mit ihm den Weg entlang. Sie hatten keine andere Wahl. Er blieb respektvoll zwei Schritte hinter ihnen. Im Büro baute er sich schweigend, den Blick ins Freie gerichtet, an der Tür auf.

Einer nach dem anderen trat vor, beugte das Knie vor Mark und entrichtete seinen Tribut, während Peter die Übergabe als Zeuge verfolgte. Manche legten Geldscheinbündel auf die Theke, verlängerten dadurch den Augenblick. Andere stellten ihre Taschen ab, traten zurück und erwarteten augenblickliche Akzeptanz. Mit vollem Recht. Das Geld würde da sein. Bis auf den letzten Cent. Betrug konnte sich keiner leisten. Dann führte Robert sie einzeln zurück und klopfte an die nächste Tür. Lässig und formell zugleich.

Karel erhielt für seine Hilfe am Vortag einen großzügigen Rabatt, aber die fünf anderen zahlten voll. Nach dem Ritual wählte Mark die beiden größten der zurückgelassenen Reisetaschen aus, und Peter packte sie. Das war nicht einfach. Um den Inhalt von fünfeinhalb Taschen in nur zwei Reisetaschen unterzubringen, musste man die Geldbündel geschickt verstauen. Die beiden anderen sahen ihm zu. Mark zählte laut mit, als Peter die Bündel hineinschichtete. Aber ohne Zahlen. Bei den ersten Geldbündeln sagte er *Betriebskosten, Betriebskosten,* doch bei den restlichen Bündeln sagte er *Gewinn, Gewinn, Gewinn.* Die anderen stimmten ein, sodass daraus ein geflüsterter Singsang wurde. Aber leise, damit sie keiner hörte. Sie summten *Gewinn, Gewinn, Gewinn.* Dann trugen sie die Taschen an allen Fenstern vorbei ins Haus zurück und hofften, die großen Herrn würden sie dabei beobachten: wie ihr Tribut, den sie bescheiden und zu Recht geleistet hatten, von den Siegern weggetragen wurde.

Peter hatte sie aufgefordert, darüber nachzudenken, und das hatten sie getan – nicht weil er es ihnen gesagt hatte, sondern weil das in ihrem Charakter lag. So machte man's in Saint Leonard. Gehirn einschalten. Denken, bevor man redete. Mit dem Anfang beginnen.

Patty flüsterte: »Ich wette, dass sie uns irgendwie reinlegen wollen. Wahrscheinlich ist die Schneise unmöglich zu erreichen.«

»Das kann nicht unmöglich sein.«

»Muss es aber.«

»Gegen wie viele Leute?«

»Wir haben drei gesehen. Das Motel hat zwölf Zimmer, elf außer unserem. Neun Quads. Such dir eine Zahl aus.«

»Glaubst du, dass sie die Quads benutzen?«

»Bestimmt! Ich glaube, dass Peter deshalb betont hat, dass wir zu Fuß gehen müssen. Damit wir uns hilflos und minderwertig vorkommen. Wie Underdogs.«

»Sagen wir also neun Leute. Die können nicht alles überwachen. Das Waldgebiet ist riesig.«

»Ich hab's auf der Karte gesehen«, sagte Patty. »Es ist ein Oval, ungefähr fünf Meilen breit und sieben Meilen lang. Das Motel liegt eine halbe Meile außerhalb der Mitte. Die Entfernungen nach Norden und Süden sind etwa gleich.«

»Dann ist es vielleicht doch möglich. Jeweils im Abstand von vierzig Grad würde einer von ihnen stehen. Sie könnten hundert Meter voneinander entfernt sein. Wenn's uns gelingt, zwischen ihnen hindurchzukommen, haben wir's geschafft.«

»Das kann nicht funktionieren«, sagte Patty. »Denn was wäre dann? Wir schaffen es bis zur Straße, wir werden als Anhalter mitgenommen, wir rufen die Cops und das FBI wegen Entführung und Freiheitsberaubung an, und sie kommen hier raus und sehen das Batteriekabel, die Gitterstangen, die Schlösser, die Kameras und die Mikrofone. Ich glaube nicht, dass Peter und seine Kumpel es sich leisten können, dass das passiert. Sie dürfen nicht zulassen, dass wir hier rauskommen.

Ganz gleich, wie viel Mühe wir uns geben. Oder mit welcher Methode wir's versuchen. Sie dürfen nicht zulassen, dass wir durchkommen. Sie müssen restlos davon überzeugt sein, dass wir's nicht schaffen werden.«

Shorty gab keine Antwort. Sie saßen im Dunkel nebeneinander. Patty schob ihre flach auf der Matratze liegenden Hände unter ihre Oberschenkel. Sie wiegte sich kaum merklich vor und zurück, starrte blicklos in die Dunkelheit. Shorty stützte seine Ellbogen auf die Knie und legte das Kinn in die Hände. Er saß ganz still. Versuchte zu denken.

Dann wurde das Zimmer plötzlich wie ein Filmset in gleißendes Licht getaucht, weil die Deckenleuchte und die Nachttischlampen hell brannten. Der Motor surrte, und die Jalousie zwischen den Scheiben fuhr hoch. Draußen sahen sie sechs Männer aufgereiht stehen. Auf dem Weg am Zimmer vorbei. Schulter an Schulter. Keine Handbreit von der Scheibe entfernt. Hereinstarrend. Einer von ihnen war Karel. Die Ratte mit dem Abschleppwagen. Drei hatten sie bereits gesehen. Zwei waren neu.

Die sechs Männer starrten sie weiter an. Offen, freimütig, gänzlich ohne Hemmungen. Von ihr zu ihm, von ihm zu ihr. Sie wogen ab, bewerteten und schätzten ein. Sie gelangten zu Schlussfolgerungen. Ein kleines Verziehen der Miene, das Befriedigung ausdrückte. Langsames Nicken bewies Anerkennung und Zustimmung. Aufblitzende Augen bewiesen Enthusiasmus.

Dann hoben sie wie auf ein unausgesprochenes Stichwort hin die Hände und klatschten lange und laut, eine Standing Ovation, als applaudierte ein respektvolles Publikum beliebten Stars.

Aber irgendwie im Voraus.

34

Zehn Minuten später rief Reacher erneut Amos an. Sie klang atemlos, als sie sich meldete.

Er fragte: »Was ist passiert?«

»Fehlalarm«, antwortete sie. »Carrington war vielleicht gesichtet worden, aber die Meldung war zwei Stunden alt und hat nichts ergeben. Wir können ihn noch immer nicht aufspüren.«

»Haben Sie Elizabeth Castle gefunden?«

»Sie auch nicht.«

»Ich sollte zurückkommen«, sagte Reacher.

Amos zögerte kurz.

»Nein«, sagte sie. »Wir sind noch im Spiel. Der Computer überwacht die Rotlichtkameras. Keines der Fahrzeuge, die heute Morgen mit der zweiten Welle aus Süden eingetroffen sind, hat Laconia wieder verlassen. Wir glauben, dass Carrington sich noch in der Stadt aufhält.«

»Deshalb benötigen Sie mich dort. Wenn sie ihn erst mal mitgenommen haben, brauche ich nicht mehr zurückzukommen.«

»Nein«, wiederholte sie.

»Wo soll er gesichtet worden sein?«

»Angeblich wurde er gesehen, als er eine städtische Dienststelle betreten hat. Aber sonst kann sich niemand an ihn erinnern, und er befindet sich jetzt nicht dort.«

»War er allein oder mit Elizabeth Castle zusammen?«

»Keine Ahnung. Um diese Zeit war viel los. Jede Menge Leute. Schwer zu sagen, wer mit wem zusammen war.«

»Hat er das Archiv der Stadtverwaltung aufgesucht?«

»Nein, er war anderswo. Die städtischen Dienststellen sind über ganz Laconia verstreut.«

»Hatten Sie einen Augenblick Zeit für eine historische Recherche?«

»Die hat etwas länger gedauert«, sagte sie.

»Was haben Sie rausbekommen?«

»Bevor ich Ihnen das mitteile, muss ich mich beraten lassen. Und wie das Schicksal es will: von Carter Carrington.«

»Warum?«

»Sie haben nach ungelösten Fällen gefragt. Ich habe einen gefunden, für den keine Verjährungsfrist gilt.«

»Sie haben einen ungelösten Mordfall gefunden?«

»Deshalb ist der Fall theoretisch weiter offen.«

»Wann war das?«

»In dem von Ihnen genannten Zeitraum.«

»Ich war damals noch nicht geboren und bin deshalb kein Zeuge. Als Täter komme ich erst recht nicht infrage. Mit mir zu reden, ist juristisch ungefährlich.«

»Es hat Auswirkungen auf Sie.«

»Wer war das Opfer?«

»Sie kennen das Opfer.«

»Wirklich?«

»Wer käme sonst infrage?«

»Der Junge«, sagte Reacher.

»Korrekt«, bestätigte Amos. »Zuletzt an einem Septemberabend des Jahres 1943 mit dem Gesicht nach unten auf einem Gehsteig liegend gesehen. Später kreuzt er wieder auf, nun einundzwanzig, aber noch immer dasselbe Arschloch, und wird ermordet. Nur hat nie jemand einen Zusammenhang zwischen diesen Fällen hergestellt. Damals herrschte Krieg. Kriminalbeamte haben häufig gewechselt. Sie verfügten über keine Computer. Heutige Vorschriften besagen jedoch, dass der erste Fall sich entscheidend auf den zweiten ausgewirkt haben muss. Was natürlich stimmt, keine Frage. Wir können das Ganze nicht ignorieren. Deshalb müssen wir den Mordfall neu aufrollen. Nur um herauszufinden, wohin das führt. Bevor wir ihn wieder schließen.«

»Wie ist er gestorben?«

»Man hat ihn mit einem Schlagring totgeschlagen.«

Reacher überlegte einen Moment.

Dann fragte er: »Wieso ist der Mord nicht aufgeklärt worden?«

»Es gab keine Zeugen. Das Opfer war ein Arschloch. Niemand hat sich was aus ihm gemacht. Der einzige Verdächtige war spurlos verschwunden. Damals hat überall Chaos geherrscht. Millionen und Abermillionen Menschen waren unterwegs unmittelbar nach dem Sieg über Japan.«

»August 1945«, sagte Reacher. »Hatten die Cops einen Namen für den Verdächtigen?«

»Nur eine Art Spitznamen. Aus zweiter Hand, zufällig gehört, alles sehr mysteriös. Vieles nur vom Hörensagen, von Leuten, die unbeabsichtigt Gespräche auf den Straßen belauschten.«

»Wie hat er mit Spitznamen geheißen?«

»Vogelspäher.«

»Ich verstehe«, sagte Reacher. »Wie bald müssen Sie eine neue Akte anlegen?«

»Augenblick«, sagte sie.

Er hörte eine Tür, Schritte und das Rascheln von Papier.

Eine Nachricht.

Dann sagte sie am Telefon: »Ich habe gerade einen Ausdruck von der Kennzeichenüberwachung erhalten.«

Sie machte eine Pause.

Dann atmete sie aus.

»Nicht, was ich dachte«, teilte sie ihm mit. »Niemand hat die Stadt verlassen. Noch nicht. Carrington ist immer noch hier.«

»Sie müssen etwas für mich tun«, sagte Reacher.

Er hörte wieder Papier rascheln. Sie las den Bericht.

»Noch mehr Geschichte?«, fragte sie.

»Laufende Ereignisse«, sagte er. »Ein Universitätsprofessor hat mir erzählt, vor dreißig Jahren sei ein alter Mann namens Reacher nach langen Jahren im Ausland nach New Hampshire heimgekehrt. Meines Wissens lebt er seitdem hier – bei der Enkelin eines Verwandten. Sie müssen sich beim County für mich umsehen. Vielleicht können Sie ihn aufspüren. Vielleicht ist er als Wähler registriert. Vielleicht verfügt er noch immer über einen Führerschein.«

»Ich arbeite bei der Stadt, nicht beim County.«

»Über den Reverend Burke haben Sie auch alles rausgekriegt. Obwohl er nicht in der Stadt wohnt.«

Er konnte noch immer Papier rascheln hören.

»Mal sehen, was ich für Sie tun kann«, entgegnete sie. »Wie heißt dieser alte Mann mit Vornamen?«

»Stan.«

»Das ist Ihr Vater.«

»Ich weiß.«

»Sie haben mir erzählt, dass er tot ist.«

»Ich war bei seiner Beerdigung.«

»Der Professor muss sich getäuscht haben.«

»Wahrscheinlich.«

»Was könnte sonst passiert sein?«

»Die Beisetzung fand vor dreißig Jahren statt. Zur selben Zeit, als dieser Mann nach langer Abwesenheit nach New Hampshire zurückgekehrt ist.«

»Was?«

»Der Sarg war geschlossen. Vielleicht lagen Steine drin. Das Marine Corps hat gelegentlich mit der CIA zusammengearbeitet. Bestimmt ist damals eine Menge hinterhältiger Scheiß passiert.«

»Das ist verrückt!«

»Haben Sie jemals von so was gehört?«

»Das klingt nach einem Hollywoodfilm.«

»Nach einer wahren Geschichte.«

»Eine Million zu eins. Ich bin mir sicher, dass die meisten CIA-Storys sehr langweilig waren und die der Marines noch langweiliger.«

»Einverstanden«, sagte Reacher. »Eine Million zu eins. Aber darauf will ich hinaus. Die Wahrscheinlichkeit ist höher als null. Deshalb möchte ich die Sache überprüfen. Nennen Sie's gebührende Sorgfalt meinerseits. Ich wäre pflichtvergessen, wenn ich's nicht täte. Sie sind kurz davor, neue Ermittlungen wegen eines alten Mordfalls aufzunehmen, für den keine Verjährung gilt und dessen Hauptverdächtiger vielleicht noch lebt und mit mir verwandt ist. Es wäre besser, ein paar Dinge im Vorfeld zu klären, für den Fall, dass ich ihn anrufen muss. Hey, Pops, nimm dir einen Anwalt, du bist kurz davor, verhaftet zu werden. Irgendwas in dieser Art.«

»Das ist verrückt«, sagte Amos noch mal.

»Die Wahrscheinlichkeit ist höher als null«, wiederholte Reacher.

»Augenblick«, sagte sie.

Er konnte weiter Papier rascheln hören.

Sie sagte: »Das ist ein irrer Zufall.«

»Was denn?«

»Unsere neue Software. Hauptsächlich registriert sie durch automatisierte Kennzeichenerkennung, wer in die Stadt einfährt oder sie verlässt. Aber in tieferen Schichten scheint sie auch ein paar Extrafunktionen zu haben. Sie sucht nach offenen Haft- und Strafbefehlen wegen Verkehrsdelikten. Und sie hat eine Rubrik *Allgemeines.*«

»Und?«

»Der Van, den wir heute Morgen gesehen haben, war illegal.«

»Welcher Van?«

»Der von der Orientteppich-Reinigung.«

»Wie illegal?«

»Er hätte Händlerkennzeichen haben müssen.«

»Warum?«

»Weil der Besitzer ein Händler ist.«

»Kein Teppichreiniger?«

»Der hat Pleite gemacht. Die Leasingfirma hat sich den Van zurückgeholt.«

Patty und Shorty zogen sich ins Bad zurück. Kamen aber ziemlich bald wieder heraus. Die zertrümmerten Fliesen und die eingetretene Holzwand machten das Bad fast unbewohnbar. Sie gingen zum Bett und setzten sich so nebeneinander, dass sie dem Fenster den Rücken kehrten. Ihnen war egal, ob die Jalousie oben oder unten war. Ihnen war egal, wer sie beobachtete. Sie flüsterten leise miteinander, nickten, zuckten mit den Schultern und schüttelten den Kopf, gebrauchten Handzeichen und diskutierten die Lage so rasch wie nur möglich. Sie hatten ihr mentales Modell revidiert. Manche Dinge erschienen ihnen klarer als zuvor, andere hingegen nicht. Sie wussten jetzt mehr, verstanden aber weniger.

Die sechs Männer draußen vor dem Fenster sahen sie eindeutig als das gegnerische Team. Ihre Aufgabe war es, Fangen zu spielen und dabei zu gewinnen. In einem dreißig Quadratmeilen großen Wald, vermutlich nachts. Vermutlich von drei Arschlöchern begleitet, die als Schiedsrichter, Kampfrichter oder Marshals fungierten, sodass neun Quads gebraucht wurden, während das vierte Arschloch eine Art Kontrollzentrum im Haus leitete, die Bildschirme beobachtete, die Mikrofone abhörte und allgemein tat, was dort drinnen zu tun war. Davon gingen sie gegenwärtig aus.

Dreißig Quadratmeilen. Sechs Männer. Nachts. Trotzdem glaubten sie zuversichtlich an ihren Erfolg. Sie konnten sich keinen Misserfolg leisten. Die Quads würden ihnen dabei helfen. Viel schneller als jemand, der rannte. Aber trotzdem. Dreißig Quadratmeilen waren zehntausend Footballfelder. Alle leer bis auf zufällig verteilte sechs, die nur mit jeweils einem Mann besetzt waren.

Nachts.

Das kapierten sie nicht.

Dann flüsterte Shorty: »Vielleicht haben sie Nachtsichtbrillen.«

Was einen Schwall trübseliger Überlegungen auslöste. Ein bis zwei Meilen entfernt konnten die Männer mit weiten Abständen in einem riesigen Kreis herumfahren, ein großes Rad drehen, sodass jeder Punkt auf dem Kreisbogen alle paar Minuten von jemandem berührt wurde. Gleichzeitig würden Patty und Shorty rechtwinklig von der Seite kommen, als wollten sie eine Einbahnstraße überqueren. Sie würden langsam sein. Seite an Seite konnten sie von Anfang bis Ende ganze fünf Minuten sichtbar sein. Würde das Rad sich langsamer drehen?

Oder würden sie einfach ab dem ersten Schritt ins Freie verfolgt werden?

So viele Fragen.

Darunter die wichtigste aller Fragen. Was für eine Art Fangen sollte hier gespielt werden? Vermutlich nicht die, die sie vom Schulhof kannten. Nicht nur ein Klaps auf die Schulter. Sechs Männer. Dreißig Quadratmeilen. Quads und Nachtsichtgeräte. Von ihrem Erfolg überzeugt.

Nicht gut.

Was zur wichtigsten Entscheidung führte. Zusammenbleiben oder ihr Glück einzeln versuchen? Sie konnten verschiedene Richtungen einschlagen. Damit würden sich ihre Chancen verdoppeln. Mehr als nur das. Wurde einer von ihnen geschnappt, würde der andere von der Ablenkung profitieren und konnte vielleicht flüchten.

Reacher saß in dem Subaru auf dem mit Kies bedeckten breiten Bankett. Wenn die biodynamische Jute gelogen war, war auch alles andere gelogen. Da hast du's!, sagte seine hintere Gehirnhälfte. Der Abschleppwagen war nicht wegen des defekten Autos da. Die ganze Story stimmte nicht. Elizabeth Castle hatte gesagt, kein Taxi würde so weit hinausfahren. Das stehen gelassene Auto war erfunden. Es gehörte zu einem fantastisch ausgemalten Lügenmärchen. Genau wie die angeblichen Elektriker und Installateure, die Strom und Wasser abgedreht hatten.

Der Abschleppwagen stellte eine Straßensperre dar.

Burke sagte: »Was denken Sie?«

»Ich frage mich, wo sich die Leute befanden. Wir haben einen Kerl gesehen, aber dort waren vier Autos geparkt. Generell denke ich also, dass dort oben irgendwas Seltsames vor sich geht. Dann denke ich: Wie schlimm kann es sein? Der Laden ist ein Motel, aber die Zufahrt ist gesperrt. Und so vermute ich, dass in einem Motel mit einer Straßensperre schlimme Dinge passieren können. Vielleicht sogar sehr schlimme Dinge. Aber wenn ich zurückkehre, habe ich kein

Handy mehr. Und ich will wissen, was mit Carrington ist. Und mit Elizabeth Castle. Ich bin daran schuld, dass sie zusammen sind. Und ich glaube, dass Amos mich anrufen und mir sagen wird, dass ich nach Laconia zurückkommen soll. Dieses Mal hat sie gezögert, bevor sie Nein gesagt hat. Merklich gezögert. Früher oder später fordert sie mich auf zurückzukommen.«

»Was könnten Sie dort ausrichten?«

»Ich könnte herumlaufen. Sie haben meine Personenbeschreibung. Ich bin das Original. Carrington ist eine schlechte Kopie. Das nähme den Druck von ihm, weil der böse Kerl sich auf mich konzentrieren würde.«

»Macht Ihnen das keine Sorgen?«

»Er will mich nach Boston mitnehmen. Er will mich von einem Gebäude stoßen. Das wäre ein langes, höchst kompliziertes Unterfangen. Ich sehe nicht, wie es gut für ihn enden könnte.«

»Was für schlimme Dinge könnten in einem Motel mit einer Straßensperre passieren?«

»Das weiß ich auch nicht«, sagte Reacher.

Der Tag neigte sich seinem Ende zu, deshalb brannten jetzt den ganzen Weg entlang Lampen neben jeder Tür. Die sechs Männer begannen, ihre Ausrüstung bereitzulegen. Alle sechs Türen standen offen, alle sechs Zimmer waren hell beleuchtet. Kerle wanderten mit kleineren Gegenständen in der Hand wie geistesabwesend umher. Das diente dazu, ein bisschen anzugeben, auch wenn dazu nicht viel Gelegenheit bestand. Die Regeln waren streng. Alle begannen genau gleich. Das Spielfeld war eben. Jeder bekam ein willkürlich ausgewähltes Quad. Jeder benutzte das gleiche Nachtsichtgerät, das die Veranstalter ausgewählt hatten. Mark hatte sich für Geräte der zweiten Generation aus Militärbeständen entschieden, die man überall kaufen konnte. Stiefel und Kleidung waren nicht vorgeschrieben, aber damit hatten früher schon andere Leute experimentiert, sodass jetzt alle gleich angezogen waren. Nichts in ihren Reisetaschen lohnte einen zweiten Blick.

Bei den Hartschalenkoffern sah es anders aus. Eigenartige, unelegante Formen. Auch ihr Inhalt war nicht reglementiert. Hier zählten persönliche Vorlieben, die rational oder ideologisch sein oder auf Glaubensgrundsätzen basieren konnten. Alles war erlaubt. In jeder beliebigen Kombination. Langbogen, Compoundbogen, Recurvebogen oder Take-down-Bogen. Jeder hatte einen Favoriten oder eine Theorie, die auf wenig Erfahrung und viel Wunschdenken beruhte. Jeder plante Verbesserungen. Jeder pusselte an seinem Equipment herum.

Als die Hartschalenkoffer ausgepackt wurden, gab es viele interessierte Seitenblicke.

Der Tag ging zu Ende, und so veränderte sich auch die Aussicht vom Bankett aus. Sie wurde trüb und grau. Reacher ersetzte sie in Gedanken durch das Motel. Wie sie es zuerst gesehen hatten. Der erste Blick auf das, was vor ihnen lag. Heller Sonnenschein. Das Büro links, der Volvo-Kombi vor drei, der Teppichreinigungsvan vor sieben, der kleine blaue Importwagen vor zehn und der Pick-up mit langer Ladefläche vor elf. Dazu der leicht schräg stehende Gartenstuhl vor Zimmer fünf.

Burke fragte: »Was?«

»Meine hintere Gehirnhälfte ist wieder mal aktiv«, antwortete Reacher. »Aber Sie bevorzugen die vordere.«

»Erzählen Sie's mir trotzdem.«

»Was benötigen die Kerle, um etwas Schlimmes geschehen zu lassen?«

»Theologisch?«

»Aus praktischer Sicht.«

»Das könnten viele Dinge sein.«

»Sie würden ein Opfer brauchen. Ohne Opfer kann man nichts Schlimmes tun. Vielleicht ein junges Mädchen. Nur zum Beispiel. Man hat sie hingelockt und eingesperrt. Vielleicht wollen die Männer einen Porno mit ihr drehen. Das Motel wäre eine geeignete Location. Jedenfalls liegt es einsam genug.«

»Sie glauben, dass dort ein Porno gedreht wird?«

»Ich habe ›zum Beispiel‹ gesagt. Es könnten alle möglichen anderen Dinge sein. Aber diese Dinge erfordern ein Opfer. Das haben sie alle gemeinsam. Ein Opfer, das dort anwesend sein muss. Irgendwie gefangen genommen und festgehalten, sofort verfügbar, wenn die Party beginnt.«

Burke fragte: »Wo vor Ort verfügbar?«

»Zimmer zehn war qualitativ unterschiedlich«, sagte Reacher. »In doppelter Hinsicht. Erstens wegen des Autos. Das einzige ausländische Kennzeichen. Außerdem kleiner, billiger und abgenutzter. Vermutlich das Fahrzeug eines jungen Besitzers. Weit von daheim entfernt und verwundbar. Zweitens wegen des Fensters. Seine Jalousie war heruntergelassen. Nur diese eine.«

Burke äußerte sich nicht dazu.

Reacher sagte: »So denkt wie gesagt meine hintere Gehirnhälfte.«

»Was wollen Sie in dieser Sache unternehmen?«

»Weiß ich nicht.«

»Sie sollten hingehen und sich noch mal umsehen.«

»Vielleicht.«

»Carrington ist erwachsen. Er kommt allein zurecht.«

»Er tappt im Dunkeln. Er ist völlig ahnungslos.«

»Okay, die Cops können sich um ihn kümmern. Die wollen Sie ohnehin nicht in Laconia haben. Glauben Sie mir, die Kriminalbeamtin fordert Sie niemals an.«

Reacher schwieg.

Er wählte Amos' Nummer.

Sie meldete sich nach dem vierten Klingeln.

Sie sagte: »Noch nichts.«

»Wie fühlen Sie sich?«, fragte er.

»Die Rushhour ist vorbei. In der Innenstadt ist's ruhig. Wir überwachen fast alle Punkte, die überwacht werden sollten. Und schließlich betrifft die Personenbeschreibung einen ganz anderen Mann. Dies ist nur eine Theorie. Insgesamt würde ich sagen, dass ich mich einigermaßen gut fühle.«

»Auf einer Skala von eins bis zehn?«

»Ungefähr eine Vier«, sagte sie.

»Würde es nützen, wenn ich dort wäre?«

»Ehrliche Antwort?«

»Auf einer Skala von eins bis zehn.«

»Gibt es einen kleineren Wert als eine Eins?«

»Eins ist die unreduzierbare Zahl.«

»Dann eine Eins«, sagte sie.

»Was ist mit den Regeln und dem Bullshit?«

»Trotzdem eine Eins«, erwiderte sie.

»Okay, alles Gute«, sagte er. »Dieses Handy hat bald keinen Empfang mehr. Ich melde mich wieder, sobald ich kann.«

35

Der Fernseher schaltete sich erneut von selbst ein. Das Knistern, der blaue Bildschirm, der verschwommene Übergang zum Gesicht eines Mannes vor einer kahlen Wand. Diesmal war es Mark im Brustbild. Wartend. Er sah zur Seite und fragte, ob etwas funktionierte. Was anscheinend der Fall war, denn sie hörten alles, was gesprochen wurde. Mark blickte wieder in die Kamera. Sah *sie* an. Sah ihnen in die Augen. Er starrte sie an. Er wartete. Er lächelte.

Er sagte: »Leute, wir haben euch eine weitere Sitzung für Fragen und Antworten versprochen. Für den Fall, dass trotz Peters früherer Erklärungen noch nicht alles klar ist. Also bitte.«

Patty sagte: »Erzählen Sie uns mehr über das Spiel.«

»Kommt, setzt euch wieder ans Fußende. Wir wollen offen und ehrlich miteinander reden.«

Patty schlurfte ums Bett herum. Shorty folgte ihr. Wollte eigentlich nicht, tat es aber trotzdem.

Mark sagte: »Das Verbraucherverhalten hat sich geändert. Der Ehrgeiz ist nicht länger auf größere oder bessere Gegenstände beschränkt. Ein größeres Haus, ein größerer Brillant, ein besserer Monet. Heutzutage gibt es eine neue Kategorie. Die Leute kaufen Erlebnisse. Sie kaufen Flugtickets zum Mond. Sie besuchen den Meeresboden. Manche zahlen dafür, dass sie ihre Fantasien ausleben können. Einmal im Leben. Manche davon sind harmlos, andere hingegen pervers. Solche Leute versammeln sich im Internet. Sie finden geheime Anschlagtafeln. Auf denen werben wir.«

»Was für Anschlagtafeln?«, fragte Patty. »Wer sind diese Leute?«

»Karel kennt ihr bereits«, erklärte Mark. »Die anderen fünf kommen von einer bestimmten Webseite, deren Name faszinierend mehrdeutig ist. Sehr cleveres Untergrund-Marketing. Beschreibt er die Mitglieder oder die Aktivität, für die er unter seinen Mitgliedern wirbt? Ist das ein Versehen oder ein verschwörerisches Blinzeln? Alles hängt von der Betonung ab. Grammatikregeln helfen da nicht weiter.«

Patty fragte: »Wie heißt die Seite?«

»Bow Hunting People – Menschen, die mit Bogen jagen, oder Bogenjagd auf Menschen.«

»Was?«

»Womit Ihre Frage nach der Art des Spiels hoffentlich beantwortet ist. Die Spielregeln sehen keinerlei Beschränkungen in Bezug auf die Bauart des Bogens vor. Verboten sind nur mechanische Auszugshilfen und natürlich Armbrüste. Vermutlich benutzen alle mittellange Recurvebogen aus Kompositmaterial. Damit wollen sie beweglich sein. Sie schauen sich viel von den Rotwildjägern ab. Ich denke, dass sie Pfeile mit breiter Spitze verwenden werden. Vielleicht mit Widerhaken, aber das hängt davon ab, wo Sie sind. Werden Sie frühzeitig entdeckt, begnügen sie sich vielleicht damit, Sie zunächst nur zu verfolgen. Dann schießen sie, um zu verwunden. Sie wollen natürlich, dass Sie die ganze Nacht durchhalten, Sie haben einen Haufen Geld bezahlt.«

»Sie sind verrückt!«

»Nicht ich«, entgegnete Mark. »Ich bediene nur das schmuddelige unterste Marktsegment. Für ihre Begierden sind sie selbst verantwortlich.«

»Sie reden davon, uns zu ermorden.«

»Nein, ich rede davon, Ihnen eine Chance zu geben, mit heiler Haut davonzukommen. Ich bin jetzt Ihr bester Freund. Ich versuche Ihnen zu helfen.«

»Sie können es sich nicht leisten, uns flüchten zu lassen.«

»Jetzt fangen Sie an, Ausreden zu erfinden. Geben Sie nicht schon vor dem Start auf! Die Welt dort draußen ist riesig. Und die Männer sind nur zu sechst.«

»Haben sie Nachtsichtgeräte?«

»Nun … ja.«

»Und Quads.«

»Was bedeutet, dass Sie sie kommen hören können. Ist

Ihnen das klar? Sie sind hier nicht völlig hilflos. Wählen Sie Ihre Richtung klug, bleiben Sie wachsam, horchen Sie aufmerksam, versuchen Sie zu erraten, in welche Richtung die Quads unterwegs sind, und schlüpfen Sie hinter ihnen durch, wenn sie vorbei sind. Das müsste zu machen sein. Früher oder später schafft es vermutlich irgendjemand. Auf der kürzesten Route sind's nur zwei Meilen. Wie Sie recht gut wissen. Einfach die Zufahrt entlang. Aber davon würde ich Ihnen abraten. Auch von einer Parallelstrecke unter den Bäumen. Die wäre zu offenkundig. Dort liegt dann bestimmt jemand auf der Lauer.«

Keiner sprach.

Mark fuhr fort: »Noch ein paar Ratschläge, wenn ihr gestattet. Kontrolliert ab und zu eure Tür. Die Uhr beginnt zu laufen, sobald sie entriegelt ist. Darauf müsst ihr selber achten. Weitere Ankündigungen wird es nicht geben. Ich rate euch, gleich loszumarschieren, sobald sie aufgeht. Hängt euch ordentlich rein. Versucht, die Sache positiv zu sehen. Der Wald ist riesig. Bogenjäger versuchen im Allgemeinen, auf zehn, zwölf Meter ranzukommen. Idealerweise noch näher. Im Wald mit Pfeilen zu schießen, ist nicht einfach. Immer sind Bäume dazwischen.«

Keiner sprach.

Mark sagte: »Noch ein Ratschlag, wenn ihr gestattet. Bitte denkt nicht daran, in eurem Zimmer zu bleiben. Das mag clever erscheinen, aber es ist die falsche Strategie. Sobald die Männer merken, was ihr tut, rücken sie vor, bis sie euch umzingelt haben. Dann habt ihr sechs Kerle vor eurer Tür. Die wären enttäuscht. Sie würden sich um ihren Sport betrogen fühlen. Das würden sie euch büßen lassen. Sie würden dafür sorgen, dass ihr diese Nacht durchhaltet – aber nicht auf nette Weise.«

Keiner sprach.

Mark fragte: »Habt ihr darüber gesprochen, ob ihr euch trennen und es allein versuchen sollt?«

Shorty sah weg.

»Ich weiß«, sagte Mark. »Schwierige Entscheidung. Minimal bessere Chancen hättet ihr allein. Das Problem ist nur, dass ihr nie erfahren würdet, was der anderen Person zugestoßen ist. In ihren letzten Augenblicken, meine ich.«

Burke fuhr nach Norden. Vom Display des Mobiltelefons verschwand ein Balken nach dem anderen. Reacher sprach ein Machtwort. Burke sollte ihn an der Motelzufahrt absetzen und dann heimfahren und zu Hause bleiben: sicher und ungefährdet. Auf keinen Fall zurückkehren. Nicht Ja sagen und dann heimlich umkehren und warten. Ihm nicht zu Fuß folgen, nur um zu sehen, was passieren würde. Nichts dergleichen. Heimfahren, zu Hause bleiben, alles vergessen. Ohne Widerrede. Ohne Diskussion. Keine Demokratie. Das war der Deal.

Burke war damit einverstanden.

Reacher fragte ihn noch mal.

Burke war weiter damit einverstanden.

Sie fuhren in den Wald hinein. Unter dem Laubdach war es schon Nacht, sodass Burke das Licht einschalten musste. Nach ungefähr fünf Meilen hatten sie die beiden schiefen Pfosten erreicht. Genau zur rechten Zeit. Genau am rechten Ort. Burke hielt an. Reacher stieg aus. Burke wendete und fuhr davon. Reacher stand auf der Straße und schaute ihm nach, bis die Heckleuchten in der Ferne verschwunden waren. Nun herrschte wieder Stille. Auf der Straße lag fahler Mondschein. Unter den Bäumen war es finster. Reacher machte sich auf den Weg, allein in der Dunkelheit.

Patty versuchte die Tür zu öffnen, die hoffentlich weiter abgesperrt sein würde. Sie waren noch nicht bereit. Sie tendierten dazu zusammenzubleiben. Zumindest anfangs. Solange sie konnten. Aber das hatten sie nicht laut geäußert. Noch nicht. Sie tendierten dazu, in Richtung Westen aufzubrechen. Direkt gegenüber der Zufahrt. In entgegengesetzter Richtung. Eine längere Route. Entgegen ihrer Intuition. Vielleicht eine gute Idee. Vielleicht vorhersehbar. Sie wussten es nicht. Ihr Entschluss stand noch nicht fest. Sie hatten überlegt, ob sie die Landkarte aus dem Auto mitnehmen sollten, verzichteten jedoch darauf. Sie hätten einen Kompass gebraucht. Sie fürchteten sich davor, sich im Wald zu verirren. Sie konnten ewig lange im Kreis laufen.

Die Tür war noch abgeschlossen.

Patty setzte sich wieder auf die Bettkante.

Zwei Minuten später erreichte Reacher den Abschleppwagen. Seine dunkle Masse ragte zwischen den Bäumen eingeklemmt vor ihm auf. Bei Nacht wirkte die Lackierung schwarz, der Chrom stumpf und grau. Reacher ging auf die Knie und tastete nach dem dicken Kabel. Er fand es, prägte sich ein, wo es verlief, und stieg darüber hinweg. Dann zwängte er sich mit einer Schulter voraus und mit schützend erhobenem Arm an dem Truck vorbei. Eine Seite seines Körpers glitt mühelos an der auf Hochglanz polierten Flanke vorbei, während die andere von Tannennadeln und Zweigen zerkratzt wurde. Als er endlich vorn war, tastete er sich zur Mitte des Kühlergrills vor, die zugleich die Mitte der Zufahrt bezeichnete. Er orientierte sich und marschierte los. Vor ihm lagen zwei Meilen.

Sie hörten die Motoren der Quads anspringen. Erst nur einen, dann einen weiteren. Das ferne Aufheulen des Anlassers, das nervöse Bellen eines hochgezüchteten Motors, die hohe Drehzahl im Leerlauf. Dann ein dritter und vierter Motor. Der Motorenlärm hallte von der Scheunenwand zurück. Dann röhrten und brummten alle, summten wie ein Hornissenschwarm und beschleunigten nacheinander: übers Gras, nach rechts auf die Zufahrt abbiegend, weg vom Haus, auf das Motel zu.

Shorty fragte sich eine Sekunde lang, wer wohl das Quad bekommen hatte, das sie bis zur Straße und zurück geschoben hatten.

Patty versuchte die Tür zu öffnen.

Noch immer abgesperrt.

Die Quads schienen sich zu einer einzigen langen Reihe zu formieren. Sie fuhren über den Parkplatz. Shorty drehte sich etwas zur Seite, um sie in den Blick zu nehmen. Eine Prozession. Dank der Außenbeleuchtung waren sie deutlich zu erkennen. Ein Quad nach dem anderen rollte von links nach rechts vorbei. Die Fahrer trugen alle schwarze Kleidung. Jeder hatte einen Sportbogen schräg über dem Rücken hängen und einen Köcher voller Pfeile. Jeder war mit einer unheimlich aussehenden Nachtsichtbrille ausgestattet. Einige von ihnen ließen den Motor aufheulen. Bei anderen drehten die Reifen durch, als könnten sie ihren Tatendrang kaum zügeln.

Alle röhrten davon.

Shorty fragte sich eine Sekunde lang, wer auf den Westen gewettet hatte.

Patty versuchte die Tür zu öffnen.

Sie ging auf.

36

Patty zog die Tür ganz auf, blieb an der Schwelle stehen und starrte in die Nacht hinaus. Die Luft war mild und würzig, der bewölkte sternenlose Himmel sternenlos schwarz.

»Dies ist verrückt«, sagte sie. »Ich will nicht fort. Ich will hierbleiben. Hier fühle ich mich sicher.«

»Hier sind wir nicht sicher«, widersprach Shorty. »Hier sind wir Zielscheiben.«

»Die sind wir überall. Sie haben Nachtsichtbrillen.«

»Sie sind nur zu sechst.«

»Neun«, sagte Patty. »Glaubst du, dass die Arschlöcher unparteiisch bleiben?«

»Hier können wir nicht bleiben.«

Patty sagte nichts. Sie streckte eine Hand ins Freie, streckte die Finger, fühlte die Luft. Sie griff hinein und schob sie weg, als würde sie darin schwimmen.

»Wir gehen nach Florida«, sagte Shorty. »Wir bauen einen Windsurfer-Verleih auf. Vielleicht auch für Jetskis. Wir verkaufen T-Shirts. Damit kann man echt Geld verdienen. Patty und Shorty's Aquatic Emporium. Wir lassen uns ein tolles Logo entwerfen.«

Patty drehte sich zu ihm um.

»Jetskis brauchen Wartung«, sagte sie.

»Ich stelle einen Mechaniker ein«, sagte er. »Sie laufen wie Uhrwerke. Versprochen.«

Sie hielt kurz inne.

»Okay«, sagte sie dann. »Auf nach Florida.«

Sie nahmen nichts mit außer den Stablampen. Hasteten

zwischen dem defekten Honda und einem nebenan abgestellten Pick-up in die Nacht hinaus. Bogen hinter Zimmer zwölf ab und kamen auf der Rückseite des Motels zu der Stelle, wo ihr Bad liegen musste. Dort blieben sie an die Hauswand gepresst stehen. Vor ihnen lag der Westen. Weites graues Grasland, dahinter eine schwarze Wand aus Bäumen. Sie horchten angestrengt, hielten Ausschau nach Lichtern. Aber hörten nichts und sahen nichts.

Sie fassten sich an den Händen und gingen los. Schnell, aber ohne zu rennen. Sie rutschten aus und stolperten. Bald befanden sie sich auf der freien Fläche. Shorty stellte sich vor, wie sich Nachtsichtbrillen auf sie richteten. Sie heranzoomten und scharf stellten. Patty dachte: *Wenn sie uns frühzeitig sehen, verfolgen sie uns vielleicht erst eine Weile.* Beide fixierten den dunklen Horizont. Die Wand aus Bäumen. Sie hasteten darauf zu. Kamen näher und näher. Wurden schneller und schneller. Die letzten fünfzig Meter rannten sie.

Sie verschwanden unter den ersten Bäumen, machten halt, standen vornübergebeugt und keuchten aus Luftnot, aus Erleichterung, aus primitiver Überlebensfreude. Eine Art urzeitlicher Sieg, der sie stärker machte. Sie richteten sich wieder auf. Horchten, ohne etwas zu hören. Sie drangen tiefer in den Wald ein. Weiter und weiter. Kamen nur langsam voran, weil Ranken und niedriges Unterholz sie bei jedem Schritt behinderten und sie ständig Bäumen ausweichen mussten. Außerdem war es finster. Sie durften nicht riskieren, die Stablampen zu benutzen. Noch nicht. Wegen der Nachtsichtgeräte. Ebenso gut hätten sie sich in Brand setzen können, dachte sie.

Fünf Minuten später fragte Patty: »Sind wir noch nach Westen unterwegs?«

Shorty antwortete: »Ich glaube schon.«

»Dann sollten wir jetzt nach Süden gehen.«

»Warum?«

»Wir waren ziemlich lange auf freier Fläche unterwegs. Vielleicht haben sie uns aus der Ferne beobachtet und gesehen, dass wir nach Westen laufen. Also werden sie annehmen, dass wir weiter nach Westen wollen.«

»Meinst du?«

»Weil Leute räumliche Bewegungen unbewusst als gerade Linien projizieren.«

»Aha.«

»Also müssen wir rechtwinklig abbiegen. Norden oder Süden. Dann können sie uns nach Westen projizieren, so lange sie wollen. Nur kreuzen wir dort nie auf. Süden gefällt mir besser. Wenn wir eine Straße finden, führt die direkt zur Stadt.«

»Okay, dann sollten wir links abbiegen.«

»Wenn wir jetzt wirklich nach Westen unterwegs sind.«

»Ziemlich sicher«, sagte Shorty.

Also drehte Patty sich – hoffentlich – genau neunzig Grad nach links. Sie kontrollierte die neue Richtung genau. Stand Schulter an Schulter neben Shorty – jetzt allerdings seitlich zu ihrer ursprünglichen Richtung. Sie setzte sich wieder in Bewegung. Shorty folgte ihr. Weiter und weiter. Aufgrund von Ranken und querliegenden Ästen so langsam wie zuvor. Manchmal lagen umgestürzte Bäume quer zu ihrer Marschrichtung. Das bedeutete jedes Mal einen Umweg und einen Blick zurück, um sich zu vergewissern, dass sie weiter nach Süden unterwegs waren.

Dann hörten sie in weiter Ferne ein Quad. Vielleicht eine Meile entfernt. Sein Motor sprang an, es fuhr eine Minute lang, wurde wieder abgestellt. Alles sehr leise. Vielleicht ein Stellungswechsel. Aber wozu? Aus welchem Anlass? Patty blieb so ruckartig stehen, dass Shorty mit ihr zusammenprallte.

Sie fragte: »Fahren sie die ganze Zeit herum, als säßen sie auf einem Pferd, oder steigen sie ab und gehen zu Fuß?«

»Bisher surren sie nicht die ganze Zeit herum… yeah, ich glaube, dass sie die Dinger irgendwo abstellen und zu Fuß ausschwärmen.«

»Also werden wir sie nicht hören, wenn sie kommen. Mark hat uns verarscht.«

»Das nenne ich eine Überraschung!«

»Jetzt sitzen wir in der Scheiße.«

»Der Wald ist groß. Sie müssen sich auf weniger als zwölf Meter heranschleichen. Dieser Kerl war echt weit weg. Sein persönliches Pech.«

»Wir sollten nach Südwesten weiter«, meinte Patty.

»Warum?«

»Ich glaube, dass das der kürzeste Weg zu der Schneise ist.«

»Werden sie das nicht vermuten?«

»Darüber sollten wir uns keine Gedanken machen. Sie sind zu neunt. Gemeinsam können sie praktisch alles vermuten.«

»Okay, dann liegt die neue Richtung halb rechts von uns.«

»Wenn wir wirklich nach Süden unterwegs sind.«

»Da bin ich mir ziemlich sicher«, sagte Shorty. »Mehr oder weniger.«

»Ich glaube, dass wir vom geraden Weg abgekommen sind.«

»Aber nicht sehr.«

Patty sagte nichts.

Shorty fragte: »Was?«

»Ich denke, dass wir uns im Wald verlaufen haben. Der voller Bogenschützen ist, die uns erschießen wollen. Ich glaube, ich werde von Bäumen umgeben sterben. Was irgendwie passt. Ich arbeite in einem Sägewerk.«

»Alles okay mit dir?«

»Nur ein bisschen schwummerig.«

»Halt durch, Patty. Wir müssen nur dranbleiben. Jetzt halb rechts und geradeaus weiter, dann erreichen wir die Lichtung.«

Das machten sie alle. Sie wandten sich nach halb rechts, marschierten weiter und erreichten die Lichtung. Eine Minute später. Aber es war die falsche Richtung. Sie befanden sich wieder hinter dem Motel. Vor ihnen lag dasselbe graue Grasland. Aus einem anderem Blickwinkel. Aber nur ganz leicht verändert. Sie erreichten den Waldrand zwanzig Meter von der Stelle entfernt, an der sie unter den Bäumen verschwunden waren.

Reacher hörte in weiter Ferne Motorradmotoren. Erst ein ganzer Schwarm, ein Brummen knapp an der Hörgrenze, dann einzelne Maschinen etwa eine Meile weit entfernt, manche beschleunigend, andere langsamer werdend. Nicht der träge Bass amerikanischer Maschinen. Die andere Art Motorenlärm: hohe Drehzahlen, alle Arten von Kolben, Ventilen und Kurbelwellen in rasender Bewegung. Die Quads, vermutete er. Insgesamt neun, die in drei Reihen zu drei Maschinen geparkt gewesen waren. Vor der Scheune. Nun schienen sie unterwegs zu sein, zwängten sich mit aufheulenden Motoren durch den nächtlichen Wald.

Auf der Jagd, sagte seine hintere Gehirnhälfte.

Okay, meinte die vordere Hälfte. Vielleicht eine geschützte Tierart. Ein Bärenjunges oder dergleichen. Höchst illegal. Vielleicht war dies das Opfer.

Nur fuhr ein Bärenjunges keinen Importwagen oder versteckte sich hinter herabgelassenen Jalousien.

Er verließ die Zufahrt und stellte sich zwei Meter von ihr entfernt hinter die Bäume. Weit vor sich hörte er ein Quad. Es fuhr nicht, sondern wartete mit laufendem Motor. Ohne Licht. Dann wurde der Motor abgestellt. Die Stille war wieder ohrenbetäubend laut. Die Wolkendecke über ihm, jetzt dünner geworden, leuchtete an einigen Stellen stahlgrau. Mondschein, der auf Wolken fiel.

Reacher marschierte unter den Bäumen weiter, folgte der Zufahrt in zwei Meter Abstand von ihr.

Patty hockte auf dem Waldboden, lehnte mit dem Rücken an einem Baum, starrte auf die Rückseite des Motels. Auf die Stelle, von der sie losgegangen waren.

»Alles okay mit dir?«, fragte Shorty wieder.

Sie dachte: *Wenn sie uns frühzeitig sehen, verfolgen sie uns vielleicht erst eine Weile.*

Laut sagte sie: »Setz dich, Shorty. Ruh dich aus, solange du Zeit hast. Dies kann eine lange Nacht werden.«

Er setzte sich. Lehnte am nächsten Baum.

Er sagte: »Glaub mir, wir werden besser.«

»Nein, das werden wir nicht«, erwiderte sie. »Nicht ohne einen Kompass. Das ist unmöglich. Wir wollten dreimal geradeaus gehen und sind am Ausgangspunkt gelandet.«

»Was möchtest du tun?«

»Ich möchte aufwachen und feststellen, dass dies alles nur ein Albtraum war.«

»Und sonst?«

»Ich möchte nach Osten gehen. Ich glaube, dass die Zufahrt der einzig mögliche Weg ist. Neben ihr, unter den Bäumen. Damit wir uns nicht verlaufen. Jede andere Richtung ist unsinnig. Wir könnten die ganze Nacht im Kreis laufen.«

»Das wissen sie.«

»Das wussten sie von Anfang an. Sie wissen, dass uns früher oder später nichts anderes übrig bleibt, als es mit der Zufahrt zu versuchen. Als letztes Mittel. Das hätten wir auch erkennen müssen. Wir waren dumm. Dreißig Quadratmeilen mit nur sechs Kerlen fand ich schon immer lächerlich. Was für eine Art Spiel ist das? Eine Lotterie? Aber es sind keine dreißig Quadratmeilen, sondern nur zwei schmale Streifen beiderseits der Zufahrt. Dort spielt sich alles ab. Das ist unvermeidlich. Da lauern sie uns auf. Ungewiss ist nur, aus welchem Winkel wir uns annähern. Und wann.«

Shorty schwieg lange nachdenklich. Atmete tief ein und aus.

Dann sagte er: »Ich möchte was ausprobieren.«

»Was denn?«

»Ich will erst herausfinden, ob's möglich ist. Ich will nicht blöd dastehen.«

Sie dachte: Schlechte Aussichten, Shorty.

Laut fragte sie: »Was müssen wir tun?«

»Los, komm mit«, antwortete er.

Im Kontrollzentrum verfolgte Steven die Signale der in den Stablampen versteckten GPS-Chips. Die starken Sender mit ihren in das Alugehäuse geklebten langen Antennen wurden von den vier neuen D-Monozellen der Lampen mitversorgt. Im Augenblick bewegten sie sich vom Waldrand auf die Rückseite des Motels zu. Mittelschnell. Gehend, nicht rennend. In exakt gerader Linie, die in krassem Gegensatz zu ihrem bisherigen Kurshalten stand, das chaotisch gewesen war. Vom Start weg waren sie in einer enger werdenden Spirale, die sie anscheinend für eine Gerade hielten, unsicher nach Südwesten gestolpert. Ihr Abbiegen nach links hatte anfangs gut ausgesehen, doch sie kamen wieder von der Ideallinie ab, schlugen einen Bogen und kehrten letztlich zum Ausgangspunkt zurück. Unterwegs kreuzten sie zweimal ihre eigene Fährte, anscheinend ohne es zu merken.

Er beobachtete sie weiter. Sie schafften es bis zur Rückwand des Motels. Dann gingen sie genauso zurück, wie sie gekommen waren. Sie bogen um die Ecke des Gebäudes, liefen an

Zimmer zwölf vorbei auf den Parkplatz. An Zimmer elf vorbei. Dann machten sie vor Zimmer zehn halt.

37

Shorty öffnete die Motorhaube des Hondas und fuhr mit einer Hand tastend unter die Batterie. Das steife schwarze Kabel, durchtrennt, die Schnittflächen wie prägefrische Kupfermünzen. Er trat zurück und ging durch Zimmer zehn ins Bad, raffte alle Handtücher zusammen, ein großes unordentliches Bündel, und kam mit ihnen ins Freie. Er ließ sie hinter dem Heck des Hondas fallen.

»Sieh nach, ob andere Zimmer offen sind«, sagte er. »Hol mehr, wenn du kannst.«

Patty begann mit elf. Die Tür war unverschlossen. Sie ging hinein. Shorty verschwand wieder in Zimmer zehn. Er griff sich den Koffer, umklammerte den Seilgriff mit beiden Händen und stolperte damit ins Freie. Er stellte ihn kurz auf dem Weg ab, bevor er wieder zupackte und ihn mit unsicheren Schritten auf die andere Seite schleppte – auf die Wiese vor dem Wald. Er torkelte weiter, während seine Absätze in den weichen Boden sanken und der Koffer die Grashalme streifte. Er schaffte dreißig Meter, bevor er den Koffer fallen ließ und ihn flach ins Gras legte.

Als er zurückkehrte, hatte Patty alle Handtücher aus Zimmer elf, sieben und fünf geholt. Insgesamt waren es vier Haufen. Er betrat noch mal das Bad von zehn und tauchte mit einem scharfkantigen Stück Fliese wieder auf. Unten breit, vorn spitz. Er ließ es auf den Handtuchstapel hinter dem Honda fallen.

Er fragte: »In welchem Zimmer liegt das meiste Zeug?«

»Sieben«, antwortete Patty. »Massenhaft Klamotten. Viele Toilettenartikel im Bad. Dieser Kerl tut viel für sich.«

Shorty ging zu sieben hinüber. Die Kleidung und die Toilettenartikel ignorierte er. Stattdessen warf er einen Blick in den Waschbeutel aus schwarzem Leder auf der Kommode im Bad. Als er ihn ins Waschbecken leerte, fand er sofort, was er suchte. Vom Boden des Beutels oben auf den Haufen. Einen Nagelknipser in Standardausführung: halbmondförmig, aus Metall, ausklappbare Feile.

Er steckte ihn ein und ging wieder zum Honda. Er legte das Fliesenstück zur Seite. Dann breitete er die Handtücher so übereinander aus, dass sie einen Stapel dick wie eine Steppdecke bildeten, und schob sie flach unters Heck des Wagens. Das Gleiche wiederholte er mit den Handtüchern aus fünf, sieben und elf unter dem Volvo, dem Lieferwagen der Teppichreinigung und dem Pick-up.

Shorty ging zu dem Honda zurück, legte sich mit dem Rücken auf die Handtücher und schlängelte sich in Position. Das spitze Fliesenstück stieß er an den Boden des Benzintanks. Wieder und wieder. Das Blech war stärker als erwartet. Von der Fliese platzte ein Splitter ab. Scheiße, dachte er. Bitte! *Ich will nicht blöd dastehen.* Er wusste, was Patty dachte.

Einmal im Leben hatte er jedoch Glück. Durch den abgeplatzten Splitter war eine scharfe Spitze entstanden. Nadelspitz. Er wechselte seine Position, nahm das breite Ende der Fliese fester in seine breite Kartoffelfarmerpranke und stieß mit aller Kraft nach oben.

Er spürte die Spitze eindringen.

Kaltes Benzin lief über seine Hand.

Er vergrößerte das Loch, sodass der Stapel Handtücher nach ungefähr einer Minute mit Benzin getränkt war. Diesen Vorgang wiederholte er noch dreimal unter dem Truck, dem

Van und dem Kombi. Von den Benzindämpfen war er leicht benommen. Aber er fühlte sich kraftvoll und energiegeladen. Voller Tatendrang, Kampfesmut und Siegesgewissheit. Er zog die durchnässten Stapel nacheinander unter den Fahrzeugen hervor und legte sie an den Zimmertüren ab. Alle außer einem kleinen Handtuch, das er mitnahm. Er schob es unter die Batterie des Hondas. Stopfte es in Ritzen und zog es über Schrauben und Halterungen.

Dann richtete er sich auf, trat einen Schritt zurück und wedelte mit den Händen, um sie zu trocknen. Er setzte sich ans Steuer, steckte den Schlüssel ins Zündschloss und drehte ihn nach rechts. Dann betätigte er alle Schalter oder Knöpfe, die er finden konnte. Heckscheibenheizung, Scheinwerfer, Scheibenwischer, Radio. Einfach alles. Er wollte, dass möglichst viel Strom floss.

Er stieg wieder aus, zog den Nagelclipper aus der Tasche und klappte die Feile aus. Ihre geriffelte dünne Klinge war ungefähr fünf Zentimeter lang und am Ansatz einen guten halben Zentimeter breit.

Shorty streckte einen Arm in den Motorraum. Winkelte ihn am Ellbogen ab, griff noch tiefer hinein, schob seine Hand unter die Batterie und die Nagelfeile in den Raum zwischen den Kabelenden. Zwischen die beiden Kupfermünzen. Als er sie leicht drehte, schloss sich der Stromkreis. Von Metall über Metall zu Metall. Dadurch entstand ein Funkenregen, der das mit Benzin getränkte Handtuch mit einem dumpfen Schlag in Brand setzte. Shorty ließ den Nagelclipper fallen, riss seine Hand weg und rannte auf dem Weg hin und her, schnappte sich weitere Handtücher, zündete sie an den Flammen im Motorraum des Hondas an und warf sie in Zimmer elf, in zehn, aufs Bett, auf den Boden, in sieben, in fünf, in drei und die letzten vor die Bürotür.

Sie zogen sich rückwärtsgehend auf den Parkplatz zurück. Aus Türen und Fenstern leckten bereits Flammen. Unter dem Dachüberstand waberten fantastische Feuergespenster, griffen waagrecht aus, machten halt, wichen zurück, wuchsen erneut an, drangen weiter vor und schlossen sich dann zusammen, um das Dach in Brand zu setzen.

Shorty sagte: »Sie dürfen nicht riskieren, in die Flammen zu schauen. Nicht mit Nachtsichtgeräten. Das würde ihre Augäpfel grillen. Wir müssen nur darauf achten, es genau hinter uns zu haben, dann sehen sie uns nicht kommen.«

Patty rechnete sich die Geometrie im Kopf aus, nickte und sagte: »Echt clever, Shorty.«

Sie liefen an ihrem Koffer vorbei nach Osten übers Grasland davon und achteten darauf, die Feuersäule genau hinter und den Anfang des Waldtunnels exakt vor sich zu haben.

Reacher entdeckte ein auf dem Asphalt abgestelltes Quad. Es ragte in grau gefiltertem Mondschein auf. Er befand sich zwei Meter neben der Zufahrt im Wald. Er bewegte sich nach links und rechts, um das ganze Bild zu sehen. Das Quad stand größtenteils dem Motel zugewandt schräg auf dem Asphalt. Seine Vorderräder waren entsprechend eingeschlagen. Der Lenker stand schief. Als wäre jemand damit hergefahren, hätte gebremst und einen engen Halbkreis beschrieben, keinen Vollkreis.

Der Fahrer war nirgends auszumachen.

Auf der Jagd, sagte seine hintere Gehirnhälfte.

Okay, meinte die vordere Hälfte. Aber wo? Bestimmt irgendwo dort vorn. Der Kerl war hergefahren, hatte eingeschwenkt und geparkt. Weil er sich ausrechnete, außerhalb des Bereichs zu sein, in dem die Action stattfand. Eine Art Auffangstellung. Darüber musste er sorgfältig nachgedacht haben. Reacher hatte ihn in der Ferne gehört. Der Kerl hatte fast eine Minute lang auf seinem Quad gesessen, den Motor im Leerlauf, und wohl auf den Lenker gestützt nach vorn gestarrt, während er plante. Dann hatte er den Motor abgestellt, war abgestiegen und wieder in die Richtung gegangen, aus der er gekommen war, um der Action und damit der Beute näher zu sein. Was bedeutete, dass Reacher sich jetzt hinter ihm befand. Immer eine gute Position. Er blickte nach vorn durch die Bäume. Jetzt wechselte er einige Male den Standort, um mehr sehen zu können …

Nirgends eine Spur von dem Mann.

Reacher arbeitete sich unter den Bäumen weiter vor. Er kam nur mühsam voran. Ranken, Brombeeren, Schösslinge, Unterholz. Auch nicht lautlos, sondern immer wieder raschelnd wie Wild. Vielleicht ein Fuchs, der nachts von einer Deckung zur anderen huschte. Oder ein Bärenjunges. Schwer einzuschätzen. Er blieb in Bewegung.

Er entdeckte den Quadfahrer.

Im letzten Moment.

Der Kerl befand sich mitten auf der Zufahrt, war in dem von Wolken gedämpften Mondlicht kaum zu erkennen. Er stand im Profil und bot ein außergewöhnliches Bild. Er trug eng anliegende schwarze Kleidung und hatte einen Sportbogen und einen Köcher mit Pfeilen auf dem Rücken. Ein Nachtsichtgerät mit nur einem Objektiv, einem Zyklopenauge nicht unähnlich, umschloss seinen Kopf. U.S. Army. Zweite Generation. Solche Dinger hatte Reacher selbst schon benutzt.

Nächtliche Jagd, sagte seine hintere Gehirnhälfte. Genau wie ich vermutet habe.

Okay, sagte die vordere Hälfte.

Am Horizont war jetzt ein schwacher Feuerschein zu erkennen. Rötlich, leicht orange.

Reacher bewegte sich unter den Bäumen weiter. Ein langer Schritt, ein leises Rascheln, der nächste Schritt. Der Kerl hörte nichts. Er bewegte den Kopf, versuchte, den Feuerschein ganz am Rand seines Blickfelds zu sehen, wo er nicht allzu grell leuchtete, aber das gelang ihm nicht. Zuletzt klappte er das Objektiv hoch und blickte mit unbewaffnetem Auge nach vorn.

Reacher trat vor und nach rechts.

Irgendwo in weiter Ferne brannte etwas.

Der Kerl stand ungefähr zweieinhalb Meter entfernt. Er war sportlich schlank und athletisch. Mit hochgeklappter Nachtsichtbrille sah er blendend aus wie ein Filmstar.

Nachts mit dem Bogen auf der Pirsch.

Wonach?

Es gibt immer ein Opfer, sagte seine hintere Gehirnhälfte.

Reacher bewegte sich.

Diesmal hörte ihn der Kerl. Mit einer fließenden Bewegung zog er den Bogen vom Rücken. Im nächsten Augenblick hielt er einen Pfeil in der Hand. Er legte ihn auf die Sehne, zog sie etwas zurück und hielt die Waffe nach unten zeigend halb schussbereit. Er schaute sich suchend um. Seine Nachtsichtbrille blieb hochgeklappt. Ausgeschaltet. Die Pfeilspitze war breit und flach und glänzte. Im Mondschein. Ein schweres Stück Stahl, das beträchtlichen Schaden anrichten konnte. Wie ein Axthieb, aber wuchtiger.

Dann riss der Kerl plötzlich seinen Bogen mit der linken Hand hoch. Er benutzte den rechten Unterarm, um die Nachtsichtbrille herunterzuklappen. Nun konnte er das Gerät wieder nutzen. Er bewegte langsam den Kopf, spähte umher, was grotesk wirkte, weil er ein einziges Glasauge von der Größe eines Marmeladenglases zu haben schien.

Reacher trat zurück, wich nach links aus. Er brachte einige

Bäume zwischen den Mann und sich. Er wollte ihn nur durch einen Spalt sehen. Je schmaler, desto besser.

Der Mann suchte die Zufahrt vor sich ab, wandte sich dann von links nach rechts und wieder zurück, um die seitlichen Bereiche zu inspizieren. Zuletzt drehte er sich um und nahm das Gebiet hinter sich in Augenschein.

Er starrte Reacher direkt an. Das ausdruckslose Glasauge war genau auf ihn gerichtet. Der Kerl hob den Bogen und zog die Sehne zurück. Reacher beugte sich nach rechts. Der Pfeil schnellte von der Sehne und grub sich mit einem dumpfen Schlag, der den Baum von den Wurzeln bis zur Krone erzittern ließ, in den Stamm vor ihm.

Wie eine Axt, aber wuchtiger.

Der Kerl lud mit schnellen, gut eingeübten Bewegungen nach, alles mit der rechten Hand: Er zog einen Pfeil aus dem Köcher hinter seiner linken Schulter und legte ihn auf die Sehne, die er wieder spannte. Fertig! Nicht viel langsamer, als hätte er einen Karabiner nachgeladen. Alles Übungssache.

Reacher rief: »Ist Ihnen klar, dass Sie auf einen Menschen schießen?«

Der Kerl schoss wieder. Die Luft schien vor Energie zu vibrieren, als die losgelassene Sehne nach vorn schnellte, der Pfeil heranzischte und sich mit dem gleichen dumpfen Schlag wie zuvor in einen Baumstamm grub.

Vermutlich soll das Ja heißen, dachte Reacher.

Da hast du's!, sagte seine hintere Gehirnhälfte.

Seine vordere Gehirnhälfte registrierte die Tatsache, dass er in seinem langen abwechslungsreichen Leben, zu dem Militärdienst im In- und Ausland gehört hatte, noch nie mit Pfeil und Bogen angegriffen worden war. Eine ganz neue Erfahrung, die ihm aber kein Vergnügen bereitete. Das Problem war das Nachtsichtgerät, das einen riesigen Nachteil für ihn bedeutete. Die Geräte der zweiten Generation kannte er ziemlich gut. Verschiedene Ausführungen des Baumusters AN/PVS – Army Navy Portable Visual Search – hatte er selbst getestet. Wie die meisten Militärgeräte der zweiten Generation stellten sie logische Weiterentwicklungen der ersten dar. Das Bild war vor allem an den Rändern des Objektivs viel schärfer. Und die Restlichtverstärkung hatte man von tausendfach auf zwanzigtausendfach gesteigert. Das ergab ein sehr detailliertes, feinkörniges grau-grünes Bild, etwas kühl, leicht verschwommen. Ein wenig fluid und geisterhaft. Nicht ganz real, aber in mancher Beziehung besser.

Ein großer taktischer Vorteil. Der Faktor zwanzigtausend bedeutete eine gewaltige Verstärkung. Reacher hingegen verfügte über keinen Faktor. Für ihn war es nahezu stockfinster. Er musste angestrengt mit weit aufgerissenen Augen starren, um auch nur den Unterschied zwischen einem Baum und keinem Baum zu erkennen. Hier und da schien Mondlicht helle Flecken auf den Waldboden zu malen, aber die meisten waren nur Wunschdenken. Weit links von ihm erhellte orangeroter Feuerschein den Himmel. Er wurde heller. Reacher konnte die nächste Pfeilspitze glänzen sehen. Sie war schussbereit, schwenkte nach links, schwenkte nach rechts, um freie Bahn zwischen den Bäumen hindurch zu finden. Der Kerl war in ständiger Bewegung, suchte nach einer Schussgelegenheit. Ein dreidimensionales Problem, das noch schwieriger wurde, als Reacher sich ebenfalls zu bewegen begann. Willkürlich links, links, rechts, nicht weit, eigentlich nur von einer Seite zur anderen schwankend, aber doch so, dass jedes Mal eine neue Berechnung nötig wurde.

Reacher rief laut: »Sie müssen näher heran.«

Der Mann bewegte sich nicht.

Reacher sagte: »Kommen Sie zu mir in den Wald.«

Der Mann gab keine Antwort.

»Das würden Sie tun, wenn ich ein Hirsch wäre«, sagte Reacher.

Der Kerl nahm ihn ins Visier. Der Boden des Marmeladenglases war direkt auf Reacher gerichtet, der nur einen schmalen Streifen des rechten Objektivrandes sah. Ein abgeschnittenes Kreissegment. Was wiederum bedeutete, dass der Kerl nur Reachers linkes Auge sah, anschließend einen breiten Baumstamm und dann vielleicht einen Teil der rechten Schulter. Kein großartiges Ziel. Reacher kannte Leute, die es mit allem vom Dart bis zur ICBM getroffen hätten, aber dieser Kerl war anscheinend keiner von ihnen. Weil Reacher noch lebte und solche Gedanken haben konnte.

»Kommen Sie zu mir in den Wald«, wiederholte er.

Der Kerl gab keine Antwort. Er überlegte sich die Sache offenbar. Das tat auch Reacher. Unter den Bäumen gab es wenig Manövrierraum, vor allem für einen Bogenschützen. Bei Entfernungen über einer Armlänge war immer irgendein Baumstamm im Weg. Doch bei Entfernungen unter einer Armlänge war das Spiel aus. Der Bogen konnte weggerissen, das Nachtsichtgerät vom Kopf geschlagen und aus dem Köcher konnten gefährliche Waffen gezogen werden. Wie kleine Spieße. Der Kerl hatte ungefähr zwanzig davon.

Er kam nicht in den Wald.

Reacher bewegte sich nach links. Die Pfeilspitze folgte ihm. Noch immer kein freies Schussfeld. Das würde sich erst nach drei weiteren Schritten bieten. Weil das Laubdach dort durchlässiger war, erreichte schwaches Mondlicht den Boden. Das Laubdach war dünner, weil dort ein Baum fehlte, der ein Loch hinterlassen hatte. Viel kleiner als die Lücke, in der der Mercedes gewendet hatte. Nur halb so breit, halb so tief. Aber trotzdem eine Lücke, auf die Reacher sich zubewegte. Eine zimmergroße Lücke ohne hinderliche Bäume. Mathematisch völlig unmöglich, sein Ziel dort nicht zu erfassen. Die vielen verfügbaren Möglichkeiten würden wie die Streckenkarte einer Fluggesellschaft aussehen.

Geschwindigkeit würde entscheidend sein. Ein rennender Mann konnte die Lücke in weniger als einer Sekunde überqueren. Seine kritische Körpermasse wäre nur seitlich exponiert. Er würde jeden beliebigen Punkt in weniger als einer Zehntelsekunde passieren. Pfeile waren schnell, aber viel langsamer als Geschosse. Umso größer musste der Vorhalt sein. Der Kerl würde auf die Stelle schießen müssen, an der die Zielperson sich voraussichtlich befände. Ihm blieb nichts anderes übrig. Er musste sich im Voraus festlegen und entsprechend handeln.

Reacher rannte nach links los, ein Schritt, zwei, drei, mit maximaler Beschleunigung, dann sirrte die Bogensehne, als der Kerl auf die Stelle schoss, an der er sein würde. Doch Reacher schlug vor dem letzten Baum einen Haken nach rechts, mied die baumlose Lücke und kam direkt auf den Mann zu, der umständlich nachzuladen versuchte. Im Keller deiner Mutter ganz einfach, dachte Reacher, aber hier nicht. Er rammte den Kerl mit einer Schulter voraus. Maximaler Schaden. Keine Zeit für Finesse. Der Kerl ging wild mit den Armen rudernd zu Boden. Reacher trat zu, ohne groß darauf zu achten, was er traf. Er schnappte sich den Bogen, schlug dem Kerl das Nachtsichtgerät vom Kopf und zog einen Pfeil aus dem Köcher.

Dann erstarrte er.

Bei Entfernungen unter einer Armlänge ist das Spiel aus.

Das würden sie wissen.

Sie würden paarweise jagen.

Er packte den Kerl am Kragen und schleifte ihn auf der anderen Seite der Zufahrt unter die Bäume. Sein Bogen schepperte über den Asphalt, blieb deutlich sichtbar liegen. Unglücklich, weil er eine klare Story erzählte. Wie die erste Einstellung eines Films. Nach zwei Metern unter den Bäumen machte Reacher halt. Er riss den Kerl hoch und zwang ihn, wie ein menschlicher Schild vor ihm zu stehen. Von hinten rammte er ihm die Spitze eines Pfeils unters Kinn. Der Kerl stellte sich auf die Zehenspitzen und hob den Kopf so hoch wie nur möglich.

Reacher drückte kräftiger zu.

Er flüsterte: »Was jagen Sie?«

Der Mann atmete seufzend aus, was unter anderen Umständen zutiefst philosophisch hätte klingen können, als wäre damit ein ungeheuer komplexes Problem angeschnitten worden, das nur mit großer Gelehrsamkeit und langen Debatten zu lösen sei. Selbst von hinten spürte Reacher, wie seine Lippen sich bewegten, vielleicht unbewusst, als übte er einleitende Worte ein. Aber er brachte kein Wort heraus. Doch seine Atmung hörte sich für kurze Zeit panisch an. Dann wurde sie wieder ruhiger, als hätte er sich mit etwas abgefunden. Reacher erkannte zu spät, was die Panik ausgelöst hatte: die bevorstehenden Schwierigkeiten mit den Cops, dem FBI und dem Fernsehen, dann der Prozess des Jahrhunderts, die ganze bizarre Freakshow bloßgestellt, die Schmach und die Schande, die Demütigung und die Verachtung. Und zuletzt das unvermeidliche Urteil: lebenslänglich.

Abgefunden hatte er sich damit, was dagegen zu tun war.

Der Kerl warf plötzlich seine Füße nach vorn wie ein Fallschirmspringer, der ein Flugzeug verlässt, und ließ sich durchsacken, sodass er mit vollem Gewicht auf der scharfen Pfeilspitze unter seinem Kinn landete. Die nach oben in seinen Mund stieß, durch seine Zunge, durch seinen Gaumen, durch die Stirnhöhle und in sein Gehirn.

Erst dann ließ Reacher ihn los.

Im Hinterzimmer musste Steven zusehen, wie ein Bildschirm nach dem anderen dunkel wurde. Die meisten Kameras waren am Motel angebracht, nach außen gerichtet und als Regenrinnenhalterungen getarnt. Weil das Gebäude in Flammen stand, verbrannten auch sie. Außerdem war dort das Kommunikationszentrum mit den Funkantennen und der Telefonanlage untergebracht. Das war der logische Standort gewesen. In Bezug auf den Wald stand das Motel leicht erhöht genau in der Mitte der Lichtung. Bei der Renovierung hatten sie alles unter seinem Dach konzentriert. Nun verbrannte alles. Auch die geheime Satellitenschüssel für den geheimen Internet-Account. Diese ISP hatte niemand nachverfolgen können. Aber jetzt war sie Geschichte. Sie waren allein auf der Welt. Sie waren gänzlich abgeschnitten.

Die GPS-Sender in den Stablampen funktionierten noch. Ihr Signal kam direkt im Haus an. Im Augenblick zeigten sie, dass Patty und Shorty zur Einmündung der Zufahrt unterwegs waren. In gerader Linie. Mit dem brennenden Motel zweifellos direkt im Rücken. Clever. Auf diese Idee waren sie nie gekommen. Bei keiner ihrer Brainstorming-Sitzungen. Dabei hätten sie darauf kommen müssen. Nachtsichtgeräte hin oder her, vor einem lodernden Feuer hinter ihnen würden sie äußerst schwer zu erkennen sein. Nicht bevor sie sehr nahe heran waren.

Sein letztes Problem war die Pulsfrequenz des Kunden Nummer drei. Sie war so hoch, dass ein Alarmsignal des Monitors eingegangen war. Kein notwendiger Ausrüstungsgegenstand, aber im Teil des Pakets enthalten. Ein privates Experiment, das Robert durchführte, der die Theorie testen wollte, dass der spannendste Teil der Jagd die Pirsch sei. Aufgrund eigener Erfahrungen in Thailand glaubte er das nicht. Er glaubte, die Spannung baue sich in der köstlichen Stunde auf, nachdem die Beute in die Enge getrieben war. Diese Annahme wollte er durch Messwerte untermauern. Daher mussten die Kunden Monitore tragen, die ihre Daten per Funk übermittelten. Bisher hatte die Nummer drei wachsende Erregung erkennen lassen, die einen ungeheuren Spitzenwert erreichte und dann schlagartig abflachte. Glaubte man seinem Monitor, war er tot.

38

Patty und Shorty hielten sich an den Händen. Der Kontakt von Handfläche zu Handfläche war irgendwie besser als Reden, wenn es darum ging zu sagen, was gesagt werden musste. Sie fühlten sich beide seltsam, irgendwo zwischen gelähmt und hektisch, manchmal atemlos, in einem merkwürdigen Wechselbad der Gefühle gefangen. Es war stockfinster, also waren sie sicher, außer wegen der Nachtsichtgeräte, also waren sie's nicht, nur ließen die sich nicht benutzen, also waren sie's doch. Bei einem Schritt fühlten sie sich sicher, beim nächsten hatten sie das Gefühl, allein auf der Startbahn eines Flughafens unterwegs zu sein: zwei winzige Gestalten von tausend Suchscheinwerfern erfasst.

Sie wussten nicht, welches Gefühl zutraf.

Vielleicht keines.

Sie gingen weiter. Sie warteten auf Pfeile.

Die jedoch ausblieben.

Sie rechneten mit weit voneinander entfernten Wachposten an beiden Flanken. Ungeduldige Typen, die aufs Beste hofften. Auf einen frühen Kontakt. Denen wollten sie entgehen, indem sie mehr oder weniger zentral ankamen. Ziemlich auf halber Strecke zwischen zwei vorgeschobenen Posten. Wobei sie den Großbrand ständig hinter sich haben mussten. Im letzten Augenblick wollten sie jedoch einen Haken schlagen, so weit der Feuerschein ihnen Schutz gewährte, durch den Wald ausholen und sich erst auf dem Weitermarsch an der Zufahrt orientieren. Das war mit Sicherheit besser, als direkt darauf zuzuhalten. Die Einmündung des Waldtunnels würde bestimmt aufmerksam überwacht werden.

Außerdem wollten sie sich trennen. Nur vorübergehend. Nur ungefähr zehn Meter weit.

»Nah genug, um einander helfen zu können«, sagte Patty.

Dann dachte sie: Weit genug entfernt, um flüchten zu können, wenn der andere erschossen wird.

Laut sagte sie jedoch: »Weit genug entfernt, um kein einziges großes Ziel abzugeben.«

In der Ferne hinter ihnen stürzte das Dach des Motels ein. Funkenregen stob hoch, und Flammen leckten gierig an den Außenwänden. Das Feuer brannte heller als je zuvor.

»Jetzt«, sagte Patty.

Sie schlugen einen Haken nach Süden. Nach rechts. Sie bewegten sich seitlich, blickten nach vorn und immer wieder nach hinten, bemühten sich, ganz am Rand des schützenden Feuerscheins zu bleiben, nutzten diesen Bereich bis zum Äußersten aus. Dann rannte Shorty wie vereinbart als Erster auf den Waldrand zu. Er schaffte es. Patty wartete. Kein Laut. Kein Warnruf. Sie folgte ihm, zwängte sich zwischen denselben Bäumen hindurch wie er und bemühte sich, auf dem Bogen in Richtung Zufahrt zu bleiben, den Shorty beschrieb. Sie konnte ihn vor sich hören, war nahe genug, um ihm, wenn nötig, zu helfen. Patty schaute sich um. Sie war weit genug entfernt, um flüchten zu können. Würde sie das tun? Sie dachte: Wart's ab, Baby. Wer wusste schon, was irgendwer tun würde?

Sie ging weiter.

Dann passierten zwei Dinge so schnell und plötzlich, dass ihr Verstand sie nicht gleich erfasste. Sie kamen aus dem Nichts. Zwei Dinge passierten. Mehr wusste sie nicht. Nur stand plötzlich Shorty vor ihr, und ein Kerl lag auf dem Waldboden. Dann folgte als mentale Reaktion eine qualvoll langsame Wiederholung in Zeitlupe. Vielleicht zu therapeutischen Zwecken. Posttraumatisch. Vor ihrem inneren Auge ragte ein Kerl auf. Buchstäblich albtraumhaft. Ganz in schwarzes Nylon gekleidet, ein Bogen, ein Pfeil, ein grässlich mechanisches einäugiges Gesicht. Der Bogen wurde gesenkt, zielte auf ihre Beine. *Sie werden schießen, um zu verwunden.* Die Sehne wurde zurückgezogen, die Pfeilspitze schimmerte matt, und im nächsten Augenblick tauchte Shorty hinter dem Kerl auf und schwang seine lange Stablampe, traf den Typen hinter dem Ohr, legte seine ganze Kraft, aber auch seinen ganzen Frust, seine Angst und seine Wut in diesen Schlag. Der Kerl brach zusammen. Tot, dachte sie. Das bewies allein das Geräusch. Shorty hatte ihm mit der Stablampe den Schädel eingeschlagen.

Nahe genug, um einander helfen zu können.

Das hatte geklappt.

»Danke«, sagte sie.

»Meine Lampe ist hin«, sagte er. »Lässt sich nicht mehr einschalten.«

»Du kannst meine haben«, sagte sie. »Das Mindeste, was ich tun kann.«

»Danke.«

»Gern geschehen.«

»Behalt meine als Waffe«, sagte er.

Sie tauschten die Lampen. Eine absurde kleine Zeremonie.

»Danke«, wiederholte sie.

»Gern geschehen.«

Sie sah zur Seite.

»Aber«, sagte sie.

»Aber was?

»Sie wissen, dass wir zu zweit sind. Sie müssen gewusst haben, dass wir so vorgehen würden.«

»Das stimmt wohl.«

»Was für sie riskant ist.«

»Genau.«

»Was sie zuvor gewusst haben müssen.«

»Okay.«

»Ich denke, die auf der Hand liegende Lösung wäre, paarweise zu jagen.«

Eine Stimme sagte: »Da hast du verdammt recht, Kleine!«

Die beiden fuhren herum.

Ein weitere albtraumhafte Erscheinung. Glänzendes schwarzes Nylon, eng anliegend, ein kompliziert aussehender Bogen, eine stählerne Pfeilspitze von der Größe eines Tortenhebers, ein Zyklopenblick durch ein ausdrucksloses Objektiv.

Die Albtraumgestalt schoss Shorty ins Bein.

Die Bogensehne surrte, der Pfeil zischte durch die Luft, und Shorty brach mit einem Aufschrei zusammen, als hätte sich unter ihm eine Falltür geöffnet. Der Pfeil steckte in seinem linken Oberschenkel. Er zerrte daran, warf den Kopf von einer Seite zur anderen, biss wieder und wieder die Zähne zusammen, was seinen Schmerzensschrei in ein abgehacktes Keuchen verwandelte.

Patty war ganz ruhig. Wie zuvor Shorty. Als ihr Verstand ausgesetzt hatte. Wie jetzt seiner. Plötzlich dachte sie: So muss sich das Leben anfühlen. In ihrem Kopf hörte sie sich selbst sprechen, als wäre sie ihre eigene Partnerin, die neben ihr stand und sagte, klar, Shorty geht's schlecht, aber das wird in den nächsten drei Sekunden nicht schlimmer. Medizinisch unmöglich. Also kannst du dir die Zeit nehmen, dich erst um diese andere Sache zu kümmern.

Die der Mann mit dem Bogen war. Der alt war, wie sie sah. Auf einmal stand eine zweite Partnerin auf der anderen Seite neben ihr und sagte, klar, dir fällt jetzt viel mehr auf, viel mehr Details, weil du jetzt auf einer höheren Ebene agierst – oder auf einer primitiveren, wo die Sinne schärfer sind. Obwohl der Kerl von Kopf bis Fuß in schwarzes Nylon gehüllt ist und ein Maschinenauge vor dem Gesicht hat, verraten seine Haltung, seine Bewegungen dir, dass er ungefähr so alt wie dein Großvater ist. Er steht gebeugt da und hat eine Hühnerbrust, und wenn wir an alle älteren Männer zurückdenken, die wir gekannt haben – Onkel und Großonkel und so weiter –, und in welcher lausigen Verfassung sie waren, dann braucht dieser Mann uns vielleicht nicht allzu große Sorgen zu machen.

Er war beim Nachladen langsam. Irgendwie unbeholfen. Vielleicht war er arthritisch. Das versuchte er wettzumachen, indem er hastig nach dem Pfeil griff. Trotzdem bekam er ihn nicht gleich zu fassen. Patty atmete tief durch. Sie stand jetzt an der Spitze einer keilförmigen Formation, hörte laute Marschmusik, sah ihre treuen Partnerinnen neben sich marschieren, sie unterstützen, sie durch Willenskraft zum Angriff tragen, sie gewichtslos machen.

Ihre erste Partnerin flüsterte: Bevor du irgendwelche Überlegungen anstellst, darfst du nicht vergessen, dass dieser Kerl Shorty mit einem Pfeil getroffen hat. Was überhaupt nicht geht.

Die zweite Partnerin sagte: Das Nachtsichtgerät schützt sein Gesicht. Ziel lieber auf die Kehle.

Behalt meine als Waffe, hatte Shorty gesagt.

Sie verhielt sich mustergültig. Obwohl sie kaum einschlägige Erfahrungen hatte. Sie glaubte zu spüren, wie sich alles auf molekularer Ebene abspielte. Wie komplexe Gefühle sie durchwogten. Vor allem in Bezug auf Shorty. Urzeitliche Empfindungen. Viel stärker als erwartet. Dazu kamen einfache Software-Downloads. Aus staubigen alten Handbüchern, die vorgeschichtliche Wilde hinterlassen hatten. Sie absorbierte alle, und sie schenkten ihr animalische Geschmeidigkeit und Kraft, Geschwindigkeit und Listigkeit, Wildheit und vor allem eine fast übermenschliche Gelassenheit, die sie dazu brachte, ganz auf ihren Instinkt zu vertrauen. Sie tanzte über den Waldboden, hielt die Stablampe hinter sich, maß ihre Schritte genau ab, schwang die Lampe nach vorn, zunächst noch tief, bis das Zyklopenauge sich ihr zuneigte, und ließ sie dann eine ansteigende Kurve beschreiben, die genau in dem Winkel zwischen dem gesenkten Kinn und dem dürren Hals endete.

Sie traf mit einem Schlag, den Patty bis hinauf zum Ellbogen spürte. Der Mann ging zu Boden, als wäre er gegen ein Drahtseil gelaufen. Er landete auf dem Rücken. Sie schnappte sich seinen Bogen, warf ihn weg. Sein Nachtsichtgerät war mit breiten Gummibändern befestigt. Sie riss es ihm vom Kopf. Er war ein hagerer, blasser, fast kahler Mann von etwa siebzig Jahren.

Er schnappte nach Luft wie ein Fisch.

Panik in seinem Blick.

Er konnte nicht atmen.

Er deutete mit beiden Händen auf seine Kehle, machte verzweifelt dringende Gesten.

Krieg keine Luft!, sagten seine Lippen lautlos.

Dein Pech, dachte sie zynisch.

Dann hörte sie Shorty wimmern.

Sie wusste, dass sie sich später nicht würde verteidigen können, wenn ein Staatsanwalt ihr vorwarf, in mörderische Wut geraten zu sein. Damit hatte er verdammt recht. Oder wenn er sie streng fragte, ob sie das Opfer tatsächlich mit einer Stablampe erschlagen habe. Ja, verdammt noch mal, das hatte sie. Mit Schlägen auf den Kopf. Und mit vielen ins Gesicht. Alle mit voller Kraft ausgeführt. Bis sein Gesicht kaum mehr erkennbar war.

Dann schlich sie zu Shorty zurück.

Der verstummt war.

Er hatte alles mit angesehen.

Sie griff unter seine Achseln, schleifte ihn tiefer in den Wald und lehnte ihn mit dem Rücken an einen Baum. Dann rannte sie zu dem Kerl, den sie erschlagen hatte, griff nach seinem Nachtsichtgerät und setzte es auf. Sie hasste dieses Ding. Es roch nach seinem Atem und seinem Haar, nach schmutzigem Metall und altem militärischem Gummi.

Aber nun konnte sie sehen. Leuchtend grün, fantastisch detailliert. Jede Rippe eines jeden Blatts an jedem Baum trat deutlich hervor. Wie von innen heraus beleuchtet. Sanft glühend. Zu ihren Füßen sah sie jeden kleinen Zweig, jedes herabgefallene Rindenstück ganz genau. Bäume in weiter Ferne erkannte sie ebenso gut wie die in ihrer Nähe. Das Bild schien besser zu sein als bei Tageslicht. Es war unnatürlich gut. Sie kam sich vor wie Superwoman.

Sie hastete zu Shorty zurück und machte sich an die Arbeit.

Reacher nahm dem Toten das Nachtsichtgerät ab. Er setzte es auf, zog die Halteriemen straff an. Die Welt wurde grün und hell und sehr detailliert. Er nahm den Köcher voller Pfeile mit, hängte ihn sich über die Schulter. Zwanzig Messer auf Stäben. Besser als nichts.

Er bewegte sich tiefer in den Wald hinein. Verlaufen konnte er sich nicht. Die Zufahrt war weiter zwischen den Bäumen sichtbar, obwohl sie jetzt dreißig Meter links von ihm lag. Sie leuchtete ebenso hell wie alles andere. Das Nachtsichtgerät machte keinen Unterschied zwischen Licht und Schatten.

Er ging vier Schritte, dann blieb er stehen. Der zweite Mann würde nicht weit entfernt sein. Nahe genug, um schnell eingreifen zu können, aber weit genug weg, um einer Katastrophe zu entgehen. Bestimmt in Hörweite.

Reacher drehte sich langsam einmal um die eigene Achse. Er begutachtete sämtliche Einzelheiten. Die Bilder eines Restlichtverstärkers waren nicht mit Infrarotbildern zu vergleichen. Die gehörten in eine ganz andere Kategorie. Hätte sich ein Kerl eine Zigarette angezündet, wäre die Flamme deutlich zu sehen gewesen – aber nur ihrer Helligkeit, nicht ihrer Hitze wegen. Ein Nachtsichtgerät wusste nichts von Hitze. Zündete der Kerl sich keine Zigarette an, war er kaum auszumachen. Jedenfalls nicht als fette orangerote Wurst aufgrund seiner Körpertemperatur. Bestenfalls war er eine geisterhaft blasse Gestalt, wenn er überhaupt zu sehen war. Weil alles grün dargestellt wurde, war er automatisch getarnt.

Nirgends eine Spur von ihm.

Reacher suchte den Wald auf der anderen Seite der Zufahrt ab. Er bewegte sich vor und zurück, um zwischen den Bäumen hindurchsehen zu können. Fünfzig Meter waren kein Problem. Besser als bei Tageslicht. Kein Licht und Schatten, keine hellen Flecken, keine Nähe oder Ferne. Jeder Baum glühte exakt gleich, als wäre er in einer futuristischen albtraumhaften Welt radioaktiv.

Er entdeckte den Kerl.

Ungefähr zwei Meter vom Rand der Zufahrt entfernt an einem Baum lehnend. Er trug hautenge schwarze Kleidung, hielt seinen Bogen in der Hand, behielt überwiegend die Zufahrt im Blick, schaute sich aber auch immer wieder besorgt um. Er wirkte unschlüssig. Von seinem Partner war nichts mehr zu hören. Nun musste er sich entscheiden. Eingreifen oder versuchen, einer Katastrophe zu entgehen?

Der Mann war ungefähr vierzig Meter von Reacher entfernt, was vorsichtiges Anschleichen erforderte. Zumindest für einen von ihnen. Eine mühsame Aufgabe. Anstrengend. Reacher blieb stehen. Manchmal war es besser, die Arbeit dem anderen zu überlassen.

Als Erstes zog er einen weiteren Pfeil aus dem Köcher. Einen für jede Hand. Dann wählte er einen Baum. Ein dickes, starkes Exemplar. Ungefähr sechzig Jahre alt, wenn er Ryantown als Vergleich heranzog. Er lehnte sich mit einer Schulter dagegen. Von der Seite gesehen wirkte sein Oberkörper etwas stärker als der Baumstamm. Aber der Unterschied war nicht wesentlich. Er trat einen Schritt von dem Baum weg, ging in die Hocke und benutzte den Pfeil in seiner rechten Hand, um das Unterholz mit dramatisch ausholenden sichelförmigen Bewegungen niederzumähen. Das sollte die Geräusche imitieren, die ein torkelnder Mann machte, der zu Boden ging und vielleicht um sich schlug. Es konnte überzeugend klingen. Vielleicht auch nicht. Es konnte sogar wie Tiere klingen, die sich paarten. Um die Illusion zu vervollständigen, ließ Reacher ein keuchendes Stöhnen hören, als litte jemand schreckliche Schmerzen, mit einer Stimme, die der des Mannes, der wie ein Filmstar ausgesehen hatte, hoffentlich ähnlich war.

Dann richtete er sich auf und stellte sich seitlich hinter den Baum.

Er wartete. Zwei Minuten lang. Zunächst glaubte er, der Kerl habe sich nicht täuschen lassen. Aber dann hörte er ihn. Ganz in der Nähe. Sehr leise. Langsam und stetig. In gerader Linie zum Ziel. Der Kerl war ein guter Pirschgänger, vermutlich Rechtshänder. Also würde er seinen Bogen in der linken Hand halten. Ein Stück vor dem Köper, halb schussbereit. Ein Pfeil würde auf der leicht gespannten Sehne liegen. Nicht schlaff, nicht richtig gespannt. Eine anstrengende Haltung. Er würde mit der linken Schulter voraus halb seitlich gehen müssen.

Reacher wartete.

Der Kerl kam näher. Jetzt befand er sich nahe der Stelle, von der vermutlich die Geräusche gekommen waren. Er war besorgt. Aber auch vorsichtig.

Er fragte laut flüsternd: »Hey, Drei, bist du hier?«

Reacher blieb stehen.

Der Kerl fragte: »Wo bist du, Mann? Warum bist du zurückgeblieben? Wir müssen weiter. Dort vorn brennt irgendwas.«

Südtexas, dachte Reacher. Eine höfliche, aufrichtig klingende Stimme.

Er trat nach den Brombeerranken um seine Füße.

Der Kerl fragte: »Drei, bist du das?«

Reacher bewegte sich nicht.

Der Kerl fragte: »Bist du verletzt?«

Reachers Antwort bestand aus einem lang gezogenen leisen Stöhnen.

Der Kerl schlich näher heran.

Und noch näher.

Er bog mit der linken Schulter und exponiertem Unterleib um Reachers Baum. Dabei sah er durch eine Röhre, die zwar in vielerlei Beziehung ein technisches Wunderwerk war, aber nur ein verengtes Blickfeld besaß. Das bedeutete, dass der Mann einen halben Schritt zu viel machte, bevor er Reacher entdeckte und erstarrte. Reacher stach mit einem Pfeil zu, rammte ihn dem Kerl mit solcher Gewalt schräg von unten in den Magen, dass er ein Stück weit hochgehoben wurde. Reacher ließ den Pfeil los und riss seine Hand zurück. Der Kerl sank auf die Knie. Der Pfeil ragte schräg nach unten aus seinem Bauch. Ungefähr fünfzehn Zentimeter Schaft, dann die Befiederung.

Der Mann fiel nach vorn aufs Gesicht, landete genau auf der Befiederung. Die Pfeilspitze ragte aus seinem Rücken, feucht und schleimig. Nicht rot, sondern grün wie alles andere.

Steven konnte eine der Stablampen nicht mehr orten. Ihr GPS-Sender war ausgefallen. Vermutlich durch Gewalteinwirkung. Die zweite Lampe befand sich gut fünfzig Meter vom Rand der Zufahrt entfernt im Wald. Sie hatte sich seit vielen Minuten nicht mehr bewegt. Den Grund dafür wusste er nicht.

Die größten Sorgen machten ihm jedoch die Herzschlagmonitore. Jetzt zeigten schon vier nur mehr eine gerade Linie an. Theoretisch bedeutete das, dass vier ihrer Kunden tot waren, was er sich nicht vorstellen konnte. Hier musste ein Gerätefehler vorliegen. Vielleicht hätte jemand das mal überprüfen sollen. Ihre GPS-Sender zeigten, dass Peter und Robert sich weit voneinander entfernt auf beiden Flanken am Waldrand aufhielten. Weiter im neutralen Modus, ohne sich einzumischen, nur als Ratgeber und als Rückversicherung anwesend, lediglich auf Anforderung tätig. Mark war dabei, in weitem Bogen zu den Gebäuden zurückzukehren. Aber nicht schnell. Er ging anscheinend zu Fuß oder fuhr langsam mit seinem Quad. Viel zu langsam. Alle drei sollten sich schnellstens in Bewegung setzen. Das musste er ihnen mitteilen. Aber das konnte er nicht, weil der Sender unter dem Dach des Motels verbrannt war. Ihre Ohrhörer waren nutzlos. Die drei hatten keinen Empfang. Deshalb taten sie auch nichts. Außer vielleicht den Brand zu beobachten.

Dann bewegte die zweite Stablampe sich wieder.

39

Shortys Hosenbein war mit Blut durchtränkt. Patty konnte den Stoff nicht zerreißen. Zu nass, zu schwer, zu glitschig. Sie lief zurück und holte einen Pfeil. Mit seiner Schneide vergrößerte sie den Schlitz, der durch den ersten Pfeil entstanden war. Der neue Pfeil war scharf. Er schnitt so gut wie ein Küchenmesser. Sie trennte die Hose eine Handbreit über und unter der Wunde auf, zog den Stoff auseinander und untersuchte die Verletzung. Die Wunde verlief senkrecht. Der Pfeil war hochkant eingedrungen, hatte sich im unteren Drittel seines Oberschenkels ins Fleisch gebohrt. Er hatte den Muskel durchtrennt und den Knochen getroffen. Sie war keine Ärztin, aber sie kannte die Begriffe. Durch den Quadrizeps zum Femur. Neunzig Grad von der Oberschenkelarterie entfernt. Nicht mal nahe. Shorty würde nicht verbluten. Sie hatten Glück gehabt.

Nur stand für Patty fest, dass die Pfeilspitze ihm den Oberschenkelknochen gebrochen hatte.

Sie tastete sein Bein ab, spürte an der Unterseite eine keilförmige Ausbuchtung. Wie von einem verschobenen Bruch. Seine Sehnen waren zur Seite gedrückt. Er ächzte und keuchte gedämpft, biss die Zähne zusammen und stöhnte, teils vor Schmerzen, teils vor Wut. Durchs Nachtsichtgerät betrachtet sah er blassgrün aus. Er stand unter Schock, der jedoch nicht lebensbedrohlich war. Sein Puls ging schnell, aber regelmäßig.

Sie betrachtete den Pfeil, mit dem sie das Hosenbein aufgeschnitten hatte. Sein vorderes Ende war ein einfaches Dreieck. Zwei scharfe Schneiden vereinigten sich zur Spitze. Dahinter wurde der Pfeilkopf allmählich dicker, bevor er in den Schaft überging. Um ihm Wucht und Durchschlagskraft zu verleihen. Die Schneiden waren rasiermesserscharf, wiesen jedoch keine Widerhaken auf. Die Spitze würde sich so leicht herausziehen lassen, wie sie eingedrungen war. Sogar ohne weitere Verletzungen.

Nur hatte Shortys Muskel sich verhärtet und verkrampft. Er hielt den Pfeilkopf wie ein Schraubstock fest.

Sie sagte: »Shorty, du musst dein Bein entspannen.«

Er sagte: »Ich kann's nicht spüren.«

»Es ist gebrochen, denke ich.«

»Scheiße!«

»Ich bringe dich ins Krankenhaus. Aber zuerst muss ich den Pfeil rausziehen. Du musst ihn loslassen.«

»Ich hab keine Kontrolle darüber. Ich weiß nur, dass es verdammt wehtut.«

Sie sagte: »Ich glaube, wir müssen ihn wirklich rausziehen.«

»Versuch den Muskel zu massieren«, sagte er. »Als hätte ich einen Krampf.«

Sie begann zu reiben. Sein Oberschenkel war kalt, nass und glitschig von Blut. Shorty stöhnte, keuchte und wimmerte. Sie drückte von beiden Seiten gegen die Wunde, brachte das Gewebe zwischen Daumen und Zeigefinger näher an die Pfeilspitze heran und erreichte so, dass die Wunde sich wie ein Mund öffnete. Blut quoll hervor, floss in kleinen Rinnsalen in verschiedene Richtungen ab.

»Erzähl mir, wohin wir unterwegs sind«, befahl sie.

»Florida«, sagte er.

»Was machen wir, wenn wir dort ankommen?«

»Windsurfen.«

»Was noch?«

»T-Shirts«, sagte er, »die echt Geld bringen.«

»In welchem Design?«

Er machte eine Pause, vielleicht um sich eine längere Antwort zurechtzulegen, und sie packte den Schaft des Pfeils und riss so kräftig daran wie an einer Dachlatte, die sich im Sägegatter verklemmt hatte. Der Pfeil kam heraus, und Shorty schrie mit zusammengebissenen Zähnen vor Schmerz, Wut und Empörung auf.

»Sorry«, sagte sie.

Er ächzte und keuchte.

Sie zog ihre Jacke aus, schnitt mit der sauberen Pfeilspitze die Ärmel ab und knotete sie zusammen. Aus der restlichen Jacke machte sie ein kleines Polster, das sie auf die Wunde legte und mit den Ärmeln festband. Mehr konnte sie vorerst nicht tun. Vorn ein Druckverband, um die Blutung zum Stillstand zu bringen, hinten eine Art Schiene. Die großen Knoten würden alles stabilisieren. Zumindest für einige Zeit. Das hoffte sie.

»Warte hier«, sagte Patty.

Sie lief zu der ersten Albtraumgestalt zurück. Zu dem Kerl, den Shorty mit seiner Stablampe erledigt hatte. Sie zog ihm das Nachtsichtgerät vom Kopf. Die Gummiriemen waren von Blut glitschig. Aus seinem Köcher zog sie einen weiteren Pfeil. Damit rannte sie zu Shorty zurück. Sie half ihm, die Nachtsichtbrille aufzusetzen, und schob ihm den Pfeil in die Hand. Damit er sich wehren konnte. Als letztes verzweifeltes Mittel.

»Jetzt suche ich uns ein Quad«, erklärte sie.

Sie nahm die funktionierende Stablampe in eine Hand und den neuen Pfeil in die andere. Damit rannte sie zurück zu Shortys Kerl, nahm die gleiche Position wie zuvor ein, stellte sich die Szene noch mal vor. Der Mann war vor ihr aufgeragt. Eine albtraumhafte Erscheinung. Folglich war er nach Süden unterwegs gewesen. Aus Norden kommend. Von der Einmündung der Zufahrt her.

Sie stieg über den Toten hinweg und erreichte die Stelle, an der die Stimme aus dem Dunkel sie angesprochen hatte. *Da hast du verdammt recht, Kleine!* Sie waren vor Schreck herumgewirbelt und hatten ihn gesehen. Von Angesicht zu Angesicht. Da auch er aus Norden kommend nach Süden unterwegs gewesen war, von der Einmündung der Zufahrt her, mussten sie ihre Quads irgendwo dort abgestellt haben. Sicher geparkt, um dann zu Fuß auf die Pirsch zu gehen.

Sie stieg über den Mann hinweg und machte sich auf den Weg nach Norden.

Mark beobachtete sie dabei. Er wollte ihr schon folgen, aber dann sah er im letzten Moment, worüber sie hinwegstieg. Über einen Toten. Über zwei Tote. Was eine völlig neue Perspektive eröffnete. Dass das Motel niedergebrannt war, fand er schlimm genug. Gewiss, es war versichert, aber er konnte den Schaden natürlich nicht melden. Schon eine flüchtige Untersuchung hätte gezeigt, dass Brandstiftung vorlag. Steven hatte sich zunächst nicht erklären können, was er da sah. Fairerweise musste man sagen, dass keiner von ihnen schlauer gewesen war. Da hatten sie noch Funkverbindung gehabt, und Steven hatte ihnen von dem Handtuchstapel und Shortys Verschwinden unter den Autos beschrieben, aber wegen der schlechten Aufnahmewinkel hatte er sich keinen Reim darauf machen können. Und auch den anderen war nichts dazu eingefallen, bis plötzlich alle Handtücher brannten und Shorty sie in die Zimmer warf.

Das war bei ihren Brainstorming-Sitzungen, Simulationen oder Übungen nie angesprochen worden. Jetzt erkannte Mark, dass sie das hätten tun sollen. Etwas in dieser Art war unvermeidlich. Wenn die Kunden bessere Exemplare verlangten, musste so was passieren.

Trotzdem konnten sie der Versicherung keinen Schaden melden. Sonst würden die Cops kommen, den Brandschutt untersuchen und allen möglichen seltsamen Scheiß finden. Aber der Wiederaufbau mit eigenem Geld würde sie die Hälfte des Gewinns dieser Nacht kosten. Ein schwerer Schlag. Obwohl sie sich natürlich einreden konnten, sie würden den Verlust später wettmachen. Und noch viel mehr verdienen.

Aber trotzdem ein Schlag. Gab es vielleicht Alternativen? Plötzlich dachte er: Wozu alles wieder aufbauen? Das Motel war eine Bruchbude. Es bedeutete ihm nichts. Er hatte es von irgendeinem alten Mann geerbt, den er nicht kannte. Das Motel war ihm scheißegal, also beschloss er in diesem Augenblick, es als Ruine stehen oder – noch besser – einebnen zu lassen. Es würde viel billiger sein, ein einzelnes Zimmer im Haupthaus herzurichten. Es würde viel billiger sein, die Motelschilder durch *B&B* zu ersetzen. Sechs neue Kunststoffbuchstaben, ein bisschen Goldfarbe. Eine andere Art Einladung, die ebenfalls funktionieren würde. Sie brauchten ohnehin nie mehr als zwei Gäste gleichzeitig. Die Kunden konnten in Zelten übernachten. Als Teil ihres Wildnisabenteuers.

Tote fielen jedoch in eine ganz andere Kategorie. Mark war stolz darauf, ein Realist zu sein. Seiner Überzeugung nach ließ er sich weder durch Gefühle blenden noch von Emotionen beeinflussen oder durch Vorurteile irreführen. Er glaubte, er träfe streng rationale Entscheidungen und verstünde sich darauf, Folgen abzuschätzen. Wie bei Blitzschach im Kopf. Er wusste immer, dachte er, was als Nächstes passieren würde. Wenn dieses, dann jenes, dann noch etwas anderes. Und in diesem Moment sah er eine Menge Dominosteine auf einmal purzeln. Die Toten würden vermisst, Fragen gestellt und Informationen zusammengetragen werden. Konnte Robert Leute finden, konnte der Staat das auch. Vermutlich schneller.

Zeit für Plan B, sagte er sich.

Unsentimental.

Er ging zu seinem Quad zurück und fuhr langsam in Richtung Haus. Das Motel war bis fast auf die Grundmauern abgebrannt. Nur der Metallkäfig um Zimmer zehn stand noch, glühte kirschrot. Die Hitze war gewaltig. Er konnte sie quer über den Parkplatz spüren. In der nächtlichen Brise schien die Glut sich zu kräuseln, schimmerte an einigen Stellen hellrot, fast weiß.

Er rollte an der Scheune vorbei zum Haus. An der Treppe gab er Gas und lenkte das Quad auf die Veranda hinauf. Dann ging er hinein. Geradewegs ins Kontrollzentrum. Steven sagte Hallo, bevor Mark eintrat. Ohne den Kopf zu heben. Er verfolgte die GPS-Anzeige, wusste, dass Mark sich im Haus befand.

Mark schaute über Stevens Schulter. Auf den GPS-Bildschirm. Nur eine Stablampe war dargestellt. Peter und Robert verharrten weiter unbeweglich an den Flanken.

Steven sagte: »Vier der Herzmonitore sind ausgefallen.«

»Schon vier?«, fragte Mark.

Steven wechselte die Darstellung und zeigte ihm vier einzelne Kurven. Pulsfrequenz auf einer Zeitachse. Alle sahen im Prinzip gleich aus. Erst ansteigende Erregung, dann ein kurzes Plateau mit extremem Stress, danach nichts mehr.

»Vielleicht ein Gerätefehler«, meinte Steven.

»Nein«, entgegnete Mark. »Ich habe schon zwei von ihnen tot gesehen.«

»*Was?*«

»Mit eingeschlagenen Köpfen. Von Patty und Shorty, denke ich. Die eindeutig besser sind, als wir dachten.«

»Wo war das?«

»Südlich der Zufahrt.«

»Was ist mit den beiden anderen?«

»Keine Ahnung«, sagte Mark.

Steven schaltete wieder auf die GPS-Anzeige um. Die zweite Stablampe bewegte sich parallel zu der Zufahrt unter den Bäumen nach Norden. Peter und Robert waren weiter stationär. Ein separates Fenster zeigte den erhöhten Puls der beiden letzten Kunden. Aufgeregt. Im Jagdfieber. Aber keine jähen Spitzen. Noch kein Kontakt.

»Wer sind die beiden?«, fragte Mark.

»Karel und der Typ von der Wall Street.«

»Können wir feststellen, wo sie sind?«

»Wir wissen, wo ihre Quads stehen. Sie scheinen eine mittlere Position eingenommen zu haben.«

»Wobei das vordere und das hintere Duo schon ausgeschaltet sind. Nun hängt alles von ihnen ab.«

»Wer hat die beiden hinteren erledigt?«

»Keine Ahnung«, wiederholte Mark.

»Dies verändert alles, weißt du. Jetzt ist nichts mehr wie vorher.«

»Ja, das stimmt.«

»Was willst du unternehmen?«

»Plan B«, erklärte Mark. »Pass genau auf, wohin die Stablampe geht.«

Steven blickte weiter auf den Bildschirm.

Mark zog eine klobige Pistole unter seiner Jacke hervor. Sein Ellbogen ging hoch, weil ihr langer Lauf durch einen Schalldämpfer verlängert war. Er schoss Steven in den Hinterkopf. Und noch einmal, als er zusammengesackt war. Um ganz sicher zu sein. Plan B erforderte viel davon.

Er holte die Reisetaschen mit dem Geld aus dem Schrank und stellte sie im Flur auf den Boden. Dann öffnete er ein Geheimfach des Schranks, um sein Fluchtset herauszuholen: Bargeld, Kreditkarten, Führerschein, Reisepass und Wegwerfhandy. Eine völlig neue Person in einem Plastikbeutel mit Reißverschluss.

Die Fluchtsets für Peter, Steven und Robert ließ er achtlos auf dem Schrankboden liegen.

Er trug die Geldtaschen nach draußen und stellte sie in einiger Entfernung vom Haus ab. Dann kam er auf die Veranda zurück, öffnete die Haustür weit und schob das Quad näher an sie heran. Er schraubte den Tankdeckel ab und warf ihn weg. Dann ging er wie ein Gewichtheber in die Knie, packte den Rahmen, richtete sich auf und kippte das Quad auf die Seite. Dicht vor der Haustür. Aus dem offenen Tank schoss gurgelnd Benzin, das einen kleinen See bildete.

Mark warf ein brennendes Zündholz hinein, wich zurück, schnappte sich die Taschen und rannte zur Scheune. Auf halbem Weg blieb er stehen und schaute sich um. Um die Haustür herum brannte das Haus bereits. Die Außenwände, der Verandaboden. Die Flammen fraßen sich ins Hausinnere vor.

Mark warf sich herum und rannte weiter. In der Scheune lud er die Reisetaschen in seinen Mercedes. Er stieß rückwärts ins Freie, stellte den Wagen in einiger Entfernung ab und hastete zu der Scheune zurück. Rechts von ihm brannte das Haus sehr befriedigend. Die Flammen leckten schon bis zu den Fenstern im ersten Stock hinauf. In der Scheune zwängte er sich an dem Rasentraktor vorbei, um an das Regal mit den Benzinkanistern heranzukommen. Fünf Stück, die immer voll waren, weil sie bei jeder Stadtfahrt mit dem Pick-up gefüllt wurden. Stets in Bereitschaft. Der Rasen musste immer frisch gemäht sein. Der erste äußere Eindruck war wichtig.

Plan B. Darauf kam es nicht mehr an.

Er leerte die Kanister auf dem Boden unter den SUVs aus, die Peter, Steven und Robert gehörten. Dann warf er ein brennendes Streichholz hinein, trat zurück und rannte zu seinem Mercedes. Er schaltete die Warnblinker ein, damit Peter und Robert sie sahen. Als Paniksignal. Dass der Funk ausgefallen war, wussten sie bereits. Jetzt entdeckten sie zwei ganz neue Brände. Sie hatten keine Ahnung, was hier vorging, und würden sofort angefahren kommen.

Er fuhr orangerot blinkend in würdevollem Tempo zur Einmündung der Zufahrt, an der glühenden Ruine des Motels vorbei und übers Grasland weiter.

Er hielt mitten auf der Wiese.

Robert kam in einer weiten Kurve unter den Bäumen hervor, von rechts angeschossen und walzte das hohe Gras mit seinen Breitreifen nieder. Er holperte auf den Asphalt der Zufahrt und hielt dicht neben der Beifahrertür. Mark fuhr sein rechtes Fenster herunter. Robert sah hinein. Mark schoss ihm ins Gesicht.

Mark fuhr sein Fenster wieder hoch. Peter näherte sich ihm auf der linken Seite. In einer exakt symmetrischen weiten Kurve, die jedoch auf der Fahrerseite endete. So stand der Mercedes zwischen ihm, Roberts leerem Quad und der zusammengesunkenen Gestalt auf dem Boden.

Mark fuhr sein Fenster herunter.

Peter kam dicht heran.

Von Angesicht zu Angesicht.

Die Pistole war zu lang. Wegen des Schalldämpfers. Mark bekam sie nicht hoch. Sie verfing sich an der Tür.

Peter stellte den Motor ab.

Er fragte: »Wie schlimm ist's?«

Mark legte eine kurze Pause ein. »Könnte kaum schlimmer sein«, antwortete er. »Das Motel ist abgebrannt. Jetzt stehen das Haus und die Scheune in Flammen. Und vier Kunden sind tot.«

Jetzt machte Peter eine Pause. Dann sagte er: »Das ist ein ganz neues Spiel.«

»Ja, das stimmt.«

»Ich meine, damit ist alles zu Ende. Das weißt du, nicht wahr? Die Ermittler werden nichts unversucht lassen.«

»Zweifellos.«

»Wir sollten abhauen«, sagte Peter. »Sofort. Nur du und ich. Der Druck wird gewaltig. Den überleben wir nicht, wenn wir bleiben.«

»Nur du und ich?«

»Robert und Steven sind wertlos. Sie sind eher eine Last. Das weißt du.«

»Ich muss meine Tür öffnen«, sagte Mark. »Ich möchte mir die Beine vertreten.«

Peter schaute nach unten.

»Du hast reichlich Platz«, sagte er.

Mark öffnete die Tür. Aber er stieg nicht aus. Stattdessen stoppte er die Bewegung, als der Schalldämpfer von der Türverkleidung frei und Peter noch von der schrägen Fensteröffnung umrahmt war. Er schoss ihm einmal in die Brust, einmal in die Kehle und einmal ins Gesicht.

Dann knallte er die Tür wieder zu, fuhr sein Fenster hoch, schaltete die Warnblinkanlage aus und brauste die Zufahrt entlang in Richtung Wald davon.

40

Mit dem Nachtsichtgerät legte Reacher den nächsten Abschnitt durch den Wald ziemlich schnell zurück. Er hielt zwei, drei Meter Abstand von der Zufahrt. Er versuchte nicht mal, besonders leise zu sein. Er verließ sich darauf, dass die mathematisch zufällige Verteilung der Bäume ihn vor Pfeilen schützen würde. Ein ungehinderter Schuss aus der Ferne würde immer unwahrscheinlich sein.

Einmal hörte er in weiter Ferne vier einzelne Knalle. In zwei Gruppen: einen und drei. Kleine hohle Knalle im Abstand von einer halben Minute. Seine hintere Gehirnhälfte sagte, das seien Schüsse aus einer Neun-Millimeter-Pistole mit Schalldämpfer in etwa einer Meile Entfernung gewesen. Die vordere Hälfte sagte, vermutlich seien bei dem Brand ein paar Sprühdosen explodiert. Wobei der Brand wieder größer geworden war. Er hatte einen Höhepunkt erreicht, als vermutlich das Dach eingestürzt war, und dann etwas nachgelassen. Aber jetzt schien das Leuchten stärker denn je zu sein, als stünde dort mehr als nur ein Objekt in Flammen.

Reacher machte halt. Links voraus sah er zwei Quads nebeneinander geparkt stehen: vorwärts abgestellt, halb unter den Bäumen. Wie vor einem Gasthaus auf dem Land. Kein Fahrer in der Nähe. Bestimmt waren sie weiter vorn zu Fuß unterwegs. Um der Action näher zu sein. Wie die beiden vorigen Kerle. Diese waren das nächste Duo. Sie gehörten zu einer hintereinander gestaffelten Abwehr. Ein Paar nach dem anderen. Deshalb hatte Reacher nicht bei der Infanterie gedient. Endlose Geländemärsche waren nicht sein Ding.

Er setzte sich wieder in Bewegung, jetzt leiser als zuvor.

Er blieb erneut stehen.

Vor sich erkannte er einen Mann. Auf der anderen Seite der Zufahrt, ungefähr zehn Meter zwischen den Bäumen. In der Ferne klein, aber wie alles andere gleich beleuchtet. In dünnen grauen und grünen Linien sehr detailliert gezeichnet. Klamotten wie ein Taucheranzug, ein Sportbogen, ein Zyklopenauge.

Keine Spur von seinem Partner. Einige Anzeichen für Besorgnis. Hauptsächlich wegen des Feuerscheins am Himmel, dachte Reacher. Der Kerl beobachtete ihn immer wieder und blickte dann hastig weg. Vielleicht war das ein grober Maßstab dafür, wie hell das Feuer jetzt brannte. Wie schnell er wegsehen musste. Der Mann war groß und kräftig, hatte breite Schultern und hielt sich gut. Aber er fühlte sich nicht wohl. Diesen Typ kannte Reacher. Nicht nur aus der Army. Bestimmt war der Kerl auf seinem Fachgebiet ein großes Tier, aber hier hatte er den Boden unter den Füßen verloren. Er zuckte vor Verwirrung. Oder aus Verärgerung. Als könnte er im Innersten nicht verstehen, wieso seine Stabsoffiziere oder Direktionsassistenten nicht alles besser vorbereitet hatten.

Reacher ging jenseits der Zufahrt unter den Bäumen weiter. Er bewegte sich langsam und lautlos. Bis zu dem Punkt, an dem er genau auf der Höhe des Mannes war. Reacher stand zwei Meter weit weg unter den Bäumen. Dann kam die Zufahrt. Der Kerl befand sich zehn Meter von ihrem Rand entfernt. Auf der Karte eine gerade Linie, aber hier von Bäumen zugestellt. Der Kerl steckte zu tief im Wald, saß in seiner Box fest. Zu defensiv. Er hatte kein freies Schussfeld.

Reacher überquerte die Zufahrt, hielt direkt auf den Mann zu, hatte hundert Bäume zwischen ihm und sich. Er arbeitete sich weiter vor, bis er auf sechs, sieben Meter an den Kerl herangekommen war. Das zwanzigtausendfach verstärkte Leuchten am Himmel flackerte und tanzte durchs Laub, wirkte wie ein Blitzlichtgewitter beim Eintreffen eines Filmstars. Der Kerl vor ihm sah zu Boden. Vielleicht störte ihn das Flackern.

Jetzt war er nur noch drei Meter entfernt. Reacher blieb stehen, schaute sich in aller Ruhe um. Drehte sich einmal um die eigene Achse und betrachtete einen Bildabschnitt nach dem anderen. Sehr detailliert, feinkörnig, monochrom, etwas grau, hauptsächlich jedoch grün, ziemlich kühl, an den Rändern etwas verschwommen. Leicht fluid und geisterhaft. Nicht ganz real. In mancher Hinsicht besser.

Kein Anzeichen von einem Partner.

Reacher bewegte sich weiter. Wie immer zog er es vor, flexibel zu bleiben, aber wie immer hatte er auch einen Plan. Der in diesem Fall darin bestand, dem Kerl einen Pfeil ins Genick zu stoßen. Was nicht schwierig sein würde, denn bei Armeslänge war das Spiel aus. Aber dann kam die Flexibilität dazwischen. Aus der Nähe wurde klar, dass der Typ auf ganz bestimmte Weise beunruhigt war. Auf elementare Weise. Wie ein Milliardär, der mit seinem Flugzeug auf einer unbewohnten Insel notgelandet ist. Oder der in einem üblen Viertel einen Verkehrsunfall hat. Die Nahrungskette. Plötzlich nicht mehr so weit oben wie gedacht. Und deshalb vielleicht verhandlungsbereit.

Reacher stürzte sich auf ihn, und der Kerl reagierte darauf, indem er seinen Bogen hochriss – vermutlich eine instinktive Abwehr, die Reacher bedauerlicherweise dazu zwang, vorsichtshalber mit dem Pfeil wie mit einem Messer an einem Stock zuzuschlagen und ihm die vier Fingerknöchel der linken Hand aufzuschneiden. Der Mann schrie auf und ließ den Bogen fallen, worauf Reacher ihn mit einer Schulter rammte, sodass er auf dem Rücken landete. Reacher klappte die Nachtsichtbrille des Liegenden mit einem Tritt hoch, setzte ihm den Fuß auf die Kehle und schob die Pfeilspitze so zwischen seine Lippen, dass sie seine Zähne berührte.

»Wollen Sie reden?«, flüsterte er.

Der Kerl konnte nicht mit Worten antworten, weil der Pfeil an seine Zähne drückte, aber auch nicht mit einem Nicken, weil der Stiefel ihm Kehle und Kopf zu Boden zwang. So nickte er gewissermaßen mit den Augen. Eine Art verzweifelter Bitte. Eine Art Versprechen.

Reacher zog den Pfeil zurück.

Er fragte: »Was jagen Sie?«

Der Mann sagte: »Sie sehen die Sache falsch.«

»Wie das?«

»Ich bin hergekommen, um Wildschweine zu jagen.«

»Und was jagen Sie jetzt?«

»Ich bin getäuscht worden.«

»Was jagen Sie?«

»Menschen«, sagte der Mann. »Nicht, was ich eigentlich wollte.«

»Wie viele Menschen?«

»Zwei.«

»Wer sind die?«

»Kanadier«, sagte der Kerl. »Ein junges Paar. Patty Sundstrom und Shorty Fleck. Sie sind hier gestrandet. Ich bin reingelegt worden. Hier sollte es Wildschweine geben. Man hat mich belogen.«

»Wer hat Sie belogen?«

»Ein Mann namens Mark. Ihm gehört das Motel.«

»Mark Reacher.«

»Seinen Nachnamen weiß ich nicht.«

»Warum haben Sie nicht die Cops gerufen?«

»Wir sind hier in einem Funkloch. In den Zimmern gibt's kein Telefon.«

»Warum sind Sie nicht geflüchtet?«

Der Kerl gab keine Antwort.

»Warum sind Sie nicht in Ihrem Zimmer geblieben und haben die Teilnahme verweigert?«

Keine Antwort.

»Warum sind Sie trotzdem nachts mit Pfeil und Bogen im Wald unterwegs?«

Keine Antwort.

»Augenblick«, sagte Reacher.

Er hörte ein Auto näher kommen. Gleißend helle Strahlen verstärkten Lichts drangen durch Lücken zwischen den Bäumen. Ein großer Wagen. Reacher klappte seine Nachtsichtbrille hoch. Die Welt tauchte wieder in Dunkelheit, bis auf die Zufahrt zehn Meter rechts von ihm. Die war hell beleuchtet wie die Innenwände eines langen niedrigen Tunnels. Zwei aufgeblendete Scheinwerfer näherten sich. Ein Mercedes rollte vorbei. Schwarz glänzend, stromlinienförmig, ein großer SUV. Seine Heckleuchten strahlten einige Sekunden lang rot. Dann war er verschwunden.

Reacher klappte seine Nachtsichtbrille herunter. Die Welt sah wieder grün und höchst detailliert aus. Er verschob seinen Fuß auf der Kehle des Mannes, um Platz für die Pfeilspitze zu machen. Er stabilisierte sie am Innenrist und übte mittelstarken Druck aus. Als der Mann zu schreien versuchte, trat Reacher fester zu und hinderte ihn daran.

Der Mann sagte: »Ich wusste nicht, wo ich reingeraten bin. Ich schwör's! Ich bin Banker. Ich bin nicht wie diese anderen Kerle. Ich bin auch ein Opfer.«

»Sie sind Banker?«

»Ich verwalte einen Hedgefonds. Mit diesen anderen Kerlen habe ich nichts zu tun.«

»Die Welt hat sich weiterentwickelt«, erklärte Reacher. »Sie scheinen als Banker eine Vorzugsbehandlung zu erwarten. Seit wann ist das üblich? Das muss ich verpasst haben.«

»Ich wusste nicht, dass sie Jagd auf Menschen machen.«

»Ich denke, dass Sie das wussten«, sagte Reacher. »Ich glaube, dass Sie deshalb hergekommen sind.«

Er drückte stärker auf den Pfeil, bis er die Haut durchstieß, den Hals durchbohrte, das Rückgrat durchtrennte, auf der anderen Seite austrat und den Kerl wie einen toten Schmetterling auf dem Waldboden festnagelte. Anscheinend an einer Baumwurzel, knorrig und hart. Aber Reacher lehnte sich mit seinem ganzen Gewicht darauf, bis der Pfeil fest verankert und exakt senkrecht dastand.

Dann bewegte er sich durch die Bäume weiter.

Mark hielt mit dem Mercedes so dicht vor dem Abschleppwagen, dass ihre Kühler sich fast berührten. Er hatte sich alles ausgerechnet. Theoretisch war der Verbleib von maximal vier Personen ungeklärt: Karel und der Wall-Street-Banker plus Patty und Shorty selbst. Dazu eine hypothetische fünfte Person, wenn die beiden äußeren Kerle das Opfer eines Außenstehenden geworden waren. Vielleicht des großen Unbekannten, der wieder zurückgekommen war. Weil ihm etwas Verdächtiges aufgefallen war. Weil er nicht überzeugt gewesen war.

Peters Schuld.

Vier Leute oder fünf. Alle weit entfernt. Vielleicht sehr weit entfernt. Er brauchte nur drei Minuten. Das war alles. Er musste mit dem Abschleppwagen auf die Straße zurückstoßen, in hohem Tempo, notfalls in den Straßengraben, nur weg aus der Einfahrt; dann musste er zurückspurten, in seinen Wagen springen und davonbrausen. Irgendwohin, nach Norden, Süden, Osten oder Westen. Drei Minuten, vielleicht weniger. Das war alles. Auf der anderen Seite fünf Personen, Aufenthaltsort unbekannt. Entweder waren sie weiter als drei Minuten entfernt, was kein Problem darstellte, oder näher, was eines sein konnte.

Aber dass jemand die drei Minuten unterbot, war wenig wahrscheinlich, fand er letztlich. Selbst mit Quads praktisch unmöglich. Er stellte sich die Situation vor. Wie Blitzschach. Erst dies, dann jenes, dann noch etwas anderes. Er glaubte zu wissen, was passieren würde. Der Abschleppwagen besaß einen lauten Dieselmotor. Den könnten alle hören – auch in weiter Ferne. Die Kunden würden zunächst annehmen, die Grenze wäre erweitert worden. Eine kleine Anpassung während des Spiels. Um den Spaß zu vergrößern. Patty und Shorty würden ganz ähnlich denken. Sie hatten sich bisher so gut gehalten, dass sie glauben mussten, das Spielfeld werde zu ihren Ungunsten vergrößert. Keiner von ihnen würde Verdacht schöpfen. Drei Minuten spielten keine Rolle. Keiner von ihnen würde überhaupt reagieren.

Bis auf Karel. Dies war sein Truck. Er würde sofort wissen, dass hier irgendein komischer Scheiß ablief. Vielleicht würde er darüber hinwegsehen, weil er sich für ein assoziiertes Mitglied des Teams hielt, das einen sehr großzügigen Rabatt erhalten hatte. Vielleicht würde er eine Mein-Haus-ist-dein-Haus-Einstellung einnehmen. Unter Umständen war es ihm nur recht, nicht aus dem Spiel gezerrt zu werden, weil er als Mitspieler, nicht als Schiedsrichter hier war und es nicht seine Aufgabe war, während des Spiels Veränderungen vorzunehmen. Vielleicht würde er darüber hinwegsehen.

Oder auch nicht.

Er konnte mehr als drei Minuten entfernt sein. Selbst wenn er sofort reagierte, müsste er durch den Wald zur Straße gelangen, auf der sein Quad stand. Vielleicht fünfzig oder mehr Meter weit weg. Allein das konnte drei Minuten dauern.

Oder auch nicht.

Realistisch. Leidenschaftslos. Insgesamt rechnete er sich gute Erfolgschancen aus. Karel würde das Geräusch ignorieren oder auch nicht. Dazu die Frage, ob er sich in der Nähe der Zufahrt befand oder nicht. Zwei Münzwürfe nacheinander. Die Katastrophe stand bei eins zu vier, der Erfolg bei drei zu vier. Zahlen logen nicht.

Mark ließ den Motor des Mercedes laufen und die Fahrertür offen. Er zwängte sich zwischen den Bäumen und der riesigen Motorhaube des Trucks durch. Kämpfte sich weiter vor, bis das Fahrerhaus über ihm aufragte. Packte die seitlichen Griffe und stieg die Leiter hinauf.

Die Tür war abgesperrt.

Womit er nicht gerechnet hatte. Eine so einfache Sache. Daran hatte er einfach nicht gedacht. Nicht im Entferntesten! Er hing dort, ein Fuß auf einer Sprosse, eine Hand am Türgriff, im Rücken Zweige. Zunächst war er wütend, auf Karel, den Idioten, weil er den Truck nicht offen und mit dem Zündschlüssel im Schloss zurückgelassen hatte. Wie konnte er nur? Flexibilität war alles. Vielleicht hätten sie seinen Truck wegfahren müssen. Bei diesem Spiel musste immer improvisiert werden. Das wusste jeder.

Dann begann er sich Sorgen zu machen. Ein mulmiges Gefühl. Wo befand sich der Zündschlüssel? Der beste Fall war schlimm genug. Nämlich wenn er in Karels Hosentasche steckte, was bedeutete, dass er den Kerl finden und ihm den Schlüssel abnehmen musste. Wodurch eine Verzögerung eintreten würde. Potenziell eine lange Verzögerung, die ihn um so länger feindlichen Elementen aussetzen würde. Nicht gut.

Aber das war besser als der schlimmste Fall. Karels Kleidung lag eng an. Stretchgewebe, glänzend schwarz. Würde er einen Schlüssel einstecken wollen? Hätte das irgendeiner gewollt? Alle hatten ihre Zimmer offen gelassen, was Shorty mit seinen brennenden Handtüchern eine große Hilfe war. Keiner hatte irgendwelche Schlüssel einstecken wollen. Das hätte wohl den angestrebten Look beeinträchtigt.

Im schlimmsten Fall hatte Karel den Zündschlüssel auf der Kommode in Zimmer zwei zurückgelassen.

Mark kletterte die Leiter hinunter, zwängte sich wieder an

der Motorhaube vorbei und setzte sich in den Mercedes. Er stieß zehn Meter zurück, wendete in einer Lücke zwischen den Bäumen und fuhr in Richtung Motel.

Patty sah ihn erneut passieren. Erst vor wenigen Minuten hatte sie beobachtet, wie er weggefahren war. Falls es sich tatsächlich um ihn handelte. Sie vermutete nur, dass Mark am Steuer saß. Der Nachtsichtbrille wegen hatte sie nicht versucht, den Fahrer zu erkennen. Der SUV fuhr mit aufgeblendeten Scheinwerfern. Viel zu grell. Als sie sich wegduckte, hörte sie das Brummen des Motors und das Abrollgeräusch der Reifen. Ihr war klar, dass dies ein normales Auto war. Vielleicht ein Kombi oder SUV. Und sie wusste einfach, dass Mark den Wagen lenkte. Auf der Flucht, dachte sie beim ersten Mal. Aber anscheinend nicht, denn er kam jetzt zurück.

Vielleicht war das doch nicht Mark.

Sie konnte die Quads nicht finden, glaubte jedoch nicht, dass sie sich tief im Wald befanden. Dafür standen die Bäume zu dicht. Deshalb suchte sie nur den Waldrand entlang der Zufahrt ab. Sie hoffte, wenigstens zwei nebeneinander abgestellt zu finden, vielleicht halb in den Büschen versteckt, abfahrtbereit schräg geparkt, aber so, dass andere vorbeifahren konnten. Doch sie fand nichts.

Patty blieb stehen. Sie war schon weit von Shorty entfernt und wusste nicht, wie weit sie noch gehen sollte. Sie suchte den Bereich vor ihr sorgfältig ab. Allmählich gewöhnten sich ihre Augen an die Nachtsichtbrille. Sie drehte sich um, suchte auch diesen Sektor ab. Der Feuerschein am Nachthimmel hatte sich verstärkt. Zu grell, als dass man hätte hineinsehen können. Sie wandte sich halb um und blickte nach Süden. Dabei entdeckte sie einen winzigen Nager, der bei ihrem Anblick eilig in einem Laubhaufen verschwand. Wie alles in ihrer Umgebung war er blässlich grün, aber klar definiert. In Wirklichkeit vermutlich grau. Vermutlich eine Waldmaus.

Sie drehte sich ganz um.

Sie schaute wieder nach vorn.

Vor ihr stand ein Mann.

Das gleiche Bild wie zuvor. Die gleiche albtraumhafte Erscheinung. Scheinbar aus dem Nichts aufgetaucht. Mit schussbereitem Bogen. Die Sehne war gespannt. Der Pfeil zielte auf sie. Aber nicht wie zuvor auf ihre Beine. Dieses Mal höher.

Kein Shorty hinter ihm.

Also doch nicht wie zuvor.

Die albtraumhafte Erscheinung sprach.

»So sehen wir uns wieder«, sagte sie.

Diese Stimme kannte sie. Das war Karel. Der Dreckskerl mit dem Abschleppwagen. Aus der ehemaligen jugoslawischen Armee. Der wie ein verschwommenes Gesicht im Hintergrund eines Kriegsverbrecherfotos aussah. Das hätte sie ahnen müssen. Sie war dumm gewesen.

Karel fragte: »Wo ist Shorty?«

Sie gab keine Antwort.

»Er hat's wohl nicht geschafft, was? Vielleicht wissen Sie's ja auch nicht so genau. Vielleicht haben Sie sich getrennt. Im Moment sind Sie jedenfalls kein Paar. Vorneweg ist er nicht, das habe ich überprüft. Und hinter Ihnen kann er nicht sein, weil das keinen Sinn ergeben würde.«

Sie wandte den Blick ab.

»Interessant«, meinte Karel. »Ist er aus einem bestimmten Grund zurückgeblieben?«

Er grinste unter seinem gläsernen Rüssel.

Er sagte: »Ist er verwundet?«

Keine Antwort.

»Das ist aufregend«, sagte er. »Sie sind unterwegs, um Wurzeln und Beeren für einen Trank zu sammeln, der Ihren Mann heilen soll. Sie machen sich Sorgen. Sie haben es eilig, zu ihm zurückzukommen. Wirklich eine köstliche Situation. Sie und ich werden viel Spaß miteinander haben.«

»Ich bin auf der Suche nach einem Quad«, erklärte sie.

»Zwecklos«, sagte Karel. »Mein Truck versperrt die Ausfahrt. An ihm kommt niemand ohne mich vorbei. Ich bin doch nicht blöd.«

Er zielte etwas tiefer.

Auf ihre Beine.

»Nein«, sagte sie.

»Nein was?«

»Ja, Shorty ist verwundet. Ich muss zu ihm zurück.«

»Wie schwer ist er verwundet?«

»Ziemlich schwer. Ich glaube, dass sein Oberschenkelknochen gebrochen ist.«

»Pech«, sagte Karel.

»Ich muss jetzt zu ihm.«

»Den Spielregeln nach ist man nur frei, solange man nicht abgeklatscht wird.«

»Bitte«, sagte sie.

»Bitte was?«

»Ich mag dieses Spiel nicht.«

»Aber ich.«

»Wir sollten damit aufhören, finde ich. Es ist aus dem Ruder gelaufen.«

»Nein, ich finde, es ist erst richtig spannend geworden.«

Patty sagte nichts mehr. Sie stand einfach nur da mit der Stablampe in einer Hand und dem Pfeil in der anderen. Dies war die funktionierende Lampe, aber keine Waffe. Mit dem Pfeil hätte sie hauen oder stechen können, aber der Kerl war fünf Meter entfernt. Außer Reichweite.

Er zog die Sehne weitere zwei Fingerbreit zurück. Die Pfeilspitze bewegte sich um diese Strecke auf seine Hand zu, die den Griff umklammerte. Die Krümmung des Bogens wurde noch stärker. Er summte vor Spannung.

Die funktionierende Stablampe.

Mit einer einzigen Bewegung ließ sie den Pfeil fallen, ertastete den Schalter und knipste die Lampe an. Das funktionierte so gut wie beim ersten Mal, als sie die Stablampe benutzt hatte, um nachts die Heizungsschläuche des Hondas zu kontrollieren. Aus der Lampe schoss ein grellweißer, scharf gebündelter Lichtstrahl. Patty zielte damit auf den Kerl. Auf sein Gesicht. Auf sein großes Glasauge. Sie strahlte es an, spießte es förmlich auf. Karel fuhr zurück, und sein Pfeil ging weit daneben, zischte ins Unterholz und bohrte sich in den Waldboden. Er duckte sich, wich aus und verdrehte den Kopf. Sie verfolgte ihn mit dem Lichtstrahl, als wäre er eine physische Waffe, stieß damit zu, strahlte ihn an, zielte dabei ständig auf sein Gesicht. Er ging zu Boden, wälzte sich zur Seite und riss sich die Nachtsichtbrille vom Kopf.

Sie schaltete die Lampe aus und rannte wie der Teufel zwischen den Bäumen davon.

41

Patty wusste, dass ihre Flucht sich als clever oder dämlich erweisen würde, je nachdem ob Karel sie einholte oder nicht. Anfangs war sie hoffnungsvoll. Sie war eine gute Läuferin und rechnete sich aus, dass er wahrscheinlich nur langsam in Gang kommen würde. Vielleicht würde er sich Sorgen machen, sie könnte ihm irgendwo mit ihrer Stablampe auflauern. Wie in einem der Space-Filme, die Shorty so gern sah.

Dann aber hörte sie Schritte im Unterholz hinter sich. Näher kommend. Sie schlug einen Haken nach rechts, änderte ihre Laufrichtung. Karel war weniger beweglich, und so konnte sie ihren Vorsprung vergrößern. Aber er holte auf, war jetzt dicht hinter ihr. Durch ihre Nachtsichtbrille erkannte sie vor sich die Zufahrt. Klar und deutlich. Sie näherte sich ihr in spitzem Winkel. Hinter ihr polterten Schritte heran. Sie rannte auf das Asphaltband hinaus. Karel folgte ihr, stellte sich breitbeinig hin und hob seinen Bogen.

Im nächsten Augenblick wurden sie von aufgeblendeten Autoscheinwerfern erfasst. Zwanzigtausendfach verstärkt. Wie detonierende Atombomben. Sie duckten sich weg. Karel klappte seine Nachtsichtbrille hoch. Patty riss sich ihre ganz vom Gesicht. Die Welt wurde dunkel bis auf den SUV. Ein schwarzer Mercedes. Beleuchtet wie ein Weihnachtsbaum. Langsamer werdend. Mark am Steuer. Er hielt an und stieg aus. Mied das Scheinwerferlicht. Trat im Schatten des Fahrzeugs auf sie zu.

Karel hob wieder den Bogen.

Er zielte auf Patty.

Aber er sprach Mark an.

Er fragte: »Was brennt dort hinten?«

Mark antwortete nicht gleich.

»Alles steht in Flammen«, sagte er dann. »Unsere Karten sind völlig neu gemischt.«

»Unsere?«

»Du steckst jetzt mit drin. Meinst du nicht auch? Leute sind umgekommen. Die Polizei wird gründlich ermitteln. Wir sollten abhauen. Sofort! Nur du und ich. Wir müssen weg, Karel. Der Druck wird ungeheuer. Wenn wir bleiben, überleben wir vielleicht nicht.«

»Nur du und ich?«

»Für mich bist du die erste Wahl. Die anderen sind wertlos. Nur Ballast. Das weißt du.«

Karel gab keine Antwort.

Mark sagte: »Viel Zeit bleibt uns nicht mehr.«

»Wir haben reichlich Zeit«, erwiderte Karel. »Die Nacht ist noch jung. Stören kann uns keiner, weil niemand reinkommt.«

»Darüber müssen wir auch reden. Wir müssen deinen Truck sofort wegfahren.«

»Wieso?

»Aus taktischen Gründen. Weil die Spielregeln angepasst werden müssen.«

»Wir brauchen keine taktische Anpassung der Spielregeln. Nicht jetzt. Nun nicht mehr. Shorty ist verwundet, und ich habe Patty hier. Das Spiel ist aus.«

»Okay, erschieß sie, damit wir abhauen können.«

»Aber ich möchte erst Shorty erledigen.«

»Hör auf zu mauern.«

»Was?«

»Hast du überhaupt den Schlüssel?«

»Welchen Schlüssel?«

»Den Zündschlüssel deines Trucks«, sagte Mark. »Wo ist er?«

»Wie meinst du das? Mein Truck ist einen Haufen Geld wert.«

Mark nickte.

»Genau«, sagte er. »Ich bin dein bester Freund, mach mir deinetwegen Sorgen. Ich hoffe, dass du ihn nicht auf deinem Nachttisch hast liegen lassen. Sonst solltest du lieber einen Abschleppwagen rufen. Für deinen Abschleppwagen. Das Motel ist abgebrannt. Es hat als Erstes gebrannt.«

»Ich hab den Schlüssel hier«, sagte Karel. »In meiner Tasche.«

»Gut zu wissen«, meinte Mark. Er brachte die hinter seinem

Bein verborgen gehaltene langläufige Pistole nach vorn und traf Karel mit vier Schüssen in den Brustkorb unter dem mit dem Bogen erhobenen Arm.

Die Schüsse waren laut, aber dumpf.

Das aufgesetzte lange Rohr ist ein Schalldämpfer, dachte Patty.

Mit dem Rascheln von Nylon, dem Klappern des Bogens und dem Aufprall seines Schädels sank Karel wie eine Marionette mit durchschnittenen Schnüren auf dem Asphalt zusammen.

Mark zielte mit der Pistole auf Patty.

Er befahl ihr: »Holen Sie den Schlüssel aus seiner Tasche.«

Patty zögerte kurz, dann machte sie sich an die Arbeit. Sie fand, sie habe Schlimmeres geschafft, als sie den Pfeil aus Shortys Bein gezogen hatte. Der Schlüssel war warm und nicht größer als der des Hondas.

»Werfen Sie ihn her«, sagte Mark.

»Dann erschießen Sie mich«, sagte sie.

»Ich könnte Sie jederzeit erschießen. Ich könnte den Schlüssel aus Ihrer kalten toten Hand nehmen. Ich bin nicht zimperlich.«

Sie warf ihm den Schlüssel zu.

Er landete vor seinen Füßen.

Mark fragte: »Wie schlimm steht's mit Shorty?«

»Ziemlich schlimm«, antwortete sie.

»Kann er gehen?«

»Er hat ein gebrochenes Bein.«

»Ich denke, dass Sie und ich vielleicht die Letzten sind, die noch stehen«, sagte er. »Und ich muss leider sagen, dass der arme alte Shorty bei mir Pech hat. Ich fahre bestimmt nicht zurück, um ihm zu helfen. Von mir aus kann er bleiben, wo er ist.«

Patty schwieg.

»Nur aus reinem Interesse: Wie lange kann er Ihrer Meinung nach überleben?«

Patty gab keine Antwort.

»Das interessiert mich«, erklärte Mark. »Im Ernst. Überlegen wir mal. Wie heißt's immer, fünf Tage ohne Wasser, fünf Wochen ohne Essen? Aber er fühlt sich natürlich von Anfang an nicht sehr gut.«

»Ich gehe und helfe ihm«, sagte Patty.

»Nehmen wir mal an, das könnten Sie nicht. Er könnte versuchen, aus dem Wald zu kriechen, aber er ist bestimmt schon dehydriert und schwach. Außerdem erhöht das Kriechen das Infektionsrisiko. Und er könnte von Raubtieren angefallen werden. Eine offene Wunde zieht alle möglichen Viecher an.«

»Lassen Sie mich gehen, damit ich ihm helfen kann.«

»Nein, ich finde, er sollte jetzt sich selbst überlassen bleiben.«

»Was kümmert Sie das überhaupt? Sie haben gesagt, dass Sie nur die schmutzigen Fantasien anderer bedienen. Die anderen sind jetzt tot. Also sind Sie hier fertig. Nehmen Sie den Schlüssel, fahren Sie den Truck weg und verschwinden Sie. Lassen Sie uns in Ruhe.«

Mark schüttelte den Kopf.

»Shorty hat mein Motel niedergebrannt«, sagte er. »Deshalb interessiert er mich. Sie müssen entschuldigen, wenn ich ein klein wenig rachsüchtig bin.«

»Sie haben uns zu diesem Spiel gezwungen. Brandstiftung war ein erlaubter Spielzug.«

»Und ihn hilflos sterben zu lassen ist die erlaubte Antwort darauf.«

Patty sah zur Seite. Sie betrachtete Karel, der von Scheinwerfern angestrahlt leblos auf dem Asphalt lag. Das grellweiße Licht warf schwarze Schlagschatten.

Sie blickte wieder zu Mark und fragte: »Was haben Sie mit mir vor?«

»Immer die gleichen Fragen«, antwortete Mark. »Wie eine Schallplatte, die einen Sprung hat.«

»Ich habe ein Recht darauf, das zu erfahren.«

»Sie sind eine Zeugin.«

»Ich wusste gleich, dass Sie uns nicht gewinnen lassen würden. Das angebliche Spiel war Bullshit.«

»Es hat seinen Zweck erfüllt. Sie sollten sehen, was hinten in meinem Wagen liegt.«

»Lassen Sie mich nach Shorty schau'n. Kommen Sie mit mir. Tun Sie's dort. Beide gleichzeitig.«

»Wie romantisch!«, höhnte er.

Sie äußerte sich nicht dazu.

»Wo liegt er genau?«, fragte Mark.

»Ein Stück weit in Gegenrichtung.«

»Zu weit. Sorry, ich muss echt weiter. Wir machen's hier. Nur Sie.«

Er zielte mit der Pistole. Im Widerschein des Xenonlichts sah Patty die Waffe deutlich. Sie erkannte sie sogar aus den Fernsehkrimis, die sie gern sah. Eine Glock, das stand außer Zweifel. Kantig, fein gearbeitet. Der lange Schalldämpfer mit Satinfinish. Ein Präzisionsteil, das bestimmt tausend Dollar gekostet hatte. Sie atmete aus. Patricia Marie Sundstrom, fünfundzwanzig, zwei Jahre College, Sägewerksarbeiterin. Kurz mit einem Kartoffelfarmer glücklich, den sie in einer Bar kennengelernt hatte. Glücklicher, als sie je erwartet hatte. Glücklicher, als ihr bisher bewusst gewesen war. Sie wollte ihn noch mal sehen. Ein letztes Mal.

Hinter Marks linker Schulter bewegte sich etwas.

Das sah sie aus dem Augenwinkel heraus. In den tiefschwarzen Schatten außerhalb der Scheinwerferkegel. Dort blitzte etwas Weißes auf. Drei Meter hinter Mark. Scheinbar in der Luft schwebend. Augen, dachte sie. Oder Zähne. Als grinste jemand. Zu hören war nichts. Nur das Leerlaufbrummen des Achtzylinders und das Brabbeln seines Auspuffs.

Dann erahnte sie eine Gestalt. Hinter Marks Rücken. Ein dunkles Etwas. Als bewegte sich ein Baum.

Verrückt.

Sie schaute weg.

Mark fragte: »Bereit?«

»Ich bin froh, dass Ihr Motel abgebrannt ist«, sagte sie. »Nur schade, dass Sie nicht drin waren.«

»Das ist aber nicht nett«, meinte er.

Sie sah ihn wieder an.

Dicht hinter ihm stand ein Mann.

Ein Riese, der in den Widerschein des Xenonlichts getreten war. In der linken Hand hielt er einen Pfeil. Er trug eine Nachtsichtbrille, die er hochgeklappt hatte. Er war fast einen Kopf größer als Mark und doppelt so breit.

Er war gigantisch.

Er bewegte sich lautlos.

Er trat dicht an Mark heran, als wären sie zwei Männer, die in einer Schlange anstanden, um Karten für ein Hockeyspiel zu ergattern oder an Bord eines Flugzeugs zu gehen. Seine rechte Hand griff nach vorn und schloss sich um Marks Handgelenk. Er zog den Arm mühelos zur Seite, als öffnete er eine Tür, bis er einen perfekten Neunzig-Grad-Bogen beschrieb, sodass die Glock auf nichts mehr zielte. Gleichzeitig griff er mit der linken Hand um Mark herum und presste seinen Oberkörper mit dem angewinkelten Ellbogen an seine Brust. Die Pfeilspitze drückte er unter Marks Kinn. Keiner der beiden bewegte sich. Sie hätten ein Tanzpaar sein können, nur stand Mark verkehrt herum.

Der große Mann sagte: »Weg mit der Waffe.«

Eine sonore, gelassene Stimme. Fast intim. Als sollte ihn nur Mark hören. Dies war mehr ein Vorschlag als ein Befehl. Aber einer, in dem die Androhung düsterer Konsequenzen mitschwang.

Mark ließ die Pistole nicht fallen.

Patty sah im Unterarm des Riesen Muskeln hervortreten. Ihre Umrisse zeichneten sich im Widerschein des grellen Lichts überdeutlich ab. Sein Gesicht blieb ausdruckslos. Sie erkannte, dass er Marks Handgelenk zerquetschte. Langsam, unerbittlich. Mark schrie auf, atmete hastig. Sie hörte Knochen knacken. Mark wand sich, zuckte und strampelte.

Der große Mann drückte noch fester zu.

Mark ließ die Pistole fallen.

»Gute Entscheidung«, sagte der große Mann.

Aber er ließ ihn nicht los. Er hielt Mark weiter an sich gepresst.

Er fragte: »Wie heißen Sie?«

Mark gab keine Antwort.

Patty sagte: »Er heißt Mark.«

»Mark wie?«

»Das weiß ich nicht. Wer sind Sie?«

»Lange Story«, sagte der große Mann.

Er spannte wieder die Muskeln an.

Mark wand sich.

»Ihr Nachname?«, fragte der große Mann.

Knochen splitterten und verschoben sich.

»Reacher«, keuchte Mark.

42

Reacher hatte aus hundert Metern Entfernung verfolgt, wie die Frau den Jäger mit einem Lichtstrahl blendete, bevor sie flüchtete. Er hatte gesehen, wie der Jäger die Verfolgung aufnahm. Er war hinter beiden hergerannt. Er hatte sie fast eingeholt, als der Mercedes bei ihnen hielt. Er hatte die Zufahrt im Dunkel hinter dem SUV überquert und war auf der anderen Seite nach vorn geschlichen. Er hatte fast alles mitbekommen. Die Sache mit dem Schlüssel des Trucks, mit Shorty, mit dem niedergebrannten Motel. Er hatte gehört, wie der Kerl meinte, die Frau und er seien vermutlich die letzten Überlebenden. Sie hieß Patty Sundstrom, das hatte der Banker kurz vor seinem Tod gesagt. Shorty wäre Shorty Fleck. Kanadier. Hier gestrandet.

»Ich habe Geld«, erklärte Mark. »Das können Sie haben.«

»Will's nicht«, sagte Reacher. »Brauch's nicht.«

»Irgendwie müssen wir uns einigen können.«

Reacher sagte: »Patty, heben Sie seine Pistole auf. Ganz vorsichtig. Finger und Daumen am Griff.«

Das tat sie. Sie kam dicht heran, bückte sich, schnappte sich die Waffe und trat wieder zurück. Reacher bog Marks Arm hoch, bis sein Unterarm am Oberarm anlag und seine Hand die Schulter berührte.

Dann noch mehr. Reacher zog Marks Hand übers Schulterblatt nach unten, fünf, zehn, fünfzehn Zentimeter weit. Was alle möglichen Gelenke schmerzhaft dehnte. Vor allem den Ellbogen. Aber auch die Schulter und alle Sehnen und Bänder dazwischen.

Als Reacher den Pfeil von seiner Kehle und den Ellbogen von seiner Brust nahm, sank Mark dankbar auf die Knie, um die Belastung seines Arms zu verringern. Reacher veränderte seinen Griff, ließ das Handgelenk los, packte mit einer Hand Marks Kragen und drehte ihn in Form einer Acht zusammen, bis Mark kaum mehr Luft bekam.

Dann sah er zu Patty und fragte: »Wollen Sie's tun oder soll ich?«

»Was tun?«

»Ihn erschießen.«

Sie gab keine Antwort.

»Vorhin haben Sie bedauert, dass er nicht bei dem Brand umgekommen ist.«

»Wer sind Sie?«, fragte sie noch mal.

»Lange Story«, wiederholte er. »Morgen früh habe ich südlich von hier einen Termin. Also brauchte ich ein Motel für die Nacht. Dies war alles, was ich finden konnte.«

»Wir sollten die Polizei rufen.«

»Wollten Sie irgendwohin?«

»Florida«, sagte sie. »Wir wollten ein neues Leben beginnen.«

»Als was?«

»Windsurfer-Verleih. Vielleicht auch Jetskis. Shorty wollte T-Shirts bedrucken lassen.«

»Wo wollten Sie wohnen?«

»In einem Häuschen am Strand. Vielleicht über dem Laden.«

»Klingt großartig.«

»Das dachten wir auch.«

»Alternativ könnten Sie drei Jahre in einem billigen Hotel irgendwo in New Hampshire wohnen und von widerlichen Leuten vernommen werden – die Hälfte der Zeit tödlich gelangweilt, die andere Hälfte halb zu Tode geängstigt. Wollen Sie das stattdessen?«

»Nein.«

»Das passiert, wenn wir die Polizei holen. Sie würden mit Kriminalbeamten und Staatsanwälten, Verteidigern und Psychiatern reden, wieder und wieder. Und ein paar ziemlich unangenehme Fragen beantworten müssen, denn diese Leute würden zwei mal zwei zusammenzählen wie ich. Ich komme von der Straße her und hatte die Action ständig vor mir. Bisher habe ich vier Kerle gesehen. Aber ich vermute, dass es ursprünglich mehr waren.«

»Anfangs waren es sechs.«

»Was ist den beiden ersten zugestoßen?«

Sie schwieg.

»Letztlich würden Sie freigesprochen«, fuhr Reacher fort. »Vermutlich. Vielleicht wegen Notwehr. Doch nichts ist sicher. Außerdem sind Sie Ausländer. Das Ganze wäre eine Achterbahn. Sie würden den Staat nicht verlassen dürfen. Außer den Red Sox gibt es hier nicht viel. Das sollten Sie sich gründlich überlegen.«

Sie schwieg.

Reacher sagte: »Wahrscheinlich ist's besser, die Cops nicht zu rufen.«

Mark versuchte sich zu befreien.

Reacher sagte zu Patty: »Er wollte Shorty sterben lassen.«

Sie sah auf die Pistole in ihrer Hand.

»Kommen Sie auf die andere Seite«, sagte Reacher. »Damit Sie nicht auf mich zielen.«

Sie tat wie ihr geheißen und blieb neben ihm stehen.

Mark strampelte und schlug verzweifelt um sich, bis Reacher ihn hochriss, seinen Solarplexus mit einer Geraden traf und ihn wieder zusammensacken ließ, sodass er vorübergehend zu keiner koordinierten Bewegung fähig war.

Reacher sagte: »Drücken Sie die Mündung des Schalldämpfers zwischen seine Schulterblätter. Ungefähr fünfzehn Zentimeter unter meiner Faust. Die Sicherung ist eine kleine Druckplatte vor dem Abzug. Die Waffe ist entsichert, sobald Ihr Finger sich in korrekter Position befindet. Dann brauchen Sie nur noch abzudrücken.«

Sie nickte.

Sie stand beinahe zwanzig Sekunden unbeweglich da.

Sie sagte: »Ich kann nicht.«

Reacher ließ den Kragen los, stieß Mark zu Boden. Er nahm Patty die Glock ab. Er sagte: »Ich wollte Ihnen diese Gelegenheit geben. Das war alles. Sonst hätten Sie sich Ihr Leben lang gefragt. Aber jetzt wissen Sie's. Sie sind ein guter Mensch, Patty.«

»Danke.«

»Besser als ich.«

Er hob die Pistole und schoss Mark in den Kopf. Zweimal. Ein schneller Doppelschuss in den Hinterkopf. Was in der militärischen Ausbildung als Attentatsschuss bezeichnet wurde. Auch wenn die Army das nie zugegeben hätte.

Sie benutzten den Mercedes, um Shorty zu holen. Aber zuvor schleifte Reacher den Abschleppwagenfahrer auf einer Seite der Zufahrt unter die Bäume, dann Mark auf der anderen. Aus dem Weg. Er wollte sie nicht überfahren müssen. Nicht wenn Shorty ein gebrochenes Bein hatte. Jedes Holpern konnte ihm schaden.

Patty setze sich ans Steuer. Sie wendete und fuhr mit aufgeblendeten Scheinwerfern zurück. Wo die Zufahrt den Wald verließ, machte sie kurz halt. Jenseits der weiten Grasfläche war das Motel nur noch ein Gluthaufen. Alle vor ihm geparkten Autos waren verkohlt und mit Asche bedeckt. Die Scheune und das Haus brannten lichterloh. Die Flammen schlugen fünfzehn Meter hoch.

Mitten auf der Wiese standen zwei fahrerlose Quads. Im Gras neben ihnen lagen dunkle Haufen, vermutlich menschliche Gestalten.

»Sie waren zu viert«, berichtete Patty. »Mark, Peter, Steven und Robert.«

»Ich habe Schüsse gehört«, sagte Reacher. »Vor nicht allzu langer Zeit. Neun Millimeter mit Schalldämpfer. Mark hat die Partnerschaft aufgekündigt, denke ich.«

»Wo ist der vierte Mann?«

»Vermutlich im Haus. Einen Schuss im Hausinneren hätte ich nicht gehört. Von ihm bleibt nicht viel übrig.«

Sie starrten noch eine Minute lang in die Flammen, bevor Patty die Vorderräder scharf links einschlug und den Wagen über das unebene Grasland zum Waldrand lenkte. Sie suchte ihn sorgfältig ab. An zwei Stellen wurde sie langsamer und schaute angestrengt nach draußen, dann fuhr sie weiter. Zuletzt hielt sie an.

Sie sagte: »Jetzt sieht alles gleich aus.«

Reacher fragte: »Wie tief drinnen liegt er?«

»Weiß ich nicht mehr. Erst sind wir gegangen, und dann habe ich ihn ein Stück weit geschleift. Bis zu einer Stelle, die mir sicher erschienen ist.«

»Wo sind Sie reingegangen?«

»Zwischen zwei Bäumen.«

»Hilft nicht weiter.«

»Ich glaube, es war hier.«

Sie stellten den Motor ab und stiegen aus. Ohne Scheinwerfer war es stockfinster. Patty setzte ihre Nachtsichtbrille wieder auf, und Reacher klappte seine herunter. Patty drehte den Kopf nach links und rechts. Sie suchte nochmals die erste Baumreihe ab. Inspizierte die Zwischenräume.

»Ich glaube, es war hier«, sagte sie wieder.

Sie drangen in den Wald ein. Patty ging voraus. Sie bewegten sich in leichter Kurve nach Nordosten, als wollten sie den Waldtunnel nach ungefähr dreißig Metern erreichen. Dreißig Meter von seinem Anfang entfernt. Sie umgingen die Bäume auf beiden Seiten.

Patty sagte: »Ich erkenne nichts wieder.«

Reacher rief laut: »Shorty? Shorty Fleck?«

»Ich bin's, Shorty!«, rief Patty. »Wo bist du?«

Nichts.

Sie gingen weiter. Alle zehn Schritte machten sie halt, um zu rufen und zu schreien. Dann hielten sie inne und horchten.

Nichts.

Bis es beim dritten Mal klappte.

Sie hörten ein Geräusch. Entfernt, leise, metallisch, langsam. *Tink, tink, tink.* Genau östlich, dachte Reacher, ungefähr vierzig Meter entfernt.

Er rief: »Shorty Fleck?«

Tink, tink, tink.

Sie änderten die Richtung, hasteten weiter. Bäume, Ranken, Brombeeren, Unterholz. Sie riefen bei jedem Schritt seinen Namen, erst Patty, dann Reacher, immer abwechselnd. Das *tink, tink, tink* wurde bei jedem Schritt lauter. Sie hielten auf das Geräusch zu.

Sie fanden ihn an einem Baumstamm lehnend zusammengesunken. Von Schmerzen erschöpft. Er hatte seine Nachtsichtbrille auf und hielt einen Pfeil in der Hand, mit dem er an den Objektivtubus klopfte. *Tink, tink, tink.* Zu mehr war er nicht fähig.

Reacher trug ihn aus dem Wald und bettete ihn auf den Rücksitz des Mercedes. Die Wunde an seinem Bein sah schlimm aus. Er hatte viel Blut verloren. Er war blass, seine Stirn schweißnass.

Patty fragte: »Wo sollen wir ihn hinbringen?«

»Am besten verlassen Sie das County«, antwortete Reacher. »Sie sollten nach Manchester fahren. Dort gibt's ein größeres Krankenhaus.«

»Kommen Sie nicht mit?«

Reacher schüttelte den Kopf.

»Nur ein Stück weit«, sagte er. »Ich habe morgen früh hier in der Nähe eine Verabredung.«

»Im Krankenhaus werden sie Fragen stellen.«

»Erzählen Sie ihnen, dass er einen Motorradunfall hatte. Das nehmen sie Ihnen ab. Krankenhäuser glauben alles, was mit Motorrädern zusammenhängt. Diesen Fall brauchen sie nicht zu melden. Er hat offensichtlich keine Schusswunde. Sie könnten erzählen, dass er auf ein Metallteil gefallen ist.«

»Okay.«

»Lassen Sie ihn versorgen und parken Sie den Mercedes dann irgendwo unauffällig. Lassen Sie die Türen offen und den Schlüssel stecken. Sie müssen möglichst rasch verschwinden. Dann kann Ihnen nichts mehr passieren.«

»Okay«, sagte sie wieder.

Sie setzte sich ans Steuer. Reacher saß zur Seite gedreht auf dem Beifahrersitz, um Shorty im Auge zu behalten. Patty beschrieb langsam einen weiten Halbkreis über das unebene Gelände. Shorty wurde durchgerüttelt, stöhnte und keuchte. Sie erreichten den Anfang des Waldtunnels.

Shorty schlug auf den Ledersitz neben sich, einmal, zweimal, schwach und kaum hörbar.

Reacher fragte: »Was?«

Shorty öffnete den Mund, doch er brachte kein Wort heraus. Er versuchte es noch mal.

Er flüsterte: »Koffer.«

Patty fuhr weiter, langsam und vorsichtig.

»Wir hatten einen Koffer im Zimmer«, sagte sie. »Aber der ist wohl verbrannt.«

Shorty schlug nochmals auf den Sitz.

»Hab ihn rausgetragen«, flüsterte er.

Patty hielt an.

»Wo ist er?«

»Im Gras«, sagte Shorty. »Hinter dem Motel.«

Sie legte den Rückwärtsgang ein, wendete unbeholfen am Tunnelende und holperte übers Grasland zurück. Vorbei an den fahrerlosen Quads und den beiden Toten.

»Peter und Robert«, erklärte sie.

Sie fuhr bis zum Parkplatz vor dem ehemaligen Motel und hielt an. Die Brandhitze drang selbst durch die Scheiben des Mercedes. Reacher sah den Metallkäfig aus dem Glutteppich aufragen. Gitterstäbe aus Stahl, dazwischen Metallgewebe. Ausgeglüht und verbogen. Zimmer zehn. Shorty bewegte einen Unterarm vor und zurück, schwach und vage wie ein Verwundeter, der eine Richtung angeben will. *Von hier nach dort.* Reacher stieg aus und lief um die Glut herum bis zu dem Metallkäfig. Dort machte er halt und blickte übers Gras hinaus. Eine Gerade, die kürzeste Verbindung zwischen zwei Punkten. Er klappte seine Nachtsichtbrille herunter.

Er entdeckte den Koffer sofort. Ein mit einem Seil verschnürter riesiger alter Lederkoffer, der flach im Gras lag. Er ging hin und hob ihn auf. Das Ding wog eine Tonne. Vielleicht zwei. Er schleppte es mit schiefem Kreuz zurück. Patty stieg aus und öffnete ihm die Hecktür. Er stellte den Koffer erst mal ab.

Er fragte: »Was zum Teufel haben Sie da drin?«

»Comics«, antwortete sie. »Über tausend. Alle berühmten Ausgaben. Viele frühe *Superman*-Hefte. Von unseren Vätern und Großvätern. Wir wollten sie in New York verkaufen, um Florida zu finanzieren.«

Im Kofferraum standen bereits zwei Reisetaschen. Prall gefüllte teure Ledertaschen mit Reißverschluss. Reacher schaute kurz hinein. Beide waren vollgestopft mit Geld. Sauber gestapelte Geldscheinbündel. Vor allem Hunderter in zwei Finger dicken Packen. Jeweils zehntausend Dollar, wie auf den gedruckten Banderolen stand. Jede Reisetasche enthielt etwa fünfzig Bündel. Insgesamt also ungefähr eine Million Dollar.

»Sie sollten die Comics behalten«, meinte Reacher. »Nehmen Sie lieber dieses Geld hier. Damit können Sie so viele Windsurfer kaufen, wie Sie wollen.«

»Das können wir nicht«, entgegnete Patty. »Es gehört nicht uns.«

»Ich denke doch. Sie haben das Spiel gewonnen. Das hier war vermutlich der Einsatz der anderen. Wer sollte ihn sonst bekommen?«

»Das ist ein Vermögen.«

Reacher sagte: »Sie haben es sich verdient. Finden Sie nicht auch?«

Sie schwieg.

Dann fragte sie: »Wollen Sie etwas davon?«

»Ich habe genug, um zurechtzukommen«, antwortete Reacher. »Mehr brauche ich nicht.«

Er hob den Koffer hoch und verstaute ihn im Laderaum.

Der Mercedes sackte hinten etwas tiefer.

»Wie heißen Sie?«, fragte Patty. »Das wüsste ich gern.«

»Reacher.«

Sie hob die Augenbrauen.

Sie sagte: »Das war Marks Name.«

»Anderer Zweig der Familie.«

Sie stiegen wieder ein. Patty fuhr übers Grasland, durch den Wald, fast zwei Meilen weit bis zu dem Abschleppwagen. Reacher ließ sich den Schlüssel geben, stieg die Leiter hinauf und gelangte ins Fahrerhaus. Schwer unter Druck. Er war ein schlechter Fahrer und kannte sich mit den Bedienelementen nicht aus. Aber nach einer Minute bekam er die Scheinwerfer an. Dann gelang es ihm, den Motor anzulassen. Er fand den Wahlhebel und legte den Rückwärtsgang ein. Auf einem Display vor ihm erschien das Bild der Rückfahrkamera. Ein Weitwinkelbild. Farbig. Es zeigte einen alten Subaru, der dicht hinter dem Truck geparkt wartete.

43

Reacher kletterte aus dem Fahrerhaus und machte Patty ein Zeichen, sie solle eine Minute warten. Dann zwängte er sich an der Seite des Trucks entlang nach hinten und ins Freie.

Burke erwartete ihn dort. Der Reverend Patrick G. Er hob die Hände, machte mit den Handflächen nach außen beruhigende Bewegungen, als wollte er sagen: *Ich weiß, ich weiß.* Als wollte er sich im Voraus entschuldigen.

Er sagte: »Detective Amos hat mich auf dem Handy angerufen. Sie hat mir aufgetragen, Sie zu finden und Ihnen 10-41 auszurichten. Was das bedeutet, weiß ich nicht.«

»Das ist ein Funkcode der Militärpolizei«, erklärte Reacher. »Er bedeutet ›Sofortiger Rückruf erforderlich‹.«

»Hier gibt's keinen Handyempfang.«

»Wir fahren nach Süden. Aber bringen Sie erst Ihren Wagen weg, damit ich mit dem Truck zurückstoßen kann. Dahinter warten Leute, die auch nach Süden wollen. Sie haben's eiliger als wir.«

Er zwängte sich wieder nach vorn und winkte Patty von den Stufen aus zu, was aufmunternd wirken sollte. Er brachte den

Wahlhebel erneut in Position R. Als auf dem Bildschirm zu sehen war, dass Burke zurückstieß, tat er es ihm gleich: etwas ruckelig, manchmal abseits der Ideallinie, oft Bäumen gefährlich nahe und nicht ohne hin und wieder auf Hindernisse zu prallen. Als er die Straße erreichte, schlug er die Vorderräder ganz ein und parkte auf dem Bankett gegenüber – nicht ganz gerade, aber auch nicht verkehrsbehindernd.

Der schwarze Mercedes schob sich hinter ihm aus der Einfahrt.

Reacher stieg aus.

Der Mercedes hielt neben ihm.

Patty öffnete ihr Fenster.

Er sagte: »Der Mann in dem Subaru nimmt mich mit. War nett, Sie kennenzulernen. Alles Gute in Florida.«

Sie setzte sich etwas auf, blickte die Straße entlang.

»Wir sind draußen«, sagte sie. »Endlich! Ich danke Ihnen. Wir können Ihnen gar nicht genug danken.«

»Sie wären selbst draufgekommen«, sagte Reacher. »Sie hatten noch immer die Stablampe. Die hätte auch bei ihm gewirkt. Vier große Batterien, lichtstarke LEDs. Die blenden nicht nur Leute mit Nachtsichtbrillen. Sein erster Schuss hätte Sie verfehlt. Dann wären Sie zwischen den Bäumen gewesen.«

»Aber was dann?«

»Das Ganze noch einmal. Ich wette, dass er kein Reservemagazin hatte. Er scheint sehr hastig gepackt zu haben.«

»Noch mal vielen Dank«, sagte sie. »Im Ernst!«

»Alles Gute in Florida«, wiederholte er. »Willkommen in Amerika.«

Er überquerte die Straße, um zu dem wartenden Subaru zu gelangen. Patty fuhr nach Süden davon. Sie streckte eine Hand aus ihrem offenen Fenster, als wollte sie winken, und behielt sie dann noch hundert Meter dort – mit gespreizten Fingern, die vorbeiströmende Nachtluft angenehm kühl an ihrer Handfläche.

Burke fuhr auf der Nebenstraße nach Süden. Reacher beobachtete die auf dem Display durch Balken angezeigte Signalstärke. Burke machte sich Sorgen, weil es schon spät war. Er sagte, Detective Amos liege um diese Zeit bestimmt längst im Bett und schlafe. Reacher sagte, sie habe den Code 10-41 bestimmt ernst gemeint. Sofortiger Rückruf. Sie hätte auch einen anderen Code wählen können.

Ein Balken erschien, dann folgte ein zweiter, und dann tauchte das kiesbedeckte breite Bankett auf, wo sie schon mal gehalten hatten. Burke stoppte den Wagen. Reacher wählte die Nummer. Amos meldete sich sofort. Nicht im Bett. Die Geräusche im Hintergrund zeigten, dass sie im Auto unterwegs war.

Sie berichtete: »Das Bostoner PD hat uns mitgeteilt, dass der nach Laconia entsandte Killer am späten Abend zurückgekommen ist.«

»Hat er Carrington?«

»Das versuchen die Kollegen herauszufinden.«

»Was ist mit Elizabeth Castle?«

»Beide gelten weiter als vermisst.«

»Vielleicht sollte ich nach Boston fahren.«

»Erst müssen Sie woandershin.«

»Wohin?«

Sie sagte: »Ich habe Stan Reacher gefunden.«

»Okay.«

»Er wohnt seit dreißig Jahren wieder hier. Nachdem er lange allein gelebt hatte, ist er bei einer jüngeren Verwandten eingezogen und als Wähler registriert. Er hat noch immer einen Führerschein.«

»Okay«, sagte Reacher noch mal.

»Ich habe ihn angerufen. Er möchte, dass Sie ihn besuchen.«

»Wann?«

»Jetzt.«

»Es ist schon spät.«

»Er leidet an Schlaflosigkeit. Normalerweise sieht er fern. Er sagt, dass Sie gern vorbeikommen und die ganze Nacht mit ihm reden können.«

»Wo wohnt er?«

»Laconia«, antwortete sie. »Mitten in der Stadt. Vielleicht sind Sie schon an seinem Haus vorbeigegangen.«

Wie sich herausstellte, war Reacher in seinem zweiten Hotel bis auf zwei Straßen herangekommen. Er hätte links, rechts und wieder links zu einer Passage gehen können, die Ähnlichkeit mit der hatte, in der die Bardame wohnte. Auch hier gab es links und rechts eine Tür – in diesem Fall nicht zu einem Apartment im ersten Stock, sondern zu adretten dreigeschossigen Stadthäusern auf beiden Seiten eines Innenhofs.

Stan wohnte in dem linken Haus.

Amos wartete in einem neutralen Dienstwagen, der vor dem Eingang zu dem Innenhof parkte. Sie schüttelte Burke die Hand und sagte, sie freue sich, ihn kennenzulernen. Dann fragte sie Reacher, ob er sich okay fühle. Sie sagte: »Dies könnte sehr bizarr werden.«

»Nicht sehr«, meinte er. »Vielleicht ein bisschen. Ich denke, dass ich schon ziemlich viel selbst rausgekriegt habe. Mit der Story hat immer irgendwas nicht gestimmt. Nun weiß ich, was. Den entscheidenden Hinweis hat der alte Mr. Mortimer gegeben.«

»Wer ist der alte Mr. Mortimer?«

»Der alte Mann im Seniorenheim. Er hat gesagt, er habe

früher manchmal seine Cousins in Ryantown besucht und könne sich an die Birdwatching Boys erinnern. Er sei kurz vor Kriegsende eingezogen worden, wurde aber nicht mehr gebraucht. Die Army hatte schon zu viele Leute. Er habe nie etwas gemacht und sei sich bei jeder Parade am Unabhängigkeitstag wie ein Hochstapler vorgekommen.«

Amos äußerte sich nicht dazu.

Sie gingen gemeinsam zur Haustür. Angemessener, insistierte Burke, wegen der späten Stunde. Wie Überbringer einer Todesnachricht, dachte Reacher. Zwei MPs und ein Geistlicher.

Er drückte den Klingelknopf.

Eine Minute später flammte die Flurbeleuchtung auf. Er sah sie durch eine Glasscheibe oben in der Tür. Sie zeigte ihm ein beschädigtes Mosaik aus gedämpften Pastellfarben und einen langen schmalen Flur, vielleicht mit Familienfotos an den Wänden.

Er sah einen alten Mann heranschlurfen. Ein beschädigtes Mosaik. Gebeugt, weißhaarig, langsam, unsicher. Seine rechte Hand umklammerte ein gedrechseltes Holzgeländer. Er kam näher und näher, dann öffnete er die Haustür.

44

Der alte Mann, der ihnen aufmachte, war ungefähr neunzig, hager und gebeugt. Er trug zu große Kleidung, die er vielleicht vor Langem gekauft hatte, als er noch ein kräftiger Siebziger gewesen war. In seiner besten Zeit konnte er bei einem Meter fünfundachtzig etwa neunzig Kilogramm auf die Waage gebracht haben. Jetzt war sein Rückgrat verkrümmt wie ein Fragezeichen, seine Haut schlaff und durchsichtig. Seine Augen tränten. Sein strähniges weißes Haar sah fein wie Seide aus.

Er war nicht Reachers Vater.

Nicht mal dreißig Jahre später. Weil er's nicht war. Ganz einfach. Auch forensisch nicht, weil er keine gebrochene Nase, keine Granatsplitternarbe im Gesicht und keine Stiche an der linken Augenbraue hatte.

Die Fotos an den Wänden zeigten Vögel.

Der alte Mann streckte eine zitternde Hand aus.

»Stan Reacher«, sagte er. »Freut mich, Sie kennenzulernen.«

Reacher schüttelte dem Alten die Hand, die sich eiskalt anfühlte.

»Jack Reacher«, sagte er. »Ebenso.«

»Sind wir verwandt?«

»Wir sind alle verwandt, wenn man weit genug zurückgeht.«

»Treten Sie bitte ein.«

Amos erklärte, Burke und sie würden im Auto warten. Reacher folgte dem alten Mann den Flur entlang. Langsamer als bei einem Trauermarsch. Ein halber Schritt, eine lange Pause, wieder ein halber Schritt. Sie schafften es bis zu einer Nische zwischen dem Wohnzimmer und der Essküche. Auf beiden Seiten einer Stehlampe mit großem Fransenschirm standen hier zwei bequeme Sessel. Ein guter Leseplatz.

Der alte Stan Reacher deutete mit zitternder Hand auf einen der Sessel, was als Einladung galt, und nahm selbst in dem anderen Platz. Er war gern bereit zu reden. Er war gern bereit, Fragen zu beantworten. Er schien sie nicht seltsam zu finden. Er bestätigte, dass er in Ryantown aufgewachsen sei – in der Wohnung des Walzwerk-Vorarbeiters. Er erinnerte sich an die Küchenfliesen. Akanthusranken, Ringelblumen und Artischockenblüten. James und Elizabeth Reacher waren seine Eltern gewesen. Der Vorarbeiter persönlich und die Weißnäherin. Er erzählte, ihm sei es nie eingefallen, sich zu fragen, ob sie gute Arbeit ablieferten oder nicht. Zum Teil deshalb, weil er nichts anderes kannte, zum Teil auch deshalb, weil er nie darauf achtete; denn er hatte das Vogelbeobachten für sich entdeckt, das ihm eine ganz neue Welt eröffnete, in der er aufging. Er sagte, er habe nie den Ehrgeiz gehabt, neue Sichtungen in Listen einzutragen. Das Schlüsselwort sei »beobachten«. Was sie taten und wie, warum, wo und wann. Dabei musste man sich mit ganz neuen Dimensionen, mit ganz neuen Problemen und ganz neuen Anforderungen auseinandersetzen.

Reacher fragte: »Wer hat dich dazu gebracht?«

»Mein Cousin Bill«, antwortete Stan.

»Wer war er?«

»Wir hatten es damals nicht leicht. Irgendwie waren die meisten Jungen, mit denen man sich herumtrieb, Cousins. Vielleicht eine Art Stammesinstinkt. Die Leute hatten Angst. Die Zeiten waren schwierig. Eine Zeit lang konnte man glauben, alles werde zerfallen. Cousins waren beruhigend, denke ich. Der beste Freund eines Jungen war meist irgendein Cousin. Bill war meiner, und ich war seiner.«

»Was für ein Cousin war er?«

»Ach, x-ten Grades. Wir wussten nur, dass ich Stan Reacher und er William Reacher war – und dass wir einen gemeinsamen Vorfahren im Dakota Territory hatten. Nachträglich glaube ich, dass Bill heimatlos und ein Streuner war. Er kam aus einem Nest an der kanadischen Grenze, war aber ständig unterwegs, und er hat viel Zeit in Ryantown verbracht.«

»Wie alt war er, als er erstmals aufgekreuzt ist?«

»Ich war sieben und er sechs. Er ist ein ganzes Jahr geblieben.«

»Hatte er irgendwo Eltern?«

»Davon sind wir immer ausgegangen. Er hat sie nie besucht. Aber sie waren nicht tot oder sonst was. Er hat jedes Jahr eine Geburtstagskarte bekommen. Wir dachten, sie müssten Geheimagenten sein, die verdeckt im Ausland operierten. Später haben wir sie eher im organisierten Verbrechen verortet. Was eben striktere Geheimhaltung erforderte. Das war nicht leicht herauszufinden.«

»War er mit sechs schon ein Vogelbeobachter?«

»Mit bloßem Auge. Für uns war er immer der Beste. Aber das konnte er nicht erklären. Er war nur ein kleiner Junge. Als wir später ein Fernglas kriegten, haben wir's verstanden. Mit bloßem Auge sieht man ein größeres Bild. Man wird nicht durch herangeholte Schönheit abgelenkt.«

»Wann habt ihr das Fernglas bekommen?«

»Das war viel später. Bill muss damals zehn oder elf gewesen sein.«

»Wie habt ihr's bekommen?«

Der alte Mann betrachtete sekundenlang seine Hände.

Er sagte: »Du musst verstehen, dass das damals schwierige Zeiten waren.«

»Hat er's gestohlen?«

»Eigentlich nicht. Er hat es erbeutet. Irgendein Kid suchte Streit. Bill verlor die Geduld. Er hatte gerade ein Buch mit Heldensagen gelesen, und deshalb hatte er das Gefühl, als Sieger Beute machen zu müssen. Das Fernglas und einunddreißig Cent waren alles, was der Junge besaß.«

»Ihr habt gemeinsam über den Raufußbussard geschrieben.«

Der alte Mann nickte.

»Genau«, sagte er. »Eine klasse Arbeit. Auf die wäre ich heute noch stolz.«

»Erinnerst du dich an den September 1943?«

»Bestimmt an ein paar allgemeine Dinge.«

»An nichts Spezielles?«

»Ist lange her«, sagte der alte Mann.

»Dein Name steht in einem alten Polizeibericht über eine Prügelei auf offener Straße. Spät am Abend. Übrigens gar nicht weit von hier. Du bist mit einem Freund gesehen worden.«

»Solche Prügeleien waren damals an der Tagesordnung.«

»Einer der Beteiligten war ein stadtbekannter Schläger, der zwei Jahre später erschlagen aufgefunden wurde.«

Stan Reacher schwieg.

»Ich vermute, dass der Freund, mit dem du in jener Nacht im September 1943 gesehen wurdest, dein Cousin Bill war. Ich glaube, dass er damals etwas begonnen hat, das erst nach zwei Jahren abgeschlossen war.«

»Sag mir noch mal, wer du genau bist.«

»Das weiß ich nicht bestimmt«, sagte Reacher. »Nach jetzigem Stand vermutlich der zweite Sohn deines Cousins Bill.«

»Dann weißt du, was passiert ist.«

»Ich war bei der Militärpolizei. Ich hab's dutzendfach erlebt.«

»Kriege ich Schwierigkeiten?«

»Nicht mit mir«, entgegnete Reacher. »Wütend bin ich nur auf mich selbst. Ich muss vermutet haben, solche Dinge stießen bloß anderen Leuten zu.«

»Bill war ein kluger Junge. Immer einen Schritt voraus, weil er so viel erlebt hatte. Straßenerfahren, würde man heute sagen. Aber er wusste auch vieles andere. Er war in der Schule gut, vor allem in Mathe und Physik. Er hat seine Vögel geliebt. Er wollte gern in Ruhe gelassen werden. Er war ein netter Kerl, als das noch etwas bedeutet hat. Aber wehe dem, der gegen seinen moralischen Kompass verstieß! Unter der Oberfläche war er eine Bombe, die jederzeit explodieren konnte. Aber er hatte sich unter Kontrolle. Seine Selbstbeherrschung war vorbildlich. Trotzdem hatte er eine Regel: Tat jemand etwas Schlimmes, sorgte er dafür, dass es keine Wiederholung gab. Mit allen Mitteln. Er war ein guter Kämpfer und irre tapfer.«

»Erzähl mir von dem Kerl, den er umgebracht hat.«

Stan schüttelte den Kopf.

»Nein, lieber nicht«, sagte er. »Ich würde eine Straftat gestehen.«

»Warst du daran beteiligt?«

»Nicht zum Schluss.«

»Dafür sperrt dich keiner ein. Du bist hundert.«

»Nicht ganz.«

»Der Fall interessiert niemanden mehr. Die Polizei hat ihn unter OMB abgelegt.«

»Was heißt das?«

»Ohne menschliche Beteiligung.«

Stan nickte.

»Dem könnte ich zustimmen«, sagte er. »Dieser Kerl war ein übler Rowdy. Er konnte niemanden leiden, der etwas mehr Hirn besaß als er. Was auf viele Leute zutraf. Er war einer dieser Kerle, die nach der Highschool vier Jahre lang rumhängen und sich immer jüngere Opfer suchen. Aber in einem flotten Auto, mit eleganten Schuhen, weil sein Daddy reich war. Er muss einen Dachschaden gehabt haben, denn er ist pervers geworden, er hat sich an kleine Jungs und Mädchen rangemacht. Er war groß und stark, hat sie gequält und zu widerlichen Dingen gezwungen. Damals wusste Bill noch nichts von ihm. Dann ist er nach Laconia zurückgekommen und hat ihn an diesem Abend in seiner typischen Art erlebt.«

»Was ist passiert?«

»Bill ist wie aus dem Nichts in Ryantown aufgekreuzt, wie er's oft getan hat, und wir wollten an seinem ersten Abend hier in die Jazz Lounge. Dort durften wir meist hinter der Bühne zuhören. Als wir dann auf dem Rückweg zu unseren Fahrrädern waren, ist uns plötzlich dieser Kerl entgegengekommen. Er hat Bill ignoriert und angefangen, nur mich zu beleidigen und mit Worten zu quälen. Weil er mich kannte. Vermutlich hat er dort weitergemacht, wo er zuletzt aufgehört hatte. Aber Billy hat das alles zum ersten Mal gehört. Er konnte's nicht glauben. Irgendwann wollte ich einfach weitergehen, aber Bill ist nicht mitgekommen. Die Bombe ist detoniert. Er hat den Kerl zerlegt.«

»Und dann?«

»Dann ist die Geschichte eskaliert. Der Kerl hat eine Art Kopfgeld auf ihn ausgesetzt. Bill fing an, ständig Schlagringe in der Tasche zu haben. Es gab verschiedene Vorfälle. Mit ein paar Möchtegernfreunden, die sich einschmeicheln wollten. Reiche Kids haben viele, das war uns klar. Bill sorgte dafür, dass die Notaufnahme Arbeit hatte. Das entmutigte die Möchtegernfreunde. Danach köchelte die Sache auf kleiner Flamme weiter. Bill ist ab und zu wieder in Ryantown aufgekreuzt. Eines Nachts sind die beiden sich auf einer menschenleeren Straße begegnet. Erfahren habe ich davon erst, als Bill zu mir gekommen ist, um mich um einen Gefallen zu bitten.«

»Er wollte sich deine Geburtsurkunde leihen, um bei den Marines eintreten zu können.«

Stan nickte.

»Er musste den Namen William Reacher tilgen. Dringend! Seine Fährte musste kalt werden. Schließlich handelte es sich um Mord.«

»Und er musste ein Jahr älter erscheinen, als er tatsächlich war«, sagte Reacher. »In diesem Punkt hat seine Story nicht gestimmt. Er hat gesagt, er sei mit siebzehn von zu Hause weggelaufen und zum Marine Corps gegangen. An und für sich war das nicht gelogen. Aber die Marines hätten ihn nicht genommen, wenn sie gewusst hätten, dass er erst siebzehn war. Nicht damals. Sie hatten schon zu viele Leute. Im September 1945 war der Krieg vorbei. Einen Siebzehnjährigen hätten sie nicht brauchen können. Zwei Jahre früher wäre das kein Problem gewesen. Da wurde im Pazifik gekämpft. Da war Kanonenfutter gefragt. Aber nun nicht mehr. Andererseits konnte jeder Achtzehnjährige als Freiwilliger eintreten. Dazu musste er sich als dich ausgeben.«

Stan nickte wieder.

»Wir dachten, die Nachkriegswirren würden seine Fährte verwischen«, sagte er. »Und so war's wohl auch. Die Cops haben aufgegeben. Ich bin wenig später aus Ryantown weggezogen, wollte in Südamerika Vögel beobachten – und bin dort fünfzig Jahre hängen geblieben. Nach meiner Rückkehr musste ich mich hier für alle möglichen neuen Dinge anmelden. Mit der Zweitschrift meiner Geburtsurkunde. Ich habe mich oft gefragt, was passieren würde, wenn die Rückmeldung käme, der Name Stan Reacher sei schon vergeben. Aber alles hat wunderbar geklappt.«

Reacher nickte.

»Danke für die Erklärung«, sagte er.

»Was ist aus ihm geworden?«, fragte Stan. »Ich habe ihn nie mehr gesehen.«

»Er war ein ziemlich guter Marine, er hat in Korea und Vietnam gekämpft, war meist im Ausland stationiert. Er hat eine Französin namens Josephine geheiratet. Die beiden haben sich gut verstanden. Sie hatten zwei Söhne. Er ist vor dreißig Jahren gestorben.«

»Nach einem glücklichen Leben?«

»Er war ein Marine. Glück stand in keiner Dienstvorschrift. Manchmal war er zufrieden. Mehr war für ihn nicht drin.

Aber er war nie unglücklich. Er hatte eine Heimat gefunden, lebte in einer Struktur, auf die Verlass war. Bestimmt hat er sich nie etwas anderes gewünscht. Er hat weiter Vögel beobachtet. Er liebte seine Familie und war froh, dass er sie besaß. Das wussten wir alle. Manchmal hielten wir ihn für ein bisschen verrückt, weil er nie genau wusste, wann er Geburtstag hatte. Jetzt verstehe ich den Grund dafür. Deiner war im Juli, seiner eigentlich im Juni. Daran erinnerte er sich wegen der Geburtstagskarten. Manchmal verwechselte er die Daten, denke ich. Aber mit dem Namen klappte es besser. Da hat er sich nie versprochen. Er war sein Leben lang Stan.«

Sie unterhielten sich noch eine Weile. Reacher fragte nach dem Motel und ihrem theoretischen Verwandten Mark, aber Stan besaß keine Informationen außer einer vagen alten Familienüberlieferung, die besagte, irgendein entfernter Cousin sei in der Hochkonjunktur nach dem Krieg mit Immobilien reich geworden und habe sein Geld einer Horde von Kindern, Enkeln und Urenkeln hinterlassen. Vermutlich war Mark einer davon gewesen. Stan sagte, er wisse es nicht, wolle es auch gar nicht wissen und sei mit seinen Fotoalben und Erinnerungen glücklich.

Dann meinte er, er müsse jetzt ein Nickerchen machen. So sei das mit seiner Schlaflosigkeit. Er lege einstündige Nickerchen ein, wann immer er könne. Reacher schüttelte ihm noch mal die eiskalte Hand und verließ das Haus in der Morgendämmerung. Bis Sonnenaufgang würde es nicht mehr lange dauern. Burke und Amos saßen vorn in Amos' Wagen, der am Eingang des Innenhofs am Randstein parkte. Als sie ihn herauskommen sahen, fuhr Burke sein Fenster herunter. Amos lehnte sich nach rechts hinüber. Reacher schaute erst zum Himmel auf und beugte sich dann hinunter, um mit den beiden zu reden.

Er sagte: »Ich muss nach Ryantown.«

Burke sagte: »Der Professor kommt erst in ein paar Stunden.«

»Deshalb.«

Amos erklärte: »Ich muss über Carrington nachdenken.«

»Denken Sie in Ryantown über ihn nach. Das geht dort so gut wie überall.«

»Wissen Sie etwas?«

»Wir sollten Elizabeth Castle so dringend suchen wie Carrington selbst. Die beiden sind sehr romantisch. Für sie zählte ihre morgendliche Kaffeepause als zweites Date. Sie sind bestimmt zusammen.«

»Klar, aber wo?«

»Das sage ich Ihnen später. Erst muss ich wieder nach Ryantown.«

45

Sie benutzten Amos' neutralen Dienstwagen. Sie fuhr. Burke saß aufrecht neben ihr. Reacher fläzte auf dem Rücksitz. Er erzählte ihnen alles, was er von Stan erfahren hatte. Sie fragten, wie er sich fühle. Ihr Gespräch dauerte nicht lange. Er sagte, außer einem winzigen geschichtlichen Detail habe sich nichts verändert. Sein Vater hatte einst, in seiner weit zurückliegenden Jugend, einen anderen Namen getragen. Er war erst Bill, dann Stan gewesen. Derselbe Kerl. Dieselbe Bombe, die jederzeit explodieren konnte. Aber diszipliniert. Tat man das Rechte, ließ er einen in Ruhe. Ein guter Kämpfer und irre tapfer.

Er liebte seine Familie.

Sein Leben lang ein Vogelbeobachter.

Oft mit bloßem Auge – wegen des größeren Bildes.

»Wusste Ihre Mutter davon?«, fragte Amos.

»Gute Frage«, antwortete Reacher. »Vermutlich nicht. Wie sich später herausstellte, hatte sie selbst ein paar Geheimnisse. Ich glaube, dass beide sie verschwiegen haben und dies eine bewusste Entscheidung war. Ein unbelasteter Neubeginn ohne Fragen. Vielleicht sind sie deshalb so gut miteinander ausgekommen.«

»Sie muss sich gefragt haben, wieso er keine Eltern hatte.«

»Schon möglich.«

»Fragen Sie sich das jetzt auch?«

»Ein bisschen. Wegen der Geburtstagskarten. Die suggerieren eine bestimmte Richtung. Man könnte auf eine obskure Abteilung irgendeines Staatsdienstes tippen, die für alles sorgt, während man sich im Ausland aufhält. Die sicherstellt, dass die Miete gezahlt wird. Oder sie könnten inhaftiert gewesen sein. Dazu müsste man den Absender sehen.«

Burke fragte: »Wollen Sie versuchen, das rauszubekommen?«

»Nein«, sagte Reacher.

Rechter Hand färbte sich der Morgenhimmel rosarot. Ein schwacher rotgoldener Widerschein erhellte das Innere des Wagens. Amos fand die Abzweigung nach Ryantown, die in sanfter Linkskurve durch die Obstgärten führte. Die tief stehende Sonne wanderte übers Wagenheck, bis sie genau in der Mitte des Heckfensters stand. Amos verstellte ihren Innenspiegel und hielt dicht vor dem Zaun an.

»Fünf Minuten«, sagte Reacher.

Er stieg aus, kletterte über den Zaun und ging durch die Apfelplantage. Mit der Sonne im Rücken war sein Schatten unendlich lang. Er stieg über den zweiten Zaun. Die Stadtgrenze von Ryantown. Die dunkleren Blätter, der feuchtere Geruch. Die sonnenlosen Schatten.

Er marschierte wie zuvor die Main Street entlang, zwischen dünnen Baumstämmen hindurch, auf von Wurzeln hochgedrückten Steinen, an der Kirche vorbei, an der Schule vorbei. Danach wurden die Bäume weniger, und die Sonne stieg höher. Auf dem Boden erschienen Sonnenflecken. Die Welt war wieder neu.

Vor sich hörte er Stimmen.

Zwei Leute sprachen miteinander. Unbeschwert und glücklich. Über etwas Angenehmes. Vielleicht das Sonnenlicht. In diesem Punkt stimmte Reacher mit ihnen überein. Ryantown sah klasse aus. Wie eine Anzeige für eine teure Kamera.

Er rief laut: »Hey Leute, Offizier kommt zum Morgenappell, seht zu, dass ihr angezogen seid, und stellt euch neben eure Betten!«

Er wollte sie nicht in Verlegenheit bringen. Oder sich selbst. Hier konnte alles Mögliche schiefgehen. Sie konnte nackt sein. Er konnte seine Prothese abgenommen haben.

Er wartete eine Minute. Als keine Antwort kam, ging er zu dem ehemaligen Vierfamilienhaus weiter und fand Carter Carrington und Elizabeth Castle, die auf halber Strecke zu dem Flüsschen nebeneinander auf der ehemaligen Straße standen. Sie starrten ihn an. Beide waren vollständig bekleidet. Allerdings trugen sie Freizeitkleidung. Er ein ärmelloses T-Shirt und eine Sporthose, sie abgeschnittene Jeans und ein bauchfreies Top. Hinter ihnen lehnten zwei Mountainbikes an einem Baum. Mit dicken Reifen und stabilen Gepäckträgern für schwere Lasten. Jenseits der Bikes stand im Gras des Quadrats, das früher das Wohnzimmer des Vorarbeiters gewesen war, ein Zweimannzelt.

Carrington sagte: »Guten Morgen.«

»Ebenso.«

Dann entstand eine Pause.

»Immer schön, Sie zu sehen«, sagte Carrington.

»Ebenso.«

»Aber ist dies reiner Zufall?«

»Nicht ganz«, antwortete Reacher.

»Sie haben uns gesucht.«

»Inzwischen ist einiges passiert, aber letztlich doch alles wieder gut. Ich wollte Sie trotzdem noch mal sehen, um Lebewohl zu sagen. Ich reise ab.«

»Wie haben Sie uns gefunden?«

»Ich habe ausnahmsweise auf meine vordere Gehirnhälfte gehört. Ich wusste noch, wie sich das anfühlt. Für mich ein- oder zweimal, für Sie beide jetzt. Hat man schon gedacht, es ginge an einem vorüber, begegnet man plötzlich jemandem. Man tut all die Dinge, die man bereits abgeschrieben hatte. Man erfindet alle paar Stunden einen neuen Gedenktag. Man feiert die Sache, die einen zusammengebracht hat. Bei manchen Leuten sind das wirklich verrückte Sachen. Bei Ihnen ist's Stan Reacher. Sie haben mir schon erzählt, dass Sie bei Ihren Dates über ihn reden. Zuletzt sind Sie im County Office beobachtet worden. Dort haben Sie Stans Geburtsurkunde eingesehen. Sie wollten es richtig anfangen, Schritt für Schritt vorgehen. Rigoros und pedantisch, wie es sich gehört. Um ihn zu vereinnahmen. Weil er sentimentalen Wert besitzt. Seine letzte bekannte Adresse kannten Sie. Elizabeth wusste, wo sie suchen musste, weil sie und ich Ryantown auf ihrem Smartphone gefunden hatten. Also haben Sie die Familienerbetour unternommen. Weil Leute so etwas machen.«

Sie lächelten und hielten Händchen.

Reacher sagte: »Freut mich, dass Sie glücklich sind.«

»Danke«, sagte Elizabeth Castle.

»Und es sollte keinen wesentlichen Unterschied machen.«

»Was denn?«

»Im Interesse vollständiger Offenlegung möchte ich Ihnen mitteilen, dass Stan Reacher nicht der Mann war, den ich gesucht habe.«

»Er war Ihr Vater.«

»Wie sich rausgestellt hat, war er nur eine ausgeliehene Geburtsurkunde.«

»Ah, ich verstehe.«

»Hoffentlich ist das kein schlechtes Omen für Ihre Beziehung.«

»Wer hat ihm seine Geburtsurkunde geliehen?«

»Ein obskurer Cousin ohne bekannte Vorfahren. Ein unbeschriebenes Blatt am Stammbaum der Familie.«

»Wie wirkt sich das auf Sie aus?«

»Ich fühle mich großartig«, antwortete Reacher. »Je weniger ich weiß, desto glücklicher bin ich.«

»Und jetzt ziehen Sie weiter.«

»Hat mich gefreut, Sie kennenzulernen. Ich wünsche Ihnen beiden das Allerbeste.«

Carrington fragte: »Wie hat der Cousin geheißen?«

»William.«

»Hätten Sie was dagegen, wenn wir seinetwegen recherchieren? Das könnte interessant sein. Solche Dinge machen uns beiden Spaß.«

»Nur zu«, meinte Reacher.

Dann sagte er: »Aber dafür müssen Sie mir einen Gefallen tun.«

»Welchen?«

»Sie müssen mitkommen und zu einer Freundin von mir Hallo sagen. Ein Spaziergang von fünf Minuten. Sie kennen sie sicher beide. Detective Amos vom Laconia PD.«

»Brenda?«, rief Carrington aus. »Warum ist sie hier?«

»Theoretisch hätten Sie gefährdet sein können. Dass Sie es nicht mehr sind, glaubt sie erst, wenn sie Sie selbst sieht. Ich möchte, dass Sie mit ihr reden und ihr versichern, dass es Ihnen gut geht und Sie irgendwann zurückkommen werden.«

»Wodurch gefährdet?«

»Sie sehen der Zielperson eines versuchten Auftragsmords entfernt ähnlich. Detective Amos' lobenswerte Gründlichkeit und komplexes Denken haben sie besorgt werden lassen.«

»Brenda hat sich Sorgen um mich gemacht?«

»Sie sind der Mann, der sich notfalls für sie einsetzt. Sie scheinen beliebt zu sein. Ein Zeichen von Schwäche. In Zukunft sollten Sie strenger sein.«

Sie gingen gemeinsam die Main Street entlang. An der Schule vorbei. An der Kirche vorbei. In die sonnendurchfluteten Reihen der Apfelplantage hinaus. Amos und Burke warteten am jenseitigen Zaun. Händeschütteln über die obere Planke hinweg. Dann Versicherungen, Erklärungen. Spontanurlaub, kein Handyempfang, Entschuldigungen. Kein Problem, sagte Amos. Sie habe nur die Ermittlungen abschließen wollen.

Carrington und Castle gingen davon.

Reacher sah ihnen nach. Dann stieg er über den Zaun und gesellte sich zu den anderen. Er sagte: »Ich habe beschlossen, den Professor auszulassen. Vielleicht könnten Sie ihn anrufen.«

»Klar«, sagte Burke.

»In die Stadt zurück?«, fragte Amos.

Reacher schüttelte den Kopf.

»Ich bin nach San Diego unterwegs.«

»Von hier aus?«

»Erscheint mir angemessen. Mein Dad ist oft von hier aufgebrochen. Dies war einer der Orte, an denen er gelebt hat. Ein ganzes Jahr, als er sechs war.«

»Sie wollen im Ernst, dass wir Sie hier am Ende der Welt zurücklassen?«

»Ich reise per Anhalter. Nicht zum ersten Mal. Ungefähr vierzig Minuten. Damit rechne ich im Augenblick. Unter den jetzigen Bedingungen. Schlimmstenfalls fünfzig. Macht euch auf den Weg, Leute. War mir ein Vergnügen, euch kennenzulernen. Ehrlich! Und noch mal vielen Dank für alles.«

Sie standen noch einen Augenblick untätig herum. Dann schüttelten sie sich die Hände, irgendwie leicht verlegen. Zwei MPs und ein Geistlicher.

Burke und Amos stiegen ins Auto. Reacher blickte ihnen nach, bis sie verschwunden waren. Dann marschierte er in dieselbe Richtung los. Die Sonne schien ihm in die Augen. Er erreichte die von Norden nach Süden führende Nebenstraße, suchte sich eine gute Stelle auf dem Bankett und reckte einen Daumen in die Höhe.